JUDITH KRANTZ

Der Stern von Paris

Buch

Mit Ausdauer, Intelligenz und Fingerspitzengefühl ist es der 34jährigen Justine Loring gelungen, ihre Modellagentur in New York zu einer kleinen, aber feinen Adresse aufzubauen. Da hält eines Tages die gesamte Modebranche den Atem an: Der bedeutende Pariser Konzern Groupe Necker sucht nach neuen, unverbrauchten Gesichtern. Drei der schönsten Mädchen sollen nach Paris reisen und ein mit enormem Etat ausgestattetes Modelabel weltweit repräsentieren. Als die Groupe Necker diese drei Mädchen ausgerechnet in ihrer Agentur anwirbt, platzt Justine fast vor Wut. Denn es gibt im Leben der erfolgreichen jungen Geschäftsfrau ein schmerzliches Geheimnis: Jacques Necker ist Justines Vater, der sich vor ihrer Geburt aus dem Staub machte. Der Mann, den ihre Mutter zeit ihres Lebens gehaßt hat. Doch während Justine diesen vermeintlich herzlosen, nichtsnutzigen Vater ablehnt, möchte Jacques Necker nichts sehnlicher, als seine Tochter endlich in die Arme zu schließen …

Autorin

Judith Krantz' Karriere begann als Autorin für Zeitschriften wie *Cosmopolitan.* Später arbeitete sie als Moderedakteurin und in der Werbung für die großen Pariser Modeschöpfer. Judith Krantz lebt mit ihrer Familie in Bel Air, Kalifornien.

Von Judith Krantz im Taschenbuch lieferbar:

Ich will Manhattan (09300) · Luxus (42953) · Mistrals Tochter (08496) · Princess Daisy (06589) · Skrupel (06713) · Triumph (43972) · Wiedersehen in Valmont (41058) · Im Glanz der Nacht (35068)

JUDITH KRANTZ

Der Stern von Paris

Roman

Ins Deutsche übertragen
von W. M. Riegel

BLANVALET

Die Originalausgabe erschien unter dem Titel
»Spring Collection«
bei Crown Publishers, Inc., New York

Umwelthinweis:
Alle bedruckten Materialien dieses Taschenbuches
sind chlorfrei und umweltschonend.
Das Papier enthält Recycling-Anteile.

Blanvalet Taschenbücher erscheinen im Goldmann Verlag,
einem Unternehmen der Verlagsgruppe Bertelsmann.

Taschenbuchausgabe Juni 2000

Umschlaggestaltung: Design Team München
Umschlagmotiv: Camille Pissarro,
»Boulevard Montmartre bei Nacht«
Druck: Elsnerdruck, Berlin
Verlagsnummer: 35283
SK · Herstellung: Heidrun Nawrot
Made in Germany
ISBN 3-442-35283-5

1 3 5 7 9 10 8 6 4 2

Meiner langjährigen
sehr lieben Freundin Diane S. gewidmet,
die stets eine unerschöpfliche Quelle
der wunderbarsten Gespräche war
und mir in treuer Verbundenheit zur Seite stand.
Im Laufe meiner zwanzig Jahre
in Kalifornien hat sie es nie versäumt,
mich daran zu erinnern,
daß Brooklyn lebt, und mich dazu inspiriert,
über eine Schönheit aus Brooklyn zu schreiben.

Und meinem Mann Steve
in tiefer, unverbrüchlicher Liebe –
was er eigentlich
nach zweiundvierzig Jahren Ehe
wissen müßte.

1

Optimistische Idiotin, die ich bin! Sprinte von der U-Bahn bis zum Büro zu einer lachhaft frühen Stunde. Glauben Sie mir, niemand rennt schneller als ich durch die Straßen von New York. Schlängel-Frankie haben sie mich schon genannt. Schlängel-Frankie Severino. Weil ich mich nämlich trotzdem niemals undamenhaft durchgeboxt oder durchgedrängelt habe. In meinen langen Jahren als Bahnfahrerin von Brooklyn nach Manhattan hinein habe ich eine patentreife Methode entwickelt, wie man sich tänzelnd und mit Sidesteps selbst durch die riesigste Menschenmenge bewegt. Wäre ich ein Mann, wäre ich praktisch unschlagbar als Linebacker beim Football.

Gut, oder vielmehr nicht gut. Also, als ich an diesem Tag in aller Herrgottsfrühe mit dem Aufzug nach oben fahre in mein Büro in der Agentur – Loring Model Management –, in der ich arbeite, weiß ich: Heute ist der Tag. *Der Tag.* Ich hab's geträumt. Daß ich nämlich das langerwartete Fax von Necker aus Paris erhalte. Und das war so unglaublich wirklich, sage ich Ihnen, ich meine, nicht *traum*wirklich, sondern *echt*wirklich, daß ich aufgewacht bin und mein Herz geklopft hat wie verrückt. Ich war voller Vorahnung und Vorfreude, und jeder Kämpferinstinkt, der nun mal in mir ist, war wach und feuerte mich an. Die ganze Voraufregung, oder wie man da sagt, ließ mich aus dem Bett hüpfen wie gefedert, anziehen in zehn Minuten und losrasen zur Subway, ohne auch nur einen Bissen gefrühstückt zu haben.

Und dann ist das blöde Fax nicht da. Der kleine Botenwagen wird reingeschoben, und nichts ist drauf. Die schnieke, glitzernde Faxmaschine parkt da auf ihrem Schreibtisch wie eine tote Katze, und auch noch zu hoch oben, als daß ich ihr einen Tritt geben könnte – wie einem Cola-Automaten, aus dem keine Dose herauskommt, obwohl man das Geld eingeworfen hat. Was bleibt einem übrig, als voller Wut davonzustampfen? Wenigstens hatte ich die kurzen Cowboystiefel angezogen, mit denen ich nun richtig Krach machen kann.

Na gut. Nachdem ich also unserer ein wenig eigenwilligen Kaffeemaschine eine Tasse Sud abgetrotzt hatte, nahm ich sie mit in den Hauptraum unserer Loring Model Management-Agentur, wo in zirka einer Stunde die sieben Bucherinnen an ihren Telefonen hängen würden, rund um den runden Tisch. Auf dem stehen auch, auf einer rotierenden Achse, die Unterlagen unserer Models. Den ganzen Tag hängen die da – die Bucherinnen, meine ich –, jede zuständig für zehn bis fünfzehn Mädchen. Reden in ihre Kopfhörersets, schwenken den Arm mit den Unterlagen und schauen in ihren Computern nach, was in denen steht. Wenn ich mir das so betrachte, finde ich, daß das alles nicht so glamourös aussieht, wie man das von unserer Branche erwartet. Und doch kann es jeden Tag passieren, daß eine erinnerungswürdige Seite im Buch des großen Ruhms aufgeschlagen wird, einfach hier, durch die Anrufe unserer Bucherinnen. Als ich selbst noch Bucherin war, gleich am Anfang, da war noch jedes einzelne Telefongespräch mordsaufregend für mich gewesen. Na, jetzt bin ich siebenundzwanzig, Nummer zwei im Laden, und die große Aufregung packt mich schon lange nicht mehr.

Mir war kalt im Bucherinnenraum. Dabei hatte ich noch immer meinen alten Dufflecoat an und dazu noch zwei Sweater über meiner üblichen Uniform von Trikothosen, kurzen Stiefeln und Beinwärmern, samt um die Hüfte gebundener Wollweste. Ich sage Ihnen: Der wärmste Platz in der ganzen

Agentur an diesem eisigen Januarmorgen ist wohl der gewaltige, schützende Ledersessel unserer großen Bossin. Das ist Justine, die hat eine richtige kleine Festung aus ihrem Büro gemacht. Ich bewegte mich also darauf zu, am Kaffee nippend und immer darauf achtend, ja nicht das Klingeln zu überhören, wenn ein Fax kommen sollte.

Justine Loring, meine alleinige Anführerin, ist gerade erst vierunddreißig. Ebenfalls früher Model gewesen, aber intelligent genug, rechtzeitig damit aufzuhören – nämlich genau fünf Minuten nach Erreichen ihres Karrieregipfels –, um selbständige Agenturbesitzerin zu werden. Mich hat sie vor sieben Jahren angeheuert. Es war auch für mich der ideale Zeitpunkt, weil gerade eben ein böser Sturz – wo sonst als in der Subway? – meine Tanzkarriere beendet hatte. Ich war mit ganzem Herzen Ballettschülerin gewesen, in der Juillard, aber meine Kniescheiben sprachen nach dem Sturz eine nur zu deutliche Sprache. Nämlich, daß für mich in Zukunft der Tanz in der Disco die einzig mögliche körperliche Ausdrucksform sein konnte.

Während ich so dasaß in Justines Riesensessel, fiel mir ein, daß es – obwohl das wahrscheinlich außerhalb der Branche kein Mensch auch nur ahnt – ganz unverzichtbar für Chefs erfolgreicher Agenturen ist, einen ausgeprägten persönlichen Stil zu besitzen. Jede erfolgreiche Agentur in dieser Stadt ist imagegeprägt durch eine einzige maßgebliche Persönlichkeit, die ihr den Stempel aufdrückt und mit der man sie verbindet. Die diversen Arten des Image reichen vom Hohenpriester bis zum Zuhältertyp. Was also Justines Stil sei, meinen Sie? Gute Frage. Mal überlegen. Ist sie einfach nur verdammt schön, bescheiden, auffällig, der Typ Pfadfinderführerin, oder was? Weiß Gott, sie hat ja nun wirklich sämtliche Tugenden, die es so ungefähr gibt. Strahlt Kraft und Vertrauenswürdigkeit aus, ist geradeheraus, offen und zielstrebig, unerhört talentiert und, nicht zuletzt, von einer unerschütterlichen, ausstrahlenden, ansteckenden Ruhe. Kurz, jemand, dem man (selbst ich!) jederzeit bedingungslos auf einem steilen, schmalen Gebirgspfad aufwärts folgt ohne jede Angst, daß etwas passieren und man abstürzen könnte. Oder unter eine Lawine geraten. Und wenn, daß man selbst dann auf jeden Fall gerettet wird. Von ihr selbst natürlich.

Mann. Auf der anderen Seite ist Justine ja fast wieder zu elegant und zerbrechlich. Falls vierunddreißig ein reifes Alter ist (ich habe da so meine Zweifel), dann hat die Reife sie womöglich noch schöner gemacht als zu der Zeit, zu der sie noch arbeitete. Als Model, meine ich. In ihren letzten Teen- und ersten Twen-Jahren, wo man also noch diese völlig glatte und unpersönliche, also eigentlich langweilige Schönheit hat, und wo sie noch Ballköniginnentitel hamsterte und das uramerikanische Mädchen wurde und was noch alles. Mit ganz unmöglich blauen Augen, offen und zugänglich, mit einem hinreißenden Lächeln und geradezu ärgerlich perfekten Zähnen und nur den allerersten Anfängen eines Hauchs von Lachfältchen um den Mund.

Mann. Meine Vorfahren beider Linien sind aus Süditalien gekommen, deshalb habe ich immer angenommen, daß es bei Justine der ererbte angelsächsische Charakter sein muß, der es ihr ermöglicht, einfach etwas zu unternehmen, wenn sich irgendein Problem auftut. Und falls das nicht möglich ist, es achselzuckend sein zu lassen und zur Tagesordnung überzugehen.

Der Unterschied zwischen uns, wie wir das Leben angehen, war es wahrscheinlich, der uns ein so gutes Team werden ließ. Weil wir uns ergänzen. Was sie nicht hat, habe ich, und umgekehrt. Das war es wohl auch, überlegte ich, was mich so kometenhaft schnell vom Bucherinnenraum weg zu Justines rechter Hand machte, ja sogar zu ihrer engsten Freundin. Ich bin explosiv genug für uns beide, so daß sie es sich leisten kann, stets die kühle Blonde zu bleiben. Ich bin diejenige, die genau weiß, wann man die große Schau abziehen muß, und die sich an die notwendigen Antipathien erinnert, die man ausspielen muß – die andererseits auch alle Differenzen bereinigt, wann und wo es nötig ist, und zwar die möglichen genauso wie die unmöglichen. Und ich bin diejenige, die nichts von den resignierenden Maximen hält, daß man bestimmte Dinge einfach nicht ändern kann, weil sie nun mal so sind. Die man also akzeptieren muß. Sonst noch was! Doch nicht, wenn man aus Brooklyn ist, hören Sie mal!

»Nanu, hast du hier übernachtet oder was?« hörte ich auf einmal Justine fragen und schreckte hoch.

»Mein Gott, hast du mich erschreckt!« japste ich und verschüttete fast meinen inzwischen kalt gewordenen Kaffee. »Nein, nein, aber ich bin schon eine Ewigkeit hier. Ich habe da was geträumt, verstehst du … Ach, vergiß es, du willst es sowieso nicht wissen.«

»Wie recht du hast, liebe Freundin.«

»Wie bist du doch hinreißend, wenn du so überlegen tust«, mokierte ich mich und grinste sie an, obwohl ich überhaupt nicht in Grinsestimmung war. »Was hast du um diese Stunde hier überhaupt schon zu suchen?« fragte ich weiter und gewann meine Haltung zurück.

»Ach, ich habe entsetzlich schlecht geschlafen.«

»*Du* hast schlecht geschlafen? Was soll denn da ich sagen?«

»Sogar ich, meine kleine Maus, sogar ich. Heute nacht war es wirklich schlimm. Sobald ich wieder einschlief, kam der nächste Alptraum. Bis ich schließlich einsah, daß es unter solchen Umständen einfach Blödsinn ist zu schlafen, es also aufgab und beschloß, hier hereinzukommen und mich in Ruhe und Frieden in ein bißchen Arbeit zu versenken. Wie ich sehe, eine vergebliche Hoffnung.«

»Nicht, solange ich mich kribbelig fühle.«

»Dieser blöde Wettbewerb, wie?«

»Was sonst.«

Sie hatte doch glatt den Nerv, mich daraufhin anzuseufzen, wie man es mit einem quengelnden Kind macht.

»Komm mir bloß nicht«, schimpfte ich, »mit dieser Überlegenheitsattitüde. Als ob du nicht genau wüßtest, wie wichtig das ist; auch wenn du es nicht einsehen willst. Ich gehe jetzt noch mal Kaffee zapfen. Willst du auch welchen?«

»Na, was denn sonst? Sei gesegnet, mein Kind.«

Während ich auf den Kaffee wartete, gab ich mich wieder eine Weile dem Nachdenken hin. Wie es zugegangen und gekommen war. Mit diesem ganzen Warten auf das Fax aus Paris.

Vor drei Monaten hatte es begonnen. Da war eine Frau namens Gabrielle d'Angelle hier in New York angekommen mit einem Auftrag für alle Model-Agenturen der Stadt. Eine enge Mitarbeiterin dieses gewissen Jacques Necker. Sie wissen schon, der schweizerische Milliardär, dem diese ganze Neckergruppe gehört. *Le Groupe Necker.* Der Mann besitzt vier der fünf wichtigsten Tuchfabriken der Welt, zwei Couture-Häuser und dazu noch eine Handvoll hochprofitabler Parfüm- und Kosmetikfirmen. Selbst Zivilisten haben schon mal von ihm gehört. GN, wie ihn alle Welt in der Branche nur nennt, hat sich vor kurzem entschlossen, den Designer Marco Lombardi mit dessen neuem Couture-Haus zu sponsern. Lombardis erste Frühjahrskollektion soll in etwas mehr als zwei Wochen in Paris gezeigt werden.

»Ich bin hier«, sprach diese französische Dame also damals in ihrem makellosen Englisch, »um ganz neue Gesichter zu finden.« Na so was. »Ich brauche Mädchen für Paris, die noch so unverbraucht sind, wie es für kommende Top-Models überhaupt nur möglich ist, also totale Branchenjungfrauen. Trotzdem dürfen sie nicht zu ungewandt und ungeschliffen und keine reinen Anfängerinnen sein, wenn Sie verstehen, was ich meine. Auch zu grün sollen sie nicht sein.

Selbst wenn sie technisch noch Kinder sind, dürfen sie doch nicht so aussehen.«

Sonst noch was? Ich hatte, allerdings erfolglos, die ganze Zeit versucht, Justine anzusehen. Ich hatte ja nun schon so manche Dame gesehen, die wirklich daherkam wie aus dem Modejournal, makellos modisch gekleidet und mit diesem blöden Überselbstbewußtsein. Aber diese Gabrielle schoß den Vogel ab, was das betraf. »Und ich suche diese Mädchen«, beliebte sie ihre Erläuterungen fortzusetzen, »in jeder Model-Agentur in dieser Stadt und werde Videoaufnahmen der besten machen.« Bitte schön. »Drei werde ich am Ende aussuchen und nach Paris holen, für Marco Lombardis erste Frühjahrskollektion. Und von diesen dreien wird eine die Inkarnation von Lombardis Stil werden.« Woraufhin sie uns allen ein hoheitsvolles Lächeln schenkte. »Ihr Amerikaner würdet so etwas vermutlich einen *contest* nennen, nicht wahr? Ich möchte es lieber als eine moderne Version des Urteils des Paris bezeichnen.«

»Und was für Pläne genau haben Sie für die glückliche *Contest*-Gewinnerin?« fragte Justine. Zu meiner Verwunderung hörte ich aus ihrer Stimme eindeutig Mißtrauen heraus. Meine Augenbrauen gingen erstaunt hoch, wenn auch nur im Geiste, sozusagen. Was gab es denn dabei, mißtrauisch zu sein?

Jedenfalls, von dem Augenblick an, als die Sache allseits verkündet war, spielte die ganze Modewelt verrückt und war gespannt, was wohl aus dem Start von Lombardi werden würde. Aber wieso war allein Justine überhaupt nicht angetan, geschweige begeistert wie wir alle? So eine Chance, neue Mädchen ins Geschäft zu bringen, gab es doch nicht so leicht wieder?

»Wie Sie sich ja wohl selbst denken können, Miss Loring«, antwortete ihr also die Dame Gabrielle d'Angelle und gestattete sich dazu einen zwar ganz kurzen, aber doch unübersehbar abschätzigen Blick, begleitet von nur einem Hauch verwunderter Überraschung, »wird die Lombardi-Frühjahrskollektion die meistbeachtete von allen sein. Das Mädchen, das gewinnt, bekommt einen exklusiven Langzeitvertrag und steht im Mittelpunkt einer weltweiten Werbekampagne.«

»Exklusiv?« fragte Justine und klang dabei ziemlich scharf und hart, um nicht zu sagen bissig. »Wenn das Mädchen so gut ist, dann nennen Sie mir mal einen einzigen Grund, warum es sich langfristig an einen einzigen neuen Couturier binden sollte.«

Was, zum Teufel, war los mit Justine? Ich war total verwirrt, ehrlich. Auf diese Art hatte ich sie bisher noch nie reagieren gesehen. War mir ein Rätsel. Es ging doch schließlich immerhin um einen potentiellen künftigen Kunden, zum Donnerwetter noch mal.

»Der Vertrag garantiert der Gewinnerin des *contest*«, erläuterte Gabrielle d'Angelle und blieb die kühle Souveränität selbst, »drei Millionen Dollar jährlich für die nächsten vier Jahre.« Jedes Wort knackte wie ein krosser Toast. Außerdem erwartete sie davon sichtlich das Ende der seltsamen Diskussion.

Doch Justine war einfach nicht zum Schweigen zu bringen. »Gehen Sie da nicht ein ganz schönes Risiko ein?« wollte sie hartnäckig wissen. »Ein unbekanntes Model ohne wirklichen Nachweis von Dauertalent? Die Lombardisache könnte doch auch nur ein einmaliger Erfolg sein? Ein Zufallstreffer, der sich nicht wiederholen läßt?« Die zwölf Millionen Dollar, die da gerade in die Landschaft gestellt worden waren, schienen sie überhaupt nicht weiter zu beeindrucken. Was hatte sie dagegen, wenn ein Mädchen so eine Chance bekam? Ich mußte mich sehr zurückhalten, um mich nicht per Körpersprache einzumischen. Ich wußte schließlich nur zu gut, daß Justine selbst auf ihre Fehler nichts kommen ließ.

»Monsieur Necker«, sprach die französische Dame hoheitsvoll, »ist nicht in seine jetzige Position gelangt, ohne daß er Risiken eingegangen wäre.« Aber es war inzwischen doch klar, daß ihr diese ganz unerwarteten skeptischen Reaktionen auf den Keks gingen. Pardon, ich meine natürlich, ihr gepflegtes Nervenkostüm einen winzigen Hauch strapazierten.

Aber Justine war wie versessen darauf, keine Ruhe zu geben. »Gewiß, gewiß, diese hübsche PR-Idee wird natürlich soviel Publizität bringen, daß die zwölf Millionen sich auf jeden Fall auszahlen, das bezweifle ich nicht«, sagte sie. »Selbst wenn das Mädchen ein Flop wird und ihr sie für eines der üblichen Starmodels schnell wieder fallen laßt wie eine heiße Kartoffel.« Jetzt klang sie bereits ausgesprochen feindselig. Was, in Dreiteufelsnamen, war in sie gefahren?

»Miss Loring«, sagte Gabrielle d'Angelle, und jetzt zitterte in ihrer Stimme immerhin schon eine nur noch mühsam unterdrückte Irritation – wer wollte ihr das verdenken? Ich mußte mich beherrschen, nicht die Arme in die Luft zu werfen und einen Schrei loszulassen. Wie konnte Justine sich derart aufführen und die Abgesandte Neckers derart rüde behandeln und desavouieren? – »Miss Loring, wir haben die feste Absicht, das Haus Lombardi genauso aufzubauen, wie Monsieur Necker das vorgesehen hat.«

»Seit Lacroix«, entgegnete Justine ein weiteres Mal hitzig, »hat es in Paris keine erfolgreiche Neueröffnung eines Hauses der Haute Couture mehr gegeben.« Sie machte ein kurzes, abschätziges Achselzucken dazu, von dem ich bisher geglaubt hatte, nur die Franzosen könnten das. »Und das«, fügte sie hinzu, »ist schon ziemlich lange her.« Punkt. Peng.

Gabrielle d'Angelle richtete sich ein wenig auf und sprach ernst: »Miss Loring, wenn Ihre Agentur partout nicht an der Aktion teilnehmen will ...« Es war nicht zu übersehen, wie sehr sie sich zusammennehmen mußte, aber sie sagte ihren

Satz nicht zu Ende, sondern begann sich zu erheben. Ich sah zu wie erstarrt.

»Ach, Gott«, meinte Justine wegwerfend und fiel ihr ins Wort, »als ob Sie nicht genau wüßten, daß ich natürlich gar nicht nein sagen kann. Nur die Ruhe, ich mache Ihnen eine Liste meiner besten Kandidatinnen und schicke sie Ihnen zusammen mit einem Steckbrief in Ihr Hotel.«

Kaum war die französische Dame davongerauscht, wandte ich mich mit allen Zeichen meiner totalen Ungläubigkeit und Verwunderung an Justine.

»Bist du vom Affen gebissen, sag mal? Oder total übergeschnappt?«

»Du meinst, weil ich ihr nicht ihre sündteuren Schuhe geküßt habe?«

»Wenn du es so ausdrücken willst, ja! Ich war einem Herzinfarkt nahe, hör mal! Ich meine, selbst wenn die Chancen gering sind zu gewinnen, weil so viele daran beteiligt sind, und selbst wenn sie am Ende nicht ein einziges von unseren Mädchen nehmen, so ist das doch, verdammt noch mal, kein Grund, daß du derart rüde mit ihr redest! Immerhin ist sie ja keine Sklavenhändlerin, oder? Die Sache ist für ein Mädchen die Chance ihres Lebens, und das weißt du ganz genau!«

»Ach was! Ich finde einfach diese ganze sogenannte Talentsucherei abscheulich und korrumpierend und ... fast entwürdigend!«

Jetzt explodierte ich. »Ach, komm, ach, komm!« Ich konnte es noch immer nicht glauben, soeben diesen Dialog Justines mit der Französin angehört zu haben. »Als ob nicht die ganze Model-Branche eine einzige permanente Talentsuche wäre, jahrein, jahraus, und du das nicht genausogut wüßtest wie ich!«

»Na gut«, beschwichtigte Justine mich und sich selbst auch, »sagen wir, ich konnte einfach die Hochnäsigkeit dieser affektierten Dame nicht mehr ertragen.«

»Ich auch nicht, aber was hat das mit der Sache zu tun? Jedes unserer Mädchen, bis aufs letzte, würde uns doch auf der Stelle davonlaufen, wenn wir da nicht mitmachen würden.«

»Das, meine kleine Maus, ist ja auch genau der Grund gewesen, warum ich der blöden Kuh sagte, daß ich natürlich wüßte, nicht nein sagen zu können. Also, beruhige dich. Und es ist wirklich der einzige Grund, glaube es mir.«

»Was sollte das alles denn überhaupt bezwecken?« wollte ich wissen, weil ich immer noch völlig konsterniert war. »War das die große Schau von der Über-alles-Agentur-Bossin, oder was? Ich habe dich wirklich noch nie derart seltsam erlebt. Gott sei Dank noch nie, kann ich nur sagen.«

»Einmal ist für alles das erste Mal, Frankie«, sagte Justine, und ihr Blick dabei war seltsam ernst, verschleiert und abwesend. Ich verstand den Blick nicht, und Justine hatte sichtlich auch keine Lust, ihn mir zu erklären.

Und das war dann auch das bisher erste und letzte Mal gewesen, daß wir über die Angelegenheit sprachen.

Die Kaffeemaschine hatte endlich ihre Arbeit vollendet. Ich schenkte Justine eine Tasse ein, brachte sie in ihr Büro und ließ sie mit ihrer Arbeit allein. Die Lombardi-Modelsuche hatte in den letzten paar Monaten mehr Presse bekommen, als wenn Madonna Prinz Albert von Monaco geheiratet hätte, während sie mit dem Kind der Liebe von Prinz Charles schwanger ging. Und je länger das andauerte, desto hektischer und nervöser wurde es in sämtlichen Agenturen, weil natürlich alle auf das Ergebnis warteten.

Nur wir, Loring Model Management, die Stolzen, taten, jedenfalls, was unsere Chefin anging, als gehe uns das alles nichts weiter an. Während ich um das Faxgerät herumschlich wie ein Tiger im Käfig, bemühte sich Justine nicht einmal nachzufragen, ob es etwa im Ausland irgendwelche Gerüchte gab! Obwohl sie ganz genau wußte, daß ich jeden Freitagabend mit vier Frauen aß, die bestens über alles informiert waren: Casey d'Augustino, Sally Mulhouse, Josie Stein und Kate James, meine Kolleginnen bei Lunel, Ford, Elite und Wilhelmina. Wir fünf haben eine Art limitierter Kumpanei gebildet, so ungefähr wie einander mißtrauende Mafiabezirkshäuptlinge, oder wie die heißen, die rein aus Geschäftsgründen so tun, als gingen sie freundlich miteinander um.

Unsere festgefügte Interessengemeinschaft gründet sich, fiel mir ein, als ich in meinem eigenen Büro saß, auf dem Grundsatz »Die Feinde meiner Feinde sind meine Freunde«. Ich trank pausenlos Kaffee, obwohl ich eigentlich gar nicht Kaffee trinken wollte, dachte lüstern an Hörnchen und legte meine Stiefelbeine auf den Tisch, um mich zu entspannen. Noch dauerte es mindestens eine halbe Stunde, bis das Personal kam und die Telefone zu klingeln anfingen und ich irgendeine Assistentin schicken konnte, etwas Eßbares zu holen.

Ja, Casey, Sally, Josie, Katie und ich hatten alle die gleichen Feinde, sprich Kunden, nämlich alle, die Models buchen: Zeitschriften, Anzeigenagenturen, Modehäuser, selbst Wohltätigkeitsmodeschauen. Wir, die Agenturen, sind es, gegen die es bei jeder Verhandlung mit den Kunden geht, bis hin zu der Frage, ob er, der Kunde, das Taxi für das Model zum Veranstaltungsort bezahlt.

Natürlich ist es auch immer jede von uns gegen jede. Wer, beispielsweise, war die erste, die sich unerschrocken gegen die öffentliche Meinung stellte und eine erst dreizehnjährige Schönheit mit einem Vertrag band? Wer versuchte gerade, einer anderen von uns ein Model abzuwerben? Da war selten viel zu beweisen, aber alles zu vermuten.

Es konnte schon ganz schön fies zugehen in unserer eleganten Glitzerwelt, in diesem Girlgeschäft. Aber genau gesehen waren wir letztlich, sagte ich mir philosophisch immer wieder, auch alle aufeinander angewiesen – sei es allein wegen des freien Flusses des Austauschs von Informationen. Wir mußten beispielsweise alle gleichermaßen wissen, welche Fotografen lieber spitz waren, als zu arbeiten und sich die Models vor allem unter den Nagel zu reißen versuchten, wenn ich mich mal so ausdrücken darf. Und wir mußten alle ebenso wissen, welche Kunden immer noch mehr Vorteile herausschinden wollten oder notorisch schlechte Zahler waren, weil sie, wenn sie ihr Geld noch ein paar Wochen länger auf der Bank ließen, statt die Rechnungen zu begleichen, noch ein paar Dukaten Zinsen mehr herausholten. Und solche Sachen. Welche Haarstylistin oder Maskenbildnerin zufällig stets ein paar Gramm Koks oder Heroin in ihren Berufsköfferchen hatte und diese kursieren ließ. Und in allererster Linie, welches Model angefangen hatte, Drogen zu nehmen.

»Wer fängt an, zu dünn auszusehen?« ist immer unsere erste Frage reihum bei unseren Arbeitsessen. Außer über Gewichtsverlust und -zunahme reden wir über die neuesten Diätschwachsinnigkeiten, die gerade ›modern‹ sind, tauschen Erfahrungen über Trainingsgeräte, Fitneßstudios und Dermatologen aus und machen uns gegenseitig klug darüber, welche Kunden die Models bei Überstunden lieber mit Kleidungsstücken aus ihrem Sortiment abspeisen wollen, als korrekt den eineinhalbfachen Tarif zu bezahlen. In dem Geschäft, wissen Sie, gibt es tonnenweise Ärger – was wiederum nicht so ganz unverständlich ist, wenn man weiß, daß um jedes Model, das einigermaßen erfolgreich arbeitet, bald ein Schwarm Leute herum ist, die man ungefähr so gern sieht wie Filzläuse.

Hätte irgendeine der Kumpaninnen oder auch irgendeine andere Agentur, die nicht in unserem Kreis vertreten ist, sagen wir Boss oder Women oder Company oder Partners, schon irgend etwas von Necker gehört, dann wäre das natürlich sofort in der ganzen Branche herum gewesen. Also konnte jetzt im Augenblick auch niemand mehr wissen als ich. Es sei denn, irgendeine andere Agentur bekam inzwischen, jetzt gerade, dieses blöde Fax, das ich doch schließlich immerhin heute nacht buchstäblich erträumt hatte. Das fing an, mich ganz jipperig zu machen. Ich war kurz vor dem Durchdrehen. Aber ich hatte nicht vor, alleine durchzudrehen. Also ging ich zu Justine hinein, ohne anzuklopfen.

»Denkst du«, fragte ich, weil ich keinerlei Absicht hatte, meine Chefin und Freundin damit in Ruhe zu lassen, ob sie nun sauer darüber wurde oder noch weniger Interesse zeigte als bisher schon, »denkst du, die Necker-Leute könnten es sich vielleicht anders überlegt haben mit den neuen Models? Wenn Sie sich nicht in den nächsten zwei Wochen und drei Tagen fest entscheiden, ist es zu spät, dann geht es bereits los mit den Kollektionen.«

»Ach, irgendwie, Francesca«, sagte Justine, und es ist immer verdächtig, wenn sie mich beim vollen Vornamen nennt, »irgendwie bezweifle ich das. Sie würden ziemlich dumm aussehen, wenn sie das täten.«

Francesca also, wie? Nur meine Mutter durfte mich bisher so nennen, und das weiß Justine ganz genau. Francesca war der Name, den meine Eltern mir gaben und den ich bereits änderte, kaum daß ich in die dritte Klasse kam.

»Dürfte ich vielleicht fragen, Miss Loring«, sagte ich deshalb in aller Förmlichkeit, »weshalb allein Sie nicht von der allgemeinen Unsicherheit in dieser Sache aufgefressen werden?« Und das sagte ich natürlich, weil ich meinerseits weiß, daß Justine es mindestens ebensosehr haßt, als Miss angesprochen zu werden, wie ich als Francesca. »Ich weiß ja, daß Sie sich mit Händen und Füßen geweigert haben, sich in diese Sache mit hineinziehen zu lassen. Sie benehmen sich, als wäre das Ganze eine Zumutung und irgendwie unanständig. Ich möchte sagen, daß ich auf eine gewisse kranke Weise fasziniert bin, mit anzusehen, wie Sie sich derart unrealistisch über alle anderen erhaben dünken. Nur sagen Sie, um der Liebe Christi willen, warum? Warum, O meine Chefin, warum?«

»Sehr richtig«, sagte Justine und sah mich ernst an, »ich war bekanntlich von Anfang an gegen diese *contest*-Geschichte, gegen diese Form von Druckausübung. Die Mädchen, die GN aussucht, müssen bereits eine ganz außergewöhnliche Reife aufweisen, um diesen Streß in Paris durchzustehen. Zwei von dreien werden zu Tode enttäuscht sein, wenn alles vorüber ist, weil sie als Verliererinnen dastehen, nachdem nur eine gewinnt. Eine solche Zurückweisung kann ihr Selbstbewußtsein auf Dauer erschüttern und schädigen, und ein Model ohne Selbstbewußtsein, das funktioniert nicht. Meinst du nicht, daß es in diesem Geschäft nicht ohnehin schon hart genug zugeht und Anlässe für Ablehnungsenttäuschungen genug gibt, daß nicht auch noch diese GN-Geschichte dazukommen muß, die sich noch dazu vor aller Weltöffentlichkeit abspielen soll? Die Mädchen dürfen sich doch nicht einmal mehr einen privaten Lapsus erlauben.«

»Na ja, gut, das mag wohl stimmen«, räumte ich widerwillig ein. »Aber immerhin, es geht schließlich um zwölf Millionen Dollar! Selbstverständlich ist das ein Schlachtfeld da draußen, aber doch ein ganz gut bezahltes. Die meisten Mädchen, die ich kenne, würden für so eine Chance auch einen Mord begehen.«

Eines der Telefone klingelte, und es war mir willkommen als ungewöhnlich frühes Signal des heutigen Tagewerks. Doch Justine winkte mich weg und nahm selbst ab.

»Loring Management«, meldete sie sich. »Guten Morgen.«

Es war wohl eines der Mädchen, das sich krank meldete, dachte ich, als ich Justines etwas besorgten Gesichtsausdruck bemerkte, während sie hörte, was ihr gesagt wurde.

»Was?« sagte sie dann auf einmal so barsch, wie ich es nie von ihr gehört hatte. Anschließend spiegelte sich auf ihrem Gesicht eine Mischung von Abscheu, Abwehr und Verblüffung – oder vielleicht auch Angst.

Justine und Angst? Ganz unmöglich, gar nicht denkbar. Und im nächsten Augenblick wurde dieser Ausdruck auch bereits zu einer Aufwallung von Zorn und Empörung. »Wiederholen Sie das letzte noch einmal«, sagte sie schließlich grimmig, lauschte wieder und machte sich ein paar Notizen. »Was? Und überhaupt keine zusätzlichen Bedingungen? Erstaunlich. Gut, ich lasse es Sie wissen ... Sobald ich mich entschieden habe; oder vielmehr, wenn.« Sie warf den Hörer geradezu hin.

»Wer in Gottes Namen war das denn?«

»Ich wußte es!« schimpfte Justine. »Ich wußte es doch! Die ganze Zeit habe ich es vermutet. Nachdem alles andere nicht klappte, versucht er es jetzt auf die Art! Teuflisch ist das, eine Teufelei! Sie wissen ganz genau, daß ich mitmachen muß und gar nicht ablehnen kann. Wahrscheinlich haben sie sogar schon die Pressemitteilung herausgegeben!«

»Justine, stopp! Stopp! Verdammt noch mal, komm zu dir! Was ist teuflisch? Um was für eine Teufelei geht es? Und wer versucht es jetzt auf diese Art? Nämlich auf welche?« Nie hätte ich mir Justine in einem solchen Gemütszustand vorstellen können, wie ich sie jetzt vor mir sah. Ich war total verwundert. Was war denn auf einmal mit meiner strengen, ruhigen, sachlichen Anführerin passiert?

»Gabrielle d'Angelle war dran«, geiferte Justine. »GN hat April, Jordan und Tinker für den Lombardi-Wettbewerb ausgesucht!«

»Aber ... aber ...«, stotterte ich, völlig irritiert, »die sind doch alle drei von uns! Alle drei unsere Mädchen!«

»Ja, eben!« rief Justine. »Und du glaubst doch wohl nicht im Ernst, daß das der pure Zufall ist, oder?« Die Bitterkeit ihres Tons hätte glauben lassen können, wir seien soeben hinterrücks ruiniert worden. »Du glaubst doch nicht wirklich, daß von all den Mädchen hier ausgerechnet unsere drei die einzigen akzeptablen Gesichter sind? In der ganzen Stadt? Nein, nein, das hat er von Anfang an so geplant. Als alles andere nicht klappte, da hat er sich das ausgedacht, um sich in mein Leben zu schmuggeln. Übers Geschäft! Der miese Hund, der miese!«

»Justine!« rief ich und versuchte, sie zu beruhigen. »Bist du jetzt total übergeschnappt, oder was?« Ich begriff absolut nicht, wo da der Grund war, sich so aufzuregen.

»Na, Necker!« schrie sie mich an. »Jacques Necker, dieser miese, fiese Mensch! Der tut doch alles, wenn er etwas haben oder durchsetzen will! Von dem Augenblick an, als die d'Angelle hier hereingerauscht kam, wußte ich, daß es so etwas sein mußte. Aber nicht im Traum hätte ich ihm zugetraut, daß er wirklich so weit geht! Der Teufel soll ihn holen! Zum Himmel stinkt das, ganz unsäglich ist das!«

»Necker? Justine, sprich dich aus und nicht in Rätseln. Was soll das alles? Ich verstehe kein einziges Wort!«

Sie verstummte, blickte mich an und atmete tief durch, versuchte sichtlich, die Fassung wiederzugewinnen. Ihr wilder Zorn wich ganz allmählich dem Entschluß, ein Geheimnis preiszugeben, das sie nicht mehr länger bewahren konnte.

»Der Mensch ist mein Vater, Frankie«, gestand sie mir schließlich leise und so hastig, als könne sie das Geständnis dieser schlimmen Tatsache gar nicht schnell genug hinter sich bringen.

»Dein was??« stammelte ich. Das war ja nun noch unverständlicher. »Was redest du denn jetzt wieder?«

»Necker, der Dreckskerl, das miese, oberfaule Miststück, jawohl, der ist mein Vater. Tu nicht so, Frankie, als ob du mich nicht schon beim ersten Mal ganz gut verstanden hättest!«

»Aber ... aber ... aber ... das ist doch ... absurd ist das!«

»Das ist es allerdings, das kannst du laut sagen. Aber ich warne dich eindringlich, stelle mir um Himmels willen keine weiteren Fragen. Das ist kein Thema, über das ich zu diskutieren auch nur annähernd imstande bin, klar? Weder jetzt noch jemals. Auch wenn ich weiß, daß ich es natürlich nicht ändern kann. Aber ich bin nun mal wirklich und tatsächlich seine Tochter, Gott stehe mir bei. Ich will nichts, nichts, nichts mit ihm zu tun haben, niemals, niemals, niemals. Und da hat er nun tatsächlich doch einen Weg gefunden, wie er an mich heran kann und wie ich ihm einfach nicht auskomme.«

»Aber Justine ...«

»Keine einzige Frage, habe ich gesagt, Frankie!«

»Schon gut, schon gut. Ich sage ja gar kein Wort über dich und ...« Ich unterbrach mich gleich wieder und hielt mir die Hand vor den Mund, während mein Gehirn allmählich wieder zu funktionieren begann. »Was ich nicht kapiere: Wieso soll es ein Weg für ihn sein, an dich heranzukommen? Nehmen wir doch mal den schlimmstmöglichen Fall an. Denkst du mit?« Ich sprach mit ganz übertriebener Ruhe. »Also. Drei unserer Mädels reisen nach Paris als Models für die Lombardi-Kollektion, und eine von ihnen wird den Goldtopf gewinnen. Könntest du mir vielleicht gütigst verraten, was daran so schlimm ist?«

»Du hast nicht alles gehört, Frankie! Du weißt ja nicht, was die d'Angelle am Schluß noch gesagt hat.« Sofort wallte ihr Zorn wieder auf. »Bedingung für die ganze Sache ist, daß ich *persönlich* – stell dir mal vor: persönlich – die Mädels nach Paris begleiten muß.« Sie konnte sich gar nicht mehr beruhigen. »Und das ist nicht alles. Nicht nur, daß ich mitreisen muß, nein, außerdem will sie – Necker, heißt das, natürlich –, daß wir alle bereits in drei Tagen in Paris antanzen!«

»Was? Aber das ist doch noch zwei ganze Wochen vor der Kollektion!«

»Ja, eben! Du hättest sie hören sollen, die falsche Schlange, wie sie sich vor ihn hinstellte, hinstellen ließ, und dieses Gesäusle losließ, als wäre sie meine liebe Tante. Als wüßte sie nicht selber ganz genau, was für eine eingefädelte Lügen- und Schwindelgeschichte das Ganze ist! ›Die zusätzliche Zeit gibt den Mädchen Gelegenheit, sich zu akklimatisieren und sich mit ihrer Aufgabe vertraut zu machen. Selbstverständlich werden alle Kosten getragen, und sie bekommen jede hunderttausend Dollar extra nur für diese eine Lombardi-Vorführung.‹ Da hört sich doch alles auf, oder? Nicht mal Iman oder Claudia haben jemals auch nur halb so hohe Gagen bekommen. Zwei volle Wochen auf Kosten von GN! Und zwar im Hotel Plaza Athénée und nicht sonstwo, mit heiß und kalt laufenden Limousinen. Als ob das Weib nicht wüßte, daß neue Mädchen normalerweise höchstens zwei Tage, meistens nicht einmal soviel, Zeit bekommen, sich zu akklimatisieren! Offensichtlich sind diese zwei Wochen für Necker nur das Mittel, mich da zu haben und mir das Rückgrat zu brechen, Frankie! Machen wir uns da mal nichts vor! Nichts anderes ergibt einen Sinn in dieser ganzen abgefeimten Geschichte!«

»Na ja«, mußte ich zugeben, »offenbar haben sie tatsächlich an alles gedacht.« Ich kam immer noch nicht so ganz mit dieser Neuigkeit zurecht, daß Justine einen Vater haben sollte, und ausgerechnet keinen anderen als den steinreichen Necker. Immerhin versuchte ich, nachzudenken, was es denn wohl für Alternativen gäbe in dieser Angelegenheit.

Sinnlos. Selbstverständlich gab es keine. Nicht eine. Völlig und total ausgeschlossen, daß wir das ablehnen konnten. Da mochte Justine noch so wütend sein. Jedenfalls konnte und durfte sie den drei Mädchen nicht die Chance ihres Lebens nehmen und verbauen, ganz und gar unmöglich. Wie hätte irgendwer auf der ganzen Welt begreifen können, daß jemand so eine Chance nicht wahrnahm und einfach ablehnte? Nein, nein. Natürlich hatten sie Justine ganz raffiniert in die

Ecke und an die Wand manövriert. Aber das war immer noch kein Grund für sie, nein zu sagen.

Wir starrten einander eine lange Zeit nur stumm an, als warteten wir darauf, daß die andere jeden Augenblick die rettende und ganz umwerfende Idee hätte. Aber als sich das in die Länge zog, rappelte ich mich schließlich hoch und erklärte:

»Wir vertrödeln hier nur unsere Zeit, Justine. Früher oder später, ob es dir nun paßt oder nicht, mußt du dich einfach mit deinem so lange vermißten Duweißtschonwer befassen. Aber vorerst einmal müssen wir die Mädels wissen lassen, daß es nach Paris geht, da hilft nun gar nichts. Da beißt die Maus keinen Faden ab.«

»Mach du das«, sagte Justine müde und ließ sich in die Nachbeben ihrer emotionalen Erschütterung versinken. »Ich kann jetzt nicht. Ich muß nachdenken. Ich weiß, ich brauche es dir eigentlich nicht extra zu sagen, aber trotzdem: Diese ganze Mistgeschichte muß unbedingt unter uns bleiben, Frankie, ja?«

»Na sicher doch, dumme Gans«, sagte ich grob und milderte diese unangemessene Titulierung wenn schon nicht meiner besten Freundin, so immerhin meiner Chefin mit einem Trostkuß auf ihre Stirn ab. Dann retirierte ich in mein Büro und machte die Tür fest hinter mir zu. Ich stand da wie angewurzelt und wollte dauernd zum Telefon gehen, aber es ging nicht. Statt dessen stand ich da, zitterte und fror und fühlte, wie mir schwindlig wurde. Mein Schock war derartig, daß mir immer nur ein einziges Wort in den Sinn kam und in meinem Kopf rotierte; das Wort, das ich nur für die größten Ereignisse meines Lebens reserviert hatte. Nämlich: »*Caramba!*«

2

»Es ist alles arrangiert, Monsieur«, meldete Gabrielle d'Angelle Jacques Necker. Sie stand vor seinem gewaltigen Schreibtisch in seinem Büro im Pariser Haus GN.

»Keine Probleme?«

»Natürlich nicht, Monsieur. Miss Loring hatte wenig zu sagen, aber natürlich nahm sie an.«

»Und wie war es mit den Verhandlungen, Gabrielle?« fragte Monsieur Necker neugierig. »Welche Details sprach sie an?«

»Überhaupt keine, Monsieur. Sie klang, offen gesagt, ziemlich überwältigt. Die Überraschung war, ganz wie ich auch erwartete, enorm. Sie antwortete nur in einsilbigen Wörtern und hatte keine einzige Frage. Sie war buchstäblich sprachlos. Ich rufe sie morgen noch einmal an, wenn sie die Neuigkeit verdaut hat und sich über alles klargeworden ist. Dann können wir ihr die Verträge zur Unterschrift schicken.«

»Berichten Sie mir unbedingt über ihr Gespräch mit ihr, bevor Sie der Presseabteilung grünes Licht geben. Die Pressemitteilung möchte ich ebenfalls sehen, bevor sie hinausgeht, und zwar, sobald sie geschrieben ist.«

»Darf ich Monsieur Lombardi etwas sagen? Es gibt keinen Tag, ohne daß er mich danach fragt, was für eine Entscheidung Sie getroffen hätten.«

»Lombardi muß sich gedulden«, antwortete Jacques Necker kurz und entließ sie mit seinem typischen knappen Nicken.

Auch sie selbst mußte geduldig sein, dachte Gabrielle d'Angelle, als sie rasch das riesige Büro verließ. Sie mußte ebenfalls ihre Neugier bezähmen, warum ihr Chef, obwohl sie ihm Stunden von Videokassettenbändern und detaillierten Notizen von Dutzenden Models aus diversen Agenturen Manhattans zusammengestellt hatte, mit einem Blick drei ausgesucht hatte, ohne die anderen auch nur weiter zu erörtern. Und alle drei Mädchen aus ein und derselben Agentur. Gut, sie waren die drei besten des Loring Model Managements, alles ganz außergewöhnliche Gesichter, gewiß. Aber andererseits doch nicht so einzigartig, daß alle anderen von vornherein überhaupt nicht weiter in Frage gekommen wären. Nichts erklärte diese geradezu überhastete Auswahl und sein ungeduldiges Beharren darauf, daß weitere Vorschläge gar nicht mehr diskutiert zu werden brauchten.

Sie mußte das klug anstellen. Nämlich herauszufinden, warum sie überhaupt auf diese Reise nach New York geschickt worden war, wenn auch ein einfaches Fax an die Loring-Agentur mit einer Fotoanforderung genügt hätte. Und wieso war dieses unsympathische, kratzbürstige Weib, diese Justine Loring, nicht einmal ein bißchen dankbar oder überwältigt davon – und zeigte auch sonst nicht die kleinste positive Reaktion –, als ihr diese gigantische reife Frucht ganz mühelos in den Schoß fiel? Schon seltsam. Statt dessen war sie ungehalten und unhöflich gewesen. Sie hatte gerade ein paarmal geknurrt, als sie erfuhr, daß sie den Coup ihres Lebens gelandet hatte. Das ging doch nicht mit rechten Dingen zu! Einfach nur ein unmöglich rüdes Benehmen? Schlechte Laune, die sie an ihr ausließ? Wer in aller Welt reagiert denn so auf eine solche Nachricht? Nein, das war alles sehr ungewöhnlich. Aber sie hatte auch nicht die Absicht, Necker etwas davon zu sagen, zumal sie ihm ja üblicherweise sowieso immer den Eindruck vermittelte, sie habe stets jeden Aspekt jeder Sache, mit der sie betraut war, voll im Griff.

Nein, nein, da war sorgfältige Beobachtung angesagt. Eine überaus eigenartige Sache. Es war ohnehin die Frage, wieso ein Jacques Necker, einer der beschäftigtsten Männer der

Welt, der ein ungeheuer verzweigtes, kompliziertes Bündel von Firmen und Unternehmungen zu leiten hatte und normalerweise auf meisterhafte Weise Arbeit delegierte, wieso also ein solcher Mann sich plötzlich so intensiv um eine verhältnismäßig unwichtige Angelegenheit wie die Models einer Lombardi-Modenschau persönlich kümmerte! Wie war zu erklären, daß er sich außerdem diese ganze Idee selbst ausgedacht hatte? Diese Idee mit völlig neuen und unerfahrenen, auch unerprobten Models für Lombardis Frühjahrskollektion, sichtbar für alle Welt, als wäre er ein junger Werbeassistent? Und wieso erkundigte er sich mit einem völlig ungewöhnlich lebhaften Interesse danach? Als hätte er tatsächlich nichts Wichtigeres zu tun?

Ganz nebenbei gesagt, dachte Gabrielle d'Angelle, war es außer dem Geheimnis aller dieser Fragen nicht auch höchst ungewöhnlich, daß sie selbst diese Reise nach New York hatte antreten müssen? Schließlich hatte sie doch in diesem Haus eine eigentlich viel zu hohe Stufe erreicht, um noch mit solchen Aufträgen behelligt zu werden. Jede Stylistin aus jedem beliebigen Couture-Haus des Konzerns hätte das erledigen können!

In den nunmehr zwanzig Jahren, die Gabrielle d'Angelle für GN tätig war und in denen sie vom Schreibbüro bis zur obersten Leiterin der Verwaltung und Assistentin Neckers aufgestiegen war, hatte sie diesen Aufstieg mit nie nachlassender harter Arbeit geschafft, und auch mit Intelligenz und Durchsetzungsvermögen. Jetzt, mit vierzig, hatte sie eine rundum makellose äußere und intellektuelle Erscheinung erlangt. Sie war die Perfektion einer Karrierefrau ohne Familienverpflichtungen, hochbezahlt und mit den besten Verbindungen in der Branche in Paris. Und dennoch – als sie sich nun kritisch prüfend im Spiegel betrachtete und sich das genau auf die modisch richtige Länge geschnittene Haar aus der Stirn strich und nichts an ihrem neuen grauen Kostüm auszusetzen fand, verspürte sie keine Befriedigung über ihr makelloses Ebenbild. Dieser Lombardi-Wettbewerb vermittelte ihr irgendwie das Gefühl totaler Machtlosigkeit, weil sie nicht wußte, was da alles vor sich ging. Und dabei war doch ihr ganzer noch immer ungestillter Ehrgeiz darauf aufgebaut, daß Wissen Macht ist.

Sobald er allein war, sprang Necker auf und ging zur Fensterfront des obersten Stockwerks seines imposanten GN-Gebäudes an der Westseite der Avenue Montaigne. Er blickte zum Himmel dieses ungewöhnlich klaren Januartags hinauf und fragte sich, wie er wohl überhaupt seiner Erregung Herr werden könne. Er schaute nach unten und meinte schier, die Trompeten müßten blasen und an sämtlichen Häusern Fahnen gehißt werden; und die blattlosen Winterbäume die ganze Avenue entlang müßten in üppiger weißer Blütenpracht stehen, die für die Pariser den Frühling verkörpert.

Nach rechts hinüber konnte er bis zu dem bäumeumstandenen Rond-Point der Champs-Elysées blicken, und linker Hand floß, nur einige Häuserblocks entfernt, die »ewige« Seine unter den Pfeilern des Pont d'Alma und spiegelte den freundlichen und hellen Himmel wider. Direkt gegenüber hatte er die beiden phantastischen Glaskuppeln der edwardianischen beiden Riesenhallen des Grand Palais und des Petit Palais vor sich, hinter denen sich in der Ferne die Tuilerien und dahinter der Louvre selbst erstreckten.

Aber nicht einmal das geliebte Paris in seiner ganzen Schönheit konnte seine Erregung dämpfen. Sein Ausblick, so überwältigend er auch sein mochte, stand doch in keiner Beziehung zu seiner Stimmung. Er mußte hinaus ins Freie und seinen Gefühlsüberschwang mit einem Spaziergang abreagieren. Er sagte seiner Sekretärin über die Sprechanlage Bescheid, daß er den Rest des Tages nicht mehr da sei, und fuhr mit seinem Privataufzug nach unten.

Er schritt rasch aus, eine Viertelstunde lang, ohne bestimmtes Ziel, mit nur einem einzigen Gedanken im Kopf. *Justine kam!* Aber so sehr er es auch versuchte, er konnte es nicht verarbeiten. Konnte einfach nicht glauben, daß es wahr wurde. Daß es Realität war. Es klang noch nicht real, es hörte sich noch nicht nach Wahrheit an. Alles, was er sich im Überschwang seiner Freude vorstellen konnte, waren die tausend Dinge, die es verhindern konnten. Justines Flugzeug konnte abstürzen. Er selbst konnte bei einem Autounfall ums Leben kommen, bevor sie noch da war …

Er wies sich selbst tadelnd zurecht: Mein Gott, warum kommt nicht gleich, wenn wir schon dabei sind, vorher das Ende der Welt? Oder der große, glühende Komet, der auf die Erde fällt? Das Jüngste Gericht für alle, mit Ausnahme für ihn selbst natürlich?

Jacques Neckers gesunder Menschenverstand gewann allmählich wieder die Oberhand. Er hatte einen Einfall. Wenn er seiner Tochter jetzt gleich und sofort ein Geschenk schickte, vorausgesetzt, er fand etwas, das dem Anlaß angemessen war, etwas wirklich Außergewöhnliches, dann wäre er imstande, konkret die kaum noch erhoffte Tatsache zu fühlen und zu spüren, daß sie in drei Tagen hier ankam.

Offensichtlich, auch wenn sie bisher seine Briefe niemals auch nur beantwortet, ja vermutlich nicht einmal gelesen hatte, hatte Justine nun doch endlich begriffen, daß sie einander sehen und miteinander reden mußten. Nichts auf der Welt konnte ihm diese Begegnung noch länger vorenthalten. Es war ihm klar, daß es eine absolute Notwendigkeit für ihn war, mit ihr, seiner Tochter, zu reden.

Er mußte Justine sagen, daß er sich mehr als für alles andere in seinem Leben dafür schämte, wie er mit ihrer Mutter umgegangen war. Er mußte sie wissen lassen, daß er sich wirklich die ganzen letzten vierunddreißig Jahre endlose Selbstvorwürfe gemacht hatte, Helena Loring verlassen zu haben. Sie waren damals beide erst neunzehn gewesen, Studenten in New York, als sie ihm offenbart hatte, daß sie schwanger war. In blinder Panik war er geflohen, zurück in die Schweiz, und hatte Helena allein und schutzlos zurückgelassen. Nichts auf der Welt konnte seine Feigheit von damals entschuldigen und rechtfertigen. Seine Strafe war bitter genug gewesen, wenn auch immer noch weitaus geringer, als er es verdient gehabt hätte. Es war sicherlich kein Zufall, daß seine Frau, die arme Nicole, keine Kinder bekommen konnte, sondern eher eine Strafe für ihn – einer Frau aufgeladen, der er stets absolut treu gewesen war.

Jacques Necker war nicht religiös. Er war ein irdischer Mensch, der daran glaubte, nur was man fühlen, berühren und beweisen könne, sei real. Aber jetzt bemerkte er zu seiner eigenen Verwunderung, daß er den Gott, an den er gar nicht glaubte, anrief, damit er ihm half: Bitte, betete er, mach, daß meine Tochter etwas Nachsicht mit mir hat und mir etwas Freundlichkeit entgegenbringt. Vergebung kann ich nicht von ihr verlangen, die verdiene ich natürlich nicht. Aber ich möchte sie kennenlernen. Sie ist das einzige Kind, das ich auf dieser Welt je haben und hinterlassen werde. Bitte, gib mir eine Chance, und sei es nur, bei ihr sein zu können, ihr Gesicht zu betrachten und ihr Lachen zu vernehmen.

Er hatte Fotos von Justine, Album um Album, Fotos, die ihm schier das Herz brachen. Jeden Abend sah er sie sich an, mit einem nie endenden Gefühl der Hilflosigkeit. Er wußte ja in Wirklichkeit nichts von ihr, überhaupt nichts, außer den bloßen Fakten, daß sie aufgewachsen war und ihr eigenes Geschäft gegründet und aufgebaut hatte. Und ein Leben führte, in dem die Worte Heirat und Ehe nicht existierten. Aber er hatte nicht den kleinsten Zugang zu ihrem inneren Leben, zu der Welt ihrer Gefühle und Empfindungen. Was dachte sie, was hatte sie für Ansichten vom Leben und von der Welt?

Er besaß nichts von ihr außer den Fotos eines ganz ungewöhnlich hübschen kleinen Mädchens, das schließlich zu einer umwerfenden jungen Schönheit herangewachsen war. Wie war es überhaupt möglich, daß sie nie geheiratet hatte? War sie mit ihrem Leben glücklich? Für ihn war dies die wichtigste Frage überhaupt, die er ihr unbedingt stellen wollte.

Viele Frauenköpfe wandten sich nach ihm um, als er, in seine Gedanken versunken, ohne irgend etwas um sich herum wahrzunehmen, dahinschritt, ein hochgewachsener Mann ohne Schal oder Mantel, das dichte, blonde Haar kurz geschnitten, an den Schläfen schon leicht ergraut, dazu lebhaft blaue Augen. Seine Krawatte flatterte im Wind. Das ist kein Franzose, sagten sich alle die Frauen, die sich nach ihm umdrehten. Engländer vielleicht, jedenfalls waren seine Kleidung und die Schuhe sehr britisch. Oder Norweger? Schwede? Das Haar, die Augen, die Größe ... Ein reicher Amerikaner? Nein, zu selbstsicher in dieser geschäftigen Pariser Straße, um Amerikaner zu sein, ganz gleich, wie reich auch immer. Viel zu »einheimisch«, um die Schaufenster zu beachten. Jedenfalls aber jemand von Bedeutung, jemand, der etwas darstellte und mit dem man rechnen mußte. Jemand, von dem man träumen konnte, daß man ihm persönlich begegnete. Womöglich sogar ein Prominenter. Er hatte etwas ... Etwas ganz Besonderes ...

Necker blickte auf und fand sich in der Rue Monceau beim Park Monceau. Sehr gut, dachte er und lenkte seine Schritte zu einem vertrauten Hauseingang mit einem einfachen Messingschild daran: Kraemer & Cie. Das traf sich gut. Er klingelte an dem eindrucksvollen, jedoch anonym wirkenden Haus mit seinen vielen großen, storeverhangenen Fenstern zur stillen Straße hin. »Ist Monsieur Philippe vielleicht da?« fragte er den Bediensteten, der ihm öffnete.

»O ja, gewiß, Monsieur Necker. Monsieur Laurent und Monsieur Olivier sind ebenfalls da.«

»Gut.«

Philippe Kraemer und seine beiden Söhne gehörten zu den bekanntesten Händlern der Welt für französische Antiquitäten. Nichts, was sie in ihren neun Ausstellungssalons anboten, war von geringer Qualität. Alles war vollkommen und makellos. Ihre professionelle Überzeugung gipfelte in dem Credo, daß, zumal sie mit sicherem Auge jederzeit Authentizität, Zustand und künstlerischen Wert einordnen konnten, Vollkommenheit tatsächlich möglich und erreichbar war. Wer, fragten sie sich allerdings oft, konnte so wenig für Schönheit empfinden, daß er eine Handvoll Diamanten, wie makellos sie auch immer sein mochten, dem Besitz zweier zueinandergehörender Boulle-Kabinette für zwanzig Millionen Dollar vorzog – Kabinette, die einmal zwei Königen Frankreichs gehört hatten? Wer konnte das Leben mit kalten, leblosen Steinen, auch wenn sie in unvorstellbaren Äonen von Zeit entstanden und gewachsen waren, wirklich höher einschätzen als die unvergleichliche Lebensqualität, welche die Wärme vollkommener Möbelstücke aus den Händen von genialen Kunsthandwerkern spendete?

»Hallo, Jacques«, begrüßte ihn Philippe Kraemer, »schön, Sie wieder einmal zu sehen!« Er war ihm im Empfangsraum entgegengekommen, ein Mann mit Schalk in den Augenwinkeln, einem runden Gesicht mit einem stets charmanten Lächeln und ungewöhnlich buschigen Augenbrauen unter einem halbkahlen Schädel. Sein Großvater Louis hatte das Geschäft schon 1875 gegründet. »Kommen Sie herein, wir trinken ein Glas zusammen.«

»Vielen Dank, Philippe, aber jetzt nicht. Normalerweise natürlich jederzeit. Nur heute nicht. Wir müssen ein ernstes, promptes Geschäft machen. Deshalb habe ich überhaupt keine Zeit zum Plaudern.«

»Nanu? Nicht einmal Zeit für eine kleine Unterhaltung? Also gut, lieber Jacques, ich will mein Bestes tun, aber leicht wird es nicht sein. Wir Händler gehen doch überhaupt nur ins Geschäft wegen der Unterhaltung, wissen Sie das nicht? Das muß ja ein wirklich ernstes Geschäft sein! Wie ernst denn?«

»Ein Geschenk für eine Dame.«

»Oh!« Kraemer machte eine nachdenkliche Pause. »Aha«, sagte er dann. »Verstehe. Das ist in der Tat das ernsteste aller Geschäfte, da pflichte ich Ihnen bei. Na, dann wollen wir doch einmal sehen, was wir tun können. Kommen Sie.«

»Ich bitte darum«, sagte Necker, bereits leicht ungeduldig, und ging selbst voran in einen der Ausstellungsräume. Er kannte das Haus Kraemer genau. Er war seit langem Sammler bester französischer Antiquitäten. Beide Kraemer-Generationen, Vater und Söhne, lebten mit ihrem Geschäft und privat unter demselben Dach. Es gab vier separate Wohnungen in dem Haus. Sie hatten zwei Aufzüge einbauen lassen und ein Schwimmbecken, und außerdem gab es dann noch die neun Ausstellungsräume, wo die erlesenen alten Möbel jeden verfügbaren Quadratmeter einnahmen.

»Was haben Sie speziell im Sinn, lieber Freund?« erkundigte sich Kraemer. »Siebzehntes Jahrhundert oder achtzehntes?« Mehr Jahrhunderte brauchte er nicht aufzuzählen. Das Haus Kraemer führte ausschließlich siebzehntes und achtzehntes Jahrhundert.

»Das ist unwichtig«, sagte Necker. Er machte einen seltsam zerstreuten Eindruck. Auch seine Unbestimmtheit war nicht das, was man von ihm im Hause Kraemer gewöhnt war. Er strich wie gehetzt durch die Räume und eilte vorbei an einem wunderbaren Louis-XVI-Sekretär mit Einlegearbeiten und einem vergoldeten Armlehnensessel aus Versailles, um sich eine raffiniert in eine celadongrüne Vase mit Bronzesockel eingelassene Uhr anzusehen.

»Etwas Kleines vielleicht?« regte Kraemer daraufhin sofort an. »Für ein Geschenk ist so etwas meistens die beste

Wahl. Für Möbelstücke haben nicht alle Leute den richtigen Platz, wenn überhaupt. Sofern man nicht eben das im Sinn hat: ein Stück für einen Raum.«

»Ja, da haben Sie völlig recht«, sagte Necker, immer noch gedankenverloren. Er hörte gar nicht richtig zu und suchte unstet weiter, hob hier einen Kerzenleuchter hoch, um ihn zu begutachten, und dort ein Schreibzeug oder eine Schatulle, eine dekorative Urne oder Vase, die er sich intensiv betrachtete, um sie dann doch mit einem verneinenden Kopfschütteln wieder wegzustellen. Über ein Schokoladenservice aus Limoges dachte er dann immerhin länger nach, ließ aber auch dies schließlich wieder stehen und eilte weiter zu den Gemälden, Miniaturen, Plaketten und Wandleuchtern, weiter zum nächsten Raum, in dem kein Stück später als 1799 gefertigt war. Er sah Dutzende seltener Stücke, die zwar ihn selbst durchaus hätten interessieren können, für Justine jedoch nicht unbedingt das Richtige zu sein schienen.

Kraemer folgte ihm mit höflichem Schweigen, aber mit wachsender Verwunderung. Dies war nicht der Jacques Necker, den er kannte und der zuweilen auch viermal oder fünfmal wiederkam, um stundenlang nur um ein einziges Stück herumzuwandern und es mit dem wahren Sammlerblick zu betrachten und zu untersuchen, bis er sich endlich dazu durchgerungen hatte, es zu kaufen. Heute benahm er sich völlig ungewohnt, wie ein Kind, das man auf einen Spielzeugladen losgelassen hat, wo es sich unter hundert Dingen für keines entscheiden kann. Er hatte jetzt schon mindestens hundert Gegenstände negiert, die jede Frau der Erde in Entzücken versetzt hätten.

Und dann blieb er doch auf einmal wie angewurzelt stehen. »Ah!« rief er. »Das ist es! Das ist es. Ich wußte doch, ich würde hier genau das Richtige finden!« Er deutete auf einen kleinen Sekretär, ein Möbelstück, das aussah, als sei es in die Ausstellungsräume bei Kraemer hineingeschwebt. Es war von unbeschreiblicher Erlesenheit, prunkvoll über alle Maßen. Wo Ornamente und Verzierungen anzubringen waren, befanden sich welche, so daß kaum noch das Basisholz des Sekretärs zu sehen war. Die Platte oben und die Vorderseite der Schubladen wiesen Intarsien aus Sèvres-Porzellan in grünen, rosafarbenen und blauen Pastelltönen und mit aufs feinste daraufgemalten kleinen Blumen und Kränzen auf. »Dies paßt genau für sie«, murmelte er. »Das sind ihre Farben.«

Kraemer schwieg und betrachtete das Stück sinnend. Er hatte es erst vor kurzer Zeit auf einer Auktion in Genf ersteigert. Es war ein sogenanntes *bonheur du jour,* ein Vertiko, ein Kommodenschreibtisch, angefertigt in der Mitte des 18. Jahrhunderts kurz vor dem Tod seiner Besitzerin, Madame de Pompadour. Es zählte zu den vollkommensten Möbelstücken, die in jener Zeit überhaupt angefertigt worden waren, in welcher jeder einzelne der großen französischen Künstler seinen gesamten Ehrgeiz darein gesetzt hatte, den überaus erlesenen Geschmack der Marquise zu befriedigen, die so lange Zeit das Herz Ludwigs XV. beherrscht hatte.

»Ja«, wiederholte Necker noch einmal ganz hingerissen und fuhr mit der Hand vorsichtig und zärtlich über die Schreibplatte des Möbels. »Auch die Größe ist perfekt. Klein genug, um überall hinzupassen. Philippe, sagen Sie, ist es möglich, daß Sie es sofort versenden? Hier, ich schreibe Ihnen Namen und Adresse auf. Es muß aber sofort sein, verstehen Sie? Auf der Stelle, heute noch, per Luftfracht und mit Kurier nach New York. Es muß morgen ankommen. Können Sie das machen? Gut. Haben Sie vielleicht eine einfache, neutrale Karte da? Ausgezeichnet, danke.« Er dachte kurz nach, schrieb eine kurze Nachricht, gab Philippe die Adresse und legte die Karte in die mittlere Schublade des Sekretärs. »Und jetzt müssen Sie mich entschuldigen, aber ich muß zurück ins Büro.« Er schüttelte Kraemer eilig die Hand und war schon wieder auf dem Weg hinaus.

Kraemer starrte ihm verwundert nach. Ganz undenkbar und gegen alle Gewohnheit hatte Jacques Necker es nicht einmal für der Mühe wert gehalten, nach dem Preis des immerhin höchst ungewöhnlichen Stücks zu fragen. Dabei hätte ihm selbst, Kraemer, dieses Möbel noch so viele glückliche Stunden bereiten können! Wenn er nur daran dachte, welche Freude es ihm verschafft hätte, seiner exquisiten Klientel die Geschichte dieses einzigartigen Stücks zu erzählen. Selbst die Betuchtesten hätten trotz aller Bewunderung am Ende einräumen müssen, daß sie nicht so ohne weiteres die Summe erübrigen könnten, die dafür zur Debatte stand. Millionen, und das für ein relativ kleines Stück, ungeachtet seiner wundervollen Verarbeitung! Gerade erst zwei Tage hatte er dieses Juwel in seinen Räumen stehen, noch niemand in Paris hatte es überhaupt gesehen – und da war es schon wieder, ffffft, weg! Und auch noch ausgerechnet nach New York! Gewiß, immer schon hatte er gesagt, daß das Beste vom Besten zu kaufen eine gute Investition war, ganz egal, wie hoch der Preis sei. Aber es gab doch auch entschieden Nachteile dieses Geschäfts. Er fühlte sich im Augenblick geradezu wie überfallen und beraubt. Als hätte jemand eine wunderschöne Frau entführt, die man gerade erst kennengelernt hat.

Andererseits war es wiederum auch ein befriedigendes und schönes Gefühl, einen bewunderten und verehrten Mann zu kennen, der derartig verliebt sein mußte, daß er sich in solche Ausgaben stürzte.

3

Nachdem Justine mir den Auftrag erteilt hatte, unsere drei Models zusammenzutrommeln, damit wir ihnen die erstaunliche Neuigkeit aus Paris mitteilen konnten, stand ich erst einmal zehn Minuten lang da wie ein Ölgötze. Ich stand einfach da, mitten in meinem Büro, atmete tief durch, murmelte immer wieder gebetsmühlenhaft nur »Caramba!« vor mich hin *(»Caramba!«)* und versuchte, meine Haltung wiederzugewinnen. Justine hatte mir die Überraschung meines jungen Lebens bereitet. Besser gesagt: zugefügt. Schließlich erwachte ich doch wieder aus meiner Trance und ließ Salven von Anweisungen an die Bucherinnen los.

»Schafft mir April, Tinker und Jordan her«, kommandierte ich. »Die sollen alles stehen und liegen lassen, egal wo sie sind. Laßt sie mit Taxis herholen.« Ich gab niemandem eine Chance, zu fragen, was denn gar so wichtig sei. Ich merkte, meine Stimme war streng genug, daß sie sich hüteten, mir Fragen zu stellen, die sie nichts angingen. Doch diese Veränderung legte eine spürbare Distanz zwischen uns. Das bisherige legere Verhältnis wich der Autorität. Ich bekam das Gefühl, einer Theateraufführung beizuwohnen, wo auf der Bühne, sichtbar aber undeutlich, hinter einem Gazevorhang agiert wurde und ich die alleinige Zuschauerin war.

Ich bemühte mich weiter, die Tatsache zur Kenntnis zu nehmen und zu verarbeiten, daß Justine Neckers Tochter war. Ich kam zu dem Ergebnis, es müsse ja wohl stimmen, nachdem sie es mir selbst gesagt hatte. Aber ein Gefühl für diese neue Tatsache wollte sich einfach nicht einstellen, weder Überraschung noch normale Neugier darüber, wie lange sie selbst das denn schon wußte oder wie das alles zusammenhing. Ich war zu tief in einem Zustand des gelähmten Staunens, als daß noch Platz für andere Empfindungen gewesen wäre.

Irgendwie funktionierte ich aber wenigstens wie mit Autopilot, bis dann endlich alle drei Mädchen bei Justine im Büro saßen. Sie sahen alle sehr angespannt aus. Es war schließlich recht ungewöhnlich, daß man von seinem Job weg mit dem Auto abgeholt und hastig zur Agentur gefahren wurde. Ich weiß nicht, was sie sich dachten, als sie sahen, daß wir sie zu zweit erwarteten. Vermutlich strapazierten sie ihre Gehirne, was um Himmels willen sie wohl ausgefressen hätten. Aber Justine ließ sie wenigstens nicht auch noch lange zappeln.

»Ihr drei seid für die Lombardi-Kollektion in Paris ausgewählt worden«, eröffnete sie ihnen ohne Umschweife und rang sich ein strahlendes Lächeln ab. »Meinen Glückwunsch. Wir freuen uns alle riesig mit euch.«

Woraufhin die drei Mädchen das veranstalteten, was man mit Fug und Recht erwarten konnte: Sie führten den großen Indianertanz auf, wie er üblich ist, wenn man Miss Amerika oder Miss Gewichtheben oder so etwas geworden ist. Sie jubelten also, umarmten sich, küßten einander, sprangen herum, vergossen Freudentränchen und riefen immer wieder: »Das darf nicht wahr sein, ich glaube es nicht«, und all das. Justine aber saß nur da, schaute zu und ließ die ganze Ekstase ausdruckslos über sich ergehen, während ich versuchte, allmählich wieder Ruhe und Ordnung zu schaffen.

»Nun setzt euch mal wieder hin und gebt Ruhe, meine Damen«, befahl ich. Normalerweise ist es in der Branche üblich, daß Models »Mädels« gerufen werden. Aber ich sagte immer »Damen«, sooft sich nur Gelegenheit bot. Ich hatte mir das zur Gewohnheit gemacht, um die »Mädels« daran zu erinnern, daß es außerhalb ihrer Welt durchaus noch eine andere gab, woran sie gelegentlich auch denken sollten. »Meine Damen! Ruhe! Es gibt jetzt eine ganze Menge Dinge, mit denen wir euch nicht langweilen und belasten wollen. Justine wird zusammen mit euch nach Paris reisen, und ihr werdet dort auch die ganze Zeit mit ihr zusammensein. Ihr braucht euch also keinerlei Sorgen zu machen. Ihr fliegt bereits in drei Tagen und habt noch zwei Wochen Gewöhnungs- und Vorbereitungszeit in Paris. Ihr könnt die Stadt ein bißchen kennenlernen und euch auf die Arbeit mit Lombardi einstellen. Am besten unterrichtet ihr gleich anschließend eure Familien. Vergeßt nicht, eure wärmsten Kleidungsstücke einzupacken. Ihr dürft ab sofort die Stadt nicht mehr verlassen. Verabredungen sind ebenfalls ab sofort verboten, strikt und generell. Vergeßt alle Männer und betrachtet euch als in Quarantäne, bis der Flieger startet. Das meine ich absolut ernst! Strikte Quarantäne, damit das ganz klar ist!«

Ich beobachtete sie eingehend und wartete auf die erste, die zu schmollen anfinge, daß sie sich noch von ihrem Jack, Joe oder der lieben Mutter verabschieden müsse. Aber nicht eine blinzelte auch nur. Keine riskierte das kleinste Lächeln. Was immer Neckers Motive gewesen sein mochten, er bekam jedenfalls drei absolute Profis. Drei aufs äußerste ehrgeizige Mädchen, pardon, Damen. Aber während ich all das dachte, vermied ich es ausdrücklich, Justine anzusehen. Die saß wie eingefroren da und machte ein Gesicht wie drei Tage Regenwetter.

Gestern abend dann rief mich Justine in ihr Büro.

»Ist alles gepackt?« fragte ich sie. »Reisefertig für morgen?«

Sie war mir die letzten Tage aus dem Weg gegangen, obwohl sie es doch besser wissen müßte. Ich wollte sie gar nicht mehr weiter löchern, um mehr von ihr zu erfahren. Ich wartete jetzt nur noch gespannt darauf, daß sie nach Paris abflog und diese ganze Geschichte hinter sich brachte. Sie konnte sich ja nun wirklich nicht ewig vor ihrem Vater verstecken. Vielleicht erwies sich dieser Necker ja auch gar nicht als das Monster, für das sie ihn zu halten schien. Ehrlich gesagt, ich arbeitete ohnedies ganz offen darauf hin, daß sie allmählich ihre Einstellung zu ihrem alten Herrn ein wenig änderte. Ich meine, wie schlimm und böse kann einer schon sein, der eine Geschichte in Szene setzt, die ihn glatte zwölf Millionen Dollar kostet, alles in allem, nur damit er jemanden zu sehen kriegt?

Offenbar begann Justine, nicht mehr so verbiestert an die Sache heranzugehen, dachte ich erleichtert, als ich ihr Büro betrat und eine deutlich entspanntere Atmosphäre zu spüren glaubte. Meine olle Kumpelin, fand ich, kam Gott sei Dank wieder zu sich.

Sie sah auf, als ich ihr das Buchungsregister zeigte, das ich einer der Bucherinnen weggenommen hatte, die darüber fast in Tränen ausgebrochen war. Es war die Akte eines unserer Starmädchen, das doch tatsächlich den Nerv gehabt hatte, alle Termine für drei Wochen abzusagen – einfach nur, weil sie zu heiraten beabsichtigte! Wenn Sie mich fragen, sollte in jedem Model-Vertrag ausdrücklich auch nur die Idee auf Flitterwochen ausdrücklich untersagt werden.

»Überraschung!« empfing mich Justine und lächelte so herzlich, wie ich sie seit Gabrielle d'Angelles schicksalhaftem Anruf nicht mehr gesehen hatte. Schon faul.

»Mach so was nicht, Justine! Ich bin mit Überraschungen bis zum Jahresende voll bedient, und wir sind erst in der ersten Woche.«

»Du fliegst nach Paris, Frankie. Morgen.«

»Du weißt doch genau, daß ich nicht einfach mitkommen und deine Hand halten kann. Es muß ja schließlich jemand aufs Geschäft aufpassen.«

»Darüber mach dir mal keine Sorgen, das mache *ich* schon.« Sie griente so unverschämt dazu, daß ich am liebsten geplatzt wäre.

»DU KANNST ABER NICHT NICHT FLIEGEN!« brüllte ich.

»So? Wer sagt das?«

Ich spulte die ganze Liste der guten Gründe dafür herunter, bis mir klar wurde, daß ich nicht den Hauch einer Chance hatte, ihren Sinn zu ändern. Soweit es Justine betraf, war sie aufs allerschlimmste von der Welt betrogen und enttäuscht worden und schuldete diesem Mossjö Necker Null Komma nichts. Immerhin muß ich zugeben, daß sie zwei nagelneue Koffer voll mit nagelneuen Kleidern hatte packen lassen, die sie selbst bei Donna Karan für mich gekauft hatte. Weil, sagte sie, dies alles für meine Reise notwendig und unerläßlich war in meiner neuen Position als Anstandswauwau für die Mädels (oder Girls, wenn Ihnen das lieber ist). Offensichtlich hielt Justine meine bequemen Tänzerinnenklamotten, die sie ohnehin nur mit äußerster Zurückhaltung und Geduld ertragen hatte, nicht mehr für geeignet, die Agentur zu repräsentieren. Sie waren so gar nicht »erwachsen«, wie sie sich in dem Versuch, taktvoll zu sein, ausdrückte. Als wüßte sie nicht, daß ich genau wußte, wie sehr sie meine Art, mich anzuziehen, mißbilligte.

Ich brauchte lediglich noch nach Hause zu fahren, um mein Kosmetikköfferchen zu holen, eröffnete sie mir heiteren Gemüts.

So, und was erklärte ich Herrn Mr. Mossjö Necker?

Das ist einfach, meinte Justine. Sie würde ein Fax an die d'Angelle hinausjagen, und zwar genau so abgestimmt, daß es in Paris ankam, wenn wir bereits in der Luft waren und nicht mehr umkehren konnten. In dem Fax würde stehen, daß eine schlimme Ohrenentzündung sie daran hinderte zu fliegen und daß sie deshalb mich als ihre Vertretung schickte. Schließlich wußte jedes Kind, daß man mit einer Ohrenkrankheit auf keinen Fall fliegen durfte. Ihr Arzt hatte das ausdrücklich noch einmal bestätigt.

Was kann man dazu noch sagen, bitte schön? Erstens war Justine immerhin meine Chefin und erteilte mir in dieser Eigenschaft Arbeitgeberanweisungen. Oder? Außerdem, bevor ich mich schlagen ließ … Wenn man eh an einer dienstlichen Anweisung nichts machen kann, wehre ich mich doch nicht mit Händen und Füßen, nach Paris zu fliegen. Sie können es ja verabscheuenswürdig finden, aber jedenfalls hatte ich Justine schon halb verziehen, noch bevor sie mit ihrer

Rede fertig war. Und diese Eröffnung mit den zwei Koffern … Ich meine, von der Sekunde an, in der sie den Namen Donna Karan fallen ließ, begannen die Zweifel in mir zu nagen, ob es vielleicht gar nicht so übel wäre, nach einem Leben in Bodies und Beinwärmern zu überlegen, ob man eventuell mal Donna Karan tragen könnte. Gut, bisher überstieg so etwas halt meine Vermögensverhältnisse (und meine Ansichten über Äußerlichkeiten).

Der Flugkapitän sagte bereits durch, daß wir unsere Reisehöhe erreicht hätten, als ich mein Heft *Allure*, in dem ich eine Weile geblättert hatte, beiseite legte, mich wohlig im Sitz zurücklehnte, die Augen schloß und darüber nachdachte, wie sehr ich doch Paul Mitchell verabscheue. Es ist so: Ich weiß nicht, ob es wirklich einen gewissen Paul Mitchell gibt. Aber wenn, dann kann er sicher sein, daß ich ihm, sollte ich ihm eines Tages begegnen, eins auf die Nase gebe. Sie kennen sicher diese Anzeigen für seine Produkte, normalerweise in Sepiadruck, mit dem Model, das seine Haare so herumschleudert, daß es einfach keine normalen Menschenhaare mehr sein können – derart umwerfend fliegen sie, weich und flauschig und lang und was weiß ich. Haare, die man am liebsten auffuttern möchte wie Bonbons oder büschelweise rausrupfen und sie sich selber anstecken. Und der Text dazu … Mann, wer dieses Zeug nur schreibt! »Haar … frei und offen wie das Meer … Es lebt in Harmonie mit dem Licht … tanzt mit seinem eigenen Schatten … Schönes, lebendiges Haar, fit und gesund … genährt und umsorgt von den Elementen unserer Erde … Paul-Mitchell-Haar!« Mal ehrlich, tanzt Ihr Haar etwa Rumba oder Cha-Cha-Cha im Schatten? Wie kann Haar »fit« sein, als hätte es Muskeln und trainierte für den Triathlon? Warum ich so sauer auf Paul Mitchell bin? Der einzig versucht, ein paar Dollar zu verdienen, indem er was erfunden hat, das er »Der Entwirrer« nennt? Lieber Pauli, noch nie was von einer Erfindung namens Kamm gehört? Weil ich mit diesem Entwirrer dann nämlich über Helmut Newtons brillante Ausflüge in laszive Softpornoszenen nur lächeln kann, wo übernervöse Dobermänner Girls ablecken, die Chanelkostüme tragen.

Einmal im Monat gestatte ich mir – und habe – das Vorrecht, sämtliche neuen Zeitschriften durchzublättern, die inländischen und die ausländischen. Hätten Sie geglaubt, daß die italienische Ausgabe von *Vogue* schlappe dreiunddreißig Dollar kostet, bis sie bei uns auf dem Tisch liegt? Ich schneide jedes Foto heraus, auf dem eines unserer Mädels ist, das in Europa arbeitet. Natürlich könnte das auch jede von unseren Bucherinnen besorgen, selbstverständlich. Aber es ist ein gutes Mittel, stets genau über die gesamte Branche und speziell die Konkurrenz im Bilde zu sein. Über die neuesten Frisuren in Europa und was die Make-up-Stylistinnen dort alles machen, die meistens gewagter sind als die bei uns in New York.

Unweigerlich ist dies dann auch immer der Tag, wo ich diesen Paul Mitchell gerne in die Finger kriegen möchte. Aus einer Reihe von Gründen und Umständen, über die ich später noch etwas sagen möchte, hat es noch kein Model fertiggebracht, daß ich mich unterlegen fühle. Aber jede einzelne von diesen verdammten Anzeigen von Paul Mitchell haut mich halb k. o. Es ist nichts zu machen, sofort renne ich heim und schaue in den Spiegel, aber es hat sich nichts geändert. Meinen Sie, meine Haarmähne würde sich bequemen, endlich mal frei zu fliegen wie das Meer? Nicht ums Verrecken. Dabei, wenn Sie es genau wissen wollen, ist es lang. Es reicht mir runter bis zur Hüfte, ehrlich. Hat auch eine durchaus akzeptable Farbe, ein mittleres Braun mit einem Schimmer ins Rötliche, wenn man ganz genau hinschaut – schön, ich sehe auch nicht gleich ein diamantenfunkelndes, »lebendiges« Wesen darin. Aber es tut voll seine

Pflicht, nämlich meinen Kopf zu bedecken und außerdem als Hommage an meine verlorene Tanzkunst zu dienen. Die »Elemente unserer Erde« nähren und umsorgen es auch nicht gerade ... Lieber Pauli, Klein-Doofie, mit dem Wort »Erde« spielt man doch heute nicht mehr! Der ganze Trick bei mir ist Baby-Shampoo.

Ich verbringe freilich auch keine weitere Zeit vor dem Spiegel, nachdem ich mich mal wieder vergewissert habe, daß ich immer noch kein Paul-Mitchell-Haar habe. Genausowenig wie ich einen Spiegel brauche, um zu wissen, daß ich die Nase meines Vaters im Gesicht habe, einen unbestreitbar italienischen Zinken, schlank, hoch, entschieden aristokratisch. Es ist eine echt ehrliche Nase. Fast eine Sophia-Loren-Nase. Zumindest das müßten die Textschreiber von Paul Mitchell ihr zugestehen. Meine Augen dagegen sind von der Mutter, braun, und zwar eine Menge »lebendiger« und »tanzender« als meine Haare.

Aber was die große Paul-Mitchell-Frage angeht, nämlich, »ob dieses Gesicht in Harmonie mit dem Licht lebt«, da kann man mich jagen! Woher, zum Teufel, soll ich das wissen? Wenn ich mich anschaue, dann im Licht meines Bades und nicht irgendwo draußen im Freien. Und »Harmonie«: Ich bitte Sie, so ein neutrales Allerweltswort! Jedenfalls habe ich es auf mich bezogen noch nie gehört. »Mach das mal mit Frankie aus, die ist voll der totale harmonische Typ.« Nicht doch. Nicht im Traum. Nie im Leben.

Leute, die nicht im Busineß der schönen Mädels sind, fragen mich oft, wenn auch höchst dezent, ob mich das denn auf die Dauer nicht deprimiert, die meiste Zeit meines Lebens von Models umgeben zu sein. Es ist zwar nicht beleidigend gemeint, mehr eine Überlegung, wie sie sich wohl selbst fühlen würden, wenn sie meinen Job hätten. Aber Tatsache ist, daß mir meine prägenden Jahre beim Tanz, von sechs bis zwanzig, ein flächendeckendes Verständnis von Models vermittelten, wie es kaum einer anderen Frau möglich ist. Wie jedes erfolgreiche Model, das vom Tanz herkommt, hatte auch ich als Tänzerin alle Tests bestanden, ohne das je studiert zu haben. Von Geburt an bin ich auf Perfektion aus. Ich erinnere mich sehr genau an das Gefühl, alles zu wissen und zu besitzen, ohne es nötig zu haben, dafür auch noch hart zu arbeiten.

Als ich siebzehn war, im letzten Jahr der High-School, wurde ich in das Juillard Dance Department aufgenommen. Einfach angenommen. Ich war eine von weniger als hundert, die aus Tausenden Juillard-Bewerberinnen im ganzen Land ausgewählt wurden. In meiner Bewertung stand, daß mein Körpertyp ideal für den modernen Tanz sei: außergewöhnlich lange Arme und Beine, eine natürliche Haltung und Anmutung, ungewöhnlich geschmeidiger Rücken und enorme Flexibilität der Gelenke. Außerdem hatte ich auch ideale Tänzeraugen – weit auseinander und besonders groß, eine Vorbedingung für die Mitteilung von Emotionen. Ganz ohne falsche Bescheidenheit, aber in meinen Tanzjahren, speziell meinen drei Jahren in Juillard, war ich Spitze, wie wenig ich dafür auch getan haben mochte.

Nein, also die Antwort, wie ich über Models denke, besteht darin, daß ich tief in meinem Inneren weiß, daß lange Beine und ein idealer Körperbau und was alles an Sehnen und Gelenken dazugehört schlicht und einfach ein Geschenk des Himmels sind; ein völlig ohne jegliches Verdienst gelungener Lottosechser im genetischen Jackpot, der zuweilen eintritt und diesen speziellen Einzelfall hervorbringt, welcher eine Kombination aus faszinierenden Gliedern und Gesichtszügen schafft.

Ich habe da eine Theorie. Jedesmal, wenn ein Mädchen auf die Welt kommt, versammelt sich eine Schar Feen um seine Wiege, nämlich die Feen, die zuständig sind für die Vergabe von Haut, tollen Beinen, symmetrischen Nasen, vollen Lippen, weitstehenden Augen, klassischen Kinnlinien, breiten Kieferknochen, schönen Händen und langen Taillen. Etwa alle zehn Millionen Mal passiert es zufällig, daß sich sämtliche Feen (ausgenommen der Zähnefee!) daran beteiligen, ihre einschlägigen Gaben gemeinsam auf ein und dasselbe Baby zu streuen. Und von diesen paar Babys wachsen wiederum nur ein paar in der westlichen Welt gesund und munter auf, und von denen wiederum wird das eine oder andere Model. Sie sehen, es ist überhaupt nichts Anomales an der ganzen Prozedur, es ist nichts als das Zufallssystem der Natur und das Werk der Feen.

Für mich ist das Aussehen von Models genausowenig unfair, wie ich meine eigenen Füße für unfair gegenüber anderen halte. Ich finde sie echt großartig; meine Füße, meine ich. Ich habe nämlich die bemerkenswertesten, außergewöhnlichsten langen und wunderschönen Füße, die man je gesehen hat. Kräftig sind sie obendrein, mit einem perfekten Spann und Rist und mit umwerfenden Zehen. Echt. Das sind ganz tolle Zehen. Sogar noch die beiden kleinen stehen kerzengrade wie die anderen und parallel zu ihnen. Ich bin nicht ganz 5 Fuß 7 groß, das sind in Frankreich, wo wir hinfliegen, 1,73 Meter, und meine Füße messen dabei wunderbare Größe zehn, das sind in Europa, wo wir hinfliegen, Größe 43; in England, falls wir da hinflögen, wäre es neun. Und wenn mein Unfall nicht gewesen wäre, hätten mir diese großartigen Füße als Startrampe für eine Karriere bis in die Sterne gedient.

Natürlich war mir dies alles noch nicht bewußt, als ich mit sechs den Tanzunterricht begann, bei Martha Mazier, in ihrem Studio in Sheepshead Bay. Das war noch nicht einmal eine Meile – also 1,6 Kilometer in Frankreich, wo wir hinfliegen – von meinem Elternhaus in Brooklyn entfernt.

Martha Mazier war zu ihrer Zeit ein großer Star bei Martha Graham gewesen. Sie war übrigens verheiratet mit Woodie Guthrie, eine ganz unorthodoxe Verbindung, die mich sehr faszinierte. Bei ihr hatte ich also ganze acht aufregende und hingebungsvolle Jahre lang Ballettunterricht. Ich war so klapperdürr, daß die meisten Mädchen meiner Klasse sich über mich lustig machten. Ich aber wußte genau, für eine Tänzerin war es gut, dürr zu sein. Also blieb ich auch entsprechend hochnäsig mit meiner großen Nase und hätschelte meinen Stolz auf meine großen Füße.

Während meiner Zeit in der High School besuchte ich dann die *Martha Graham School* in Manhattan. Nach der Schule fuhr ich mit der U-Bahn in die Stadt hinein. Meine Hausaufgaben machte ich während der Fahrt. Martha Mazier war es auch, die mich ermunterte, nach meinem Abschluß in der Abraham Lincoln (das ist die beste kunstorientierte höhere Schule in ganz Brooklyn) mit dem Tanz weiterzumachen.

Die Flugbegleiterin kam und bot noch einmal Champagner an, aber ich lehnte ab. Ich dachte darüber nach, ob sich alle auf Flügen so benehmen wie ich. Jedesmal, wenn ich in einem Flugzeug sitze und wenn der Flug länger dauert als eine Stunde, fange ich an, über mein Leben nachzudenken. Wahrscheinlich liegt es an diesem ständigen unterschwelligen Gefühl in Flugzeugen, daß etwas passieren könnte, theoretisch jedenfalls, das ja auch gute und erfahrene Vielflieger oft noch haben. Jedenfalls fange ich dann immer an, daran zu denken, daß ich letztlich unter dem Strich doch viel Glück im Leben gehabt habe, angefangen mit meinen wundervollen Eltern, deren einziger Fehler es gewesen war, mir einen so blöden Namen zu verpassen. Francesca Maria, so tauften sie mich, hat mich immer schon gefuchst. Es klingt so bieder, so demütig und halbheilig, und ist obendrein falsch für eine rein theoretische Katholikin wie mich, die schon früh vom Glauben abfiel; ich brachte es nicht einmal bis zur ersten Kommunion.

An meinem ersten Tag in der Lincoln erzählte ich also allen, daß ich Frankie hieße. Das trug mir natürlich eine Menge fauler Witze ein, aber es setzte sich jedenfalls durch und blieb mir. Meine Eltern waren weniger erbaut, versteht sich, aber am Ende fanden sie es doch, wie alles an mir, großartig und wunderbar. Ich war ihr einziges Kind, gezeugt nach ihrem zwanzigsten Hochzeitstag, als sie eigentlich längst alle Hoffnung aufgegeben hatten. Ma war inzwischen vierzig und Dad fünfzig, als ich auf die Welt kam. Klar, daß ich aufgepäppelt wurde, als sei ich der zukünftige Dalai Lama. Beide kamen sie vor fünf Jahren bei einem Autounfall in Italien ums Leben, auf dieser irrsinnigen Kurvenstrecke bei Amalfi, falls Sie die kennen. Das einzig Gnädige dabei war, daß sie zusammen waren.

Ich wohne noch immer in ihrer Sechszimmerwohnung in dem großen Apartmenthaus in Brighton Beach, das liegt über der Strandpromenade, die direkt nach Coney Island hineinführt. Die Wohnung ist im achten Stock. Von dort habe ich einen endlosen Blick hinaus aufs Meer. Ich habe einen Balkon, der groß genug ist, daß man Strandmöbel darauf stellen kann. Wenn ich da abends sitze und auf die Brandung unten lausche, die Möwen vorbeisegeln und mir der frische Meeresgeruch ins Gesicht weht, kann ich mich fühlen wie auf meiner eigenen Jacht. Justine hält es allerdings für einen glatten Skandal, daß ich immer noch da draußen in Brooklyn wohne. Sie ist der Ansicht, jemand wie ich müßte in einem dieser winzigen, aber schicken Apartments in Manhattan leben. Sie weigert sich einfach, zuzugeben, was für eine tolle Gegend das ist, wo ich wohne.

Meine Eltern waren leidenschaftliche Strandmenschen. Sie kehrten ihrer Avenue X einfach den Rücken, nämlich dem italienischen Viertel gleich nebenan, um sich hier niederzulassen. In meinem Haus fährt man mit dem Aufzug runter ins Erdgeschoß in die Lobby, geht aus der Tür und ist nach dreißig Schritten an der Bay 8, so heißt das Strandstück direkt vor unserem Haus. Ins Wasser hinein sind Wellenbrecher und Buhnen gebaut, so daß man wunderbar schwimmen kann. Der weiße Sand ist wie weißer Puder, klebt einem aber nicht am Leib. Ich frage Sie, was haben die Siebziger East zu bieten, das sich damit messen kann?

Als ich aufwuchs, war dies praktisch eine ausschließlich jüdische Wohngegend. Weil mein Vater der Meinung war, die einzige katholische Schule dort sei nicht gut genug für seine zu Höherem bestimmte Tanztochter, schickte er mich eben auf die Lincoln. Dort jedoch war ich dann an den jüdischen Feiertagen allein, weil ich natürlich nicht frei hatte, also erscheinen mußte. Und wen wundert es, daß meine erste und einzige große Liebe in dieser Zeit natürlich einer von den jüdischen Jungs dort war. Allerdings heiratete ich dann, wie es sich gehörte, einen Katholiken, einen Iren noch dazu. Was tut's, daß dies der bisher größte Fehler meines Lebens war.

Sie kennen bestimmt das Gefühl, wie man aufwächst und dabei, ohne daß es einem jemand sagt, allmählich weiß, daß die Welt voller männlicher Menschen ist, die man auf keinen Fall ernst nehmen darf. Kerle, die man überhaupt nicht auf die Straße lassen dürfte, ohne daß ihnen nicht zuvor »Anfassen verboten« auf die Stirn tätowiert ist. Wie kommt das nur, daß man sich trotzdem immer genau solche Kerle aussucht? Kerle, die nebenher mit sämtlichen engeren Freundinnen der Reihe nach herumziehen und bei denen man blind wie ein Maulwurf gegen die zu erwartende Katastrophe ist. Ausgerechnet in die vergafft man sich.

Der meine also heißt Slim Kelly. Der war (und ist es noch) ein ganz guter Sportreporter bei der *Daily News*. Das letzte Mal, als ich ihn sah, schaute er aus wie der junge Pat Reilly, intensiv, poetisch und kraftvoll. Ehrlich, nicht den Hauch einer Chance hatte ich. Er war für mich wie eine Narkose – bis ein halbes Jahr nach der Hochzeit. Dann ging es los, daß er mir mit seinen Launen auf die Nerven fiel. Drei Jahre später, als wir uns wieder scheiden ließen, waren wir beide total erschöpft von der Anstrengung, doch zusammenzubleiben. Das einzige, worüber wir uns noch stritten, war das Heimatrecht in der Big Ed, unserer gemeinsamen Lieblingsbar an der Ecke. Wir warfen schließlich eine Münze, ich gewann. Seitdem, das liegt jetzt ungefähr ein Jahr zurück, lebe ich, kann ich Ihnen versichern, in einem Totalzustand von Keuschheit oder Abstinenz oder Zölibat, welches Wort Ihnen lieber ist.

Kurz: Nix mit Männern. Absolut nichts. Alle.

Wer braucht sie schon, wenn er Big Ed hat? Mein gesellschaftliches Leben ist damit gesichert. Justine rauft sich allerdings darüber die Haare. Sie weiß natürlich, daß Big Ed meine persönliche Version von Protest ist, und sie sieht mich schon als dort angewachsene, schimmelige Jungfer.

Was Big Ed ganz ohne jeden Zweifel zur allerbesten Sportbar in ganz Brooklyn macht, ist, was Mrs. Ed zur Happy Hour als Beißerchen anbietet, nämlich ein komplettes mexikanisches Büffet, Platten mit Barbecue-Hähnchenrücken und, das beste überhaupt, Büffelschwingen, das sind diese delikaten, dunkel gebratenen Hähnchenflügel, die derart scharf gewürzt sind, daß man sie nur am Stück und ganz eingetaucht in Blaukäsedip oder Sauerrahm schlucken kann, wenn man sich nicht den Mund verätzen will. Justine behauptet, die Büffelschwingen wären seit meiner Scheidung für mindestens sechs Pfund Mehrgewicht bei mir verantwortlich. Ich pflege dann darauf zu antworten, daß der Mensch einfach einen Ausgleich für Zölibat und Enthaltsamkeit braucht, weil er sonst ganz unausstehlich wird. Manchmal neigt sie wirklich dazu, mich zu behandeln, als sei ich eines der Models, bei denen sechs Pfund mehr ein Grund für ein Standgerichtsverfahren sein könnten.

Ich wollte, ich hätte mich nicht an die Erinnerung an die Büffelschwingen verloren. Selbst in der ersten Klasse im

Flugzeug traktieren sie einen wie üblich ewig mit Drinks, bevor sie einem was zu essen bringen.

Gut, inzwischen fühle ich mich nach zwei Portionen Foie Gras und zweimal Kaviar – nämlich jeweils auch die von Maude Callender – schon besser.

Maude Callender hatte sich beim Start neben mich gekuschelt. Wir haben, unsere kleine Paris-Reisegesellschaft, die ganze erste Klasse für uns. Maude ist großzügig mit allem, was dick macht, weil sie auf einer lebenslangen Abmagerungskur ist. Mit anderen Worten, sie kann essen, was sie will, sie wird niemals auch nur einen Zentimeter stärker um die Taille. Das trifft sich gut, wenn man bedenkt, daß sie nie etwas anderes trägt als Konfektionskostüme, bei denen man nicht so recht weiß, ob man sie wirklich Kleidung nennen kann. Das sind Hosen aus feinem englischen Wollstoff, so hauteng, als wäre sie Beau Brummell, eine Art Frack dazu über einer verzierten Weste, einer Rüschenbluse und noch etwas, das ich geneigt bin für eine Halsschleife zu halten, wie man sie einst hatte und als *four-in-hand* bezeichnete. Kurz, sie ist die Wiederauferstehung von Oscar Wilde, aber zumindest braucht sie sich nie den Kopf zu zerbrechen, was sie anziehen soll. Genau genommen ist das eine tolle Idee für jemanden mit prima Beinen und natürlich dem Nerv, sich auf diese Weise zu einer unverwechselbaren Branchenpersönlichkeit zu machen. Aber Maude hat den Nerv sogar für eine multiple Persönlichkeit und dann sogar noch etwas übrig fürs Wochenende.

Maude Callender wurde Mitglied bei uns, als Maxi Amberville, die Herausgeberin der Modezeitschrift *Zing*, die inzwischen fast so groß ist wie die alte *Vogue*, sich derart für die Sache mit dem Lombardi-Modelwettbewerb interessierte, daß sie sich zu einer Titelgeschichte über uns entschloß. Den Auftrag dafür bekamen eben Maude, die regelmäßig für *Zing* schreibt, und Mike Aaron als Fotograf, der also auch zu unserer Reisegesellschaft gehört. Ihr konkreter Auftrag ist, eine moderne Version von *Die Harmlosen im Ausland* zu fabrizieren. Sie sollen alles bis ins letzte berichten, was wir tun, von dem Augenblick an, da wir New York verlassen, bis zur Präsentation und der Auswahl der Gewinnerin. Justine hatte sich zu diesem überstürzten Totalporträt eigentlich nur durchgerungen, weil Maxi und sie so eng befreundet sind und sie nicht gut ablehnen konnte. Was mich betrifft, mag ich zwar Maxi auch ganz gern. Aber es wird jetzt bereits lästig, Maude Callender wie einen Wachhund pausenlos neben mir zu haben, und das buchstäblich, damit sie mich schon auf dem Flug, wo ich ihr nicht entkomme, ausquetschen kann. Wo sie doch bequem eine ganze Sitzreihe für sich allein haben könnte. Prompt begann sie, während wir auf den Hauptgang des Essens warteten, auf die nebensächlichste Weise: wie denn Models eigentlich wirklich so schlank blieben? Oh, das ist ganz einfach, war ich versucht zu antworten: Diejenigen, die nicht an Bulimie oder Anorexie laborieren, leben alle auf Kokain oder Speed. Und natürlich paffen sie obendrein mindestens fünf Päckchen pro Tag. Tatsache ist, daß es immer mal wieder Mädchen gibt, die sich mit Drogen vollpacken. Das wird auch immer so bleiben. Wenn es ein ernstes Problem wird, ruinieren sie sich damit die Gesundheit und auf die Dauer natürlich auch das Aussehen. Auf dem Weg zu diesem unausweichlichen Schicksal werden sie zickig, und es ist schwierig, mit ihnen zu arbeiten. Sie kommen prinzipiell zu spät, sie keifen die Kolleginnen an und streiten sich mit den Fotografen. Nach ein paar Monaten oder längstens Jahren, je nachdem, wie stark sie an dem Teufelszeug hängen, merken sie, wie ihre Aufträge immer weniger werden, ganz gleich, wie schön sie noch sind.

Was aber die Top-Mädels sind, die sogenannten Supermodels oder gar Megamodels, vor denen wir alle auf die Knie sinken und sie zu Göttinnen erheben sollten, so sind sie professionell bis auf die Knochen – diszipliniert, fit, top gepflegt, weil sie nämlich wissen, daß ihre Karriere ganz allein davon abhängt, in jeder Hinsicht Spitze zu bleiben. Ich habe noch keine von diesen erlebt, die nicht ihren ganz persönlichen Trainer gehabt hätte. Sie rufen jeden Tag ihre Mutter an und tragen jahrelang Zahnspangen, weil nämlich die so schwer herumzukriegende Zähnefee selbst bei den besten Genkombinationen nur selten mitmacht. Außerdem besitzen sie jede mindestens ein halbes Dutzend Lederjacken, so viele Jeans, daß sie sie gar nicht mehr zählen können, und dazu durchschnittlich, sagen wir, siebzig dieser Kleiderschläuche von der Stange, die für mich einer wie der andere aussehen.

Die Sache mit dem Anrufen daheim irritiert mich. Wie ist es nur möglich, daß es so viele gute, brave Töchter gibt? Aber vermutlich hängt es damit zusammen, daß sie eben alle noch so blutjung sind.

Die letzten drei Tage, seit die d'Angelle anrief, habe ich mich immer wieder gefragt, wer es letztlich war, der konkret April Nyquist, Jordan Dancer und Tinker Osborn aus den zwanzig Vorschlägen, die Justine geschickt hatte, auswählte. Konnte das wirklich Jacques Necker persönlich gewesen sein? Oder war es Marco Lombardi *himself*, oder schlicht die Gabrielle? Oder jemand, den wir gar nicht kannten? Wer auch immer, jedenfalls waren tatsächlich die drei größten Mädels ausgesucht worden. Tinker und Jordan sind beide eins achtzig und April nur einen Zentimeter kleiner. Außerdem scheint man sie auch nach Kontrast nominiert zu haben. April, die blonde Wikingerin, Jordan, die dunkelhaarige Dunkelhäutige, und Tinker, die Rothaarige. Tatsache ist immerhin, daß jede von ihnen, wie neu sie auch in der Branche sein mochten, umwerfend genug aussieht, auf jedem Laufsteg alle Augen auf sich zu ziehen.

Überlegen Sie mal: Jede Agentur in New York, die einigermaßen im Geschäft ist, sieht sich pro Jahr gut und gern an die siebentausend Mädchen an, von denen etwa dreißig herausgefischt, ausgebildet und aufgebaut werden. Am Ende bleiben dann bestenfalls vier oder fünf übrig, die man tatsächlich auf die Menschheit loslassen kann, die also einen Vertrag bekommen. Aber die übergroße Mehrheit selbst dieser strengen Auswahl schafft niemals den Starstatus. Sogar unter den Stars sind immer nur fünf oder sechs wirklich international bekannt und halten sich zugleich auf dem obersten Gipfel. Claudia und Linda, Kate und Naomi und Christy heißen sie momentan, später folgen dann wieder andere. Ich halte fast jede Wette, daß bei weitem nicht alle Leute wissen, wie beispielsweise Christy mit Nachnamen heißt: Turlington. Wer merkt sich schon alles? Es ist doch sowieso nur das reine Würfelspiel.

Oder nehmen Sie zum Beispiel April Nyquist, die da drüben auf der anderen Seite sitzt. Kommt aus Minneapolis, wo die amerikanischen Naturblondinen alle herstammen. Selbstverständlich gibt es Leute, die fragen: »Wieso bitte ausgerechnet die Blondine April aus Minneapolis, als ob es dort nicht tausend wie sie gäbe?« Alles richtig. Aber erstens wird Paul Mitchell vor Freude aufheulen, wenn er sieht, was der skandinavische Gen-Pool dort aus seinen Zehntausenden von Jahren Entwicklung, die dann bei April unter anderem in ihre butterfarbene Haarfarbe zusammenflossen, zustande brachte. Und zweitens kommt bei April noch dieser Eindruck hinzu, als sei die Luft, die sie atmet, frischer als die, die wir Normalsterblichen für unsere Lungen zugeteilt bekommen. Wenn auch der Eindruck ihrer klassischen und perfekten Gesichtszüge eine winzige Spur beeinträchtigt wird durch ein ganz unerwartetes, spitzbübisches, augenzwinkerndes Lächeln, das sie noch jünger als ihre gerade neunzehn Jahre aussehen läßt. April hatte vom ersten Tag an nach ihrer Ausbildungsabschlußprüfung Arbeit und wurde gebucht – wenn auch nicht ganz so oft, wie Justine und ich es uns gewünscht hätten. April ist nämlich der wahrhaft königliche Typ, aber königlich läßt sich den Werbekunden schwer vermitteln.

»Wie leben diese Mädchen eigentlich außerhalb ihrer Arbeit?« wollte Maude Callender neben mir wissen. Sie sprach leise und vertraulich, als erzähle sie mir ein Geheimnis und versuchte nicht, aus mir herauszubekommen, in welchem Grad die Mädels eventuell »leicht zu bekommen« seien.

»Soviel ich weiß«, wich ich aus, »leben sie allein in New York oder mit ihren Freunden zusammen, so ungefähr fifty-fifty, schätze ich. Ein paar teilen sich auch ihre Wohnung mit anderen Mädchen.« Es paßte mir nicht, so eine Art statistisches Auskunftsbüro über die Verhaltensweisen von Models zu sein. Andererseits war ich natürlich lange genug im Geschäft, um zu wissen, worüber ich redete. Und letzten Endes war es immer noch besser, Maude bezog ihre Kenntnisse von mir, als anderswoher.

Die Stewardeß kam mit dem sorgsam ausgelösten Hummer. Ich blickte erwartungsvoll Maude Callender an, aber offenbar war Hummer auf ihrer Diätliste in Ordnung. Ich widmete mich dem meinen mit Hingabe, nachdem ich Jordan Dancer beobachtet hatte, die neben April saß und ihre Portion mit unwirscher Geste wegwinkte und dafür ihre Dose Gesundheitsfutter öffnete, die sie sich mitgenommen hatte.

Wenn Jordan ernst ist, nennt sie sich selbst »schwarz«, obwohl sie mir eines Tages, als wir einmal zusammen unterwegs waren, erläutert hatte, daß ihre Haut »das subtile Honigbraun einer jungen Erle im Sonnenlicht« aufweise. Ich antwortete ihr damals, daß ich bezweifelte, ob sie jemals einen Abend in einem Wald verbracht habe, und daß meiner Ansicht nach ihre Hautfarbe mehr der eines Teekrauts entspreche, welches sich Herbstgarten nennt, mit Milch und Zucker. Aber ich wollte auch nicht länger auf Spitzfindigkeiten herumreiten.

Justine und ich hegten große Hoffnungen, daß Jordan die erste würde, die den Durchbruch schaffte und endgültig bewies, daß auch ein farbiges Model genauso werbewirksam sein kann wie ein weißes. Jordan – stellen Sie sie sich vor wie Ava Gardner mit starker Sonnenbräune – hatte zweifellos das Potential, einfach als schöne Frau jenseits von Rasse und Hautfarbe gesehen zu werden.

Sie ist zweiundzwanzig, Tochter eines Berufsoffiziers, Colonel in der Army, hat einen Abschluß von Cornell mit Hauptfach Französisch und Nebenfach Kunstgeschichte. Sie ist eine ausgeglichene, reife Persönlichkeit, intelligent und erfahren weit über das übliche neue Gesicht und über ihre zweiundzwanzig Jahre hinaus. Sie hat eine angeborene Würde an sich, und doch möchte ich ihr am liebsten immer, wenn ich sie anschaue, Kußhändchen zuwerfen.

Jordan hatte inzwischen ihr Gesundheitsessen beendet und sich zum Schlafen zurechtgerichtet, bevor ich wieder zu ihr hinsah. Ich sah gern zu ihr hin und betrachtete die erstaunlichen Variationen des Ausdrucks, zu denen ihr Gesicht fähig war, mit seinen stark geschwungenen Brauen über wunderbar tiefen Augenlidern; dazu die ovalen Augen mit ihren haselnußbraunen Pupillen, die exquisiten Nasenflügel am Ende einer völlig geraden schmalen Nase und ein üppiger, ovaler Mund. Die Umrisse ihrer Augen und Lippen hatten sehr klare Linien, wie man sie kaum je bei einem weißen Model ohne Make-up sieht. Ihr dichtes, dunkles Haar trug sie in die Stirn mit kurzen, cherubischen Löckchen. Ich denke nicht, daß irgend jemand fragen würde: »Wieso ausgerechnet Jordan?«

»Frankie«, riß mich Maude Callender fast flüsternd aus meinen Gedanken, »stimmen Sie mir zu, daß Mode doch eigentlich nichts ist als eine gigantische Verschwörung, Frauen unglücklich über den Inhalt ihrer Kleiderschränke zu machen? Ein großes Maß an vorwiegend männlich inspirierter

Einschüchterung, jede Menge Geld ganz unnötig auszugeben?«

»Ach, hören Sie, Maude, weltweit wird mehr Geld für Mode ausgegeben als für Waffen und Aufrüstung. Macht Mode, nicht Krieg, das ist mein Motto.«

»Das wußte ich gar nicht«, sagte sie zweifelnd, obwohl meine Statistik durchaus exakt ist.

»Und obendrein«, fuhr ich fort und steigerte ihre leichte Irritation, »geben die amerikanischen Frauen jährlich über drei Millionen Dollar allein für Beinenthaarungswachs aus.«

»Ach, das weiß doch jeder«, sagte sie abschätzig. Es war leicht zu erkennen, daß Maude ihre Vorurteile in die Geschichte von den *Harmlosen im Ausland* schon mitbrachte, aber das war nicht mein Problem.

Tinker Osborn hingegen war mein Problem.

Unser drittes Model hat eine etwas stürmische, emotionale Vergangenheit hinter sich. Justine und ich wußten, daß ihr Erfolg auch etwas problematisch war, obwohl sie von allen unseren neuen Gesichtern sicherlich das größte Potential hatte.

Tinkers Probeaufnahmen hatten uns geradezu in Trance versetzt. Es gibt Glamour tatsächlich, und sie hat ihn. Es gibt Charme in Wirklichkeit, und sie hat ihn. Und von den Einzelheiten ihrer Erscheinung war auch keine irrelevant. Eine ungeheure wallende, fließende und wellige Haarmähne mit einem kleinen Stich ins Rötliche, fast einem Korallenton, genau dem Farbton, an dem vor fünfhundert Jahren die venezianischen Frauen arbeiteten, wenn sie auf ihren Hausdächern in der Sonne saßen und Henna oder etwas ähnliches in ihre Haare einziehen ließen. Dazu ein perfekter Teint und große, silbrigschimmernde Augen. Ich nannte sie immer die Moonriver-Augen. Sie drücken mehr Seele und mehr Geheimnis aus, einfach mehr Klarheit und Schnitt, als April oder Jordan jemals haben werden. Ihre Augen allein wecken den Wunsch, sie näher kennenzulernen, ihr Fragen zu stellen, ihr zuzusehen, wie sie lebt. Dennoch ist Tinkers Gesicht ohne Make-up zugleich die perfekte blanke Leinwand. Wie ein weißes Chamäleon auf weißem Papier. Make-up-Stylisten müssen ihr nachgerade zu Füßen sinken und sie anbeten.

Tinker kommt aus Tennessee, wo sie schon mit zwei Jahren der große Star bei einem Kinderfestzug war und wo sie unter dem unmenschlichen Druck aufwuchs, dem solche Kinder unterworfen sind.

Sie hatte einen Wettbewerb nach dem anderen gewonnen, bis sie zwölf war und, keine Brooke Shields, in das schwierige Alter wie mit der flachen Hand in den vollen Suppenteller patschte, wie man so sagt. Die Pubertät schlug mächtig zu; sie ließ sämtliche Hormone verrückt spielen und machte aus dem umwerfend süßen, hübschen Kind plötzlich ein pickeliges Dickerchen. Es dauerte fast sechs Jahre, bis sie da wieder herausgewachsen war und die Metamorphose vom häßlichen Entlein zum schimmernden Schwan, also zu ihrem heutigen Aussehen, durchgemacht hatte. Sie hatte in ihrer Pubertätsleidenszeit keine Schulfreunde. Auch gute Schulleistungen konnten sie nicht darüber hinwegtrösten. Ihr stand nur der Drang zur Verfügung, alles zu lesen, was sie in die Finger bekommen konnte. Lesen wurde mehr und mehr ihr einsames Exil von der Welt, die sie bisher gekannt hatte.

»Erst in meinem letzten Jahr in der High School«, erzählte sie mir einmal mit gerunzelter Stirn, »wagte ich es erstmals wieder, allein in meinem Zimmer eine Modezeitschrift anzuschauen und die Make-ups und Frisuren nachzumachen, die da gezeigt wurden. Erst allmählich kam mir der Gedanke, daß ich vielleicht, möglicherweise ... nur vielleicht ... meine Identität zurückbekommen könnte. Vielleicht als Model für Zeitschriften. Und wieder eine Gewinnerin werden. Nur deshalb kam ich zu euch.«

Ich weiß nicht mehr, ob ich damals laut oder nur innerlich aufstöhnte. Von allen Gründen, Model werden zu wollen, war der der »Identitätssuche« bestimmt der schlechteste. Jede Spielart von Ehrgeiz: okay. Vom Drang nach weltweitem Ruhm bis zum Wunsch nach Serienehen mit Rockstars. Meinetwegen. Einige der erfolgreichsten und stärksten Mädels sind allein wegen des Geldes im Geschäft. Und wenn Sie mich fragen, ist dies das beste Motiv überhaupt von allen. Aber »Identität«! Ich bitte Sie. Als ob nicht alle wüßten, daß ein Job, der auf etwas so Flüchtigem wie Aussehen beruht, einem Mädchen nie eine »Identität« geben könnte, auf die sie fürs Leben bauen kann!

Justine und ich waren uns darüber im klaren, wie emotional labil Tinker war. Wir hatten aber auch begriffen, wie fest entschlossen sie dennoch war, die Agentur-Tour zu machen, bis jemand anderer sie holte. An diesem Punkt beschlossen wir, sie zu nehmen und zu beschützen, soweit es nur ging.

Tinker hatte gerade erst ihre Ausbildungsschulung hinter sich, als Gabrielle d'Angelle aufkreuzte. Justine und ich wäre es schon lieber gewesen, wenn diese GN-Wahl auf eine andere als ausgerechnet Tinker gefallen wäre. Auf irgendein anderes unserer Models. Nur nicht Tinker. Sie hatte noch nie auch nur einen Fuß auf einen Laufsteg gesetzt! Sie hatte ihre Karriere noch nicht einmal begonnen! Und jetzt gleich die oberste Etage der Haute Couture, eine Modenschau der Frühjahrskollektionen in der dabei üblichen aufgeladenen Atmosphäre! Wirklich, das letzte, was sie brauchte, war, in dieses grelle Rampenlicht, das dieses »neue Lombardi-Gesicht« naturgemäß umgab, hineingestoßen zu werden wie in kaltes Wasser! Aber es war ja nun nicht mehr zu ändern. Die Auswahl war getroffen, GN hatte sich entschieden.

Zumindest lernt sie Paris kennen.

»Kann ich noch einmal Hummer haben?« sagte Mike

Aaron hinter mir. Er brauchte zwei Sitze für sich, einen für sich selbst und einen für alle seine Kameras, die ihm zu wertvoll waren, als daß er sie auch nur einen Moment lang hätte aus den Augen lassen wollen. Und so bekam er seinen zweiten Hummer, den zu verlangen ich mich geniert hatte. Er hatte mich natürlich nicht erkannt. Er war ja auch bereits in der Schlußklasse in der Lincoln gewesen, als ich mein erstes Jahr dort anfing. Er war der Kapitän der Footballmannschaft und auch des Basketballteams, und er redigierte das Jahrbuch der Schule. Er war der Vorsitzende des Fotoklubs und Sprecher seiner Klasse, kurzum, eine Legende, Lichtjahre entfernt von unsereinem.

Er war derjenige, den ich damals aus der Ferne anschwärmte mit wundem Herzen. Jetzt, elf Jahre danach, muß ich zugeben, daß es schon mehr war als Anschwärmen. Jahrelang liebte ich Mike Aaron von ganzem Herzen. Auch dann noch, als er längst fertig mit der Schule und verschwunden war in die weite Welt hinaus. Mit hoffnungsloser, wilder Teenagerreinheit der Leidenschaft war er meine einzige, meine große, meine ewige ferne Liebe geblieben, wie ich sie bei weitem nicht für meinen Ehemann Slim Kelly empfand, nicht einmal zu dessen besten Zeiten. Wie konnte man nur so bescheuert sein wie ich?

Und als was für ein arroganter Miesling er sich herausstellte, als ich ihm vor einiger Zeit wiederbegegnet war! Ich hatte keinen Sinn für seinen Sinn für Amüsement, den man schier riechen konnte, wie er ihm aus allen Poren strömte. Sein angeborener Charme gefiel mir ganz und gar nicht mehr und erst recht nicht, wie er damit reihenweise die Mädels vernaschte. Vermutlich übte er das auch noch vor dem Spiegel ein, bis er sich selbst suggeriert hatte, daß es natürlich aussah.

Seinem breiten, salzigen Grinsen traute ich nicht mehr, genausowenig wie dem lauten, angeblich ganz unbekümmerten

Lachen und seinem lässigen Getue und dem ganzen herumstolzierenden Lederjackencharisma, das er vor sich hertrug. Widerlich, der Kerl! Sogar Paul-Mitchell-Haar hatte er!

4

Peaches Wilcox lag flach auf dem Rücken auf dem Teppich ihres Schlafzimmers im Hotel Plaza Athénée. Sie hielt sich einen Handspiegel direkt vor das Gesicht und musterte sich selbstkritisch. Sehr langsam spannte sie ihren kräftigen Bauchmuskel an und hob sich hoch bis zum Sitzen, ohne auch nur einen Blick von ihrem Spiegelbild zu wenden. Schließlich genehmigte sie sich selbst ein Lächeln.

Ihre Gesichtszüge sahen wirklich sitzend genauso aus, wie wenn sie bäuchlings lag – ganz wie Dr. H. es ihr vor zwei Monaten in New York versprochen hatte. Nichts hing herab oder gab der Schwerkraft nach. Na gut, es war vielleicht besser, nicht gerade in den Spiegel vor sich auf dem Boden zu blicken. Das war der sicherste Weg, sich selbst den Tag zu verderben. Wie viele Frauen waren sich eigentlich darüber im klaren, daß die so vielgeschmähte Missionarsstellung ihnen immerhin fünfzehn Jahre im Gesicht rettete? Auch ein Aspekt. Nur ein wirklich junges Ding konnte es sich leisten, angesehen zu werden, wenn sie oben war und alles an ihr nach unten hing, ganz gleich, wieviel zusätzliche Reibungslust eben diese Reiterposition auch bringen mochte.

Für sie, überlegte Peaches Wilcox, war es schon eine ganze Weile her, daß sie sich diesen Reiterluxus hatte leisten können.

Sie klingelte ihrer Zofe für den Kräutertee, die Grapefruit und die Scheibe Weizenbrottoast, die ihr Frühstück darstellten. Ja, wirklich, es gab ein paar Dinge, die man nicht mit

Geld kaufen konnte, nicht einmal mit den fünfhundert Millionen, die Schätzchen Jimmy ihr netto und frei verfügbar hinterlassen hatte, ohne diesen ganzen Unsinn mit rationierten Vermögensanlagen, aus denen man immer nur die Zinsen zum Ausgeben bekam. Keine Kinder, für die zu sorgen war, und eine schon existierende Wilcox-Stiftung, die ihr freie Bahn gab. Jimmy hatte dafür gesorgt, daß sie wirklich alles haben sollte, was mit Geld zu kaufen war. Alles andere, das hatte Jimmy gewußt, besaß sie ohnehin schon: eine gute Gesundheit, eine gesunde Haut – die schließlich, was man nie vergessen sollte, das größte aller Körperorgane war –, schönes Haar und einen hübschen Hintern. Aber sie sollte eben auch eine gesicherte und rundum glückliche Zukunft haben.

Der arme Schatz Jimmy starb, ohne zu wissen, daß es dennoch ein paar Dinge auf der Welt gibt, die selbst für viel Geld nicht zu haben waren. Peaches zermarterte sich gelegentlich das Gehirn über ihre unerfüllten Wünsche, doch es fielen ihr höchstens ein Flugzeugträger, ein Nationalpark oder die schweizerische Staatsbürgerschaft ein. Grundbesitz hatte sie mehr als genug, vielen Dank. Aber in jedem Ruderboot wurde sie seekrank. Sie hatte auch niemals etwas anderes sein wollen als Texanerin. Doch wie man so sagt: Das Unerreichbare ist es, das man immer wirklich haben möchte. Beispielsweise ausschließlich schöne Träume oder noch einmal zwanzig sein. Beides unmöglich. Denn da gab es von Zeit zu Zeit immer mal wieder Alpträume; ja, selbst bei ihr, ganz ungeachtet ihres völlig reinen Gewissens. Und was ihren sechsundvierzigsten Geburtstag anging, so war dieser auf leisen Sohlen, und ohne daß ihn jemand eingeladen hätte, vor zwei Wochen einfach geschehen. Jugend konnte man eben genausowenig festhalten wie Marco Lombardi als Besitz. Falls es überhaupt gerecht zuging auf der Welt, dann mußte der für das, was er ihr antat, mit den allerrostigsten langen Nägeln in der ewigen Hölle auf einem heißen Ofen angenagelt werden!

Es war schlicht und einfach demütigend, um es milde auszudrücken. Nämlich für eine Frau, die von aller Welt eingeladen und beachtet wurde, sich vor Sehnsucht nach einem italienischen Schneider verzehren zu müssen! Auch wenn es bis jetzt nicht bekannt und er obendrein auch noch zwölf Jahre jünger war als sie! Tja, noch so etwas, was man mit Geld nicht kaufen konnte: erwiderte Leidenschaft.

Mrs. Peaches Wilcox brütete vor sich hin. Es gab tatsächlich kein anderes Wort als Leidenschaft für das, was sie für Marco empfand. Wenn er wenigstens nicht normal wäre, dann wäre das alles nicht passiert, überlegte sie, während sie ihren Gymnastikbody anzog.

Eine Peaches McCoy Wilcox, sagte sie entschlossen zu sich selbst, während sie mit ihren gymnastischen Pflichtübungen begann – Strecken und Mattenrollen, nach einer halben Stunde Einstieg in die Joggingmaschine, von der sie vier identische in jeder ihrer Wohnungen stehen hatte, ebenso wie sie sie in jedem Hotel aufstellen ließ, in dem sie mehr als eine Nacht zu verbringen gedachte –, eine Peaches McCoy Wilcox hat keine Sorgen mit und wegen Männern, zum Donnerwetter!

Sie hatte doch sowieso immer Glück mit den Männern gehabt, angefangen bei ihrem Daddy, dem zwischen Houston und Dallas jeder einzelne Laden für Golferausrüstung gehörte. Ihre Eltern hatten sie außerdem statt mit schlimmen Schwestern nur mit sie verwöhnenden Brüdern beglückt. Und sie hatte eine so lange Reihe von Verehrern und Freunden gehabt, daß sie Jahre gebraucht hatte, sich durch sie alle hindurchzuarbeiten. Was natürlich zwangsläufig nicht ohne reihenweise gebrochene Herzen abging. Am Ende entschloß sie sich, den lieben Jimmy zu heiraten, der niemals auch nur eine andere Frau angesehen hatte, bis er vor nun drei Jahren starb. Jimmy war, versteht sich, in Öl tätig gewesen. Schließlich gab es einfach keine andere Art, wirklich Geld zu machen, wenn man nicht gerade in der Immobilienbranche war, im Schallplattengeschäft oder im Schmierbusineß. Oder imstande war, noch eine Variation von irgendwelchem Computerquatsch zu erfinden, den in Wirklichkeit keiner brauchte.

Sie hatte Jimmy ein halbes Jahr lang betrauert, wie es sich gehörte. Dann hatte sie ihre Runde begonnen, die man so definieren könnte, daß eine Frau in ihrer Position sehr beschäftigt sein kann, ohne notwendigerweise als spendable Witwe in allen möglichen langweiligen Ausschüssen zu sitzen. Sie reiste nämlich zwei Monate pro Jahr, im Sommer, in ihre Villa nach Cap Ferrat, im September nach Venedig, in der Weihnachtszeit nach New York, anschließend an Weihnachten nach St. Moritz und dazwischen immer wieder ein paar Tage auf die Ranch in Texas.

Die wesentlichen Fixpunkte ihres Jahresablaufes aber waren der Frühling und der Herbst: die Modevorführungen in Paris. Dabei war sie Marco Lombardi begegnet, und daran dachte sie inzwischen stets nur voller Zorn. Hätte sie doch nur die Vernunft besessen, daheim in Texas zu bleiben, statt niemals das Highlife der Saison zu verpassen, niemals ohne die neueste französische Mode auszukommen, damit sie stets angemessen gekleidet war! Dann hätte sie auch nie erfahren müssen, daß es diesen fürchterlichen, schmierigen Widerling überhaupt gab! Dann wäre sie inzwischen auch längst anständig und ordentlich wiederverheiratet mit irgendeinem netten Kerl und würde ihre Kleider, wie man es erwarten konnte, nach den Neiman-Katalogen bestellen und hätte niemals auch nur den Unterschied zwischen der 7. Avenue und der Avenue Montaigne kennengelernt!

Aber sie war gleichwohl entschlossen, ihre großen Allüren auf keinen Fall preiszugeben. Gut, sie hätte sich auch einfach nur auf Chic konzentrieren können, also ihre weitstehenden Augen verengen, ihre blonden, üppigen, schulterlangen Haare abschneiden müssen, dazu ihr offenes Lächeln zurücknehmen und ihre natürliche Neigung, wirklich teure Kleider zu kaufen, bezähmen.

Lieber Gott, chic konnte man jederzeit sein, wenn man sich richtig und kundig beraten ließ. Aber verdammt sollte sie sein, wenn sie es aufgab, sexy zu sein, bevor sie sechzig war! Nein, sagen wir lieber, fünfundsechzig. Was hatten chic und sexy schon miteinander zu tun? Würde Marco sie wiederlieben, wenn sie chic wäre? Dazu schüttelte sie entschieden den Kopf. Marco würde sie vermutlich lieben, wenn sie fünfundzwanzig wäre oder eventuell dreißig. Aber so mußte sie mit dem zufrieden sein, was er ihr gab. Das war immerhin die tollste Fickerei, die ihr je verpaßt worden war. Dazu allerdings jede Menge sinnloser italienischer Handküsse. Aber, großer Gott, wenn er dann diesen dunklen Kopf über ihre Hand beugte, diesen unglaublichen Kopf mit dem lockigen Haar, das er mit Absicht so lang trug, und mit Wimpern, die nicht minder üppig waren, und mit diesen immer leicht wie schmollend aussehenden und für einen Mann viel zu perfekten Lippen und mit seiner warmen, olivfarbenen Haut ... Herr im Himmel, warum, zum Teufel, konnte der Kerl denn nicht schwul sein? Dann nämlich könnte sie ihm das Haar nach Herzenslust zausen und ihn damit aufziehen, daß er einfach viel zu gut für einen Mann aussehe – und ihn vergessen, sobald er den Raum verlassen hatte!

Aber nein, er brachte sie total aus dem Gleichgewicht, sobald er nur auftauchte. Und dieser Zustand blieb, solange er in der Nähe war, ausgenommen allenfalls die ersten paar Minuten nach der Liebe und wenn sie sich auf ihre morgendliche Pflege konzentrieren mußte.

Kein Mann hatte zuvor jemals die Oberhand über sie gehabt, keinen im Leben hatte sie jemals um etwas bitten müssen, schon gar nicht, wenn sie ihn, wie ihn damals, zum erstenmal sah. Er lief die Treppen im Haus Dior hinauf. Sie hatte ihre Verkäuferin gebeten, ihn ihr vorzustellen, etwas, was dort offenbar ganz und gar nicht üblich war, dem verwunderten Gesichtsausdruck der Frau nach zu schließen. Sie hatte ihn spontan zu Drinks bei sich noch am selben Abend eingeladen, wohl wissend, daß die Prominenz ihrer Gäste ihren Eindruck auf andere nicht verfehlte, speziell auf einen kleinen Couture-Assistenten.

Marco blieb lediglich eine halbe Stunde, aber mit einer solchen gelassenen Selbstsicherheit, daß sämtliche anwesenden Damen am nächsten Tag angerufen hatten und voller Neid wissen wollten, wo in aller Welt sie denn diesen himmlischen Burschen aufgegabelt habe. Als er gegangen war, hatte er sie gefragt, ob er sie vielleicht mal zu einem Hamburger bei Joe Allen einladen dürfe. So hatte es tatsächlich angefangen, sinnierte sie vor sich hin, während sie von ihrem Joggingband herunterstieg und sich an die Gewichtmaschine machte, die immer den Abschluß ihrer zweistündigen Übungen bildete. Er hatte ihr von seinem Studium an der Kunstakademie in Rom erzählt, wie er nach Jahren gemerkt habe, daß seine Talente womöglich auf dem Gebiet der Architekturgeschichte lagen, daß aber die Architektur des menschlichen Körpers vielleicht doch ein lohnenderes Gebiet sei. Also habe er die Akademie verlassen und sich in eine Lehre beim großen Meister der Haute Couture, Roberto Capucci, begeben, der als Modeschöpfer vielleicht in Amerika nicht so bekannt, dafür aber in Europa und im Fernen Osten ein gesuchter Mann bei allen Museumskuratoren sei.

»Häuser sind immer schon in einer relativ limitierten Anzahl von Variationen für den einzigen Zweck als Wohnungen für die Menschen gebaut worden«, erklärte Marco ernst, als er ihr in dem lauten Raum voller französischer Yuppies einen Dessertkeks reichte, den sie gar nicht wollte. »Kleider hingegen, die mindestens genauso bedeutungsvoll sind, gibt es in Tausenden von Variationen. Wie kommt das, daß wir derart viele Hüllen haben, die unsere Schultern bedecken, die Brust, die Taille, die Hüfte, die Beine – Dinge, die sich über die Jahrtausende hinweg praktisch nicht veränderten?«

Peaches Wilcox erinnerte sich lebhaft daran, daß es ihr an einer intelligenten Antwort gemangelt hatte. Allein ihn anzuschauen hatte in ihrem Gehirn irgendeine Sicherung durchbrennen lassen. Sie bestand nur noch aus Körper, der nichts anderes wollte als eines: derb und direkt, seinen Schwanz. Nur Jahre der Dressur als Texaslady, Jahre, die sie nur damit verbracht hatte, die begehrenswertesten Männer der Texas University in totale Verwirrung und Begierde nach ihr zu stürzen, hatten sie davon abgehalten, ihm einen direkten, unverblümten Antrag zu machen. Alteingefahrene Gewohnheiten sind noch stärker als jeder Trieb. Aber Marco hatte eine ganze Woche lang in vorgetäuschtem Respekt mit ihr gespielt, ehe er ihr endlich gab, worauf sie so wild war und wonach sie so gierte.

Sie legte die beiden Zehnpfundgewichte ab, weil sie befürchtete, sie sonst in einem Wutanfall durch ein Hotelzimmerfenster zu werfen, so daß sie womöglich jemanden erschlugen, der gerade unschuldig draußen auf der Avenue Montaigne vorbeiging. Marco hatte sie seit fünf Tagen nicht zurückgerufen. Was glaubte der eigentlich, wer er war?

Marco Lombardi fragte sich gereizt, wieso er instinktiv nach Zigaretten in seiner Tasche griff, in der er schon seit drei Jahren keine mehr hatte. Seit einem Jahr hatte es ihn auch nach keiner mehr verlangt. Wieso also gerade jetzt wieder? Die Frühjahrskollektion war so gut wie fertig und befand sich in der Schlußphase. Die Entwürfe waren im Prinzip abgeschlossen. Wieso also verspürte er gerade jetzt diesen nervösen Drang, eine zweite Ersatzkollektion zu skizzieren, die noch zirkushafter in ihrer totalen Untragbarkeit sein würde als eine von Jean-Paul Gaultier, sich tiefer in die Vulgarität einer Striptease-Show begab als Versace, noch prätentiös opulenter war als die von Lacroix und noch absurder avantgardistisch als Vivianne Westwood? Mit anderen Worten, eine Kollektion, die einen solchen Schock, ja, Skandal produzieren würde, daß die Presse sie einfach nicht übersehen konnte und darüber berichten mußte?

Er verließ hastig sein Studio, bevor er Zeit hatte, sich eingehenderen irritierenden Gedanken und abwegigen Überlegungen hinzugeben. Aber seine Sekretärin hielt ihn an, eine Französin mittleren Alters von strengen Manieren und ausdruckslosem Gesicht, mit dem sie ihn scharf musterte.

»Sie sollten jetzt endlich einmal diese Anrufe erwidern, Monsieur Lombardi. Meine Liste von Leuten, die alle bis morgen dringend zurückgerufen werden müßten, wird immer länger. Auch Madame Wilcox hat schon wieder angerufen.«

»Sagen Sie mir offen, cara Madame Elsa«, fragte Lombardi mit schmeichelnder Stimme, »was passiert als Schlimmstes, wenn ich alle diese Anrufe nicht bis morgen beantworte?«

»Ich ...«, sagte Madame Elsa mit allem Ernst, dessen sie fähig war, »... aber Sie wissen doch selbst, wie wichtig sie sind! Wenn sie sie heute nicht beantworten, dann sind sie morgen immer noch auf der Liste, und noch neue dazu.«

»Haben Sie *Vom Winde verweht* gesehen, cara Madame Elsa?«

Sie sah ihn resigniert an. Er war der unberechenbarste Mensch, für den sie je zu arbeiten gebeten worden war. Er hatte versucht, sie dazu zu bringen, ihn mit Vornamen anzusprechen, was sie ablehnte, bis er sie doch zu einer Art Kompromiß gebracht hatte. Jedermann wußte schließlich, daß Italiener Kinder waren, also mußte man ihnen einiges nachsehen. Natürlich war sie intelligent genug, zu wissen, daß ihm auch sein Aussehen wichtig war. Der Mann sah tatsächlich einfach viel zu gut aus, als gut für ihn selbst war. Aber sie gratulierte sich dazu, daß es ihr gelungen war, anders als so mancher Frau, die für ihn arbeitete, sich der Einreihung in die unabsehbare Zahl seiner atemlosen Anbeterinnen zu verweigern.

»Natürlich habe ich *Vom Winde verweht* gesehen«, sagte sie also geduldig und dachte dabei daran, daß man ihn vielleicht doch ein wenig zwingen müsse, sich die Haare schneiden zu lassen – sie drängte ihn schon seit Monaten dazu. Ein ernsthafter Couturier sollte nicht wie ein von Michelangelo gemeißelter wilder, junger Kunststudent aussehen und in Paris in einer Tweedjacke samt Flanellhosen und einem Schal um den Hals herumlaufen.

»Dann erinnern Sie sich gewiß auch an den letzten Satz«, sprach Lombardi. »Daß morgen auch noch ein Tag ist. Daß sie sich ihre Sorgen morgen machen soll, oder so. Schauen Sie, ich bin einfach jetzt nicht in der Stimmung zu telefonieren!« Er schenkte der Sekretärin ein breites Lächeln, das ihr mitteilte, dieses würde er niemandem gegenüber zugeben außer ihr. Ein Lächeln, das sie in seine Welt einlud und aufnahm. »Ich muß etwas spazierengehen ... ich muß mich auslaufen, ich muß raus hier für eine Weile. Vielleicht bin ich ja auch ein ganz klein wenig nervös, was meinen Sie, Madame Elsa? Wäre das nicht normal? Sind Sie nicht auch ein wenig nervös für mich?«

Sie nickte zögernd. Sie war schon zu lange in dem Geschäft, um vor einer Kollektionsvorführung nicht nervös zu sein. Aber nichtsdestoweniger, diese Telefonate ...

»Aber wir sollten nicht nervös sein, Sie und ich, nicht wahr?« versicherte ihr Lombardi, wobei er sich über ihren Schreibtisch beugte und sie intensiv ansah. »Sämtliche Couturiers in Paris werden jedes Jahr zu Beginn der Saison nervös. Warum sollten wir so sein wie alle anderen?

Nun kommen Sie, Madame Elsa, wechseln wir das Thema!« Er tätschelte ihr leicht den Arm. »Ihr Name gefällt mir übrigens. Obwohl er mir nun schon vertraut ist, weckt er immer wieder einen besonderen Klang ... Elsa ... ja, Sie können sich glücklich schätzen, und Ihr Mann auch.«

»Vielen Dank«, sagte sie und unterdrückte nur mit Macht ein dankbares Lächeln, »aber wie Sie wissen, war es der Name meiner Großmutter.«

»Alte Welt und anmutig! Doch ja, er paßt sehr zu Ihnen. Wenn man Kleider immer noch Namen gäbe wie einst, dann würde ich mein erstes Kleid der neuen Kollektion zu Ihren Ehren Elsa nennen. Schön, also dann lasse ich Sie jetzt allein, und Sie halten mir alle diese an die Pforte klopfenden Barbaren vom Leibe, ja?«

»Aber wenn Monsieur Necker wieder anruft?« fragte sie alarmiert. »Oder Madame Wilcox?«

»Ah, Madame Elsa! Wie können Sie das nur fragen? Sie, eine Frau mit Phantasie und Charme! Denken Sie sich etwas aus, lassen Sie sich etwas einfallen! Ich verlasse mich da voll und ganz auf Ihr bewährtes Taktgefühl. Schließlich erwartet ja Monsieur Necker nicht von mir, daß ich hier den ganzen Tag hinter dem Schreibtisch sitze wie ein Schuljunge. Inspiration kommt eher von draußen, wo das Leben ist. Und Madame Wilcox sagen Sie nichts. Ich bin verschwunden, unauffindbar, Sie haben keine Ahnung, wo ich bin. Alsdann, *a domani, cara* Madame Elsa!«

Und er entfloh seiner Sekretärin, dieser überlegenen, rechtschaffenen und wachsamen Frau, die ihm Necker in sein Büro gesetzt hatte, um sicherzustellen, daß er ständig zu Ordnung und Fleiß angehalten würde. Er hatte ein paar Tage der Beobachtung gebraucht, bis er ihre kleinen Schwächen ausgemacht hatte: ihre noch immer jugendliche Erscheinung, ihre wohlgeformten Ohren, ihre schlanken Fesseln und ihren Vornamen. Für Necker war sie momentan nicht von Nutzen. Vorläufig nahm sie Anweisungen nur von ihm an. Er konnte sie erröten lassen, wann immer er wollte.

Seine Arbeitsräume und sein Studio befanden sich in einem Gebäude in der Rue Clément Marot, gleich um die Ecke vom Sitz des Hauses GN. Als er auf die Straße trat, erinnerte er sich plötzlich an ein Kleid, das er gestern zerrissen hatte, als er es am Anprobemodel sah. Er rannte die Treppen wieder hinauf zu den Werkstätten, in denen das Kleid neu genäht wurde – von seiner erfahrensten Näherin, der gefürchteten Madame Ginette, die schon vor dem Zweiten Weltkrieg bei Lanvin und danach bei Dior gearbeitet hatte, bis sie von St. Laurent abgeworben wurde. Jetzt, eineinhalb Jahrzehnte nach ihrem wohlverdienten Ruhestand, hatte Necker sie überredet, für diese spezielle Kollektion noch einmal zur Nadel zu greifen.

Marco fand sie über einen Saum gebeugt. Er faßte sie sanft an den Schultern und zog sie hoch, bis sie zu ihm aufsah und ihre Arbeit beiseite legte.

»Nun, *ma toute belle,* machen wir Fortschritte?«

»Sie wissen so gut wie ich«, antwortete sie müde und nahm mit einem Seufzer ihre Brille ab, »daß das Arbeiten mit diesen Lagen von Chiffon nur langsam geht. Es strapaziert sehr.«

»Sie wollen mich das Wunder nicht sehen lassen, das Sie vollbracht haben?« Er hob ihr Kinn und zupfte sie leicht am Ohr.

»Ach, Sie wollen doch nur sehen, ob ich dieses Kleid noch retten kann«, grummelte sie. »Als Sie es gestern auseinandergerissen haben, hätten Sie durchaus etwas vorsichtiger sein können. Sie haben einen der Säume mehrfach eingerissen!«

»Sie haben ja völlig recht. Hätte ich es von Anfang an Ihnen gegeben, wäre das alles nicht passiert. Aber diese

Säume sind doch auch wirklich eine Schande, geben Sie es zu, *chérie!* Die Hälfte dieser jungen Dinger versteht ihr Handwerk nicht. Da habe ich eben leider die Beherrschung verloren.«

»Sie sind eben ein wilder, verrückter Italiener«, schimpfte die alte Dame, wenn auch nicht mit vollem Ernst. »Monsieur Dior verlor niemals die Beherrschung. Wie ein Lamm war er, der arme Mann.«

»Und Monsieur St. Laurent?« fragte Lombardi und nahm dazu ihre Hand, um ihre Fingerspitzen angelegentlich zu untersuchen.

»Niemals ein harsches Wort«, erklärte sie. »Ein echter Gentleman.« Selbst als St. Laurent noch jung und das Wunderkind und der Liebling von Paris gewesen war und sie selbst noch für Charme empfänglich, dachte sie, hätte er es niemals geschafft, sie so mit Süßholzraspeln einzuwickeln wie dieser Monsieur Marco. Ach, diese Italiener! Man sollte ihnen verbieten, nach Frankreich zu kommen, und sie an der Grenze zurückweisen! Wer sollte ihren Augen widerstehen und diesem Lächeln! Speziell dem hier!

»Sie haben wunderschöne Hände, Madame Ginette«, erklärte Lombardi prompt. »An ihnen sieht man, daß Sie nur perfekte Arbeit liefern!«

»Das sind auch nur Hände«, wehrte sie verlegen ab. »Die Hände einer alten Frau«, fügte sie hinzu und versuchte sie ihm zu entziehen. Aber er hielt sie fest.

»Nein, nein, nein, ganz und gar nicht!« versicherte er. »Hat man immer nur mit schönen Dingen gearbeitet, dann zeigt sich dies nach Jahren auch an den Händen, die es taten!« Nun ließ er ihre Hände doch langsam los, freilich nicht, ohne ihr jede einzelne Fingerspitze andeutungsweise zu küssen. »Dürfte ich jetzt den Saum sehen? *Bravissimo!* Genau, was ich mir erhofft hatte! Sie haben ihn gerettet! Das Kleid wird das Galastück der Kollektion!«

Madame Ginette richtete sich auf und schmolz unter seinem Lob lächelnd dahin.

Er ließ sie sich wieder jung fühlen, gesegnet sei er dafür! Andererseits, einen Saum einfach zu zerreißen ...! Na ja, gut, so war er eben, temperamentvoll, ein Italiener halt! Aber zum Friseur müßte er doch mal!

»Mit Sicherheit«, bekräftige Lombardi noch. »Also dann bis morgen, *ma toute belle.* Ich zähle auf Sie!«

Auf dem Weg die Treppe hinunter war sich Lombardi sicher, daß Ginette frühestens in einer Woche wieder mit ihrem Rückzug drohen würde, indem sie ihre Erschöpfung und ihr fortgeschrittenes Alter zur Sprache brachte. Vielleicht, wenn er Glück hatte, dauerte es sogar zwei Wochen. Er brauchte ihre Kenntnisse und Erfahrung dringend. Für die Anproben an den Models selbst war die nervende alte Schachtel eine unschätzbare Hilfe.

Er hätte den Mantel anziehen sollen, wurde ihm klar, als er ein paar Häuserblocks weit gegangen war. Es war so sonnig, daß er sich über die Temperatur hatte täuschen lassen – nämlich, daß es mal etwas warm sein würde in dieser Stadt Paris. Aber nein, es war wieder ein echt pariserisches Wetter – kalt, grau, feucht, ekelhaft, trotz der Sonne.

Er betrat ein kleines italienisches Restaurant, setzte sich an die leere Theke und bestellte einen doppelten Espresso.

Großer Gott, er brauchte Erholung! Und Abwechslung. Aber beides war das letzte, worauf er die nächsten Wochen hoffen konnte – bis zu dem entscheidenden Tag, an dem seine Träume entweder wahr wurden oder sich als Schäume erwiesen. Nämlich indem die Modepresse im Urteil über ihn den Daumen nach unten senkte und ihn der ganzen Welt als Niete vorführte. Alle Journalisten und Einkäufer der Welt. *CNN* bis *Vogue, Zing* bis *Bazaar, New York Times* bis *Figaro.* Bis hin zum kleinsten Provinzblättchen von *La France Profonde.*

Warum hatte er sich in seinem unbändigen Ehrgeiz nicht klargemacht, daß niemand gnadenloser vom unerbittlichen öffentlichen Urteil abhängiger war als ein neuer Modeschöpfer? Ein unsicherer Schauspieler konnte seine ersten Rollen spielen, ohne daß jemand dies wußte, bevor er nicht ein rauschender Erfolg war. Ein potentieller Tennischampion konnte seine ersten Matches verlieren, ohne sich sogleich von allen Seiten der Lächerlichkeit ausgesetzt zu sehen. Aber jede Frau der Welt hielt sich für eine kompetente Richterin über Mode.

Die Mode war längst das Feld geworden, über das am meisten geschrieben wurde und das die höchsten Zuschauerzahlen aufwies. Jede neue Kollektion wurde entweder mit einem mächtigen Chor von Lobeshymnen empfangen oder nur mit Gleichgültigkeit registriert. Oder mit Spott übergossen. Aber alles in breitester Öffentlichkeit, von der Chefredakteurin von *Elle* bis zur letzten Verkäuferin bei Prisunic. Er sah sie direkt vor sich, wie sie von ihren Verkaufstheken herbeieilten und sich über die Fotos in der Zeitung beugten. Alles mit dem gleichen ernsten, aber kulleraugengroßen Blick, wie ihn auch die hochgeschätzten Couturekundinnen zeigten, die bei den Vorführungen rituell in die ersten Reihen am Laufsteg gesetzt wurden.

»Lombardi? Nie gehört, muß ein ganz Neuer sein. Was meint ihr, was haltet ihr von dem? Ja, ja, nein, mein Stil ist er auch nicht. Selbst wenn ich es mir leisten könnte. Oh, sieh mal da, die Claudia in der süßen kleinen Chanel-Jacke ... also so eine würde ich ganz bestimmt nicht ablehnen, wenn sie mir jemand schenkte. Die kann man sogar zu Jeans tragen!«

Und nun, da dieser Augenblick, auf den er sein ganzes bisheriges Leben hingearbeitet hatte, unmittelbar bevorstand, sollte es da wirklich passieren, daß er ihm nicht mehr gewachsen war? Er ärgerte sich über sich selbst, wie er schimpfte und tobte und sich abreagierte. Hatten sich alle

Modeschöpfer vor ihm auch so gefühlt vor dem großen ersten Auftritt?

Wie sollte man das wissen? Man konnte doch nicht herumgehen und fragen. Modeschöpfer trafen sich so wenig zu freundlichem Plausch und vertraulicher Fachsimpelei wie Berufsboxer oder rivalisierende Opernsänger. Er versuchte sich vorzustellen, wie auch die Leute mit den schon ganz großen Namen ihre Unsicherheit zu bezähmen versuchten, so wie er jetzt, und dann eine Schlappe erlitten. St. Laurent fiel einem da natürlich an erster Stelle ein. Wie der immer selbst noch um seine Nervenzusammenbrüche einen Kult gemacht und den Märtyrer der Mode gespielt hatte, die gequälte und gefolterte Christusfigur der Branche, die ein ums andere Mal den Kreuzestod erlitt, bis die nächste Kollektion durch war! Aber natürlich konnte man so etwas nicht nachmachen. So etwas war nicht kopierbar.

Er bestellte noch einen Espresso und war froh, daß er der einzige Gast war. Es gab mehr als drei Dutzend Dinge, die er hätte erledigen müssen. Der Wintertag dämmerte schon dem Zwielicht entgegen. Hunderte von Details müßte er eigentlich inspizieren. Und dabei, beim Zeus, wußte er nicht einmal, wer die drei neuen Models für seine Kollektion sein sollten. Wie wollte dieser Necker es eigentlich rechtfertigen, daß er ihm drei völlig unerfahrene Mädchen aufnötigte, wo er doch tatsächlich die Sicherheit brauchte, sich auf erfahrene und routinierte Vorführdamen verlassen zu können, die mit die Voraussetzung waren, daß alles gut ablief, kurz, die besten, auf die auch die Fotografen flogen. Aber nein, da hatte man diesen albernen Wettbewerb veranstaltet, als handle es sich um ein neues Urteil des Paris! Wie kam dieser Mensch überhaupt dazu, etwas derart fast schon Kriminelles als Gag ins Auge zu fassen? Umbringen könnte er diesen Necker, verdammt!

Sein ganzer Unmut und Zorn, in dem sich seine Anspannung sammelte, entlud sich auf den Mann, der ihn in diese Situation gebracht hatte. Was hatte denn dieser schweizerische Spießer überhaupt für ein Recht, seiner Kollektion seinen persönlichen Geschmack aufzuzwingen? Glaubte er wirklich, weil er die Sache finanzierte, könne er alles und jedes bestimmen? Er war es auch gewesen, der die Vorführung in diesem riesigen, mit Wolkenfresken dekorierten Kur- und Schönheitssalon im Ritz zu veranstalten vorgeschlagen hatte, ach was, vorgeschlagen: angeordnet hatte! Wo das große Schwimmbecken voll abgedeckt und der riesige Raum ja seinetwegen gerne in einen Ballsaal oder Ausstellungsraum verwandelt werden konnte. Aber eine Stätte für eine Modenschau war das doch nicht!

»Es muß eine echte Gala werden, Monsieur Lombardi«, hatte Necker erklärt. »Wir veranstalten sie abends, verlangen Abendkleidung und machen hinterher ein riesiges Büffet. Nur so kann man einen Unbekannten lancieren. Die Journalisten und die Einkäufer sind in diesen Tagen derart im Streß und hasten von einer Vorführung der bekannten Modeschöpfer zur nächsten, daß wir uns was einfallen lassen müssen. Da muß man klotzen, wissen Sie. Zur Zeit der Präsentationen setzen alle auf Überdimensionalität und Größenwahn. Da muß man sich intelligent absetzen.«

Woher wollte er das denn wissen? Er war doch nur ein Geschäftsmann! Gut, ein erfolgreicher, aber eben nur ein Geschäftsmann und sonst nichts. Ein Besitzer von Textilfabriken, ein Aufkäufer von anderer Leute Talent, ein Händler, ein Feilscher mit den flüchtigen Illusionen der Hoffnungen, wie sie in Parfümflakons eingeschlossen sind. Aber nicht einer, der selbst etwas schafft und kreiert, bei Gott nicht. Kein Künstler, der sich seine Kreativität und seine Einfälle abringen und Wege finden mußte, sie auch zu realisieren!

Zugegeben, er war clever und intelligent, dieser Necker. Das mußte man dem Kerl lassen. Clever genug, darauf zu achten, daß er, Lombardi, die Lok, die alles zog, kurzgehalten wurde. Zugegeben auch, daß er nicht annähernd selbst imstande gewesen wäre, allein eine große Couture-Kollektion der obersten Kategorie auf die Beine zu stellen. Natürlich brauchte er gewaltige Finanzspritzen als Hilfe.

»Schauen Sie, Monsieur, die Sache ist doch so: Sie bekommen Ihr Gehalt, ein sehr üppiges, wie Sie zugeben müssen. Aber ich habe keinerlei Absicht, Sie am Gewinn zu beteiligen. Erstens kann es gut sein, daß die Sache überhaupt keinen Gewinn abwirft. Das Haus GN geht ein durchaus kalkuliertes Risiko mit Ihnen ein, wie mit jedem und allem, was neu ist. Es handelt sich also um ein spekulatives Risiko für mich. Es ist eine Investition, die auch verloren sein kann. Ich verliere sowieso Geld in der Haute Couture, wie alle anderen übrigens auch. Jedes Kleid kostet mehr, als man dafür verlangen kann. Sie wissen, daß die Haute Couture im Grunde nur der Publizität wegen existiert. Die Prêt-à-porter-Industrie braucht mehrere Saisons, bis sich zeigt, ob eine Kollektion wirklich Erfolg hat, genauer gesagt, überhaupt Erfolgsaussichten. Bis zum Namens-Parfüm, das erst das Geld bringt, dauert es noch weitere Jahre. Lieber Monsieur Lombardi, ich bewundere Ihr Talent, aber Busineß ist Busineß.«

Sein Leben lang war Marco Lombardi Lohnsklave gewesen, hatte immer nur anderen assistiert und für sie entworfen. Dies jetzt war seine einzige Chance, es zu einem eigenen Namen und Markenbegriff zu bringen. Deshalb hatte er natürlich Neckers Angebot angenommen, und Necker hatte gewußt, daß er es annehmen würde. Aber niemals würde er diesem Schweizer vergeben, daß er sich sogar weigerte, ihm das kleinste Krümelchen von Gewinnanteil, das von der großen Tafel abfiel, zuzugestehen. Wo wäre denn die ganze Modebranche ohne die Handvoll Leute, die das kreative Talent hatten und einbrachten?

Er ertappte sich dabei, wie er schon wieder in seinen Taschen nach einer Zigarette suchte. Und daß er gleich den Barmann nach einer Packung fragen würde. Diese freien Stunden waren, statt ihn zu beruhigen, letzten Endes nur kontraproduktiv. Was er brauchte, fiel ihm plötzlich ein, war eine Frau. Wie lange war das nun schon her? Zwei Wochen, oder schon drei, seit er etwas Zeit für Sex hatte erübrigen können?

Ja, eine Frau, eine einfache, unkomplizierte, die nicht auf endlosen Verführungsspielen bestand, so wie diese unersättlichen Hyänen aus der Branche, die das jeden Tag haben wollten. Nichts da, eine schnelle, kurze Erleichterung von dem Drang, das war alles, was nötig war. Ohne große Umstände, ohne Gefühlstrara, kurzum, die Art animalischer Befriedigung, wie sie einem eigentlich nur Huren verschaffen können. Aber zu Huren war er noch nie gegangen. Als er nun seine Möglichkeiten überschlug, die ihm zur Verfügung standen, bekam er allerdings den Blick, den er sonst nur angesichts der Speisenkarte eines neueröffneten Restaurants entwickelte.

Nach einigen Sekunden seufzte er resigniert. Er hatte einfach keine Zeit, sich darum zu kümmern, jemanden zu finden außer Peaches. Mindestens seit einem halben Jahr schon war er ihrer herzlich überdrüssig. Ihre dauernden Versuche, ihn zu vereinnahmen und als ihren Besitz zu betrachten, ärgerten ihn, und für ihre ständige Verfügbarkeit verachtete er sie. Selbst jetzt, wo sie eigentlich ihrem an sich so beneidenswerten Terminplan des Highlife folgen und für ein Dutzend Galas in New York sein sollte, hing sie weiter aufs schamloseste hier in Paris herum und lief ihm nach wie ein Hündchen. War das wirklich noch die große Dame, die er einst, am ersten Abend, für völlig unerreichbar gehalten hatte, zumindest aber für nur sehr schwer zu erobern? Dieselbe Frau, bei der er sich der Mühe unterzogen hatte, pseudointellektuelle Konversation zu machen, um Eindruck zu schinden?

Wie hatte er tatsächlich annehmen können, daß diese Frau, bekannt als beste Kundin bei Dior, weltberühmt als steinreich und von sozialem Status in schwindelnden Höhen, so leicht zu gewinnen sei und sich als so gierig erwies, so ohne jede Würde?

Trotzdem, gestand er sich ein, war sie letztlich körperlich genau das, was er sich selbst verschrieben hatte – ohne jede Frage willig. Er rief kurz an, um sich zu vergewissern, daß sie sich in ihrer Suite aufhielt, und war in der nächsten Minute auf dem Weg ins Plaza, das gleich um die Ecke lag.

Peaches Wilcox war sehr zufrieden, als sie den Hörer auflegte. Sie hatte Marco aufgefordert, auf der Stelle zu ihr zu kommen, mit süßer und gleichmütiger Stimme, aber sie hatte ihm nicht gesagt, daß sie gerade eine Cocktailparty für eine Touristengruppe aus Texas gab, von denen einige bereits in ihrem großen Salon saßen und sich an ihrem Kaviar gütlich taten.

Statt der diskreten persönlichen Zofe, die ihn normalerweise in die Suite einließ, öffnete ihm ein Butler in weißer Jacke, und ein Kellner nahm ihm seinen Schal ab.

»Madame Wilcox befindet sich im großen Salon, Monsieur«, sagte der Kellner. Marco hatte sich vorgestellt, daß Peaches ihn schon erwartungsvoll im kleinen Salon empfangen würde, im schmeichelnden Licht der kunstvollen kleinen Lampen und in einem ihrer sündteuren Négligés. Er war enttäuscht, als sie ihm aus der Mitte einer ganzen Schar Landsleute am Kamin entgegenkam. Sie gab sich diesmal als Katherina die Große, in einem roten Samtdinneranzug mit einer eng anliegenden, goldbestickten Jacke, deren Manschetten und weiter Rock mit Zobelstreifen besetzt waren.

Er nahm ihre Hand und küßte sie auf der Innenseite des Handgelenks. Er wußte, daß keiner dieser Gäste die Bedeutung davon kannte: einen Grad von Begehren, den man normalerweise niemals in der Öffentlichkeit kundtat.

»Champagner?« fragte sie und lächelte verführerisch mit ihren leuchtenden, roten Lippen, als ob sie ihn gerade erst vor fünf Minuten zuletzt gesehen hätte.

»Warum hast du mich nicht gewarnt, daß du Gäste hast?«

»Aber Marco«, sagte sie und machte in gespielter Überraschung große Kulleraugen, »jede von diesen alten Mädchen ist eine potentielle Kundin für dich! Du hast den ganzen Abend zur Verfügung, sie mit deinem Charme zu bezaubern! Wir essen später alle zusammen.«

»Ich bin doch nicht hier, um Kleider zu verkaufen!«

»Ach, wirklich nicht?« erwiderte sie, während sie ihn hineingeleitete, als ob sie ganz überrascht sei. »Komm und sag Guten Tag zu den Hendersons, Selma und Ralph aus Fort Worth, und diesen netten Leuten hier – das sind Betty Lou und Hank Curtis aus Houston. Darf ich allgemein bekannt machen: Marco Lombardi, ein Modeschöpfer, von dem ihr noch viel, viel hören werdet.

Während er die Texaner nacheinander mit Handschlag begrüßte und hörte, wie Peaches noch ein anderes Paar willkommen hieß, das gerade ankam, schwor sich Marco, sich spätestens in drei Minuten wieder zu empfehlen, indem er sich einfach verdrückte. Er bat um einen Scotch, trank ihn rasch und nahm auch noch einen zweiten.

Peaches genoß ihre vielen Gäste im gleichen Maße, wie ihre Freunde ihn ignorierten. Sie waren zu beschäftigt damit, einander wiederzusehen, als daß sie sich die Mühe gemacht hätten, mehr als ein rasches Lächeln für irgendeinen Fremden zu erübrigen. Er sprach zwar fließend Französisch, und seine gelegentlichen Fehler wurden eher als charmant hingenommen, doch Englisch lag ihm nicht. Er wußte, daß er es mit einem kräftigen italienischen Akzent sprach und sich häufig auch grammatikalisch vertat. Er hielt sich etwas abseits von den anderen, in deren Mitte Peaches ihre angebliche Gleichgültigkeit ihm gegenüber so laut und auffallend zelebrierte, wie die großen Diamantohrringe funkelten. O ja, sie wußte sehr genau, daß sie ihre teuer gekleideten Landsleute im Vergleich zu ihrer lebhaften, blonden Erscheinung wie biedere Provinzler aussehen ließ. Zorn stieg in ihm hoch. Sie glaubte also, er werde wirklich zu ihrem dämlichen Dinner mit ihren Texanern bleiben? Er ging zu ihr hin und faßte sie am Arm, um sie beiseite zu ziehen.

»Ich muß mit dir reden.«

»Aber das geht doch jetzt nicht, siehst du das nicht?«

»Ich gehe jetzt in dein Schlafzimmer, und du kommst nach.«

»Das tue ich bestimmt nicht«, erklärte Peaches mit Nachdruck und wütend funkelnden Augen.

»Soll ich dir einen Skandal machen?«

»Sei nicht albern, Marco.«

»Ich mache auf der Stelle einen Skandal, den deine Freunde dann in ganz Texas verbreiten, das schwöre ich dir.«

»Das ist ja Erpressung!«

»Komm nach, ich warne dich«, wiederholte Marco und bahnte sich einen Weg quer durch den großen Raum, über den Eingangsflur und durch den kleinen Salon in ihr Schlafzimmer.

Nach ein paar Minuten kam Peaches wirklich nach, aber mit triumphierendem Gesicht.

»Bist du jetzt zufrieden, ja?« fragte sie, als spräche sie zu einem Kind. »Was genau willst du damit beweisen, außer deine abstoßend schlechten Manieren?«

»Mach die Tür zu.«

»Ich gehe gleich wieder zurück zu meinen Gästen«, erklärte sie und drehte sich um.

Aber er schob sie schnell weg, versperrte die Tür und packte sie an den Armen.

»Ich will ficken. Jetzt und hier.«

»Das läßt du hübsch bleiben. Ich schreie!«

Er drückte sie an die Tür und rieb sich heftig an ihr. Sie spürte, wie erregt er wurde.

»Laß das, sage ich! Laß mich auf der Stelle los!« Sie rang in totaler Ungläubigkeit nach Atem.

»Ich denke nicht, daß ich das lassen werde«, murmelte er. Er hob sie mit beachtlicher Kraft hoch und warf sie auf das Bett. Als sie sich hochrappeln wollte, hielt er sie mit der einen Hand an beiden Handgelenken fest, schob ihr mit der anderen den Rock hoch und den seidenen Spitzenslip herunter, so daß sie mit entblößtem Unterleib vor ihm lag, nur noch mit Hüftgürtel und Strümpfen.

»Laß mich los!« schrie sie.

»Kein Mensch hört dich«, knurrte er und öffnete seine Hose. »Es spielt überhaupt keine Rolle, ob du schreist oder still bist.«

»Marco, nein! Hör auf! Tu das nicht!«

»Ach, sei doch still, du bist doch selber geil drauf, tu doch nicht so, als seist du's nicht.« Er zerriß ihren Slip und drückte ihr die Beine auseinander, indem er ihre Knie packte und hochhob, so daß sie die Beine nach oben spreizte. So hielt er sie fest und drückte sich rasch auf sie, so daß sie sich unter seinem Gewicht nicht mehr bewegen konnte. Er hob sich gerade soviel, daß er seinen Penis in die Hand nehmen konnte.

Als er ihn in sie hineinstieß, fühlte er sich so erregt durch ihren Widerstand und ihre Trockenheit, daß er nicht mehr hörte, wie sie ihn anflehte aufzuhören. Das ganze Universum war für ihn nur noch der Drang zu einem Orgasmus, den er bereits aufsteigen spürte. Nicht einmal, wenn ihn jetzt jemand mit einer Pistole bedroht hätte, wäre er imstande gewesen, von seiner Vergewaltigung abzulassen, von seinem gnadenlosen Gebrauch an Peaches. Mit gutturalen Schreien erreichte er schnell seinen Höhepunkt.

Als er sich endgültig bis zum letzten Tropfen verströmt hatte, stützte er sich auf seine Hände und blickte auf sie hinab. Sie hatte die Augen geschlossen, und ihre Züge hatten einen Ausdruck, den er bisher nicht an ihr kannte.

»Ach, keine Sorge, ich mache es dir schon noch, bis es dir auch kommt«, sagte er heiser. »Mit dem Mund, wie du es so gern hast.«

Sie öffnete die Augen, und er sah, wie sie ihn in wildem Zorn anfunkelte. »Wenn du mich noch einmal anrührst«, sagte sie leise und ganz ruhig, »bringe ich dich um.«

»Nun werde bloß nicht melodramatisch«, winkte Marco träge ab. Wenn sie die Wütende spielen wollte, bitte, das beeindruckte ihn wenig. Schließlich hatte ihn keine Frau jemals derart wild und unersättlich begehrt wie diese hier.

Mit einem Ruck hatte sie sich plötzlich unter ihm befreit und stand neben dem Bett.

»Raus!« befahl sie. »Schau, daß du aus meinem Bett kommst und raus hier, und zwar auf der Stelle!«

»Du bist ein lächerliches, aber süßes Kind«, sagte er. »Sieh dich an, du bist makellos. Nicht mal dein hübsches Haar ist zerzaust. Nun komm, leg dich wieder hin, und ich lecke dich. Ich will dich schmecken. Du kommst dann immer so schnell und so intensiv, direkt zwischen meinen Lippen und an meiner Zunge ... Komm, es wird schön sein und gut, noch besser als letztes Mal, das verspreche ich dir. Das ist es doch genau, was du brauchst, *bella,* nicht? Genau deshalb bist du doch so zornig, verstehst du das denn nicht?« Er rollte hinüber und wollte sie heranziehen. Aber Peaches wandte ihm den Rücken zu, stieg wieder in ihre Pumps, die sie fortgeschleudert hatte, strich sich den Rock glatt, betrachtete sich noch einmal kurz im Spiegel und ging hinaus – alles im selben Atemzug einer einzigen Bewegung.

Marco fluchte leise. Die Tür stand weit offen, und er lag mit offener Hose auf dem Bett. Sein Penis hing schlaff herunter. Er zog sich hastig an und ging hinaus. Er suchte den Butler, der ihm seinen Schal abgenommen hatte, und hörte dabei im Salon Peaches lauthals lachen, als sei nichts gewesen.

5

Vielleicht sollte sie sich doch ein wenig schuldig fühlen, dachte Justine, daß sie Frankie an ihrer Stelle so kurzfristig und überraschend nach Paris geschickt hatte. Andererseits konnten die neue Garderobe und der ganze Wirbel von Aktivitäten, den sie vor sich hatte, eine gute Therapie für Frankie sein, um sie endlich aus dieser Lethargie zu reißen, in der sie seit ihrer Scheidung versunken war.

Doch ja, dachte Justine, während sie ruhelos zwischen ihrem Büro und dem Buchungsraum hin und her tigerte, es war Zeit, daß etwas passierte. Weiß der Himmel, wo das Mädchen enden würde, wenn sich nicht jemand ihrer annahm. Sie hätte das schon vor einem Jahr tun sollen. Es hatte sich nur keine rechte Gelegenheit dazu gefunden – so eine außergewöhnliche wie diese jetzt. Sicher, sie hatte die ganze Zeit schon ihre Überredungskünste und guten Ratschläge aufgeboten, die sie sich in den vielen Jahren des harten Bemühens angeeignet hatte, unbedarfte Mädchen zu guten Models zu formen. Aber mit der Zeit war das dann ins Nörgeln abgeglitten. Und das wirkte nicht bei einer wie Frankie mit ihrem Dickkopf, die derart fest auf ihren großen Füßen (auf die sie so stolz war) stand. Martha Graham hatte sichtlich gute Arbeit geleistet.

Sie schleuderte ihre Schuhe weg und legte sich mit hochgestreckten Beinen auf ihre Bürocouch, um sich etwas auszuruhen, atmete ein paar Minuten lang tief durch und begann schließlich, mit einem ungehaltenen Kopfschütteln an ihrem Nagellack zu kratzen, was sie seit mindestens zwanzig Jahren nicht mehr getan hatte. Frankie brachte sie allmählich auf die Palme. Sie konnte es nicht ertragen, mit anzusehen, wie sich jemand so abkapselte und verkroch. Zumal, wenn man sah, daß Frankie immerhin einiges vorzuweisen hatte.

Sie sah toll aus mit ihrem großartigen Körper, mit dem sie aber allmählich umging, als sei er des Teufels Großmutter. Sie hatte schon beim erstenmal, als sie mit Frankie zusammen auf der Straße ging, festgestellt, daß Frankie gar nicht wahrzunehmen schien, wie sich die Männer bewundernd nach ihr umdrehten. Diese Männer waren schon begeistert, wenn sie nur einen kurzen Seitenblick von ihr mit ihrer unübersehbaren Lebhaftigkeit einfangen konnten. Wie sie sich hielt, königlich! Wie sie demonstrierte, daß sie aus jedem Rahmen fiel! Mit dieser Souveränität und Unkonventionalität schien sie schon auf die Welt gekommen zu sein. Zum Teufel mit dem Mädchen, das in keine Schublade paßte! Aber man mußte zugeben, dachte Justine, daß Frankie sich trotz ihres Kummers stolz wie eine Tänzerin hielt, diszipliniert und aufrecht, stets um Haltung und Konzentration bemüht. Wie sie den Kopf hielt! Wie sie den Hals reckte! Als hätte sie eine Lizenz für Arroganz! Und jeden Morgen widmete das unmögliche Geschöpf zwanzig Minuten allein ihrem Augen-Make-up. Aber ihr langes Haar steckte sie innerhalb von fünf Sekunden mit zwei Klemmen fest, ohne daß sie auch nur einen Spiegel dazu brauchte.

Wäre Frankie ein Model, dann hätte sie sie feuern müssen, als sie ihre ersten zwei Pfunde zulegte. Gar nicht zu reden von der Art, wie sie es fertigbrachte, ihre wundervolle Haarmähne zu verstecken. Zum Glück konnte sie nicht auch noch einen Schleier tragen, um ihr lebhaftes Gesicht zu verbergen. Es war kein hübsches, schönes Gesicht, sondern etwas sehr viel Interessanteres, nämlich ein Gesicht voller Leben,

Humor und Ausdruck. Obgleich Frankie natürlich niemals in den Sinn gekommen wäre, sich selbst für etwas Besonderes zu halten. Die gute Frankie litt an einem unheilbaren Hunger nach modernem Tanz, das war ihr Problem. War ihr denn nicht klar, daß eine gutverdienende, hochprofessionelle Frau wie sie, die jeden Tag ihres Lebens so anging, als begebe sie sich in den Ballettprobensaal, in eine Therapie gehörte?

Unwillig runzelte Justine die Stirn. Frankie war doch nicht wirklich ihr Problem!

Sie lauschte auf die Geräusche draußen im Buchungsraum, die durch die angelehnte Tür hereindrangen, aber irgendwie fehlte dort die übliche Anspannung. Es schien so, als arbeiteten sie mit verminderter Aufmerksamkeit, statt wachsam zu bleiben für jede mögliche neue Entwicklung, die sich tat, irgendwo, mit irgendwem, die sich hinter einem scheinbar belanglosen Gespräch verbarg. Wie in den alten Western, in denen die Indianerscouts das Ohr auf die Eisenbahnschienen legten.

Wenn die Mädchen ihr sagen konnten, warum irgendein Model nicht gebucht worden war, konnte sie daraus ebensoviel über die Zukunft lernen und erfahren wie aus dem Wissen, wer mit einem Mal gefragt war. Für diese Art der Informationen war sie auf die Mädchen dort vorne angewiesen. Was war los? Die Nachfeiertage-Trägheit? Keine Agentur konnte sich so etwas leisten. Modefotografie war ein Geschäft über das ganze Jahr, da gab es keine Pausen. Aber sie fühlte sich auch nicht in der Stimmung, hinauszugehen und nachzuforschen. Zum Teufel mit ihnen! Auch die Buchungsmädchen waren nicht ihr wirkliches Problem!

Nein, ihr Problem lag ganz woanders. Sie verspürte eine böse Vorahnung, daß irgend etwas Schlimmes auf sie wartete. Dabei sollte sie doch eigentlich erleichtert sein und sich entspannen. Sie hatte auf den Tag gewartet, an dem die Mädchen nach Frankreich abflogen, wild entschlossen, der Falle zu entgehen, die man da für sie aufgebaut hatte. Doch obwohl sie wußte, daß die Mädchen bei Frankie und dem Team von *Zing* in guten Händen und unter Aufsicht waren, hatte sie das ungute Gefühl, daß in Wirklichkeit gar nichts erledigt war. Vielleicht war eben das ihr Problem? Jedenfalls versetzte Frankies Abwesenheit das ganze Büro in einen desolaten Zustand. Die ruhige Sicherheit war weg, zu wissen, daß sie da war, um alle geschäftlichen Dinge zu regeln und zu erledigen. Ja, es stimmte schon, sie hatte sich mit der Zeit daran gewöhnt, sich stets auf Frankie verlassen zu können.

Was, wenn es Necker einfallen sollte, selbst nach New York zu kommen und hier hereinzumarschieren?

Verdammt! Justine merkte, wie sie instinktiv aufgesprungen war und heftiges Herzklopfen hatte, als stünde er tatsächlich bereits in voller Lebensgröße vor der Tür. Genau diese Szene hatte sie nun schon alptraumhaft drei Nächte hintereinander geträumt. Jedesmal war sie schweißgebadet darüber erwacht und hochgeschreckt.

Sie knallte ihre Bürotür zu und zwang sich, an ihrem mächtigen Schreibtisch Platz zu nehmen, dem einzigen Platz auf der ganzen Welt, an dem sie sich wirklich sicher und souverän fühlte, an dem sie das Gefühl hatte, alles unter Kontrolle zu haben. Sie mußte das alles noch einmal genau durchdenken, wollte sie nicht das Opfer ihrer eigenen Unsicherheiten und Bedenken werden.

Was hatte sie schon wirklich damit erreicht, daß sie sich um den Flug nach Paris vorbeigemogelt hatte? Doch nur, daß sie die Sache weiter vor sich herschob. Sie war schließlich realistisch genug, zu wissen, daß sie auf die Dauer um eine Begegnung mit diesem Necker nicht herumkam. Verdammt noch mal, sie reagierte nur, statt zu agieren! Und das war nun gegen alle ihre Lebensprinzipien, die sie sich aufgestellt hatte.

Normalerweise jedenfalls. Normalerweise war sie keine,

die sich versteckte. Sie sagte stets ihre Meinung frei heraus und traf Entscheidungen ohne Zögern und ohne Wenn und Aber. Normalerweise. Sie sah sich gern als Frau mit Entschlußkraft, als berufstätige Frau am Ende des zwanzigsten Jahrhunderts, die ihr Leben voll im Griff hatte.

Aber da gab es dennoch mindestens eine Säule, auf der ihr Leben ruhte, die weit entfernt war von aller »Normalität«. Ganz gleich, wie man die Sache auch ansah. Sie war gerade dreizehn gewesen und bekam ihre erste Periode, als ihre Mutter ihr eröffnete, daß ihr Vater, den sie bisher immer für tot gehalten hatte – gefallen in Vietnam –, am Leben sei.

»Er war meine erste Liebe. Aber er ließ mich sitzen, als ich merkte, daß ich schwanger mit dir war. Nie wieder habe ich etwas von ihm gehört oder gesehen. Ich muß dir das sagen, Justine, jetzt, wo du anfängst, erwachsen zu werden, körperlich reif wirst und selbst schwanger werden kannst. Du mußt dir darüber klar sein, was dir jedes männliche Wesen antun kann, Justine, ganz unwichtig, ob du glaubst, ihn zu lieben, oder er dir sagt, daß er dich liebt. Niemals, nie darfst du die Lektion vergessen, die ich lernen mußte.«

»Ja, gut, aber wer ist denn nun mein Vater?« fragte sie ihre Mutter immer wieder. »Wer ist er, was ist er, wie ist er? Wieso hat er dich einfach verlassen? Wie hast du ihn kennengelernt? Wie lange kanntest du ihn?« Endlose Fragen, bis sie schließlich resigniert begriff, daß ihre Mutter keine Absicht hatte, diese Fragen zu beantworten. Mochte sie bohren und insistieren, soviel sie wollte, mit dem Argument, daß sie schließlich ein Recht darauf habe, das alles zu erfahren. Daß sie doch schließlich irgend etwas über ihren Vater wissen müsse.

»Nichts von diesem Menschen ist zu wissen wichtig, Kind«, hatte ihre Mutter gebetsmühlenhaft abgewehrt, »außer dem, was er mir angetan hat. Wärst du ein Junge geworden, hätte ich dir nicht einmal das an Auskunft geschuldet, was ich dir gesagt habe. Der Fall ist erledigt und abgeschlossen, Justine, und ich habe jedes Recht, alles darüber für mich zu behalten.«

Zweifellos, sinnierte Justine weiter, war ihre Mutter eine großartige Frau gewesen, einmal abgesehen von ihrem sturen Schweigen in dieser Angelegenheit. Als Justine dann älter wurde, gab sie wenigstens nach und nach das eine und andere von sich selbst preis. Beispielsweise, wie sie sich geweigert hatte zu verzweifeln, als sie allein, verlassen und schwanger war. Sie hatte die Ersparnisse genommen, die sich aus ihren Sommerjobs und Geburtstagsgeschenken angesammelt hatten, und ihr Kind in einer mittelgroßen Stadt außerhalb Chicagos, wo niemand sie kannte, zur Welt gebracht. In einem tapferen Entschluß von Unabhängigkeit und Selbständigkeit hatte sie ihre Mutterschaft bis einige Wochen nach der Geburt selbst vor ihren eigenen Eltern geheimgehalten. Auch dann hatte sie ihnen nur trotzig mitgeteilt, ihr eigenes Leben bestimmen zu wollen. Sie habe zwar einen Fehler gemacht, aber sie bestehe darauf, ihr Kind zu behalten und alleine großzuziehen.

Drei Wochen nach der Geburt hatte sie dann eine freundliche Frau gefunden, die das Baby tagsüber in Pflege nahm. Sie selbst fand eine gute Stellung als Kaufhausverkäuferin. Ihr Aufstieg zur Einkaufsassistentin erfolgte schnell. Ebenso schnell brachte sie es zur Abteilungsleiterin und schließlich zur Geschäftsführerin des ganzen Kaufhauses.

Justine wußte, daß ihre Mutter sie aufrichtig geliebt hatte, und das ausschließlich. Niemals mehr gab sie dem Werben der Männer nach, die sich um sie bemühten und ihr näherzukommen suchten. Sie hatte einen guten Freundeskreis, Paare und alleinstehende Frauen. Aber allen hatte sie nachdrücklich zu verstehen gegeben, daß sie unter dem Tod ihres Mannes so gelitten habe, daß sie nie wieder heiraten wollte.

»Riskieren«, sagte Justine vor sich hin, »etwas riskieren.«

Das Wort vermittelte ihr stets ein emotionsgeladenes Gefühl. Ihre Mutter war in ihren Gefühlen immer ausgesprochen risikoscheu gewesen. Als würden Gefühlsäußerungen – ausgenommen ab und zu ihrer Tochter gegenüber – ihr Leben ruinieren. Die Großeltern waren gestorben, als sie noch keine zehn war. Sonst hatte es nie eine Familie für sie gegeben. In der Schule war sie beliebt. Doch nie hatte sie irgendeiner Freundin nur ein Sterbenswörtchen über ihre wahre Familiengeschichte erzählt, immer in dem Bewußtsein, daß es in diesem Lebenskreis, wo alle einander kannten und alle über alle klatschten, niemanden gab, dem sie dieses brisante Wissen anvertrauen konnte und wollte. In der High School war bald bekannt, daß die Klassenschönste, Justine Loring, keinem mehr gestattete als höchstens ein Küßchen auf die Wange. Dennoch mangelte es ihr nie an zahlreicher männlicher Aufmerksamkeit.

Mit siebzehn hatte sie ein Talentscout für die Wilhelmina entdeckt. Als sie daraufhin nach New York zog, nahm sie auch dorthin die unablässigen Warnungen und Mahnungen ihrer Mutter mit, die inzwischen fest in ihrem Bewußtsein verankert waren. Trotzdem hatte ihre natürliche Neugier zu der einen und anderen Liebesaffäre geführt – das hatte sie »riskiert« –; aber gleich die erste hatte die Worte ihrer Mutter bestätigt. Mehrmals war sie immerhin nahe daran gewesen, sich wirklich zu verlieben. Aber jede ihrer Beziehungen verflüchtigte sich, noch ehe sie ernsthafte Formen annehmen konnte. Es gab immer eine Menge Männer in ihrem Leben, aber keiner schaffte es auch nur annähernd, ihre Agenturarbeit vom ersten Platz ihrer Interessen zu verdrängen.

Als sie dann die dreißig überschritten hatte, hatte sie kurz den Schritt zu einer Psychotherapie erwogen. Doch das hätte viel Zeit in Anspruch genommen. Abgesehen davon, daß sie in ihrem Bekanntenkreis wenig Erfolge durch diese Behandlung beobachtete. Sie hatte sogar mit dem Gedanken gespielt, den nächsten heiratswilligen Mann zu ehelichen, um sich gleich danach wieder scheiden zu lassen. Einfach nur, um dieses »übliche« und gesellschaftlich »notwendige« Ritual hinter sich zu bringen. Eine geschiedene Frau brauchte nicht ständig diese unausgesprochene Neugier zu verspüren, warum sie denn eigentlich nie geheiratet habe. Doch ihr gesunder Menschenverstand (und auch ihr Stolz) hielt sie von dieser Idee ab. Sie brauchte doch nicht erst eine Scheidung, um sich selbst als eigenständigen und ausgefüllten Menschen zu begreifen! Sollten die Leute doch spekulieren und sich die Mäuler zerreißen! Was kümmerte sie das? Gut, die Erfahrungen und Indoktrinationen ihrer Mutter mochten ihr ja ein etwas einseitiges Bild von den Männern vermittelt und eingeprägt haben. Aber auch die meisten ihrer eigenen Erfahrungen hatten sie gelehrt, daß man sich auf Männer in der Tat nicht verlassen konnte. Ihre Mutter hatte mit ihren Urteilen über sie wohl nicht ganz unrecht gehabt.

Es lag erst ein paar Monate zurück, daß ihre Mutter ihr auf dem Sterbebett gestand, daß eben dieser Jacques Necker ihr leiblicher Vater war.

»Warum sagst du mir das erst jetzt? Ich bin immerhin schon vierunddreißig!« Sie hatte es zornig und ungläubig herausgestoßen. »Jetzt brauche ich keinen Fremden mehr als Vater. Ich bin ohne einen aufgewachsen, wie du dich vielleicht erinnerst, ja? Warum mußtest du so lange warten, Mutter? Über zwanzig Jahre! Warum, wenn du doch vorhattest, es mir einmal zu sagen?«

»Ich hatte ja eigentlich nie die Absicht, es dir zu sagen, Schatz. Du brauchtest es nicht zu wissen, und er verdiente es nicht, daß du es erfährst. Ich hatte auch keine Ahnung, was aus ihm geworden war, bis er so reich und bekannt wurde, daß man jeden Tag irgendwo etwas über ihn las oder hörte. Als er heiratete, wartete ich darauf, daß seine Frau Kinder bekam. Aber dann vergingen die Jahre, und es wurde klar, daß diese Ehe kinderlos bleiben würde. Jetzt, wo mein Ende nahe ist, sehen die Dinge für mich etwas anders aus. Es wird mir immer klarer, wieviel Leben mir wegen diesem Mann entging. Er hat mir mein ganzes Leben genommen, Justine. Also habe ich beschlossen, mich zu rächen. Es ist das einzige, was mir noch Befriedigung verschafft.«

»Was denn für eine Rache, Mutter, um Himmels willen?«

»Die Alben«, hatte ihre Mutter geantwortet und dazu ganz merkwürdig gelächelt, grimmig; Justine war dieses Lächeln ihrer Mutter völlig neu.

»Was für Alben? Die von mir?«

»Ja. Alle. Angefangen mit deinem Foto im Kreißsaal, als du gerade eine Minute alt warst. Und die ganzen anderen Bilder. Wie ich dich als Baby bade. Dein erster Geburtstag. Aus dem Kindergarten. In der High School, im Ballettkurs, bei den Theateraufführungen der Schule, die Ausrisse aus deiner Zeit als erfolgreiches Model, alles. Die ganzen Bilder deines Lebens, vom Säugling bis zur schönen, reifen Frau. Die hat er jetzt alle. Ich brauche sie ja nicht mehr.«

»Aber warum?«

»Damit er begreift, ganz genau begreift, was er in seinem Leben verpaßt hat. Es gab keinen anderen Weg, es ihn wissen zu lassen. Also wird er daran leiden. Oh, natürlich nicht so viel, wie er mich leiden ließ, aber genug, daß es mich befriedigt. Ist doch klar, oder?«

»Aber was wird er tun?« fragte Justine, wie vom Donner gerührt von diesem ihr bisher absolut unbekannten Rachedurst und dem verbissenen Triumph ihrer Mutter.

»Ach, Schätzchen, was kann er schon tun? Er kann dich weder verletzen noch dir helfen. Du hast dich, Gott sei Dank, von jedem Mann unabhängig gehalten, genauso wie ich. Aber ich weiß, wie er sich fühlen wird, und das genügt mir, daß ich in Frieden sterben kann.«

Daraufhin war ihre Mutter verstummt, erschöpft, aber noch immer mit diesem bösen, eingefrorenen Lächeln ihres absoluten Triumphs. Die kurze Lebenszeit, die sie noch hatte, verschloß sie sich und kapselte sich ab. Sie sprach kaum noch ein Wort und verlor dieses triumphierende Lächeln nicht mehr, bis ihr Leben einige Tage danach verlosch.

Dann waren Neckers Briefe gekommen, nur eine Woche nach ihrem Tod. Sie hatte lange nachgedacht, dann aber alle ungeöffnet zurückgeschickt. Sie empfand dies als die einzige Möglichkeit, das Andenken ihrer Mutter zu ehren; als einzige Möglichkeit der Entschädigung für ihr verpfuschtes Leben.

Als sie am Ende dieses kalten Januartages vor dem Kamin ihres Wohnzimmers saß, spürte sie, daß sie selten so froh war, zu Hause zu sein. Es hatte sich nichts Ungewöhnliches in der Agentur ereignet. Eigentlich gab es keinen Grund für diesen lächerlichen Anfall von Verfolgungswahn, der sie so heftig überfallen hatte, daß sie nervös ihren Nagellack ruinierte. Nur pure Willenskraft hatte sie davon abgehalten, womöglich noch das Nägelbeißen anzufangen.

Allmählich entspannte sie sich und kuschelte sich in ihr Haus wie in eine dicke Daunendecke. Wo sie auch hinsah in diesem Haus zwischen Park und Lexington, erblickte sie das Resultat von zehn Jahren harter Arbeit und Energie. Sie hatte es vor drei Jahren gekauft, als die in den achtziger Jahren so maßlos übertriebenen New Yorker Immobilienpreise drastisch nachgaben. Den Kauf hatte sie seitdem auch noch keine Minute bereut, nicht einmal, wenn sie den monatlichen exorbitanten Scheck für die Hypothekenraten ausschrieb. Während sie an ihrem heißen Tee nippte, dachte sie daran, daß dieses Haus etwas wundervoll Behagliches ausströmte. Es stand schon seit hundert Jahren, bewohnt von mehreren Generationen.

Andererseits hatten hundert Jahre Leben mit wenig Modernisierungen das Haus in einem Zustand hinterlassen, von dem selbst der Makler einräumte, er benötige »ein wenig liebevolle Fürsorge«. Wäre es in einwandfreiem Zustand gewesen, selbst nur in gutem, hätte sie es sich niemals leisten können – ein dreistöckiges Stadthaus in einer der besten Lagen in den Sechzigern East. Liebevolle Fürsorge, meine Güte, dachte sie, während sie den wunderschönen Marmorkamin betrachtete, in dem ein helles Feuer prasselte. Wäre ihr armes, wunderschönes altes Haus ein Mensch, würde sie den auf der Stelle in die Mayo-Klinik schicken zum General-Check-up und anschließend drei Monate zur Kur.

Gut, das Dach war prima in Ordnung, das hatte sie auch gleich als erstes machen lassen müssen. Aber sonst war eigentlich alles noch so, wie sie es übernommen hatte. Höchstens ein paar kosmetische Korrekturen mit Tapeten und Stoff hatte sie vorgenommen. Die Antiquitäten, die sie über Jahre hinweg gesammelt hatte, kaschierten notdürftig, wie dringend eine Renovierung nötig war.

Auf Auktionen, Trödelmärkten und Gelegenheitsverkäufen konnte sie selten an altmodischen und nicht mehr ganz intakten Dingen vorübergehen. Alles, was schon beschädigt oder mindestens einmal repariert war, interessierte sie – vom fast zerschlissenen Teppich oder Kissen bis zu nahezu blinden alten Spiegeln und wackeligen, übermalten Möbelstücken.

Vielleicht war dieses Hobby eine Reaktion auf die Frische und Unverbrauchtheit der Mädchen, die sie jeden Tag sah. Vielleicht auch eine Reaktion auf die makellose Vollkommenheit des modernen Interieurs, wie es ihre Mutter bevorzugt hatte. Jedenfalls, man brauchte Justine nur einen Stuhl oder eine Lampe zu zeigen, die eine neue Heimat brauchten, und schon war es um sie geschehen.

In Grenzen natürlich. Selbst sie fand ein Heizungssystem nicht mehr lustig, das aus dem letzten Loch pfiff, und das buchstäblich. Oder eine Installation, die jede Woche einmal streikte. Und Küche und Bäder, die so altmodisch waren, daß ihre Zugehfrauen ständig nach ein paar Monaten die Flucht ergriffen. Selbst wenn man nicht mehr von ihnen verlangte, als sauberzumachen und etwas Essen in den Kühlschrank zu stellen. Auch die raffinierteste dreidimensionale Collage konnte nicht alles verdecken, was im argen lag. Sie gab es selbst zu und wartete geduldig auf den Handwerker, der gleich kommen sollte und mit so viel Vorschußlorbeeren bedacht war.

Wieso wußte sie schon im voraus mit absoluter Sicherheit, daß er sie übers Ohr hauen würde? Wieso ging Handwerkern dieser Ruf voraus? Wenn sie jemals ihren Single-Status bereute, dann jetzt. Mit Handwerkern zu verhandeln und klarzukommen war nun einmal seit Jahrmillionen Männersache und keine Frauensache, zumindest nicht, solange nicht Handwerkerfrauen ankamen. Nein, für so etwas brauchte man einfach einen Ehemann, räumte sie ein, wenn auch widerwillig und zähneknirschend: Aber nur dafür und für sonst gar nichts!

Es klingelte an der Tür. Pünktlich schien er tatsächlich zu sein. Andererseits konnte man das auch erwarten. Es lag schließlich in seinem eigenen Interesse, erst mal einen guten Eindruck zu machen. Dann bekam er den Auftrag, fing mit der Arbeit an, schlug in jedem Raum die ersten Löcher in die Wände und die Böden – und verschwand erst mal wieder. Telefonisch war er dann erreichbar, und an seine hinterlassene Katastrophe wagte sich kein anderer Handwerker heran. O ja, sie kannte alle diese Handwerkertricks. Aber sie hatte ebenfalls welche im Ärmel.

Sie öffnete die Tür.

Er strahlte sie mit einem unerwartet freundlichen Lächeln an. »Miss Loring? Ich bin Aiden Henderson.«

Sehr clever, dachte Justine im stillen, während sie sich die

Hand gaben. Er schafft es, sich auf eine Art vorzustellen, die einen durchaus glauben machen konnte, er sei einer von der anständigen Sorte.

Sie verfügte über eine hochentwickelte Gabe, Leute auf den ersten Blick einschätzen zu können, sie mit einem Blick zu beurteilen und den entscheidenden Moment zu erfassen, in dem sie ihre wahre Natur zu erkennen gaben. Sie erfaßte ihre Persönlichkeit, nämlich in dem Gesamtbild der Erscheinung und der Gesichtszüge. Und auf den zweiten Blick, so hatte sie es sich antrainiert, vervollständigte sie dann das Urteil durch die schnelle Bestandsaufnahme der Details.

Aiden Henderson sah ehrlich aus, zuverlässig und kompetent. Na sicher, was sonst, dachte sie mit sofort aufkeimendem Mißtrauen. Welche bessere Tarnung sollte ein Handwerker schon aufsetzen? Ehrlichkeit drückte man aus durch eine unaufdringliche Kombination von offenem, direktem Blick, freundlichen blauen Augen, fest geschlossenen Lippen, einer attraktiv gebrochenen Nase und einem gutgebürsteten, üppigen braunen Haarschopf. Doch, er sah recht sympathisch aus, so auf diese Naturburschenweise jedenfalls. Alles in allem ein durchaus vorzeigbarer Mann, großgewachsen (was ja unfairerweise immer gleich Vertrauen auslöste; statistisch nachgewiesen war, daß von zwei Wahlkämpfern immer der größere gewann!), muskulös, kraftvoll auf angenehme Weise und mit einer Hornbrille (die wiederum war für den Eindruck von Zuverlässigkeit und Kompetenz entscheidend!). Die Brille, befand sie im stillen, war der Clou der ganzen Geschichte. Jede Wette, daß er sie nicht wirklich brauchte.

Damit nicht genug, war er auch noch anständig angezogen. Die Kleidung sollte wohl signalisieren, daß er, auch wenn er ein *Blue-Collar*-Arbeiter sein mochte, nicht gleich von der Müllkippe kam. Dufflecoat, schon etwas wetterstrapaziert, dezente Tweedjacke, Cordhose, farbiges Hemd, am Kragen offen, alles gut eingetragen und weder zu neu noch zu schäbig. Nein, dieser Henderson war absolut kein Holzfällertyp aus dem finsteren Wald. Wahrscheinlich hatte er jahrelang an seinem Aussehen gefeilt, was?

»Ein wunderschönes Haus haben Sie da«, sagte er, während er seinen Mantel aufhängte.

Sofort fühlte Justine sich angegriffen und sagte spitz: »Wie können Sie so etwas feststellen, wenn Sie es noch nicht einmal gesehen haben?«

»Um ein Haus wunderschön zu finden«, entgegnete er lachend und überhaupt nicht betreten, »muß ich nicht bis in den letzten Winkel kriechen. Außen ist es tadellos. Und wie viele solche Häuser sind hier in der Gegend schon noch übrig?«

»Ach, Tausende wahrscheinlich«, schnappte sie auf dem Weg ins Wohnzimmer über die Schulter. »Zehntausende.«

»Nicht ganz. Das Übliche ist, daß die Leute die Außentreppe zum Salon abreißen und den Eingang bis zum Straßenniveau absenken.«

»Tatsächlich? Na, meinetwegen, wenn es ihnen Spaß macht. Möchten Sie Tee?« Aber das sagte sie so wenig einladend, wie es ihr nur möglich war.

Doch er reagierte auch darauf nicht, folgte ihr in die Küche und sagte: »Oh, das wäre großartig, ja.« Dann aber entfuhr es ihm doch: »Großer Gott!«

»Eben«, sagte nun Justine doch lächelnd, »wissen Sie auch, wie viele Leute noch immer den Original-Küchenherd von vor hundert Jahren dastehen haben, aus der Gründerzeit?«

»Gar nicht zu reden von einem Original-Teekessel.«

»Finden Sie's immer noch wunderschön?« fragte sie.

»Aber ja doch. Das ist wie eine Reise in die Vergangenheit hier. Wie diese Zukunftsromane von Ray Bradbury, nur in die andere Richtung! Darf ich?« Und er setzte sich an den Küchentisch.

Justine wartete, bis das Wasser kochte, und ließ Henderson nicht aus den Augen, zumindest nicht aus den Augenwinkeln. Zu amerikanisch für Armani, überlegte sie bei dem professionellen Versuch, ihn einzuordnen. Aber zu vordergründig für Ralph Lauren. Entschieden zu klobig für Calvin und nicht ganz der Jäger-Sammler, der als Typ für Timberland nötig ist. Der geheimnisvolle Mann? Nein, dazu ist er nicht ungewöhnlich genug. Wenn man ihn für einen Job plazieren müßte, wo würde man ihn hintun? Als Marlboro-Mann? Denkbar. Dockers? Ginge eventuell auch. Oder Hugo Boss? Dann rief sie sich zur Ordnung. Was sollte denn das? Der Mann war schließlich nicht hier, um als Model vermittelt zu werden. Sie goß das Teewasser ein und ermahnte sich zur Sachlichkeit. Er war kein Model, sondern ein verschlagener, trickreicher, unzuverlässiger, im höchsten Maße dubioser Handwerker!

»Wie lange haben Sie dieses Haus schon?« fragte er interessiert und tat sich in ruhiger Selbstverständlichkeit zwei Löffel Zucker in den Tee.

»Vier Jahre«, sagte Justine und setzte sich ebenfalls.

»Wie umfangreich wollen Sie denn renovieren?«

»So wenig wie möglich«, entgegnete sie wie aus der Pistole geschossen. »Wenn es nur um mich ginge, würde ich überhaupt nichts anrühren. Aber man hat mir gesagt, daß ein paar Dinge wirklich nötig sind.«

»Gefällt es Ihrem Mann denn, inmitten von so viel altem Zeug zu wohnen?«

»Zum Glück brauche ich nicht auf den Geschmack eines Ehemanns in Wohnungsdingen Rücksicht zu nehmen. Oder auf sonst jemanden oder etwas. Sagen Sie, Mr. Henderson, sucht Ihnen Ihre Frau Ihre Kleidung aus?« Im selben Augenblick genierte sie sich für diese ganz und gar unmögliche Frage.

»Nein. Sie ist schon in eine bessere Welt vorausgegangen.«

»Entschuldigen Sie, tut mir leid ... ich wußte nicht ...«

»Nein, nein, tot ist sie nicht«, erklärte er hastig. »Sie ist mit einem verheiratet, der all dieses Zeug maßschneidert. Bei Sulka. Und Dunhill ebenfalls, damit wir es nicht vergessen.«

»Oh.«

»So geht's im Leben«, sagte er ganz fröhlich. »Zumindest mußten wir uns nicht über Kinder streiten. Haben Sie Kinder?«

»Natürlich nicht.«

»Nun, es ist aber doch keine Beleidigung, wenn man danach fragt, oder?«

»Theoretisch wohl nicht.« Sie wurde sarkastisch. »Aber nachdem ich gerade gesagt habe, daß es keinen Ehemann gibt, schon.«

»Ich hatte angenommen, daß Sie verheiratet sind. Kaum möglich, daß Sie es nicht sind. Es sei denn, Sie wären lesbisch.«

»Na, also hören Sie mal, was sind denn das für Fragen? Ganz abgesehen davon, daß ich es nicht bin. Sind das vielleicht die Art Auskünfte, die Sie von Leuten brauchen, die Ihnen vielleicht einen Auftrag geben, an ihrem Haus zu arbeiten?«

»Miss Loring, einem Handwerker muß man alles sagen. Wie soll er sonst Ihre speziellen Bedürfnisse verstehen? Und ihnen entsprechen?«

»Meine speziellen Bedürfnisse«, sagte Justine und mußte nun doch lachen, »beschränken sich auf Heizung und warmes Wasser.«

»Diese Installation kann ich Ihnen blind versprechen. Das sind die Grundbedürfnisse. Nur werden Sie vermutlich entdecken, daß Ihre Wünsche noch weiterreichen.«

»Aha! Also geht es schon los damit, daß Sie mir alles mögliche einreden wollen, das ganz unnötig ist und ohne das ich ganz gut leben kann.«

»Keineswegs«, erwiderte Aiden Henderson nun ernst und sachlich. »Wenn Sie es wollen, können wir es durchaus bei Heizung und Warmwasser belassen. Ich bekomme zehn Prozent, die sich über die Arbeitskosten errechnen, damit ich anständige Angebote abgeben, qualifizierte Leute einstellen und die Arbeit überwachen kann. Wissen Sie, ich habe so viel Arbeit, daß ich lediglich hier bin, um Ihren Freunden oder Bekannten einen Gefallen zu tun, die mich gebeten haben, Ihnen zu helfen. ›Verzweifelt dringend‹, sagten diese Leute wörtlich, um genau zu sein. ›Sie ist ziemlich verzweifelt, Aiden. Sie müssen sich mal Zeit für sie nehmen.‹ Wörtlich.«

»Wo waren Sie eigentlich auf dem College?« fragte Justine impulsiv, einfach um etwas zu sagen, was ihre besagte »Verzweiflung« in dieser Sache etwas weniger zwingend machte.

»An der Universität von Colorado. Ich bin aus Denver.«

»Beim Footballteam wahrscheinlich, wie?« fragte sie weiter, und es klang einigermaßen vorwurfsvoll. Ein Cowboy. Das erklärte dieses typisch amerikanische Aussehen.

»Nein«, sagte er. »Leichtathletik und Boxen. Und natürlich in der Skimannschaft.«

»Ja, natürlich. Wie dumm von mir, nicht von vornherein zu wissen, daß Sie selbstverständlich nicht nicht in der Skimannschaft sein konnten.« Und sie brachte ein großartiges Stirnrunzeln zuwege.

»Das ist ein etwas komplizierter Satz gewesen, wie? Könnten Sie ihn näher erläutern?«

»Schon gut. Wahrscheinlich ist es nur Neid auf Leute, die nichts Besseres zu tun haben, als an Bergen rauf und runter zu turnen und dafür auch noch Ruhm zu ernten. Ich mußte sofort von der Schule weg arbeiten.« Ihr Ton wurde wieder geringschätzig.

»Was denn?«

»Modeln.«

»Ach ja, das dachte ich mir schon. Wissen Sie, ich hatte

an meiner Pinnwand im Schlafsaal auf dem Campus ein Foto von Ihnen.«

»Was? Und warum fragen Sie dann, wenn Sie es ohnehin wissen?«

»Na ja, das ist immerhin, warten Sie, ich bin jetzt sechsunddreißig, also zwanzig Jahre her. Sie waren einfach ein tolles Mädchen. Heute sind sie allerdings soviel schöner, daß es kaum zu glauben ist, daß das damals dieselbe Person war.«

»Mr. Henderson: Nur Heizung und Warmwasser, okay?«

»Ach, Sie denken immer noch, ich will Ihnen mit Süßholzraspeln etwas aufschwätzen?« Jetzt war er gar nicht mehr locker und lustig. »Hören Sie zu, ich finde Ihnen einen anderen Handwerker, und Sie fangen mit dem von vorne an.«

»Was anfangen?«

»Ach, Sie wissen sehr gut, was ich meine.«

»So, meinen Sie?« Sie versuchte so zu tun, als ärgere sie sich.

»Ja, meine ich.« Er nahm seine Brille ab und sah sie intensiv an. »Wirklich und tatsächlich und ernsthaft.«

»Nein«, sagte Justine indessen sachlich. Sie war einfach nur überempfindlich, dachte sie. Sie handelte immer nach ihren Beurteilungen. Sie konnte sich doch nicht durch eine Narbe über der Augenbraue und eine andere, größere, am Kinn, die ihm eine Vertrauenswürdigkeit à la Harrison Ford verlieh, beeinflussen lassen? Sportverletzungen? Diese Boxmannschaft? Oder vielleicht ein Autounfall? Sie bemerkte mit Schrecken, daß sie vor Neugier schier platzte.

»Nein, was?« fragte Henderson dagegen. Er wußte sichtlich nicht recht, was er von alledem halten sollte.

»Ich will keinen anderen Handwerker. Betrachten Sie sich als angeheuert.«

»Na gut. Und wie ist das, kann ich Sie jetzt zum Essen einladen?«

»Das ist ein ganz anderes Paar Stiefel.«

»Schön, aber wie lautet Ihre Antwort?«

»Liebend gern.« Ich und meine berühmten ersten Eindrücke, dachte sie und verzog lakonisch den Mund. Es war falsch, ja sogar unamerikanisch, Vorurteile gegen Leute zu entwickeln, nur weil sie einen dubiosen Beruf ausübten. Das war genauso wie nicht zu wählen, weil man kein Vertrauen zu Politikern hatte. Ein paar gute Äpfel müssen schließlich doch wohl in jedem Korb sein, oder?

»Morgen?«

»Warum nicht heute? Ich bin sowieso halb verhungert. Meine Mikrowelle ist kaputt.« Sie log ganz gottserbärmlich.

»Sie können doch in dieser Museumsküche gar keine Mikrowelle haben. Da würde es doch sofort die Sicherung raushauen.«

»Tja, um so schlimmer für mich, nicht?«

»Gut, aber nur auf der Oberen East Side. Norditalienisch? Oder Thai? Oder Kreolisch? Tex-Mex?«

»Essen Sie ... Fleisch?« fragte sie. Aus irgendeinem Grund war ihr daran gelegen, ihn hier in ihrer Küche zu behalten. Auf ihrem eigenen heimischen Territorium.

»Sicher. Und ich trinke auch immer noch Martinis.«

»Ich glaube, ich brauche ein Steak. Ich habe so ein ... flaues Gefühl im Magen.« Mädchen, was tust du da, mahnte sie sich wortlos. Du flirtest ja auf Teufel komm raus! Ganz wild und schamlos sogar! Bist du noch bei Trost? Aber sie schämte sich nicht einmal dafür.

»Ich auch. Total prima flau im Magen.«

Justine starrte auf seine Hände und kämpfte eine hoffnungslos verlorene Schlacht gegen ihre Vorurteile und Zweifel. Seine Hände sahen warm und sicher aus. Sanft. So groß und sanft. Und sie war ganz vernarrt in ihre Schwielen. Sie wollte diese Hände halten.

Sie nahm Aidens Brille vom Tisch und blickte durch. Mist, sie sah überhaupt nichts. Die war ja wirklich echt! Sie legte sie wieder hin und bemerkte, daß er sie weiter mächtig beeindruckte. Wer konnte ihr verdenken, daß sie beschlossen hatte, ihn anzuheuern?

»Ich könnte Ihnen hier ein Steak braten«, schlug sie vor und ging ihren gerade erst gefaßten Entschluß frontal an. »Der Grill funktioniert, und zufällig habe ich ein Steak im Kühlschrank. Gin wäre auch da, und Wermut und sogar ...« Sie suchte nach einem Einfall.

»Sogar?«

»Cocktailzwiebeln! Da könnte ich einen Gibson machen. Darin bin ich gut.«

»Für einen Gibson gehe ich doch meilenweit!«

»Na, dann ist ja alles klar«, sagte Justine mit frommem Augenaufschlag. Aiden Henderson hatte sich für das einzige entschieden, was sie überhaupt kochen konnte. Das Geschäftliche sollte warten bis später.

6

Ich übersah die Gefahrensituation auf den ersten Blick, als ich die Lobby betrat und den Geruch einer Kombination von Zigarre und teurem Männertoilettewasser in die Nase bekam.

Das Plaza Athénée ist eines der ersten Top-Hotels der Welt, aber es zieht auch mehr als den üblichen Anteil von Aufreißern an. Und da saßen sie auch schon reihenweise, ihre eigenen Denkmäler, auf Beute lauernd wie die Spinnen im Netz, in den tiefen Polstersesseln, die in vielen gemütlichen Sitzgruppen in der riesigen Hotelhalle standen.

Ich bin sicher, daß alle diese Typen auch schon das letzte Mal, als ich in Paris war, vor einem Jahr, hier herumsaßen und Maulaffen feilhielten, obwohl ich damals in dem erheblich billigeren *La Tremouille* gleich um die Ecke wohnte. Es war eine Clique pseudointernational gestylter Schönlinge, eindeutig keine Familienväter, wie sie da herumhingen, demonstrativ lässig, an ihren Drinks nippend, Faxe in die Gegend schickten, wichtige Telefongespräche führten und im übrigen dahockten und warteten, bis der nächste Trupp Beute, so wie wir, eintraf. Nachdem das Plaza direkt an der Ecke Montaigne liegt, gleich gegenüber von Dior und umgeben von drei weiteren Couture-Häusern, war dies genau das Kommandozentrum für die Aufreiß-GmbH, der beste Gefechtsstand zur Inspektion der Neuankömmlinge.

»Nun kommt, Kinder, folgt mir«, kommandierte ich meine kleine Truppe und trieb sie durch die Lobby zur Rezeption, wo ich unsere Pässe hinlegte. Ich war bisher zweimal in Paris gewesen, jedesmal, um mich rein beruflich in der geschäftigen französischen Agenturszene umzusehen. Anstandswauwau war ich noch nie, aber diese neue Rolle brachte abrupt meine bislang schlummernden mütterlichen Führungsqualitäten zum Vorschein. Ohne daß ich mich umdrehen mußte, wußte ich, daß für diesmal wir die *attraction du jour* waren. Na gut, wem hätte man es auch schon übelnehmen können, daß er glotzte beim Erscheinen dieser drei umwerfend aussehenden, turmhohen Mädchen, alle drei in hautengen Langlaufskianzügen mit Parkas darüber und in diesen klobigen Armeestiefeln, welche alle Models in diesem Winter trugen. Weiß der Himmel, auf Grund welcher Absprache oder geheimen Übereinkünfte.

Schließlich aber landeten wir im zweiten Stock, wo wir alle untergebracht waren, umwuselt von einer halben Kompanie trinkgeldgieriger Hotelangestellter, die uns nicht erlaubten, irgend etwas zu tragen, außer unseren Rucksäcken, die wir ohnehin auf dem Rücken hatten. Bevor ich mein eigenes Zimmer betrat, vergewisserte ich mich, daß alle drei Mädchen wirklich jede ihre Suite wie versprochen erhielt. Außer

Jordan, die ganz kühl blieb, waren die anderen beiden ganz aus dem Häuschen. Sie rannten und hüpften herum, machten jede Tür auf und versuchten jeden Lichtschalter, stießen Entzückensschreie über die Blumenarrangements aus, über die Obstkörbe und den in Eiskübeln bereitstehenden Champagner und sprangen in kindlicher Ausgelassenheit auf den Brokat- und Satindecken der Betten herum. Und Mike Aaron, verflucht sei sein voyeuristisches Fotografenherz, bannte dies alles brühwarm für *Zing* auf Film.

Zugegeben, er war gut. Seit wir uns am JFK getroffen hatten, war er bereits unablässig tätig gewesen, und meine Mädchen nahmen dies und seine Anwesenheit generell inzwischen auch schon als Normalzustand. Sie hatten bereits vergessen, daß sie die Stars eines großen Epos des Fotojournalismus waren. Sie verhielten und benahmen sich so ungezwungen, als habe er nicht ständig Kameras um den Hals hängen, von denen er mindestens eine immer in Gebrauch hatte. Als wenn ich nicht auch ohne diesen zusätzlichen Streß nervös genug gewesen wäre! Jeden Augenblick gewärtig sein zu müssen, ein Objektiv auf mich gerichtet zu sehen, selbst in den unerwartetsten Momenten!

Ich hatte es ihm bereits gesagt, als wir noch auf den Abflug warteten. »Hören Sie mal, Mike, Ihre Story bin nicht ich! Sondern die Mädchen, und nur sie. Also lassen Sie mich aus dem Spiel und in Ruhe. Ich kann es nicht ertragen, fotografiert zu werden, schon gar nicht, wenn Sie pausenlos um mich herumturnen!«

Da hatte er mich stumm angesehen und mich mit dem Blick bedacht, den er vermutlich für den eines waidwunden Tieres hielt. Vermutlich lautet sein zweiter Vorname Manipulierer, dachte ich dabei und überlegte, wie viele Veränderungen sich seit unserer Zeit in der Lincoln ergeben hatten. Grundsätzlich hatte er sich von dem großen, lebhaften und verteufelt attraktiven Jungen von damals in einen noch attraktiveren, reifen Mann verwandelt. Dunkles Haar, dunkle Augen, umwerfend alles! Noch immer dasselbe Gesicht meiner schlaflosen Teenagerträume. Jetzt allerdings war ich imstande, dem zu widerstehen, nachdem mich die dazwischenliegenden Jahre immunisiert hatten gegen ihn. Gut, ja, ich weiß, daß jetzt auch noch etwas Neues an ihm war. Seine gewaltige berufliche Reputation beispielsweise und die Vitalität, die solcher Erfolg verleiht, die innere Substanz, die einem von selbst zuwächst, wenn man an Macht und Bedeutung gewonnen hat. Na und? Jedenfalls war ich fest entschlossen, daß er mich auf dieser Reise nicht dominieren oder herumkommandieren würde, so wie alle diese sogenannten erfolgreichen Fotografen es als ihr angeborenes Recht erachteten.

Aber er protestierte: »Maxi sagte mir, daß Justine ein Hauptbestandteil der Geschichte sei. Nachdem Justine nicht dabei ist, bleibt mir nichts anderes übrig. Alle, die mit der Geschichte zu tun haben, gehören auch zu der Story. Wieso eigentlich sind Sie so kamerascheu? Schon gut, Sie brauchen es mir nicht zu sagen. Es ist die Nase, was?«

Er faßte mich an den Armen und drehte mich ins Licht. Und bevor ich mich noch befreien oder sonst etwas tun konnte, hatte er mich auch schon einer bewundernden Inspektion von oben bis unten mit Ausnahme allenfalls meines Hinterkopfes unterzogen. Ich hatte das Gefühl, Gegenstand eines Sonderverkaufs zu sein, allerdings als eindeutige Fälschung. Die Frage war nur: Fälschung von was? Jedes Augenzwinkern, das er dazugab, sagte: »Komm mir bloß nicht in die Quere. Ich habe hier das Sagen, nicht du.«

»Ist doch alles in Ordnung mit dem Zinken«, erklärte er schließlich nach gehabter Inspektion, als müsse er mich trösten. Ausgerechnet mich! Ich war so wütend über diese Beleidigung meiner Nase, daß ich nur stotterte und stammelte und nichts Rechtes herausbrachte, bevor er schon wieder weiterredete. »Die Hälfte aller Herzoginnen in Italien hat einen solchen«, erklärte er mir mit Nachdruck, als teile er mir Neuigkeiten mit, die zu wissen ich wirklich zu dumm sei. »Aber amerikanische Frauen verstehen einfach nichts von der Anziehungskraft einer wirklichen Nase. Ich erkläre es Ihnen bei Gelegenheit mal. Falls ich Zeit finde, natürlich. Wissen Sie, Kumpel, Sie könnten es wahrscheinlich vertragen, ein paar Pfunde abzunehmen. Aber ich persönlich habe überhaupt nichts gegen Frauen, bei denen man etwas in der Hand hat. Außerdem sind Sie so ein toller Gegensatz zu den Mädels. An Ihnen begreifen die Leserinnen den gewaltigen Unterschied zwischen Models und normalen Menschen. Mit Ihnen können sie sich identifizieren.«

Und dann hatte Mike Aaron mit seinen unglaublichen Beleidigungen auch noch die bodenlose Unverschämtheit, mich daraufhin anzulächeln. So mit vollem Blick in die Augen (ein patentiertes Lächeln, wie es im Buch steht!), als müsse ich armselige kleine Sterbliche gleich ohnmächtig umfallen anläßlich der Gnade dieses Blickes (»Schweig still, mein Herz!«). Mit seinen gefletschten Zahnpastareklamezähnen wollte er mir suggerieren, daß ich doch nichts dagegen haben könne, als Frau Jedermann benutzt zu werden! Hätte er mir dieses Lächeln vor vierzehn Jahren verpaßt, gut, dann wäre ich vermutlich in Ohnmacht gefallen. Was heißt vermutlich – mit absoluter Sicherheit: vorwärts, ab in seine Arme ...! War ich doch auch nie eine gewesen, die eine Gelegenheit ausließ.

Aber heute war ich nicht mehr die von damals. Die Zeit hatte mich geprüft und gehobelt. Alle Leidenschaft war schon verbraucht, wie jemand mal zu mir sagte.

»Justine, großer Meister«, sagte ich, »war jahrelang ein professionelles Model.« Ich schaffte den eiskalten Ton gut, ohne daß es gleich gereizt und aufgebracht geklungen hätte. »Ich aber bin Zivilistin, wenn es recht ist, und das ändert die Spielregeln. Klar?«

»Großer Meister? Seit ich ein Knabe war, hat mich niemand mehr so genannt.«

»Großer Meister Aaron«, sagte ich, »das Knabenwunder der Abraham Lincoln.« Ich legte in diese Worte ein ganz besonderes Maß an Gehässigkeit. »Immer bereit zum Spiel, wie es damals sogar die Redensart war. Ich war aber auch dabei, als Sie gegen Erasmus verloren haben. Ganz persönlich verloren, alles selbst und allein verschuldet. Erinnern Sie sich an den letzten entscheidenden Wurf? Ein Riesenball hoch in die Wolken. Muß mindestens drei Meter zu kurz runtergefallen sein, und vorbei war es. Pech, großer Meister, was? Oder waren es vielleicht doch einfach nur die Nerven?«

»Du bist vielleicht ein gemeines Luder«, sagte er.

»Habe ich dich einmal richtig erwischt, Junge, wie? Glückwunsch. Also laß mein Gesicht in Ruhe, ja?«

Und er beherzigte es tatsächlich. Mehr oder weniger, jedenfalls. Sein Umwerfelächeln ließ er immerhin sein. Wenn es mal passierte, daß ich mit ins Bild kam, wußte ich wenigstens, daß es keine Großaufnahme von mir war. Ich bin mir auch ziemlich sicher, daß er wenig Wert darauf legte, noch weiter an seine einstigen sportlichen Großtaten erinnert zu werden. Schließlich haben auch die besten Spieler einmal einen schwarzen Tag. Er konnte ja nicht wissen, daß ich ihn lediglich in seinem letzten Jahr hatte spielen sehen, in dem er tatsächlich fabelhaft gewesen war, dieses eine verkorkste Match gegen Erasmus mal ausgenommen.

Ich ließ Mike und Maude Callender mit den Mädels allein, die sich, natürlich sehr fotogen, über den Balkon beugten, eng aneinandergedrückt, und »den ersten Blick und die erste Luft von Paris« in sich einsogen. Der Portier von der Rezeption, der mir nicht von der Seite wich, geleitete mich bis zur Tür meines Zimmers und öffnete sie schwungvoll, um mich mit großer Geste aufzufordern einzutreten.

»Großer Gott, was ist das denn?« entfuhr es mir.

»Madame d'Angelle«, versicherte er mir, »hat es persönlich für Sie arrangiert.«

Ich sah mich in der geradezu gigantisch großen Ecksuite um. Da war als erstes einmal ein riesiger Wohnraum mit nicht weniger als drei Flügelfenstertüren vom Boden bis zur Decke, jede hinaus auf einen eigenen Balkon. Daran schlossen sich zwei gewaltige Schlafzimmer an, das eine größer als das andere, jedes mit einem großen Ankleidezimmer dazu. Außerdem befand sich vorne beim Eingang auch noch eine eigene Gästetoilette. Einfach lächerlich.

»Madame d'Angelle wußte nicht, ob Sie lieber auf der Seite der Avenue Montaigne schlafen wollten oder nach hinten hinaus in den Hof, also hat sie beide Schlafzimmer genommen«, erklärte mir der Portier. »Nach hinten hinaus ist es vielleicht ruhiger.«

»Und was ist mit diesen Bergen von Blumen?« fragte ich und streifte mit den Händen über eine der Vasen, die zu Dutzenden herumstanden.

»Das weiß ich nicht, Madame. Ich habe die Karten nicht gelesen.« Er bedachte mich mit diesem seltsamen Achselheben, das weltweit als ›gallischer Schulterzuck‹ bekannt ist, als hätten die Franzosen es erfunden. »Darf ich das Zimmermädchen rufen, damit es für Madame auspackt?«

»Meinetwegen, warum nicht? Wenn schon, denn schon. Und wenn Sie mir vielleicht ein Valium auf Eis besorgen könnten. Das große blaue, nicht das kleine gelbe.«

»Madame?«

»Schon gut.« Es war mir inzwischen wieder eingefallen, daß dies alles hier ja für Justine gedacht war. Wann hatte sie denn nun eigentlich das Fax abgeschickt, daß sie nicht selbst kommen könne? Seit wann wußte Necker es? Zweifellos nicht vor heute morgen. Andernfalls wäre ich hier gewiß nicht von diesem Blumenmeer umgeben, das es höchst wahrscheinlich machte, daß ich binnen kürzester

Zeit einen gewaltigen Anfall von Heuschnupfen bekam – mitten im Winter! Frankie, sagte ich mir, genieße es, solange du noch kannst. Morgen stecken sie dich bereits in die Besenkammer.

»Madame d'Angelle hat mir diese Nachricht übergeben, die ich Ihnen persönlich überreichen sollte«, sagte mein höflicher dienstbarer Geist, bevor er mich verließ.

Liebe Justine,
Bienvenu à Paris! Ich hoffe, Sie und alle Ihre Mädchen hatten einen angenehmen Flug und Sie sind gut und bequem untergebracht. Namens und im Auftrag von Monsieur Necker darf ich Sie und Ihre drei »Debütantinnen« zu einem ganz zwanglosen Dinner bei ihm zu Hause heute abend um acht bitten. Um Viertel vor acht wird Sie ein Wagen abholen. Falls Sie irgend etwas brauchen, lassen Sie es den Hotelmanager wissen. Er ist instruiert, Sie mit allem zu versorgen, was Sie nur wünschen.
Ich freue mich sehr auf heute abend.
Ihre sehr ergebene
Gabrielle d'Angelle

Ich las es zweimal. Das war eine eindeutige Einberufung. Keine Chance, etwa abzulehnen und ihr nicht zu folgen. War den Leuten eigentlich nicht klar, daß wir gerade erst angekommen waren und einen heftigen Jetlag verarbeiten mußten? Daß wir abends um acht vermutlich flachlagen und kein Auge mehr offenhalten konnten? Wie konnte dieser Necker derart arrogant sein und Gabrielle benutzen, Justine einzuladen, samt ihrer Gruppe, statt sich selbst um ein Treffen mit ihr zu bemühen?

Dann zwang ich mich, die Sache mir anderen Augen zu sehen. Die Mädchen würden natürlich verrückt danach sein, gleich an ihrem ersten Abend eine Einladung zu einem großen Essen zu bekommen. Sie wären wohl sehr enttäuscht, wenn ich ihnen das vermasselte. Die waren noch viel zu aufgedreht, um an den Jetlag zu denken. Und außerdem – erwartete ich wirklich, Necker werde Justine ganz gewöhnlich und normal einfach anrufen? War etwa so ein Essen im größeren Kreis, bei dem die anderen Anwesenden allein durch ihre Anwesenheit alles ein wenig abfederten und abpolsterten, nicht wirklich die beste Methode, dieses delikate erste Treffen zu entschärfen?

Bei näherer Betrachtung kam ich zu dem Schluß, daß das wohl der beste Weg war. Es war ja auch nicht gerade eine alltägliche Situation! Nur ein Problem überschattete alles. Nämlich, daß Justine eben nicht hier war. Nein, genau gesagt zwei Probleme: daß sie nicht hier war, dafür aber ich.

Ich überließ dem Zimmermädchen das Auspacken meiner Koffer mit all den neuen Kleidern, die ich noch nicht einmal gesehen hatte. Weil ich mir ihre Zimmernummern nicht gemerkt hatte, ging ich den breiten Flur entlang, um sie zu suchen und sie über die Einladung zu informieren. Am Aufzug stand Mike und beugte sich gerade mit offensichtlichem Interesse über die Hand einer unbekannten Blondine, die ich nur von hinten sehen konnte. Der läßt auch nichts anbrennen, dachte ich wütend und wollte an ihm vorbei, ohne stehenzubleiben.

Aber er sah mich: »Hallo, Frankie, warten Sie doch mal! Darf ich Sie mit der armen, glücklosen Mrs. Peaches Wilcox bekannt machen?«

Ich wandte mich um, um Hallo zu der lustigsten Witwe der Welt zu sagen, die aussah, als klappere sie mit Steptanzschritten irgendwo in der Gegend von sechsunddreißig Jahren herum. Wer es auch war, der ihr Gesicht renoviert hatte, er hatte großartige Arbeit geleistet.

»Hi, Nachbarin«, sagte sie mit Südstaatenakzent. »Ist das nicht wunderbar? Wir wohnen alle auf derselben Etage! Ich habe über diese Aschenputtelgeschichte alles in *Women's Wear* gelesen. Ich finde es wirklich aufregend, daß ich auch dabei bin. Kann ich euch allen bald eine große Party geben und die Mädels ein paar wirklich netten Männern vorstellen?«

»Das wäre großartig«, antwortete Mike Aaron für mich, ehe ich noch Luft holen konnte. Und mir erklärte er: »Peaches hat sich dummerweise beim Skifahren einen Finger gebrochen.« Und eben diese arme Hand hielt er immer noch. »Und da ist sie nicht in St. Moritz geblieben.«

»Denn gibt es«, erläuterte Peaches Wilcox dazu sogleich, »irgend etwas Frustrierenderes, als daß man im Hotel herumsitzt, während alle anderen draußen auf der Piste sind?« Dazu ließ sie ein Lächeln los, von dem selbst ich, bekannt kritisch, wie ich bin, zugeben muß, daß es so aussah, als seien nicht nur die Freundlichkeit, die es ausstrahlte, sondern sogar die beteiligten Zähne echt.

»Wirklich nicht«, bestätigte ich durch meine eigenen Originalzähne. »Da haben Sie recht.«

»Mike«, informierte sie mich, »hat mich mal für eine Serie über die schönsten Frauen in Texas fotografiert. Daher kennen wir uns. Ist das nicht ein hübscher Zufall, daß wir einander hier wieder über den Weg laufen?«

»Wirklich«, leierte ich erneut, »da haben Sie recht.«

Mike schoß mir einen bösen Blick zu. »Suchen Sie nach den Mädels?«

»Es scheint meine Lebensaufgabe zu sein.«

»Sie sind alle in Maudes Zimmer und erzählen ihr ganz offen für die Reportage, wie sie ihre Unschuld verloren haben. Da mußte ich rausgehen. Die Schilderungen waren mir zu anschaulich.«

»Vielen Dank, Mr. Aaron«, sagte ich und entschwand den Flur hinab.

»Zimmer 311!« rief er mir nach.

Ich klopfte an die Tür von 311 und kochte bereits vor Zorn. Keines der Mädchen war bisher schon einmal interviewt worden. Sie hatten alle miteinander keine Ahnung, wie einem die Worte von Zeitschriftenschreibern im Mund herumgedreht und aus dem Zusammenhang gerissen werden können, ganz besonders von einer Maude Callender. Genau sie öffnete mir und runzelte die Stirn, als sie mich sah. Sie war fast ungeschminkt, und ihre Stiefel lagen unordentlich auf dem Boden, genauso wie meine Schäflein, die es sich wohl sein ließen und in riesige Sandwiches bissen, von denen ein ganzer Stoß auf einem Tablett lag, und dazu Cola tranken.

»Habt ihr noch alle Tassen im Schrank?« fauchte ich sie an. »Ihr seid wohl übergeschnappt?«

»Ganz erstaunlich«, sagte Maude salzsäuresauer, »alle drei stellen sich als Jungfrauen heraus. Wer hätte darauf gewettet?«

»Na, die Geschichte, die in *Zing* erscheinen soll, soll doch wohl *Die Unschuldigen im Ausland* heißen, nicht?« erklärte Jordan wahrhaft unschuldig und warf mir einen Blick zu, der durchaus ein Zublinzeln sein konnte.

April nickte: »Hat man uns denn nicht genau deshalb ausgesucht?« Sie klimperte dermaßen unschuldig mit den Wimpern, daß ihr nur noch die Tiara auf dem Kopf fehlte. »Ich jedenfalls war dieser Meinung.«

»Ich bin immerhin schon mal geküßt worden«, erklärte Tinker und guckte reuig. »Zählt das? Es war auch nur ein einziges Mal, und es gefiel mir nicht mal besonders.«

Jordan, ganz strenge Hüterin der Moral, fuhr sie an: »Daß mir das nicht noch einmal vorkommt, verstanden? Es ist der erste Schritt auf dem Weg in die Verkommenheit. Das ist allgemein bekannt.«

»Es war aber doch an Silvester, zur Jahreswende«, verteidigte sich Tinker.

»Das ist keine Entschuldigung«, keifte Jordan. »Immer suchen sie eine Ausrede! Mal ist es Silvester, mal der Geburtstag oder der Nationalfeiertag. Man muß einfach nein sagen, das ist es. Immer!«

»Nun ja«, meinte Maude, »da ist es ja doch keine ganz verlorene Sitzung. Zumindest weiß ich jetzt, daß ihr alle zusammen eine ganz verlogene Lügenbande seid. Was mir leider nicht viel hilft, weil ich damit so und so keinen Beweis für eure Taten oder Nichttaten habe.«

»Wir sind alle vier«, machte ich nunmehr meine Eröffnung, »für heute zum großen Essen bei Monsieur Necker eingeladen. Also überlegt euch schon mal, was ihr anziehen wollt. Los jetzt, alle zusammen, auf, Schluß mit dem Rumlümmeln auf dem Teppich. Und daß mir diese Sandwiches die letzten waren, die ihr in der Hand gehabt habt, bis die Vorführung vorbei ist.«

Maude sah mich auf eine Art an, die mir kein bißchen gefiel. Ich konnte geradezu hören, wie sie dachte, ich sei ja wohl nicht unbedingt die geeignete Person, Vorschriften über strenge Diät zu erlassen. Irgendwie wußte sie die Sache von meinen sechs überzähligen Pfunden. Ich aber sah schon meine Alpträume angesichts der Tatsache vor mir, daß die Mädels zu jeder Tages- und Nachtzeit den Zimmerservice in Anspruch nehmen würden.

»Nach diesem Essen heute«, hörte ich mich sagen, »werde ich eine Diät beginnen. Ich zähle auf euch alle drei, daß ihr aufpaßt. Ihr müßt mich kontrollieren, daß ich sie einhalte, was mir durch euer Beispiel natürlich leichtfallen wird.«

»Was denn?« entsetzte sich Maude. »Hier in Paris wollen Sie eine Diät anfangen?« Sie kritzelte ungläubig einiges in ihr Notizbuch. »Ist das offiziell und verwendbar?«

»Maude, Ihre Geschichte handelt nicht von mir, sondern von den Mädels.«

Maude konterte kühl. »Sie handelt wie üblich davon, was

Maxi Amberville haben will. Und sie hat niemanden auf die Verbotsliste gesetzt. Mitgegangen, mitgeschrieben. Sind Mike und ich auch zu diesem Essen eingeladen?«

»Nein. Dieses Essen handelt davon, was Necker haben will, und er hat keine Ahnung von etwas, das sich *Zing* nennt. Tut mir leid, Maude.«

»Also ganz ehrlich, mir nicht. Ich brauche ohnehin eine Mütze Schlaf. Den Necker nehme ich mir später vor.« Sie wand sich aus ihrer Dandyjacke, knöpfte die Weste auf, streckte sich genüßlich und zog sie aus.

Sie sah tatsächlich zum erstenmal, seit sie für diese Reise zu uns gestoßen war, locker und entspannt aus. Nur in ihrer Hose und dem Rüschenhemd nahm ich nicht ohne Interesse zur Kenntnis, daß sie nicht ausgefallener gekleidet aussah als wir alle und im übrigen sogar tausendmal attraktiver, als ich bisher vermutet hätte. Ihr Kostüm, ein wahrer Panzer strikter Maßschneiderei aus einem anderen Jahrhundert, machte sie zum Rätsel für die Welt. Ganz erstaunlich, was die Wahl einer bestimmten Uniform bewirken kann. Jetzt aber, mit ihren verwuschelten, kurzen blonden Haaren und dem entspannten Gesichtsausdruck, war sie wirklich hübsch. Ich betrachtete sie aufmerksam und stellte fest, daß sie nicht älter sein konnte als neununddreißig oder vierzig. Sie besaß einen überraschend sinnlichen, fraulichen Körper, einen ganz umwerfend tollen Busen, eine schmale Taille und ganz entschieden frauliche Hüften. Dieses Aussehen, halb Junge, halb Mädchen, das sie sonst pflegte, verschwand sofort, wenn sie diese alberne anachronistische Kleidung ablegte.

»Ich bin geschafft«, seufzte sie. »Jetlag ist schon schlimm genug, aber dann auch noch mit einer Bande Halbwüchsiger reden ... Möchten Sie vielleicht ein Sandwich?«

»Nein, danke«, sagte ich bedauernd. Sie wußte es nicht, aber meine Diät hatte bereits begonnen. Daß man als Frau dazu da sein sollte, einem Mann etwas in seine Hände zu legen, wie Mike Aaron sich ausgedrückt hatte, gehörte nicht gerade zu meinen Lieblingsvorstellungen. Als er, Groß-Adlerauge, das zu mir gesagt hatte, wäre ich ihm am liebsten ins Gesicht gesprungen, so schwer es mir fällt, das zuzugeben.

»Eine Diätcola vielleicht?« fragte Maude unverdrossen und winkte mich zu einem Stuhl.

»Gerne«, sagte ich also und setzte mich. Ich hatte das Gefühl, freundlich und friedfertig mit ihr zu sein sei nützlicher als das Gegenteil.

»Passen Sie mal auf, Maude«, begann ich, »ich weiß ja, daß Sie für Ihre Story notwendigerweise eine Menge Fragen stellen müssen. Aber könnten wir damit nicht noch ein wenig warten, bis Sie die Mädchen ein bißchen besser kennengelernt haben? Sie jetzt mit Fragen zu überfallen, denen sie eventuell nicht gewachsen sind und deren mögliche Auswirkungen ihnen nicht klar sind, ist vielleicht unfair. Sie sind im Grunde liebe Kinder, aber leicht verschreckt und verletzbar. Immer wird um Models ein Theater gemacht, als seien sie keine normalen Menschen. Warum beispielsweise sind Sie so darauf aus, zu erfahren, ob sie noch Jungfrauen sind oder nicht? Wir leben schließlich in den Neunzigern, wo das nun wirklich keinen Hund mehr interessiert. Warum also?«

»Nun, eben wegen dem ganzen Gerede von Keuschheit und Abstinenz, das da bei uns in Amerika plötzlich losging! Noch vor zwei Jahren hätte ich nicht im Traum daran gedacht, solche Fragen zu stellen. Aber jetzt ist das wieder von Interesse, sogar wichtig, weil diese Models auch Vorbilder für andere Mädchen ihres Alters sind. Wenn eine oder zwei noch Jungfrauen sind, dann ist das sehr wohl von Bedeutung und mitteilenswert. Und gleich drei auf einen Schlag – das wäre bereits eine dicke, fette Schlagzeile.«

»Gut, ich verstehe, was sie meinen, aber ich bin immer noch der Meinung, daß es zu früh ist, zu erwarten, sie seien ehrlich mit Ihnen. Vergessen Sie nicht, sie sind daran gewöhnt, von aller Welt als Abnormitäten behandelt zu werden. Das macht sie kopfscheu.«

»Ja, aber sie sind doch tatsächlich Abnormitäten«, widersprach Maude Callender. »Unter zehn Millionen Frauen oder noch mehr sind sie jeweils eine herausragende Ausnahme. Sie sind tatsächlich Abweichungen vom Normalen, um nicht zu sagen Verirrungen der Natur.«

»Das mag schon sein, Maude, aber es ist nicht ihre Schuld. Sie sollten sich eher daran gewöhnen, sie statt als Abnormität lieber als Superlative der menschlichen Art zu betrachten. Wenn Sie mich fragen, ist die statistisch erstaunliche Tatsache, daß nicht eine von ihnen raucht – Gott sei Dank –, immer noch bemerkenswerter und mitteilenswerter als ihre sexuellen Gewohnheiten.«

Ich glaube, damit hatte ich sie auf den richtigen Pfad geschickt. So ziemlich. Na, jedenfalls schlossen wir tatsächlich so eine Art Freundschaft. Annähernd. In Wirklichkeit glaubt ja in der ganzen Branche niemand, daß jemand von uns Freundschaft mit Journalisten schließen könne. Dazu sind wir doch alle miteinander zu oft gebrannte Kinder.

Als ich in meinen parfümierten Privatpalast zurückkam, waren die Betten bereits aufgedeckt, die Lampen eingeschaltet, und ein hübsches, anheimelndes Feuerchen im Kamin gab es auch. Ich ging in eines der Ankleidezimmer und fiel fast hintenüber vor Verblüffung, was das Zimmermädchen da alles aus meinen Koffern ausgepackt hatte.

Lieber Gott, da mußte Justine sich aber wahrhaftig mächtig schuldig gefühlt haben! Da hing eine ganze Schrankstange voller Klamotten, Kleider, Hosen, Jacken und zwei lange Mäntel, einer Kamelhaar mit roter Lammfellpaspelierung, der andere bodenlang für den Abend, schwarzes Kaschmir mit schwarzem herausnehmbarem Satineinsatz. Dann gab es ein halbes Dutzend Paar Schuhe am Boden, meterweise

Kaschmirschals, Handtaschen, Handschuhe und Stöße von Seidenwäsche und Strumpfhosen in den Schubladen. Ich wühlte durch die aufgehängten Kleider, entdeckte weitere Träume in Kaschmir und Seide, Ledersachen, alles durchweg in den Farben des sogenannten guten Geschmacks, also von Schwarz bis Elfenbein mit einigen Tupfern Rot, Zinngrau, Moosgrün und Hellbraun da und dort, die es unmöglich machen, nicht passend angezogen zu sein, ganz gleich, wo man hinkommt. Jede Menge Sachen dazu, die dieses sichere Gefühl geben, daß man auch darunter bestens verpackt und auf Ideallinie getrimmt ist. Ich hoffte nur, Justine bezog das alles im Großhandel, sonst könnte das kein Mensch je bezahlen. Andererseits gibt es natürlich, wie wir Steuerzahler alle wissen, nichts wirklich umsonst, und Sachen mit dem Etikett Donna Karan ganz bestimmt nicht. Was hatte ich für all diese Pracht nur für eine Gegenleistung zu erbringen?

Das fand ich schon sehr bald heraus.

»Was machen Sieee denn hier?« entfuhr es Gabrielle d'Angelle. Es verschlug ihr tatsächlich schier die Sprache, und das wollte wohl etwas heißen. Sie stand direkt hinter dem Diener, der mir die Tür im Hause Necker in der Avenue de Suffren, gleich beim Marsfeld, geöffnet hatte.

Ich war allerdings mindestens so überrascht wie sie. »Ja, hat Ihnen das denn Justine nicht in ihrem Fax erklärt?«

»Was für ein Fax? Wir haben keines bekommen!«

»Aber das gibt es doch nicht«, sagte ich. »Sie hat es noch in derselben Minute abgeschickt, in der es sich herausstellte.« Instinktiv spielte ich auf Zeitgewinn. Ich war so verblüfft, ja richtig geschockt, daß ich alles, was ich mir zurechtgelegt hatte, völlig vergaß. Es war wie weggeblasen aus meinem Hirn.

»Was herausstellte? Monsieur Necker erwartet Miss Loring!«

»Ja, schon, aber wenn die Ärzte definitiv sagen, man darf auf keinen Fall fliegen, was machen Sie dann? Dann können Sie eben nicht fliegen. Das wissen Sie so gut wie ich, Gabrielle. Vielen Dank auch für all die wunderschönen Blumen, ganz umwerfend, auch wenn Sie sie an die falsche Person schickten. Aber ich werde Justine selbstverständlich erzählen, wie wunderschön sie sind, sobald ich mit ihr telefoniere.« Genau, richtig! Eine Riesenohrenentzündung, das war es doch! Schlagartig kam meine Erinnerung wieder. Alles. Das heißt natürlich mit Ausnahme der Frage, wieso dieses blöde Fax nicht angekommen war.

»Wir hoffen beide«, fuhr ich hastig fort und versuchte sie totzureden, »daß diese Antibiotika helfen und sie die Geschichte rasch genug loskriegt, um doch noch vor der Vorführung der Kollektion hier sein zu können. Mit diesen Ohreninfektionen ist ja wirklich nicht zu spaßen, nicht?« Das mache ich immer so. Wenn ich in die Bredouille gerate, versuche ich, die anderen mit hineinzuziehen und es auch zu deren Problem zu machen.

»Nun kommt schon rein, Mädels«, brabbelte ich weiter. Nur nicht aufhören zu reden. »Gabrielle möchte nicht, daß ihr noch weiter da draußen in der Kälte steht, nicht wahr, Gabrielle?« Ich scheuchte sie hinein, bevor Gabrielle noch Zeit hatte zu antworten. »Das Entscheidende ist ja schließlich, nicht wahr, Gabrielle, daß die Mädels gesund, wohlauf und sicher hier sind, oder?«

»Ja natürlich«, sagte Gabrielle d'Angelle leicht geistesabwesend und fand zurück zu ihrer stets verbindlichen Art, die ich von ihr kannte. »Tja, also, willkommen in Paris, alle drei. Es freut mich sehr, euch begrüßen zu können.«

Als sie ihnen reihum die Hand gab, beobachtete ich ihre Körpersprache und schloß daraus, daß sie keine Ahnung hatte, worauf Necker tatsächlich aus war. Sie wirkte noch immer indigniert darüber, daß sie überrumpelt worden war.

Aber gewiß war sie nicht ein Zehntel so aufgebracht, wie es ihr Chef gleich sein würde. Was mich selbst brennend interessierte, war, warum Justine mich derart im Stich gelassen hatte. Sie hatte mir geschworen, das Fax sofort abzuschicken, sobald unser Flugzeug gestartet war. Was, verdammt noch mal, konnte sie davon abgehalten haben?

»Monsieur Necker erwartet Sie oben, um Sie zu begrüßen«, informierte uns Gabrielle inzwischen. »Wir nehmen den Aufzug.«

Erst jetzt sah ich mich ein wenig um und bemerkte, daß wir uns in einer Eingangshalle von den Ausmaßen eines mittleren Ballsaals mit schwarzweiß gewürfeltem Marmorboden befanden. Jedenfalls hatte ich im Leben noch keinen größeren – und auch prächtigeren – privaten Hauseingang gesehen. Weil es auch eine geschwungene Freitreppe nach oben gab – eine von der majestätischen Sorte, wie man sie aus dem Weißen Haus kennt, auf der das elegante Präsidentenpaar herabschreitet, um seine erlesenen Gäste zu begrüßen –, sah ich eigentlich keinen Grund, sie nicht zu benützen, wenn sie schon mal da war. Besonders, da es auf diese Weise etwas länger dauern würde. Jede Sekunde länger war ein Vorteil. Zwar wäre *Niemals* ohnehin die beste Zeit für meine Begegnung mit Monsieur Necker, aber der Diener nahm uns bereits unsere Mäntel ab.

Allerdings begann mir auch der Sinn des Aufzugs aufzugehen, je länger er sich aufwärts bewegte. Daran merkte ich, daß »oben« hier »ganz oben« bedeutete. Von der Straße aus hatte das wie fünfter Stock ausgesehen.

Als der Aufzug dann stehenblieb, viel zu früh natürlich, gelang es mir, mich zwischen die Mädels zu quetschen wie einer von den Typen in den Western, der sich zum Schutz zwischen einem ganzen Trupp Pferde versteckt. Es gab eine kleine Verwirrung, als jede von uns fünfen die andere an Höflichkeit zu übertreffen suchte, also nicht selbst als erste hinausdrängen wollte. Eben genau auf diesen Effekt war ich aus.

Na gut, schließlich waren wir irgendwie doch alle draußen, und da es nun keine Möglichkeit mehr gab, es abzuwenden, nahm ich mich mit einem Ruck zusammen und bereitete mich auf die Gegenüberstellung mit Justines Vater vor. Ich blickte also tapfer hoch, um es mal so auszudrücken. Aber da war niemand. Ich erblickte keinen Menschen in der ebenfalls riesigen Halle, in der wir uns nun befanden und die sich irgendwohin in die Ferne bis zu einer Glaswand verlor, welche sich über zwei Etagen vom Boden bis zur Decke erstreckte. Dahinter, mag sein, dreihundert Meter entfernt, war durch das dicke Glas ein Pfeiler des hell scheinwerferbeleuchteten Eiffelturms zu sehen.

Wir, das heißt, die Mädels und ich, waren derart verblüfft über diese Nähe zu dem eisernen Riesen, der aussah wie aus einer der Visionen von Jules Verne und der praktisch auf uns zuzuschweben schien, daß uns der Mund offen blieb. Irgendwie war es wie in einem überdimensionalen Spielzeugladen. Ein absolut irrer Ausblick, sowohl vom Ort des Ausblicks als auch vom Anblick selbst! Die Mädels rannten unter entzückt quietschenden Schreien los bis zur Glaswand wie zu einem Weihnachtsschaufenster und reckten die Hälse. Ich blieb etwas gelassener und neben Gabrielle stehen. Es war noch Zeit genug, den Ausblick zu würdigen. Der lief nicht davon. Aber ich mußte schließlich erst mal mein ärztliches Bulletin hinter mich bringen.

»Jules«, sprach Gabrielle zum Butler, »wo ist Monsieur Necker?«

»Ich weiß es nicht, Madame.«

»Dann gehen Sie und sagen Sie ihm, seine Gäste sind da.« Sie war sichtlich überrascht, ihn nicht schon hier zu finden. Aber mir sagte das etwas. Nämlich, daß der große Monsieur Necker offenbar genauso nervös war wie ich. Er versteckte sich noch ebenso wie ich mich selbst gerade im Aufzug. Nein, mehr noch! Er war genauso nervös, wie es Justine wäre, wenn sie hier wäre. Also hatte ich überhaupt keinen Grund, nervös zu sein! Ich war schließlich nur die Botin.

Eben. Und mit diesem Stück sogenannter logischer Überlegung fühlte ich mich gleich ein wenig besser.

Und dann erschien Necker, und sofort fühlte ich mich wieder erheblich schlechter. Er machte den Eindruck äußerster Gefaßtheit, doch seine Augen, auf die ich mich sogleich konzentrierte, belehrten mich eines anderen. In seinen Augen war ein Blick so froher und hoffnungsvoller Erwartung, die aber gleichzeitig von Verlegenheit, Demut und Hoffnung begleitet war, daß mir schier das Herz brach. Er blieb noch in der Tür abrupt stehen, und seine Augen wanderten zwischen mir und den Mädchen an der Glasfensterwand hin und her, bis er dann rasch auf Gabrielle zuging. »Wo ist Miss Loring?« fragte er.

Sie wies mit einer Geste auf mich. »Miss Severino kann Ihnen Auskunft geben.«

»Miss Severino?« Er gab mir automatisch die Hand. »Hat sich Miss Loring verspätet?«

»Ja, so ist es, Monsieur Necker. Verspätet, ja. Das heißt, genau gesagt, verspätet in New York, nicht hier in Paris. Ich begreife nicht, warum sie Sie nicht verständigt hat. Offensichtlich ist hier in der Übermittlung etwas schiefgelaufen. Jedenfalls, Justine ist erkrankt, wirklich krank. Eine Mittelohrentzündung. Weshalb ihr der Arzt Flugverbot erteilt hat. Sie ist vollgepumpt mit Antibiotika. Ich mußte ihr versprechen, Ihnen zu übermitteln, wie sehr es ihr leid tut, daß dies in praktisch letzter Minute aufgetreten ist. Sie hat die Absicht, nachzukommen, sobald sie wieder reisen kann. Bis dahin hat sie mich als ihre ...«

»Sie ist nicht hier in Paris?« Trotz der Bekräftigung dieses

Tatbestands war es eher eine Frage von der Art, als habe er den Sinn der Mitteilung nicht verstanden.

»Nein.«

Aber er glaubte es nicht. Das merkte ich sofort, obwohl ich wirklich mein Bestes getan hatte, es ihm zu erklären. Immerhin war ich von jeher eine begabte Lügnerin. Alle hätten es mir abgenommen. Außer ihm. Dieser vieldeutige Blick seiner Augen war erloschen, wenn auch seine Haltung und sein Ausdruck niemandem verraten hätten, welchen Schlag er soeben erhalten hatte.

»Und sie hat statt dessen Sie geschickt?« Auch diese meine Feststellung wiederholte er wie abwesend und automatisch, als handle es sich nur um die Kenntnisnahme eines unbedeutenden Vorgangs von Arbeitsdelegation.

»Ja, gewiß, ich bin auch sonst Justines Stellvertreterin im Büro und nach ihr die Ranghöchste. Also war es nur selbstverständlich, mich mit ihrer Vertretung zu beauftragen. Es war alles sehr überstürzt, ich mußte praktisch in letzter Minute packen. Ich war überhaupt nicht darauf vorbereitet zu verreisen, wie Sie sich vielleicht denken können ...« Und dann hatte ich mein Pulver verschossen und wußte nicht mehr, was ich noch sagen könnte, um ihm noch etwas Hoffnung zu lassen. Ich sah hilflos die Enttäuschung in seinen Augen.

»Aha. Ja, ich verstehe. Zu betrüblich, nicht? Ich hoffe sehr, daß sie recht bald wieder gesund ist. Nun sind Sie schon einmal hier. Sie sehen auch bezaubernd aus. Ich heiße Sie sehr willkommen in meinem Haus. Ich hoffe, man hat Sie in Ihrem Hotel aufs angenehmste betreut.« Er holte tief Luft und widmete mir ein kurzes, förmliches Lächeln, das anzusehen aber weh tat. »Dann wollen wir Ihnen aber doch erst einmal etwas zu trinken anbieten, Miss Severino. Anschließend können Sie mir die jungen Damen vorstellen.«

Mein lieber Mann, dachte ich, als ich ihm folgte, jetzt weiß ich, woher Justine ihre so ganz unirdische souveräne Ruhe hat und diese geradezu unmenschliche Selbstbeherrschung. Necker pur ist das. Das kann ich ihr sagen – wenn der Mann da mein längst verlorener Daddy wäre, dem würde ich auf der Stelle um den Hals fallen, keine einzige Frage stellen und alles vergeben und vergessen, was war. Und zwar nicht nur, weil er so unverschämt reich ist und auch sonst Klasse hat. Gar nicht davon zu reden, daß der Mann besser aussieht als jeder andere in seinem Alter, den ich bisher gesehen habe.

Mittlerweile hatten die Mädels ihn auch bemerkt und kamen den ganzen Saal hindurch zurück zu uns. Mir wurde auf einmal bewußt, daß dieser Augenblick für alle drei ein höchst entscheidender Konkurrenzmoment war. Wir wußten ja nicht, welche Rolle Necker selbst bei ihrer Auswahl für die Aktion Lombardi-Girl gespielt hatte, mußten aber natürlich annehmen, eine entscheidende.

Als erste kam April. Sie bewegte sich mit lockerer und völlig uneinstudierter Anmut. Sie hatte sich sehr überlegt angezogen und trug ein einfaches, sachlich-schnörkelloses schwarzes Seidenkleid, dazu eine einreihige Perlenkette und unterstrich damit ihr Aussehen mehr, als es jeder große, geplante Aufwand getan hätte. Ihr Lächeln kam schnell, aber nicht übertrieben, ihr tolles Haar hatte sie streng nach hinten frisiert, ganz aus dem Gesicht. Es floß ihren Rücken hinab, als wäre sie Alice im Wunderland. Mir kam der Gedanke, daß, gäbe es eine Grace Kelly von heute, sie genauso zum entscheidenden Antrittsbesuch zu ihrer zukünftigen Schwiegermutter gegangen wäre … Ach, diese perfekte, ordentliche April!

Nachdem Necker ihr die Hand gegeben hatte, begrüßte er Tinker. Ich hatte mich zuvor gefragt, wie sie wohl für diesen Anlaß heute abend erscheinen würde. Würde sie uns die Diva der Haute Couture vorführen oder aber das umwerfende kleine Waisenmädchen, das von den Sterntalern träumt? Ich hatte soviel zu tun und im Kopf gehabt, daß ich sie bisher gar nicht richtig angesehen und wahrgenommen hatte. Aber jetzt ... ha, die Prinzessin Braut trat auf! Gewandet (es angezogen oder gekleidet zu nennen, verbot sich geradezu) in reinweißen Satin. Ein Minikleid, genauso einfach wie das von April, aber mit langen Ärmeln und einem dezenten runden Ausschnitt. An ihrer Frisur hatte sie so lange herumgebastelt, bis sie eine Art scheinbar nachlässige Form hatte mit einigen zarten, das Gesicht rahmenden Löckchen und verstreuten kleinen Röschenknospen, wobei ihr die Blumen in ihrer Suite offensichtlich gute Dienste geleistet hatten. Sie hatte eindeutig eine Menge von all den Stylisten gelernt, unter deren Händen sie bisher schon gewesen war. Ihre Augen hatte sie so geschickt betont, daß sie wie ungeschminkt aussahen, aber verführerisch schimmerten. Die Lippen waren in blassem Pink bemalt, unauffällig und dezent. Sie sah ein wenig aus wie gerade zwölf, wenn auch eine ernste, nachdenkliche und geradezu gefährliche Zwölfjährige, die man schnellstmöglich zu verheiraten suchte, wenn man ihre Eltern war. Verbieten müßte man sie, dachte ich ganz stolz, bis mir auffiel, daß sie trotz aller unserer bisherigen Anstrengungen mit ihr immer noch einen miesen Gang hatte. Ihre Körpersprache sagte nicht triumphierend: »Schaut mich an!«, sondern, daß sie sich am liebsten verkrochen hätte. Sie wirkte immer, als sei sie nicht ganz anwesend. Als sie näher kam, bemerkte ich ein leichtes Lippenzittern an ihr und die nicht ganz zu verbergende Angst in ihren Augen.

Und dann kam Jordan an die Reihe, vor der die anderen vergleichsweise verschwanden. Sie trug ein langes, schlankes Tunikakleid mit Stehkragen und Hosen mit Schlag dazu, beides aus weinrotem Rippsamt zu flachen Silberslippern. An ihren geradezu sublimen Ohren hingen große Bergkristallringe. Die beiden anderen Mädchen trugen hochhackige

Schuhe, so hoch es nur ging, womit sie einige Zentimeter über Necker emporragten. Nur Jordan schien genauso groß wie er zu sein. Dabei war es nicht nur ihre sensationelle Erscheinung, die die beiden anderen völlig ausstach, sondern mehr ihre Haltung. Ohne weiteres hätte sie die Gastgeberin sein können und Necker der Gast, so souverän war ihr Auftreten. Es erschien fast unmöglich, daß sie diesen Raum hier gerade zum erstenmal betreten hatte. Auch Necker schien dies instinktiv zu spüren. Während er mir und den anderen beiden nur die Hand gegeben hatte, begrüßte er Jordan mit Handkuß. Und Jordan schien das ganz normal und selbstverständlich zu finden. Und was ihn betraf – alte europäische Schule eben.

Ich war heilfroh, daß ich mich die nächsten Minuten mit meinem Drink beschäftigen und ins Glas starren konnte, um keinem Blick zu begegnen, während Necker April und Tinker die Hemmungen nahm, indem er sie leutselig über ihr Leben ausfragte. Jordan, die ihren Siegerauftritt gehabt hatte, hielt sich etwas abseits und stand vor einem langen Schreibtisch, dessen Platte einen schon leicht abgenutzten roten Samtbelag aufwies und dessen dunkles Holz ansonsten üppig mit Schnitzereien verziert war. Einige ausgesuchte kleine Ziergegenstände lagen oben auf dem Samt. In ihrer Mitte hatte den Ehrenplatz eine Miniatur, ein schwarzweiß geflecktes Pferd auf den Hinterbeinen. Ich beobachtete Jordan, wie sie sich von der Betrachtung des Schreibtischs wieder löste und ruhig von einem Möbelstück zum anderen schritt, sichtlich tief in Gedanken und unbeteiligt an der höflichen Konversation der anderen. War Jordan etwa, überlegte ich, echt schüchtern? Oder lediglich nicht willens, das hier stattfindende Buhlen um Neckers Gunst mitzumachen?

Daß es nicht wirklich die Möbel waren, die sie interessierten, war mir klar. Ich fand, sie sahen mehr oder minder alle gleich aus. Sie mochten ja wohl das höchste der Gefühle für Stilmöbelfanatiker und Antiquitätensammler sein, aber mir schienen sie, als hätte ich sie alle schon einmal irgendwo gesehen. Das einzige, was verhinderte, daß einen der ganze Raum schier erdrückte, war seine Aussicht. Die aber zu bewundern war ich im Moment viel zu nervös.

Schließlich wurde zu Tisch gebeten. Necker lud mich an seine rechte Seite ein auf den Platz, den er für Justine vorgesehen hatte. Wie beiläufig bat er Jordan zu seiner Linken und forderte alle übrigen auf, ihren Platz nach Belieben zu wählen. Über dem Gemurmel der allgemeinen Konversation hörte ich Jordan reden. »Dieses Bild, Monsieur Necker, das oben auf diesem Ebenholz-Schreibtisch steht, ist das zufällig ein Jean-Marc Winkler?«

»Ja, in der Tat«, sagte Necker überrascht. »Das Pferd gehörte einem der Fürsten von Liechtenstein. Wieso wissen Sie das so genau?«

»Ich habe meine Abschlußarbeit am College über Madame de Pompadour geschrieben, speziell darüber, wie eine königliche Mätresse maßgeblichen Einfluß auf das Kunsthandwerk ausüben konnte.«

»Wenn auch das Kunsthandwerk sich eigentlich erst unter einem weiteren Ludwig richtig entwickelt hat«, erwiderte Necker mit einem leichten Lächeln, das mich wieder so ungemein an Justine erinnerte, daß mir fast die Luft wegblieb.

»Und warum sollte ein Ludwig nicht zu einem anderen führen?« lachte Jordan. »Nach Ludwig XV. studierte ich noch weiter und fand mich fast ebenso fasziniert von Ludwig XVI. Nie hätte ich mir träumen lassen, daß ein einziger Mensch privat solche Schätze aus beiden Epochen besitzt.«

»Ich fing sie zu sammeln an«, sagte Necker, »als es noch nicht Mode war.«

»Aber waren sie denn je aus der Mode?« fragte Jordan mit einer fundierten Sachkenntnis. »Sie sind doch jenseits aller Moden.«

Ich trank einen Schluck Wein in einem stummen Toast auf einen hoffnungslosen Fall. Ich wußte ja, worauf sie abzielte, gut. Aber viel brachte ihr das gewiß nicht ein. Nicht bei diesem Mann, der eben so eine herzzerreißende Enttäuschung erlebt hatte. Immerhin, gesegnet sei Jordan dafür, daß sie Konservation machte! Das ließ mir wenigstens für die nächsten Minuten Ruhe. Außerdem war es keine uninteressante Erfahrung. Ich bekam demonstrativ mit, daß ich in Wirklichkeit null Komma null über Möbel und Antiquitäten wußte.

Das Essen zog sich hin, zu lange für meinen Geschmack, und ich war froh, als Gabrielle bald danach anregte, daß wir doch sicher sehr müde seien und früh schlafen wollten. Früh! Es war elf vorbei, und ich war kaum noch imstande, nachzurechnen, wie viele Stunden es schon her war, seit wir von New York abgeflogen waren. Falls es nicht schon Tage waren.

In der Limousine auf der Fahrt zurück ins Hotel war viel sinnloses Gekichere, das mich daran hinderte, sofort einzuschlafen. Jordan freundete sich mit Philippe, unserem würdigen Chauffeur mittleren Alters, an. Sie redete französisch so schnell wie ein Maschinengewehr und für mich absolut unverständlich. Zuerst Necker, dachte ich, schon halb weggetreten vor Müdigkeit, und jetzt auch noch der Chauffeur. Die legte sich aber ins Zeug!

Als wir da waren, hüpften die Mädels eilig aus dem Wagen. Ich riß die Augen auf. Aber da war kein Hotel.

»Wo sind wir denn hier, zum Teufel?« fragte ich.

»*Les Bains Douches*«, antwortete Philippe, während er mir die Tür aufhielt, »wie die jungen Damen es wünschten.«

Selbst ich in meiner klösterlichen Zurückgezogenheit hatte schon davon gehört, daß dies der »in«-ste Club in ganz Paris war. »Alle« gingen dorthin, von den Tunten über die Rockstars bis zu den Drogendealern. Der Name kam von dem öffentlichen Badehaus, das sich dort um die Jahrhundertwende befunden hatte. Man durfte jedoch daran zweifeln, ob die Atmosphäre noch die gleiche war. Ganz gewiß ging niemand mehr hin, um *clean* zu werden.

»Sie sollen auf der Stelle wieder einsteigen!« herrschte ich ihn an. »Sagen Sie ihnen das!«

»Aber Madame, man hat sie bereits hineingelassen.«

Die kleinen Luder! Ich erwürge sie eigenhändig, knurrte ich stumm in mich hinein. Ein Zornesadrenalinstoß trieb mich aus dem Wagen.

»Nehmen Sie Ihre Mütze ab und kommen Sie mit!« befahl ich dem Chauffeur. »Ich kann da nicht gut allein hineingehen.«

»Madame!« sagte er völlig geschockt.

Aber ich zog ihm einfach die Mütze vom Kopf und warf sie in den Wagen. Er war indessen der perfekte Begleiter, wenn auch gewiß nicht gerade in der hier üblichen Altersklasse. Doch ich schob ihn mit der diskussionslosen Autoritätsattitüde eines Geheimagenten an den drei Türhütern oder Zerberussen oder Rausschmeißern vorbei, oder wie man in Lokalen dieser Art die Kerle nennt, die die Unerwünschten draußenhalten sollen (oder, je nach Standpunkt, nur diese überhaupt hineinlassen).

»Noch zwei Plätze frei, die Damen?« sagte ich zu Jordan und funkelte sie an. Die Mädels saßen bereits direkt an der überfüllten Tanzfläche. Es war offensichtlich der Ehrentisch. Bis jetzt waren sie immerhin noch allein, aber schon spürte ich, wie sich die Aufmerksamkeit der ganzen Menge auf mein Dreimäderlhaus zu richten begann. Und ich konnte den männlichen Teil der Menge schon lechzen sehen vor Gier. Es war wie mitten im Auge eines Tornados.

»Oh, Frankie!« antwortete Jordan, ohne, ich schwöre es, auch nur mit der Wimper zu zucken oder schamrot zu werden, »wir dachten, Sie seien völlig weg und eingeschlafen. Sonst hätten wir Sie doch nie im Leben allein gelassen!«

»So, so!« knurrte ich. »Vielen Dank für die Aufmerksamkeit. Ich behalte es im Sinn, wenn ich euch an die Heizkörper fessle.«

»Ach, Frankie, bitte«, lachte April, »seien Sie doch nicht so. Sie waren doch auch mal jung, früher.«

»Ihr wollt es wohl durchaus darauf anlegen, wie? Los, los, Kinder, raus hier!«

»Ja, ja, nur einen Tanz«, sagte eine Männerstimme in diesem Moment, er hatte April schon an der Hand und zog sie mit sich fort. Und so schnell konnte ich gar nicht schauen, wie ein zweiter auch schon Tinker verschleppt hatte. Zwei weitere balgten sich noch um Jordan. Zu mehr Beobachtung kam ich nicht mehr, weil ich die nächste war, die irgendeiner mit sich schleppte, und ich mich auf der Tanzfläche wiederfand.

Langer Rede kurzer Sinn: Wir kamen immerhin wieder heil und unbeschädigt im Hotel an. Im Morgengrauen. Und vielleicht muß ich nicht eigens erwähnen, daß ich den Mädels zeigte, was jemand, der »auch mal jung war, früher«, noch drauf hat. Denen fielen schier die Augen aus dem Kopf, als sie mich tanzen sahen!

7

»Was ist eigentlich mit Justine passiert?« fragte Carrie, eine der Bucherinnen, am Tag nach Frankies Abreise nach Paris, als die Telefone am späten Nachmittag still wurden.

»Na, vielleicht hat sie eine Erbschaft gemacht«, meinte ihre Kollegin Dodie. »Jedenfalls hat sie heute morgen irgend etwas Bekanntes vor sich hin gesummt. Als ich sie fragte, wie das Lied heißt, schaute sie mich überrascht an und hatte keine Ahnung, daß sie überhaupt gesummt hatte, geschweige denn, was. Später fiel es mir ein. Es heißt *It*

Might As Well Be Spring. Schon eigenartig, was? Es könnte gradezu Frühling sein, wie kommt sie darauf? Seit wann gehört Justine zu denen, die Lieder summen, noch dazu vom Frühling?«

»Wer weiß, vielleicht will sie das Wetter hypnotisieren«, gab die Dritte im Bunde, Johanna, zu überlegen. »Habt ihr gestern abend oder heute morgen Radio gehört?«

»Ja, Schneesturm und starker Frost ist angesagt«, erwiderte Carie. »Vielleicht gehört sie zu den Leuten, die sich prima fühlen, wenn Sturm im Anzug ist. Wenn es noch kälter wird, müßten sie eigentlich die Stadt schließen, aus Menschenfreundlichkeit.«

»Vielleicht gibt es morgen dann Schneeferien wie früher in der Schule«, gab Dodie ihrer sehnsüchtigen Hoffnung Ausdruck. »Könnt ihr euch nicht an wunderschöne Schneetage erinnern, an denen wir zu Hause bleiben und den ganzen Tag Soap Operas im Fernseher glotzen konnten?«

»Nun geht schon alle nach Hause«, tönte eine Stimme von der Tür her, an der Justine stand. »Es ist Freitagnachmittag und ohnehin schon fast Arbeitsschluß. Es passiert nichts mehr, was ich nicht selbst erledigen könnte.«

Als die Bucherinnen glücklich alle weg waren, schaltete sie die Lichter im Büro aus, setzte sich an einen der Plätze der Bucherinnen und legte die Beine auf den runden Tisch. Sie war gerne allein hier. Da konnte sie sich ihres eigenen Reiches hoch über den Dächern der Nachbargebäude so richtig erfreuen. Man hatte aus den großen Fenstern des Büros der Bucherinnen einen weiten Blick hinaus, auch über einen Teil der Straße und über die ganze Stadt bis hin zum Central Park West. Hinter den Silhouetten der hohen, alten Apartmenthäuser mit ihren Luxuswohnungen konnte sie jenseits des Hudson gerade noch das letzte Stückchen der untergehenden Sonne sehen, wie sie in der einfallenden Dunkelheit des Wintertags allmählich verschwand.

Wie konnte irgend jemand woanders leben wollen, dachte sie, als am Rande eines Kontinents? Woanders als gerade hier, und in einer anderen Zeit als jetzt, am Ende des 20. Jahrhunderts? Wer möchte schon früher gelebt haben, in jenen Zeiten ohne Novocain, Haarspray, Telefon, Flugreisen und Modezeitschriften voller total unwichtigem Unsinn auf Kunstdruckpapier? Wer möchte schon eine Frau gewesen sein in jenen dunklen Zeiten, da eine Frau nicht ihr eigenes Unternehmen gründen und leiten durfte, ausgenommen einen Puff? Wieso nahm sie sich so selten die Zeit, sich bewußt zu werden, was für ein tatsächlich wundervolles Leben sie führte?

Sie dehnte und streckte sich noch mehr auf ihrem Stuhl, bis sie fast hintenüberkippte, und badete in dem Gefühl frei schwebender Glückseligkeit. An sich gab es keinen speziellen Grund dafür, überlegte sie. Wenn man nicht mitrechnete, daß ein Steak zuweilen Kräfte entfalten konnte, von denen man keine Ahnung hatte. Ganz erstaunlich, als was für ein guter Koch Aiden Henderson sich entpuppt und was für eine geschickte Hand er mit Gibsons hatte. Doch, ja, es war irgendwie angenehm gewesen, einen Mann die Drinks mixen und das Kommando in der Küche übernehmen zu lassen. Ganz entschieden die Art angenehmer Abend, den man sich ab und zu einfach gönnen sollte – ein Fingerhut oder zwei Gin, etwas Einfaches, aber Gutes zu essen, ein nettes Gespräch vor dem Kamin samt einem Gutenachtkuß ... oder waren es zwei gewesen, ein mittlerer und langsamer und ein sehr schneller? Oder war es andersherum?

Sie war froh, als ihr Aiden nach einem Blick in den Keller erklärt hatte, da sei keine Minute mehr zu verlieren, um den Heizofen zu ersetzen. Heute morgen hatte er sofort ihre Sekretärin anrufen und mitteilen lassen, daß er das passende Modell auf Lager habe und daß er es wahrscheinlich heute schon setzen könne. Offenbar war so etwas im Handumdrehen zu erledigen. Nicht im Traum hatte sie ein solches Eiltempo im Sinn gehabt. Aber angesichts der Wettervorhersagen hatte Aiden sie doch überzeugt, daß Eile durchaus notwendig sei.

Wie übrigens war wohl das Wetter jetzt gerade in Paris? Stolzierte Frankie gerade in einem ihrer neuen Mäntel herum?

FRANKIE!

Großer Gott, das Fax! Sie hatte vergessen, es abzuschicken!

Sie fiel vor Schreck fast vom Stuhl, als ihr das bewußt wurde. Sie richtete sich steil auf, sprang hoch und rannte im Raum hin und her. Noch niemals hatte sie sich derart verantwortungslos verhalten! Wirklich noch nie im Leben! Gütiger Himmel, was war nur über sie gekommen? Was sie getan oder vielmehr nicht getan hatte, war unverzeihlich, total und völlig. Unmöglich! Ihre beste Freundin und engste Mitarbeiterin in die Höhle des Löwen zu schicken, ohne jede Vorwarnung und schutzlos!

Sie versuchte auszurechnen, welche Zeit im Augenblick in Paris war, kurz nach fünf Uhr abends in New York. Plus sechs Stunden, war das richtig? Nein, nur fünf, im Winter. Das machte also kurz nach zehn Uhr dort. Aber welcher Tag? Morgen? Nein, natürlich auch heute, heute abend, jetzt im Augenblick. Nein, nein – es war nicht nur die Zeitdifferenz, mußte sie nicht auch noch die Reisezeit dazurechnen, damit sie auf die richtige Zeit kam? Ach, Quatsch ... Ihr Gehirn wollte nicht richtig funktionieren. Gut, sofort raus mit dem Fax, jetzt gleich. Aber es war ja sowieso schon zu spät. Oder vielleicht doch nicht. Vielleicht wußte bei Necker noch niemand davon. Ach, Blödsinn. Als wüßte Necker inzwischen nicht schon längst, daß sie nicht da war. Vermutlich war er ja sogar am Flugzeug gewesen?

In panischem Schuldgefühl über ihre Vergeßlichkeit versuchte sie die Ereignisse von gestern zu rekapitulieren. Also. Sie war den ganzen Tag über in einer finsteren, unguten Stimmung gewesen. Sie war heimgefahren, hatte in Ruhe Tee getrunken und mit einem Handwerker gesprochen, was sich zu einem unerwarteten gemeinsamen Abend entwickelt hatte, und war danach schlafen gegangen. Heute hatte sie den ganzen Tag gearbeitet, das Faxgerät keine drei Meter von ihr entfernt, ohne daß sie auch nur einmal an ihr Versäumnis gedacht hätte. Bis jetzt. Obendrein war sie nicht unbedingt auf ein Faxgerät angewiesen, um mit Gabrielle d'Angelle in Verbindung zu treten. Sie brauchte nur zum Telefon zu greifen. Die ganze Zeit bis zu Frankies Landung wäre dazu Zeit gewesen. Das Faxgerät war lediglich deshalb vorzuziehen, weil man auf Papier besser lügen konnte als mündlich.

Aber je länger und angestrengter sie nachdachte, desto mehr wurde ihr klar, daß es wohl einen unbewußten Grund gab, warum sie dieses Fax nicht abgeschickt hatte. Sie war eine klar denkende, sachliche Frau, die es sich üblicherweise nicht gestattete, irrational zu handeln. Es mußte also etwas mit ihrer Stimmungslage gestern zu tun haben, irgend etwas mit dieser paranoiden, aber immer wiederkehrenden Angst, daß dieser Mensch Necker plötzlich vor ihr stand. Dieser Gedanke verfolgte sie nun schon, seit die Geschichte mit dem Lombardi-Wettbewerb entschieden war. Mit einem einzigen Telefongespräch war die Falle zugeschnappt. Sie konnte ihren Mädchen die Chance nicht verweigern.

Aber ganz so machtlos war sie doch nicht. Schließlich konnte man sie nicht nach Belieben manipulieren. O nein, und das würde sie ihm schon zeigen, bei Gott!

»Ha!« rief sie ganz laut, als sie schließlich begriff, daß sie mit voller Absicht vergessen hatte, dieses Fax zu schicken. Sie hatte gewußt, daß Frankie durchaus imstande war, mit der Situation fertig zu werden, und daß Necker begreifen würde, wie sein ganzer so fein eingefädelter Plan fehlgeschlagen war! Sie hatte ihn ein weiteres Mal zurückgewiesen, sogar ohne daß sie noch einmal ein einziges Wort zu Papier hatte bringen müssen. Hatte sie nicht ein wunderbar funktionierendes Unterbewußtsein? Sie triumphierte innerlich. Ihr Unterbewußtsein hatte genau gewußt, daß es nicht genügte, an ihrer Stelle Frankie zu schicken, sondern es hatte auch dafür gesorgt, daß sie das Fax einfach »vergaß«.

»Tadellose Arbeit, altes Mädchen«, lobte sie sich laut in ihrem leeren Büro.

Aber nach ein paar Triumphminuten spürte sie, wie dieses vermeintliche Hochgefühl rasch nachließ und schrumpelte wie ein Ballon, aus dem die Luft entweicht. Es wurde kalt im großen Raum. Sie zog sich in ihr eigenes Büro zurück, wo es nicht so durch die Fenster zog, setzte sich an ihren Schreibtisch und knipste das Licht an. Ihr Blick fiel auf das gerahmte Foto ihrer Mutter, das sie dort stehen hatte, zusammen mit ihr als Baby. Das Bild war ihr so vertraut, daß sie es normalerweise gar nicht mehr wahrnahm. Jetzt aber drängte es sie unvermittelt, es wieder einmal in die Hand zu nehmen und eingehend zu betrachten. Die jüngsten Erlebnisse mit Monsieur Necker hatten bewirkt, daß sie sich ihrer Mutter wieder näher und verbundener fühlte als seit langem.

Sie griff nach ihrer großen Lupe und besah sich darunter den Kopf ihrer Mutter. Sie war eine echte Schönheit gewesen, urteilte sie mit professioneller Sachlichkeit. Auf dem Foto war sie knapp zwanzig, und wenn man die modischen Veränderungen der Frisur und des Make-ups der letzten fünfunddreißig Jahre wegließ, hätte sie jederzeit ins Model-Business einsteigen können.

Aber natürlich wäre das damals viel zu riskant gewesen mit einem Kind, das zu versorgen war ... Nein, ihre Mutter hatte den Weg gewählt, der das Interesse ihres Kindes schützte, nämlich es nach Möglichkeit vor allen Wechselfällen des Lebens zu bewahren. Deshalb hatte sie sich vollständig auf ihre Stellung in dem Warenhaus konzentriert. Wenn sie jetzt darüber nachdachte, hatte sie eigentlich nie richtig begriffen, was für Opfer ihre Mutter für sie gebracht haben mußte, um ihr die bestmögliche Erziehung zu garantieren.

Sie hatte ihr etliche Wege des Lebens geebnet. Sie war auf der besten Privatschule der Stadt gewesen. Sie war ermutigt worden, Freunde nach Hause einzuladen. Sie hatte Eislaufstunden bekommen und Ballettstunden, und jedes Jahr war sie in einem Sommerlager in Michigan gewesen. Und so weit sie zurückdenken konnte, hatte sie immer die hübschesten Kleider bekommen, die sich ein Mädchen nur wünschen konnte. Tränen traten ihr in die Augen, als sie darüber nachdachte, was diese Frau, von der sie so geliebt wurde, alles auf sich genommen, sie aber nie mit Schuldgefühlen oder Dankbarkeitsverpflichtungen belastet hatte. Wie viele Töchter konnten das schon von ihren Müttern sagen? Was sie diesem Necker auch antat – es würde niemals genug Ausgleich für das sein, was er ihrer Mutter angetan hatte. Zumindest, dachte sie, während sie das Foto wieder hinstellte, hatte ihre Mutter noch erlebt, wie erfolgreich sie geworden war. Sie hatte ihr blühendes Unternehmen noch kennengelernt, dieses Gefühl, etwas selbständig geschaffen zu haben. Diese Art der Unabhängigkeit war ihrer Mutter verwehrt geblieben, weil sie immer festangestellt war. Doch sie hatte sie ermuntert, über ihre Zeit als Model hinaus zielstrebig und wachsam nach selbständigen Verdienstmöglichkeiten Ausschau zu halten.

Ja, sie hatte Vorteile gehabt, die die meisten anderen Models nicht hatten. Nämlich die Weitsicht und Vorausschau ihrer Mutter und dazu das Gefühl für Erstklassigkeit. Die gesamten Model-Jahre hindurch hatte sie die Top-Girls beobachtet und studiert. Aus nächster Nähe konnte sie lernen, was die winzigen, aber entscheidenden Unterschiede ausmachte, ob man nur »ganz gut« war oder aber »top«, absolute Spitze, potentieller Star.

Als sie Lulu entdeckte, die gerade erst als Stylistin für Fotografen zu arbeiten begonnen hatte, hatte sie ihre erste Sternstunde gehabt. An einem einzigen Tag hatte sie den schüchternen Teenager überredet, zu drei Fotografen zu gehen. Damit war ihr über Nacht der Sprung vom Model zur Model-Agentin gelungen. Lulu wurde zwar ein Sensationserfolg und schaffte es schon in ihrem ersten Monat auf die Titelseite von *Bazaar's*, doch das Agenturgeschäft erwies sich als hart und mühselig. Nur ihre mit eisernem Willen über acht Jahre angesammelten Ersparnisse halfen ihr über die Durststrecke hinweg. Irgendwann liefen dann die Dinge endlich so, daß sie für die wöchentlichen Lohnzahlungen zumindest eine Kreditlinie von der Bank eingeräumt bekam. Nichts war leicht gewesen, aber in diesen ersten Jahren war Lulu immerhin ihre Lokomotive in das Agenturgeschäft. Bis sie schließlich von Hollywood abgeworben wurde und dort im Stargeschäft verschwand. Aber zu der Zeit war die Firma Loring Model Management bereits über dem Berg und stand auf gesunden Füßen.

Sie ging zum Fenster und blickte auf diese Stadt, die für sie Liebe auf den ersten Blick gewesen war. An den Winterabenden war das Funkeln der Lichter härter. Die Stadt wurde heller und klarer durch die Kälte, saubergefegt von eisigen Winden. Sie war nur ungern aus New York weggegangen, als sie von ihrer Agentur nach vier Monaten im Beruf als Model nach Paris geschickt wurde, um dort den letzten Schliff zu erhalten. Hatten die Leute damals eine Ahnung gehabt, was sie damit in Bewegung gesetzt hatten? Hatten sie sich jemals gefragt, wie einschneidend sie das Leben der Mädchen veränderten, für die sie diese Pflichttouren nach Europa arrangierten? Jetzt, da sie selbst eine Agentur besaß, wußte sie natürlich, daß Europa halt unumgänglich war.

Selbst Willie hatte allerdings nicht wissen oder ahnen können, daß sie die junge Justine Loring, als sie sie für ein halbes Jahr nach Paris schickte, dem schlimmsten Mann auslieferte, dem diese je begegnet war. Auch Frankie wußte nichts davon. Niemandem hatte sie etwas von Marco Lombardi erzählt.

Marco war damals Juniorassistent bei Lanvin, nur ein paar Jahre älter als sie, aber fatal versiert in der Kunst der Verführung. Hätte er sie nur in eine kurze Bettgeschichte verwickelt, gefolgt von dem üblichen Krach mit Trennung, hätte sie ihn vielleicht vergessen, obwohl er ihr erster Liebhaber gewesen war. Leider jedoch war er nicht damit zufrieden gewesen, Herz und Leib von ihr zu besitzen, sondern mußte sich auch noch ihrer Seele bemächtigen. Er hatte sie so an sich gebunden, bis er ihre ganze Welt, ihr ein und alles war. Sobald er sich absolut sicher war, daß sie ihm nichts mehr abschlagen konnte, verlor er das Interesse an ihr. Mit der sachlichen Kälte eines Wissenschaftlers hatte er ihr erklärt, daß sie, um ihm ihre rückhaltlose Liebe zu beweisen, sich auch seinem besten Freund hingeben müsse. Gott sei Dank hatten ihr die kargen Reste dessen, was ihre Mutter ihr mit auf den Lebensweg gegeben hatte, die Kraft verliehen, daraufhin das nächste Flugzeug nach New York zu nehmen. Allerdings hatte es sie Jahre gekostet, sich von der Grausamkeit des Marco Lombardi zu erholen, der ihr die Unschuld genommen und ihr Vertrauen mißbraucht hatte. Vielleicht hatte sie das ja auch immer noch nicht überwunden? Jedenfalls, ihre erste Erfahrung mit der Liebe hatte sie tief verletzt.

Gut, heute war sie weit genug davon entfernt. Die Ereignisse von damals waren nun schon siebzehn Jahre her. Sie begriff inzwischen, daß Marco gar nicht anders handeln konnte. Sie war ihm noch einmal über den Weg gelaufen, als er sich gerade zwischen zwei Frauengeschichten befand. Dabei verhielt er sich wieder so, wie es seinem Charakter entsprach: nämlich alles besitzen, um es dann zu zerstören.

Hätte sie Frankie von ihm erzählen sollen? Sie stellte sich die Frage immer wieder, seit Frankie mit den Mädchen abgeflogen war. Doch jedesmal war sie zu dem Ergebnis gekommen, daß es sinnlos gewesen wäre. Die Mädchen wären, ganz gleich, was sie gesagt hätte, nur um so faszinierter gewesen und hätten Marco noch attraktiver gefunden. Es könnte am Ende sogar verhängnisvoll sein, schlafende Hunde zu wecken. Welche Frau konnte schon der Versuchung widerstehen, sich von Marco auserwählt, seiner Aufmerksamkeit gewürdigt zu sehen und in den Glanz seiner Welt eingeführt zu werden? Auf jeden Fall mußte dasjenige der drei Mädchen, das am Schluß das »Lombardi-Gesicht« wurde, die ganze Geschichte erfahren. Soviel nahm Justine sich fest vor.

Sie seufzte tief. Sie hatte keine ruhige Minute, bevor nicht alle heil zurück waren. Jetzt brauchte sie erst einmal ein heißes Bad und eine Tasse Tee. Und einen warmen Abend in ihrem gemütlichen Haus mit einem guten Buch, möglichst einem, das in einem Pfarrhaus im 19. Jahrhundert spielte. Mit Happy-End, versteht sich.

Als ihr Taxi vor ihrem Haus hielt, sah sie zu ihrer Überraschung, daß lebhafte Geschäftigkeit darin herrschte. Bis zum ersten Stock hinauf waren die Lichter an und die Schemen und Schatten von Männern hinter den Vorhängen erkennbar.

»Was geht denn hier vor?« rief sie, als sie hineinstürmte.

»Wir lassen die Rohrleitungen aus«, sagte einer der Arbeiter. »Dauert nicht mehr lange.«

»Was tun Sie? Sie lassen *was* aus? Wer hat Ihnen erlaubt, meine Installation anzurühren?«

»Na, Aiden«, sagte der Mann und wandte sich ungerührt wieder seiner Arbeit zu.

»Wo ist er?« fragte sie wütend.

»Keller«, antwortete der Arbeiter und machte, daß er davonkam, weil er nach seiner Erfahrung die typische unzurechnungsfähige Hausfrau vor sich hatte, die nicht wußte, was sie wollte.

Wenn die Männer, dachte Justine, vom Mars wären und die Frauen von der Venus, dann wären Handwerker aus einem unbekannten Schwarzen Loch tief im All entstanden. Das war noch der logischste Gedanke, den sie hatte, während sie in wildem Zorn in den Keller hinabraste.

»Was fällt Ihnen ein, mit meinem Haus zu machen?« schrie sie Aiden an, als sie vor ihm stand.

Sichtlich hochkonzentriert richtete er sich aus seiner gebückten Stellung mit nacktem Oberkörper auf. »Da sind Sie ja, Justine. Ich fragte mich schon, wo Sie bleiben! Wir müssen sämtliche Rohrleitungen auslaufen lassen, bevor sie einfrieren und platzen. Für mindestens drei Tage ist strenger Frost bis unter fünfunddreißig Grad minus angesagt. Da kommt eine Wetterfront von der Arktis rüber. Die Stadt hat bereits sämtliche nicht lebensnotwendigen Dienste eingestellt.«

»Und wo, bitte, ist der neue Heizofen, den Sie mir versprochen haben? Unter Eid zugesichert, daß er installiert ist bis heute abend?« Ihre Stimme wurde schrill. »Sie wissen doch genau, daß dies das einzige war, wofür ich Ihnen grünes Licht gab!«

»Mein Lieferant hat leider den falschen geschickt«, erklärte Aiden bedauernd. »Er war zu groß für hier unten. Als ich den Idioten anrief, stellte sich heraus, daß er sich die falsche Seriennummer notiert hatte.«

»Und was, bitte, ist mit dem alten Heizofen passiert?« japste Justine. Sie deutete ungläubig auf die leere Stelle, wo bisher ihr Heizofen so viele Jahrzehnte gestanden hatte. Ihr Ärger wurde vorübergehend von der Sprachlosigkeit über das, was geschehen war, verdrängt.

»Der ist buchstäblich auseinandergefallen«, antwortete

Aiden, »als wir die Anschlüsse entfernten. Und das geschah, bevor wir noch gemerkt hatten, daß ein falscher Heizkessel geliefert worden war. Es war leider völlig ausgeschlossen, das Ding wieder zusammenzusetzen. Nichts zu machen. Kaputt.«

Aiden hatte sogar drei andere Termine für diesen Tag abgesagt. Und das waren immerhin Termine für große Aufträge gewesen. Nur, dachte er, damit er diese faszinierende Frau mit einem neuen Heizungssystem überraschen konnte. Und nun hatte die ganze Geschichte mit lauter Katastrophen geendet. Hätte er nicht selbst vor Jahren eine Klempnerausbildung gemacht, wären die Leitungen ein noch ernsteres Problem geworden. Aber als selbständiger Bau- und Projektleiter mußte er praktisch alles können.

Justine setzte sich auf die Kellertreppe und brach in Verzweiflungstränen aus.

»Ich habe Ihnen mein Haus anvertraut!« schluchzte sie. »Und Ihnen selbst habe ich auch vertraut. Und jetzt sehen Sie sich diese Bescherung an! Einfrieren wird alles hier, ich mit. Mein armes Haus, mein geliebtes, armes Haus!« Ein Schluchzen nach dem anderen schüttelte sie. Sie ließ den Kopf vornüber auf ihre Knie sinken und zog ihren Mantel enger um sich, obwohl es im Keller sehr warm war.

Aidens sachliche Haltung als Bauleiter, den so leicht nichts umwerfen und aus der Ruhe bringen konnte, fiel in sich zusammen wie der alte Heizofen.

»Aber Justine, liebe Justine, um Gottes willen, bitte! Nun weinen Sie doch nicht so! Das bringt einen ja um! Schauen Sie, ich schwöre Ihnen, daß das Haus nicht einfriert. Gut, es wird kalt sein, aber es wird keinen Schaden geben. Nur die Rohrleitungen hätten einfrieren und platzen können, aber das tun sie jetzt nicht mehr. Wirklich, Justine. Ich verspreche Ihnen, daß nichts Schlimmes passieren wird. Ich habe jeden Meter der Rohrleitungen persönlich viermal kontrolliert.«

Er stand hilflos neben dem schluchzenden, zusammengekauerten Häufchen Elend und zwang sich weiterzusprechen. »Hören Sie zu, Justine. Sie können hier nicht wohnen, solange der neue Heizofen nicht eingebaut ist. Sie haben keine Heizung und kein Warmwasser. Über das Wochenende kann uns kein Lieferant der ganzen Stadt den richtigen Heizofen herschaffen. Ich habe sie alle abgeklappert, jeden einzelnen, den es gibt. Nicht vor Montag, so ist die Lage. Und zwar frühestens Montag.«

Justines Tränen flossen immer heftiger. »Oh! Oh! Oh! Oh!«

Aiden ging in die Hocke, um auf gleicher Höhe mit ihr zu sein, und versuchte, ihr tröstend über das Haar zu streichen. Aber sie wandte sich mit einem Ruck ab und schlug ihm wütend auf die Hand.

»Fassen Sie mich gefälligst nicht an, Sie Schafskopf, Sie! Sie ... Sie Handwerker, Sie!« Sie stieß unter weiterem Schluchzen einfach hervor, was ihr gerade einfiel. »Sie sind hier hereingeplatzt, und jetzt sehen Sie sich mal an, was Sie angerichtet haben. Ruiniert ist alles! Mein perfektes, wunderschönes, gemütliches Haus! Ein einziges Chaos! Alles war perfekt, bevor Sie mir das alles eingeredet haben. Jetzt ist alles ein Desaster, eine Ruine, ein frostiges, hohles Gemäuer! Oh! Wie konnte ich nur so dumm sein! Jetzt weiß ich nicht einmal mehr, wo ich schlafen soll. Ich habe kein Zuhause mehr!«

»Mist, verdammter! Ja, Sie haben ja völlig recht, Justine. Ich hätte selbstverständlich vorher nachprüfen müssen, ob es auch der richtige Heizofen ist, bevor ich den alten abbauen ließ. Aber ich war einfach zu versessen darauf, Ihnen die Installation fix und fertig zu übergeben, bevor der große Frost kommt. Nur deshalb habe ich wirklich alle Grundregeln meines Berufs außer acht gelassen und die Leute blind angetrieben. Und jetzt ist die ganze Geschichte schiefgelaufen.«

Justine hatte sich allmählich soweit beruhigt, daß sie wieder einigermaßen normal sprechen konnte. »Und das ist Ihre Rechtfertigung? Soll das ein Grund sein?« Sie wischte sich das Gesicht mit einem Papiertaschentuch ab. »Daß Sie mir einen Gefallen tun wollten? Schöner Gefallen, muß ich schon sagen!«

»Aber ja doch. Ich meine ... ach, was spielt es jetzt noch für eine Rolle, was ich wollte oder meine. Die Sache ist in die Hose gegangen, aus. Der Grund spielt keine Rolle mehr. Aber vielleicht akzeptieren Sie, wenn ich sage, daß es mir entsetzlich peinlich ist und ich es mir selbst niemals verzeihen werde.«

»Das können Sie sich sparen, weil nämlich ich Ihnen schon niemals verzeihen werde.«

»Ja, ist mir klar«, erklärte er zerknirscht. »Warum sollten Sie auch. Es sei denn ...«

»Es sei denn was?« fauchte sie. »Was kann denn hier noch Es-sei-denn sein?«

»Na ja, nehmen wir mal an, nur mal angenommen, daß Sie aus irgendeinem Grund doch so eine richtige Generalrenovierung haben möchten, sagen wir mal, Sie mir eine Blankovollmacht gäben, alles in Ordnung zu bringen. Mit der Auflage, daß, wenn etwas schiefläuft, ich nie im Leben mehr eine zweite Chance bekäme. Dann würden Sie über das Wochenende in ein feines Hotel ziehen, auf meine Kosten natürlich, und ich würde Sie vielleicht – vielleicht, sage ich – doch eines Tages überzeugen können, mir wieder zu vertrauen.«

»Und wieso«, fragte Justine ganz verblüfft, »sollte ich so etwas wollen?«

»Ich habe nicht die leiseste Ahnung. Ich hoffe nur, daß dies infolge irgendeines Wunders im Bereich der Möglichkeiten läge.«

Justine blickte ihn aus noch tränenfeuchten Augen an. Er war derselbe Mann wie gestern abend, dem sie vertraut hatte wie seit vielen Jahren keinem anderen mehr, außer daß sie ihn ohne Hemd noch erheblich mehr begehrte. Nur eben, daß er jetzt ihren Heizofen kaputt und ihr geliebtes Haus für mindestens drei Tage unbewohnbar gemacht hatte. Gut, sicherlich nicht mit Absicht. Pannen passieren nun mal. Niemand ist vollkommen. Wenn sie ihm jetzt verzieh, dann konnte diese sehr angenehme Sache, die da gestern begonnen hatte – was immer sie genau war –, eigentlich weitergehen. Und wenn nicht, dann wurde das Haus davon auch nicht wieder – oder schneller – warm. Und sie wollte auch nicht kleinlich sein.

»Dann würden Sie nie wieder eine Chance bekommen? Unter keinen Umständen?« murmelte sie halblaut, fragend, abwägend, wie zu sich selbst.

»Nie im Leben wieder! Und ich wäre ewig in Ihrer Schuld!«

»Aha ...«

»Justine, bitte«, flehte er und drängte. »Bitte!«

»Aber ich hasse Hotels«, sagte sie düster. »Sie deprimieren mich.«

»Sie könnten ja auch bei mir wohnen! Ich habe eine große Dachwohnung in der Stadt. Da wüßten Sie nicht mal, daß ich da bin, wenn Sie wollten.«

»Aha.« Sie war noch unentschlossen.

»Außerdem habe ich tolle Karten morgen für das Spiel der Knicks. Die werden es nicht absagen. Das wagen die nicht.«

»Aha.« Sie klang eine Spur weniger unentschlossen.

»Und ich habe tonnenweise Lebensmittel zu Hause. Ich könnte für Sie kochen, aufräumen und saubermachen. Ich würde Sie bedienen und Tee anschleppen und Gibsons und Tequila Sunrises und Milchshakes und überhaupt alles, wonach Ihnen der Sinn stünde. Und wir könnten meine Umgebung erkunden. Sie könnten es als Mini-Urlaub betrachten. Und falls genug Schnee fällt, habe ich Skier für uns beide.«

Justine legte ihm die Hände auf die bloßen Schultern und sah ihm in die Augen, als habe die Erwähnung der Skier die Sache endgültig entschieden. Sah sie etwa wie eine Skifahrerin aus? So unsicher, wie er in seiner Hocke auf den Zehen balancierte, verlor er fast das Gleichgewicht bei ihrer Berührung und fiel ihr fast auf den Schoß. Er rappelte sich hoch und zog sie an den Armen mit sich nach oben.

»Würden Sie auch mein Bett machen?« fragte Justine streng, während sie sich etwas zurückbeugte und ihn anblickte. »Wenn ich etwas hasse, dann Bettenmachen.«

»Ich mache es Ihnen mit scharfen Kanten wie im Krankenhaus. Ich bin ein toller Bettenbauer. Und sie kriegen jeden Tag neue Bettwäsche.«

»Was noch?«

»Ich verspreche hoch und heilig, Sie nicht anzurühren«, schwor Aiden. »Beim Haupte meiner Mutter!«

»Klingt schon besser«, flüsterte Justine zustimmend. »Was aber, wenn ...«

»Wenn was?« Er hielt hoffnungsvoll den Atem an.

»Ach, nichts. Ich habe nur laut gedacht.« Es gelang ihr, über seinen verwirrten Gesichtsausdruck nicht zu lächeln. Männer waren doch wirklich hoffnungslos! Pathetisch, wirklich. Sah sie vielleicht so aus, als gehörten Tequila Sunrises zu ihren Getränken? Oder auch Milchshakes? Der Mann mußte noch eine Menge über sie lernen. Aus irgendeinem Grund war sie jetzt wieder ganz guter Stimmung.

»Da packe ich wohl besser ein paar Dinge ein«, sagte sie und machte sich von ihm frei. Als sie in ihrem eisigen Schlafzimmer ankam, summte sie bereits wieder vor sich hin. Ein Mini-Urlaub. Das könnte nicht das Schlechteste sein. Sie hatte in letzter Zeit wirklich zuviel gearbeitet. Und dank dieses bevorstehenden Frostes am Wochenende würde es sowieso langweilig. Selbst wenn das Haus warm wäre. Auch mit einem guten Buch.

8

Im Taxi – es war vielleicht das letzte in ganz New York, das noch fuhr – kamen die Bedenken. Der Westside Highway war bereits geschlossen. Sie fuhren einen mysteriösen Umweg über eine Straße, die höchstens Bewohner des Miniviertels Tribeca am West Broadway kannten. Schon bevor die Arbeiter abgezogen waren, hatte es heftig zu schneien begonnen. Aiden hatte noch einmal eine letzte Inspektion aller Leitungen vorgenommen, bevor sie das Haus abgesperrt und diesem einen traurigen Abschiedsblick gewidmet hatte.

Sie könnte jetzt bereits in einem warmen, luxuriösen Hotel sein, dachte sie, umgeben von dem zuverlässigen und unpersönlichen Dienst des Zimmerservice über anonyme Telefonistinnen und Etagenmanager. Sie hätte sich vom Floristen in der Halle Blumen auf das Zimmer bringen lassen, sämtliche neuen Zeitschriften gekauft und sich einfach nicht mehr ums Wetter gekümmert. Aber nein, einem schnellen Entschluß folgend, begab sie sich in die Nähe eines Mannes, den sie erst einen Tag zuvor kennengelernt hatte! Sie vertraute einem Fremden, der obendrein bereits bewiesen hatte, was für eine Flasche er war!

Eine Dachwohnung in Tribeca, wie? War sie völlig übergeschnappt, einfach ja zu sagen? Erstens konnte man sie mit diesen sogenannten Lofts jagen, selbst wenn sie die große Mode gewesen waren, als sie nach New York gekommen war. Sie konnte sich die Wohnung lebhaft vorstellen. Zum Ekeln häßliche High-Tech-Anlagen, alles eine einzige angeberische Stahlgeschichte mit jeder Menge absichtlich offenliegenden Rohrleitungen. Diese ganze Loftmode war ein Blödsinn sondergleichen und höchstens gut für Studios oder als Filmateliers. Der Mensch war dazu geschaffen, in anheimelnden Räumen zu leben und nicht in früheren

Fabrikhallen. Dieser komische Aiden Henderson hatte vermutlich die Dusche in der Küche, nur um zu beweisen, daß man es machen kann. Sie hatte einmal mit diesem Mann gegessen, ihm ein oder eineinhalb Wangenküßchen gestattet, und daraufhin ließ sie sich mit ihm einschneien: ausgerechnet mit dem Mann, der ihr Haus ruiniert hatte! Was war los mit ihr? Hatte sie einen Virus aufgeschnappt, oder was?

Sie kannte die heruntergekommene Westside-Gegend nicht, durch die sie kamen, aber der Taxifahrer hatte so große Schwierigkeiten mit seinem Wagen, daß es ganz eindeutig zu spät war, sich jetzt noch eines anderen zu besinnen. Sie schwammen ohnehin fast schon im Hudson River. Heiliger Strohsack! Sie haßte dieses hochnäsige Stadtleben und dieses ewige Getue, wieviel »interessanter« und »aufregender« es doch sei und »echter« und was noch alles, als weiter draußen zu leben. Die mit ihren chinesischen Räucherstäbchenlokalen, wo man schlechte Manieren und noch schlechteres Essen vorgesetzt bekam, wo man das große Trara um Filmproduzenten und Restaurantbesitzer veranstaltete – ohnehin meistens dieselben Leute von begrenztem Talent! Diese ganze Idealisierung trisexueller und drogenvollgestopfter Jugendlicher, deren ungeheuer tolles Leben aus Skateboardfahren tagsüber und Raptanzen nachts bestand – ganze Völkerstämme lebendiger Toter, die jeden über neunzehn bereits für senil hielten!

Wieso hatte sie sich derart widerstandslos einwickeln lassen? Zumindest mußte Aiden ganz schön überrascht gewesen sein, daß sie sein Angebot so einfach angenommen hatte. Wieso hatte sie nicht gesagt, daß ihr gesellschaftliches Leben natürlich gar kein freies Wochenende erlaubte? Lieber Gott, sie hatte den Verstand verloren! Der Schock ihres abhanden gekommenen Heizofens hatte sie alle normalen gesellschaftlichen Konventionen in den Wind schlagen lassen!

Sie riskierte einen schnellen Blick auf Aidens Profil. Er

sah ernst und abwesend aus, ganz darauf konzentriert, dem Taxifahrer Anweisungen zu geben, nachdem klar war, daß der arme Mensch nicht die geringste Ahnung hatte, wo sich Tribeca befand, geschweige denn die Laight Street. Wo war sein hinreißendes Lächeln? Jede Wette, zehn zu eins, daß der Mann in Wirklichkeit niemals auf der Universität von Colorado war, und zehntausend zu eins, daß er nicht nur an ihre Tür geklopft hatte, um »ihren Freunden einen Gefallen zu tun«.

Welcher Handwerker begann denn wirklich einen Auftrag schon am nächsten Tag? Wann hätte es denn je so etwas gegeben? Höchstens eben jemand, der sonst nicht den kleinsten Auftrag hat. Ein Streuner, dem man die Gewerbelizenz genommen hat, den man mit Schimpf und Schande aus der Innung gejagt hatte! Wieso hatte sie sich nicht nach Referenzen und seiner Bonität erkundigt? Zum Beispiel bei der Stadtverwaltung angerufen, um seinen Namen zu überprüfen? Sich einfach so von einem sogenannten guten Eindruck überwältigen zu lassen! Von diesem Cowboy mit der Art gebrochener Nase, wie sie einst dem jungen Brando zu Ruhm verholfen hatte. Wieso, in Dreiteufelsnamen, hatte sie, Justine Loring, Expertin im Erkennen aller Nuancen von Falschheit, es zugelassen, so eingewickelt zu werden, ach was, becirct zu sein? Allein von seinem Talent, Vertrauen zu erwecken dadurch, daß er hochgewachsen war und diesen Großejungencharme hatte und so tat – ha! –, als wisse er gar nicht, wie gut er tatsächlich aussah? War das vielleicht nicht die klassische Masche, mit der sie alle reisten, diese Aufreißertypen und eingebildeten Schönlinge?

Das Schneetreiben wurde nicht nur dichter, es war wie eine Wand oder ein einziges, riesiges Bettlaken. Die Scheibenwischer schafften die weiße Masse kaum noch. Sie erschauerte in ihrem langen, weißen Wollstoffmantel mit den üppigen Lammfellbesätzen vom Kragen bis zum Saum. Sie zog ihre alte Wollmütze so weit herunter, daß sie fast ihre Augen zudeckte, und verkrampfte ihre Hände in den dicken Handschuhen in wachsender Panik. Sogar in ihren lammfellgefütterten Winterstiefeln und den dicken Socken bekam sie allmählich eiskalte Füße. Aber Schneesturm oder nicht – sollte dieser Aiden Henderson eine falsche Bewegung machen, nur eine einzige, dann, das schwor sie, war sie in der nächsten Sekunde weg aus seinem blöden Loft und kehrte in die Zivilisation zurück. Jawohl! Selbst wenn es bedeuten sollte, die U-Bahn nehmen zu müssen!

Aiden Henderson machte sich ebenfalls so seine unbehaglichen Gedanken, lenkte sich aber ab, indem er dem Taxifahrer Richtungsanweisungen gab. Wieso war Justine so schweigsam und kauerte, als müßte sie etwas von ihm befürchten, stumm und abweisend in der äußersten Ecke, eingepackt in einen bizarren Berg weißer Haare und Fransen? Waren ein paar flüchtige Küßchen auf die Wange schon der Beweis, daß er die Absicht hatte, sie zu belästigen? Sicher, nicht im Traum hätte er geglaubt, daß sie auf sein eher verrückt-spontanes Angebot, das Wochenende bei und mit ihm zu verbringen, tatsächlich eingehen würde. Er hatte es ohnehin nur als Reaktion auf ihr herzzerreißendes Jammern gemacht. Dabei wußte er nicht einmal, ob er überhaupt saubere Bettwäsche in Reserve hatte. Er konnte nur zu Gott hoffen, daß Mrs. Brady es heute noch zu ihm geschafft und die Wäsche gebracht hatte. Und was Tequila Sunrises anging – falls es so etwas gab, hatte er jedenfalls noch nie im Leben einen gemacht. Und Justine Loring ... Lieber Gott, eine Frau wie sie mußte doch tausend andere Dinge zu tun haben, als ausgerechnet ihre Zeit mit ihm zu verbringen. So eine Frau traf pausenlos Männer, ging unaufhörlich auf Partys und hatte ein ausgefülltes, kompliziert glanzvolles Leben, das sich automatisch aus ihrem Beruf ergab. Und von dem wußte er ohnehin nichts weiter, als daß ein paar

Leute es für äußerst bedeutsam für die menschliche Kultur und Zivilisation erachteten, daß die Frauen Jahr für Jahr größer und dürrer wurden.

Hatte er sich das nur eingebildet, oder hatte sie ihn in ihrem Heizungskeller wirklich angemacht? War er für sie vielleicht so eine Art exotische, neue Erfahrung? So nach dem Motto: Stellt euch mal vor, ein Wochenende mit einem Handwerker. Oder, wie ich mich in den niedrigsten Leidenschaften mit einem Mann suhlte, der sein Geld mit seiner eigenen Hände Arbeit verdient! Er hatte ihr schließlich dieses Angebot nur gemacht, weil es seine Pflicht war, für ihre Unterkunft zu sorgen, und weil sie erklärt hatte, daß Hotels sie deprimierten!

Und ihn deprimierten Wochenendgäste! Warum, zum Teufel, hatte er sich nicht rechtzeitig daran erinnert, daß er beim Anblick weinender Frauen stets jeden Funken gesunden Menschenverstands verlor? Hatte er etwa nicht vorgehabt, sich in den paar Tagen über das Wochenende in den Stoß komplizierter Ausschreibungen für die Beleuchtungsinstallation in der neuen Fabrik in Long Island City, wo er baute, zu vertiefen? Gar nicht zu reden von den vier großen Footballspielen, die er sich anzusehen vorgenommen hatte? Und jetzt? Da saß er nun mit einer in dicke Schaffelle eingemummten Spät-Anna-Karenina, die ein Gesicht machte, als werfe man sie im härtesten russischen Winter gleich vom Schlitten! Hatte er ihr tatsächlich angeboten, ihr Bett zu machen? Kam ja gar nicht in Frage! Sollte sie das Thema auch nur anschneiden, auch nur ein Wörtlein darüber äußern, führte er sie auf der Stelle zur U-Bahn, drückte ihr eine Automatenmünze in die Hand und ließ sie in ein Hotel ziehen, wo sie seinetwegen nach Herzenslust deprimiert sein konnte.

Das Taxi hielt schlitternd an. Aiden half Justine heraus und griff sich ihren Koffer. Während er bezahlte, sah sie sich um und konnte in der trübe beleuchteten Straße und dem dunklen Massiv, das wie ein leerstehendes Lagerhaus aussah, nichts annähernd Gemütliches entdecken. Sie fuhren schweigend in dem knarrenden Lastenaufzug nach oben, bis sie nach Justines Einschätzung ganz oben waren. Sie traten hinaus auf einen völlig gesichtslosen Korridor, und als Aiden die Tür zu seiner Behausung aufschloß, schnupperte sie mißtrauisch. Seltsam, dachte sie, das roch doch wohl nach Holzrauch und ... war es Leinöl?

Aiden faßte sie vorsichtig am Arm, damit sie nicht über die Schwelle stolperte, und schaltete ein paar Lichter an. Justine trat einen Schritt hinein – und blieb wie angewurzelt stehen.

»Oh«, sagte sie verblüfft, »das gibt es ja nicht.«

»Doch, doch«, sagte Aiden. Er lächelte zufrieden über ihre Verwunderung. »Das waren mal insgesamt sieben Scheunen, drei große und vier kleine, alle aufgegeben und größtenteils schon vor 1800 gebaut. Die habe ich in Indiana fast umsonst aufgestöbert.

Ich kann gar nicht genug Holz kriegen, wissen Sie. Ich bin ganz verrückt nach dem Material. Ich habe hier siebzehn Holzarten.«

»Aber Sie sagten doch Loft«, lachte sie erleichtert.

»Na ja, technisch gesehen ist es ja auch ein Loft.«

»War ein Loft, müssen Sie sagen. Jetzt aber ist es ein Riesen ... Riesen-was? Scheune? Hütte? Ranchhaus? Stall? Es ist wohl ein wenig von allem!« Sie spazierte hingerissen durch den großen Raum und spähte durch die Türen in die kleineren, niedrigeren Nebenräume.

»Nachdem ich es vollständig mit meinen eigenen Händen gebaut habe«, sagte Aiden, »dürfen Sie es nennen, wie Sie wollen.« Ihre Reaktion freute ihn. Alle waren verblüfft, wenn sie hier zum erstenmal hereinkamen, aber nicht allen gefiel es so wie offenbar ihr. Vielleicht gelangten sie nun sogar noch zu dem Punkt, an dem sie endlich ihren dämlichen Mantel ablegte. Er ging zu dem gewaltigen Kamin, den er ebenfalls aus alten, flachen Steinen selbst gemauert hatte und neben dem ein großer Stapel Holzscheite aufgeschichtet war.

»Das alles haben Sie selbst gebaut?« fragte Justine, als sie herbeikam und ihre Handschuhe auszog. »Wie lange haben Sie dazu gebraucht?«

»Fast sieben Jahre«, sagte er nicht ohne Stolz. »Ich war voll berufstätig und wohnte hier in der Gegend, nicht weit weg. Und da konnte ich nur abends und an den Wochenenden daran werkeln. Aber als ich dann die ganzen Hölzer fand, die grobgesägte Pappel und die Seitenwände der Scheunen, die großen Eichenbretter und die schwarze Walnuß, da bestimmte eigentlich das Holz selbst, was man damit tun mußte. Mit altem Holz kann man nicht viel falsch machen. Es weiß, was es will. Nicht einmal die elektrischen und Wasserinstallationen konnte ich jemanden anderen machen lassen, so sehr hatte ich Angst, daß man mir etwas verhunzte. Fast graute mir auch davor, als es an die letzten Arbeiten ging, an die Regale und Wandschränke. Danach ist einfach Schluß, weil alles fertig ist, das Anstreichen ausgenommen. Also ist die Fertigstellung auf eine schöne Art fast etwas traurig.«

»Und wer hat die ganze Dekoration gemacht?« fragte Justine und nahm nun auch ihre Mütze ab. Sie sah sich im gesamten Raum um, wo sie jedes Stück mit alter Bauernmalerei faszinierte. An den Wänden hingen Bilder mit naiver amerikanischer Malerei und gerahmte Steppdeckenmuster, und auf dem Pappelbretterboden lagen verblaßte Teppiche.

»Das ist nicht ›dekoriert‹, wie Sie es nennen«, sagte Aiden. »Das ist einfach so entstanden mit der Zeit, als ich mich überall umsah, bis ich die richtigen Dinge gefunden hatte. Ich habe viel Glück dabei gehabt, speziell mit den Steppdecken. Die über dem Kamin da hat meine Urgroßmutter selbst angefertigt. Die anderen fand ich unten in Pennsylvania bei den Amish und ein paar besonders schöne sogar oben in Kanada, in Neuschottland. Jetzt ist das eine Wohnung, in der man es aushalten kann – wenn einen die Kälte nicht stört, jedenfalls. Im Sommer aber ist sie unschlagbar.«

»Neuschottland, meinen Sie, wo die Lachse herkommen?«

»Genau das. Falls das ein Wink mit dem Zaunpfahl war, will ich gleich mal in der Küche nachsehen, was wir zum Essen dahaben.«

»Da komme ich gleich mal mit«, sagte Justine, weil sie echt neugierig war, was sein Kühlschrank wohl alles zu bieten hatte.

»O nein, das ist so nicht ausgemacht«, wehrte Aiden ab. »Ich sagte, Sie werden von mir verpflegt. Wenn ich Sie jetzt mit in die Küche lasse, dann werden sie von ihren natürlichen weiblichen Instinkten überwältigt. Nein, nein, Sie würden mir sowieso nur im Weg stehen. Ich zeige Ihnen lieber das Gästezimmer, wo sie es sich gemütlich machen können.«

Als sie dort in dem tatsächlich sehr gemütlichen kleinen Gästezimmer mit seinem makellos blitzenden Bad allein war – beides machte den Eindruck, als befände man sich in einer schweizerischen Edel-Almhütte –, packte sie aus. Vielleicht wurde es nicht so schlimm, wie sie befürchtet hatte. Zumindest hatte er eine interessante Einrichtung. Ein Schauer überlief sie. Wenn man einen Mann mehr nach seiner Wohnung als nach seinem Äußeren beurteilen konnte, dann war er möglicherweise sogar wirklich interessant. Vielleicht war sie am Ende doch nicht ganz von allen guten Geistern verlassen? Das war nun schon ein etwas beruhigenderer Gedanke. Genauso wie die Tatsache, daß der Mann mit einer Engelsgeduld sieben Jahre mit Hammer und Nägeln an seiner Wohnung gearbeitet hatte. Geduld war immer gut. Holz war auch gut. Und wie gut war da erst, wenn einer mit Geduld mit Holz umging! Oder so.

Aiden Henderson entdeckte inzwischen in seiner Küche, daß Mrs. Bradley ihm einen großen Topf mit Irish-Stew zubereitet hatte, das nur aufgewärmt zu werden brauchte. Er stellte es ins Rohr, damit er nicht Gefahr lief, es verbrennen zu lassen, und sah sich nach seinen Beständen an Alkohol um. Justine schien sich von ihrem Starreanfall im Taxi – oder was es auch gewesen sein mochte – inzwischen ein wenig erholt zu haben. Wahrscheinlich war es der übliche, bekannte Auftraggeberschock gewesen. Nachdem sie diese doofe Mütze endlich abgenommen hatte und sich im Feuerschein am Kamin das Haar mit beiden Händen aufgeschüttelt hatte, hatte es ihn nahezu umgehauen beim Anblick von soviel unbewußter weiblicher Schönheit. Welche Frau mit auch nur einem Hauch Eitelkeit trug schon, mochte es noch so kalt sein, ein solches Unding von einer Mütze? War denn Eitelkeit nicht der oberste weibliche Trieb? Vielleicht wurde es jemandem wie ihr allmählich auch langweilig, eitel zu sein, wenn man sich selbst schon das ganze Leben im Spiegel kannte? Allerdings schlecht vorstellbar.

Er fand ein Tablett und einige ansehnliche Gläser, einen Eiskübel, eine noch nicht geöffnete Flasche Tequila, die er von irgendwem Weihnachten vor zwei Jahren bekommen hatte, und eine Packung frischen Orangensaft. Er gab noch ein Glas Maraschinokirschen hinzu und trug dann alles in den Wohnraum hinaus, wo er es auf das Kaffeetischchen am Kamin stellte. Dann setzte er sich auf das große Ledersofa.

»Was ist das?« fragte Justine, als sie fast lautlos neben ihn schlüpfte. Sie hatte nur dicke Sportsocken an, dazu einen Gymnastikanzug in Pink und einen Rollkragenpulli in Übergröße mit der Aufschrift *New York Giants*.

»Noch ist es nichts«, sagte Aiden. »Aber es wird der versprochene Tequila Sunrise.«

»Aha«, machte sie, und das konnte alles heißen. Sie wollte noch kein eindeutiges Urteil abgeben.

»Jawohl«, bekräftigte er. »Das geht nämlich so, passen Sie auf. Zuerst tun wir Eis rein, dann gieße ich einen kräftigen Schuß Tequila darüber. Und dann kommt so viel Orangensaft darüber, bis es aussieht wie der helle Sonnenschein. Am Schluß gebe ich noch in jedes Glas eine Maraschinokirsche, und das symbolisiert dann die aufgehende Sonne. Klar?«

»Die Sonne ist aber nur rot, wenn sie untergeht«, sagte sie und nahm das Glas, das er ihr hinhielt.

»Aber nicht auf Hawaii.«

»Ach so, verstehe«, sprach sie gedankenvoll. Also das war ein Tequila Sunrise. Viel Unterschied zu einem Screwdriver war das ja nicht, also was sollte so speziell daran sein?

Auf einmal flüsterte sie: »Ich habe ein ganz komisches Gefühl. Kein gutes.«

»Was meinen Sie damit?«

»Es ist noch jemand hier außer uns«, wisperte sie. »Jemand beobachtet uns. Schauen Sie nicht hin, tun Sie, als wüßten Sie es nicht.«

Aiden grinste und rief: »Kannst rauskommen, Rufus. Sie ist okay.«

Vorsichtig drückte sich eine riesige, weiße Perserkatze hinter den Holzscheiten hervor, streckte sich, machte einen Buckel und schritt dann majestätisch, anders konnte man es nicht nennen, mit hocherhobenem Schwanz auf die beiden zu. Es war ein außerordentlich schönes Tier, und offensichtlich war es auch davon überzeugt.

»Großer Gott!« rief Justine aus.

»Genau das meint er auch«, sagte Aiden. »Er hat es nicht mit den Frauen. Er ist ein Einmannkater, sozusagen. Ich glaube, er hält sich sogar für einen Hund. Wahrscheinlich, weil er kastriert ist. Man kann ja in der Stadt keinen potenten Kater halten. Komm her, mein Junge, darf ich dir Justine vorstellen? Sie sind doch keine Katzenhasserin? Oder allergisch gegen Katzen?«

»Überhaupt nicht«, versicherte Justine wahrheitsgemäß. Im Gegenteil, sie mochte Katzen gern und wußte auch, wie man mit ihnen umging. Sie tat so, als nehme sie Rufus' Anwesenheit gar nicht zur Kenntnis. Sie wußte genau, daß Katzen viel zu neugierig waren, um Gleichgültigkeit lange aushalten zu können.

Rufus sprang Aiden auf den Schoß, rollte sich auf die Seite und streckte ihm seinen Bauch entgegen. »Haben Sie schon mal eine Katze gesehen, die das macht?«

»Erstaunlich«, sagte Justine. »Haben Sie noch mehr? Wußten Sie, daß Hemingway dreißig Katzen hatte? Offenbar mochte selbst Picasso Katzen. Er hat mal gesagt, Gott erschuf die Giraffe, den Elefanten und die Katze. Vom Menschen sagte er nichts.«

»Rufus wäre dagegen, wenn ich noch andere Katzen hätte. Er ist von Natur aus eifersüchtig. Deswegen tut er so, als würde er Sie gar nicht sehen. In Wirklichkeit hat er den gesamten Raum im Blick und sieht in Ihnen eine Bedrohung seines Lebens mit mir.«

»Der arme Rufus«, lächelte Justine. »Sagen Sie ihm, daß er nichts zu befürchten hat.«

Rufus hatte sie bereits ins Visier genommen. Es war nur eine Frage der Zeit, bis er zur Inspektion antrat. Sie hätte sich schon längst eine Katze zugelegt, aber unverheiratete Frauen mit Katze waren ja so ein Klischee ... während ein Mann mit Katze als ganz normal und vernünftig zu gelten schien.

»Der Sweater da«, fragte Aiden, »ist der nur reine Zierde, oder sind Sie wirklich ein *Giants*-Fan?«

»Fan natürlich!« sagte Justine. »Wie jedermann. Ich meine, die Jets sind doch Flaschen, nicht? Aber man muß beide im Auge behalten, wenn man sich selbst für einen New Yorker hält, nicht? Das Problem ist nur, sie spielen beide dieses Wochenende, und das zur selben Zeit. Die Jets in Buffalo und die Giants in Houston.«

Sie sah ihn ernst an, wobei beide kopfschüttelnd ihre Ungläubigkeit ausdrückten. »Die ganze Woche schon«, fuhr sie fort, »ärgere ich mich darüber. Ich kann es nicht glauben, daß sie Spiele so dämlich ansetzen! Das sind doch Idioten! Denen möchte ich mal die Köpfe runterrupfen. Wissen Sie, ganz besonders wild bin ich auf Spiele im Schneesturm. Was die Spieler da mitmachen! Dieses Ausrutschen und Hinfallen! Buffalo! Die einzige Lösung wäre, daß man sich zwei Fernseher anschafft, nebeneinander, und so beide Spiele zugleich anschaut!«

»Das läßt sich machen«, sagte Aiden.

»Nein, wirklich, Aiden?«

»Wie es der Zufall so will«, erklärte er und strahlte Zufriedenheit aus, »ist alles schon genauso vorbereitet. Nicht daß Sie meinen, Sie seien hier der einzige Sportsfreund.«

»Vielleicht gewinnen sie ja beide? Was meinen Sie? Es ist doch nicht verboten, an Wunder zu glauben, oder?«

»Darauf wollen wir trinken!«

»O ja! Hmmm, das ist aber wirklich ein Erlebnis! So glatt und geschmeidig und so unglaublich ... zivilisiert. Nicht?«

»Ganz gefährliche Sache!«

»Aber nicht, wenn Sie die Kirsche aufessen.«

»Oh, Justine ...«, murmelte er und sah zu, wie die Kirsche in ihrem Mund verschwand.

»Ja?« machte sie und lächelte unschuldig. Seine Augen waren von einem meerestiefen Blau – oder tiefen Meerblau, ganz egal. Ein fast geheimnisvolles Blau. So dunkel, daß sie, solange man nicht genau hinsah, jede Farbe haben konnten. Und es war eine wilde Sanftheit in ihnen, wie eine Meeresbrise. Oder so.

»Hier«, sagte er verlegen. »Nehmen Sie noch eine Kirsche, die sind ja so klein.«

»Sie wissen aber, wie man mit einer Frau umgeht«, schnurrte sie und dachte: Er hat ja versprochen, mich nicht anzurühren. Offenbar ist er felsenfest entschlossen, das auch zu halten. Das ist das Problem mit manchen Männern.

Na gut, aber immerhin waren zuviel Skrupel besser als zuwenig. Warum konnte es nicht einfach eine goldene Mitte geben? Sie kuschelte sich auf dem Sofa zurecht und war sich plötzlich ganz sicher, daß es ihr schon gelingen werde, einen Ausweg aus diesem brisanten Dilemma zu finden. Sie schloß halb die Augen und stellte sich vor, wie es wohl sein würde, ihn zu küssen. Richtig zu küssen. Nicht solche leichten Küßchen auf die Wange wie gestern abend.

Das müßte sein, träumte sie, würde sein wie ... ja, als ob man eine Dose Beluga-Kaviar öffnete und dann sanft mit dem kleinen Löffelchen hineinfuhr, einem Perlmuttlöffelchen, nur um zuerst den Geschmack zu erkunden. Und dann sah man sich um und bemerkte, daß man ganz allein mit der Kaviardose war, mit vierzehn russischen Unzen. Das war theoretisch mehr, als man bei einer Mahlzeit zu sich nehmen kann, und jetzt steht sie vor einem, die Dose. Und die Spitze des Löffelchens taucht hinein, direkt in die Mitte der perligen Oberfläche des Kaviars. Man nimmt das zweite Versuchsportiönchen, eine Spur größer als das erste, und es ist noch besser ... und dann wird man hungrig. Der dritte Löffel ist bereits schamlose Gier und füllt einem den ganzen Mund. Man ißt weiter, einen sündigen, großen Löffel nach dem nächsten, jeder ein Märchen an Genuß. Es ist mehr als genug da von dem Zeug, und man muß es mit niemandem teilen. Man vertilgt es, so schnell man will, oder genießt es, so langsam man will, je nach Stimmung, bis man genug hat. Was bei Kaviar fast unmöglich ist, aber dann doch irgendwann eintritt. Und dann hört man auf, nach einem letzten Löffel, aber nicht, weil man muß, sondern weil man es will. Man ist aufs äußerste befriedigt, und man weiß, daß die Dose auch abends noch dasein wird. Sie steht im Kühlschrank, immer noch gut gefüllt, und wartet auf den Augenblick, in dem man erneut Lust auf Kaviar bekommt. Wenn man sich nicht gleich unmittelbar danach die Zähne putzt, bleibt noch ein langer genußvoller Nachgeschmack der unvergleichlichen grauen Fischeier. Er bleibt mindestens eine halbe Stunde im Mund und ist fast so gut wie der Kaviar selbst …

Lieber Himmel! Justine schlug hastig die Augen auf. Dieser Drink war ja fast wie ein Rauschmittel oder so etwas! Sie hatte noch nie solche Halluzinationen gehabt! Und auch noch nie eine Droge genommen, was das betraf. Es war überhaupt nicht ihre Art, die Kontrolle zu verlieren. Sie setzte sich kerzengerade auf und nippte nur noch vorsichtig an diesem gefährlichen Zaubertrank.

Aiden starrte ins Feuer und streichelte abwesend seinen Kater. Er war ganz froh, daß Rufus da war und den Anstandskater spielte. Justine mit ihren lässigen Sportsocken und diesem Sweater, der verhüllte und aufmerksam machte zugleich, war doch mehr, als ein Mann ruhig und gelassen ertragen konnte. Was war sie denn nun, ein Teufelchen von einem cleveren Vamp oder ein Engel? Er war ziemlich durcheinander. Aber ein Versprechen war nun einmal ein Versprechen.

»Hunger«, sagte er und erhob sich.

»Halb verhungert«, nickte sie wie befreit und folgte ihm in die Küche.

Sie aßen das Lammstew mit warmem französischem Brot und einem Minimum an Konversation. Rufus schien unter dem Tisch zu schlafen, nachdem er seine Portion Sahne und Thunfisch bekommen hatte. Es wäre ganz leicht, dachte sie, ihm ein Stückchen Lamm heimlich unter dem Tisch zuzustecken. Doch sie beherrschte sich. Bestechung war unter ihrer Würde.

Jegliche Katzenverführung mußte ohnehin vorerst warten, denn sie fühlte sich auf einmal sehr müde und erschöpft. Es war ein langer und anstrengender Tag gewesen, und dann abends noch die Sache mit ihrem Heizofen und alles, was danach kam. Noch ehe Aiden ihr einen Kaffee anbieten konnte, hatte sie herzhaft gegähnt, sich entschuldigt und war in ihr Zimmer gegangen. Sie schaffte es gerade mal, in ihre langen Seidenhosen zu schlüpfen, die sie in kalten Nächten als Schlafanzug benützte, bevor sie in tiefen Schlaf versank.

Irgendwann in der Nacht merkte sie, daß irgend etwas sie erdrückte. Für ihr noch schlaftrunkenes Bewußtsein war es der alptraumhafte Eindruck einer großen Schlange, die sich eng und stumm um ihre Brust wand. Sie lag stocksteif still und hielt in hellem Entsetzen den Atem an. Sie versuchte sich darüber klarzuwerden, wo sie eigentlich war. An irgendeinem verdächtig stillen Ort ohne jeglichen normalen Geräuschhintergrund, ohne Stadtgeräusche, ohne Lichtschein und ohne die geringste Ahnung, welcher aggressiven Kraft sie hier ausgesetzt war.

»Hilfe«, wisperte sie, voller Angst, die Schlange zu erschrecken. »Hilfe, jemand soll mir helfen!« Aber die Schlange kam gnadenlos höher gekrochen, bis sie an ihrer Kehle war. Sie lag wie gelähmt und dachte lediglich in Panik: Du läßt dich erwürgen, ohne den kleinsten Versuch zu machen, dich zu wehren! Sie zwang sich, den Mund zu öffnen, um vielleicht einen Schrei von sich zu geben – als eine kleine, kalte Nase sie kitzelte, gefolgt von einem freundlichen Katzenschnurren.

»Ach, du Mistvieh!« schrie sie wütend, packte Rufus und schüttelte ihn. »Wie kannst du mich so erschrecken? Du möchtest also bei mir schlafen, ja? Jetzt möchtest du dich mit mir anfreunden, wie? Wenn Aiden es nicht sieht, daß du Fremden deine Gunst schenkst, was? Mein Lieber, da hast du dir aber die falsche Zeit ausgesucht, du hinterlistiger kleiner Bursche, du! Mach bloß, daß du rauskommst, du kleiner Teufel!« Sie schubste ihn unfreundlich auf den Boden. »Raus hier, raus, und laß dich hier nicht mehr blicken!«

Aber Rufus sprang unbeeindruckt zurück aufs Bett, schnurrte sich wieder hinauf zu ihrer Brust und setzte sich mit seinen strammen dreizehn Kilo direkt auf sie. Dieser Platz gefiel ihm. Ob es ihr nun paßte oder nicht.

»Hau ab, Mensch, ich meine, Kater!« zischte sie. Wenn sie nur wüßte, welche Befehle er verstand und erkannte, also befolgte! »Runter, los! Boden! Raus! Böse Katze!« Schließlich bewegte er sich. Aber nur, um sich mit einem vorsichtigen Sprung auf ihr Kopfkissen zu legen und sich wohlig schnurrend an ihren Hals zu drücken. Ich habe offenbar das falsche Wort gesagt, dachte sie. Sie schob ihn noch einmal weg. Das quittierte er, indem er noch näher rückte und sein Schnurren in begeistertem Knattern gipfelte.

Sie begriff, daß das die ganze Nacht so gehen konnte, wenn sie es nicht aufgab. Der gute Rufus mochte kastriert sein, aber sein männliches Erbgedächtnis schien noch immer zu funktionieren.

Nur eines ergab Sinn, aber es erforderte Umsicht. Als Rufus von seinen Liebesbezeugungen nicht abließ, griff sie schließlich zur Taschenlampe, von der sie sich erinnerte, daß sie auf dem Nachttisch lag. Sie schaltete sie an, stand auf und schlüpfte in ihre fellbesetzten Pantoffeln. Ihren Morgenmantel fand sie nicht, also griff sie sich die Decke vom Bett und wickelte sich darin ein. So tastete sie sich zum Fenster und zog die Jalousie hoch. Aber auch jetzt war nichts zu sehen, keine Straßenlaterne, nichts, so dicht war das Schneetreiben. Sie hätte genausogut in einer Berghütte im tiefsten Wald sein können, meilenweit von jeder Zivilisation, und es wäre nicht anders. Mini-Urlaub, wirklich.

Rufus kam ihr nach, schnurrte um ihre Beine und versuchte, sie zur Tür zu drängen.

»Ja, ist ja gut«, sagte sie unwirsch, »ich habe es kapiert.« Sie leuchtete sich den Weg zur Küche, holte Milch aus dem Kühlschrank und goß sie in die danebenstehende Schale. Rufus schlabberte die Milch geräuschvoll weg. »Sag wenigstens: Danke, Justine!« forderte sie ihn grimmig auf.

Rufus war abgelenkt. Jetzt also nichts wie weg. Sie lief, so lautlos es ging, davon. Nicht einmal die Luft bewegte sich, so vorsichtig war sie. Nichts als das laute Schlabbergeräusch von Rufus war zu hören. Sie war schon an der Tür zu ihrem Zimmer – da huschte ein warmes Fellknäuel an ihr vorbei und war eher im Bett als sie. Aiden hatte Rufus offensichtlich erlaubt, mit Fremden ins Bett zu gehen. Aber nicht mit ihr!

Sie baute sich vor ihm auf und drohte mit ausgestrecktem Zeigefinger: »Du gehst jetzt zu deinem Herrn, verstanden? Sonst endest du als Nierenwärmer, das schwör' ich dir.« Sie griff ihn sich und drückte ihn eng an ihre Brust, damit er ihr nicht auskam. Im Lichtschein der Taschenlampe patschte sie leise quer durch die große Aiden-Scheune, machte Aidens Schlafzimmertür lautlos auf und versuchte den Kater abzuladen. Aber sie mußte rasch erkennen, daß sich dieser Kater ungewollt nicht abladen ließ. Er krallte sich in die Seide ihres langärmeligen Oberteils. Und mochte sie auch eine Pfote daraus entfernen, so verhakte sich die andere schon wieder, als spiele das Tier mit einer Strickleiter.

Sie stand in der offenen Tür und überlegte, was sie tun sollte. Sie hörte Aiden ruhig atmen. Im schwachen Schein seiner elektrischen Nachttischuhr waren unter der Decke seine Umrisse gut zu erkennen. Er lag in tiefem Schlaf, ohne die kleinste Regung. Irgendwo auf dem Weg und in ihrem Kampf mit dem Kater hatte sie ihre Decke verloren, in die sie sich gewickelt hatte. Sie hatte die Wahl, entweder Rufus mit zurück in ihr Zimmer zu nehmen in der Gewißheit, daß er sie den Rest der Nacht wachhielt, oder aber ihn Aiden auf die Brust zu setzen. Vielleicht nahm er den Geruch seines Herrn und Meisters auf, wenn sie etwas weiter in das Zimmer hineinging. Dann konnte sie sich schnell davonmachen. Von wegen Einmannkatze!

Sie trat vorsichtig ein paar Schritte weiter in Aidens Zimmer und hielt Rufus' Kopf entschlossen in seine Richtung. Aber nichts geschah. Sie ging noch ein paar Schritte weiter, wartete eine Weile und ließ sich dann auf den Teppich neben dem Bett zu Boden sinken. Was, zum Teufel, überlegte sie fieberhaft, war mit dem Vieh los? Sogar sie konnte von hier aus Aiden deutlich riechen. Er roch gut. Irgendwie warm. Wie gebutterte Maishörnchen mit etwas Honig drauf. Schlafende Männer rochen entweder gut oder waren in dieser Hinsicht indiskutabel. Eine Mitte schien es da nicht zu geben, neutral schon gar nicht, jedenfalls nach ihren Erfahrungen.

Minuten vergingen, und es wurde ihr trotz der Wärme, die der Kater ausstrahlte, bereits kalt. Rufus lag zufrieden in ihrem Schoß und hielt sie wenigstens dort warm. Vielleicht trug sie ihn besser zum Kamin, legte dort ein paar Scheite in die noch vorhandene Glut und schlief auf dem Sofa? Sie konnte im Wandschrank von Aiden vielleicht einen warmen Mantel finden, um sich darin einzuwickeln. Rufus konnte ja schließlich nicht ewig wach bleiben. Wie war das: Schliefen Katzen nicht fünfzehn Stunden am Tag? Oder sollte sie Aiden doch wecken, damit er den verdammten Kater nehmen sollte? Das wäre der direkteste Weg. Allerdings hatte sie sich bereits schon einmal heute abend gewaltig über ein männliches Wesen geirrt. Und noch einen Fehler wollte sie sich nicht leisten.

Wie sehr konnte man sich überhaupt irren und täuschen? Aiden hatte sich den ganzen Abend als perfekter Gentleman gezeigt. Er würde wohl nicht gleich zum Wüstling werden, nur weil sein Kater sie so innig ins Herz geschlossen hatte, oder? Jetzt fing Rufus auch noch an, sich genüßlich über ihren Oberkörper zu legen. Nein, so ging das nicht weiter. Sie packte ihn fest, stand auf, beugte sich über Aidens Ohr und sagte laut: »Aufwachen!«

Rufus strampelte sich von ihr los, sprang sofort auf die andere Bettseite, rollte sich neben seinem Besitzer ein und fiel augenblicklich in Schlaf.

Aiden öffnete die Augen und hatte sie im nächsten Moment zu sich herabgezogen.

»Gerade habe ich von dir geträumt«, murmelte er und küßte sie. »Und da bist du schon bei mir.«

»Nein, nein, nichts da«, wehrte sie ab, »ich bin nur gekommen, um den verdammten Kater loszuwerden.«

»Du brauchst dir doch keine Ausrede auszudenken, Justine!« lachte er zärtlich und küßte sie noch einmal. »Mein Gott, du zitterst ja vor Kälte! Wo ist denn dein Bademantel? Komm unter die Decke, siehst du, so ist es besser. Ach, mein süßer, schöner Engel, du bist ja total durchfroren! Komm, ich wärme dich.«

»Wenn ich dir sage, es war nur der Kater! Er setzte sich auf meine Brust, schnurrte sich dann an meine Kehle und gab keine Ruhe, bis ich ihm Milch gab. Doch auch danach war er nicht abzuschütteln. Er war so anhänglich, daß er mich zwang, dich aufzuwecken.«

»Ja, natürlich!« sagte Aiden.

»Also wirklich!«

»Das ist besser als Weihnachten. O Gott, riechst du gut.«

»Du auch. Aber es war wirklich der Kater.«

»Gut, abgemacht, es war der Kater.«

»Na, wenigstens gibst du es jetzt zu«, sagte sie zwischen den Küssen. Er schmeckte besser als jeder Kaviar, befand sie. Und man brauchte nicht einmal einen Löffel für ihn.

»Was du willst und sagst. Du bist so schön, ich bete dich an, ist dir schon wärmer?«

»Ein klein wenig«, sagte sie klagend.

»Das reicht also nicht, wie?«

»Nein.«

»Es muß dir ganz warm werden, überall.«

»Ja. Vermutlich. Wäre wohl sicherer.«

»Oh, kein Zweifel. Nur, wie sollst du überall warm werden mit diesem rutschigen Zeug, das du da anhast? Das speichert die kalte Luft, verstehst du? Also ziehst du es besser aus.«

»Na, dann zieh es mir aus.«

»Kann nicht.«

»Wieso?« Sie war schon leicht atemlos.

»Na, ich habe doch geschworen, dich nicht anzurühren.«

»Ja, das war gestern.«

»Du meinst ... das ist ein Unterschied?«

»Ja, aber selbstverständlich«, flüsterte sie ungeduldig. Er quälte sie und wußte es. Katz und Maus. Kater und Mann. Gütiger Himmel!

»Und wäre es falsch, wenn ich zuerst sagen würde, daß ich dich liebe?«

»Das wäre sehr nett«, murmelte Justine, während sie sich aus ihrer langen Hose schlängelte. Es gab Grenzen für das, was sie von diesem Mann alles ertrug, und von seinem Kater. Und die waren nun erreicht.

9

Als ich aufwachte, tanzte ich noch immer. Ich hatte das Gefühl, nie aufgehört zu haben, mich zu drehen, obwohl mir klar war, daß ich flach im Bett lag. Hatte ich etwa gar den ganzen Tag vertanzt? Ich fühlte mich himmlisch! Und allerbestens. Ich sprang aus dem Bett wie eine Feder, öffnete die Vorhänge und entdeckte, daß draußen heller, sonniger Tag war. Die ganze Avenue Montaigne hinauf und hinunter wehten Fahnen, als Botschaft an die ganze Welt, zu kommen und möglichst viel Geld dazulassen. Ich sah auf die Uhr. Ach, erst halb zwei Uhr nachmittags ... das machte also siebeneinhalb Stunden eines soliden Tanzschlafs im Anschluß an eine harte körperliche Leistung. Aber mein Jetlag war weg. Jetzt brauchte ich nur noch ein gutes Frühstück, nämlich eine halbe Grapefruit und Kaffee. Ich hatte die neueste Diät entdeckt: die *Les Bains Douches*-Diät! Ganz entschieden sahen mir aus dem Spiegel einige Pfunde weniger entgegen als noch gestern abend! Kein Wunder, daß alle Welt in dieses Lokal rannte.

Ich duschte ausgiebig, wusch und trocknete meine Haare und ließ mich genüßlich wieder im Bett nieder, um das köstliche Gefühl zu genießen, ein luxuriöses Nichtstuerleben zu führen. Das ist ja auch nur in einem großen Hotel möglich, wo man nichts zu tun hat, keine Termine, gar nichts. Paris lief mir schon nicht weg, und die Mädels schliefen mit Sicherheit auch noch. Überhaupt: keine von denen hatte auch nur annähernd meine tänzerische Beweglichkeit, von meinem Stil ganz zu schweigen.

Aber gerade, als ich es mir wieder gemütlich gemacht hatte und mir lediglich noch einmal Szene für Szene den Ablauf des vergangenen Abends durch den Kopf gehen ließ, klingelte das Telefon.

»Frankie?« Es war Gabrielle d'Angelle. Ich bemühte mich sofort, so zu tun, als habe sie mich eben aufgeweckt. Aber sie ging nicht darauf ein, brachte keine Entschuldigungen vor, sondern kam ohne Umschweife zur Sache. »Marco Lombardi hat verlangt, daß Sie die Mädchen gleich heute nachmittag in die Werkstätten herüberbringen.«

»Was?« rief ich und war in einer Nanosekunde aus Wohlbehagen in Empörung katapultiert. »Meine Mädchen haben schließlich noch fast zwei Wochen Zeit, mit ihm zu arbeiten. Sie sind doch erst gestern angekommen, wie Ihnen bekannt ist.«

»Unsinn«, sagte sie kurz angebunden, und das Kurzangebundene war nun wahrhaftig ihre Stärke. »Ich habe meine Abmachungen mit Justine getroffen. Im Vertrag war schriftlich festgelegt, daß sie die ganze Zeit über selbst mit den Mädchen anwesend sein und zur Verfügung stehen müsse. Der Vertrag ist jetzt gebrochen worden.«

»Hat Necker Sie beauftragt, mir das zu sagen? Hat er selbst das gesagt?« Mein Mut baute sich wie von selbst auf, und ich wurde widerspenstig. Bemerkungen wie »Vertragsbruch« verursachen solches Verhalten bei mir immer.

»Das war nicht nötig. Ich habe noch nicht mit ihm gesprochen heute, aber das sind Dinge, die ich selbst erledigen kann. Sie wissen doch ganz genau, Frankie, daß Sie allein schon die moralische Verpflichtung haben, diesem Verlangen zu entsprechen. Lombardi will erst einmal ein Gefühl für das bekommen, was die Mädchen bringen können. Das ist keine Frage von Arbeit. Einfach gesagt, Marco möchte sehen, welche Qualität er von den Mädchen erwarten kann. Immerhin tragen sie ja keine geringe Verantwortung für das Gelingen der Kollektion.«

»Ach, kommen Sie, drei Mädchen von dreißig anderen? Lombardi selbst ist der einzige Verantwortliche für den Erfolg, sonst niemand.«

»Wie auch immer«, sagte Gabrielle d'Angelle abweisend, »jedenfalls sind sie völlig ohne Erfahrung, und das macht ihn natürlich etwas nervös. Das ist wohl selbstverständlich. Und vergessen Sie nicht, Frankie, daß eine von den dreien schließlich danach jahrelang mit ihm arbeiten soll, während sie ihm jetzt noch völlig unbekannt und fremd ist.«

»Also, wollen wir uns erst mal einigen, Gabrielle. Entweder sagen wir Vertragsbruch, oder wir sagen, er bittet um einen Gefallen. Entscheiden Sie sich. Justine ist nicht da, weil sie sterbenskrank ist, also verklagen Sie mich.«

»Moralisch ...«

»Ach, kommen Sie mir doch nicht mit moralisch, Gabrielle! Das funktioniert nicht. Ich tue mein Bestes für Sie, weil ich ein freundlicher Mensch bin. Aber Tatsache ist nun mal, daß die Mädchen für heute weggetreten und zu nichts imstande sind, außer zu schlafen. Wir haben alle noch den Jetlag in den Knochen.«

»Ach ja? Aber zum Tanzen gestern abend hatten sie keinen Jetlag?«

Für den ersten Moment verschlug es mir die Sprache. Woher wußte sie denn das schon wieder? Ich hatte wirklich nicht erwartet, daß Philippe, unser galanter Chauffeur, petzen würde, zumal er am Ende tüchtig mitgetanzt hatte. Aber offenbar mußte er doch höheren Instanzen Rapport erstatten.

»Es ist allgemein bekannt, Gabrielle«, brachte ich schließlich lahm zustande, »daß körperliche Betätigung gegen Jetlag gut ist. Also schön, ich sehe mal nach den Mädchen und gebe Ihnen in einer Stunde Bescheid.«

Himmel, wie ich solche Erpressungen hasse! Aber Gabrielle hatte nicht so unrecht. Wenn ich Marco Lombardi wäre, wäre ich auch wild darauf, die Mädchen möglichst bald zu sehen. Natürlich hatte er theoretisch noch siebenundzwanzig andere Models für seine Show, aber tatsächlich war er vorerst nur meiner drei wirklich sicher.

Wäre er schon etabliert, wüßte er inzwischen längst, mit welchen Mädchen er seine Kollektion vorführen wollte, speziell wenn diese ihn auch persönlich mochten. Wenn er bereits einer der großen Couturiers wäre, würden sich die Mädels sowieso darum reißen, bei ihm vorführen zu dürfen. Aber als noch Unbekannter mußte er sich mit Hoffnungen und zweitrangigen Optionen bescheiden, ob er eines der Top-Models auch wirklich bekam. Warum sollte sich von denen eine im voraus für ihn festlegen? Wenn sie erst mal ganz oben angekommen sind, gefällt es allen Models, sich bei den Couturiers so rar zu machen, wie sie es sich gerade noch leisten können. Man zeige mir mal eines dieser Supermodels (ich hasse das Wort allein schon, wenn es auch keinen Ersatz dafür gibt!) ohne Allüre dieser Art! Sicher, sie arbeiten hart und professionell, gut. Aber man hat sie auch zu sehr hochgejubelt, als wären sie solche Superstars der Mode wie etliche Sportgrößen, die immerhin ihre athletischen Leistungen vorführen.

Wenn wir unsere Top-Girls für Modeschauen buchen, ist unser Trick, daß wir sie eher herunterspielen und eine eventuelle Zusage (der erste Schritt auf dem Weg) erst in eine Zusage unter Vorbehalt umwandeln, um diese, wenn sie einen guten Tag erwischt haben, in eine Zusage mit Rücktrittsrecht zu verbessern. Wenn sie sich dann endgültig und fest entschieden haben – manchmal erst drei Tage vor der Vorführung –, dann ist das für ein Model so etwas wie eine überstürzte Hochzeit.

Wäre ich Couturier, ich würde meine Kleider grundsätzlich nur an Puppen vorführen, wenn nicht gleich nur an Kleiderbügeln, statt mich jedesmal durch dieses Theater zu quälen. Ich habe selbst genug Jahre in der Mittelklasse hinter mir. Wenn ich nur an diese Hysterie der letzten Minuten dachte, wie sie verwöhnte, strohdumme Medienlieblings-Diven zu veranstalten pflegen – gar nicht zu reden von dem Horror, den ihre Freunde in der Regel darstellen –, dann graute mir jetzt schon davor, meine drei Mädchen diesem Lombardi zuzutreiben.

Eines gar nicht so fernen Tages, darauf konnte man zählen, würden sie die gleichen arroganten Gänse sein, die »Schwer-zu-kriegen« spielen und sich übers Handy hinterhertelefonieren lassen. Aber bis jetzt, Gott sei Dank, hatte ich sie noch am Zügel.

Ich rief in ihren Zimmern an und befahl ihnen, in einer Stunde fertig zu sein. Dann ließ ich mich über den Portier mit Mike Aaron und Maude Callender verbinden, weil sie schließlich autorisiert waren, auch dies mitzuerleben. Sie waren gerade beim Essen unten im *Relais Plaza* – das ist das Pariser Gegenstück zu *Harry's Bar* in Venedig –, als ich ihnen die Neuigkeit mitteilte. Anschließend versuchte ich Justine in ihrem Haus in New York zu erreichen, um sie auf dem laufenden über alles zu halten. Aber seltsamerweise hob sie nicht ab. Dabei war es Samstagmorgen, und da sollte sie doch wohl zu Hause sein.

Tatsache war: als ich April, Jordan und Tinker gesagt hatte, wohin es ging, waren sie nicht mehr zu halten. Sie kamen schier um vor Neugier, die Kleider zu sehen, die sie vorführen sollten. Aber noch viel mehr, obwohl sie das nicht sagten, waren sie begierig, Eindruck auf Marco Lombardi zu machen. Er, der Couturier, war doch vermutlich derjenige, meinten sie, der die letzte Auswahl zwischen ihnen traf und das Lombardi-Girl kürte. Wohl kaum Necker.

Nicht zum erstenmal wünschte ich mir, Justine hätte herausfinden können, wie dieses Spiel hier lief. Aber Gabrielle d'Angelle hatte konsequent nähere Auskünfte verweigert. Wir wußten lediglich, daß eben eines der Mädchen am Ende den großen Lotteriegewinn machen sollte. Aber wer für das Ziehen der Gewinnernummer vorgesehen war, blieb uns unbekannt. Während ich mich vorsichtig in ein grünes Wollkostüm zwängte, das mich fast kurvig und entschieden allmächtig aussehen ließ, fiel mir ein, daß es wenig Unterschied machen würde, wenn ich das alles wüßte, weil ich es allen dreien gleichermaßen gönnte.

Für uns sechs warteten zwei große Limousinen, aber keine fuhr dieser miese Petzer Philippe, der nach seinen anstrengenden Ausschweifungen der vergangenen Nacht zweifellos einen Tag frei bekommen (oder genommen) hatte. Die Fahrt hinüber zu Lombardi war nicht einmal ein Häuserblock. Aber unser Vertrag sah jeglichen Transport mit Limousinen vor, also hatten wir Limousinen, auch wenn es zu Fuß schneller gegangen wäre.

Gabrielle erwartete uns in der kleinen Eingangshalle, und

wir stiegen die Treppe hoch, gefolgt von Mike und Maude und zum Schluß von den Mädels. Jordan bildete den Schluß. Wurde das vielleicht schon wieder so eine gekonnte Vorstellung von ihr wie gestern abend? Wer hatte sie gelehrt, daß der große Star grundsätzlich erst zum Schluß aufzutreten hat? Na, das »gelehrt« kann man wohl vergessen. So etwas ist angeboren. Das hat man oder man hat es nicht.

Auf dem Weg nach oben überlegte ich, wie Lombardi seinen Auftritt wohl gestalten würde. Ich kannte ihn nur von einem Gruppenfoto aus einer Modezeitschrift, aber das war auch schon Jahre alt. Die Gesichter der Assistenten der Couturiers bleiben ja im wesentlichen unbekannt, schon weil keiner der Großen etwas anderes zuläßt. Sie betrachten sich allein als den Mittelpunkt der Welt; falls sie überhaupt zuzugeben bereit sind, daß sie tatsächlich Assistenten haben.

Hatte Marco Lombardi vielleicht auch den einfachen weißen Kittel übernommen, den viele seiner Kollegen so favorisierten und in dem sie immer aussahen wie Dr. Frankenstein in der Maske eines Drogisten? Oder würde er auf einfaches weißes T-Shirt mit dunkler Jacke à la Calvin Klein/Giorgio Armani setzen? (Für mich sehen die darin aus wie Treuhänder von der Teufelsinsel.) Oder zog er den tadellosen korrekten Maßanzug im Grandseigneurstil wie Oscar de la Renta vor? Auf alles war ich gefaßt, nur nicht auf den, der da plötzlich die Treppe herabgerannt kam, um uns zu begrüßen.

Erstens schon mal war der Kerl hinreißend, umwerfend. Wir ahnen wohl alle, wie italienische Männer sind. Wenn sie dann noch dunkelhaarige, toll aussehende florentinische Renaissancetypen sind wie Marco Lombardi, dann hört jede Diskussion von selbst auf. Es sei denn, man besteht darauf, daß Robert Redford noch toller sei – in Marineuniform und betrunken im *Stork Club,* wie er auf dem Barhocker sitzt in *So wie wir waren.* Lief übrigens auch unter den Titeln *Cherie Bitter* und *Jene Jahre in Hollywood,* falls Sie es genau wissen wollen. Aber, liebe Filmfans, das ist wieder ein anderes Paar Stiefel, von der ethnischen Herkunft gar nicht zu reden. Lombardi sah jünger aus, als ich erwartet hatte. Er bewegte sich mit der Grazie, Präzision und Leichtigkeit eines Tänzers, und seine Schönheit war geradezu unfair, nämlich die Art, die jede anständige und nachdenkliche Frau wie ich an Männern einfach verschwendet findet. Er hatte saubere, aber verschossene und unauffällige Jeans an, ein altes rosa Brook-Brothers-Hemd (die drei oberen Knöpfe offen), leuchtendrote Socken und das wunderschönste, spiegelblank polierte braune Paar Slipper, das ich je gesehen hatte. Der ganze Kerl summierte sich zum Ostküstenintellektuellen *(Ivy League)* plus Gene Kelly plus Fred Astaire, wenn Sie es noch genauer wissen wollen. Ein Dandy, wie er im Buch steht, ein Mann, der mit seiner eigenen Person Spiele treibt. Welche entwaffnende Tarnung trug er wohl, wenn er keinen Haufen amerikanischer Weiber erwartete? Schwul, entschied ich, aber hatte ich etwas anderes erwartet?

In der Verwirrung, die Gabrielle verursachte, als sie ihn auf ganz korrekte französische Art formell vorzustellen versuchte, während Marco Lombardi sich bereits auf diese stets temperamentvolle italienische Weise selbst schon bekannt machte, gab es so viel Gekicher und Durcheinander, daß der zu befürchtende verlegene oder peinliche Augenblick der ersten Begegnung gar nicht erst auftauchte. Meine Mädels waren von Marco sofort hingerissen. Und mir war wiederum klar, daß meine Vermutung falsch sein mußte. Schwul war der ganz bestimmt nicht – eher das Gegenteil.

Kurz, die Mädels waren ganz weg von seinem Charme. Er seinerseits versicherte, wie hinreißend und exquisit sie doch alle seien. Und wenn er es nicht wörtlich sagte, dann sprachen seine Augen, seine Hände und sein Lächeln diese Sprache überschwenglich. Er bewunderte sie, er fand sie umwerfend, er betete sie an. Sonst noch was? Sie waren der angenehmste Anblick für ihn seit Jahren. »Solch wunderschöne Mädchen, dreimal die reine Perfektion!« Das jubelte er, und mit einem derartig ausgeprägten italienischen Akzent, wie ich ihn mindestens nicht mehr seit dem alten Obsthändler meiner Mutter an der Ecke gehört hatte. Obwohl er die Mädchen gerade eben erst kennengelernt hatte, ging er mit ihnen sofort in diesem neckischen Stil des unartigen, harmlosen kleinen Jungen um. Ja, ist schon recht, Marco.

»Und Sie«, wandte er sich nunmehr an mich und nahm begeistert meine beiden Hände, gab sich aber nun sehr viel seriöser, »Sie sind das große Geschenk, die Überraschung von alles! Ich Sie erwartete eigentlich weniger jung, als Sie sind, weniger ...«, er suchte nach Worten und zeichnete einen gewaltigen Busen samt winziger Taille mit beiden Händen in die Luft. »– aber eine Frau, die aussieht wie Sie, kann man nicht erklären zur *Duenna!* Nein, nein, welcher Unsinn, welche Verirrung! Sie sind viel mehr Gefahr auf mich wie alle diese dürre kleine Mädchen!«

Jesus, Maria. Aber ich mußte trotzdem geschmeichelt lächeln. War doch hübsch, so wertgeschätzt zu werden von einem Mann, der eine echte Frau erkannte, wenn er eine sah, oder? Ich hoffte nur, daß ich nicht rot würde, und außerdem, daß Mike Aaron gefälligst ein schönes Foto von diesem historischen Moment machte! Teufel auch, es ist ja doch wirklich etwas dran an einem!

»Marco«, unterbrach Gabrielle d'Angelle jedoch, »könnten wir die Komplimente vielleicht woanders beenden als auf der Treppe?«

»O ja, natürlich!« sagte er, aber doch mit einem Hauch Gereiztheit. Er vertrug Gabrielles Kommandierton sichtlich genausowenig wie ich.

Schließlich waren wir alle miteinander in dem relativ großen Werkstättenraum, wo er an seinen Anprobepuppen arbeitete. Es standen ein paar leere Puppen herum, aber nirgends war eine Spur von Kleid zu entdecken. Die Mädels ließen ihre Parkas von sich fallen, und mich faszinierte, daß sie sich alle drei gleich zurechtgemacht hatten: in den hautengen Skianzügen, die schon im Plaza Athénée bei unserem Einzug dort Furore gemacht hatten, und dazu nicht weniger hautenge Strickpullis von der dünnstmöglichen Art, durch die selbst ein hochgradig Kurzsichtiger noch ihre Rippen zählen und exakt ihre BH-Größen feststellen konnte; abgesehen davon, daß sie alle drei keinen BH trugen. Nur für den Fall, daß dies immer noch nicht genügte, entsprechende Aufmerksamkeit auf sich zu lenken, waren sie in Stiefelchen mit den höchsten nur denkbaren Stöckeln geschlüpft. Ich bezweifle, daß auch nur eine einen Slip drunter anhatte, damit die sich nicht unschön abzeichneten. Na gut, alles in allem machten sie mir Ehre.

Die einzigen Variationen in dieser einmütigen Schau waren die Farben ihrer Pullis. April: weiches Französischblau, das ihre Augenfarbe aufs beste unterstrich, was, wie ich vermutete, durchaus kein Zufall war. Auch Jordan hatte ihr Weiß mit Sicherheit nicht einfach nur so gewählt. Wenn sie Weiß trug, dann war der Kontrast zu ihrer Hautfarbe so, daß die Wirkung gar nicht überzeugender sein konnte. Tinker: Rabenschwarz. Sah aus, als sei es ganz beliebig gewählt, unterstrich aber natürlich dieses Unterwasserblitzen ihrer Augen und das kunstlose (nicht in meinen allerbesten Tagen war mir jemals diese »Kunstlosigkeit« gelungen!) einfache Hochstecken ihrer Haare, das nun aussah, als flehe es ständig, los- und freigelassen zu werden.

»Wann können wir die Kleider sehen?« wollte Maude begierig wissen.

Marco sah sie halb verwundert, halb indigniert an. »Die Kleider? Aber doch jetzt noch nicht, Signora, doch jetzt noch nicht! Die Vorführung ist erst in zwei Wochen, die Kleider sind noch lange nicht fertig. Selbst wenn sie es wären, wäre doch jetzt nicht der Moment dafür!«

Tja, liebe Maude, dachte ich trocken, Probevorführungen gibt es bei dem da offensichtlich nicht. Wie kann man aber auch so ins Fettnäpfchen treten. Auch meine Mädels machten kleine enttäuschte Aaahs und Ooohs, obwohl ich sie anfunkelte. Herr im Himmel, wirklich, in solchen Augenblicken fühle ich mich wie ein Jagdaufseher, dem eine Herde wilder, lästiger, aber grundsätzlich wehrloser Riesentiere anvertraut ist, so eine Art Kreuzung zwischen Antilope und Giraffe.

»Aber was sollen die Mädchen dann machen?« fragte Maude und ließ nicht locker. »Mir wurde gesagt, Sie wollten sehen, wie die Mädchen in Ihren Kreationen aussehen.«

»Aber nein, Signora«, sagte Marco, »in die Gegenteil. Ich muß sehen, wie sie aussehen, wenn Sie tragen überhaupt nichts. Die Frage ist nicht, was sie auf ihre Körper haben, sondern was sie haben für ein Verhältnis zu ihre Körper.«

»Ah?« sagte sie aggressiv.

»Nun, zum Beispiel«, erläuterte er, »ich gebe ihnen meine Kleider – nichts, Signora, ist mehr interessant an eine Frau als Männerkleider –, und ich bitte sie, diese anzuziehen, wenn sie wären so nett, und mir dann zu zeigen, was passiert.« Er griff nach einer Tweedjacke und einem langen, grauen Wollschal, den er über einen Stuhl geworfen hatte, und reichte beides April. Dann fiel ihm noch etwas ein, und er gab auch die rote Wollweste dazu, die er offenbar unter der Jacke getragen hatte. »Da drüben Sie können sich umziehen«, sagte er.

»Soll ich das alles anziehen?« fragte April gelassen.

»Ganz wie Sie wollen, *bella*«, antwortete er und lächelte wie ein altvertrauter Kumpel. »Hier ist nichts zu machen falsch, wir sind in keine Examen.«

April verschwand hinter der Tür, und Marco verwickelte Mike in eine Fachsimpelei über seine Kameras. Ich wartete inzwischen geduldig, dachte aber rasch. Was Marco da sichtlich vorhatte, war nichts anderes, als die Mädels auf ihre Laufstegqualitäten hin zu prüfen.

Ganz egal, wie schön ein Model ist, nur ganz wenige können wirklich auf einem Laufsteg schreiten, bis er sich biegt vor Entzücken. Modeschauen sind ja mittlerweile reine Shows und Hüpfspektakel geworden, eine Art Kombination von Theater und Zirkus. Es braucht ein ganz spezielles Talent, ein Publikum zu beherrschen, nur indem man auf einem Laufsteg auf und ab schreitet. Dazu müssen die Mädchen ein Hingucker sein wie Ethel Merman, nur ohne zu singen, so körperlich elektrisierend wie einst Josephine Baker, nur ohne zu tanzen, und so viel Glamour ausstrahlen wie die Dietrich. Wirklich große Laufstegmodels müssen geborene Exhibitionistinnen sein, ohne das kleinste Lampenfieber, und imstande, dieses verrückte Schulterschieben und Hinternwackeln und Beckenverdrehen zu praktizieren, das so sexy ist. Und zwar in Schuhen, die selbst mich umbringen würden. Sie müssen sich gegen dreihundert wildgewordene Fotografen behaupten, die eine Mauer von grellen und blendenden Blitzen vor ihnen aufbauen, und gleichzeitig gegen die paar tausend Modeprofis, die die Kleider zum größten Teil nur danach beurteilen, mit welcher Überzeugungskraft sie ihnen vorgeführt werden.

Ich saß ganz hilflos und wäre am liebsten nebenan gewesen, damit ich den Mädels sagen konnte, was gespielt wurde, und sie aufs vorteilhafteste präparieren. Mir war wie drei Bühnenmüttern zusammen. Dabei hatten die Mädels mir doch gestern abend bei Necker längst bewiesen, daß sie durchaus alleine imstande waren, sich vorteilhaft zu präsentieren. Mein Job endet normalerweise sonst auch, wenn sie gebucht sind. Ich muß nicht noch im wirklichen Leben auf sie aufpassen. Immerhin war es das erstemal, daß ich Models in dieser direkten persönlichen Konkurrenzsituation erlebte. Und die war hier noch offener und unverblümter als gestern bei dem Essen.

April kam herein. Sie hatte sich die Strickweste umgelegt und so verknotet, daß sie ihr wie ein kurzes Cape von der linken Schulter fiel. Den Vorteil ihres Haars hatte sie zum Nichtthema erklärt, indem sie es nach hinten gebunden hatte. Die Daumen hatte sie in den Bund ihrer Skihose eingehakt, und sie schritt mit vorgestrecktem Becken und in die Seite gestemmten Armen heran. Sie kam rasch auf uns zu, ohne zu lächeln, das Kinn hochgereckt, sah niemanden an und hielt ihren gesamten Oberkörper ohne jede Bewegung. Ihre Knie kreuzten sich bei jedem Schritt, was ein höchstmögliches Hüftwackeln ergab. Ihre ganzen Straßengörenqualitäten, die sonst unter ihrer königlichen Haltung fast verschwanden, kamen wieder zum Vorschein, und sie sah hart und arrogant aus. Dann blieb sie abrupt kurz vor uns stehen, drehte sich auf einer Ferse und blieb so einen langen, herausfordernden Augenblick: Legt euch nur nicht mit mir an, hieß das. »Donnerwetter!« sagte Mike. Das mußte wohl, dachte ich, eine geschlechtsneutral vereinbarte Feststellungsform des Verbands der Modefotografen sein. Allerdings erschien es mir in seinem Tonfall doch eher als sexuelle Belästigung. Selbst seine Kamera schien eine Erektion zu haben. April jedenfalls schritt denselben Weg, den sie gekommen war, wieder zurück, und ihr wirklich schöner Hintern wackelte dabei wie bei einer Nutte. Im Nu war sie danach im Normalzustand von vorhin wieder da, mit ihrem offenen, den Rücken hinabhängenden Haar, die Prinzessin wie eh und je.

»Ich habe den Pulli dringelassen«, bemerkte sie nebenbei zu Marco.

»*Brava,* April«, rief dieser entzückt. »Sie haben einen wunderbar verruchten Gang!«

Sie korrigierte ihn. »Nicht immer. Nur wenn ich glaube,

daß es angemessen ist. Aber mit einer Männerstrickjacke ... na ja, das macht mich einfach an.« Sie klimperte höchst unschuldig mit den Augenlidern dabei. »Ist das nicht seltsam?«

»Aber nein«, sagte er und tätschelte ihr die Hand wie ein guter Onkel, »sondern ganz normal.« Er wandte sich den anderen zu: »Also. Jordan, würden Sie jetzt so freundlich sein?« Er wies auf den improvisierten Umkleideraum hinten, und Jordan begab sich dorthin, immerhin mit einer Andeutung von Widerstand. An ihrer Schulterhaltung war deutlich erkennbar, daß sie es nicht gewohnt war, als das mittlere Kind behandelt zu werden. Nicht zum erstenmal kam mir dabei die Überlegung, ob eigentlich die Geburtsrangfolge eine Rolle in der Karriere und beim Erfolg von Models spielte.

Sie ließ uns doppelt so lange warten wie April. Als sie dann endlich erschien, hatte sie die Tweedjacke angezogen, aber eng mit dem langen Schal zugeknotet, aus dem sie eine Art Kimono-Obi gemacht hatte. Den Kragen der Jacke hatte sie hochgeschlagen, das Kinn ganz in sie hineingesteckt und eine dunkle Sonnenbrille aufgesetzt. So kam sie herbei in einer Wolke von Selbstversunkenheit, bewußt und nachdenklich. Sie blickte starr zu Boden, setzte die Füße perfekt parallel und hatte die Hände tief in die Jackentaschen gesteckt – nur die Daumen waren draußen. Es war ganz klar, was sie vorstellte: den Filmstar, der mit eigenen Gedanken inkognito durch die Menge geht, der es unmöglich ist, sie nicht anzustarren. Als sie nur noch einen Meter vor Marco war, blieb sie stehen, nahm eine Hand aus der Tasche, mit der sie die Sonnenbrille nur so viel nach unten schob, daß sie ihn über die Ränder anschauen konnte. Sie verpaßte ihm ein umwerfendes Lächeln von der Art: Aufgepaßt, Schätzchen, wir sprechen uns noch, und zog sich wieder zurück. Auch sie genauso, wie sie gekommen war.

»*Dio!*« murmelte Marco Lombardi.

»Genau!« nickte Mike und wechselte die Kamera.

»So, dann wäre die Reihe noch an Ihnen, Tinker«, bat Marco. Tinker sah mich an, und ich erkannte an ihrem Augenflackern ihre Unsicherheit. Wenn sie nur als erste hätte gehen können, dachte ich, dann wäre alles nicht so schwer. Aber was sollte das arme Ding nach April und Jordan noch bieten?

Sie schien ewig zu brauchen. Ich mußte bereits die Versuchung unterdrücken, mich anzubieten, mal nachsehen zu gehen, wo sie so lange blieb. Doch schließlich ging die Tür doch noch auf, und sofort sah und begriff ich, warum sie gar so lange gebraucht hatte. Sie hatte sich mit ihren verdammten Haaren gemüht, bis sie auf diese scheinbar nachlässig-unordentliche Art auf ihre Schultern herunterhingen, für die es Fachleute brauchte, das so hinzukriegen. Außerdem hatte sie oben herum nichts mehr an und sich nur Marcos Schal zweimal um den Hals geschlungen, so daß dessen beide herabhängenden Enden gerade noch die obere Hälfte ihrer stehenden Brüste bedeckten.

Schön und gut, aber sie stand noch immer dort, mit herabhängenden Armen und nur halb verdeckten Brustwarzen. Was ist denn, Mädchen? Nun geh schon! Gehen, Tinker! Models leben vom Gehen! Modeln heißt nicht Striptease! Und Haare ersetzen das Gehen auch nicht, Doofie!

Na endlich, sie hob die Hände, faßte die beiden Schalenden und machte Fäuste über ihren Brustwarzen. Ich atmete erleichtert auf. Zumindest ging außer der Präsentation des reinen Schockeffekts auch noch etwas anderes in ihrem Kopf vor!

Sie kam auf uns zu, in ganz unauffälliger Haltung, und löste absolut nichts weiter aus als – totale Panik. Sie stellte einfach nur ein ausreichend hübsches Mädchen dar, das den Pulli anzuziehen vergessen hatte. Ich konnte es nicht glauben. Da war dieses Mädchen, das mehr echten Glamour im kleinen Finger hatte als neunundneunzig Prozent aller Models, die wir vertraten, ein Mädchen, von dem Justine und ich vom ersten Augenblick an fasziniert gewesen waren und das wir deshalb monatelang gedrillt hatten, sich vor einer Kamera gut zu bewegen – und dieses Mädchen konnte, verdammt und zugenäht, nicht einmal gescheit gehen!

Sie war einfach wie gelähmt. Und das ausgerechnet jetzt, ausgerechnet hier in Paris, und dabei nur vor sechs ihr durchaus freundlich gesonnenen Leuten, und sie war zu nichts fähig, als lediglich einen Fuß vor den anderen zu setzen und gerade mal nicht zu stolpern!

Als sie dann stehenblieb, kam sie mir vor wie ein Zombie. Sie blickte leer über unsere Köpfe hinweg und machte keinerlei Versuch eines Blickkontakts oder der am entscheidenden Endpunkt des Laufstegs notwendigen Körpersprache. Das einzige Geräusch war das von Mikes Kamera, der wie wild fotografierte.

Schließlich schaffte sie es doch, sich wieder umzudrehen und davonzustolpern, zurück in den Umkleideraum.

Das Schlimmste war, daß wir alle mit ihr litten. Sie hatte uns mit in ihr persönliches Problem hineingezogen, und wenn sie das tat, dann tat sie es auch vor einem größeren Publikum. Was sie auch tragen würde, es würde eine Katastrophe werden, und wenn es das beste Kleid der ganzen Kollektion wäre.

»Ich arbeite mit ihr, Frankie«, sagte Lombardi ganz ruhig und sachlich zu mir. »Sie braucht Training. Keine Bange, ich bin sicher, ich kann ihr klarmachen, was sie muß tun.«

»Haben Sie denn Zeit dafür?« fragte ich. Ich war ganz baff. Ich hatte erwartet, daß er mir erklärte, mit der könne er nichts anfangen.

»Niemand hat Zeit zu diese Zeitpunkt«, radebrechte er, »aber ich schaffe das, und wenn es ist abends. Sie ist ja an sich eine wunderschöne Mädchen. Sie braucht nur mehr Selbstvertrauen.«

»Oh, vielen Dank, Marco.« Ich atmete auf, wenn ich auch noch immer ganz ungläubig war. Ich konnte mich nicht erinnern, jemals einem Mann so dankbar gewesen zu sein. Er war wirklich etwas Besonderes.

So schnell es ging, trieb ich die Mädels zurück in ihre Parkas, verabschiedete mich von Marco und Gabrielle und führte sie die Treppe hinab und zum Haus hinaus. Auf der Straße war es schon dunkel, und es war eiskalt. Ich war froh, daß wir sofort in die wartenden Limousinen kriechen konnten.

Da rief eine männliche Stimme: »April! *Chérie,* du hast es nicht vergessen, nein?« Und eine andere: »Hallo, Tinker! Hieeerher!« Und dann auch noch: »Frankie! Wir warten! Laßt uns doch hier nicht erfrieren!« Und noch einer, mit höchster Lautstärke: »Jordan, wo warst du so lange?«

Was sollte das denn? Wer waren diese Burschen, die uns da aus einer Gruppe von Autos und Motorrädern heraus riefen? Ich blieb stehen und sah zu ihnen hin. An einem der Autos gingen die Türen auf, und drei junge Männer stürmten heraus, quer über die Fahrbahn, und legten Hand an mich. Gut, es waren freundliche Hände und sogar vertraute Hände. Unsere Tanzpartner aus dem *Les Bains Douches*! Reflexartig wehrte ich mich dagegen, daß sie mich womöglich in die Luft warfen.

»Was macht ihr denn hier?« fragte ich mit soviel Würde, wie mir möglich war. Mike Aaron sah zu, schüttelte den Kopf und lächelte überheblich, wie einer, der spielenden Kätzchen zusieht.

»Frankie! *Ma petite adorable Frankie,* wir haben doch ausgemacht, daß wir uns heute abend wieder sehen!«

»Du hast es versprochen! Den ganzen Tag denke ich an nichts anderes!«

»Komm, Baby, der Portier hat uns gesagt, wo ihr seid, aber er hat nicht gesagt, daß du uns hier in der Kälte erfrieren lassen sollst! *Alors, allez, mon adorée!*«

»Au-gen-blick!« rief ich über das Tohuwabohu hinweg, das die drei veranstalteten. »Nein, nein, und absolut nein! Das ist ganz unmöglich!«

Ich erinnerte mich jedenfalls nicht daran, mich mit irgendeinem von den drei fröhlichen Kleiderschränken verabredet zu haben. Na gut, ich mag irgend etwas gesagt haben, aber das meint man beim Tanzen doch nicht ernst. Wenn man einfach mitgerissen wird und so. Nun ja, zugegeben, es könnte ja ganz lustig sein. Und noch einmal zwei Pfunde abzunehmen wäre auch nicht schlecht. Wenn nicht sogar drei.

»Nun laßt es mal gut sein, Jungs«, sagte Mike, der dazwischenkam und mir den Arm um die Schulter legte. »Ihr redet mit meiner Frau. Wir werden jetzt nach Hause fahren und herausfinden, was sich gestern abend genau abgespielt hat. Und sie liefert mir besser eine verdammt gute Erklärung, andernfalls sie *beaucoup trabell* hat, *comprenez?* Wie heißt ihr übrigens, Jungs, kann ich mal eure Ausweise sehen?«

Woraufhin sich meine Verehrer doch lieber zurückzogen, enttäuscht, wenn auch nicht allzu überrascht. Offenbar passierte dergleichen ständig.

»So, Schätzchen, jetzt erzähle mir mal deine Version der Geschichte, interessiert mich sehr!« Mike schüttelte sich vor Lachen.

»Danke, danke, großer Meister«, fauchte ich ihn an. »Ewig werde ich in Eurer Schuld sein, wahrhaftig, weil ich wahrscheinlich nicht selbst mit meinen Angelegenheiten zurecht komme, du großer, wunderbarer Mann, du! Wie kann ich es Euch je entgelten?«

»Na, na, na! Kein Grund, sarkastisch zu werden. Ich dachte, ich tue Ihnen einen Gefallen.«

»Ja, selbstverständlich, das dachten Sie vermutlich tatsächlich. Wie lieb von Ihnen, mir den Abend zu ruinieren.«

Jetzt aber fragte Maude Callender nach: »Wer waren denn diese Rowdys eigentlich?«

»Alte Schulfreunde!« sagte ich böse. »Die haben nur eine Verabredung verwechselt.«

»Tja, wer auch immer die anderen sein mögen«, sagte sie, »ich hoffe doch, sie bringen die Mädels heil wieder.«

Herrgott! Ich rannte zu den Limousinen und blickte hinein. Leer. In dem Durcheinander mit meinen Verehrern waren meine Mädels mit ihren Aufreißern aus *Les Bains Douches* in die französische Nacht entschwunden, eine sogar, Gott helfe mir, auf einem Motorrad. Dreimal Sch …langenmilch!

Maude und Aaron beobachteten mich intensiv. Also lächelte ich achselzuckend. »Schon mal von dem Sack Flöhe gehört?« sagte ich, so gleichmütig es nur ging.

»Was haben die nur vor?« wollte Maude wissen.

»In einem wundervollen, echten kleinen Bistro essen«, sagte ich wütend, »eines der berühmten Cafés Rive Gauche zu besichtigen, wo die Studenten ihres Alters sich herumtreiben, jede Menge tolle Gespräche, ein echt französisches Erlebnis eben, wie es Mädchen ihres Alters in Paris alle haben sollten.«

»Genau«, nickte Mike. »Oder vielleicht finden sie ja eine Buchhandlung, wo gerade eine Gedichtelesung ist, nicht? Oder sie hören ein wenig gute klassische Musik. Vielleicht sogar in der Oper? Oder ein Ballett? Paris ist doch so voller Kultur!«

»Ja, wer weiß«, sagte ich, zu besorgt, um darauf einzugehen. Ich hatte keinen anderen Wunsch mehr, als ins Hotel zurückzukehren und mich in einer meiner beiden riesigen Badewannen dort zu ertränken.

Eines aber hatte ich ganz bestimmt nicht im Sinn: Justine anzurufen. Ich wollte sie nicht beunruhigen mit Tinkers Unfähigkeit zu gehen. Sie brauchte kein Sterbenswörtchen davon zu wissen, bis Marco Gelegenheit gehabt hatte, sie ein wenig in die Mangel zu nehmen und das Problem aus der

Welt zu schaffen. Und erst recht brauchte sie nicht zu wissen, daß die Mädels hier in Paris vogelfrei irgendwo herumliefen, ohne daß man wußte, wo sie waren und was sie taten. Außerdem soll sie sich sowieso zum Teufel scheren, verdammt noch mal. Mein Ärger, fand ich, war total gerechtfertigt.

Die ganze Geschichte war doch letztlich ihre Verantwortung, nicht meine! Sie sollte hier sein, nicht ich. Wessen verrückte Idee war es überhaupt, die Mädels schon so früh hierherzuschicken? Ihre doch, ganz allein ihre! Und ich stand da, alle luden alles auf mich ab, und Aufpasserin sollte ich obendrein sein. Wie kam ich denn dazu? Wer sollte denn auch als einzelner drei Mädchen am Zügel halten, die jede in eine andere Richtung zogen? Man hatte mir einen unmöglichen Job aufgehalst, in dem ich lügen mußte und herumjonglieren, alles selbst besorgen und erledigen. Dazu mußte ich dann noch Maudes journalistische Schnüffeleien und Mikes Unverschämtheiten ertragen – und das nur, weil Justine nicht ein Fünkchen Mumm hatte, ihrem eigenen Vater gegenüberzutreten! Der ganze verdammte Mist hier war einfach unfair!

Außerdem hatte ich immer noch Lust zu tanzen, zum Henker!

10

»Ich mußte dich von den anderen weglotsen«, sagte Tom Strauss, als er später an diesem Abend mit Tinker im *Café de Flore* saß. Sie waren fast allein. Die Leute saßen alle unten, zusammengezwängt wie die Sardinen auf der Glasterrasse und innen im Erdgeschoß inmitten von Lärm und Rauch. Da hatte er gar nicht erst nach einem Tisch gesucht, sondern Tinker gleich über die knarzenden Holztreppen nach oben geführt in die Zurückgezogenheit einer verschlissenen Lederbank hinter einem zerkratzten Tisch.

»Warum?« fragte Tinker. Tom war Amerikaner, einer von der Clique, die sie in *Les Bains Douches* kennengelernt und die heute vor Lombardi auf sie gewartet hatte. Sie hatte viel mit ihm getanzt, aber geredet kaum.

»Weil du so verdammt traurig aussiehst.«

»Nicht doch«, murmelte Tinker halblaut.

»Du bist nicht dasselbe Mädchen wie gestern. Beim Essen waren April und Jordan lustig und aufgekratzt, aber du warst völlig abwesend. Wenn es auch niemand bemerkt hat außer mir. Bitte, Tinker, sag mir, was los ist.«

Aber sie wehrte ihn ab. »Das geht dich nichts an.«

»Ich will aber, daß es mich etwas angeht!«

Tinker sah ihn mit ihrem Engelsgesicht an und verlor die Beherrschung: »Ach, hau ab!« Und brach unvermittelt in Tränen aus. Schluchzend verbarg sie das Gesicht an Toms Schulter. Tom konnte ihren Kummer zwar fühlen, aber nicht hören, denn sie weinte zwar bitterlich, aber lautlos.

Er legte den Arm um ihre zuckenden Schultern und drückte sie tröstend an sich, bis sie ihn schließlich wegstieß und sich wieder sammelte, um sprechen zu können.

»Diese Luder ... diese Angeberinnen ... ich kann das nicht, ich wollte das auch gar nicht, sie haben mich ...«

»Was haben sie? Wer?«

»Alle!« rief sie und wurde von einem heftigen Schluchzen geschüttelt.

»Was haben alle mit dir gemacht?«

»Daß ich gehe!«

»Gehen? Wieso? Verstehe ich nicht!« sagte Tom Strauss verwirrt.

»Natürlich verstehst du das nicht! Was weißt *du* denn davon?«

»Dann erkläre es mir!«

Sie schluchzte erneut. »Wo ich dich überhaupt nicht kenne!«

»Hast du denn wenigstens jemanden, mit dem du reden kannst?« forschte er eindringlich.

Tinker schniefte und putzte sich die Nase. Sie dachte über das nach, was er eben gesagt hatte. Alle, die sie in Paris kannte, hatten ihre Demütigung mit angesehen. Alle außer diesem hartnäckigen Burschen hier, der aufmerksam genug war, sie jetzt mit Papiertaschentüchern zu versorgen, und der beim Essen gemerkt hatte, wie deprimiert sie war. Der genau ihre Stimmung spürte, die sie so nachdrücklich zu verbergen suchte. Und dem auch nicht entgangen war, wie April und Jordan sie mit ihrer übertriebenen Hochstimmung wahnsinnig machten.

»Also gut, meinetwegen«, sagte sie zögernd, »nachdem du so darauf bestehst, es zu wissen ... Ich mußte heute meine Laufstegprobe machen, bei Lombardi, vor allen, und ich habe dermaßen versagt und war so miserabel, daß es nicht zu beschreiben ist.«

»Was ist das, eine Laufstegprobe?«

»Himmel, das ist eben diese spezielle Art, wie man die Kleider trägt ... die ganze Art, wie man so ist, wie man sich gibt. Das Laufsteggehen ist wie ein Lied singen. Entweder man kann es oder man kann es nicht. Und ich kann es nicht. Verdammter Mist, ich kann es nicht.«

»Soll das heißen, dazu braucht man ein besonderes Talent?«

»Nein, das ist es nicht ganz. Es ist etwas anderes. Nicht, daß man Talent hat, sondern daß man ein Talent ist. Jemand Spezielles. Was man in sich drin hat. Daß es Spaß macht, daß man es rüberbringen kann, rausholen aus sich, ganz spielerisch, verstehst du.« Sie wurde richtig ungeduldig. »Es ihnen zeigt, es ihnen hinwirft, sich interessant macht. Und daß keiner mehr, der einen anschaut, den Blick von einem lassen kann. Manche Mädels haben es, andere nicht. Ich auch nicht.«

»Ich dachte, dazu muß man lediglich schön sein.«

»Da sieht man«, meinte Tinker seufzend, »was du für eine Ahnung hast, nämlich gar keine. Schön sind alle, das ist einfachste Voraussetzung, damit fängt es überhaupt erst an. Aber diejenigen, die es bis ganz oben schaffen, wissen, wie man sich selbst in Szene setzt. Sie produzieren sich, bis sie berühmte Namen in diesem ganzen Schauspiel Mode sind. Die Leute glauben, sie wüßten wirklich etwas Intimes über Naomi oder Claudia. Daß Naomi beispielsweise herrlich unartig oder bösartig ist, hinterlistig und raffiniert und das tollste Leben führt – lustig und ohne Probleme bei allem, was sie tut. Und daß Claudia der reinste Engel ist, eine königliche Prinzessin, süß, unverdorben und gut, so über allen anderen schwebend, daß sie noch im winzigsten Bikini ihre Unschuld bewahrt. Und daß sie der Menschheit Gnade erweist, sich ansehen und ihren vergoldeten Nabel betrachten zu lassen.«

»Was sagten sie denn? Daß du ein wandelndes Unglück bist, oder was?« Jetzt wurde Tom Strauss ungeduldig. Er hatte außer Tinker noch nie ein wirklich außergewöhnlich schönes Mädchen aus der Nähe gesehen und auch nie darauf gehofft. Jetzt, da er eines kannte, tat sie alles, sich herunterzumachen. Selbst wenn sie es auf eine Art tat, die ihm die Augen über Dinge öffnete, von denen er bisher keine Ahnung hatte.

Tinker seufzte tief auf und schüttelte langsam den Kopf. Für sie war dieses Gespräch beendet. Sie griff sich in ihre Haarmähne und zog sie sich ins Gesicht, so daß sie wie hinter einer roten Wolke fast verschwand.

Aber Tom war entschlossen, mit ihr zu reden. Er ließ sich nicht einfach stumm abspeisen.

Tom Strauss war, wie es bei Malern gar nicht so selten der Fall ist, um Worte nie verlegen. Ihm hatte, als er neunzehn war, ein Talentjäger für eine Werbeagentur sein Graphikstudium ausgeredet und ihn sofort fest angestellt. So hatte er die nächsten acht Jahre als Graphiker mit einer Anzahl hochqualifizierter Werbetexter gearbeitet und in diese Zusammenarbeit bedeutend mehr Ideen als Graphik eingebracht. Die ganzen Jahre hatte er genügsam gelebt und sein laufend steigendes Einkommen eisern gespart, um sich seinen Plan, einige Jahre in Paris als Maler zu verbringen, erfüllen zu können, bevor er noch dreißig war. Er wollte herausfinden, ob sein Talent ausreichte, um als Künstler überleben zu können.

Er betrachtete Tinker, die mit gesenktem Kopf und tränenfeuchten Augen dasaß.

»Also, was du über dieses Thema Laufsteggehen sagst, heißt, es handelt sich darum, damit deine eigene Identität auszudrücken, richtig?«

»So ungefähr, nehme ich an«, murmelte Tinker und trank den letzten Rest Cognac aus, der noch in ihrem Glas war. »Aber höre jetzt auf damit, ja?«

»Was ist denn nun deine Identität?«

»Und deine?«

»Ich habe zuerst gefragt«, sagte er.

»Ich will aber dieses dumme Spiel nicht spielen«, bockte Tinker.

»Schon gut, schon gut, also ich fange an. Ich bin ein Mann, ich bin Amerikaner, aus Chicago, ich war ein ganz erfolgreicher Graphiker in New York bei einer Werbeagentur. Ich versuche jetzt gerade, ein Maler zu werden, und ich glaube, es sieht gar nicht so schlecht aus. Ich bin nicht religiös, ledig, ohne daß ich die Absicht hätte, das ewig zu bleiben. Ich habe zwei jüngere Schwestern, die beide noch im College sind. Ich bin der Sohn einer Mutter, die Kunstgeschichtsprofessorin ist, und eines Arztvaters, der ...«

»Hör auf«, unterbrach ihn Tinker, »ich bin ja nicht begriffsstutzig. Ich bin ein Mädchen und hübsch.«

»Und, das ist alles? Die ganze Geschichte?«

»Na meinetwegen: Und ich bin aus Tennessee.« Sie überlegte und setzte dann mit einem ersten Anflug von Lächeln hinzu: »Vielleicht würde es ja mehr gelten, wenn ich auch in Chicago geboren wäre. O ja, und meine Mutter ist eine nichtpraktizierende Methodistin, was immer das bedeuten mag.«

»Du hast deinen Beruf nicht erwähnt«, sagte Tom und versuchte zu verbergen, wie ihr Lächeln ihn direkt in die Magengrube getroffen hatte. »Ist die Tatsache, ein Model zu sein, denn kein Teil der eigenen Identität?«

»Nur, wenn man mehr als nur das ist. Wenn man das gewisse Etwas hat, das einen zu etwas Besonderem dabei macht, wie ich schon sagte. Und das habe ich nicht.«

Tom Strauss bestellte noch einmal Cognac. »Ich schlage einen weiteren Drink vor«, erläuterte er ihr, »weil er helfen könnte, deine Identitätskrise, von der wir sprechen, in den Griff zu bekommen. Das klingt alles wie dieses Country-Lied *I Found A Pretty Girl in Tennessee.* Da muß es doch auch einen Text außer dem Refrain dazu geben, oder?«

Tinker kicherte kurz und sah ihn zum erstenmal genauer an. Beim Tanzen gestern hatte sie nicht sehr viel mehr festgestellt, als daß er etwas größer war als sie, was auch nicht jeden Tag vorkam. Er war nicht unansehnlich bei näherer Betrachtung, fand sie. Ganz und gar nicht. Wieso hatte sie das bisher überhaupt noch nicht richtig wahrgenommen? Er schien mit sich selbst vollkommen im reinen zu sein und sich in seiner Haut absolut wohl zu fühlen. Und mit seinem zerzausten Haar, in das man instinktiv die Finger versenken wollte, mit seinem irgendwie lustigen Mund und diesem lässigen Grinsen, den ordentlichen Zähnen und den Lachfältchen neben den schmalen, dunkelbraunen Augen und dem absolut tollen Schwung der Brauen darüber sah dieser Tom Strauss ...

einfach gut aus. Und clever. So, als denke er laufend interessante und ulkige Gedanken, wenn er allein war. Sachen, die er aber niemandem erzählte.

Doch irgend etwas irritierte sie auch plötzlich. Wenn er was Interessantes zu sagen hatte, wollte sie es gefälligst auch hören.

»Fangen wir doch mal mit deiner Kindheit an«, schlug er vor.

»Über meine Kindheit nachdenken mag ich nicht«, erklärte Tinker abweisend.

»Aber das stellt doch Identität her!« widersprach Tom. »Eine unglückliche Kindheit gibt automatisch Identität. Das ist praktisch zwangsläufig, eine Voraussetzung. Warum warst du unglücklich?«

»Ich habe nicht gesagt, daß ich unglücklich war. Ich habe gesagt, ich möchte nicht daran denken. Ach, ich gebe es auf. Also schön, du siehst vor dir eine einstmalige Kinderschönheitskönigin.« Sie teilte es ausdruckslos mit. »Ich war ein Kinderstar, wenn du es genau wissen willst. Und ich war schon, bevor ich noch meine erste Periode hatte, auf dem Höhepunkt meines Ruhms. Wenn das nicht lächerlich und traurig ist! Als ich Little Miss Tennessee in der Kategorie der unter Dreijährigen wurde, war das bereits mein siebter Wettbewerb dieser Art, und alle hatte ich gewonnen. Zehn Jahre später hatte ich hundertsechzig Trophäen und Kronen, alle gewonnen, ehe ich noch zwölf war. Und was kann ich mir dafür heute kaufen, meinst du? Ich kann einmal dafür telefonieren, vorausgesetzt, es ist kein Ferngespräch und jemand gibt mir fünfzig Cent für ein einfaches.«

»Aber das ist doch schrecklich! Da warst du ja einem unglaublichen Druck in deiner Kindheit ausgesetzt. Das ist fast kriminell.«

»Das kann ich nun auch nicht unbedingt finden«, widersprach ihm Tinker stirnrunzelnd. »Ich kannte ja schließlich nichts anderes, also war es ganz normal. Mein Gott, du hast keine Ahnung, wie wichtig ich mich fühlte und wie wichtig es auch war! Mit niemandem mußte ich mich vergleichen, außer in der Schule. Natürlich war ich dort nicht beliebt. Wie denn auch? Ich dachte, daß ich das gar nicht brauchte, denn ich war schließlich jemand in meiner Show-Welt. Und ich war die große, ewige Siegerin, von allen bewundert und verhätschelt, und natürlich auch beneidet ... Nein, du kannst nicht begreifen, wie das ist.«

»Gewiß«, räumte Tom ein, »aber trotzdem klingt es doch so, daß es eben etwas war, wofür du viel zu jung warst, um es beurteilen zu können.«

»Meine Mutter hielt alle diese Wettbewerbe für gut für mich.« Ihre Stimme war fast verträumt. »Sie würden mein Selbstwertgefühl stärken, sagte sie. Wir waren praktisch jedes Wochenende unterwegs zu irgendeiner Veranstaltung, nur wir beide. Sie war geschieden, hatte kaum Freunde und Bekannte und also viel Zeit, sich ausschließlich mir zu widmen.«

»Aha«, machte Tom neutral und aufmunternd zugleich.

»Bevor man in einen endgültigen Wettbewerb gelangt, gibt es Dutzende regionaler Ausscheidungen«, erzählte Tinker, deren Erinnerungen sich zusehends belebten, »und zahllose Kategorien dabei ... Schönstes Kind, anmutigstes Kind, Miss Memphis im Mai, bestangezogenes Kind, photogenstes Kind, Universale Charme-Königin ... Natürlich geht es bei allen immer nur ums Aussehen, nicht um die Persönlichkeit. Aber man muß sich benehmen, immer bestens. Und alle haben besondere und maßgeschneiderte Kleidchen an, die Hunderte von Dollar kosten und bei denen der einzige Unterschied das Ausmaß der Phantasie ist. Meine Mutter drehte mir Locken in die Haare und schminkte mich mit Lippenstift, Rouge und Augen-Make-up. Ich wuchs mit Puffärmeln und Spitzen-, Rüschen- und Tüllkleidchen in Pastellfarben auf und mit so vielen Petticoats darunter, daß ich manchmal breiter als groß daherkam, und dazu mit zum Kleid passenden Haarschleifen. Jede Woche trug ich ein neues Paar blitzblankweißer Schuhe mit weißen Satinschleifen und weißen Söckchen dazu, und ich siegte und siegte und siegte. Ein ganzes Jahrzehnt lang regierte ich auf diese Weise. Ich war unschlagbar, ein Star, ein echter Star.«

»Und, was ist dann passiert?« Tom fragte es so sanft und leise, als spreche er mit einer Schlafwandlerin.

»Das Größerwerden. In nicht einmal einem halben Jahr war alles weg. Ich erspare dir die Einzelheiten, aber ich wurde schlampig und schwierig. Ich konnte das alles nicht begreifen. Ich brannte durch, lief davon. Ich konnte nicht mit ansehen, wie enttäuscht meine Mutter über mich war. Natürlich lief ich nicht sehr weit, nur bis zu meiner Tante Annie und Onkel Charles. Sie ist die Schwester meiner Mutter und hat selbst keine Kinder. Also waren sie froh und glücklich, mich aufzunehmen, so ablehnend und verschlossen ich auch war. Zu der Zeit fing meine Mutter dann wieder mit Männern an. Meine Abwesenheit machte ihr also nichts mehr aus, im Gegenteil, sie war erleichtert. Tante Annie hat mir wahrscheinlich das Leben gerettet. Sie war Englischlehrerin und veranlaßte mich, daß ich zu lesen begann. Und das ist fast alles, was ich die letzten sechs Jahre tat. Ich las alles, was in der Bibliothek war. Das, und die Schule.«

»Und dann hast du deine Schönheit wiedergewonnen?«

»Die Schönheit, ja, das Aussehen. Aber gehen kann ich immer noch nicht.«

»Aber bei deinen ganzen Wettbewerben damals«, wandte Tom ein, »mußtest du doch auch gehen?«

»Genau das ist ja das Problem.« Tinker schüttelte verzweifelt den Kopf. »Das Gehen bei Kinderwettbewerben ist das genaue Gegenteil vom Laufsteggehen. Damals ging ich wie ein Automat. Die aufgezogene Spielzeugpuppe, das brave, liebe, gute kleine Mädchen mit der bestmöglichen Haltung, die kleine Prinzessin, die ihre Truppe abschreitet. Ich stand und ging völlig aufgerichtet und steif, Kopf hoch, Kinn oben, Augen geradeaus, und lernte, mit nichts zu wackeln oder zu schwingen, nicht einmal meine Haare durften sich bewegen. Die Wertungsrichter disqualifizierten auch den kleinsten Anflug von Sexualität. Lolita hätte dort nie einen Blumentopf gewinnen können und keine Chance als Kleine Miss Lieblichste von Nashville gehabt. Ich war wirklich nur eine lebende Puppe: Arme zur Seite ausgestreckt, damit die Hände gerade nicht mehr die Rüschen meiner Kleider berührten und sie so nicht zerdrückten. Die Füße perfekt nebeneinander, völlig steif, und ein künstliches Dauerlächeln im Gesicht. Eine Puppe, Tom, eine Puppe, kein lebendiges Kind und ganz bestimmt keine Persönlichkeit! Für die beste Persönlichkeit gibt es keine Wettbewerbe, nicht einmal als Miss Gewinnendes Wesen. Es geht immer nur um das Äußerliche, das Aussehen, um sonst gar nichts. Der Drill, mit dem ich groß wurde, war so, als wäre ich in einer russischen Schule für künftige Olympiaturnerinnen gewesen oder auf meine Aufgabe als künftige Königin von England hin erzogen worden. Hast du jemals ein Foto von der Königin gesehen, auf dem sie schlampig aussieht? Ich habe verfolgt, wie Prinzessin Diana in Schwierigkeiten geriet, sobald sie ihre unbewußte, unkontrollierte Seite in die Öffentlichkeit gebracht hatte. Ich versuche mich zu ändern, aber mein Körper macht nicht mit. Er will nicht. Das nennt man Muskelgedächtnis, glaube ich.«

Tom war inzwischen hell empört. »Man hat dich dressiert wie ein Zirkushündchen!«

»Denkst du, das weiß ich nicht selbst? Im Kopf weiß ich genau, was mein Problem ist. Aber auch, wenn man etwas über sich selbst ganz genau weiß, heißt das noch nicht, daß man es ändern kann.«

Tom schlug vor Erregung mit der Faust auf den Tisch. »Und warum rennst du dann weiter mit dem Kopf gegen die Wand, wenn du selbst weißt, daß du nichts dagegen machen kannst?«

»Weil es das einzige ist, was ich überhaupt kann. Jetzt, wo ich die Chance habe, muß ich es auch versuchen.« Und sie setzte sachlich hinzu: »Ich will wieder gewinnen.«

»Lieber Gott, das ist das Verrückteste, was ich je gehört habe!«

»Für dich vielleicht, aber nicht für mich«, erklärte sie mit einem Tonfall, der klarmachte, daß dies für sie das letzte Wort war.

Tom bemerkte es und schwieg. Tinker, dachte er, glaubte zwar nicht, eine Identität zu haben, aber sie hatte eine und obendrein sogar eine starke, aber sie wußte es nicht, und sie würde es ihm auch nicht glauben, wenn er es ihr sagte. Das Mädchen hatte ihm ohne weinerliches Selbstmitleid, ganz sachlich-analytisch, eine wahre Horrorgeschichte über sich selbst erzählt, ohne ihre Ängste und Wunden zu verbergen, denen sie sich nicht unterwerfen wollte. Sie erbat weder Rat noch Hilfe. Sie war stark, auch wenn sie falsch dachte und handelte. Und sie hatte es nicht nötig, mit irgend jemandem zu flirten.

»Seit ich in New York lebe«, sagte Tinker plötzlich, und es klang, als sei sie über sich selbst überrascht, »habe ich mit keinem Menschen über all das gesprochen. Ausgenommen allenfalls ein paar Andeutungen Frankie gegenüber. Falsch, ich habe über all das in meinem ganzen Leben mit niemandem gesprochen. Und jetzt weißt du auf einmal alles über mein Leben. Du mußt denken, daß ich ein Ausbund an Egozentrik bin und nichts anderes im Kopf und im Sinn habe als diese blöden Laufstege; als könnte dies von irgendwelcher Bedeutung für dich oder sonstwen sein, der nur ein wenig Hirn im Kopf hat.«

»Wieso denn, hast du denn nicht bemerkt, wie ich dich beschrieben habe? Siehst du denn nicht, wie sehr es mich interessiert?«

»Nein, ich dachte nur, daß du eben ein guter Zuhörer bist, damit du mein Mißtrauen zerstreuen kannst.« Sie sah ihn mit ihrem lebhaften Blick an. In ihren Mundwinkeln schien die Andeutung eines kleinen Lächelns zu sitzen.

»Was denn für ein Mißtrauen?« fragte er und brachte es kaum heraus. Lieber Gott, schon wieder ein Irrtum. Sie wußte in Wirklichkeit sehr gut, wie man flirtete! Eine Art Zorn, gemischt mit Eifersucht, loderte unvermittelt in ihm auf. Unverhüllte Eifersucht auf jeden Blödian, mit dem sie jemals geflirtet hatte, und es mußten Hunderte sein. Diese elenden, unwürdigen Schafsköpfe; was immer sie erzählt hatte davon, sechs Jahre lang ihre ganze Zeit nur in der Bibliothek verbracht zu haben. Wahrscheinlich kannte sie in Wirklichkeit nicht einmal das Dezimalsystem! Womöglich hatte sie ihre ganze Lebensgeschichte überhaupt nur erfunden, um sich interessant zu machen, und war nichts als eine psychopathische Lügnerin. Gütiger Himmel, er drehte noch durch. Wieso sollte sie sich die Mühe machen, ihm Lügen zu erzählen, wenn alles an ihr interessant war, bis hin zu den weißen Söckchen?

»Das Mißtrauen«, erläuterte sie ihm auf seine Frage, »das sich sofort regen würde, wenn du mich auffordern würdest, mit in dein Atelier zu kommen, um mir deine Arbeiten zu zeigen. So machen es Künstler doch? Ich habe alles darüber gelesen.«

»Darüber gelesen?« sagte er verständnislos.

»Ja, einen wirklichen Künstler habe ich bisher nicht kennengelernt.« Jetzt war das Lächeln Wirklichkeit geworden. Sie legte den Kopf zur Seite, nahm seine Hand und betrachtete sie sorgfältig. »Keine Farbe unter den Nägeln«, konstatierte sie, und es klang bedauernd.

»Dann fühle mir auch den Puls«, forderte er sie auf und legte ihr zwei Finger auf die Innenseite seines Handgelenks.

»Was gilt da als Normalwert?« fragte sie. »Ich habe zwar Kurse in Erster Hilfe gemacht, aber nie Zeit gehabt, zu den Pfadfinderinnen zu gehen.«

»Ja, ja, du bist von äußerster Nutzlosigkeit, ist klar.« Er versuchte gleichgültig zu sein, merkte aber, wie sich sein Puls unter dem Druck ihrer Fingerspitzen ganz erheblich beschleunigte und wie er atemlos wurde.

»Äußerst, ja«, nickte Tinker. »Das ist genau das richtige Wort für das, was ich dir klarzumachen versuchte. In einer Welt, die mit zunehmender Geschwindigkeit zum Teufel geht, habe ich keinen Platz, nicht einmal auf dem Laufsteg.«

»Und wenn ich eine nützliche Tätigkeit für dich fände? Würde das helfen?« Er horchte seinen eigenen Worten ungläubig nach. Er war jetzt derjenige, der flirtete! Und das wollte er überhaupt nicht. Das war gar nicht sein Stil und seine Art. Es war immer umgekehrt gewesen in seinem Leben: Man flirtete mit ihm, nicht er mit anderen.

»Da hätten wir also so eine Frage, die mein sofortiges Mißtrauen erregen müßte«, sagte sie. »Wenn ich der mißtrauische Typ wäre, der ich aber nicht bin. Ich bin einfältig, harmlos, naiv, ein unschuldiges, hilfloses, im Grunde wertloses und nutzloses kleines Ding vom Land aus Tennessee.« Sie sagte das mit zunehmender Fröhlichkeit und begann etwas zu spüren, das sie selbst nicht recht verstand: daß sich auf einmal in ihrem Inneren etwas zu bewegen begann, rutschte, Schatten aufhellte und Phantome verschwinden ließ.

»Ach, zum Teufel, hör auf, du hast gewonnen. Aber höre nicht auf, meinen Puls zu fühlen.«

»Was gewonnen?« fragte sie.

»Na, mich. Wenn du mich willst.«

»Nun ja, ich kenne dich doch schließlich noch gar nicht, oder?« Sie stellte es ganz sachlich fest.

»Kommst du mit, meine Bilder anschauen?«

»Wann?«

»Na, jetzt.«

»Warum auch nicht jetzt«, sagte Tinker. »Jetzt oder sonstwann, das macht keinen Unterschied.« Aber sie bemühte sich, die Spur von Erwartung nicht merken zu lassen, die sie überkam.

»Versprich mir eines«, sagte Tom, als er den Schlüssel in seine Ateliertür im fünften Stock eines Altbaus steckte, in einer unattraktiven Straße einer wenig malerischen Gegend des 6. Arrondissements. »Sag nichts über die Bilder. Kein Wort. Ich weiß, du hast keine Erfahrung darin, wie man höfliche Bemerkungen macht, wenn man als Besucher in ein Maleratelier kommt.«

»Und was ist mit unhöflichen Bemerkungen?«

»Oh. Daran habe ich gar nicht gedacht«, sagte er, fügte aber gleich hinzu: »Nicht, daß die Bilder gut wären. Nur, daß die meisten Leute diese Vorstellung haben, sie müßten unbedingt Komplimente verteilen, ganz gleich, was sie wirklich denken.«

»Nun mach schon und schließe auf. Ich weiß überhaupt nichts von Kunst, nicht einmal, was mir gefällt und was nicht. Also brauchst du meinetwegen keine Besorgnisse zu haben.« Wieso, dachte sie im stillen, war dieser Tom plötzlich so unsicher? Zuerst wollte er unbedingt, daß sie seine Bilder ansah, und jetzt auf einmal sollte sie kein Wort dazu äußern. Waren eigentlich alle Leute, sogar die scheinbar selbstbewußtesten, solche Mimosen, wenn es daran ging, ihre persönlichen Leistungen öffentlich zu offenbaren, auch wenn die Öffentlichkeit nur aus einer einzigen Person bestand?

Sie war mit diesen Gedanken noch nicht zu Ende, als Tom die Tür geöffnet hatte und das Licht anschaltete. Sie trat in einen großen Raum mit weißen Kalkwänden, einem weißen, mit Farbflecken übersäten Boden und einem pyramidenartigen Oberlicht. Es war ein ziemlich großer Raum, aber mit altmodischen Paravents in mehrere Bereiche unterteilt. Der größte Gegenstand im ganzen Raum war ein gewaltiges, durchgesessenes altes Sofa, überzogen mit einem weißen Tuch und drapiert mit ein paar alten Kissen. Das Sofa war flankiert von drei Raumheizern, und unter ihm lag ein schäbiger Perserteppich. Ein paar Kerzen am Boden dienten offensichtlich als eher symbolischer Ersatz eines Kaminfeuers.

»Nicht ausgesprochen gemütlich«, stellte Tinker mit leichtem Unbehagen über diese Flut von Weiß fest, auf die sie blickte. Irgendwo hinter einem von allen diesen weißen Tüchern, dachte sie, mußte wohl eine Staffelei stehen, und irgend etwas wie eine Küche und ein Bad war vermutlich auch vorhanden und ein Schrank oder ein Abstellraum, oder brauchten Künstler so etwas nicht?

Doch er widersprach ihr ganz entschieden. »Nein. Es ist perfekt«, sagte er. »Mein ganzes erwachsenes Leben lang habe ich von so etwas geträumt und nicht einmal in diesen Träumen geglaubt, es jemals zu finden. Was man in der Finsternis von Städten an Licht kriegen kann, habe ich hier. Ich hatte ganz unwahrscheinliches Glück, das zu finden. Vermutlich fragst du auch, wieso es ausgerechnet Paris sein mußte? Wieso ich hierher kam, um zu malen, in dieses Paris, das doch nur noch von seiner Vergangenheit und seinem eigenen Klischee lebt und längst aus der Mode ist? Wo nichts mehr passiert und nichts mehr vor sich geht. Statt in New York, wo sich heutzutage alles abspielt. Nun, New York ist eben der Ort meines früheren Lebens in der Werbung. Dort sind meine Freunde aus der Werbung, und dort hatte ich meine Erfolge in der Werbung. Ich brauchte also auch eine konkrete Ortsveränderung, eine ganz eindeutig auch äußerliche Veränderung meines Lebens. Es war notwendig, daß ich mich in eine ganz neue, fremde, andere Welt stürzte. Aus vermutlich ganz tief innen liegenden Gründen – vielleicht wegen etwas, das ich gelesen habe, oder wegen allem, was ich je gelesen habe – war es wichtig für mich, den bekannten Traum zu träumen und nicht auf halbem Weg stehenzubleiben, sondern die ganze Erfahrung zu suchen und zu machen und dem nicht auszuweichen. Mich bewußt in diese banale, altmodische und überholte romantische Phantasie vom Malerleben in Paris zu begeben. So daß ich, wenn ich zurückkehre und es nicht geklappt hat, zumindest weiß, ich habe es versucht, mit allen Kräften, rückhaltlos, ganz und ohne Halbheiten.«

»Wenn du weiter hier stehenbleiben und reden willst«, sagte Tinker, »und mir vom Unvermeidlichen erzählen, dann können wir genausogut wieder ins Flore gehen, wo es jedenfalls entschieden wärmer ist.« Sie lachte darüber, daß er noch immer wie angewachsen auf der Türschwelle seines Ateliers stand, als wäre es gefährlich, es zu betreten.

»O verdammt, wahrscheinlich frierst du! Augenblick, ich schalte gleich mal die Raumheizer ein.« Und er bewegte sich endlich.

»Ich will nur die Bilder ansehen, und du hältst mich davon ab«, sagte sie und öffnete den Reißverschluß an ihrem Parka. Es war nicht direkt kalt hier, fand sie, eher war das der eisige Effekt dieser Fülle von Weiß. Sie ging zur anderen Wand und begann die dort lehnenden Bilder zu betrachten.

»Es ist so«, redete Tom nervös weiter, »daß ich nicht daran glaube, daß es viel Raum im Niemandsland zwischen reiner Repräsentation und purer Abstraktion gibt. Die meisten Künstler sind destruktiv. Auseinandernehmer. Und ihr Hauptaugenmerk gilt der Suche nach einer anderen Art der Arbeit als einfaches Bemalen von Leinwänden auf einer Staffelei. Aber ich pfeife darauf, was im Moment Mode ist oder nicht. Was ich versuche, ist, die Erinnerung hervorzuholen, verstehst du, ja, die Erinnerung. So wie Poesie als der Versuch gilt, in Ruhe zurückgeholte Emotionen zu konkretisieren. Und genauso versuche ich, bestimmte wichtige Erinnerungen wiederzubeleben, bestimmte bedeutsame Augenblicke meines Lebens, und sie in Farben darzustellen, und zwar nicht auf Leinwand, wie du siehst, sondern auf Holz, tatsächlich nämlich ...«

»Hältst du jetzt endlich den Mund?« sagte Tinker liebenswürdig. »Du machst einen ganz wirr im Kopf!« Sie betrachtete sich weiter die Bilder, ohne den Versuch, Urteile zu fällen oder Vergleiche zu ziehen, weil sie gar nicht die Voraussetzungen dafür besaß. Sie gestattete den Bildern einfach nur, ihr zu geschehen. Sie versenkte ihren Blick in sie, schwelgte in deren Überfluß an Farben, die jeden kleinsten Fleck der Leinwände bedeckten und sich auch noch über die breiten Holzrahmen erstreckten. Die Formen, die Tom da geschaffen hatte, waren mysteriös, einerseits ganz vertraut, andererseits fremd. Es war eine Art einer nahezu unwiderstehlichen Lockung, eine intensive sinnliche Anziehung zu jedem Bild. Sie lösten in Tinker den Wunsch aus, sie zu berühren, anzufassen, in sie hineinzutauchen, mit der Hand über ihre verführerische, dickgemalte Oberfläche zu fahren, um herauszufinden, ob diese wunderbaren, glücklichen, tanzenden Farben sich vielleicht ablösen und in sie eindringen würden.

»Fressen könnt' ich die«, murmelte sie unbewußt vor sich hin.

»Was?« fragte Tom von der Tür her, wo er anscheinend endgültig angewachsen war.

»Ach nichts«, sagte Tinker.

»Nun sag schon, verdammt!«

»Ich sagte, fressen könnte ich die, verdammt! Ich denke, es herrscht Freiheit der Rede?«

Tom wurde vor Freude richtig rot.

»Ich weiß schon, daß das nicht das Richtige ist«, meinte Tinker.

»Wieso, es ist genau richtig!« Er kam zu ihr, hob ihre Haarmähne über den Parkakragen und küßte sie leicht auf die zarte Haut ihres Halses. »Es ist perfekt«, sagte er lachend. »Das Problem ist nur, wie soll ich die Erinnerung an diesen Moment jetzt malen, ohne dich zu malen?«

»Was hindert dich daran, mich zu malen?« fragte Tinker und wandte sich ihm zu. »Habe ich etwa gesagt, ich würde dir nicht Modell stehen?«

»Ich male keine Porträts«, sagte Tom. »Ich habe überhaupt nie etwas Wirkliches, Reales gemalt, etwas oder jemanden, was direkt vor mir sitzt.«

»Und warum nicht?« fragte sie mit den Händen in den Hüften.

»Einen tatsächlich existierenden Menschen zu malen«, erklärte er seinen Standpunkt, »setzt voraus oder verlangt zumindest auch, eine gewisse Ähnlichkeit herzustellen, und dies ist ein Wort, das mich immer schon gestört hat. Es erlegt einem Grenzen auf, konventionelle Grenzen. Es ist etwas mit Tausenden Jahren Vergangenheit. Es ist eine der ältesten Kunstformen überhaupt, sie reicht zurück bis zu den Steinzeitfelsenbildern von Tieren und Jägern und den Darstellungen von Fruchtbarkeitsgöttinnen aus Stein.«

»Gut, wenn es nicht mehr in Mode ist, Ähnlichkeit herzustellen, weil dies so lange gemacht worden ist, ist das dann nicht ein guter Grund, eine andere herzustellen, nach deiner eigenen Art? Ich möchte, daß du mich an die Wände deiner Höhle malst.« Und das sagte sie mit einem Teil neckender Herausforderung und mit einem Teil ernsthaftem Wunsch. »Ich will aber nicht warten, bis du mich aus deiner Erinnerung holst, ob nun in Ruhe oder verzweifelter Selbstzerfleischung, weil du dich fragst, warum du mich gehen ließest, als ich hier war und dir anbot, mich zu malen. Ich will kein bedeutsamer Moment in deinem Leben sein, den du nach Jahren aus der Versenkung hervorholst und in einen Haufen Farbkleckse verwandelst.«

»Oh.«

»O was? Ist das alles, was du zu sagen hast?« Sie wurde jetzt aggressiv. »Wenn du mir erzählst, was du bei deiner Arbeit tun oder nicht tun willst, bist du ganz schön redselig. Aber wie wäre es gelegentlich mit ein paar Worten wie ›ja, danke‹ oder ›nein, danke‹, wenn ich dir ein Angebot mache, das ich nicht ablehnen würde, wenn ich du wäre?«

»Lieber Gott, du entpuppst dich ja als Hyäne«, sagte Tom und mußte lachen. »Du kommst hier rein und erklärst, daß du keine blasse Ahnung von Kunst hast, dann gibst du ein Eilurteil über meine Bilder ab, und schließlich verlangst du, daß ich meinen ganzen Malstil auf dein Kommando hin ändere!«

»Na und? Wir leben in einem freien Land, oder? Was genau willst du dagegen machen?«

»Was denkst du?« fragte er dagegen, nahm sie bei den Schultern und schüttelte sie leicht. »Habe ich eine Wahl? Will ich überhaupt eine? Ich werde genau das tun, was du möchtest.« Er zog sie in die Arme und küßte sie innig. »Das war ja wohl das erste, was du von mir wolltest, oder vielleicht nicht?«

»Nur zu«, machte sie.

»Und das zweite und dritte ...« Er küßte sie wieder und wieder. Sie küßten sich, bis sie beide vor Verlangen bebten. Und Tom murmelte dazwischen: »Was sonst noch? Was willst du sonst noch von mir?«

Tinker schüttelte stumm den Kopf und gab ihm nur mit den Augen zu verstehen, was sie wollte.

»Es liegt also jetzt ganz bei mir?« forschte er.

Sie nickte, schloß die Augen und bot ihm den Mund dar. »Ich bin schüchtern und verlegen«, flüsterte sie.

»Wenn ich dich noch einmal küsse«, sagte Tom, »fallen wir beide um, auf den Boden.« Er hob sie hoch und trug sie zu der riesigen Couch, wo die Raumheizer inzwischen eine kleine Oase wohliger Wärme geschaffen hatten. Er legte sie sanft nieder und setzte sich neben sie. Tinker hielt die Augen geschlossen.

»Diesen Parka ...«, sagte Tom, »den müssen wir loswerden.« Unter Ziehen, Zerren und Armeheben schälte er sie aus dem dicken Kleidungsstück. Sie machte keine Anstalten zu helfen. Sie lehnte sich zurück, immer noch eingemummelt in Sweater, Skihose und Stiefel. Sie sah so extrem entspannt aus, als sei sie ohnmächtig.

Tom zog ihr die Stiefel aus und streifte vorsichtig die Fußbügel ab, die ihre Skihose unten straff hielten, so daß ihre Füße nun frei waren.

»Mehr schaffe ich nicht, glaube ich«, sagte er zu der reglosen Gestalt. Er beugte sich über sie und legte sie längs auf die Couch. Dann schlüpfte er aus seinen eigenen Schuhen, legte sich neben Tinker und schob seinen Arm unter ihren Kopf. Sie kuschelte sich wohlig an ihn. Reglos lauschte er auf ihren Atem, während er den würzigen Geruch ihres Haars einatmete. Als sich ihr Atem veränderte, wurde ihm klar, daß sie eingeschlafen war.

Nach ein paar Minuten zog er vorsichtig den Arm unter ihr hervor. In seinem ganzen Leben hatte er sich noch nicht wacher gefühlt. Ihr Gewicht, so leicht sie war, hatte seinen Arm einschlafen lassen. Er bewegte sich leise, schaltete die Lichter aus, deckte sie mit ihrem Parka zu und legte sorgsam einen seiner alten Sweater über ihre bloßen Füße, damit sie nicht kalt wurden. Dann zog er sich einen Sessel herbei, zündete sämtliche auf dem Boden in Untertassen stehenden Kerzen an und betrachtete die schlafende Tinker.

Er konnte sie nun ansehen, wie es im wachen Zustand nicht möglich gewesen wäre. Da lenkten ihn die Bewegungen ihrer Augen und der stetige Wechsel des Gesichtsausdrucks ab. Der Maler in ihm hatte jetzt Gelegenheit, an ihr ebenso interessiert zu sein wie der Mann Tom.

Er nahm in sich auf, wie selten der Farbton ihres Haars war, selten und kostbar, eine blasse Korallenfarbe, die er bisher nur an bestimmten Schalentieren des Meeres gesehen hatte. Eine Art verborgenes Rot, so zart wie changierend; ein aus dem Kerzenschein geborenes Rot. Brauen und Wimpern schienen das Werk eines genialen Kalligraphen zu sein. Die frischen, vollen Lippen waren perfekt geschwungen. Ihr Profil war von faszinierender Einfachheit. Jeder Zug, von dem runden Kinn bis zu der geraden Nase und den glatten Wangen, schien von einem Künstler gemeißelt zu sein.

Je länger er sie betrachtete, desto mehr verlor er sich in seinen Träumereien. Dieser Augenblick, diese Stunde, in der er hier saß und die schlafende Tinker betrachtete, sollte der Moment sein, den er eines Tages malte, immer und immer wieder, das wußte er bereits. Wie, das mußte die Zukunft bringen – wie er diese überraschenden Gefühle hier beim Kerzenschein in seinem weißen Atelier in eine gemalte Form bringen würde, diesen Moment, da er dieses kostbare, schlafende Mädchen betrachtete, das halb im Kerzenschein und halb im Schatten lag. Ihm war momentan nur klar, daß diese Stunde und jedes Detail in ihr von Bedeutung und Wichtigkeit für sein ganzes Leben werden und bleiben würde, vom leisen Summen der Raumheizer bis hin zu den Schatten, die Tinkers Wimpern auf ihr Gesicht zeichneten. Ähnlichkeit nein, Ähnlichkeit würden seine Bilder nicht haben, sondern sehr viel mehr als das; jedenfalls für ihn selbst.

Tinkers Aussehen war nur ein Teil des Geistes jener Magie, die über ihn gekommen war. Er wollte ihr etwas geben, mehr und mehr mit jeder Minute. Er fühlte sich auf eine Weise mit ihr verbunden, wie er es weder logisch verstehen noch in Worte fassen konnte. Sie hatte eine Plötzlichkeit an sich wie eine Champagnerflasche, aus der soeben der Korken geschossen war. Was wiederum seine eigene Spontaneität weckte. Vielleicht lag es daran, daß er sich nicht hätte vorstellen können, was für ein schlimmes Leben sie gehabt hatte. Vielleicht war es aber auch die Direktheit und Unverblümtheit, mit der sie ihm alles von sich erzählt hatte. Oder ihre völlig unverstellte Persönlichkeit und die Tatsache, daß sie sich ihres eigenen Charmes gar nicht bewußt war. Oder es war das fast kindliche Wunder ihrer Küsse, der Duft ihres Haars oder sogar ihre kräftig gebauten Schultern unter seinen Händen.

Er stand abrupt auf und ging lautlos zu der Kommode, in der er seine Farben aufbewahrte. Er kam mit einem Zeichenblock und einem weichen Bleistift zurück und begann sie zu zeichnen. Gesichter zeichnen, das war bisher für ihn allenfalls ein Partyspaß gewesen. Das hatte er schon von früher Jugend auf getan, es war leicht, er hatte eine lockere Hand dafür, ein Talent, das er jedoch ernsthaft nie in Anspruch genommen hatte. Doch sie wollte Ähnlichkeit, hatte sie gesagt. Und die sollte sie in Gottes Namen haben. Er arbeitete schnell und mit sicherem Strich, skizzierte Tinkers Kopf und soviel von ihren Schultern, wie unter dem Parka zu sehen war. Als er fertig war, betrachtete er sein Werk und schüttelte den Kopf. Ja, das war Tinker ganz exakt, die Essenz, der Extrakt von Tinker, es konnte kein anderes Gesicht auf der ganzen weiten Welt sein als das ihre. Aber Tausende von Künstlern konnten das genauso gut wie er. Oder mit einer Kamera – noch besser. Er aber konnte noch etwas hinzugeben, was keine Kamera abbilden konnte. Er malte ein großes Herz um den Kopf. Es war zwar noch fünf oder sechs Wochen hin, aber warum sollte es nicht jetzt schon sein Geschenk zum Valentinstag sein? Also schrieb er dazu: *For my Valentine,* und war gerade dabei, es zu signieren, als er merkte, daß es ihn drängte, noch etwas dazuzuschreiben. Und er schrieb es. *Ich liebe dich.*

Dann war er über sich selbst verblüfft und sagte laut: »Hol's der Teufel, woher kam das denn?«

Er stand auf und begann in seinem Atelier herumzugehen. Obwohl dies sein vertrauter, geliebter und sicherer Hafen war, kam er sich vor wie ein Schiff in schwerer See, das sich vom Anker losgerissen hat und hilflos und steuerlos dahintreibt. »Woher kam das denn?« wiederholte er immer wieder. Schließlich blieb er stehen und hielt sich an einem Fensterriegel fest, starrte hinaus über die Kamine von Paris, die im Mondschein halb und wie Schemen sichtbar waren. Allmählich wurde sein Herzschlag wieder ruhig. Er begriff, daß er das ernst gemeint hatte, woher es auch gekommen sein mochte. Und daß er ihm folgen würde, wo es ihn hinführte. Überwältigt von seinen heftigen Gefühlen, die ihn viel zu wach hielten, als daß er hätte an Schlaf denken können, ging er zum Sofa, wo Tinker schlief, und legte sich davor auf den Teppich nieder. Er starrte nach oben durch die Oberlichter in den Nachthimmel.

»Worüber lächelst du denn?« fragte Tinker plötzlich.

Er schreckte hoch. »Ich habe nicht gemerkt, daß du wach bist.«

»Wie lange habe ich denn geschlafen?«

»Weiß nicht genau. Eine Stunde vielleicht, vielleicht auch länger.« Er setzte sich auf.

»Vielen Dank fürs Zudecken«, sagte Tinker und streckte sich. »Es muß noch der Jetlag sein.«

»Wie geht es dir?« fragte er gespannt.

»Als hätte ich tagelang geschlafen. Als sei ich neugeboren. Gerade aus dem Ei geschlüpft wie ein Küken.«

»Du meinst, du erinnerst dich an nichts?«

»Nnnn-ein«, sagte sie in scheinbar aufrichtiger Ungewißheit. »Meine Güte ... lieber Himmel ... ich weiß nur noch, daß ich deine Bilder ansah, und dann danach ... da ist alles futsch. Sag mal, wer hat mir die Stiefel ausgezogen?«

»Na, eine Fee wahrscheinlich«, sagte Tom. Er setzte sich zu ihr auf die Couch, nahm sie in die Arme und küßte sie. »Klingelt jetzt etwas?«

»Bin nicht sicher ... kaum ... ein klein wenig.« Sie schien im Zweifel zu sein.

»Gefällt dir das?« fragte er, küßte sie noch einmal und spürte, wie er zu beben anfing. Er hätte sie nicht einschlafen lassen sollen, dachte er, sie nie aus den Armen lassen sollen, sie empfand nicht das gleiche wie er. Andererseits, hätte sie nicht geschlafen, wäre er sich dann so rasch über seine Gefühle für sie klargeworden?

»Ob es mir gefällt?« antwortete Tinker. »Doch ja. Gefällt mir ganz gut.«

»Bist du noch immer schüchtern und verlegen?«

»Habe ich das wirklich gesagt?« murmelte sie wie ungläubig.

»Erinnerst du dich etwa an gar nichts mehr?«

»Nun ja ... vielleicht ... ich bin nicht sicher.« Sie zeigte ihm ein kleines, unendlich charmantes Lächeln, das ihm klarmachte, daß sie die Absicht hatte, so lange mit ihm zu spielen wie die Katze mit der Maus, bis sie es müde war. Doch ihm war nicht nach Flirten. Er glaubte an ihre Schüchternheit und Verlegenheit, und daß diese nur mit einem gezielten Angriff zu vertreiben seien.

»Ich habe etwas für dich gemacht«, sagte er, ließ sie demonstrativ los und griff nach dem Zeichenblock, den er auf dem Teppich am Boden liegen gelassen hatte. »Eine Ähnlichkeit«, sagte er, gab ihr das Blatt und hielt eine Kerze hoch, damit sie es deutlich sehen konnte.

»Oh«, sagte Tinker überrascht. Dann beugte sie sich weiter vor, um auch lesen zu können, was dazugeschrieben war. Und sagte noch einmal: »Oh!«, aber nun mit veränderter, leicht zitternder Stimme. »Ist das ernst gemeint?«

»So wahr mir Gott helfe«, sagte Tom.

Tinker saß eine Weile reglos, den Blick auf das Bild gerichtet, während Tom den Atem anhielt. Schließlich setzte er die Kerze wieder auf den Boden, legte die Zeichnung beiseite, faßte ihr unters Kinn und hob ihren Kopf zu sich hoch. Es versetzte ihm einen Stich, als er sah, daß sie Tränen in den Augen hatte.

»Ich weiß ja jetzt, daß du schüchtern und verlegen bist«, sagte er sanft, »aber hilf mir. Bedeutet das etwas Gutes?«

Tinker nickte leicht, und eine Träne kullerte über ihre Wange.

»Magst du mich?« fragte er. Zuerst schüttelte sie den Kopf, dann nickte sie nachdrücklich. »Magst du mich nicht einfach nur, sondern ziemlich?« übersetzte er. Sie nickte noch kräftiger. »Und vielleicht … liebst du mich auch?« Das war so vorsichtig und leise gesagt, daß sie so tun konnte, als hätte sie es nicht gehört, falls sie darauf nicht antworten wollte.

Tinker zwang sich, ihm offen in die Augen zu sehen, und nickte erneut, nur ganz wenig, zum Zeichen eines stummen, aber unmißverständlichen Geständnisses. Schließlich warf sie mit aller Heftigkeit die Arme um ihn und zog ihn zu sich hinab, so daß sie ineinander verschlungen liegenblieben. Sie rollte sicher über ihn und küßte ihn stürmisch auf Gesicht und Hals. »Da und da und da«, stieß sie atemlos dazu aus, bis er lachen mußte, weil ihn ihre Küsse zu kitzeln begannen und sie ihre Ellenbogen in seinen Brustkorb drückte.

»Hilfe«, rief er, nach Luft japsend, fing ihre Hand ab und hielt sie fest. »Wo soll das enden, Weib? Bitte, Tinker, Liebling, rede mit mir. Ich weiß, du kannst reden. Du hast ja schon mal mit mir geredet.«

»Wie würde das normalerweise bei dir enden?« fragte sie.

»Da ist nichts Normales dran. Ich habe mich gerade eben zum erstenmal in meinem Leben wirklich und echt verliebt.«

»Ich mich auch.«

»Na, endlich sagst du es!« jubilierte er.

»Habe ich nicht.«

»Wieso denn? Gerade eben in dieser Sekunde hast du gesagt, du liebst mich.«

»Habe ich nicht. Da hast du falsche Schlüsse gezogen. Ich, Tinker Osborn, liebe dich, Tom Strauss. So, jetzt habe ich es gesagt. Uff ... jetzt fühle ich mich besser.«

»Sag es noch mal.«

»Versuche es doch aus mir herauszukriegen.«

»Ach, jetzt reicht's aber. Du forderst es heraus, wie?«

»Ist das eine Drohung oder ein Versprechen?«

»Oh, Tinker, du treibst mich zum Wahnsinn, weißt du das?«

»Die Zeit wird es zeigen«, antwortete sie und zog ihren Sweater aus. »Und zwar schon sehr bald«, ergänzte sie, als sie auch aus ihrer Skihose schlüpfte und dann lächelnd und in ihrer gesamten hinreißenden Jugend und knospenden Schönheit auf der weißen Couch lag.

Tom hielt den Atem an und berührte mit der Fingerspitze ihre zart rosafarbene Brustwarze, die sich sofort aufrichtete. Wahnsinn, dachte er, totaler Wahnsinn, als er sich selbst die Kleider vom Leib riß. Es war ihm klar, daß sie ihn verrückt machte, daß er sie brauchte und sie für alle Zukunft alles auf der Welt für ihn sein würde.

11

»Frankie ist stinksauer«, vertraute April Maude Callender an, als sie sich am Zeitungsstand der Hotelhalle begegneten. »Nur weil Tinker vergangene Nacht nicht hier schlief, läßt sie es an mir aus. Als ob das meine Schuld wäre. Seit wann bin ich für Schlafkontrollen zuständig?«

»Wann haben Sie Tinker denn zuletzt gesehen?« fragte Maude hochinteressiert.

»Gestern abend beim Essen. Dann ist sie allein weg, mit einem der Kerle. Jordan und ich sind in einen anderen Club gefahren und haben dort ein paar Stunden getanzt. Aber Jordan ist jetzt auch verschwunden, und ich alleine bin nur noch übrig. Frankie will mich nach dem Essen in den Louvre schleppen. Sie sagt, wir waren noch keiner französischen Kultur gegenübergestellt. Gegenübergestellt! Sie klingt wie meine Großmutter mit ihrem Beethoven, als ich zwölf Jahre alt war! Sie wollte mich gar nicht anhören, als ich sagte, daß es in Paris doch wohl Amüsanteres geben müsse, als sich Bilder anzuschauen. Sie ist eine richtige Tyrannin geworden, diese Frankie, und an mir läßt sie es aus, weil ich die einzige bin, die da ist.«

»Kommen Sie doch lieber mit mir zum Essen«, schlug Maude vor. »Ich zeige Ihnen das wirkliche, echte Paris, oder jedenfalls ein kleines Stückchen davon. Ich habe hier seit Jahren immer mal wieder eine Zeitlang gelebt. Das reicht gerade, die Oberfläche dieser Stadt ein wenig anzukratzen. Was glauben Sie wohl, wie wenig Zeit ich im Louvre verbracht habe!«

»Vielen Dank, Maude, mit Ihnen werden meine Gebete erhört. Ich lasse Frankie eine Nachricht da. In fünf Minuten wieder unten, ja?«

»In Ordnung.« Und genau das war es, dachte Maude. In Ordnung. Sie hatte schon nicht mehr geglaubt, eines der Mädchen einmal allein zu erwischen, ohne ihre allgegenwärtige Aufpasserin Miss Severino. Die erste Regel für Interviewer lautete ohnehin: »Sieh zu, daß du die Einwender und Bedenkenträger loskriegst.« Es spielte keine Rolle, ob das die offiziellen PR-Agenten waren oder die Aufpasser oder Freunde, Schwestern, Mütter oder Kinder. Jede dritte Person bei einem Interview war von Übel und veränderte die Dynamik des Gesprächs. Die Interviewer können nicht frei fragen und die Interviewten nie ganz offen antworten. Eine »offizielle« Interview-Atmosphäre konnte sich nie zu einem ungezwungenen Gespräch entfalten. Beide Parteien folgten bewußt oder unbewußt nur ihren selbstzensierten Äußerungen, selbst dann, wenn die bestellten »Begleiter« still in der Ecke saßen und so taten, als läsen sie inzwischen eine Zeitschrift.

Und es war auch ideal, daß das erste der Models, das Frankies Überwachung entschlüpfte, April war, fand Maude Callender. Für sie war April von Anfang an ihre Favoritin für den Gewinn des Wettbewerbs und des Lombardi-Vertrags gewesen. Vom ersten Augenblick an, als sie sich am Flughafen trafen, hatte sie sich auf April konzentriert. Weil April die beiden anderen einfach ausstach. Sie hatte große Klasse, das stand fest. Sie personifizierte die Art Schönheit, die international anerkannt war als Ausdruck von guter Herkunft, Qualität und sozialem Standard.

Maude Callender selbst stammte aus einer alten, wohlhabenden Familie auf Rhode Island mit philanthropischer Tradition und materiellem Besitz zugleich. Ihr privates Einkommen aus dem Familienvermögen reichte allein für einen guten Lebensstandard aus. Ihre Arbeit gab ihr zusätzlich die nötige Stellung für die Ruhmesleiter, die eine alleinstehende Frau brauchte, wenn sie in der gesellschaftlichen Oberschicht New Yorks mitspielen wollte. Maude Callender hatte stets ihren Glauben an die Bedeutung der gesellschaftlichen Schichten bewahrt, wenn dies auch in der heutigen Welt etwas subversiv und nicht ganz *politcally correct* sein mochte. Es mußte sehr interessant und aufschlußreich sein, dachte sie, mehr über April zu erfahren. Der Knochenbau des Mädchens, fand sie, verlieh ihr diese königliche Haltung, die ihr zur zweiten Natur geworden war. Über ihr Innenleben freilich sagte sie nicht mehr aus als die der Garbo, wenn man sie nur aus ihren Filmen kannte.

Sie beschloß, April ein wenig auf die Rive Gauche, das linke Seine-Ufer, zu führen. Alles, was die Mädchen bisher gesehen hatten, waren die paar Luxusorte gewesen – das überkandidelte Hotel und die Tanzclubs, die sie besucht hatten. Nein, nein, Frankie konnte da gar nicht viel einwenden, wenn sie es auch wohl versuchen würde.

Kaum eine halbe Stunde später saßen April und Maude gemütlich in einem winzigen, anheimelnden russischen Restaurant, das in der kleinen *Rue de L'Abbé à l'Epée*, einer gewundenen Seitenstraße auf dem linken Seine-Ufer, versteckt war und *La Chaika* hieß. Maude warf ihren zweireihigen Mantel im Kutscherschnitt mit seinen polierten Knöpfen, dem hohen Kragen und dem weitschwingenden Rockteil über einen freien Stuhl. Darunter hatte sie ein schwarzes Wollstoffkostüm an, dessen enganliegend geschnittene Jacke über einer grünen Weste einen üppigen Rahmen für die gestärkten Rüschen ihrer weißen Baumwollbluse mit einer hochgebundenen Ascotschleife bildete. Das kurzgeschnittene Haar trug sie in Fransen in die Stirn, die ihr bis zu den Brauen reichten. Sie hätte gut und gerne einen gelehrten, witzigen und wohlhabenden Universitätslehrer aus dem Oxford des 19. Jahrhunderts abgeben können. Lediglich ihr Busen und ihr Make-up verrieten sie als Frau – und durchaus als keine, die man übersehen konnte, was das betraf. April ihrerseits saß, groß und ernst, wie sie nun einmal war, in ihrem blaßrosafarbenen Kaschmir-Sweater und der einreihigen Perlenkette da. Ihr Haar fiel nach vorne über ihre Brust wie ein doppeltes goldenes Seidentuch. Sie sah ebenso exquisit gekleidet und aufgemacht aus, wie sie den Eindruck machte, gleich in Trauer und Weltschmerz zu versinken.

»Was ist los?« fragte Maude.

»Es ist so unfair!« brach es aus April hervor. »Ich habe vorhin zwar nicht erwähnt, wo Jordan ist, aber sie ist bei

Necker! Ist das zu glauben? Er hat sie heute morgen angerufen und sie eingeladen, Versailles zu besuchen. Nur sie! Nur weil sie zufällig ein bißchen was über französische Möbel wußte, bekommt sie die große Chance, sich gleich besonders in die Gunst von Necker einzuschmeicheln! Wenn das nicht Bevorzugung ist, dann weiß ich nicht!« Ihre Empörung über diese Ungerechtigkeit wurde allenfalls dadurch gemildert, daß sie sie sich hier von der Seele reden konnte.

»Das muß gar nichts besagen«, versuchte Maude sie zu beruhigen. »Es sei denn, natürlich, dieser ganze Wettbewerb ist von Anfang an eine abgekartete Sache gewesen. Aber dann wäre nicht einzusehen, warum sie sich diese ganze Mühe damit gemacht und soviel Geld dafür ausgegeben hätten.«

»Wie können Sie so etwas sagen! Necker gehört doch diese ganze Lombardi-Couture. Er muß doch nur auf Jordan zeigen, und alles ist gelaufen!«

»Das wird sicher nicht geschehen. Weil tatsächlich Sie die Beste dafür sind, April, ehrlich«, sagte Maude ruhig und mit voller Ernsthaftigkeit. »Sie sind ganz eindeutig und unübersehbar diejenige, die herausragt. Ich habe schon zu Mike gesagt, daß ich mich in meinem Bericht ganz klar auf Sie festlegen werde. Mein Star der Geschichte sind Sie. Und ich habe ihn auch ausdrücklich aufgefordert, daß er sich bemühen soll, die besten Fotos für meinen Artikel von Ihnen zu machen. Sehen Sie, das ist eine Voraussetzung für meine Arbeit. Ich bin dazu da, meinen ganz persönlichen Eindruck in meinen Berichten wiederzugeben. Es stimmt auch nicht, daß ein Bild mehr sagt als tausend Worte. Jedenfalls nicht, wenn der schreibende Autor den Ton vorgibt.«

»Ich, die Beste? Oh, Maude, tausend Dank! Wenn Sie nur recht hätten!«

Maude dachte, wie naiv amerikanisch ihre Stimme noch klingt! So ausdruckslos, so kleinmädchenhaft, so hoch und kindlich süß, fast wie die Stimme eines Chorknaben.

»Ich weiß«, versicherte sie, »daß ich recht habe! Ich war ja gestern dabei und habe beobachtet, wie Sie diesen Sweater vorführten. Jordan hatte nicht halb soviel Wirkung, ihr Gang ist überhaupt nicht sexy, und von der armen Tinker reden wir besser gar nicht, so hoffnungslos unter ›ferner liefen‹ war sie. Es hat sich sehr gut getroffen, daß wir heute alleine sind. Da können Sie mir ein bißchen von sich selbst erzählen. Schmeckt Ihnen das Essen?«

»O ja, wunderbar, es ist so ... wie sagt man da, Bohème? Ich hatte keine Ahnung, daß es hier in Paris auch russische Lokale gibt. Zwei verschiedene Arten Heringe in Dill habe ich noch nie gesehen. Ich muß mir noch etwas Appetit für die Hühnerpastete aufheben.«

»Ich werde auf jeden Fall Ihren herzhaften Appetit besonders erwähnen«, meinte Maude lachend angesichts des Anblicks, wie April mit Genuß und Hingabe aß. Das *Chaika* auszusuchen war eine gute Idee gewesen; mit seiner femininen und angenehmen Atmosphäre war es ein richtiges kleines Nest. Sie hatte es schon immer als sehr förderlich für ergiebige Gespräche gefunden. Hier umlauerten und umlagerten einen die Kellner nicht pausenlos.

»Ich habe großes Glück, was die Kalorien angeht«, nickte April zufrieden. »Ich kann essen, was ich will, es setzt nicht an bei mir. Und gegen das langweilige Essen, mit dem ich aufwuchs, ist das hier ein richtiges Abenteuer.«

»Erzählen Sie mir doch ein wenig von Ihrer Familie, April! Was macht Ihr Vater beruflich?«

»Mein Vater? Der ist süß. Ein Bankier. Aber seine Arbeit ist im Grunde stinklangweilig. Und meine Mutter ist Dauerchampion in ihrem Golfclub, und daneben betätigt sie sich ein wenig im sozialen Bereich und noch ein paar furchtbar gemeinnützigen Aktivitäten. Natürlich fahren wir alle Ski und segeln und spielen Tennis ... das Übliche eben. Nein, wirklich, ich habe ganz tolle Eltern.« Aber sie winkte ab dazu.

»Geschwister?«

»Eins von jeder Sorte, beide schwer in Ordnung. Langweilig, was? Na ja, ich habe nun mal keinen exotischen Lebenslauf. Wir sind eine ganz normale, durchschnittliche Familie der gehobenen Mittelklasse, haargenau passend auf die Beschreibung in meinem Schulbuch, Fach Soziologie. Kann sein, daß wir eine gefährdete, vom Aussterben bedrohte Art sind. Aber deswegen allein ist unser Leben auch nicht aufregend. Jedenfalls kein Stoff zum Schreiben für Sie.«

»Aber trotzdem lassen Ihre Eltern Sie nach New York gehen und Model werden? Ist das nicht schon einigermaßen ungewöhnlich?«

»Ha! Sie konnten nicht mal versuchen, mich davon abzuhalten! Klar wäre es ihnen lieber gewesen, wenn ich artig aufs College gegangen wäre. Aber ich habe mich schon bei uns zu Hause jahrelang als Model betätigt und dabei sogar anständig Geld verdient. Was blieb ihnen übrig, als zur Kenntnis zu nehmen, daß ich achtzehn und volljährig war und mich entschlossen hatte, es halt zu mehr zu bringen.«

Maude war fasziniert, wie sich Aprils Gesichtsausdruck veränderte, wenn sie von dem Widerstand und der Ablehnung ihrer Eltern sprach. Da lag Leidenschaft darin und eine Wildheit und Entschlossenheit, bei der ihre sonst zur Schau getragene eher träge Passivität plötzlich wie weggewischt war und hochdramatische Ansätze erkennen ließ.

»Aha«, sagte sie also und fragte dann überfallartig: »Waren Sie auch in der Schule schon immer das schönste Mädchen?«

»Na ja ...«

»April, das ist hier kein Test über Ihre Bescheidenheit und Zurückhaltung. Mich interessiert, was Sie trieb und formte.«

»Na ja, ich nehme an, ich war immer schon ... Oh, Gott, ich mag das Wort schön gar nicht sagen. Nein, aber daß ich etwas aus mir machen wollte und daß ich deshalb ja auch nicht gut so tun kann, als wüßte ich nicht, wie ich aussehe. Ganz ehrlich, Maude, ich bin wahnsinnig ehrgeizig, selbst wenn ich den gegenteiligen Eindruck zu machen versuche. Ich will unbedingt etwas erreichen! Ich will unbedingt jemand werden, jemand sein!«

»Wollen wir das nicht alle? Ich weiß sehr gut, was in Ihnen vorgeht.«

»Was mich fast umbringt, ist, daß ich bei weitem nicht soviel gebucht werde wie andere, die nicht einmal mein Aussehen haben.« Sie sinnierte vor sich hin. »Jedenfalls nicht nach üblichen und objektiven Maßstäben. Das ist ein Problem der Wirkung. Ich bin zum Beispiel kein solches Chamäleon wie Tinker. Die kann mit nur dem Heben einer Augenbraue aussehen, wie sie es will. So haben jedenfalls Justine und Frankie die Sache analysiert, die mein Problem ist. Was kann man schon machen, wenn man sich nicht auf Kommando verwandeln kann, sondern immer man selbst ist?«

»Sie sollten es vermutlich nicht in dieser negativen Art sehen, April. Sondern als Herausforderung. Als Anreiz und Antrieb. Ich habe mich tatsächlich schon gefragt, warum Sie nicht mal versuchen, mit Ihrem Aussehen ein wenig zu experimentieren. Schauen Sie, April, Make-up und Garderobe können schlechterdings alles ausrichten, was man will. Seinen Körper und seinen Knochenbau kann man nicht verändern, aber sonst doch so ziemlich alles. Wissen Sie, ich fange an, mich zu fragen, ob Sie bei Ihrer Agentur wirklich am besten aufgehoben sind; ob Loring Model Management tatsächlich die für Sie geeignetste Agentur ist. Gut, ich bin nicht so eingehend bewandert in dieser Branche. Aber es könnte doch möglicherweise sein, daß man es dort nicht eingehend genug versucht hat, Ihre Möglichkeiten zu erkennen und auszuschöpfen, und daß man sich einfach auf Ihr normales Aussehen beschränkt, ohne andere Möglichkeiten auch nur in Erwägung zu ziehen oder zu entwickeln, was an Potential noch da ist! Haben Sie daran noch nie gedacht?«

»Aber nicht doch!« widersprach April lebhaft. »Nein, die Agentur ist einfach großartig! Ich war wirklich sehr glücklich, als mir Justine einen Vertrag gab.«

»Nun ja«, meinte Maude achselzuckend, »sehen Sie, großartig und glücklich ist nicht immer unbedingt das Beste für eine Karriere! Sagen Sie mir doch mal, warum Ihrer Ansicht nach Gabrielle d'Angelle Sie mit ausgesucht hat, wenn Sie selbst meinen, keine so große Ausstrahlung zu haben?«

»Na ja, das ist ja klar. Wegen meines Laufsteggangs. Der ist ja nun mal meine Stärke. Das ist mein Geheimnis. Man geht und sieht gelangweilt drein, und dabei schwingt man ganz raffiniert mit den Hüften ... ich bin schon froh, daß ich das so gut drauf habe.«

»Und gestern, wie war das, was dachten Sie sich dabei, als Sie das mit Ihrem Haar machten?«

»Na ja, weil ich das Gefühl hatte, irgend etwas Neues sei angemessen. Manchmal kann ich es selbst nicht mehr ausstehen, daß ich so verdammt konventionell ausschaue. Normalerweise spiele ich dieses nordische Blond, das ich nun mal habe, voll aus. Schließlich ist es ja meine Stärke, das weiß ich durchaus. Aber manchmal ist da so ein kleines Teufelchen in meinem Kopf. Kennen Sie das Model Kristen McMenamy? Nein? Sehen Sie, die ist dieser kräftige, starke, ungewöhnliche Typ mit einem fast männlichen Gesicht, und sie hat es zu absolut nichts gebracht, bis ihr eines Tages einfiel, sich die Augenbrauen abzurasieren und sich das Gesicht kreideweiß zu schminken und dazu dann diesen Ausdruck vor sich herzutragen: Wißt ihr was, ihr könnt mich alle zusammen mal. Und? Sie war über Nacht eine Sensation. Kein Mensch hat sie je lächeln gesehen. Und heute ist sie ein Super-Model. Sie hat eine ganz neue Art Schönheit erfunden, und alle reißen sich um sie. Sie ist einfach androgyn, der perfekte Zwitter. Und? In Wirklichkeit verheiratet und hat ein Kind. Wie soll man, ich, gegen so etwas konkurrieren?«

»Warum sollten Sie so ausgefallen aussehen wollen?« fragte Maude dagegen. Aprils Selbstanalyse faszinierte sie zusehends. Sie mußte das Ergebnis jahrelanger Selbstforschung und des Vergleichs mit tausend Mädchen auf Zeitschriftenmodefotos sein.

»Weil ich mit einem Aussehen geschlagen bin«, sagte April, »das den Erwartungen entspricht! Ich habe dieses typisch amerikanische bildhübsche Aussehen, verstehen Sie, das prima ist, wenn man vom Leben nicht mehr als Polo erwartet. Mit einem Wort, sterbenslangweilig. Ich bin die typische kalte Blondine, die Kühlschrankblondine, die eisgekühlte Blondine. Und was das Schlimmste dabei ist, obendrein nicht *cool,* Maude! Verstehen Sie, was ich meine? Und das ist heutzutage schon die halbe Hinrichtung. Ich habe kein Jota Feuer in mir, das ist es! Denken Sie mal an Kate Moss in diesen *Obsession*-Anzeigen! Nicht? Das ist Feuer. Sie steht aus dem Bett auf, splitternackt, sichtbar mit einem Riesenkater und schlechtem Mundgeruch. Sie gähnt ganz laut, und ihr Freund raucht einen Joint. Danach aber kommt sie daher wie aus dem Ei gepellt, so daß sie die ganz großen und tollen Laufstegsachen machen kann, genausogut aber auch die Calvin-Klein-Geschichten vom typischen amerikanischen Mädchen. Dabei überzeugt sie einen sogar fast, daß sie Amerikanerin sei und nicht etwa, was sie wirklich ist, eine zu kleine Engländerin mit einer Haarfarbe wie Spülwasser.« Aprils resignierte Verbitterung war vollständig.

»Aber, April«, mahnte Maude, »es ist doch gar nicht so, daß alles unbedingt nur Feuer und Unkonventionalität sein müßte! Kind, Sie sind nur total besessen davon! Sie analysieren Ihr eigenes Aussehen wie eine Außenseiterin und unterschätzen dessen Qualitäten, wie es nur professionelle Schönheiten tun können. Mir ist noch nie jemand begegnet, der sich selbst so abwertet wie Sie und die eigenen kleinen Unvollkommenheiten unter der Lupe aufbläht. Sie haben sich angewöhnt, sich selbst nur noch in Begriffen von Konkurrenz zu sehen und zu verstehen, und dabei vergessen, sich darauf zu stützen, was Sie unverwechselbar und einzigartig macht! Was Sie haben, das andere nicht haben. Sie sind doch ein seltenes und ganz spezielles Exemplar, und das werden Sie immer sein, Ihr Leben lang. Darauf müssen Sie bauen. Sie sind eine klassische Schönheit, die Ihnen noch bleibt, wenn längst kein Hahn mehr nach irgendeiner Kristen McMenamy kräht und sich niemand mehr für eine Kate Moss interessiert. Sie müssen sich als das begreifen und akzeptieren, was Sie sind, April! Nämlich, Sie sind die amerikanische Cathérine Deneuve, zum Donnerwetter!«

»Ich weiß nicht einmal genau, wer das ist«, sagte April, wenn ihr auch die Versicherungen Maudes sichtlich wohltaten. Maude war schließlich herumgekommen in der Welt, das wußte sie.

»Sie ist Frankreichs größter Filmstar, war es praktisch immer schon und wird es immer sein, das ganze Land vergöttert sie. Sie ist mit Yves St. Laurent befreundet, und vor Jahren galt sie sogar als seine sogenannte Muse, nämlich seine Anregung und Inspiration. Sie müssen sie doch kennen und wissen, wie sie aussieht!«

»Ja, ja, ich weiß schon«, sagte April. »Diesen letzten Film von ihr habe ich verpaßt, *Indochine,* nicht? Aber ich habe die Plakate gesehen. Bitte, Maude, reden wir nicht mehr vom Aussehen. Ich kann es nicht mehr hören, es hat mich schon zuviel beschäftigt.«

»Einverstanden.« Maude sah sich im Restaurant um. April war sich offenbar der anderen Gäste nicht bewußt, die sie hypnotisiert anstarrten, seit sie sich gesetzt hatte. Das Mädchen, dachte Maude, ist daran so gewöhnt, angestarrt zu werden, daß sie es schon seit langem nicht mehr wahrnimmt. Es ist für sie so normal wie die Luft.

»Erzählen Sie mir doch etwas über Ihre Freunde«, sagte sie rasch, um das Thema möglichst übergangslos zu wechseln.

»Das«, erklärte April, »ist so ungefähr das zweitunliebste Thema, über das ich reden möchte.« Sie zog eine entschuldigende Grimasse. »Aber es war mir natürlich klar, daß Sie genau danach fragen würden.«

»Aber warum denn? Ich meine, die Männer müssen Sie doch umschwirren wie Motten das Licht?«

April zeigte ihr breites, ganz unerwartet offenes Lächeln. Es war sehr viel amüsanter, hatte sie entdeckt, mit Maude zu plaudern, als sie auch nur ahnte. Nichts Hemmendes war mehr in diesem Gespräch unter vier Augen, und die Tatsache, daß sie der Mittelpunkt von Maudes *Zing*-Artikel sein sollte, tat ein übriges. Alles war so total unerwartet und so aufregend, daß sie sich zwingen müßte, erst einmal richtig darüber nachzudenken, wenn sie wieder allein war.

Für den Augenblick bereitete es ihr einfach zuviel Vergnügen, mit einer erwachsenen, richtigen Freundin zu reden, wie es mit Tinker oder Jordan überhaupt nicht möglich war; schon weil sie nicht wollte, daß diese beiden zuviel von ihr erfuhren. Sie waren alle drei schließlich nur per Zufall zusammen. Es war ihnen zwar klar, daß es vorteilhaft war, dieses Spiel von den kichernden und gleichgesinnten innigen Freundinnen zu spielen, während sie einander doch kaum kannten. Sie wußte, daß sie den anderen beiden nicht trauen konnte, so wenig wie diese ihr, weil sie schließlich alle drei jede für sich den begehrten Lombardi-Vertrag haben wollten.

»Wenn ich Ihnen etwas vertraulich erzählte«, fragte sie vorsichtig, »und Sie bitten würde, es nicht zu verwenden, würden Sie das einhalten? Oder ist das nur so eine Redensart, wie sie im Film immer gebraucht wird, aber im Leben nicht gilt?«

Maude sagte: »Aber selbstverständlich bleibt alles, was als

vertraulich deklariert wird, auch vertraulich und wird nicht verwendet.« Sie meinte das wirklich ernst. Für sie war das ganz unabdingbar. Sie hatte ihre jetzige Position nicht erreicht, indem sie ihre Informanten vor den Kopf gestoßen hätte. Es gab genug Prominente, die anderen Journalisten von Radau- und Revolverblättern Interviews verweigerten, weil sie ihr Vertrauen mißbrauchten, sich den Teufel um Absprachen scherten, aber mit ihr, Maude, jederzeit sprachen, weil sie wußten, daß sie von ihr fair behandelt wurden.

»Wissen Sie noch«, sagte April also, »wie Sie uns neulich fragten, ob wir alle drei noch Jungfrauen seien, und wie dann Frankie dazukam und Schluß der Debatte anordnete? Sehen Sie, das ist etwas, das ich vor den anderen niemals zugegeben hätte, weil sie mich natürlich ausgelacht hätten. Ich sehe schon genug un-cool aus, da kann ich wenigstens so tun, als hätte ich schon tolle Sexerfahrungen. Aber tatsächlich ... nun ja, jetzt wissen Sie es wohl sowieso schon, nach dem, was ich bisher sagte. Und wo es jetzt auch vertraulich ist ...: also jedenfalls, habe ich nicht.«

Maude hakte vorsichtig nach: »Sie meinen, im Moment haben Sie kein Sexualleben?«

»Nein. Das wäre ja nur wie so viele Mädchen in der Branche. Daß ich also nur auf der Suche nach dem Richtigen wäre. Nein, das meine ich nicht.« Und sie sagte es ganz langsam. »Ich hatte noch nie eines. Sexualleben, wie Sie das nennen.«

»Nun ja«, meinte Maude behutsam, weil sie auch Aprils Verlegenheit und Kummer bemerkte, »Sie sind ja noch so jung ...«

»Das hat doch damit nichts zu tun! Ich bin jetzt fast zwanzig, und da ist man doch wirklich ein Spätling, wenn man noch nicht ... Nein, das hat mit etwas anderem zu tun, aber ich weiß nicht, was es ist. Ich mag Männer durchaus, als Leute, sozusagen. Aber ich mache mir nichts in dieser Beziehung aus ihnen, verstehen Sie? Körperlich, meine ich.

Vielleicht bin ich auch immer nur mit den falschen Jungs ausgegangen, aber wenn ich einem auch nur den kleinsten Gutenachtkuß gebe – und dem kommt man ja nicht aus –, fällt er schon über mich her! Abstoßend ist das! Ich höre zu, wie meine Freundinnen über Männer reden, und wenn man das so hört, dann denkt man, daß Jungs ... oder von mir aus Männer, wie man sie auch nennt ... das Tollste und Aufregendste sind, was es gibt, das Begehrenswerteste auf der ganzen Welt. Ich verstehe das einfach nicht. Ich habe so etwas noch nie empfunden oder verspürt!«

»Haben Sie denn überhaupt jemals einem eine Chance gegeben?«

»Mehreren sogar«, sagte April, schüttelte aber den Kopf in der Erinnerung daran. »Ich habe mich richtig dazu gezwungen. Ich ließ sie ... na ja, ich kann es Ihnen ja ruhig sagen ... ich ließ sie fast ... aber dann konnte ich einfach nicht. Sie haben mir versprochen, Gummis zu nehmen. Als gäbe es keinen anderen Grund, es nicht zu wollen, als die Angst, daß man schwanger wird oder Aids bekommt. Ich konnte es ihnen einfach nicht sagen, was der wahre Grund für mich war, daß ich es nicht über mich brachte ... Nämlich der Gedanke an diese ganze ... klebrige Geschichte. Wenn ich es nur nicht versucht hätte! Diese Jungs waren widerlich danach. Ich kann es ihnen wahrscheinlich nicht einmal übelnehmen. Aufgeilerin war das mindeste, was sie mich dann schimpften: erst einen auf 180 bringen und dann kneifen. Aber das hatte ich wirklich nicht im Sinn gehabt, nie. Ich fühlte mich einfach nur verpflichtet, ihnen eine Chance zu geben. Mag ja sein, daß ich auch in Fahrt kam, wie alle, aber dann ging es einfach nicht, und ich konnte nicht.«

»Und Sie haben also deshalb noch nie ...«

»Noch nie, nein. Und ich will es auch nie. Ist mir gleich, ob das als nicht normal gilt. So bin ich nun mal. Selbstverständlich erwartet man von mir, daß ich irgendwann heirate wie alle. Meine Mutter hat meine Hochzeit vermutlich schon genau geplant. Aber ich sehe nicht, daß das je passieren wird. Gott sei Dank bin ich noch jung, und sie haben mich noch nicht unter Druck gesetzt deshalb. Aber Sie, Maude, waren doch auch nie verheiratet, oder? Wie sind Sie damit fertiggeworden?«

»Ich ließ der Natur ihren freien Lauf. Wenn man es beharrlich aussitzt, akzeptieren die Leute schließlich, daß man eine unverheiratete Frau ist, und richten sich danach. Das ist natürlich viel leichter, wenn man nicht gerade eine umwerfende Schönheit ist.«

»Jetzt sind Sie aber diejenige, die auf Bescheidenheit macht«, meinte April amüsiert. Sie war auf einmal sehr viel gelöster und lockerer, jetzt, wo sie ihr Geheimnis jemandem anvertraut hatte, zumal Maude weder überrascht noch schockiert zu sein schien. »Sie sehen doch wirklich toll aus! Anders, auffallend, und das steht Ihnen wahnsinnig gut, und Sie sind so völlig selbstsicher! Ich wollte, ich hätte den Mumm, mich so anzuziehen wie Sie!«

»Man weiß nie. Vielleicht überraschen Sie sich selbst ...?« sagte Maude langsam.

Und sie dachte im stillen: Ganz genau, meine Kleine, ganz genau. Vielleicht überraschst du ja uns beide? Sie war ausgezogen, mehr über April zu erfahren, und, bei Gott, das hatte sie ja nun ... Sie beglückwünschte sich selbst, während sie, wenn auch vergeblich, zu überschlagen versuchte, wie sie ihrem Gehirn die narkotisierende Neuigkeit einverleiben sollte, daß alle Frauen, die sie bisher geliebt hatte, irgendwie eine Annäherung an den Typ April gewesen waren. Nicht eine aber war das Wahre und Echte gewesen, eben das Original. Nicht eine war April.

12

Jacques Necker und Jordan Dancer schlenderten durch den Garten des Petit Trianon in Versailles, von wo aus das Schloß selbst nicht mehr zu sehen war. Die Wintersonne stand hoch an einem wolkenlosen, blassen Himmel. Es war warm genug, daß Jordan die Kapuze ihres langen roten Mantels abstreifen konnte.

»Dies hier ist mein liebster Ort«, sagte Necker, »weil er so ganz ohne allen Pomp ist. Dieser hübsche kleine Pavillon dort drüben ist das Belvedere. Dort saß Marie Antoinette, als ein Page kam und ihr sagte, daß die Pariser auf den Palast zumarschierten. Es war wohl der letzte glückliche Augenblick ihres Lebens. Sie sah diesen Park nie wieder. Es scheint ganz unmöglich, daß dies alles sich genau vor zweihundert Jahren ereignete.«

Jordan blieb stehen und lauschte auf die Vögel in den kahlen Bäumen. In einiger Entfernung arbeiteten die Gärtner an der Vorbereitung der Frühjahrsanpflanzungen im Park. »Es ist so still hier«, sagte sie, »fast unirdisch. Besonders, wenn man aus dem lauten Paris kommt. Mir ist, als träte ich in Marie Antoinettes Welt ein. Da läuft es mir richtig kalt über den Rücken. Vermutlich, weil wir wissen, wie sie endete, nicht?« Dann fragte sie etwas verwundert: »Aber sagen Sie, wieso haben wir das Schloß selbst nicht besichtigt? Das nahm ich eigentlich an, als Sie mich heute morgen anriefen.«

Meine Verwunderung reicht in Wirklichkeit noch weiter als bis zu dieser speziellen Frage, dachte sie im stillen. Sie konnte doch, fand sie, diesem bedeutenden und reichen Industriellen nicht sagen, daß sie, nachdem sie seine Einladung zu einem Besuch in Versailles erhielt, eine verwirrte Stunde lang überlegt hatte, was das denn wohl bedeutete. Oder mehr, daß sie auch jetzt immer noch an der Klugheit ihrer Entscheidung zweifelte, die Einladung angenommen zu haben. Natürlich hatte sie von Anfang an versucht, großen Eindruck auf Jacques Necker zu machen. Aber das hatte sich allein darauf konzentriert, daß sie besonders auffallen wollte, um den Vertrag zu bekommen. Jacques Necker war außerordentlich attraktiv, keine Frage, aber nie im Leben hatte sie im Sinn gehabt, sich mit ihm näher einzulassen. Nichts konnte unprofessioneller sein. Wenn dies hier, Gott behüte, damit enden sollte, daß er Annäherungsversuche machte, dann wurde das äußerst peinlich für sie beide. Andererseits, wie hätte sie auch diese Einladung ablehnen können?

»Für mich«, sagte Necker inzwischen als Antwort auf ihre Frage, »ist der Park das Wesentliche an Versailles. Das Schloß selbst ist von geradezu monumentaler Leere, die nur traurig macht. Es ist kein Leben darin, bei aller versuchten Pracht. Nach der Revolution sind alle Möbel ausgeräumt worden und endeten weiß Gott wo. Die Tapisserien und Gemälde wanderten ins Museum, und was jetzt überhaupt noch da ist, sind Restaurierungsversuche. Wenn es Geister gibt, und ich glaube fest an Geister, dann sind sie hier, im Park, nicht in diesen riesigen, aber fast leeren Korridoren und Treppenhäusern.«

»Sind wir also auf Geisterjagd«, fragte Jordan, »oder sind Sie ein nostalgischer Royalist? Würden Sie gerne sehen, daß die Monarchie wiederkommt? Gehören Sie zu den Leuten, die den Thronprätendenten von Frankreich unterstützen, den Grafen von Paris, mit allen seinen glücklich verheirateten Kindern, gegen die andere, regierende Königshäuser ganz armselig aussehen?«

»Wie in aller Welt kommen Sie denn auf solche Ideen?« fragte Necker amüsiert lächelnd. Jordans kurze Löckchen tanzten in einer leichten Brise hoch. Die fahle Wintersonne der Ile de France schien einen flirrenden Rahmen um ihr warm schimmerndes Gesicht zu bilden. Vor dem Hintergrund der kahlen Bäume sah Jordan aus, als könne sie jederzeit ein Feuer entfachen, einfach nur, weil sie dastand und sich drehte.

»Vorwiegend«, beantwortete sie seine Frage, ebenfalls lächelnd, »durch *Hello,* das ist eine englische Zeitschrift, die sich sehr intensiv mit dem gesamten europäischen Hochadel beschäftigt. Das ist ganz witzig zu lesen. Beispielsweise, daß die Queen in London ihren Friseur am besten früh im Morgengrauen erschießen lassen sollte. Oder daß die neue Königin von Belgien besser ihre gesamte Garderobe verbrennt. Aber ich kritisiere nicht nur. Ich bin auch ein Groupie. Mein Liebling ist Lady Sarah Armstrong-Jones, die Tochter von Prinzessin Margaret. Die trug zu einer königlichen Hochzeit eine legere Hose und stahl damit allen die Schau. Ach Gott, ja, das ist alles Märchenstunde.«

»Haben Sie Sinn für Märchen?« fragte Necker, der daran dachte, daß dieser Ausflug fast ebenso schmerzlich für ihn war wie auch eine Freude. Eigentlich hatte er mit Justine hier sein wollen. Eigentlich wollte er ihr diese Fragen stellen. Eigentlich sollte er seine Tochter kennenlernen, statt mit diesem fremden Wesen herumzuspazieren, für das es kaum minder seltsam sein mußte wie für ihn, hier mit ihm zu sein. Aber letzten Endes, ein Tochterersatz war immer noch besser als niemand in seinem elenden Zustand, in dem er sich befand. Und sie war nun einmal das einzige von den drei Mädchen gewesen, das Interesse für französische Geschichte gezeigt hatte.

»Nun«, sagte Jordan, »auf jeden Fall sind sie besser als die Realität, jedenfalls in neun von zehn Fällen.«

»Setzen wir uns doch ein Weilchen auf diese Bank da«, schlug er vor. »Ist Ihnen auch nicht kalt? Es ist an sich ganz geschützt hier.«

»Auch wenn nicht, würde ich mich gerne setzen«, antwortete Jordan. Sie war froh, nicht weitergehen zu müssen.

Necker war sich offenbar nicht bewußt, wie kräftig und rasch er ausschritt. »Die Hofdamen von einst waren wohl gut im Training, wenn man bedenkt, welche Entfernungen sie hier von einem Ort zum anderen ständig zurückzulegen hatten. Wie schafften die das dabei überhaupt, sich fünfmal oder sechsmal am Tag umzuziehen, gar nicht zu reden von ihren Pflichten, zu flirten und zu tanzen und Karten zu spielen und sich außerdem um ihren sozialen Aufstieg zu kümmern?«

»Tja, vermutlich, weil die Konkurrenz so groß war, daß sich keine leisten konnte nachzulassen.«

»Das kommt mir doch bekannt vor«, sagte Jordan und lachte, »genau wie bei uns, bei mir. Mit Ausnahme natürlich des Flirtens und des Kartenspielens und des sozialen Aufstiegs.«

»Erzählen Sie mir doch etwas über Justine Loring«, sagte Necker abrupt, weil er einfach nicht weiter an sich zu halten vermochte. »Kann man gut mit ihr auskommen?«

»Sie ist«, erklärte Jordan, »nach meiner Ansicht jedenfalls, die überhaupt Beste in der ganzen Branche. Ein Jammer, daß sie ausgerechnet jetzt krank werden mußte und nicht mitkommen konnte. Ich weiß ja, daß Sie sie eigentlich hier haben wollten. Aber wir sind auch bei Frankie in guten Händen.«

»Wieso sagen Sie, daß sie die absolut Beste ist?« hakte er nach. »Aus welchem speziellen Grund?«

»Ich weiß, daß ich ihr total vertrauen kann. Sie verliert niemals die Ruhe und Beherrschung. Kein Kunde kann sie einschüchtern. Und sie betreibt keine Günstlingswirtschaft. Sie vertritt die Interessen aller ihrer Mädchen mit Nachdruck und Hingabe und ist eine starke Persönlichkeit.«

»Glauben Sie, daß sie auch eine glückliche und zufriedene Frau ist? Haben Sie das Gefühl, daß sie ein erfülltes Leben hat, oder fehlt ihr vielleicht etwas? Ich meine, menschlich und privat.«

»Die Frage kann ich wirklich nicht beantworten«, sagte Jordan und war leicht verwundert. Was sollten diese Fragen alle? »Justine teilt ihre Gefühle nicht mit, Monsieur Necker. Und ihr Privatleben geht uns nichts an. Wir wissen auch nichts darüber. Schon weil sie da viel zu reserviert ist. Sie ist intensiv an uns allen interessiert und kümmert sich um unsere Karriere, aber sie gibt niemandem irgendwelchen Grund und Anlaß zum Klatsch über sie.«

»Sie sagten, Sie vertrauen ihr vollständig«, fragte er fast scharf nach. »Was genau hat sie je getan, damit Sie das empfinden?«

»Nun, Vertrauen, das ist eine komische Sache. Bei manchen Menschen hat man es einfach sofort, bei anderen nie. Ich halte mich nicht für eine untrügliche Beurteilerin von Charaktereigenschaften. Justine hat zweifellos eine der besten Reputationen in unserer ganzen Branche, aber das ist eigentlich schon alles, was ich mit absoluter Sicherheit über sie sagen kann. Frankie ist ihre beste Freundin. Wenn Sie mehr über Justine und ihr Privatleben wissen wollen, müßten Sie Frankie fragen.«

»Wissen Sie, ich möchte immer soviel wie möglich über die Leute wissen, mit denen ich in Geschäftsbeziehung trete oder stehe«, sagte Necker, um auf den leicht fragenden Unterton in Jordans Bemerkung einzugehen. »Das ist in vielerlei Hinsicht sehr hilfreich.«

»Da ist noch etwas, was mir ungeheuer viel bedeutet. Justine besteht immer darauf, daß Kunden mich persönlich ansehen, selbst wenn sie nicht ausdrücklich eine ›farbige Person‹ verlangt haben – so lautet der gegenwärtig übliche Ausdruck. Die meisten anderen Agenturen erklären einem ohne Umschweife, der Kunde müsse einen in dieser Eigenschaft ausdrücklich anfordern, bevor man auch tatsächlich zur Ansicht hingeschickt werde. Aber Justine versucht mich durchzusetzen, wo immer es nur geht.«

»Eine ›farbige Person‹, wie? Ich dachte, die letzte gültige Sprachregelung in dieser Sache sei ›afro-amerikanisch‹?«

»Das wird wohl niemals endgültig geklärt und festgelegt werden. Es ist ein ewiges Darumherumreden. Niemand möchte einen Ausdruck benutzen, der als abwertend oder geringschätzig verstanden werden könnte.«

»Ich bitte um Entschuldigung«, sagte Necker. »Ich wollte Ihnen nicht zu nahe treten. Es ist nur, sehen Sie, für einen Schweizer ... ich meine, wir haben natürlich die deutsche und die französische und die italienische Schweiz, aber ...«

»Aber Sie sind alle weiß. Glückliche Schweiz.«

»Tut mir leid, wenn ich Sie beleidigt haben sollte.«

»Aber nicht doch«, sagte Jordan lächelnd über seine typische Reaktion. »Es ist dies eben halt ein Thema, zu dem ich sehr viel zu sagen habe. Und ich bin eigentlich kaum jemals einem Weißen begegnet, der darüber unbefangen mit unsereinem reden könnte.«

»Nein, ich bin gar nicht befangen«, sagte Necker, »und es interessiert mich auch wirklich.«

Jordan musterte Necker und entdeckte eine offene und direkte Wißbegier in seinem Blick, die die meisten Menschen, dachte sie, höflich verbergen würden. Sie spürte, daß sie sich nun sicher bei ihm fühlte. Nichts, was er gesagt hatte, deutete auf erotisches Interesse an ihr hin. Seine befehlsgewohnte Art störte sie auch nicht weiter, so wenig wie seine Gewohnheit, ständig Fragen beantwortet haben zu wollen. Sie respektierte ihn und vertraute ihm ausreichend, um nun offen mit ihm zu sein und ihn beim Wort zu nehmen.

»Nun«, sagte sie, »nehmen wir mal zum Beispiel ›schwarz‹ und ›Schwarze‹ als Wort dafür. Es gibt eine ganze Menge Leute meiner Rasse, die tatsächlich darauf bestehen, sich weiterhin als schwarze Amerikaner zu sehen und zu begreifen und nicht als Afro-Amerikaner. Weil sie nämlich kulturell schon so weit von Afrika entfernt sind und ihre Vorfahren schon seit so vielen Generationen in Amerika leben – länger als nur wenige andere Amerikaner –, daß sie keine emotionale Bindung mehr an Afrika haben. Andererseits bin ich beispielsweise nicht mehr schwarz genug für viele Amerikaner meiner Rasse.«

»Das ist einigermaßen verwirrend.«

»Meinen Sie, für mich nicht? Neulich las ich eine englische Zeitschrift für schwarze Frauen. Darin stand, ich zitiere wörtlich, daß es ›um die dreiunddreißig Schattierungen schwarzer Haut gibt, vom blassesten Elfenbeinton bis Blauschwarz‹. Was den Leuten alles einfällt! Wer ist da von wem dazu ernannt worden, diese angeblich dreiunddreißig Schattierungen zu zählen, und wie, in aller Welt, haben sie das angestellt? In derselben Zeitschrift war noch ein anderer Artikel über Roshumba, ein schwarzes Top-Model. Die nennen sie darin eine ›echte Schwester‹, weil sie nämlich eine sehr kurze Afrofrisur trägt und eine ziemlich negative Haltung gegen einige andere schwarze Models vertritt, die ihr sagten, daß sie jederzeit zustimmen würden, lange Haare zu tragen oder sich die Nase geradeoperieren zu lassen, wenn sie damit auf die Titelseite der *Vogue* kämen. Als wäre ein weißes Model nicht genauso bereit, ohne daß es sich gleich illoyal gegenüber den Schotten oder Italienern in ihr fühlen würde! Ich vermute, daß diese Roshumba – was übrigens nichts Geringeres bedeutet als ›schön‹ auf Suaheli – sich selbst, wenn auch vielleicht unbeabsichtigt, als Hohepriesterin schwarzer politischer Korrektheit versteht. Sie mußte vermutlich niemals persönliche Kompromisse eingehen. Sie ist umwerfend, so wie sie eben ist, mit ihren drei verschiedenen Badeanzugtiteln auf *Sports Illustrated* als Beweis. Also, als wäre nicht alles schon schwierig genug, muß ich mich damit zufriedengeben, nicht wirklich korrekt schwarz zu sein und damit keine echte ›Schwester‹.«

»Na ja, können Sie nicht vielleicht, was weiß ich, Ahornsirup sein oder Apfelmost oder sehr schaumiger Cappuccino oder Tee mit Milch oder trockener Sherry oder ...?«

»Genug schweizerischer Humor, Monsieur Necker! Na, wenigstens haben Sie nicht auch noch ›Milchschokolade‹ gesagt!« Jordan schüttelte mißbilligend den Kopf. »Aber wo Sie nun schon mal damit angefangen haben, wie wäre es denn mit feinem Malz-Scotch und viel Sahne darin? Das käme der Sache doch ziemlich nahe, wie? Natürlich würde kein einziger Malz-Scotch-Trinker jemals Eiswürfel in sein Glas tun.«

»Ich meinte das ganz ernst«, sagte Necker. »Weichen Sie nicht aus.«

»Die Antwort ist ganz einfach. Es ist pure Zeitverschwendung, sich damit zu befassen, was für einen speziellen Hautfarbton ich habe, weil sich daran sowieso nichts ändern läßt. Allerdings bin ich mir andererseits natürlich bereits über das Problem bewußt. Man sollte meinen, einfach schwarz zu sein sei schon genug, daß man sich damit herumschlagen muß. Aber nein, selbst noch die Schattierung deiner Schwärze ist von ungeheurer Bedeutung.«

Sie bemühte sich, sich so präzise zu artikulieren, wie sie es auch ihrem Vater gegenüber immer versuchte. Sie hatte gemerkt, daß Necker sich mit weniger nicht zufriedengeben würde.

»Und warum ist das so? Gilt heller immer als besser?«

»Nein, so einfach ist es nicht«, fuhr Jordan fort und wählte ihre Worte sorgfältig. »Wenn es auch nie ganz vergessen wird. Allgemein gesprochen gilt heller zwar tatsächlich als wünschenswerter, speziell bei Frauen. Aber wissen Sie, das ist ja auch nicht nur die Reaktion Weißer, sondern auch, was die Schwarzen selbst für wichtig halten. Schwarze machen diese Unterschiede genauso wie Weiße. Ich weiß, daß eine schwarze Frau, wenn sie mich ansieht, immer sofort denkt, mit wem meine Großeltern und deren Großmütter und deren Urgroßmütter wohl geschlafen haben, damit am

Ende bei mir herauskam, was meine spezielle Mischung sogenannter nichtschwarzer Merkmale und Gesichtszüge ist. Mit anderen Worten, es läuft darauf hinaus, daß mein Aussehen ein Hinweis darauf ist, wieviel weißes Blut zu meinem ursprünglichen schwarzen ich in mir habe. Es geht immer um die Rasse, Monsieur Necker. Wenn ein anderer Schwarzer mich mustert, weiß ich, daß dabei meine sämtlichen Vorfahren vor Gericht stehen. Ich selbst stelle mir diese Fragen ja auch immer wieder, so ist es nicht. Wer waren diese weißen Vorfahren bei mir? Haben sie meine schwarzen Vorfahren geliebt oder sich ihrer nur bedient? Ich muß einen ungeheuer komplizierten Stammbaum haben, von dem ich nie etwas Genaues wissen werde. Das frustriert, glauben Sie mir, und macht traurig und wütend zugleich.«

»Ich hatte keine Ahnung ...«

»So wie die meisten Leute«, sagte Jordan. »Und ich hatte keine Ahnung, daß ich so eine Rede halten würde.«

»Erzählen Sie mir doch etwas über Ihre Eltern«, sagte Necker. »Und wie Sie aufwuchsen.«

»Mein Vater ist Berufsoffizier. Colonel Henry Dancer. Er war ein brillanter Absolvent in West Point, und er hatte begriffen, daß die Armee seine Heimat war, solange er alle ihre Regeln befolgte und einhielt. Er ist ein harter Soldat, autoritär und vollkommen karriereorientiert. Er bestand darauf, daß ich meinen College-Abschluß mache, bevor er mir erlaubte, zu arbeiten und Geld zu verdienen. Dann hat er die Agentur Loring Model Management erst einmal genau unter die Lupe genommen und Justine zwei Stunden lang regelrecht verhört, bevor er mir erlaubte, einen Vertrag mit ihr zu unterschreiben. Er ist nicht begeistert davon, daß ich als Model arbeite. Ich bin aufgezogen worden, um dekorativ zu repräsentieren und eine Zierde meiner Familie zu sein. Und was meine Mutter angeht, so ist ihre Hauptleidenschaft ihr Ehrgeiz um meinen Vater. Sie ist die Frau Colonel, und eines

Tages, hofft sie, wird sie die Frau General sein, und wenn es nach ihr ginge, wäre es mit mir genauso, nämlich das geordnete und sichere Leben einer Soldatenfrau. Ich kriege Gänsehaut allein beim Gedanken daran.«

»Wieso, was wäre denn so schrecklich daran?«

»Ach, Sie Schweizer! Ich will Möglichkeiten, keine Versicherungspolice! Ich habe auf acht verschiedenen Militärbasen gelebt, und ich kenne den ganzen Betrieb. Den ganzen Drill. Und wie ich der Frau des Standortkommandanten schöntun muß. Und genau das will ich nie wieder tun müssen!«

»Finden Sie das demütigend oder entwürdigend?«

»Ach, eigentlich eher nur langweilig. Alles dreht sich allein um die Ranghierarchie und darum, denen zu gefallen, die den höheren Rang haben. Würde ich einen dieser vielversprechenden farbigen Offiziere heiraten, wie es meine Eltern gerne sähen, dann bestünde mein ganzer Bekanntenkreis aus den Frauen anderer Offiziere gleichen Rangs. Unser gesamtes Leben würden wir im gleichen Rhythmus gemeinsam die Rangleiter hinaufsteigen, uns gegenseitig Partys geben und unsere Rezepte, solange nicht einer von unsern Männern außerplanmäßig höher aufsteigen – oder auch zurückbleiben – würde. Dessen arme Frau müßte sich dann einen völlig neuen Bekanntenkreis schaffen. Können Sie sich das vorstellen?«

»Das klingt unglaublich einschränkend. Selbst für einen Schweizer.« Necker lachte darüber, wie ernst sie war.

»Schwarz zu sein ist schon einschränkend genug. Meine Zimmerkollegin im College war ein toll aussehendes Mädchen. Sie hieß Sarah Cohen. Wir sprachen viel darüber, was es heißt, jüdisch oder schwarz zu sein. Sie sagte, sie würde gern einmal erfahren, wie es sei, als Jordan Dancer vorgestellt zu werden und dann zu beobachten, wie die Leute sich verhielten und reagierten, wenn sie nicht schon beim bloßen Nennen ihres Namens erfuhren, daß sie Jüdin ist. Und ich sagte zu ihr, ich meinerseits würde gern einmal eine Woche lang in ihrer Haut stecken, um einmal zu erleben, daß ich nicht sogleich in eine bestimmte Schublade getan würde, nur wegen meiner Hautfarbe, und das schon in der ersten Sekunde meines Erscheinens, ohne daß ich erst noch vorgestellt zu werden brauchte. Da konnte die gute Sharon dann nicht mehr mitargumentieren. Die Runde ging an mich.«

»Was für ein Privatleben führen Sie denn nun so?« erkundigte sich Necker ganz sachlich.

»Im College traf ich mich nur mit schwarzen Jungs. Es machte alles einfach leichter. Ich mußte auch nicht ständig in dieser Schlafsaalatmosphäre, wo alle alles über alle wissen, auf der Hut sein. Jetzt kann ich treffen, wen ich will, und ausgehen, mit wem es mir Spaß macht. Das ist nicht das Problem. Die tatsächliche Frage ist doch, was ich tun werde, wenn ich älter bin, wenn meine Model-Karriere, wie sie auch immer verlaufen mag, zu Ende ist. Dafür«, sagte sie fast zornig, »muß ich jetzt schon planen, nicht erst in sechs oder sieben Jahren.«

»Ja, aber das gilt doch für alle Models, schwarze und weiße ebenso?«

»Sicher, aber die meisten gehen doch einfach davon aus, daß sich schon rechtzeitig etwas Gutes einstellen werde. Weiße Mädchen können sich den Luxus leichter Erwartungen gönnen, das sind sie ihr Leben lang so gewöhnt. Aber ich wage in solchen Kategorien nicht zu denken. Um es in diesem Geschäft zu irgend etwas zu bringen, muß ich sehr viel besser sein als weiße Mädchen, weil, wo es für sie hundert Plätze, für unsereinen höchstens ein paar gibt. Ich muß, um mich überhaupt erst zu qualifizieren, schon etwas Besonderes sein und muß das akzeptieren. Ich kann es mir schlicht nicht leisten, eine Schnute darüber zu ziehen, weil kein Mensch an einem schwarzen Model interessiert ist, das ihnen Schwierigkeiten oder Gewissensbisse wegen dieser ganzen Rassengeschichten macht – oder ihr Selbstbewußtsein stört. Ich muß immer so tun, als wüßte ich nicht, daß ich schwarz bin, damit sie locker bleiben und sich unbelastet im Umgang mit mir fühlen können.«

»Das muß ziemlich anstrengend sein.«

»Das ist es«, sagte Jordan, »das dürfen Sie mir glauben.«

»Haben Sie schon Pläne für Ihre Zukunft?«

»Nicht ernsthaft, obwohl ich weiß, daß ich es tun sollte. Versuche ich zum Beispiel, das Fundament für ein eigenes Geschäft später zu legen? Nehmen Sie Iman als Beispiel, Monsieur Necker. Sie hat zwanzig Jahre lang hart gearbeitet und macht jetzt ihr eigenes Kosmetikgeschäft auf. Aber sie ist legendär, sie ist mit David Bowie verheiratet, neununddreißig Jahre alt und bekommt noch immer vierzigtausend Dollar für eine einzige Modenschau. Wenn sie nämlich auf dem Laufsteg ist, kann man alle anderen Mädchen vergessen. Schön, das ist also mal eine Schwarze, die es eben hat, alles. Aber sie ist auch einzigartig, eine unter Millionen. Die Göttin aus Nairobi. Kann ich wirklich wagen, zu versuchen, es ihr nachzumachen und ein eigenes Geschäft aufzumachen? Oder versuche ich den einfacheren Weg und halte Ausschau nach einem Ehemann? Führe ich mich ernsthaft blödsinnig auf und heirate einen Rockstar oder einen Schauspieler oder einen Sporthelden, um dann rasch zu entdecken, daß die Ehe nicht hält? Oder heirate ich einen schwarzen Multimillionär, nur des Geldes wegen und meiner Stellung dann in der schwarzen Oberschicht?«

»Haben Sie sich überhaupt nie mit der Möglichkeit befaßt, daß Sie jemanden völlig Normalen und Durchschnittlichen kennenlernen? Irgendeinen netten Burschen, der weder prominent ist noch Millionär und den Sie heiraten und ein ganz normales Leben mit ihm führen?« In Neckers Augenwinkeln zuckte es ein wenig angesichts der ernsthaften Art, wie Jordan ihm ihre Ehemöglichkeiten erläutert hatte.

»Gewiß«, gab Jordan ernsthaft zu, »auch das könnte natürlich passieren. Aber ich glaube nicht, daß ich damit längere Zeit zufrieden wäre. Sie verstehen mich offensichtlich immer noch nicht richtig. Sie begreifen nicht, wie unglaublich viel Glück ich hatte; was für ein seltener Vogel ich bin, ein solches Riesenpaket Chancen und Vorteile mitbekommen zu haben – Familie, Erziehung, Aussehen, alles Dinge, von denen die meisten schwarzen Mädchen nicht einmal träumen können! Ich habe das alles in die Wiege gelegt bekommen, und ich gebe auch ohne weiteres zu, daß mich das verwöhnt und anspruchsvoll gemacht hat und mir Möglichkeiten weit über das normale Leben hinaus eröffnete. Wen ich auch kenne, alle gehen sie wie selbstverständlich davon aus, daß ich etwas aus meinem Leben mache und mehr werde als nur Hausfrau und Mutter. Und genau das ist auch mein Ziel! Glauben Sie, da könnte ich mich einfach so dahintreiben lassen und dem nächstbesten, einigermaßen passenden Mann folgen, der zufällig daherkommt? Oder, noch schlimmer, mich in einen weißen Burschen verlieben und damit nichts als Probleme schaffen, für ihn genauso wie für mich?«

»Warum sind Sie sich dessen so sicher?«

»Weil alle irgendwo tief drinnen Rassisten sind, deshalb«, antwortete sie sachlich.

»Aber Jordan, glauben Sie denn wirklich, was Sie da eben gesagt haben?«

»Selbstverständlich! Verdammt noch mal, ich bin doch selbst auch Rassistin! Ich hege Haßgefühle gegen weiße Radikale und gegen Puertoricanergangs und gegen schwarze Gangs genauso, und hysterische weiße Groupie-Zicken um schwarze Muskelprotze herum kotzen mich an. Also, nachdem ich diese Art Gefühle habe, stellen Sie sich mal vor, was wäre, wenn ich in eine weiße Familie einheiratete und der tägliche Alptraum meiner Schwiegermutter würde!«

»Meinen Sie nicht, Sie übertreiben ein wenig? Könnte es

nicht sein, daß es Leute gibt, die Ihre Hautfarbe, wenn sie Sie erst mal kennen, gar nicht mehr zur Kenntnis nehmen?«

»Wenn ... ja. Mag ja sein. Das würde ich auch gerne glauben. Ich weiß, daß Sharon daran glaubte, so wie auch viele andere meiner Freundinnen im College und heute manche Kolleginnen. Trotzdem heiraten wir alle nicht die Brüder der anderen.«

»Aber Ihr Aussehen, Jordan, kann Sie doch über diese Rassengeschichten erheben?«

»Na, Sie machen mir Spaß! Nicht einmal ein Schweizer kann so etwas annehmen. Noch nie habe ich auch nur eine Sekunde daran geglaubt, daß Aussehen etwas bewirkt. Sie haben offenbar wirklich keine Vorstellung davon, was für ein delikates Thema das ist, besonders, wenn Sie erst mal das Stichwort gemischtrassige Ehe dazugeben! Allein im normalen Leben laufen in New York massenhaft schöne schwarze Mädchen herum. Da falle ich nicht gleich auf den ersten Blick auf. Schließlich bin ich auch keine Naomi Campell oder Tyra Banks oder Veronica Webb – ach, lassen wir die anderen, bleiben wir nur bei Naomi. Die ist ja das einzige schwarze Model, das jedermann vom ersten Hinsehen erkennt. Das alles macht mich sehr vorsichtig in allen diesen Dingen, an die Sie nie denken. Ich hüte mich vor Überraschungen.«

»Was genau meinen Sie damit?« fragte Necker verständnislos und stirnrunzelnd.

»Also, zum Beispiel im College bin ich keiner einzigen Verbindung beigetreten«, erklärte ihm Jordan. »Ich hatte keine Lust, inmitten der weißen Mädchen die Alibischwarze zu sein oder mich andererseits auf die schwarzen Verbindungen zu beschränken und damit zu bescheiden. Also konzentrierte ich mich auf die Dinge, die ich auch ohne Clubs und Verbindungen und ›Schwestern‹ machen konnte.«

»Mir scheint, Sie sind auf diesem Gebiet ziemlich überempfindlich, meinen Sie nicht auch?«

»Das kann schon sein«, sagte Jordan. »Aber es vereinfacht die Dinge. Beispielsweise gehe ich in New York grundsätzlich nur dahin, wo man mich kennt oder wo ich entsprechend eingeführt werde. Zum Beispiel bin ich noch nie zu einem fremden Friseur gegangen, ohne in Begleitung von jemandem zu sein, der den Besitzer oder das Personal kennt. Niemals würde ich ohne eine weiße Begleiterin in ein gutes Geschäft zum Einkaufen gehen. In ein gutes Restaurant kann ich mit einem weißen Begleiter jederzeit problemlos gehen, aber nie würde mir einfallen, mit einem schwarzen Begleiter dort aufzutauchen, es sei denn, er ist dort bereits beim Oberkellner bekannt und war schon öfter da. Sie sehen verwundert aus, Monsieur Necker.«

»Das bin ich auch.«

»Ja, weil das alles keine Ihrer Probleme sind. Aber mir tut es gut, daß ich einmal darüber reden kann, besonders mit jemandem, der ein so guter Zuhörer ist wie Sie. Ich habe Ihnen heute eine Menge Fragen beantwortet und Ihnen auch, weil Sie sich so interessiert zeigten, viele Dinge erzählt, von denen ich mir nie hätte träumen lassen, daß ich sie einmal mit jemandem wie Ihnen erörtern würde. Ich verstehe nur die Gründe nicht. Warum interessiert Sie das alles? Ich bin doch nichts weiter als eines von drei Models, die sich um einen Vertrag mit Ihrer Firma bemühen. Ist das der Grund?«

»Nein.«

»Das nahm ich auch nicht an. Was also ist der Grund?«

»Wissen Sie, ich dachte nur, falls ich – eine Tochter hätte ... ich meine, wenn sie ein ganzes Leben lebte, von dem ich überhaupt nichts wüßte ... dann ... würde ich sicher alles über sie wissen wollen. Was für Probleme sie hat, was sie sich erwartet und erhofft, was ihre innersten Gedanken über alles sind ... Es ist echte, wirkliche Wißbegier, nicht nur bloße Neugier.«

»Aber Sie haben keine Tochter?«

»Meine Frau und ich hatten nie Kinder ...«

»Das tut mir leid«, sagte Jordan.

»Mir auch. Sehr leid. Ich bin nicht wie Ihr Vater, dem mehr an Jungs als an Mädchen gelegen ist. Wenn ich mir nur ein einziges Kind wünschen dürfte, dann würde ich mir eine Tochter wünschen. Eine Tochter, um die ich mich kümmern und dafür sorgen könnte, daß es ihr gutgeht.«

»Tja, wenn Sie eine hätten«, sagte Jordan und lachte, wenn auch etwas verwirrt über den verlorenen Blick in seinen Augen, »dann würde sie Ihnen jetzt sagen, daß sie mächtigen Hunger hat.«

»Genau wie ich«, antwortete Necker und stand auf. »Gehen wir zum Wagen zurück. Es gibt ein hervorragendes Restaurant hier in Versailles, in der Stadt. Ich kenne den Besitzer.«

»Wissen Sie, hier in Frankreich fühle ich mich wie zu Hause. Vielleicht bin ich ja eine Reinkarnation von Josephine Baker?«

»Das bezweifle ich doch eher. Dazu sind Sie nicht annähernd schwarz genug«, sagte Jacques Necker lächelnd.

»Immer diese Details!«

13

Ich hatte schon gefrühstückt, als man mir dieses Fax brachte:

Nehme an, Du weißt schon, daß ganz New York im Schneesturm erstarrt ist. Habe mehrmals versucht zu telefonieren, aber Du warst jedesmal gerade hinter Deinem Vergnügen her, scheint's. Macht Spaß, was, im schönen Paris rumzuturnen, während ich mir hier einen abfriere? Du Glückliche! Versuche nicht, mich anzurufen, ich bin

bei Freunden wegen eines ganz unsagbaren Heizproblems bei mir zu Hause. Büro ist auch zugesperrt, alle Fototermine sind abgesagt, kein Flugzeug fliegt, bis die ganze Naturkatastrophe vorüber ist. Beneide Dich in Deinem warmen, hübschen Hotel. Hoffe, die Mädchen lernen fleißig und rasch und machen keine Sorgen. Und was Dich angeht, versuche Dich zu benehmen, wie groß die Versuchungen auch sein mögen.
Gruß und Kuß, Justine.

Mich benehmen! Tinker war mit irgendeinem Kerl spurlos verschwunden, April hatte sich von Maude verschleppen lassen, Necker hatte irgendwelche Pläne mit Jordan, und das freche Aas Justine wagte es, mir zu sagen, ich solle mich benehmen? Da hörte sich doch alles auf.

Obendrein war sie noch mit aller Raffinesse meinem gerechten Zorn ausgewichen. Wieso sagte sie nicht, bei welchen Freunden sie war? Schließlich kannte ich sie doch alle und konnte sie alle telefonisch erreichen, wie sie doch wohl verdammt gut wußte, oder? Und was das sollte: das Büro schließen! Man sperrt doch nicht gleich das Büro zu, weil die Stadt eingeschneit ist! Außerdem hatte ich sowieso nicht die Absicht, sie anzurufen. Allerdings mußte natürlich für Notfälle irgendeine Kommunikationsmöglichkeit eingerichtet werden.

Was mochte Justines gesundem Menschenverstand nur zugestoßen sein? Sie ließ mich hier im Stich, gerade jetzt, wo sich meine Sorgen um Tinker bereits verdoppelt hatten! Tinker, gerade zwei Tage vom Flugzeug herunter, und sie verbringt bereits eine Nacht mit irgendeinem Fremden! Nein, Leute, das fand ich nicht besonders lustig, schon gar nicht nach dem Fiasko gestern bei der ersten Laufprobe bei Lombardi, wonach sie doch nun besonders angeschlagen sein mußte. Was für ein Dreckskerl war das, der das offenbar sofort ausgenützt hatte, weil das arme Lämmchen soviel Trost brauchte? Die üblichen Aufreißer und Abschlepper, die wie die Hyänen an jeder Tür lauern, durch welche Models kommen, waren ja wohl außerhalb der Diskussion. Aber wen konnte man fragen, nachdem auch die anderen beiden ausgerissen waren?

Ich zerknüllte das Fax von Justine gerade in der Hand und verfluchte mich selbst, als ich in der Halle Mike Aaron in die Arme lief.

»Aha!« rief er. »Da sind Sie also, liebe Frankie! Hören Sie mal zu, so kann das hier nicht weitergehen!« Er faßte mich am Arm, so daß ich wohl oder übel stehenbleiben und sein Gesabbel anhören mußte.

»Guten Morgen, Mike«, erklärte ich förmlich und erkundigte mich nebenbei: »Haben Sie irgendwelche Probleme?« Denn so wie ich die Sache sehe, bin ich in unserer kleinen Gruppe die gesalbte Erwachsene. Ich überwache die Aufenthaltsräume und säubere die Radiergummis, da kann ich mich nicht auch wie alle anderen wie ein Kind benehmen. »Immer darüberstehen«, ist mein Motto, wenn ich öffentlich auftrete.

»Haben Sie schon mal nach draußen gesehen heute?« wollte Mike aufgeregt wissen.

»Gewiß doch, ja. Warum?«

»Weil da draußen ein Wahnsinnslicht ist, deshalb! Wie wir vielleicht keines mehr kriegen, solange wir hier sind! Angesichts des in Paris sonst üblichen Wetters. Den ganzen Nachmittag wird ein geradezu ideales Licht herrschen da draußen, verstehen Sie? Nämlich um die Mädels zu schießen, wie sie sich die Stadt erobern und so. Und was ist? Nicht eine ist zu finden, geschweige denn alle drei, und die Story handelt von allen dreien! Nicht einmal Maude kann ich finden. Was ist hier eigentlich los, sagen Sie mal?«

»Sie sind alle Amok gelaufen, wenn Sie es genau wissen wollen. Was immer sie dabei genau machen, ich weiß es nicht. Sie haben doch gesehen, was gestern abend passiert ist.«

»Na, ich denke, Sie haben hier das Kommando?« sagte er voller Anklage.

»Genau das dachte ich auch. Aber es scheint, daß das Schicksal andere Pläne hat.«

Auf jeden Fall gedachte ich nicht, Mike Aaron irgend etwas vorzumachen und zu sagen, ich wüßte, wo die Mädels seien. Ich lief auch so schon mit genug Geheimnissen herum. Wenn er seine Bilder nicht in der strahlenden Sonne kriegte, dann sollte er sie meinetwegen im Schneetreiben oder in einem Kohlebergwerk machen, das war mir doch egal. Wäre ja noch schöner, wenn ich mich nun auch noch um die Probleme von *Zing* kümmern sollte ...

»Was sind Sie denn für ein Anstandswauwau, sagen Sie mal?« stichelte Mike indessen weiter.

»Ein total versagender«, antwortete ich, »recht so?« Ich warf die Hände hoch in einer Geste der Verweigerung jedes seelischen Zusammenbruchs. »Aufpasserin war nie mein oberstes Karriereziel, das schon mal als erstes. Außerdem habe ich nie eine Ausbildung dafür absolviert, wie man das Äquivalent eines Sacks Flöhe hütet, klar?«

»Beim Film geht es nicht schlimmer zu als hier«, stellte Mike gereizt fest. »Sobald Schauspieler vom Set sind und man sie weg von zu Hause in ein Hotel gesetzt hat, benehmen sie sich, als hätten sie nie ein normales Leben geführt und als ob nichts, was sie tun, irgendwelche Konsequenzen hätte. Sobald sie nicht in ihrem eigenen Bett schlafen müssen, führen sie sich auf wie die Wilden und verfallen in eine einzige, ausschließlich genitalienorientierte Massenhysterie.«

»Na ja«, versuchte ich hilfreich zu sein, »aber selbst wilde Tiere benehmen sich, im Gegensatz zu Models, auf vorhersehbare Weise. Schließlich ist Paris auch kein friedliches, hübsches Weiderevier. Ich nehme an, bis zur Lombardi-

Modenschau werden sie schon alle wieder auftauchen.« Es bereitete mir auf einmal ein geradezu perverses Vergnügen, alles rabenschwarz zu malen und so zu tun, als sei mir schnurzpiepegal, was aus meinen Sorgebefohlenen geworden war. »Sorglos« war die Parole hier. Schon weil »Aufpasserin« oder gar »Anstandswauwau« Titulierungen waren, die ich auf den Tod nicht ausstehen konnte.

»Ach, pfeif drauf!« sagte nun aber auch Mike. »Gehen wir zusammen essen?«

»Meinetwegen. Hier oder woanders?«

»Ich muß raus aus diesem Hotel hier, oder ich ersticke. Laufen wir doch ein Weilchen und kaufen uns ein Sandwich oder so was. Wir könnten ja auch ein Stündchen in den Louvre gehen. Da tun wir wenigstens etwas Sinnvolles, wenn schon sonst nichts.« Er sah äußerst verdrossen aus.

»Ist mir recht. Ich wollte sowieso heute April in den Louvre schleppen.«

»Ich bin ungefähr zum zwanzigsten Mal hier in Paris und war noch nicht einmal dort. Irgend etwas kam immer dazwischen.«

»Ich hole nur noch meinen Mantel oben. Treffen wir uns dann hier wieder?«

»Ziehen Sie bequeme Schuhe an«, empfahl er.

Auf dem Weg hinauf in meine Suite bedachte ich die enorme Galanterie dieser mürrischen Einladung. Mit mir essen zu gehen war für Mike Aaron offenbar die Strafe für den vertanen Tag. Ich wußte nicht einmal, warum ich zusagte, außer, weil ich sonst nichts zu tun hatte. Ich ging zum Wandschrank, um meinen Mantel herauszuholen, als mein Blick unversehens in den Spiegel fiel. Heiliges Kanonenrohr, wem wollte ich etwas vormachen? Die Aufregung sprühte aus allen Poren, als ob ich noch in der Schule wäre und darauf wartete, zum ersten Schulball abgeholt zu werden.

Ich betrachtete mich mit Entsetzen. Entsetzen, gemischt mit erwartungsvoller Aufregung, damit wir genau sind. Und gemischt mit Hochmut und Herablassung. Ich hatte es geschafft, immer und ewig die liebe, zuverlässige, siebenundzwanzig Jahre alte Matronen-Frankie zu sein – was mir Justine gerade erst noch vor ein paar Tagen so liebenswürdig hingerieben hatte. Herzlichen Dank auch. »Mal ganz offen geredet« ... Es war einfach nicht fair!

Dabei war ich doch in Wirklichkeit gar nicht die Keiftante mit den schlechten Manieren, in die Mike Aaron gerade gerannt war. Es war viel eher die Erinnerung an den schmachtenden Teenager von einst, der alles darum gegeben hätte, mit diesem Mike Aaron einen Spaziergang in Paris zu machen, da biß die Maus ja wohl keinen Faden ab. Zum Teufel auch. Wann kriegt man schon mal die Möglichkeit, einen alten Traum Wirklichkeit werden zu sehen, und wenn es zehnmal längst zu spät dafür ist? So etwas läßt man einfach nicht aus, fertig!

Also riß ich mir hastig die Kleider vom Leib und schlüpfte dafür in den schwarzen Kaschmir-Sweater von Donna Karan zusammen mit der dito schwarzen Stretchhose. Eine Kombination, die Geschmeidigkeit signalisierte, falls es den Begriff geben sollte. Sah allerdings ein wenig streng aus, fand ich im Spiegel bei kritischer Betrachtung. Fast zu dünn, falls das was sagt. Diese ganze saumlose Glätte mußte ich etwas ausgleichen, mit den Haaren. Herr, ich danke dir, daß ich mir erst gestern abend die Haare gewaschen und noch naß geflochten hatte, so daß ich sie jetzt offen tragen konnte.

Ich zog meine Schildpatthaarklemmen heraus, die meinen Dutt hielten, und bürstete das volle Haar aus, so rasch es ging angesichts der Tatsache, wie dick es war und wie es zippelte nach dem Aufknoten.

Vielleicht hatte Justine doch recht, wenn sie immer wegen meiner Haare sagte, daß ich meine beste, natürliche Gabe nicht nutzte. Außerdem, Martha Graham persönlich hätte nichts einzuwenden gehabt, wie ich es jetzt kämmte. Von ihr war schließlich bekannt, daß sie beim Tanzen ihr Haar einsetzte wie ein fünftes Gliedmaß.

Die ganze Geschichte vervollständigten mein langer Kamelhaarmantel mit dem roten Lammfellbesatz – schwingend offen getragen, mit lässig herabhängendem Gürtel, natürlich –, ein roter Kaschmir-Schal um den Hals – dessen Enden hinten den Rücken hinabhingen – und meine Lieblingsstiefelchen bis rauf zu den Knien, blitzblank poliert, flache Absätze. Das Tolle daran war, daß das einen wahnsinnig dramatischen Effekt ergab, ohne daß es dabei allzu aufgemotzt oder angeberisch aussah. Auch wenn ich noch einmal weitere zehn Minuten auf mein Make-up verwandt hatte.

Ich kam aus dem Aufzug, ging schnurstracks auf Mike zu und leistete mir so ein kleines Rumbahüftwackeln, nur eine Andeutung, beim Gehen. Das ist ein Manöver, das nur erfahrene und extrem mißtrauische Ballettlehrer überhaupt bewußt wahrnehmen können. Natürlich erkannte er mich nicht.

»Können wir?« sagte ich lässig.

Er riß die Augen auf. »Frankie?«

»Entschuldigen Sie, daß es so lange dauerte. Gabrielle d'Angelle war am Telefon, und ich mußte eine Menge balancieren.«

»Frankie!«

Ich sah ihn an mit so einem leicht hochmütig amüsierten Blick, als wäre er mein jüngerer Bruder. »Was vergessen?«

»Was?« Er kriegte den Mund nicht mehr zu.

Wirklich, Männer können sich einfach nicht artikulieren, die armen Luder.

»Ich fragte, ob Sie was vergessen haben?« wiederholte ich geduldig und streifte meine Handschuhe so provokant über, als wäre ich Marlene Dietrich in einem ihrer Filme.

»Nein«, stotterte Mike. »Macht nichts, nein, nein.«

Mein Lieber.

Als wir das Hotel verließen, hatte ich den starken Eindruck, daß ich, falls ich mich nicht sehr irrte (und ich pflege für gewöhnlich in grundsätzlichen Dingen kaum je Fehler zu machen), ein für allemal das Anstandswauwau- und Aufpasser-Image, das an mir bisher klebte wie die Fliege am Leim los war. Selbst das dümmste Huhn findet mal eine Kartoffel, oder wie das heißt. Heute war ich mal dran.

»Wohin?« erkundigte sich Mike und deutete die Straße hinauf und hinunter.

»Gehen wir doch die Rue Bayard runter«, sagte ich, »und von da direkt zum Fluß. Das ist eine gute Abkürzung, mir ist nach dem Weg die Seine entlang.«

»Sie scheinen Paris ja ganz gut zu kennen.«

»Ich war mit meinem ersten Mann oft hier«, log ich, daß sich die Balken bogen, und schritt rasch fürbaß – was einigermaßen schwierig ist, wenn man Walzer im Kopf hat. Oder haben Sie schon mal jemanden im Dreivierteltakt marschieren gesehen? Also. Geht nicht. Aber Paris brachte nun eben mal meinen inneren Walzer zum Klingen, oder so. Vielleicht war es ja auch irgend etwas mit Zen, wer weiß.

»Erster Mann?« fragte Mike nach. »Jemand, den ich kenne?«

»Slim Kelly.«

»Was denn, der Sportreporter?« Er war ebenso verwundert wie beeindruckt.

Wieso reagieren Männer eigentlich auf diese Weise? Status durch Insemination? Haben Männer irgendeine Vorstellung davon, wie albern ihre Denkprozesse sind? Ich hätte mit Ted Koppel verheiratet sein können. Das hätte mir nicht annähernd soviel Respekt eingetragen wie der Name dieses blöden Proleten Slim, der lebenden Legende, wie er mir unablässig versichert hatte.

»Ja.«

»Und wenn Slim Kelly Ihr erster Mann war, wer war dann der zweite?«

»Dem bin ich bis jetzt noch nicht begegnet. Aber ich bin auch erst knapp ein Jahr geschieden, da ist absehbar, daß es einen zweiten geben wird.«

»Und einen dritten auch?«

»Wird man sehen«, erklärte ich halb über die Schulter, während wir den Cours Albert Premier hinauftigerten, auf die Place de la Concorde zu.

»Lieber Gott, Frankie, müssen Sie so rasen?« keuchte Mike.

»Sie haben doch gesagt, Sie ersticken im Hotel. Da kann Ihnen doch ein flotter Marsch in der frischen Luft nur guttun.«

»Ja, aber ich habe nicht gesagt, ich will im Eilzugtempo an der schönsten Aussicht der Welt vorbeisausen.«

»Bitte sehr«, sagte ich und verlangsamte mein Tempo. »Wenn Sie offenbar ein wenig außer Form sind ...«

Er funkelte mich an, oder begann zumindest, mich anzufunkeln, aber dann schaffte ihn die Kombination meiner Haare und meines Grinsens sogleich. (Habe ich eigentlich schon erwähnt, daß meine Zähne für Zähne genauso toll sind wie meine Füße für Füße?) Sein Funkeln fror ihm ein.

»Fang nicht mit mir an«, war alles, was er dann sagte.

Gut, wir gingen weiter, seineaufwärts. Die hatte (die Seine) gerade einen Anfall von Kraft und Schnelligkeit und strömte wie der Teufel dem Meer zu, hinter der Steinmauer, die sie hier im Zaum hielt. Drüben auf dem anderen Ufer lag einer der bekanntesten Pariser Anblicke bis hinüber zum Eiffelturm im Hintergrund. Die Parade der klassischen Gebäude, eines schöner als das andere, keines hoch, alle in vielen Schattierungen von Grau, beherrschte wie in keiner anderen Stadt, die ich kenne, eine große, leergepustete Freiheit von Himmel. Es überkam mich dasselbe Gefühl von Sorglosigkeit wie auf dem breiten Strandweg auf Coney Island, nur, daß es hier statt weißem Sand vor dem weiten Meer den Anblick von Architektur gab. Alles in Ordnung, dachte ich, solange ich nicht Entweder-Oder zwischen beiden sagen muß, während ich wieder flotter ausschritt und mich in die Zone puren Genießens begab.

»Sind Sie denn noch immer nicht hungrig?« fragte Mike.

Ich blieb stehen und sah mich um. Auf der anderen Straßenseite war ein Vogelmarkt, direkt vor uns lagen die Ile de la Cité und die Türme von Notre-Dame. Das hieß, irgendwie waren wir schon längst am Louvre vorbeimarschiert. Und das ist ungefähr so, als übersähe man das Pentagon.

»Jetzt, wo Sie es erwähnen«, erklärte ich, »könnte ich tatsächlich hungrig werden. Komisch, das letzte, an das ich hier in Paris denke, ist essen.«

»Ich habe es bemerkt, ja. Wenn Sie nicht aufpassen, werden Sie noch genauso dürr wie die Mädels.«

»Was ist denn daran falsch?«

»Ich erzähle es Ihnen gerne, wenn Sie mit Ihrem Marathon aufhören. Da drüben auf der anderen Straßenseite ist ein Restaurant, und genau da gehen wir jetzt hin.«

»Wie der Herr befehlen.«

»Vorsicht!«

»Oh, empfindlich sind wir auch?«

»Nein, nur hungrig.«

Wir ließen uns also auf der Glasterrasse eines kleinen Restaurants zur Straße hinaus nieder. Es hieß ›Le Bistroquet‹. Die Speisekarte war voll von herzhafter Landkost.

»Die scheinen hier noch nie etwas von Sandwiches gehört zu haben«, sagte ich.

»Das war doch nur so eine Redensart«, meinte Mike.

»Aha. So wie ›etwas in der Hand haben‹?« Und ich studierte angelegentlich die Speisekarte.

»Darauf habe ich gewartet!« sagte er. »Deswegen sind Sie die ganze Zeit schon so spitzzüngig? Geben Sie es ruhig zu, Sie nehmen es mir bis ins Grab übel, daß ich das mit dem ›in der Hand haben‹ sagte, nicht? Frankie, das war ein Kompliment, ist es noch!«

»Nicht, wo ich herkomme, Schafskopf!«

»Damit meint man doch, daß man ... ja: daß man etwas in der Hand hat, wo was dran ist, was rund und üppig ist, an das man sich in einer kalten und stürmischen Nacht rankuscheln und an dem man sich festhalten kann. Sexy heißt es, und fickbar, verdammt! Jawohl: fickbar, so!«

»Schrei nicht so«, sagte ich.

»Habe ich vielleicht nicht gesagt, du sollst auf keinen Fall dürr werden?« Er schlug auf den Tisch. »Und das habe ich auch gemeint, zum Teufel noch mal! Ich war mit einem Model verheiratet, niemand konnte Kleider besser vorführen als sie. Aber lieber Gott, was war das für eine dürre, kahle Angelegenheit! Nirgends etwas zum Anfassen, zum Kuscheln. Nicht mit diesen Ellenbogen. Ihre Hüftknochen waren die reinsten Schwerter, an denen man sich schnitt, so standen sie raus. Ihr Becken konnte einen an der empfindlichsten Stelle verwunden. Und das Freudloseste an ihr war ihr Busen, nämlich aus einer Zeit, als man noch nichts von Implantaten wußte.«

»Warum hast du sie dann überhaupt geheiratet?«

»Wenn ich das wüßte. Im Bett war sie wie eine Gottesanbeterin aus Eisen, leidenschaftsgedrosselt. Ich war eben noch jung und dumm und hielt es für eine tolle Idee.«

»Ja, ja, ja. Wetten, daß auch deine zweite Frau ein genauso dürres Model war? Fotografen lernen doch nie was.«

»Ich habe nie wieder geheiratet.«

»Sehr clever.« Aber es brach mir nicht das Herz.

»Also einverstanden, du vergißt die Geschichte mit dem ›in der Hand haben‹?«

»Du erinnerst mich an Slim Kelly. Der sagte zu einer Pizza immer ›Itaker-Fladen‹ und bestand darauf, daß ich mich nicht darüber aufregen sollte, weil in seiner Jugend ›Itaker-Fladen‹ einfach nur das Kurzwort für tolle Mampfe gewesen sei. Er konnte nicht verstehen, daß ich aus Prinzip gegen den Ausdruck war.«

»Also gut, ich gelobe, ich will nie wieder ›in der Hand haben‹ sagen. Wenn ...«

»Wenn was?«

»Wenn du mich nicht mehr Schafskopf nennst.«

»O Gott, Mike, das tut mir aber leid! Ich ahnte doch nicht, daß dich das verletzen würde! Ist doch sowieso Schnee von gestern. Gottchen, ich Dummchen, ich wollte wirklich nicht taktlos sein!«

»Schau, Frankie«, erklärte Mike mit knirschenden Zähnen, »irgendwann schießt jeder, der schießt, mal eine Fahrkarte. Bill Bradley sagt, das Schlimmste, was er je in seinem Leben zu verdauen hatte, war sein letzter Schlag im Finale 1971, weil er sich das noch zwanzig Jahre lang danach von jedem Taxifahrer im ganzen Land vorhalten lassen mußte. Und das ist der heutige US-Senator Bill Bradley!«

»Ist das zufällig ein Vortrag darüber, daß niemand vollkommen ist?« fragte ich ungläubig.

»Du bist wirklich eine interessante Hexe, wie?«

»Ich fragte mich schon, ob du es jemals merken würdest. Von wegen Schnellspanner und so.«

»Jetzt reicht's aber, verdammt!«

»Ich vergebe dir, ich vergebe dir!« sagte ich hastig und lachte über seinen Gesichtsausdruck. »Wenn du mich noch einmal siezt oder mit einer Entschuldigung daherkommst und etwas von meiner aristokratischen Nase sagst, springe ich dir ins Gesicht. Nur der Vollständigkeit halber. Ich habe meine Nase immer wunderschön gefunden und ihre natürliche Distinktion immer voll verstanden. Ist das klar, Mike?«

»Manchmal höre ich mich augenscheinlich wirklich an wie ein goldgerahmtes Ar – mleuchterchen.«

»Sehr elegant ausgedrückt. Bestellen wir jetzt?«

Wenn zwei Leute, die einen gemeinsamen Hintergrund von Erlebnissen haben, einen Waffenstillstand beschließen, gibt es einen ganz kuriosen Moment. Es ist ein sehr verlegener und stummer Augenblick. Beide überlegen nämlich, worüber sie eigentlich von nun an reden sollen, nachdem ihr gemeinsames Thema, ihre Feindseligkeiten, die ihre ganze Beziehung überhaupt nährten, weggefallen ist.

Also studierten Mike und ich die Speisekarte, runzelten bedeutungsschwer die Stirn, spielten die ganze Qual der Wahl aus und überschlugen die Möglichkeiten der Bistroquet-Küche, als seien wir professionelle Restaurantkritiker.

»Irgendwie schon entschlossen?« fragte er schließlich.

»Na ja, ich dachte, eventuell das Stew?«

»Was für ein Stew?«

»Das eben ist das Problem. Die scheinen drei zu haben. Irgendeine Ahnung?«

»Steak und Fritten, würde ich sagen, da kann man nicht fehlgehen.«

»Gut, für mich auch. Aber ohne Fritten.«

»Was denn, einfach nur ein nacktes Steak auf den Teller?«

»Na ja, vielleicht mit ein paar – grünen Bohnen?«

»In Ordnung.« Und er bestellte in dem Französisch, wie wir es beide auf der Lincoln gelernt hatten.

»Wein?« fragte er.

»Ja, bitte, ein Glas Roten«, antwortete ich gehorsam. Ich trinke nie etwas zum Essen, aber pfeif drauf.

Nachdem der Kellner eingeschenkt hatte, hob Mike sein Glas. »Aufs Schwänzen und Blaumachen also«, sagte er. Er machte eine Geste hinaus vor die Glasterrasse über die ganze Straße hinweg. »Wenn dir der Sinn danach steht, hier ist der Ort dafür.«

»Tatsächlich?« machte ich und tat überwältigt.

»Hast du jemals schon geschwänzt und blaugemacht?« fragte er, nachdem wir angestoßen hatten.

»Ein einziges Mal«, gestand ich zerknirscht. »Aber das habe ich meiner Mutter schon im voraus eingestanden, damit sie sich keine Sorgen machte, wenn die Schule anrief, was denn los sei mit mir.«

»Du mußt aber ein wildes, rebellisches Kind gewesen sein!«

»Ja, von wegen!« kicherte ich. »In meinem nächsten Leben komme ich als Madonna wieder. Im jetzigen war ich nur ein sanftes Kätzchen. Sanftes, liebes, braves *Moderndance*-Kätzchen.«

»Und, was ist passiert? Wieso tanzt du nicht mehr?«

»In meinem dritten Jahr in der Juillard bin ich schlimm hingefallen und habe mir die Knie ruiniert. Mit blutenden Füßen kann man weitertanzen, aber nicht mit kaputten Knien.«

»Genau wie Basketball. Knie kaputt, aus.«

»Bist du deshalb kein Berufsspieler?«

»Gottchen, ist das süß!«

»Nein, ich meine das ganz ernst. Ich will mich überhaupt nicht lustig machen.«

»Das weiß ich schon, das ist ja das Süße. Nein, hör zu, Frankie. Ich will dir ja nicht deine Illusionen rauben, aber ich war nur ein kleiner High-School-Held, das ist alles. Es gibt wahrscheinlich ständig eine Viertelmillion davon im ganzen Land, die alle mindestens genauso gut sind wie ich damals. Und vielleicht fünfzigtausend davon spielen auch noch im College. Und von diesen fünfzigtausend schaffen es dann, wenn es hoch kommt, fünfzig in die NBA-Lotterie jedes Jahr. Das sind fünfzig blutige Anfänger, die sich die Profimannschaften aus einer Viertelmillion sogenannter High-School-Stars herauspicken. Aus den fünfzig wird eines Tages vielleicht ein halbes Dutzend Spieler, die etwas versprechen. Von den anderen hört kein Mensch jemals mehr etwas. So ist das.«

»Das ist fast so schlimm, wie es zum Top-Model zu schaffen.«

»Daran habe ich noch nie gedacht.«

»Verschafft ihnen das endlich mehr Respekt bei dir?«

»Sollte wohl, ja«, meinte er nachdenklich. »Aber trotzdem, herausragende athletische Leistungen sind wohl doch ... höher zu bewerten, als lediglich gut auszusehen vor einer Kamera.«

»Vergiß mal das Höherbewerten. Denk nur mal an die bloße Willensleistung und Entschlußkraft, die es erfordert, es bis zur Spitze zu schaffen.«

»Das stimmt wohl, ja. Es ist nur, weil Models eigentlich nie wirklich notwendige Arbeit leisten.«

»Das ist nicht fair, Mike. Top-Models führen ein ungeheuer von Konkurrenz und Wettbewerb bestimmtes professionelles Leben. Gut, ich gebe zu, sie bekommen dafür zuviel Lob und Aufmerksamkeit – und Geld. Aber gleichzeitig leisten sie einen gewaltigen Beitrag zu einer riesigen Industrie. Sie erbringen ihn komprimiert in den Modenschauen, die für die ganze Welt zündend, aufsehenerregend und glitzernd sind wie ein Feuerwerk. Wenn es vorbei ist, hat es verdammt kurz gedauert. Und wenn sie ihr Geld nicht wirklich klug angelegt haben, dann stehen sie bestenfalls noch mit ihrem Erinnerungsalbum da. Genau wie Basketballspieler auch. Da geht es einer Claudia Schiffer nicht anders als einem Shaquill O'Neal.«

»Puuh, bin ich froh, daß es Bill Bradley in die Politik geschafft hat!«

»Ich auch.«

»Käse oder Dessert?«

»Nein danke, ich möchte noch ein paar Stunden herumlaufen, bevor die Sonne untergeht.«

Und das taten wir wirklich, wieder die Seine entlang, die mit ihren vierzehn Brücken wohl immer die schönste Straße der zweitausend Jahre alten Stadt sein wird. Sooft es uns in eine der kleinen Seitenstraßen ziehen wollte, hielt uns die Seine davon ab, mit der gleichen faszinierenden Anziehungskraft, wie sie nicht nur alle Touristen und Besucher verspüren, sondern auch die Leute, die ihr ganzes Leben hier verbringen.

Wir kauften nichts, außer daß wir ein paarmal Kaffee tranken. Wir besichtigten auch kein einziges historisches Gebäude, betraten keine Galerie und blieben bei keiner Boutique stehen. Das Höchste waren ein paar Blicke in die Schaufenster von Vogelhändlern. Wir redeten eine Menge Unsinn und gelegentlich auch ein paar Sätze, die Sinn hatten, und am Ende des Nachmittags, als die Sonne sich anschickte unterzugehen, hatte sich das Gefühl in mir irgendwie festgesetzt, daß wir jetzt fast so etwas wie Freunde seien.

»Es wird kalt«, sagte Mike. »Nehmen wir uns ein Taxi zurück ins Hotel. Da können wir was trinken. Vielleicht sind ja auch schon Nachrichten von der Vermißtenstelle da.«

»Blaumachenachmittag ist vorüber«, seufzte ich. »War aber sehr schön.«

»Einer der schönsten«, nickte Mike. Ich hatte kurz den Eindruck, daß auch er seufzte. Aber da konnte ich mich natürlich täuschen. Was mich allerdings wundern würde.

Als wir durch die Drehtür die strahlende Helle des Hotels betraten, war dort die übliche elegante Welt versammelt, und an einem Tisch in der Nähe der Bar saßen einträchtig Tinker, April, Jordan und Maude.

»Na, da seid ihr ja endlich!« rief April ganz vorwurfsvoll.

»Das wurde wirklich Zeit, daß ihr mal wieder erscheint«, sagte auch Maude zu Mike.

»Wo wart ihr beide überhaupt?« erkundigte sich Jordan indigniert.

Und Tinker hatte den Eingeborenenwitz zu bemerken: »Mann, Frankie, tolle Haare!«

Ich sah Mike an, und er sah mich an.

»Wir waren selbstverständlich im Louvre«, sagte Mike.

Und ich setzte noch einen drauf: »Nicht eine von euch haben wir dort gesehen.«

Ja, ich glaube, ich kann schon sagen, daß wir nun Freunde waren.

14

Justine holte tief und lauschend Atem, als sie im Flur vor der verschlossenen Tür zu ihrer Agentur stehenblieb. Drinnen waren ganz eindeutig die Geräusche einer großen Gruppe Models zu vernehmen, dieses unverkennbare, hochstimmige Gebrabbel mit kleinen Schreien dazwischen und gelegentlichem verruchten Auflachen. Nein, sie konnte sich denen unmöglich so zeigen, wie sie war, dachte sie in plötzlicher Panik und suchte in ihrer Manteltasche nach ihrer alten Strickmütze. Obwohl es warm im Flur war, zog sie sich die Mütze so tief ins Gesicht, wie es überhaupt nur ging und sie noch einigermaßen sehen konnte. Die Haare zog sie sich ins Gesicht, klappte den Kragen ihres weißen Mantels hoch, so daß am Ende gerade noch ihre Nasenspitze sichtbar war. In dieser Vermummung, in der sie sich zudem fast nicht mehr von den weißen Wänden der Agentur abhob, schlüpfte sie lautlos in das Empfangszimmer, wand sich um die Einrichtung herum und verschwand hastig im Refugium ihres eigenen Büros. Dort atmete sie erst einmal erleichtert auf, da sie in Sicherheit war, und sperrte die Tür hinter sich zu.

Sie wußte, wie sie aussah. Aufgequollene, verschwollene Lippen von der Knutscherei, Wangen und Kinn voller Bartstoppelstiche und Augenringe wie Fahrradreifen von zuwenig Schlaf. Dazu Haare, die nur mit dem Handtuch mühsam getrocknet waren, weil Aiden keinen Fön hatte. Sie sah, um ehrlich zu sein, total vervögelt aus. Total vervögelt von oben bis unten und von vorn bis hinten. Das Gefühl darüber war allerdings beträchtlich besser als der Anblick davon. Sie hatten nicht einmal versucht, dezent zu bleiben, nicht einmal die Betten gemacht, kaum etwas gegessen, und schließlich war sie sogar eigentlich noch gegen das Duschen gewesen, weil das Wasser und die Seife Aidens Geruch wegwuschen.

Augenblicklich ist jetzt Schluß damit, befahl sie sich, während sie einige Versuche unternahm, sich mit den Kosmetika, die sie in ihren Schreibtischschubladen hatte, ein wenig zu restaurieren. Aber nichts half. Da holte sie eine der eisgekühlten Champagnerflaschen aus ihrer Bürobar, wo für alle Fälle eine bereitstand, und rollte sie über ihre heißen Wangen. Sie wußte, nur ausgiebiger Soloschlaf in ihrem eigenen Bett konnte sie einigermaßen wiederherstellen. Aber sie hatte keinerlei Lust, allein zu schlafen.

Hörst du jetzt auf damit! befahl sie sich wieder.

Sie rief ihre Sekretärin über die Sprechanlage.

»Guten Morgen, Ellen.«

»Oh! Ich sah Sie gar nicht kommen, Justine. Ich bin sofort da.«

»Nein, nein, bleiben Sie draußen und halten Sie die Stellung. Schieben Sie mir lediglich die Faxe von Frankie unter der Tür durch.«

»Es sind gar keine da, Justine. Gerade eben habe ich noch nachgesehen.«

»Was denn? Das gibt es doch nicht.«

»Ich begreife es auch nicht. Sie sind jetzt fast vier Tage weg. Ich habe bei der Telefonfirma angerufen, ob es irgendwas in der Leitung nach Paris gibt. Aber da ist alles ganz normal. Soll ich sie mal im Hotel anrufen?«

»Nein, nein, noch nicht. Ich sage Ihnen schon, wann. Ist sonst etwas?«

»Dart Benedict hat erneut angerufen wegen eines Termins für ein Essen.«

»Ignorieren. Hören Sie zu, Ellen, nehmen Sie alle Anrufe für mich entgegen, außer es sind ganz dringende Sachen. Ich habe hier eine Menge aufzuarbeiten, und jetzt, wo noch Ruhe ist, habe ich etwas Zeit dafür.«

Selbst ohne ihr verwüstetes Gesicht, dachte sie, könnte sie Ellen niemals ihren Aufzug erklären. Rosa Strumpfhosen und ein *Giants*-Sweater waren nicht unbedingt die korrekte Bürokleidung. Sie mußte mittags unbedingt rasch nach Hause und sich umziehen.

»Ist gut«, sagte Ellen.

Die Stadt kam nur mühsam aus dem Blizzard hervor. Die meisten Straßen waren noch immer unpassierbar. Das laute Geschnatter draußen vor ihrer Tür war immerhin Beweis genug, daß sämtliche Models, die letzten Freitag nicht mehr ihren Scheck bekommen hatten, es schafften, deswegen aufzukreuzen. Sie belagerten die Buchhaltung, ihre Arbeitsbücher im Arm, die nachwiesen, wie viele Stunden sie wann, wo und zu welchem Tarif gearbeitet hatten. Dieses wöchentliche Ritual verteilte sich normalerweise über einige Stunden jeden Freitag. Aber letzten Freitag waren sie alle direkt nach Hause geeilt, um dem Schneesturm zu entkommen. Heute konnten sie den Freitagtermin nachholen, weil es kein Arbeitstag für sie war. Sämtliche Fotostudios waren vorerst damit beschäftigt, wieder zu funktionieren.

Verdammt noch mal, das da draußen war wirklich, wie Frankie es nennen würde, der reine Klatschkongreß.

Eines der 22 Hauptgebote des Agenturgeschäfts war, daß man, je erfolgreicher man war, je mehr Mädchen man also unter Vertrag hatte und je höher ihre Tarife waren, desto mehr die Kreditlinie strapazieren mußte. Sie für ihren Teil, dachte Justine, ging damit zwar so vorsichtig um wie mit einem neugeborenen Baby, das einziger Thronfolger war, hielt es also immer schön warm, bewahrte es vor der kleinsten Ansteckungsgefahr und fütterte es penibel genau zu den richtigen Zeiten; Loring Management bezahlte seine Models – wie alle anderen auch – wöchentlich; doch in aller Regel dauerte es länger als eine Woche, die Außenstände von den Kunden einzuziehen. Alle drei Monate gab es aber die große Bankrechnung auszugleichen. In letzter Zeit sank die Zahlungsmoral der Kunden noch mehr als ohnehin schon üblich. Das fing an, ihr Sorgen zu machen. Aber bis morgen war allemal noch Zeit.

Andererseits, überlegte sie und ging zum Fenster, war es auch ein gutes Zeichen für die geistige und körperliche Gesundheit der Mädchen, daß sie alle, wie die zum Pol drängenden Huskies, ihren Weg durch Eis und Schnee gemacht hatten. Ernsthafte Sorgen um ein Model mußte man sich nur dann machen, wenn es nicht einmal mehr erschien, um seinen wöchentlichen Scheck abzuholen.

Für gewisse Mädchen, die auf halbem Wege – oder bereits noch weiter – waren, ein Problem zu werden, war der Zahltag der einzige Fixpunkt in ihrer Woche voller schwindelerregender Turbulenzen zwischen Arbeit, Konzentration, Schmeicheleien, Gratiskleidern, Partys, Klatsch, Sex und Drogen – oder zuviel Alkohol. Wenn so ein Mädchen aber sogar den Zahltag vergaß, dann war das gleichbedeutend mit Feueralarm und hundertmal gefährlicher als ein Dutzend Kater, jede beliebige Menge Gewichtszunahme, total unerklärliches Nichterscheinen zu einem Termin, in letzter Minute stornierte Buchungen, Weinkrämpfe bei der Arbeit oder selbst ein Veilchen am Auge oder ein fehlender Zahn. Den Zahltag zu vergessen, das hieß im Normalfall: Kokain. Oder, seit einem Jahr, Heroin.

Sie mußte zugeben, daß man so gut wie nichts dagegen tun konnte. Und das machte sie zornig und frustriert zugleich. Alle Vorträge und Warnungen waren umsonst, keine Mahnung und kein warnendes Beispiel konnten manche Mädchen davon abhalten, sich obskuren Kerlen an den Hals zu werfen, von denen sie dann ausgenutzt und sadistisch gequält wurden und keinen Fluchtweg mehr von den Drogen hatten. Selbst wenn sie High-School- oder sogar College-Bildung hatten, schien inzwischen kein einziger Teenager diesen Gefahren mehr entgehen zu können.

Was war los? Wieso hing sie ausgerechnet an einem Tag wie heute solchen finsteren Gedanken nach? Und das nach dem wundervollsten Wochenende ihres Lebens? Es mußte wohl der ganz normale Absturz nach dem Höhenflug von zuviel Glückseligkeit sein. Vielleicht so eine Art Rache der Hormone. Jetzt, wieder in ihrer eigenen Welt, senkte sich eine gedrückte Stimmung auf sie herab. Sie versuchte, ihre Gefühle zu erkunden, und kam zu dem Resultat, daß irgend etwas, was sie aber nicht präzise feststellen und benennen konnte, fehlte. Jedenfalls hatte es mit Frankie zu tun, soviel war klar. Ihr Gefühl war auch eher Zorn als Sorge. War es Frankies unerklärlicher Mangel an Kommunikation oder lediglich, daß sie einfach nicht da war? Das ganze Büro schien ohne ihre quirlige Anwesenheit einfach nicht zu stimmen. Frankie hatte eine fröhliche, aufmunternde Wirkung auf das ganze Gewerbe. Ungeachtet aller gegenteiligen Beweise sah sie in jedem neuen Mädchen eine aufregende Herausforderung und ein großes Potential, eine mögliche Aschenputtelgeschichte, die sich ereignen konnte, eine wunderbare Chance für ein Mädchen, das bislang keine Ahnung gehabt hatte, daß eine solche überhaupt existierte. Freilich, Frankie war auch erst sieben Jahre in dem Geschäft, verglichen mit ihren eigenen siebzehn, acht davon selbst als Model und die restlichen neun als Chefin ihrer Agentur. War sie am Ende vielleicht schon ausgebrannt? Sie stellte sich die Frage selbstkritisch. War dies etwa der Grund, daß sie seit einiger Zeit bei jedem neuen Vertrag mit einer vielversprechenden Anfängerin, den sie unterschrieb, einen kleinen Stich im Herzen verspürte, weil sie immer daran dachte, was wohl in zehn Jahren aus diesem Mädchen geworden sei? War die Tatsache, daß sie ausgebrannt war, schuld daran, daß sie es kaum mehr über sich brachte, die Modezeitschriften durchzublättern? Dieses nervtötende ewige Hin und Her! Die eine Saison der blaßlippige, großäugige Vamp, die nächste die stramme, deutsche Blonde, gefolgt von der üppigen Sexbombe und die alsbald abgelöst von der sommersprossigen typischen Amerikanerin ... Bis die hektischen Redakteurinnen in ihrem verzweifelten Bemühen, das Interesse ihrer Leserinnen unablässig wachzuhalten, damit herauskamen, daß der wirklich neueste und allein maßgebliche Look jetzt die Vamp-Version war, diesmal allerdings mit roten Lippen, Zauselhaaren und Augen, die schon zuviel gesehen hatten.

Welche normale Frau, um Himmels willen, gab denn wirklich jeden Monat Geld dafür aus, nur unter die Nase gerieben zu bekommen, wie wenig sie einem lächerlichen, unmöglichen und künstlich fabrizierten Ideal entsprach, das sich obendrein ständig veränderte? Was für eine Art kollektiver Wahnsinn war das, der diesen Zeitschriftenredakteurinnen erlaubte, pausenlos diesen manipulierenden Mist in die Welt zu setzen, nur damit sich Kosmetika und Kleider besser verkauften? Und das war beileibe nicht nur ein amerikanisches Phänomen. Allein für die angeblich so sensiblen Französinnen wurden nicht weniger als an die dreißig Modezeitschriften gedruckt!

Warum eigentlich kehrte sie dem allen nicht einfach den Rücken und stieg aus? Wäre das nicht wundervoll? Wäre es nicht ein Segen, sich einfach zu weigern, auch nur noch eine Stunde darauf zu verschwenden, sich die Chancen auf eine neue hoffnungsvolle Schönheit auszurechnen? Statt dessen lieber jedes letzte blöde Modemagazin in den Papierkorb zu werfen, ohne auch nur das Titelbild zur Kenntnis zu nehmen, das sie dann gegen ihren eigenen Willen trotzdem interessierte. Einfach zu packen und nach – Neuseeland zu ziehen? Das war angeblich ein Land, wo man sich noch in die gemütliche, ruhige, vernünftigere und gelassenere Vergangenheit versinken lassen konnte und das so etwas wie die besseren Seiten der 50er Jahre verkörperte, was man so hörte. Nie im Leben mehr ein Kleid kaufen! Für Auckland reichte ihre Garderobe lebenslang! Ihr einziges Make-up wäre die Sonnenbräune und ein farbloser Fettstift für spröde Lippen. Keine Elsa Klensch auf CNN mehr, das sollte ein Schwur sein! Die Agentur verkaufen, das Geld in eine biedere, altmodische neuseeländische Bank einlegen und sich auf dem wunderschönen grünen Land dort zur Ruhe setzen und ... vielleicht ... Schafe züchten und ...

Also, jetzt reichte es aber. Sie warf sich auf ihre Couch und schüttelte den Kopf über ihre albernen, weltfremden Phantasien. Sie hatte schließlich einmal einen Film über das Schafscheren gesehen, und das hatte nun wirklich nicht unbedingt nach ihrer Vorstellung von fröhlichem Leben ausgesehen – so wenig vermutlich wie für Schafe selbst. Sicher, sie war in einer komischen Stimmung. Aber deshalb mußte sie doch nicht gleich bis nach Neuseeland denken. Das war nicht unbedingt ihre realistische Zukunft!

Lag es an Aiden? Daß fast vier Tage lang ein einziger Mann und eine Katze in einem Hain von Frieden und leidenschaftlichen Entdeckungen ihre ganze Welt gewesen waren? Sie hatte sich fast körperlich außerstande gefühlt, heute morgen seine Wohnung wieder zu verlassen. Aiden hatte sie buchstäblich aus dem Bett zerren müssen ... nur, weil er unbedingt fort mußte, um ihren blöden Heizofen zu richten. Konnte das nicht warten?

Aiden ... Sie war sich bewußt, daß sie versuchte, herauszufinden, wie das alles in die verschiedenen Möglichkeiten paßte. Wie es aber auch Lichtjahre von dem entfernt war, was tatsächlich an ihr nagte. Was immer Aiden für sie bedeuten mochte, jetzt bereits oder auch erst in der Zukunft – und daran wollte sie lieber gar nicht erst denken –, er war nicht das Problem, das sie bis nach Auckland auf Neuseeland treiben konnte.

Hatte ihre düstere Stimmung vielleicht grundsätzlich mit der Agentur zu tun? Hatte dieses Wochenende, das sie so vollständig aus ihrem gewohnten Lebensrhythmus riß, ein neues Licht auf diese oberflächliche Nichtigkeit geworfen, das für manche Leute der einzige Inhalt des Lebens war? Sie wurde manchmal nicht als jemand eingestuft, der Talente vertrat und beschützte, junge Mädchen führte und leitete auf dem Weg in eine Karriere. Da gab es immer wieder diesen Unterton von: »Ja gewiß, aber was haben die jungen Dinger schon groß zu tun?«

Der Gedanke daran ließ sie einen schmalen Mund bekommen. Sie wußte schließlich, daß sie ihre Agentur so seriös und streng betrieb, wie es in einem Geschäft, dessen Tätigkeit das Vermieten von Frauen war, überhaupt nur möglich sein konnte. Zumindest war sie schließlich selbst eine Frau, und erotische Motive gaben deshalb niemals den Ausschlag für ihre Entscheidungen über die Chancen eines Mädchens bei ihr. So gut wie alle Mißbräuche in dieser Branche stammten von männlichen Agenturbesitzern. Es war offensichtlich, daß kein heterosexueller Mann die Erlaubnis haben sollte, solche Macht über weibliche Wesen auszuüben.

Ja, überlegte sie, es sollte wirklich ein Gesetz gegen Männer in diesem Agenturgeschäft geben ... Andererseits, wie könnte es ein Gesetz geben dürfen, das schönen Mädchen verbot, ihr Aussehen zu verkaufen? Ein Gesetz, das verböte, dieses Aussehen dazu zu benützen, Kunden anzuziehen, die ein Produkt kaufen sollten? Man stelle sich eine Anzeigenseite ohne Fotos vor ... nicht einmal mit Illustrationen moderner Versionen des einstigen berühmten Gibson-Girls aus Großmutters Zeiten ... Der ganze *American Way of Life* käme mit knirschenden Bremsen zum Stehen! Zumindest die Werbung, die Presse, die Mode und die Kosmetik, riesige Industrien müßten mangels Kunden zusperren.

Nein, so ging das auch nicht. Nachdem sie sich schon einmal entschlossen hatte, in das Agenturgeschäft zu gehen, konnte sie kaum etwas anderes tun, als dabeizubleiben und es wenigstens so gut zu betreiben, wie es ihr möglich war. Dieser Hauch von Dubiosität, der noch vor ein paar Jahren alle Top-Models veranlaßt hatte, Angebote für Unterwäsche-Anzeigen zu fürchten wie der Teufel das Weihwasser, war ein Luxus, den sich heute niemand mehr leisten konnte. Aber einen Standard konnte sie zumindest etablieren – daß ihre Mädchen sich gegen Mißbräuche zur Wehr setzten, die in einem System unvermeidbar waren, wo selbst Model-Königinnen sich stolz auch splitternackt fotografieren ließen, solange das Geld stimmte und der Fotograf ein Profi war. Oder ihr Freund.

Sie drückte auf die Taste der Sprechanlage.

»Ellen, ist wirklich kein Fax von Frankie da?«

»Gerade habe ich noch einmal nachgesehen. Nichts.«

»Danke, schauen Sie immer wieder nach.«

»Nehmen Sie jetzt wieder Telefonate an? Dart Benedict war schon wieder dran.«

»Nein, ich sage Bescheid.«

Ist das etwa deine kleine, subtile Rache, Miss Serverino? Stellst du es dir so vor, es mir heimzuzahlen? Soll dies meine Bestrafung dafür sein, daß ich dich nach Paris kommandiert habe, statt mich selbst dazu zu zwingen? Kein Fax seit deiner Ankunft, wie? Nur weil ich mir erlaubt habe, mal nicht zu Hause zu sein, ist das noch lange kein Grund, die beleidigte Leberwurst zu spielen! Und das nach den Tausenden Dollar von Donna-Karan-Zeugs, du undankbarer, entsetzlich gekleideter, übergewichtiger, arroganter Krümel! Ihr aufwallender Zorn fegte ihre Depression fort. Sie marschierte hinter ihrem Schreibtisch hin und her. War Frankie etwa nicht klar, wie gespannt sie war, ob und wie alles lief? War es wirklich möglich, daß ihre Gefühle so mißachtet wurden? Zum Donnerwetter, schließlich hatte sie drei Mädchen auf Risiko in Paris sitzen! Wie machten die sich dort? Waren sie vielleicht längst Opfer von einigen dieser schlimmen Burschen geworden, die überall herumhingen, wo Models zu finden waren? Wie hatte Lombardi sie empfangen? War ihre Unterkunft in Ordnung? Es war doch nur recht und billig, daß sie inzwischen endlich etwas hörte! Irgend etwas. Ihr Flugzeug konnte doch wohl nicht im Bermudadreieck verschwunden sein?

Sie kritzelte wütend etwas auf einen gelben Notizblock.

Was ist los? Wie steht es mit allen? Wo bist Du und was tust Du? Erwarte sofortige Antwort.
Justine.

»Ellen, kommen Sie rein, und holen Sie ein Fax für Frankie ab, bitte.«

Ihre Sekretärin kam und holte sich das Blatt. »Ich tippe es ab.«

»Nicht nötig, schicken Sie es so, wie es ist.«

Oh, sie wußte genau, was diese hinterhältige Frankie machte! Nur weil sie ihr die Einzelheiten nicht erzählt hatte, als sie erfuhr, daß sie Neckers Tochter war, rächte sie sich, indem sie sie informationsmäßig verhungern ließ! Damit sie weich wurde und eingestand, daß sie doch etwas neugierig war auf… Wie spät war es jetzt in Paris? Dunkel, überschlug sie, aber noch vor der Abendessenszeit. Jetzt mußten sie eigentlich alle im Hotel sein… Am liebsten würde sie auf der Stelle zum Telefon greifen. Sie verlor sich in einer hitzigen Vorstellung darüber, was sie Frankie alles erzählen würde. Statt dessen versteckte sie sich allerdings hinter dem Schutz eines Faxes.

Ellen kam zurück.

»Hier! Sie muß es geschickt haben, sobald das Ihre nur angekommen war. Es hat nur Minuten gedauert.«

Deine beredte Nachricht im Augenblick erhalten. Dachte schon, Du hättest uns hier vergessen, während Du Dich prächtig mit Deinen »Freunden« amüsierst ... Nachdem Du danach fragst: Alle sind gesund und wohlauf, die Unterkunft ist prächtig, die Mädels sind glücklich und geschäftig, bisher sind noch keine größeren Probleme aufgetaucht, soweit ich sehe. In Beantwortung Deiner Anfrage hinsichtlich meiner Tätigkeiten: Ich bin eben dabei, meine Haare hennarot einzufärben. Damit bin ich voraussichtlich noch die nächsten ein, zwei Stunden beschäftigt. Rufe an, wenn Du es noch detaillierter haben willst.
Frankie

War denn das die Möglichkeit? Ja, was bildete die sich denn ein? Die machte das ja ganz raffiniert, wie? »Noch keine größeren Probleme, soweit ich sehe.« Wenn das nicht klar hieß: Aber sie stehen unmittelbar bevor!

Sie zerknüllte das Fax zornig und warf es an die Tür. Selbstverständlich Probleme, was denn sonst. Drei unerfahrene Mädchen in Paris, was konnte man da erwarten, wenn nicht Probleme! Hing ja allein schon mit dem Arrondissement zusammen. In jedem, und ganz besonders natürlich im 8., was sonst!

Aber wieso kein einziges Wort über Necker? Als wüßte sie nicht ganz genau – sie war ja schließlich nicht auf den Kopf gefallen –, daß dies in Wahrheit die alles überragende

Hauptsache war, über die sie etwas hören wollte. Nur weil sie sich nicht hatte unter Druck setzen lassen, nur weil sie clever genug gewesen war, einen Weg zu finden, wie sie ihn trotz seiner Bedingung auf Distanz halten konnte, hieß das nicht, daß sie nicht durchaus und ganz genau wissen wollte, was ... nun, beispielsweise, wie er reagiert hatte, als nicht sie erschien, sondern Frankie, worüber sie sprachen ... diese ganzen kleinen Details, aus denen sich immerhin ablesen und erkennen ließ, wie ... nun, die einfach interessant zu erfahren waren und die Frankie, ihre Machtposition genießend, absichtlich einfach ausließ, der Teufel hole sie!

Nein, kam nicht in Frage, daß sie anrief. Da gab es schließlich noch so etwas wie ihre Würde! Nun ja, aber schließlich war Freundschaft auch dazu da, daß man seine blöde Würde außer acht ließ, oder? Jetzt, wo sie wußte, warum sie sich schon den ganzen Vormittag so elend gefühlt hatte, ging es ihr noch schlechter. Sie hatte geglaubt, Necker sei ihr wirklich so total egal, daß sie nicht einmal wissen wollte, was Frankie von ihm hielt. Sie stöhnte auf: soviel zur sogenannten heilenden Kraft inneren Wissens, was?

Zwei Stunden danach paßte Justine einen Moment ab, in dem alle zum Essen weg waren, stahl sich so hastig, wie sie gekommen war, aus der Agentur und fuhr mit dem Taxi nach Hause, wo sie sich durch hüfthohe Schneewehen kämpfen mußte, um bis zur Haustür zu gelangen. Drinnen war es wie im Eiskeller, aber immerhin gab es ermutigende Geräusche von werkenden Arbeitern unten im Heizungskeller.

»Mademoiselle Loring?«

Was denn, wer denn: Mademoiselle? »Ja?« sagte sie und blickte verwundert den Mann an, der in ihrem Eingangsflur stand und offensichtlich auf sie wartete. Er trug eine dunkle Uniform, die ihm ein fast amtliches Aussehen verlieh. Er hielt ihr ein Klemmbrett mit mehreren Blatt Papier hin.

»Wenn Sie da bitte jedes Blatt abzeichnen würden, Madame, daß der Behälter ordentlich und sicher angekommen ist«, sagte er mit äußerster Höflichkeit.

»Weshalb?« fragte Justine verwirrt und blickte sich nach Aiden um.

»Eine Auslieferung von Kraemer«, erklärte ihr der Mann mit einem Lächeln und deutete auf eine große Ladekiste, die neben der Tür abgestellt war.

»Wieso?« sagte Justine ungeduldig. »Ich habe nichts von Kraemer bestellt, wer immer das ist. Nehmen Sie es wieder mit. Na los, schaffen Sie es wieder weg!«

»Unmöglich, Madame«, sagte der Mann. »Ich habe ganz präzise Anweisungen. Zu liefern und zu übergeben an Mademoiselle Loring persönlich.«

»Ach, lassen Sie mich doch zufrieden. Ich habe keine Zeit, hier herumzustehen und zu debattieren ... also von mir aus, dann lassen Sie es eben irgendwo stehen ...« Sie war schon wieder in Gedanken völlig woanders. Sie versuchte, unter den Stimmen unten im Keller die von Aiden auszumachen. Sie überflog die Papiere nur oberflächlich, zeichnete sie kritzelnd ab und winkte den Lieferanten zur Tür hinaus. Sie machte sich nicht einmal die Mühe, sich die Kiste näher anzuschauen. Wahrscheinlich irgendein Gag von Frankie. Am Ende hatte sie nur ihre gesamte unsägliche alte Garderobe hineingepackt. Sie ging rasch zur Kellertreppe. »Ist Aiden da unten?« rief sie hinab.

»Nein, er ist ganz oben«, antwortete jemand.

Sie eilte die Treppe hinauf ins Obergeschoß und blieb abrupt stehen, als sie Aiden vor sich hin summen hörte, während er in ihrem Bad eine Rohrleitung abklopfte. Plötzlich war sie verlegen. Sie wußte nicht, was sie zu ihm sagen sollte. Der Vormittag in der Agentur schien ein Lichtjahr zwischen ihrem Erwachen in seinem Bett und jetzt her zu sein. Sie wandte sich stumm ab, ging in ihr Schlafzimmer und setzte sich an ihren Frisiertisch, wo sie ihre Mütze abnahm. Sie griff nach einer Bürste und begann sich nervös die Haare damit zu bearbeiten. Ihr Herz klopfte heftig, und sie wagte nicht, sich im Spiegel anzusehen. Dann hörte das Summen auf, und sie vernahm Schritte hinter sich, bürstete aber hektisch weiter ihre Haare, als gäbe es sonst nichts auf der Welt.

»Na, das sieht aber aus«, sagte Aiden, nahm ihr sanft die Bürste aus der Hand und strich ihr die Haare aus dem Gesicht. »Die schneiden wir am besten ab«, sagte er. »Ganz kurz, wie bei einem kleinen Jungen. Ist alles meine Schuld, daß ich nicht mal einen Fön habe. Aber dafür schneide ich sie dir ab, das kann ich gut. Es kommt nicht mal auf die Rechnung.«

»Du Idiot, du!« Sie beugte sich glücklich lachend in seine Arme zurück.

»Würde es weh tun, wenn ich dich küßte? Deine Lippen sehen ja wirklich ein wenig ... zugerichtet aus. Ich habe dich schon wieder fürchterlich vermißt. Den ganzen Morgen denke ich an nichts als an dich. Ich zeige dir jetzt, wie sanft ich küssen kann ...«

»Ich weiß nicht so recht«, murmelte Justine.

»Dagegen gibt es nur ein einziges Mittel«, sagte er. Er hob sie hoch und trug sie zum Bett hinüber, während er mit weicher und vorsichtiger Zunge an ihren Lippen leckte.

»Aiden!« sagte Justine und wehrte ihn ab. »Aiden, ich bitte dich ...«

»Ja, Schatz, was ist?«

»Sperre wenigstens die Tür zu!«

»Schon geschehen. Darf ich das so verstehen, daß du dich ein wenig besser fühlst?« Er lächelte, zog ihr den Mantel aus und legte ihr angesichts des eisigen Zimmers sofort die Decke über.

»Wenn du mich aufziehen willst, werde ich ...«, drohte sie, öffnete ihm aber ihre Arme.

»Aber nein, so einer bin ich nicht, der seinen kleinen, süßen Liebling aufzieht. Ich wollte mich nur vergewissern, daß ich auch willkommen bin. Also, dann wollen wir mal sehen ... hättest du es gerne langsam und locker, ich meine ganz langsam und ganz locker, oder aber könnte es möglich sein, daß dir nach einem Quickie ist?« Während er noch fragte, streifte er ihr bereits ihren Sweater so weit hoch, daß ihre Brustwarzen zu sehen waren. »Oder hättest du es lieber, daß wir eine Münze werfen?« Dabei zog er sie weiter aus, diesmal die pelzbesetzten Stiefel und ihre rosafarbenen Leggings, und begann gleichzeitig, sich selbst auszuziehen. Offenbar machte ihm die Kälte nichts aus.

»Oh ... oh ...« Das war doch alles ganz unmöglich! Nach diesem Wochenende, das sie gerade hinter sich hatten, dachte Justine. Aber Tatsache war, sie wollte wirklich einen Quickie, es war ihr danach, und zwar sofort und ganz wild, ohne weiteres Gerede, oder sie bekam allein schon vom Ansehen seines nackten Körpers einen Orgasmus.

Aiden schlüpfte unter die Decke, ganz nahe neben sie. Sein Leib strahlte eine schier animalische Hitze aus. Er schaute ihr in die Augen. »Ich habe eine bessere Idee«, sagte er. »Ich streichel dich ganz behutsam zwischen den Beinen. Das gibt mir eine bessere Ahnung davon, was du genau möchtest, was meinst du?«

Justine nickte mit trockenem Mund. Sie spürte seine warme Hand über ihrem Schamhaar und wie sein Mittelfinger langsam über ihre Klitoris strich, bis er fast unerträglich sanft ihre Vagina erreichte. Er stieß ein paar Mal in sie hinein, bis sie auf einmal heftig die Beine zusammenpreßte, so daß sein Finger wie eingeklemmt war. Sie begann sich schnell und gierig gegen den großen, schwieligen Finger zu reiben, ihn hart in sich hineinzustoßen, bis sie schon nach wenigen Sekunden mit einem gutturalen Schrei ihren Höhepunkt erreichte.

»Das war einigermaßen informativ«, flüsterte er heiser in ihr Ohr, als sie allmählich wieder bei Sinnen war und noch keuchend in seinen Armen lag.

Aber dann sagte sie verlegen unter Tränen: »Ich habe so etwas noch nie gemacht.«

»Jetzt hast du.«

Justine dachte nach. »Alles deine Schuld«, sagte sie schließlich leise, immer noch verlegen.

»Das hoffe ich doch, mein Schatz«, meinte Aiden und lächelte. »Zumindest ist dir jetzt nicht mehr kalt, wie?« Und er nahm ihre Hand und führte sie an seinen Penis.

»O Gott«, stammelte sie, »dich habe ich ganz vergessen. In dem Zustand kannst du doch nicht herumlaufen.«

»Auf keinen Fall«, nickte er, »aber ich habe zu tun.«

»Dieses ›langsam und locker‹, von dem du gesprochen hast«, sagte sie leise, »wäre das wirklich … angenehm?«

»Du merkst es kaum«, sagte er. »Und ich höre auf, wenn es weh tut. Versprochen.«

»Wie kann man so ein Angebot ablehnen?« flüsterte sie lächelnd und öffnete sich ihm erneut. Sie wollte ihn, wollte ihn wirklich schon wieder. Es verlangte sie nach ihm. Ganz dringend. Sehr intensiv. Allein sein Penis in ihrer Hand machte sie wild. Das war Motivation genug.

»Bin ich eingeschlafen?« fragte Justine, als sie hochschreckte. Aiden hatte sie aufs Ohr geküßt. Sie hob den Kopf von seiner Schulter, machte die Augen auf und bemerkte, daß sie keine Ahnung hatte, wieviel Uhr es war. Nicht einmal, welcher Tag.

»Nur ein paar Minuten lang«, versicherte er ihr. »Aber du hast so tief geschlafen, daß ich dich nicht wecken wollte. Nur, ich muß jetzt wirklich zurück an die Arbeit.«

»Lieber Gott, ich doch auch! Ich wollte mich doch nur schnell umziehen!« Sie sprang aus dem Bett. Sie hatte nur noch ihren Sweater an. »O Aiden, Aiden, was hast du bloß mit mir gemacht!« Sie blickte erschreckt in den Spiegel.

»Das ist sehr traurig für einen Mann«, antwortete er, als meinte er es wirklich ernst, »wenn seine besten Anstrengungen schon so bald vergessen sind.«

»Dummkopf, ich meine, was du mit meinem Gesicht angestellt hast. Ich kann ja kaum unter Menschen gehen. Wie soll ich das denn alles zumalen?« Sie musterte ihr gerötetes, verschrammtes, verschwollenes Gesicht im Spiegel.

»Laß es doch einfach so. Wenn irgendwer die Brauen hochzieht, sagst du, du warst über Mittag beim Facelifting, und sie haben es übertrieben.«

»Wie schnell dir so etwas einfällt!« erklärte sie mit einer kleinen Aufwallung von Eifersucht, wie sie es noch nie bei einem Mann verspürt hatte. »Du scheinst schon eine Menge solcher guter Ratschläge gegeben zu haben?«

»Noch nie«, versicherte er indessen. Er zog sie an sich und drückte sie fest. »Ich pflege nicht mit meinen Kunden ins Bett zu gehen. Strikte Regel. Ich lege auch nicht persönlich letzte Hand an ihre Installation. Dafür stelle ich Klempner ein. Das heute war nur die Ausnahme von der Regel. Verstanden?«

»Ja«, sagte sie widerstrebend und halblaut.

»Das klingt aber mißtrauisch. Mußt du nicht sein.«

»Woher weiß ich das?«

»Zugegeben, kannst du nicht sicher wissen. Aber du wirst es begreifen, mit der Zeit, allmählich.«

Justine machte sich peinlich verlegen aus seinen Armen frei, setzte sich und griff nach ihrer Hautcreme und dem Fettstift für die Lippen. Eifersucht war etwas, das sie verabscheute. Und doch war sie gerade eben dabei ertappt worden.

»Hat dich dieser Kurier erwischt, dem du die Papiere unterzeichnen solltest?« fragte Aiden, während er sich anzog.

»Was denn für ein Kurier?«

»Na, der, den ich da hereingelassen habe. Er war offensichtlich in Ordnung. Der wollte selbst draußen auf dich warten, wenn es sein müßte, sagte er, sogar den ganzen Tag. Er hat mir leid getan. Schon seit ein paar Tagen, sagte er, hat er versucht, dir diese Kiste zuzustellen, aber dieser Schneesturm ließ ihn nicht nach New York hereinkommen.«

»Wieso hereinkommen? Wo kam er denn her?«

»Aus Paris. Ich habe natürlich angenommen, es ist etwas, was du dringend erwartest.«

Justine zog die Stirn in Falten. »Diese ganze Geschichte ist total rätselhaft.«

»Ja, willst du denn nicht einmal nachsehen, was es überhaupt ist?« fragte Aiden verwundert. »Ein persönlich mit Begleiter geliefertes Rätsel in einer großen Kiste?«

»Ja, muß ich wohl«, sagte sie abwesend und suchte nach ihrem Mascara.

»Na, komm schon, alleine kriegst du das Ding ja sowieso nicht auf. Ich öffne dir die Kiste, und dann kannst du meinetwegen zurück in dein Büro, wenn es unbedingt sein muß. Sag mal, hast du nicht bemerkt, daß es warm wird hier drin?«

Justine legte abrupt ihr Mascara zur Seite und rief begeistert: »Tatsächlich, Aiden! Es wird warm! Oh, ist das wundervoll!«

»Der neue Heizofen funktioniert also«, sagte Aiden erleichtert. »Sollten wir das nicht mit einem halben Urlaubstag feiern?«

Justine protestierte aber. »Wir haben gerade erst Urlaubstage gehabt, hör mal!«

»Das war kein Urlaub«, korrigierte er sie. »Das war ein Gottesgeschenk, und das ist ganz etwas anderes.«

»Mußt du immer das letzte Wort behalten?«

»Einmal jedes Jahr darfst du auch eine Diskussion gewinnen. Also, was ist jetzt, willst du weiter mit deinen Wimpern rummachen oder endlich wissen, was in der Kiste ist?«

»Warum meißelst du sie nicht auf, während ich hier mit

meinem Mascara weitermache? Ich komme dann gleich hinunter.«

»Also gut.«

Einmal jedes Jahr ... dachte Justine, das sagt er so selbstverständlich, mit einer Überzeugung ... Himmel, vor einer Woche kannte sie ihn noch nicht einmal!

Vor einer Woche hatte sie nicht einmal sich selbst gekannt.

Nach ein paar Minuten kam sie nach unten, ganz in Grau mit Pulli und Hose, und sah zu, wie er gerade mit dem Öffnen der Kiste fertig wurde.

»Die sind aber nicht das kleinste Risiko eingegangen«, sagte er.

»Ich habe noch nie etwas gesehen, das derart verpackt war wie das da. Hilf mir mal.«

Sie entfernten gemeinsam das dick und fest um das *bonheur du jour* – den Sekretär – gewickelte Verpackungsmaterial, bis Aiden das seltene und wertvolle Stück herausheben und vorsichtig auf den Flurteppich stellen konnte. Beide waren sie momentan stumm und starr vor Verwunderung beim Anblick des zierlichen Schreibmöbels, dessen reiche Ornamentverzierung und elegante Linien eine beredtere Sprache über seine Herkunft darstellten, als es jedem Museumskurator zu erläutern möglich gewesen wäre.

»Himmel noch mal, ist das scheißschön!« entfuhr es Aiden unwillkürlich. »Das ist ja unglaublich!«

»Ich traue es mich gar nicht anzufassen«, sagte auch Justine. »Das muß ein Irrtum sein. Das kann überhaupt nicht für mich sein.«

»Aber ich habe die Lieferpapiere gesehen. Da stand es ganz deutlich und ausdrücklich darauf. Ich wollte für dich unterschreiben, aber der Mann sagte, nichts zu machen, Madame Loring persönlich und sonst niemand. Schau dir diese Beine an. Das ist Sykomore aus dem Paradies, und die Schnitzereien, das ist nichts Geringeres als genial.« Er beugte sich in staunender Bewunderung über das Schreibmöbel mit seinen Holzintarsien und den eingelegten Porzellanplatten. »Das ist eine Arbeit! Mann! Justine, das ist ein Museumsstück!«

»Es läßt alles andere ringsherum schäbig aussehen«, sagte Justine in ausdruckslosem Ton. Dieses Juwel eines Schreibtischs aus alter Zeit auf seinen schlanken, geschnitzten Schnörkelbeinen stand da auf ihrem abgetretenen, zerschlissenen Flohmarktteppich, und es war, als blicke es in hochmütiger Herablassung um sich, wie ein Vollblutpferd, das man in einen Kutscherstall gestellt hat.

»Das zu benutzen«, sagte Aiden langsam, »würde man sich zweimal überlegen. Es ist in perfektem Zustand. Wirklich nicht gerade dein Stil hier. Hast du Geburtstag, oder was?«

»Nein.«

»Ja nun, willst du nicht wenigstens mal eine Schublade aufziehen? In irgendeiner muß doch eine Karte sein oder so etwas.«

Justine stand da wie angewurzelt und rührte sich nicht. Es war ihr bereits klar, daß ihr dies niemand außer Necker geschickt haben konnte, dieses ebenso wertvolle wie nutzlose Spielzeug.

»Ach, du weißt, von wem es kommt?« fragte Aiden und versuchte seine Stimme neutral zu halten.

Doch Justine fuhr ihn nur an. »Na, wer ist jetzt mißtrauisch?«

»Justine«, sagte Aiden, »dies ist die Art altes französisches Möbelstück, die man ›unbezahlbar‹ zu nennen pflegt. Verlasse dich auf meinen Kurs 101 in Kunsthandwerk. Aber selbst unbezahlbare Antiquitäten haben einen Preis. Je nachdem, woher dieses Stück stammt, könnte es Millionen wert sein.«

»Du spinnst doch.«

Aber dennoch alarmiert und unruhig, zog Justine nun eine Schublade nach der anderen auf. Sie waren alle gleich groß und bildeten zugleich das obere Teil des *bonheur du jour.* Aber in keiner fand sich irgend etwas, außer, daß es geräumige und tiefe, voneinander abgeteilte Behältnisse waren. Doch direkt unter der Schreibplatte gab es drei weitere Schubladen, und in der mittleren davon, die etwas erhöht war, damit der Benutzer Kniefreiheit hatte, fand sie tatsächlich einen weißen Briefumschlag. Sie riß ihn auf. Er enthielt eine Karte, die sie rasch überflog.

Ich zähle die Stunden.
J. N.

Sie steckte die Karte hastig zurück in den Umschlag, legte diesen wieder in die Schublade und schob sie heftig zu.

»Sieh mal, Schatz«, sagte Aiden und sah in ihr verschlossenes Gesicht, »du brauchst mir keine Erklärungen abzugeben oder dich zu rechtfertigen. Wir sind schließlich beide erwachsene Menschen und nicht gerade erst vom Himmel gefallen. Wenn es allerdings jemanden in deinem Leben gibt, der dir wichtig ist – weil du ihm ganz offensichtlich viel bedeutest –, dann würde ich jedenfalls gerne wissen, ob es für dich etwas Ernstes ist. Für meinen eigenen Selbstschutz, meine ich. Obwohl es dafür an sich schon längst zu spät ist.«

»Es gibt niemanden in meinem Leben«, sagte sie fast zornig.

»Na gut, wenn du es sagst.«

»Sehr überzeugt klingt das aber nicht.« Sie sagte es vorwurfsvoll.

»Gott, mir ist eben gerade klargeworden, wie wenig ich überhaupt erst von dir weiß.«

»Ich weiß nicht ein verdammtes Detail mehr von dir als du von mir.«

»Sicher, aber mir schickt auch niemand irrsinnig wertvolle Geschenke. Das kannst du mir glauben.«

»Das war fies, Aiden.«

»Nur realistisch.«

Nein, beschloß sie, sie erzählte es ihm nicht. Sie war wütend. Tatsächlich wußte sie sehr wenig von ihm. Sex, speziell Sex der Sorte, die einen wie wild Dinge tun läßt, von denen man sich nie hätte träumen lassen, daß man sie je tun würde, war das letzte, was an einem Mann vertrauenswürdig war. Warum also sollte sie ihm das tiefste Geheimnis ihres Lebens anvertrauen? Wenn er glauben wollte, sie habe einen irrsinnig reichen Liebhaber – sollte er doch! Warum sollte sie auch keinen haben? Oder auch gleich zehn?

»Ich muß jetzt ins Büro zurück«, erklärte sie kalt. »Ich wäre dir dankbar, wenn du das Ding irgendwo hinstellen könntest, wo deine Leute nicht gerade darüberstolpern.«

»Sehe ich dich heute abend?«

»Nein, ich glaube nicht. Ich brauche einige Zeit für mich selbst.«

»Na gut, wie du willst«, sagte Aiden, der jetzt seinerseits verletzt, steif und förmlich war. »Aber vergiß nicht, eine Dankeskarte an den zu schreiben, der dir dieses Prachtstück geschickt hat.«

15

Marco Lombardi tigerte nervös und ziellos in seinem großen Atelier hin und her. Panik und die Versuchung, alles stehen und liegen zu lassen und zu flüchten, hielten ihn angesichts der Tatsache, daß der Tag seiner ersten eigenen Modenschau immer näher rückte, in Bewegung. In seinen Jahren als Assistent von Couturiers war er stets ungeduldig überzeugt davon gewesen, daß er selbst das nötige große Talent besaß und ihn daran, es auch zu beweisen, lediglich hinderte, daß er nicht die nötige finanzielle Unterstützung dafür hatte. Jetzt, nur noch eine knappe Woche vor seiner möglichen Berühmtheit, schienen zu seinem wütenden Unglauben alle großen Pläne und Hoffnungen in sich zusammenzufallen. Er hatte das schlimme Gefühl der Vorahnung von einem entsetzlichen Mißerfolg in den Knochen.

Heute morgen hatte er die gesamte Kollektion herbringen lassen, ohne Rücksicht darauf, daß es, wie in der Haute Couture üblich, noch eine Menge letzter Feinheiten zu tun gab. Noch waren entscheidend wichtige Stickereien von den Spezialisten nicht da, Knöpfe und Reißverschlüsse waren noch nicht angenäht und eingesetzt, selbst viele Säume waren erst gesteckt. Er war wie ein Sturmwind durch die Ständer mit den Kleidern, Kostümen und Abendroben gefegt und hatte brutal mehr als die Hälfte heruntergerissen und zu Boden geschleudert. Lieber nichts zeigen, hatte er das geschockte Personal in seinem Wutausbruch belehrt, als irgend etwas, das nicht ganz perfekt war. Schafft mir das aus den Augen, hatte er angeordnet, und laßt mich diese verunglückten Fetzen nie wieder sehen. Die Frauen schwirrten aufgeregt durcheinander, sammelten unter halblauten verschreckten und bedauernden Lauten ein, was da so lieblos und buchstäblich verworfen worden war, entschlossen, es so lange in ihren Werkstätten zu verstecken, bis des Meisters Zorn verraucht sei.

Marco Lombardi rief nach seinem Hausanprobemodel, der großen Janine, die anzuheuern sich Jacques Necker selbst große Mühe gegeben hatte. Er wies sie an, sämtliche Modelle, die seinem Zorn entgangen waren, anzuprobieren. Janine, ein einfaches, aber äußerst professionelles Mannequin alter Schule von fünfunddreißig mit einem berühmt makellosen Körper, an dem selbst noch die einfallsloseste Kollektion chic aussah, stand in perfekter Haltung, während er weiter wütete, hier einen Ärmel abriß, dort einen Kragen wegschnitt und unter Schimpfen und Lästerflüchen neue Röcke steckte. Janine bedachte inzwischen gerade die Vorzüge eines neuen Rezepts, was ihre übliche Denkbeschäftigung bei den langen Anprobeterminen war, speziell an Tagen und in Stunden wie diesen hier, die, was das betraf, in jedem Couture-Haus nachgerade regelmäßig vorkamen, als sie merkte, daß Lombardi vor ihr stehengeblieben war.

»Es würde mir viel helfen, Janine«, erklärte er, »wenn Sie ein wenig mitarbeiten würden und nicht völlig unbeteiligt dastünden. Wenn es nicht so entsetzlich deprimierend wäre, ihr gelangweiltes Gesicht ansehen zu müssen. Wenn Sie nicht tief im Herzen so eine fürchterlich dumme, untalentierte und spießige Hausfrau wären und es auch einmal über sich brächten, dem kreativen Prozeß wenigstens ein klein wenig Aufmerksamkeit zu widmen!«

Janine sah ihn stumm an ohne die kleinste Veränderung ihres Gesichtsausdrucks, wenn man von einem kaum sichtbaren Hochziehen einer Augenbraue absah. Sie zog den Reißverschluß des schmalen, blaßgrauen *peau de soie,* das sie trug, auf, faltete es zusammen und reichte es ihm sorgsam hin. Das ganze Atelier erstarrte, man konnte die berühmte Stecknadel zu Boden fallen hören. »Adieu, Monsieur«, sprach Janine mit endgültigem Ton in der Stimme und stieg aus ihren Schuhen. Sie mißachtete den Frisiertisch, der für sie da war, und entfernte sich und ihren wertvollen Körper aus dem Raum, bekleidet allein mit ihrem winzigen Spitzenslip.

Sie konnte es sich erlauben. Ein halbes Dutzend Meister warteten nur darauf, daß sie nach einem Anprobejob anfragte. Engagements, in denen ihre Körpermaße nichts als helle Bewunderung auslösten. Kein einziger Couturier hatte jemals, selbst in seinen schlimmsten, selbstzweiflerischsten Stunden, gewagt, ihr die Schuld an seiner kreativen Blockade zu geben, sinnierte sie, als sie majestätisch die Treppen hinauf zu dem Spind stieg, in dem sie ihre Alltagskleidung aufbewahrte. Sie konnte diesem neuen italienischen Jungen, dessen unbezweifelbare Schönheit nicht annähernd seine Launen aufwog, kaum Erfolg prophezeien. Zumal ihm seine ausländischen Unbeherrschtheiten und Beleidigungen noch jahrelang in der Branche nachhängen würden. Sie selbst, nur als Beispiel, konnte es kaum erwarten, ihrer besten Freundin, dem Chefanprobemodell bei Chanel, den skandalösen Vorfall zu erzählen.

Im Atelier unten wagte immer noch niemand zu sprechen. Lombardi schleuderte das Kleid einer der Frauen hin. »Was ist denn?« polterte er. »Haben Sie nichts anderes zu tun, als Maulaffen feilzuhalten? Da, schaffen Sie das weg hier, und zurück an Ihre Arbeit! Raus hier, alle raus, wir sind hier nicht im Zirkus! Und Sie, Madame Elsa, beschaffen mir ein neues Anprobemodell, und zwar nicht wieder so eine verbrauchte Kuh!«

Noch Stunden später war es Madame Elsa nicht gelungen, auch nur ein passendes und verfügbares Mannequin aufzutreiben. Marco Lombardi, noch immer zu zornig, um auch nur eine Skizze zu Papier zu bringen, auch im Grunde mehr gedemütigt durch seinen totalen Verlust der Beherrschung vor den Angestellten als durch den demonstrativen Abgang Janines, sah sich in der Situation, auf das Erscheinen von Tinker Osborn warten zu müssen.

Das Mädchen hatte den unsäglichen, traurigen Mut, drei Minuten zu spät zu kommen! Er tobte innerlich. In einem Augenblick der Schwäche hatte er ihr versprochen, ihr das Schreiten auf dem Laufsteg beizubringen. Und statt längst hier zu sitzen und auf ihn zu warten, wenn er von seinem hastigen Essen zurückkam, war sie nicht einmal pünktlich! Sein Zorn wuchs noch weiter, als er aus dem Fenster sah und die Rue Clément Marot absuchte, wo er plötzlich die unverwechselbare hochgetürmte Haarwolke Tinkers erblickte. Das Mädchen stand auf dem Gehsteig, direkt unter dem Fenster, und geradezu in die Umarmung eines jungen Mannes verpackt. Wer der Bursche auch war, er steckte in einem so dicken Wintermantel, daß er sich praktisch damit zugedeckt hatte, als sie über die Straße gelaufen kamen.

Tinker machte sich von ihm los und eilte die Treppen des Hauses bis zu dem Raum hinauf, wo sie von Lombardi hinbestellt worden war. Sie bemerkte nicht ohne Anspannung, daß es derselbe Raum war, in dem sich gestern ihre große Demütigung abgespielt hatte. Sie klopfte an und trat auf seine bellende Antwort hin ein.

»Sie kommen zu spät«, sagte er, ohne von dem langen Tisch aufzublicken, an dem er Stoffproben prüfte.

»Entschuldigen Sie vielmals. Ich bin gelaufen, aber – ich konnte einfach kein Taxi finden.«

»Der Grund, warum man Sie im Plaza untergebracht hat«, erklärte er mit eisiger Stimme, »ist, daß es direkt um die Ecke liegt. Sie sind hier, um mir zur Verfügung zu stehen, oder haben Sie das bereits vergessen?«

»Nein, gewiß nicht, nein ... es ist nur ... ich war beim Essen mit einem Freund, und es dauerte so lange, bis der Ober die Rechnung brachte, und ...« Ihre Stimme erstarb.

»Der Freund, wie? Den ich da vom Fenster aus gesehen habe, ja? Glauben Sie ja nicht, Sie können mir Geschichten erzählen. Mädchen wie Sie sind der Witz jeder Kollektion. Noch nicht fünf Minuten aus dem Flugzeug heraus, ein Atemzug Pariser Luft, und ab zieht ihr wie läufige Hündinnen und könnt gar nicht schnell genug die Beine breitmachen für den ersten Kerl, der euch über den Weg läuft. Ich hoffe, Sie haben wenigstens gründlich gebadet, ehe sie herkamen.«

»Aber das ist nicht ... das stimmt doch gar nicht ...«

»Den Teufel tut es! Sparen Sie sich Ihre künstliche Aufregung. Ich kenne sie alle, diese Geschichten. Natürlich ist er Ihr lange verschollener lieber Bruder, oder Cousin, oder

Onkel ... Ihr Mädchen habt so wenig Scham wie Phantasie. Alles, nur nicht die Wahrheit erzählt ihr, und in Wirklichkeit sind diese Kerle alle nichts weiter als ein Schwanz mit einem Mann dran. Ziehen Sie sich aus.«

»Was?«

»Ausziehen! Ich brauche ein Anprobemodell!«

»Aber ... Sie sagten doch ... das Laufsteggehen ...«

»Eine Schnapsidee. Ich brauche jetzt im Moment ein Anprobemodell und sonst nichts. Behalten Sie jedoch diesmal Ihren BH an, und verhalten Sie sich nicht so, als wären Sie in einer Striptease-Show. Jetzt ziehen Sie sich endlich aus – oder Sie nehmen das nächste Flugzeug zurück nach New York, wo Sie hergekommen sind, es könnte mir nicht gleichgültiger sein. So, wie Sie jetzt sind, sind Sie jedenfalls total unbrauchbar.«

Es war alles Neckers Schuld, daß er sich mit solchen Anfängerinnen herumschlagen mußte. Necker hatte ihm nicht nur diese dämliche Janine aufgehalst. Pausenlos diktierte er ihm obendrein Bedingungen, die nur seine Kreativität störten und sogar kaputtmachten. Und Necker war schließlich auch verantwortlich für diese witzlose Idiotin ohne jedes Feuer, die ihre blöden Entschuldigungen auch noch in einer von diesen entsetzlichen amerikanischen Quäkstimmen vorbrachte! Es war zum Aus-der-Haut-Fahren! Gab es überhaupt niemanden, der etwas anderes tat, als ihm im Weg zu stehen?

»Na los doch, wird's bald!« schrie er Tinker an. »Werfen Sie Ihr Zeug irgendwohin!«

Während Tinker sich beeilte, sich eingeschüchtert aus ihrem Minirock und dem Sweater zu schälen, zitterte sie vor Hilflosigkeit. Wie konnte das derselbe Mann sein, der alle Welt mit seinem Charme einwickelte. Wenn sie das erzählte, glaubte es ihr kein Mensch. Was sie genau wußte, war die Einsicht, daß die einzige Chance, die sie überhaupt noch hatte, darin bestand, einfach zu gehorchen und zu tun, was er verlangte. Schließlich besaß er alle Macht. Oder sie war aus dem Rennen, und die Gelegenheit, jemand zu werden, ihre große Chance, war unwiederbringlich dahin.

»Stellen Sie sich ins Licht«, kommandierte Lombardi, »dahin, mit dem Rücken zum Spiegel, ein Stück weiter weg davon.« Er war noch immer über seine auf dem langen Tisch abgelegten Dutzende von Stoffmustern gebeugt. Jetzt blickte er auf. »Herrgott noch mal, ziehen Sie diese blöden Stiefel aus! Und kommen Sie einen Schritt nach vorne, und bleiben Sie da stehen!« Er starrte sie mit einem völlig unpersönlichen Blick an, der ihr endgültig das Gefühl gab, nichts weiter zu sein als eine Schneiderpuppe. Aber sie hörte auf zu zittern. Statt dessen erwachte ihre nie vergessene Disziplin und Ausdauer wieder, die man ihr schon in früher Kindheit eingedrillt hatte.

Gott sei Dank, dachte Marco Lombardi inzwischen, daß er sich von Janine befreit hatte, diesem alt gewordenen Arbeitspferd. Sein graphischer Sinn begann zu arbeiten, als er das Bild in sich aufnahm, das die vor ihm stehende Tinker bot. Dieses neue Mädchen nur anzusehen machte ihm auf einmal klar, daß er an Janine so gewöhnt gewesen war, daß er sie überhaupt nicht mehr bewußt wahrnahm; Janine mit ihrem dunkelbraun gefärbten eleganten Dutt, ihrem blassen Teint, den auch das gekonnteste Make-up nicht verbergen konnte, und mit ihrer makellosen Haltung, auf die man jederzeit bauen und vertrauen konnte.

Jeder Couturier, dachte er, muß sich seine Ideen aus Hunderten von Quellen holen. Niemand entwirft Kleider in einem Vakuum. Wer konnte schon sagen, wie viele seiner Schwierigkeiten und Probleme in letzter Zeit von der schieren Langeweile herrührten, die Janine verbreitete, und die sich direkt auf die Lähmung jeglicher Kreativität bei ihm ausgewirkt hatte?

Die da aber nun, mit der Frische des Kontrasts, den ihre Haare und ihre Haut bildeten, mit ihrer Jugend, die kein Make-up brauchte, mit ihrer natürlichen Unbefangenheit ohne alle Künstlichkeit und mit ihrem Körper, der ihm in den einzelnen Linien noch fremd und unvertraut war – diese lächerliche Art, wie sie die Schultern zurückhielt, wie ein strammstehender Soldat, so streng, daß sie ganz unnatürlich gerade und aufrecht stand, angespannt bis in die Rippen –, also die, doch ja, die gab ihm tatsächlich neue Ideen ein!

Obwohl auch sie diese totale Ignoranz an sich hatte, die ihn so aufbrachte, war sie doch verschieden von Janine. Er hatte sich schon oft gefragt, wie sich das verhielt: wie sehr eigentlich Mannequins eine Kreation mit ihrer eigenen Individualität beeinflußten, oder ob andersherum eine Kreation ein Model total verändern konnte. Manchmal übernahm tatsächlich die eine oder andere mit ihrer Dynamik das Kommando. Aber als Couturier konnte man letztlich nie genau wissen, was man erwarten konnte, bis man seinen gezeichneten Entwurf tatsächlich in der Realität an einem lebendigen Körper sah.

Während er Tinker immer noch musterte, fiel ihm ein, daß er in seiner ganzen Kollektion nicht ein Stück Spitze hatte. Spitze – das war ihm völlig matronenhaft vorgekommen, jedenfalls in Verbindung mit Janine. Aber dieses Mädchen hatte irgend etwas, das geradezu nach Spitzen schrie. Er ahnte, daß er mit ihr Spitzen wieder jung machen konnte.

Er wickelte hastig einige Rollenwindungen schwarzer Chantillyspitze von einem Karton auf dem Tisch ab. Es war fein gearbeitetes, zierliches und locker verteiltes Blumenmuster, so seidenleicht, daß Meter davon nur sehr wenig wogen.

Er drapierte sich zwei Längen davon um den Arm und legte die Mitte einer vollen Länge um Tinkers Schulter, hüllte sie ganz darin ein und ließ den Rest lose in einer luftigen Wolke bis zum Boden fallen. Er trat zurück und musterte sie in kühler Einschätzung. Ein Jammer, dachte er, daß er sie nicht so hinaus auf den Laufsteg schicken konnte, wo sie nichts als die Schönheit des Materials betonen würde, ohne Schnitt, ohne Saum, ohne irgendwelche Zutaten, allein mit der Gestik ihrer Größe und Schlankheit und der Andeutung von Anmut unter dem dünnen Stoff – o ja, der Kontrast von Schwarz zu Weiß in dem fast farblosen Gesicht, darüber die Signalfeder ihres rötlichen Haars, gesäumt von der wunderschönen schwarzen Spitze, die sie umwallte ... Doch welche reiche Frau würde für etwas bezahlen, das sie selbst als Ballen im Stoffladen kaufen und zu ihrem eigenen Amüsement nach Gusto um sich drapieren konnte?

Er warf sich geradezu hastig auf das Material. Er steckte hier und dort, entwarf allein mit präzise gesteckten Nadeln Schultern, deutete Ärmellinien an und ein hohes Décolleté. Er steckte die Spitze auf Tinkers Rücken weit offen, von den Schultern bis zur Taille, und wand die beiden Längen gekonnt um ihre Hüfte, so daß noch Enden für eine kurze Schleppe übrigblieben. Dann studierte er alles im Spiegel und fand gut, wie das Material sich nun in einer Illusion von Schweben und duftigem Wallen nach hinten vom Körper wegstreckte. Nur das Haar, das Haar ... das paßte im Leben nicht dazu. Zuviel, viel zuviel, es erdrückte die Linie der Spitze.

»Das Haar muß hoch«, sagte er. »Haben Sie Klammern mit?«

»Nein.«

»Sie müssen sich schon besser vorbereiten«, erklärte er eisig knapp. »Bleiben Sie stehen und rühren Sie sich nicht.« Er fand die Schachtel mit den Haarklammern, die Janine vergessen hatte, an ihrem üblichen Platz auf dem Accessoiretisch. Er nahm sich einige heraus und begann auf der einen Seite von Tinkers Gesicht das Haar hochzustecken. Danach betrachtete er sie und fand, daß das Ganze so keinerlei Ausstrahlung hatte. Tinker hatte sich bis ins Extrem emotional zurückgenommen und war völlig ausdruckslos.

Marco Lombardi aber fand Neutralität bei einem Mannequin noch entnervender als Vorstellungen von Temperament. Hol sie der Teufel, diese Kreatur! Wenn er negative Vibrationen von einem ausdruckslosen Gesicht und zwei absolut leblose Augen haben wollte, dann hätte er auch Janine behalten können, verdammt! Aber jetzt war er leider nun mal auf dieses kleine Luder angewiesen. Deshalb mußte er auch unbegrenzten Gebrauch von ihr machen, das war ihm seit dem plötzlichen Einfall, Spitze zu verwenden, klar.

»Haben Sie denn noch nie für eine Kleiderprobe gestanden?« fragte er.

Tinker ließ einen schwachen, verneinenden Laut hören.

Die Person, begriff Marco, hatte doch tatsächlich die Stirn, immer noch böse auf ihn zu sein! Sie auf ihn! Statt daß sie ihrem Glück, das ihr da unerwartet zugefallen war, auf den Knien dankte! Aber nein, schnippisch und ungnädig mußte sie tun, als habe sie Anspruch darauf, beleidigt zu sein, weil er sie nicht gerade mit Entzücken begrüßt hatte! Sie legte einen totalen Mangel an Professionalismus an den Tag. Dummerweise blieb allerdings nichts übrig, als ihr schönzutun!

»Finde ich ganz überraschend«, erklärte er also und legte etwas Wärme in seine Stimme. »Zugegeben, daß Sie nicht gehen können. Aber wenn Sie stillstehen, sind Sie tatsächlich eine Inspiration! Das Übliche ist das ja nicht. Schließlich, gehen lernen können alle. Ich habe auch nicht vergessen, daß ich versprochen habe, es Ihnen beizubringen. Aber wie viele Modelle können schon von sich behaupten, einen Künstler inspiriert zu haben?«

Tinker sah starr geradeaus, an seinem linken Ohr vorbei.

»Sie schauen müde aus«, sagte Marco mitfühlend und hob ein paar Strähnen ihres Haars. Tinker aber zeigte nicht die kleinste Reaktion. Nicht einmal einen Lidschlag.

Aufgepaßt, dachte Marco. Sie hat doch tatsächlich den Nerv, auf Aufmerksamkeit zu pochen, bevor sie sich bereit erklärt, wieder lebendig zu werden. Er faßte mit beiden Händen tief in ihre Haarmähne und begann ihre Kopfhaut mit den Fingerspitzen sanft zu massieren. »Sie müssen sich ein wenig entspannen«, sagte er, während er das zarte Streicheln ihrer Kopfhaut mit seinen Fingerspitzen fortsetzte, »ein wenig lockerer sein. Auch wenn ich Sie jetzt nicht hinsetzen lassen kann.« Er bewegte seine Finger von ihrer Kopfhaut nach unten bis in den Nacken auf eine Art, von der er wußte, daß sie unwiderstehlich angenehm wirkte. »Etwas besser?« fragte er, während er rasch ihr Haar aufsteckte.

»Ich habe doch gesagt, ich bin in Ordnung«, erklärte Tinker, ohne ihren Tonfall zu ändern. Auch ihren Kopf hielt sie nach wie vor reglos, als habe er sie nie berührt. Lediglich ihre Faust ballte sich unter ihrer aufwallenden Zorneswoge, bis sich ihre Nägel in die Handflächen bohrten.

Ganz schön stur, dachte Marco. Er wandte sich ab, um noch mehr Spitzen in den breiten Spalt des Kleids vorne zu raffen, wo der Stoff als Folge des gesteckten Bogens im Rücken auseinanderklaffte. Feindselig, beleidigt, nichtverzeihend. Normalerweise würde er sie unter diesen Umständen einfach hinauswerfen. Aber da war dieses total Unerwartete, das ihm soeben passiert war, dieses sehr Bedeutsame.

Als er Tinkers Kopfhaut berührt und ihre Wärme gespürt hatte, hatte das als kräftige Stimulanz auf ihn gewirkt. Da waren plötzlich wieder Ideen in seinem Kopf, sprangen ihn an, frisch, neu, aufregend, lebendig, umfassend, und er wußte instinktiv, es war gar nicht nötig, sie ins Notizbuch zu schreiben, weil er sie klar im Kopf hatte und nie wieder vergessen würde. Und sie, diese Tinker, war die Quelle dieser Ideen.

Da war also etwas an diesem Mädchen! Bis zu dieser Minute hätte er es nicht geglaubt, aber jetzt war ihm schlagartig klar, daß er alles weitere seiner Kollektion an ihr entwerfen würde, aus ihr heraus, von ihr weg. Ein einziger Arbeitstag mit ihr würde ihm Stöße von Skizzen liefern, die die besten und einfallsreichsten Kreationen seiner ganzen Kollektion ergaben. Und noch bedeutsamer – das würde auch der ganzen Kollektion den entscheidenden Sprung in die wirkliche Originalität verleihen, die bisher einfach gefehlt hatte, wie er am besten wußte, wenn er es sich auch nicht hatte eingestehen wollen; den zündenden Funken!

Wie weggefegt waren seine ganze Anspannung, seine blockierte Frustration. Er spürte, wie die ganze Meisterschaft, um die er so viele Jahre gekämpft und gearbeitet hatte, wiederkam, das starke Fundament des handwerklichen Könnens, das schreckliche Monate lang durch den Zwang, etwas schaffen zu müssen, wie verschüttet gewesen war. Jetzt aber stand er auf einmal wieder auf dem festen Boden seines Willens und Talents – und alles durch einen mysteriösen und geradezu magischen Moment, den dieses Mädchen ausgelöst hatte.

Er wandte sich wieder nach ihr um. Sie stand eisern regungslos da, ihr Körper teilweise entblößt, teilweise gerahmt von Spitzen. Er mußte dieses Spitzenoberteil auf der bloßen Haut fertig drapieren. Diese Ballrobe, die es ja wohl wurde, konnte überhaupt nur ihre sensationelle Wirkung haben, wenn das Model sie auf der bloßen Haut vorführte.

Er hakte ohne Hemmungen ihren BH auf und zog ihn unter seiner halbfertigen Kreation hervor. »Das war ein Fehler«, murmelte er. »Unter Spitze paßt kein BH.«

Tinker gab nicht das kleinste Zeichen, daß sie das überhaupt zur Kenntnis nahm, während Marco ein langes Stück Spitze, das ebenfalls bis zum Boden fiel, an das Décolleté steckte. »Ganz flach am Körper, vorne und hinten auf dem Rücken das geballte Drama ... ja, das wird es. Aber es ist noch nicht ganz die Form.«

Mit rasch plazierten Nadeln steckte er das Oberteil körpereng von den Unterarmen bis zu den Knien, wo er das Material in Falten aufspringen ließ. Völlig unpersönlich fuhr er mit den Händen an ihren Seiten auf und ab, während er weiter Nadeln steckte, um die Spitzen am Knittern und Faltenwerfen zu hindern.

Er trat zurück, besah sich das bisherige Werk als reine Linie und reines Schau-Spiel. Dann nahm plötzlich etwas anderes seine Aufmerksamkeit gefangen. Er schien Tinker auf einmal mit dem Blick eines Mannes aufzunehmen. Er trat vor und legte entschlossen die Hände auf ihre Brüste, spürte ihren delikaten Aufwärtslinien nach und wog ihr leichtes Gewicht, ohne jeden Vorwand, es geschehe im Rahmen der Anprobe, in seinen Händen.

Tinker bemühte sich mit Erfolg, auch dies weiterhin völlig regungslos wie ein Zinnsoldat über sich ergehen zu lassen, innerlich brodelnd von ohnmächtigem Zorn. Aber bei aller Emotion waren ihre Gedanken klar. Sie konnte ihn entweder grapschen lassen und damit bekommen, was sie wollte. Oder sie konnte es sich gefälligst verbitten, sich die ganze Spitzengeschichte vom Leib reißen und davonrennen, aus Paris hinaus und natürlich auch aus dem ganzen Wettbewerb. Mehr Möglichkeiten gab es nicht. Aber ich will gewinnen, sagte sie sich im stillen pausenlos vor.

In diesem Moment strich Marco mit dem Daumen über ihre beiden Brustwarzen, so sanft und leicht, daß es kaum wahrnehmbar war.

Ganz automatisch wich Tinker nun doch in einer kontrollierten, aber deutlichen Bewegung etwas zurück.

»Keine Angst«, beruhigte er sie und gab vor, sie mißzuverstehen. »Niemand sieht sie deutlich, da können Sie ganz beruhigt sein ... das ist ein so blasses Zartrosa ... Nur ich weiß genau, wo sie sind ... Sie sind größer und empfindlicher als gestern. Aber sie werden praktisch unsichtbar sein, oder so gut wie. Und dieser Hauch von geheimnisvoller Ahnung wird dem Ganzen eine ungeheure zusätzliche Wirkung geben! Die Schweine von Fotografen werden verrückt nach Ihnen in diesem Kleid sein! Und nach all den anderen Kreationen, die ich Ihnen auf den Leib schneidern werde. Sie werden die Herrschaften von der Presse in Wahnsinn und Aufruhr versetzen, glauben Sie mir, Tinker. Sie werden der Star der ganzen Show werden. Genau das habe ich nämlich vor.«

»Und was ist es wert, daß Sie es vorhaben?« fragte Tinker, jedes Wort wie ein Eiswürfel des Mißtrauens. Es war ihr soeben klargeworden, daß sie die Oberhand über Marco Lombardi gewonnen hatte. Das ungeduldige Zittern in seiner Stimme, diese unverhüllte Ernsthaftigkeit, als er erklärt hatte, für sie zu entwerfen, an ihr, mit ihr, sagte ihr deutlich genug, daß es stimmte. Daß dies die Wahrheit war. Jedenfalls zumindest die Wahrheit, zu der er fähig war.

»Wie können Sie zweifeln? Es liegt doch allein und ausschließlich in meiner Hand! Ich treffe diese Entscheidungen, und niemand sonst!«

»Sie haben versprochen, mir das Gehen beizubringen. Nicht einmal das haben Sie gemacht, und jetzt sagen Sie auf einmal, ich soll der Star Ihrer Show werden. Als ich ankam, haben Sie mich beleidigt, und jetzt versprechen Sie mir das Blaue vom Himmel herunter. Sie ändern Ihre Erklärungen von Minute zu Minute. Warum sollte ich mich darauf verlassen?«

»Schauen Sie, ich war total frustriert, als Sie ankamen. Gut, ich gebe zu, ich habe es an Ihnen ausgelassen.« Es ärgerte ihn, daß er sich vor der Notwendigkeit sah, sich bei einem Mannequin zu entschuldigen. »Versuchen Sie zu verstehen, was wir hier mitmachen.«

Tinker sah ihn aber weiterhin mit der Entschlossenheit, nicht zurückzuweichen, abweisend an. Ihre Augen blitzten so silbern, als reflektierten sie Sternenlicht.

Marco erkannte, während er, wenn auch widerwillig, einen Weg suchte, seine Ernsthaftigkeit zu beweisen, daß er in seiner Erregung über das Wunder seiner wiedergefundenen und neuerwachten Kreativität versäumt hatte, sie das Kleid, das er gerade gesteckt hatte, selbst sehen zu lassen. Das würde sie doch überzeugen und vernünftig machen! Er wühlte rasch in den Schatullen mit den Accessoires und dem Modeschmuck, bis er ein Paar lange, glitzernde Ohrgehänge fand. »Kommen Sie, ich zeige es Ihnen.« Er kam zu ihr und hängte ihr die Ohrringe an. »So, jetzt drehen Sie sich vorsichtig um, aber ganz vorsichtig, und sehen sich im Spiegel an. Und dann sagen Sie mir, was Sie sehen.«

Tinker starrte mit wachsender Verblüffung auf ihr eigenes Spiegelbild. Sie sah sich, wie sie sich noch nie gesehen hatte. Sie war ein Wesen, das durch Zeit und Raum und aus einem anderen Jahrhundert gekommen war, aus einer Zeit unendlicher Möglichkeiten. Da stand nicht das Mädchen, das sie kannte und war, sondern eine Dame von Welt, die allein dazu geboren war, wertvolle Spitzen und kostbaren Schmuck zu tragen, eine Frau, deren Haut mit einer Kraft von Weiß durch das edle Material schimmerte, wie es ihr bisher nie bewußt gewesen war. Sie war eine Dame, deren sich bauschende Röcke nur einen Hauch der Beine darunter ahnen ließen, deren Augen stärker glänzten als ihre Ohrgehänge und deren Haar besser drapiert war, als sie es je für möglich gehalten oder selbst hätte frisieren können.

Während sie so dastand und sich in ihr eigenes Bild verliebte, waren Marcos Finger hinter ihren Ohren, streichelten die weiche Haut dort, und er flüsterte: »Sehen Sie, wie schön Sie sind, *cara?* Ist das kein Beweis? Wie sollte ich mich Ihrer nicht bedienen, wo Sie doch schon ein Star sind, ein natürlicher, geborener Star? Wie oft, glauben Sie, hatte ich so eine Chance schon?«

Tinker schüttelte seine Hände unwirsch ab. Sie suchte

scharf seinen Blick im Spiegel und sah, wie seine Augen ganz hingerissen waren, als wäre er sich gar nicht bewußt, daß und wie er sie berührt hatte.

Ja, dachte er, ja, trotz all des Glamours, den er auf sie herabholen wollte, war sie doch letztendlich noch unverdorben, besaß noch immer ihre ganze Verwundbarkeit und Unerfahrenheit, die wohl den Ausschlag gaben, daß er beschlossen hatte, mit ihr zu arbeiten. Weil sie ein unbeschriebenes Blatt war. Schon gleich, als sie zusammen mit den anderen beiden Models hier angekommen war, hatte er sich ein hübsches Intermezzo mit ihr ausgedacht. So sehr er professionelle Models vorzog, war es doch immer eines dieser ganz unerfahrenen Mädchen, das die Macht besaß, ihn zu erregen und anzufeuern. Jordan und April, so charmant sie auch sein mochten, wußten schon zuviel für seinen Geschmack.

Aber als Tinker auf ihn zugeschritten gekommen war, wie gelähmt und nicht imstande, ihre Verlegenheit zu verbergen, hatte sich seine Männlichkeit gespannt. Und so deutlich, als geschehe es wirklich, sah er nun vor sich, wie er vor ihr auf die Knie sank. Sie wäre wahrscheinlich, wenn auch unwillig – o ja doch, unwillig ganz gewiß –, aber doch zu schüchtern und ängstlich, um offen zu protestieren. Doch er würde ihr seine Wünsche und Bedürfnisse gestehen und ihr zusehen, wie sie mit zitternden Fingern seinen Gürtel und den Reißverschluß öffnete. Und sie würde sich so langsam, wie sie es nur wagte, dazu zwingen, sich zu ihm herunterzubeugen, der noch nicht ganz steif stand, und ihn ungeschickt in ihren feuchten, bebenden Mund nehmen. Und ihn bearbeiten, linkisch und unerfahren, verlegen und irritiert, und nicht wissen, wie man es machte, ob man lecken mußte oder saugen, oder wie man ihn überhaupt richtig anfaßte, sie würde fummeln und besonders ihre Unerfahrenheit peinlich finden, während er immer größer und fester würde, angestachelt von der seltenen Lust der Unschuld, eben jener Droge, der er ganz besonders verfallen war. Er konnte ihren Zustand der Unschuld noch verlängern, indem er ihr überhaupt nicht zu Hilfe kam, sich über ihre Versuche sogar etwas lustig machte und so seinen Orgasmus zurückhielt, solange es nur ging, fast endlos, bis er ihr dann schließlich mit einigen wenigen Worten die entscheidenden Anleitungen gab, so daß er sich gehenlassen und in ihrem Mund kommen konnte. Von allen Methoden, mit denen er Mädchen herumbekam, war die weitaus direkteste und wirksamste gewesen, sie ihn leer lutschen zu lassen. Danach pflegte er Wochen darauf zu verwenden, sie die kleinsten Details zu lehren, bis sie ihm aufs perfekteste seine speziellen Wünsche zu befriedigen vermochten. Waren sie soweit, konnten sie alles, hatten aber den Reiz der Neuheit und Unschuld verloren. Dann reichte er sie Freunden weiter. Dart Benedict, beispielsweise, als Gegenleistung für einen ganz speziellen Gefallen ...

»Marco?«

Tinkers scharfe und unmutige Stimme brach in seine Phantasien ein. »Marco, das Gehen! Deshalb bin ich doch eigentlich hier, oder? Und nicht, damit Sie geistesabwesend in diesen verdammten Spiegel starren! Wann wollen Sie mir das richtige Gehen auf dem Laufsteg nun endlich beibringen? Die Tricks, die ich dazu wissen muß?«

Lombardi seufzte gereizt, während er seine Gedanken beiseite schob und sich wieder der Arbeit zuwandte.

»Sie haben einen Gang auf dem Laufsteg«, sagte er, »als ob Sie gegen eine Wand rennen. Doch da ist keine. Sie haben zwei Füße, zwei Beine, und Sie sind Ihr ganzes Leben schon damit gegangen. Alles, was fehlt, ist die Attitüde. Und Attitüde besteht nicht darin, wie man geht, sondern welches Selbstgefühl man beim Gehen hat. Es ist mir klar, daß Sie auf ihre negative Denkweise der Meinung sind, das müsse eben instinktiv kommen und daß Sie es einfach nicht haben. Aber das stimmt nicht. Ich beweise es Ihnen. Können Sie tanzen?«

»Tanzen?«

»Ja, tanzen!«

»Mein Gott, ich falle doch in jeder Disco unangenehm auf, weil ich mich einfach nicht bewegen kann.«

»Haben Sie je Tanzstunden gehabt?«

»Nein.«

»Dachte ich mir schon. Ich werden Ihnen den Tango beibringen.«

»Wozu soll das denn gut sein?« Sie funkelte ihn mit den Armen in den Hüften an. »Ich habe nun einmal zwei linke Füße. Das ist die sinnloseste Idee, die ich je gehört habe.«

»Jetzt seien Sie mal friedlich. Mit dem Tango habe ich es schon mit anderen Mädchen versucht, die genauso verklemmt waren wie Sie. Und es hat immer geholfen. Sie sind zu jung, um es zu wissen, aber der Tango ist das Äußerste an Leidenschaft in Tanzform. Er ist auch ein Tanz der Arroganz und der Autorität, aber vor allem eben der Leidenschaft. Jeder, selbst Sie, Tinker, kann in einem Intensiv-Tangokurs lernen, zumindest einen Teil dieser Leidenschaft zu absorbieren. Wenn Sie dann auf dem Laufsteg sind, merken Sie, daß Sie so viel Leidenschaft angesammelt haben, daß Sie sich auf einmal mit der Kraft des Tangos bewegen, und mit seiner Verführung.«

»Ach, Quatsch.«

»Morgen«, sagte Marco, »arbeiten wir den ganzen Tag mit allen meinen Assistenten, überhaupt mit jedem im Haus, den ich zur Ausführung meiner Skizzen brauche. Danach arbeiten wir beide jeden Nachmittag, bis zum Tag der Vorführung, wenn es sein muß. Sie bekommen jeden Morgen Tangostunden bei Señora Varga. Eine großartige Frau, beste Tangolehrerin von Paris. Sie wird Ihnen den Männertango beibringen, weil sie ja vorwärts gehen müssen, nicht rückwärts, wie die Frau beim Tango normalerweise. Sie werden jeden Morgen drei Stunden lang Tango tanzen und noch in ihren Träumen jede Nacht, und wenn ich mit Ihnen arbeite, werde ich Tangos vom Band spielen. Wenn Ihnen der Tango schließlich in Fleisch und Blut übergegangen ist, werden Sie merken, daß Sie sich auf eine Weise verändert haben, die Sie jetzt noch nicht einmal ahnen. Also, hören Sie jetzt auf die Musik, während ich die Nadeln ziehe.«

Tinker schüttelte nur ablehnend den Kopf, als die Musik vom Tonband durch den Raum dröhnte. Na gut, einen starken Rhythmus hatte das ja, aber wie, zum Teufel, sollte sie davon eine »Attitüde« bekommen? Lächerlich. Auf jeden Fall tanzte sie mit Sicherheit nicht auf dem Laufsteg herum! Versuchte Marco etwa nur, sie auf höchst egoistische Weise zu benutzen? Sollte Sie etwa nur ein hochklassiges Anprobiermodell bleiben und ihre Vormittage mit dem Tango und die Nachmittage damit zubringen, seine »Inspiration« zu sein? Sollte das vielleicht schon alles für sie sein? Würde sie jemals genug lernen, um gegen Jordan und April bestehen zu können? Oder war dies hier alles nur ein weiterer grausamer Trick eines grausamen Mannes?

Endlich entließ Marco sie aus ihrem Spitzenkäfig.

»Ziehen Sie sich wieder an, und setzen Sie sich noch ein paar Minuten. Ich habe noch mit Ihnen zu reden«, sagte Marco. »Sehen Sie, der Tango ist an sich nicht schwer, aber er ist ein sehr präziser Tanz, bei dem man nicht schludern darf. Er hat klare, einfache Regeln, und genau deshalb ist er auch für Sie erlernbar. Sie brauchen sich dabei vor allem niemals ›gehenzulassen‹, was Ihnen solche Probleme macht. Beim Tango wird niemals improvisiert. Die Bewegungen des Tanzes selbst führen einen. Noch eine fette, alte Frau wird verführerisch, wenn sie Tango tanzt. Man lernt beim Tango wie von selbst, wie man seinen ganzen Körper beherrscht halten muß, vom Kopf bis in die Fingerspitzen und Zehen. Wenn man die Regeln einhält, kann man schlicht nichts falsch machen dabei.«

»Was für Regeln?« fragte Tinker, die sich wider Willen zu interessieren begann. Wenn sie in irgend etwas gut war, dann immer schon darin, Regeln strikt zu befolgen.

»Beim Tango steht man fest auf der Erde. Es ist ein Tanz der Ebene, nicht des Hüpfens. Der ganze Fuß bleibt auf dem Boden, ausgenommen, wenn man die Ferse heben muß, um den Fuß zu bewegen. Die Knie sind immer leicht eingeknickt. Das ist die erste Regel: eingeknickte Knie. Es gibt nur einen Rhythmus, ganz gleich, welcher Schritt. Langsam, langsam, schnell, schnell, langsam. Mehr muß man nicht lernen. Eingeknickte Knie, langsam, langsam, schnell, schnell, langsam. Das ist alles. Klingt das etwa schwierig?«

»Es klingt zu leicht, um wahr zu sein.«

»Stehen Sie auf, los, Sie haben sich lange genug ausgeruht. Kommen Sie.« Er stellte das Band ab. »Ich zeige Ihnen jetzt den Grundschritt, damit Sie wirklich verstehen, wie einfach es ist. Jeder weitere Schritt folgt demselben Takt.«

»Die Rolle des Mannes?«

»Nein. Ich führe, aber Sie verstehen die Grundidee. Füße zusammen, richten Sie sich von der Hüfte nach oben auf, Schultern gerade, aber normal, nicht steif und unnatürlich wie die Soldaten, Hals lang ... nein, Sie können Ihren Hals länger machen als das ... stolze Kopfhaltung, große Augen machen, und absolut kein Lächeln. Der Tango wird ernst getanzt. Also, ich führe Sie jetzt ganz langsam ohne Musik durch die Grundschritte.«

Er stellte sich nahe vor Tinker und legte ihre linke Hand auf seine Schulter. »Schauen Sie über meine Schulter, nicht auf mich.«

Er faßte ihre andere Hand in der Tanzhaltung. »So, und jetzt gehen Sie leicht in die Knie. Mehr!«

Tinker fühlte sich äußerst albern und blickte starr in eine Ecke des Raums.

»Wenn ich sage ›langsam‹, machen Sie mit ihrem rechten Fuß einen Schritt zurück, und wenn ich wieder ›langsam‹ sage, mit dem linken.«

Sie machten die beiden Rückwärtsschritte bemüht und im Zeitlupentempo. »Lassen Sie Ihre Knie gebeugt! Wenn ich sage ›schnell‹, dann kommt der nächste Schritt rückwärts mit Ihrem rechten Fuß, und beim zweiten ›schnell‹ ein Schritt seitwärts nach links mit dem linken Fuß. Und wenn ich dann wieder ›langsam‹ sage, ziehen Sie den rechten Fuß hinüber zu Ihrem linken Fuß und bleiben stehen.«

Er führte sie fest durch diese letzten drei Schritte und bewahrte sie davor zu stolpern.

»Das ist schon alles«, sagte er. »Sie haben soeben Ihren ersten Grundschritt gemacht.«

»Sie haben mich ja gehalten.«

»Das scheint Ihnen nur so, weil wir es so langsam gemacht haben, daß Sie sonst vielleicht die Balance verloren hätten. Mit Musik läuft das so schnell ab, daß es keine solchen Probleme gibt. Gut, jetzt machen wir es noch einmal ohne Musik, und Sie sagen dazu ›langsam‹ und ›schnell‹ laut zusammen mit mir.«

»Ach, hören Sie ...«

»Hören Sie doch endlich auf, das verzogene Kind zu spielen! Langsam, langsam, schnell, schnell, langsam! Na los. Das ist schon besser. Noch mal! Und noch mal! Und noch mal!« Er führte sie zwanzigmal durch den Raum, bis Tinker merkte, daß sie tatsächlich allmählich in den Rhythmus kam und die Worte automatisch mitsprach.

»Und jetzt mit Musik!« sagte Marco.

»Können wir damit nicht bis zur ersten Stunde warten?« bat Tinker in Panik.

»Nein, können wir nicht.« Er schaltete das Bandgerät ein und kam wieder zu ihr. »Haben Sie bei dieser Musik nicht den Wunsch zu tanzen?«

»Nein.«

»Lügen Sie nicht! Von jetzt an wird nicht mehr gegangen und nicht mehr geredet. Und ...!«

Sie drehten sich durch den großen Raum, und außer ihren Füßen und der Musik war nichts zu hören. Nach einem etwas zittrigen Beginn fand Tinker den Rhythmus und sah sich rasch, viel rascher, als sie gedacht hatte, mit einem Gefühl erhöhten Bewußtseins tanzen. Sie wurde wie eine große, prächtige Katze, nicht nur groß, sondern auch schnürend, auf sicheren Pfoten, eine höchst selbstbewußte, arrogante Katze voller Stolz, in deren Territorium einzudringen niemand wagte. Der unerbittliche Tangorhythmus wurde ihr Kavalier, aus der Musik ging eine seltsame Stärke und Anmut auf sie über. Sie ließ sie völlig vergessen, daß sie doch gar nicht tanzen konnte, weil sie es, solange es dauerte, eben doch konnte! Sie konnte es!

»*Basta*, genug!« sagte Marco schließlich, tanzte mit ihr noch bis zum Sofa und ließ sie dort los, und sie sanken beide nebeneinander darauf nieder. »So, Sie können sich eine Minute ausruhen. Und, was denken Sie nun also? Sie geben es nicht gern zu, nicht wahr? Aber Sie haben Tango getanzt, ganz eindeutig.«

»Ja, ich weiß«, sagte Tinker. Sie war erhitzt und glühte förmlich. Der Schweiß lief ihr vom Gesicht und von der Stirn in die Augen. Ihre Bluse klebte an ihr.

»Hier.« Marco reichte ihr ein Taschentuch. Als sie sich damit das Gesicht abrieb, atmete er ihren natürlichen Körpergeruch ein, und es bereitete ihm brutale Lust und sofortige Erregung. Eine bessere Gelegenheit kam nicht wieder. Während sie noch weiter ihr Gesicht trockentupfte, öffnete er in einer hastigen, wilden Bewegung seine Hose, faßte heftig Tinkers Handgelenke und warf sie zu Boden.

»Nimm ihn in den Mund«, befahl er ihr.

»Nein!« Sie schrie, so laut sie konnte, und warf sich nach hinten.

»Niemand ist mehr da! Tu es!«

»Den Teufel tu' ich!«

Ihr Widerstand fachte ihn nur weiter an. Das war genau das, was er haben wollte.

»Hast du denn noch nie einen steifen Schwanz im Mund gehabt?« fragte er. »Hast du noch nie einen Mann gelutscht, bis er kam? Nein, natürlich nicht. Dann wird dies jetzt dein erstes Mal sein.«

»Lassen Sie mich los!« Tinker wehrte sich, so sehr sie konnte, aber er hielt sie wie im Schraubstock.

»Nicht, bevor du ihn zwischen deine Lippen genommen hast. Nicht, bevor du es versucht und geschmeckt hast. Ich erlaube dir nicht aufzuhören. Sieh ihn dir an. Schau hin, schau ihn an!« Er zog sie an den Handgelenken hoch, bis sie sich gezwungenermaßen vorbeugen mußte. »Wie soll ich dich denn loslassen, wenn er so steif ist? Weißt du denn nicht, daß du mich besitzt, wenn ich in deinem Mund bin, du unschuldiges Kind? Willst du diese Macht denn nicht haben?«

»Macht?« fragte Tinker mit erstickter Stimme und leistete keinen Widerstand mehr.

»Ich lehre dich, wie du Macht über jeden lebenden Mann auf der Welt gewinnst.«

»Damit?« fragte Tinker. »Nur damit?«

»Ja. Nur damit.«

»Sie tun mir weh. Meine Handgelenke schmerzen schon.«

»Beuge deinen Kopf hinunter, und nimm ihn in den Mund«, beharrte er mit heiserer Stimme.

»Meine Handgelenke ... ich kann mich nicht hinunterbeugen.« Sie war am Rand der Tränen.

Er ließ eine ihrer Hände los und faßte sie hinter dem Kopf, um sie an sein Glied zu schieben. Tinkers Genick versteifte sich, bis seine ganze Aufmerksamkeit darauf gerichtet war, ihren Kopf nach unten zu drücken. Und da faßte sie blitzschnell an seine Hoden und quetschte sie mit aller Macht.

Er schrie vor Schmerzen auf und rang nach Atem.

»Sie perverser Bastard, Sie! Wenn Sie mich noch einmal anfassen, bringe ich Sie um!«

Nachdem sie nun beide Hände frei hatte, drückte sie mit beiden noch fester zu. »Nie mehr«, schrie sie, »werde ich allein mit Ihnen in einem Raum bleiben. Wollen Sie jetzt noch weiter mit mir arbeiten? Es liegt bei Ihnen. Ich gehe oder bleibe.«

»Bleib«, stöhnte er.

»Dachte ich mir, daß Sie das sagen. Jetzt verstehen wir uns also, so unschuldig ich bin.«

»Laß los!«

Tinker aber behielt seinen Sack noch für einen letzten quetschenden Druck in den Händen. »Wollen Sie wissen, Marco, wofür ich in der High School bekannt war?«

»Geh zum Teufel!«

»In der ganzen Stadt gab es keine, die besser einen geblasen hat als ich. Bis morgen dann.«

Und sie war draußen, noch immer zitternd, aber auch lächelnd, während Marco noch nicht wieder imstande war, sich zu rühren.

16

Müßte ich darauf wetten, dann würde ich sagen, daß Tinker ganz ohne Zweifel den Jackpot gewonnen hatte.

Wir hatten ein paar freie Tage. Lombardi hatte wissen lassen, er benötige keines der Mädchen, und er hatte auch für Tinker keine Zeit. Ich war zuerst tief besorgt, daß er vielleicht sein Versprechen Tinker gegenüber nicht einhalten wolle. Aber zumindest nützte Mike die Zeit, da er nun die Mädels zur Verfügung hatte. Er mußte inzwischen Filme für zehn *Zing*-Nummern verknipst haben. Dann wurde gestern Tinker von Lombardi für eine Spezialbehandlung ausgewählt.

Ich wußte nichts davon, bis er mich vor einer halben Stunde anrief. Ich war gerade beim Frühstück. Er teilte mir den neuen Stundenplan für Tinker mit: vormittags Tangostunden, nachmittags Arbeit bei ihm persönlich in seinem Atelier. Ich fragte ihn, ob ich etwas helfen könne. Nein, meinte er, Tinker benötige, nachdem er bereits selbst veranlaßt habe, daß ständig eine Limousine für sie bereitstehe, nichts weiter. Und nein, ganz entschieden sei der Fotograf nicht erwünscht, weil Mike nur die Konzentration bei den Tangostunden und ganz besonders bei den Kleideranproben stören würde. Wir hatten Tinker voll und ganz ihm persönlich und seinem Stab sowie Señora Varga zu überlassen und ihn auch nicht mit Fragen zu belästigen. Seine Zeit war zu kostbar dafür.

Selbstverständlich erkundigte ich mich sofort bei Tinker, der Auserwählten, über all das. Zur Abwechslung fand ich sie tatsächlich einmal in ihrer Suite. Sie badete gerade und versprach mir, sie werde mit dem Streß schon fertig.

Ich warnte sie. »Das ist ein viel zu überladener Stundenplan. Sie verbringen fast jeden Abend bei irgendeinem Kerl drüben auf dem linken Ufer, und da wollen Sie jetzt auch noch jeden Vormittag tanzen und danach den ganzen Nachmittag bei den Anproben stehen? Das ist verdammt anstrengend, Tinker. Es wäre viel besser, wenn Sie wieder zurück ins Hotel kämen. Zumindest hätten Sie da die Abende frei, um tüchtige Fußbäder zu nehmen und eine ordentliche Mütze Schlaf allein in Ihrem eigenen Bett zu bekommen. Ich muß Sie nicht eigens daran erinnern, um was und wieviel es geht. Ich habe eine Verantwortung auch für Sie, Tinker. Außerdem haben Sie eine sich selbst gegenüber. Sie wissen, was Justine zu alledem sagen würde.«

»Ach, Frankie, es interessiert mich nicht! Es ist mir egal, was Sie sagen. Völlig ausgeschlossen, daß ich es aufgebe, mich mit Tom zu treffen. Er ist doch derjenige, dessentwegen ich überhaupt noch weitermache! Wenn Sie ihn nur kennen würden! Dann würden Sie das auch verstehen.«

»Dann machen Sie mich doch mit ihm bekannt.«

»Gut, versprochen. Aber nicht gleich. Es ist zu früh dafür. Noch will ich ihn ganz für mich selbst.«

»Tinker«, sagte ich, »ich kann nur inständig hoffen, daß Sie auch wirklich so stark sind, wie Sie selbst glauben.«

Ich machte mir wirklich Sorgen. Tinker hatte sich so Hals über Kopf in diese Liebesgeschichte und in ihren Ehrgeiz gestürzt, daß sie keinem Vernunftargument mehr zugänglich war. Wenn sie darauf bestand, die Kerze nicht nur an beiden Enden anzuzünden, sondern auch noch in der Mitte, konnte man sie nicht abhalten. Justine und ich wußten, daß sie Wunderenergien in sich hatte. Und jetzt tat Lombardi ein übriges dazu. Vielleicht war es ja wirklich dieser Tom, der ihr diese spezielle Präsenz verlieh, dieses ganz neue Selbstbewußtsein, auf das Lombardi ansprach?

Während ich noch darüber grübelte, wie dezent ich diese neue, einigermaßen überraschende und für sie ja wohl nicht sehr erfreuliche Entwicklung der Dinge April und Jordan beibringen sollte, rief mich Mike Aaron über das Haustelefon an.

»Frankie, es ist wieder ein wunderschöner Tag.«

»Ach, herzlich willkommen, nimm dir ruhig alle Mädels«, spuckte ich heraus. »Ist mir egal, wie schön oder nicht schön das Wetter ist. Du kannst sie haben, alle, ausgenommen Tinker allerdings, die hat zu tun.« Spielte es irgendeine Rolle, wie viele völlig unnötige und überflüssige Fotos er machte?

»Nein, nein«, sagte Mike, »deshalb rufe ich nicht an. Ich habe Gewissensbisse wegen der kleinen Lüge, die ich da erzählt habe.«

»Was?«

»Na, als ich allen erzählte, daß wir im Louvre gewesen sind. Das nagt an mir! Und dann, daß du noch einen draufgesetzt hast mit dem Tadel, daß sie, im angeblichen Gegensatz zu uns, nicht dort waren. Siehst du nicht, wie wir uns unberechtigterweise in eine Position kultureller Überlegenheit begeben haben, die wir gar nicht wirklich verdienen? Ich fühle, wie entschieden unmoralisch das ist.«

»Sonst noch was? Keine erinnert sich doch überhaupt noch daran oder gibt einen Pfifferling darauf.« Was hatte der denn nur?

»Nein, nein, nein, die erinnern sich! Ich sehe sie direkt denken: Frankie und Mike waren im Louvre und wir nicht, oh, wir haben das versäumt! Das ist etwas, das man nur als Fotograf registriert und erkennt, sage ich dir. Es steht in ihren Augen geschrieben, als eine Art Traurigkeit und Entwürdigung!«

»So, so«, sagte ich und fügte ernst hinzu: »Der Fall könnte in der Tat eintreten.« Ich spürte, wie mein Herz allmählich erwachte und Kenntnis zu nehmen begann.

»Was ich mir also gedacht habe«, erklärte Mike, »ist, daß wir beide uns heute in den Louvre davonmachen, aber wir sagen niemandem ein Wort. Auf diese Weise machen wir es wieder gut, auch wenn nur wir beide davon wissen.«

»So, so.«

»Ja, bist du denn nicht auch der Meinung, daß dies das einzig Richtige ist, was wir tun können?«

»So ganz bin ich da nicht sicher«, sagte ich, »was die moralische Bewertung der Sache angeht. Es ändert ja nichts daran, daß es eine Lüge war, eine Ausrede, eine Tarnung. Ich weiß nicht, vielleicht solltest du doch mal deinen Rabbi deswegen konsultieren.« Wenn du glaubst, du kommst so einfach davon, mein lieber Aaron, dachte ich, dann hast du dich aber getäuscht.

»Jesus!«

»Warum nicht? Vielleicht erreichst du ihn ja?«

»Frankie, gehst du jetzt bitte heute in den Louvre mit mir?«

»Aber höchst gerne würde ich das tun«, erklärte ich, ohne mit der Wimper zu zucken. »Warum hast du das nicht gleich gefragt?«

»Das hätte so ausgesehen, als wollte ich ein Rendezvous haben.«

»Ja und, ist es eines oder nicht?« Ich wollte das jetzt schon ganz genau wissen, bevor ich mich in einschlägige Aufregungen stürzte.

»Tja, nun ... also, ja, an sich! Es ist nur ... ich habe darin keine Übung mehr, in diesen Sachen ... schon seit ein paar Jahren nicht mehr ... das ist doch Zeugs für Jugendliche.«

»Nicht da, wo ich her bin! Dein Problem, weißt du, ist, daß du in die Stadt gezogen bist. Du bist zu weit weg von deiner Herkunft. In Manhattan haben sie so verrückte Regeln. Aber bei uns in Brooklyn machen wir das immer noch so mit den Verabredungen. Die ganze Zeit.«

»Ja gut, aber könnten wir das bitte vielleicht persönlich debattieren? Ich höre das gern, wie du mir erzählst, was alles mit mir nicht stimmt. Aber lieber würde ich dich dabei auch sehen. Diese Unterhaltung ist bereits das, was meine Mutter immer ›Am Telefon hängen‹ nannte.«

»Also gut, in einer Stunde unten in der Halle.«

»Geht es nicht ein bißchen früher? Dein Telefon war die ganze Zeit belegt, sonst hätte ich früher angerufen.«

»Rendezvous-Sachen haben schon immer«, sagte ich, »mindestens eine Stunde Vorbereitungszeit erfordert.« Und ich tanzte wild um das Telefonkabel herum.

»Na, wenn du es sagst, wird es wohl so sein.«

»Bis später!«

Ich legte auf und stürzte in mein Ankleidezimmer. Als

Lombardi angerufen hatte, war ich bereits gebadet und gebürstet gewesen und bewunderte mein neues Haar. Nach mehreren vorsichtigen Versuchen hatte ich entschlossen soviel Henna genommen, daß ich in eine Tiefrote verwandelt war. Es stand mir toll, mußte ich mir selbst gegenüber zugeben. Was heißt, stand mir toll: Ich war geradezu umwerfend!

Donna, bat ich im stillen, hilf mir hier raus, ich war noch nie zuvor eine Rothaarige. Ich brauche dein großes Hirn, Donna, mein eigenes hat sich zu elektrisierten Marshmallows erweicht.

Ich arbeitete mich durch die Reihe von Kleiderbügeln und versuchte wie eine Rothaarige zu denken.

Grün? Sicher, da gab es allerlei Grünes. Die natürliche Wahl. Aber sollte ich wirklich mein Debüt als Rothaarige mit Grün bestreiten, wie sämtliche Rothaarigen – oder zumindest ihre übergroße Mehrheit – der Welt? Nicht doch. Für meinen Erstauftritt als Rothaarige gedachte ich doch Maßstäbe zu setzen. Also auf keinen Fall irgendwas von diesem dezenten Braun, Schwarz oder Elfenbein, von dem ich einiges ohnehin schon getragen hatte. Justine war ja zwar wirklich überaus großzügig gewesen, aber nachdem ich alles, was nicht in Frage kam, ausgesondert hatte, blieb nichts mehr übrig außer einer Tunika mit dazu passenden Hosen. Sie hatte einen ziemlich großzügigen Rollkragen und einen breiten Gürtel. Beide Teile waren aus Stretchwolle in einer faszinierenden Farbe, nicht ganz Pflaume, nicht ganz Traube, mehr Aubergine eigentlich, volles, kräftiges Aubergine, ein melancholisches Purpur mit einer Menge Schwarz darin.

Ich hielt die Tunika vor mich – ja, genau das war es! Das Aubergine ließ meine Haare noch feuriger leuchten und lebendig werden, auf eine spezielle Weise, wie es nur ein Künstler erkennen und begreifen kann. Ich bin nahe am Status der Vollkommenheit, dachte ich, als ich an mein

Make-up ging, mit Händen, die bemerkenswert wenig zitterten, obwohl es in meinem Kopf hin und her bebte wie ein Wackelpudding im Zuge meiner tausend verschiedenen Gedanken und Überlegungen. Ein Rendezvous! Eine Verabredung! Und was für eine absurde Ausrede er sich dafür ausgedacht hatte! Das machte es noch bedeutungsvoller, als wenn er nur einfach gesagt hätte: »Na los, komm, da ich sowieso nichts Besseres zu tun habe, können wir genausogut auch in den Louvre gehen.« Das wäre ganz natürlich gewesen und vor allem sein Stil. Tatsache, Mike Aaron wollte, nachdem er mich inzwischen fast schon eine Woche lang täglich gesehen hatte, allein mit mir losziehen! Ohne daß es die anderen wußten! Wie sollte man das anders deuten, bitte, als daß sich da möglicherweise eine Entwicklung zeigte ... daß ein bestimmter Grad ... also, sagen wir mal, wie gering auch immer ... von Interesse vorhanden war ...?«

Während ich also die Reißverschlüsse meiner wundervollen Auberginesachen zuzog, wurde mir klar, daß, falls es jemals einen Tag gab, das Leben einer Rothaarigen zu beginnen, dieser Tag heute war. Große Silberhänger an die Ohren, passend zur Gürtelschnalle, und breite Silberarmreife. Den schwarzen Mantel über den Arm, die schwarzen Stiefel ... Ich betrachtete mich im Spiegel und stand in kopfschüttelndem Staunen vor mir selbst. Wieso eigentlich hatte ich derart viele Jahre damit verbracht, mich wie eine Tanzelevin anzuziehen, die ich längst nicht mehr war, wenn ich die ganze Zeit so wie jetzt hätte aussehen können – eine Frau, die gewaltige Verheerungen in der Männerwelt anzurichten imstande ist?

»Frankie«, beruhigte ich mich selbst, »es ist nichts weiter als eine einfache Verabredung.« Ich sprach in den Spiegel und redete sehr ernst mit mir. »Nur ein Date, weiter nichts, Mädchen. Kein Grund auszuflippen. Pausenlos haben Leute Dates. Die bedeuten nichts Besonderes. Das ist einfach eine Art, wie man die Zeit verbringt.« Aber der Klang meiner eigenen Stimme machte mich nervös. Ich rede normalerweise nicht laut mit mir selbst.

Ich kam derart aufgekratzt in die Lobby hinunter, daß ich mich beherrschen mußte, nicht auch die Sonnenbrille aufzusetzen, aber ich war auch so schon derart in Atemnot, daß es ein Glück war, daß ich nicht überschnappte.

Mike stand mit dem Rücken zu den Aufzügen in der Halle und hatte einen schon ziemlich ungeduldigen Ausdruck an sich. Ich blieb stehen und beobachtete ihn erst eine Weile. Ich nahm ihn von Kopf bis Fuß in mich auf. Es war nicht nur seine Größe und dieses Energiefeld um ihn herum, was ihn in der Halle hervorstechen ließ. Es waren auch die Details. Das feine, ungekämmte Kopfprofil, die Arroganz seiner kräftigen, aber schönen Nase, die selbstbewußte Linie seiner Lippen, die Muskeln in seinem starken Nacken – oh! Und nicht eine einzige Kamera hatte er umhängen? Großer Gott, hilf!

»Bin ich zu spät dran?« fragte ich und begab mich unschuldig in sein Gesichtsfeld.

»Nein, nur eine halbe Stunde.«

»Wieso schaust du dann so drein?«

»Wie drein?«

»Na, so ungeduldig.«

»War mir nicht bewußt! Oh, Mist! Hallo Jordan, hallo April!«

»Frankie!« rief April ganz außer sich, »was haben Sie denn mit Ihren Haaren gemacht?«

Und: »Wahnsinn!« sagte Jordan. »Das ist ja toll! Und wo haben Sie dieses irre Ding her, das Sie da anhaben?«

»Tut mir leid, Mädels, Frankie hat keine Zeit zum Plappern. Beeilen Sie sich, Frankie, die Burschen in der Dunkelkammer warten nicht ewig.«

»Was denn für eine Dunkelkammer?« wollte April wissen.

»Die *Zing*-Dunkelkammer, Naseweis! Maxi Amberville hat mir ein Fax geschickt. Sie will, daß Frankie sich alle Kontaktbögen anschaut und sie wissen läßt, was sie von ihnen hält.« Er faßte mich am Arm.

»Können wir nicht mitkommen?« quengelte Jordan mit lebhaftem Interesse.

»Aber was! Maxi würde mich bei lebendigem Leib auffressen, wenn ich euch Models die Kontakte sehen ließe! Das solltet ihr doch wissen! Also, bis später dann, Mädels!«

»Wollen wir uns vielleicht alle zum Essen treffen?« schlug April noch vor. »Ich sage Maude Bescheid, dann kann sie auch mitkommen.«

»Geht nicht«, sagte Mike mit fester Stimme. »Frankie und ich müssen anschließend noch Locations in der Pariser Kanalisation suchen. Für uns fällt Lunch heute flach. Geht Shopping, ihr beiden, nehmt euch den Tag frei. Ich habe euch hart genug rangenommen.«

»Wieso Kanalisation?« fragte April natürlich sofort nach, aber da waren wir schon an der Drehtür und draußen auf dem Weg in ein Taxi.

»Was du nicht alles«, wunderte ich mich, »für Lügen erzählst, um nicht eine Lüge über eine Lüge zu erzählen, die du erzählt hast.«

»Nicht? Ich wußte selbst nicht, was ich für Phantasiefähigkeiten besitze. Meinst du, sie ahnen was?«

»Das kriegen die nie raus«, erklärte ich mit festester Überzeugung. »Habe doch ich dir schon fast geglaubt.«

»Dabei gibt es wirklich eine berühmte Kanalisation hier, und die kann man tatsächlich besichtigen«, sagte Mike.

»Dann sollten wir da mal nach dem Louvre vorbeischauen«, sagte ich, »falls dir das Unruhe bereitet.«

»Ach, vielleicht ein andermal. Da unten ist es duster, und da kriechen Alligatoren rum, genau wie in New York. Außerdem zählt Kanalisation nicht richtig. Gibt nicht den ästhetischen Status wie der Louvre.«

»Aber zeigt, daß man echtes historisches Interesse hat,

Mike. Das wollen wir nicht vergessen. Und die Archäologie. Und natürlich auch das Sanitärwesen. Was ist Zivilisation schon ohne die sanitären Anlagen? Das bedeutet also drei zusätzliche Kulturbereiche, die wir damit abdecken und die unsere Überlegenheit sichern. Theoretisch jedenfalls. Die Mädels werden an ihren Minderwertigkeitskomplexen schier zugrunde gehen. Nein, die Kanalisation hättest du nie erwähnen dürfen. Hast du gesehen, wie Jordan daraufhin dreinsah? Total beeindruckt!«

»Ich muß dich offensichtlich erst lehren, dich nicht immer über mich lustig zu machen.«

»Sonst noch was?«

Ich habe ihm daraufhin offenbar ein Lächeln zugesandt – so mit vollem Rothaarigencharme –, das es in sich gehabt haben muß. Denn das nächste, was ich wahrnahm, war, daß Mike mich küßte, und zwar in einer Art, die mir Worte und Atem nahm, als wäre ich in Ohnmacht gefallen. Vielleicht war ich ja sogar wirklich ohnmächtig, denn an was ich mich danach klar erinnere, ist erst wieder, wie das Taxi hielt. Wir konnten doch wohl nicht die ganze Fahrt zum Louvre mit dieser Küsserei zugebracht haben? Oder doch? Angesichts meines Zustands, nämlich daß ich mehr oder minder paralysiert war und nach Atem rang, andererseits aber auch lebendiger war als jemals in meinem ganzen Leben, hatte ich allen Grund zu glauben, daß es genau dies war, was passierte. Eines war natürlich sicher, sehr schwer rumzukriegen war ich nun wirklich nicht. Die Spröde hatte ich nicht gerade gespielt.

»Frankie! Mach die Augen auf, ich muß den Taxifahrer bezahlen!«

»Besteche ihn«, murmelte ich, »daß er weggeht, und laß uns noch hierbleiben.« Ich dachte gar nicht daran, die Augen aufzumachen. Ich kniff sie fest zu. »Er soll uns das Taxi vermieten.«

»Würde ich ja tun, aber er hat schon die Uhr abgestellt,

und ein Polizist guckt schon ganz aufmerksam her, und da draußen warten ein paar Leute auf unser Taxi. Wir müssen raus. So laß mich doch los, zum Donnerwetter, wenigstens eine Sekunde lang, du wunderschönes, dummes Baby, du!«

»Kann nicht. Würde ja, kann aber nicht.« Ich konnte wirklich nicht. Dreizehn Jahre lang hatte ich darauf gewartet, so ins Endlose zu fallen wie jetzt, und nie hätte ich mir dabei auch nur träumen lassen, daß es so ... es gibt kein Wort dafür, wie es war. Mit Sprache war das, was ich empfand, auf keinen Fall auszudrücken. »Schätzelchen, wir sind am Louvre!«

»Was ist mit dem Louvre?«

»Den besichtigen wir jetzt, erinnerst du dich? Wir haben eine Verabredung.«

»Ach, wirklich?« Ich versuchte mich zu erinnern. Mike Aaron hatte mich geküßt, Gott allein weiß, wie oft. Er hatte mich wunderschön genannt, und Baby, und Schätzelchen, und er erwartete, daß ich mich an irgend etwas wegen einer Verabredung erinnerte?«

»Ja, wirklich. Ein Date, Brooklyn-Stil. Rendezvous, wie du dazu sagst.«

»Ja, das könnte stimmen«, sagte ich und machte die Augen auf. Ich löste meinen Klammergriff um seinen Nacken, Finger um Finger, und ließ ihn los, oder sagen wir, halb los, küßte ihn die eine Gesichtsseite runter vom Ohrläppchen bis zum Kinn und dann weiter den Hals runter und alles, während er nach seiner Brieftasche fummelte. Sein Hals allein war etwas, an dem man den ganzen Tag herumküssen konnte, ohne daß es einem langweilig wurde, dachte ich, als ich ihn widerwillig und nur zögernd allmählich doch losließ, weil ich befürchtete, das Abbrechen des Kontakts zwischen seiner Haut und meiner Haut zöge etwas ganz Schreckliches nach sich.

Mike schien übrigens ähnlich zu empfinden, weil er es lediglich mit einer Hand schaffte, seine Brieftasche herauszuholen und das Taxi zu bezahlen, ohne mich mit der anderen auch nur eine Sekunde loszulassen. Den ganzen Weg vom Taxi bis zum Louvre-Eingang hielt er mich fest an sich gedrückt, mit beiden Armen um meine Schultern, und küßte mich immerzu oben auf den Scheitel. Wer das schon mal probiert hat, weiß, daß dieses nicht die einfachste Art ist, dabei zu gehen. Aber wer schert sich in Paris schon darum? Am Aufzug mußten wir wohl oder übel voneinander lassen, aber Händchenhalten war immer noch möglich. Als wir unten waren, da scherten wir einfach zur Seite aus und küßten uns weiter ziemlich lange und ausgiebig, bis es einfach soweit war, daß wir endlich damit aufhören mußten oder zur Erregung eines öffentlichen Ärgernisses wurden.

»Wir laufen einfach nur schnell durch, Schatz«, murmelte mir Mike ins Ohr. »Einfach nur durch, wo wir schon mal hier sind.«

Wir schafften es, durch ein hellerleuchtetes Diorama zu taumeln, in welchem angezeigt war, was man in allen 198 Sälen des Louvre zu sehen bekam und wie genau man zu jedem hingelangte.

»Wir könnten ja mal die Sphinxkrypta versuchen«, schlug er vor. »Da ist bestimmt kein Mensch. Oder wie wäre es mit der Mastaba von Akout-Hetep, Schrein der 5. Dynastie? Dahin dürften sich schätzungsweise pro Jahr gerade mal zehn Leute verirren.«

»Ja, aber beide klingen einfach nicht nach Louvre«, wandte ich mit meinen wenigen verbliebenen klaren Sinnen ein. »Die könnten genausogut in der Antikensammlung der Met stehen. Dann hätten wir dieses ganze aufwendige Unternehmen unternommen ohne einen authentischen Louvre-Anblick, mit dem wir nachweisen könnten, daß wir wirklich da waren, falls jemand fragen sollte. Und du weißt genau, sie werden fragen.«

»Ja, aber denk doch nur mal, wie gemütlich sich das anhört. Eine Krypta, ein Schrein! Und wir haben sie ganz für uns allein!«

»Mi-ke!« sagte ich warnend, weil mir völlig klar war, was er da im Sinn hatte.

»Ist doch nicht verboten, Schätzchen, Schatz, Schätzelchen, daß ich dich noch ein Weilchen küssen möchte!«

»Ich ja auch«, sagte ich mit Bedauern, »aber nicht in einem öffentlichen Gebäude auf dem Boden rumrollen. Paß auf, warum gehen wir nicht schnell und auf direktestem Wege zur Venus von Milo und zur Geflügelten Nike von Samothrake und fertig. Dann haben wir es hinter uns. Von den beiden erwarten die Leute, daß man sie im Louvre gesehen hat.«

»Dann aber besser auch noch die Mona Lisa. Die ist doch der Hammer hier.«

Ja, aber nichts im Louvre geht schnell, glauben Sie mir, außer man hat ein Skateboard mit oder diese modernen Inline-Skaters. Diese Leuchtkästen mit den Plänen lassen alles so einfach und übersichtlich aussehen, aber in Wirklichkeit hat das System der Teufel gesehen. Bis wir von der Venus von Milo die zwei Treppen hinauf bei der Nike von Samothrake waren und dann noch eine Treppe weiter hinauf bei der Mona Lisa, hätten wir jedes andere Museum schon von vorn bis hinten durchgehabt. Wir begnügten uns ohnehin mit einem kurzen Blick auf die Menschentraube in der langen Galerie an der Stelle, wo meiner Erinnerung nach die Mona Lisa hängen mußte, und wandten uns dem nächsten langen, bilderbehangenen Korridor mit Blick auf die Seine zu. Der hieß *La Grande Galerie* und sollte der Beschilderung nach zu einem Ausgang führen.

»Jetzt weiß ich, warum ich noch nie hierhergekommen bin«, sagte Mike. »Du kannst mich einen Kunstbanausen nennen, aber der Kasten hier ist einfach zu groß. Wenn man länger als eine Stunde in einem Museum verbringt, setzt nämlich das Gehirn aus und weigert sich, weiteres zur Kenntnis zu nehmen, wie kulturell wertvoll auch immer und zu besichtigen überfällig.«

Wir schritten aus, den Pfeilen nach.

Nur, es kam kein Ausgang.

»Warum nur habe ich nicht auf dich gehört, als du die Krypta der Sphinx vorschlugst«, sagte ich reuig.

»Weil du eine Dame mit damenhafter Delikatesse bist und ich dich deshalb achte und ehre.«

»So, bin ich das?«

»Ja, aber ich bin nicht wild darauf, daß du das noch sehr lange durchhältst.«

»Wann, bitte, hättest du gerne, daß ich aufhöre?«

»Ach, weißt du, ich glaube, das muß ich dir gar nicht sagen, das weißt du dann ganz von selbst.«

»Hör auf mit diesen Reden, Junge. Du machst mich ganz kirre damit, und wir sind noch nicht hier raus.«

»Kirre? Wirr im Kopf? Total wie weggetreten? Soll ich dich tragen?«

»Nein, Dummerchen. Sondern so.« Ich nahm seine Hand, preßte meinen Mund auf die Innenfläche und züngelte warm darüber. Er sprang einen halben Meter hoch in die Luft.

»Hör auf!«

»Ich habe dir nur gezeigt, was genau ich meine.«

»Das ist unfair, hör mal. Es sei denn ... du bist bereit, uns auch in die höchsten Schwierigkeiten zu bringen, wenn man uns erwischt, hier vor all den Aufsehern. Ist das zu glauben? Dieser Scheißkorridor hört offenbar nie mehr auf.« Wir gingen, so schnell wir konnten, und lasen die Namen an den Wänden ab.

»Giotto, Fra Angelico, Botticelli, Bellini, Van Dyck, schau nicht hin, bleib nicht stehen, auf keinen Fall, oder es ist aus mit uns ... Haben die gar kein Erbarmen? Ist denen überhaupt nicht klar, daß manche Leute einfach etwas Besseres zu tun haben als Bilder an der Wand anstarren? Verdammte Franzosen, wenn die dich einmal am Schlafittchen haben, lassen sie dich nicht mehr aus den Klauen!«

»Cranach, Holbein, Guardi, Tiepolo, Goya ...« Ich keuchte schon, weil wir so schnell gingen, daß wir fast schon rannten.

»Wir haben den Ausgang doch nicht etwa verpaßt?« fragte ich nach längerer Zeit, als mich das Nichtvorhandensein irgendwelcher anderer Menschen abrupt anhalten ließ.

Wir sahen uns ungläubig an. Wir waren mutterseelenallein, ohne daß auch nur ein Museumsaufseher in Sicht gewesen wäre. Die Galerie erstreckte sich nun hinter uns schier ins Unendliche, in jene Bereiche, wo wir schon gewesen waren, in einer Entfernung, für die man, um sie zu überbrücken, fast ein Fernrohr brauchte. Vor uns war lediglich noch ein Raum mit El Grecos und, kaum zu glauben, das Ende des Gebäudes selbst, wo die Fenster auf die Gärten der Tuilerien hinausgingen. Da waren zwei Treppen mit Schildern, *Vers Sculptures* und *Vers Galerie d'Etudes.*

»Irgendwie müssen wir ihn wirklich verpaßt haben«, sagte Mike düster. »Oder das ist alles Teil eines teuflischen Plans, und es hat hier überhaupt nie einen Ausgang gegeben!«

»Welche Treppe hättest du gern?« fragte ich.

»Keine von beiden ist sicher. Da laufen wir wahrscheinlich den Rest des Tages im Kreis herum. Das einzige, was wir tun können, ist Rückzug dorthin, wo wir hergekommen sind. Das weiß ich noch von den Pfadfindern.«

Ich brach in bittere Tränen aus.

»Baby, mein armes Baby, komm, ich trag dich. Versprochen!« Er drückte mich an sich und wiegte mich tröstend.

»Nein ... nein ...«, stammelte ich, »das ist es nicht ... Meinen Füßen geht es gut ... Nein, es ist die Vorstellung von dir in Pfadfinderuniform«, schluchzte ich. »Mein Gott, mußt du hübsch darin ausgesehen haben!«

»Du bist einfach nur übermüdet, das ist es.«

»Gib es zu, daß du hübsch darin ausgesehen hast!«

»Ja, ja, wahrscheinlich. Ich schenke dir ein paar von meinen alten Fotos in der Uniform, wenn du zu weinen aufhörst.«

»Müssen wir denn wirklich den ganzen Weg zurück?« jammerte ich unter Tränen.

»Sieht wohl so aus, ja. Paß auf, ich habe eine Idee. Wenn du wirklich nicht willst, daß ich dich trage, ist es besser für dich, du blickst nur runter auf den Boden und ich führe dich. Du leidest nämlich darunter, daß du diese ganzen Bilder immer in den Augenwinkeln siehst. Das ist ein klarer Fall von sensueller Überladung. Der Boden aber hat ein gleichförmiges Muster, und da kommt es dir nicht so weit vor, wenn du sonst nichts siehst.«

»Also gut. Ich lege mir die Hand vor die Augen, da sieht es aus, als hätte ich plötzlich Migräne bekommen oder so, von zuviel von all dieser Schönheit. Das heißt man übrigens, glaube ich, das Stendhal-Syndrom.«

Mike hatte völlig recht. Die Safari war sehr viel leichter mit visueller Monotonie und mit der Wärme seiner Hände, auf die ich mich konzentrieren konnte. Ich riskierte aber natürlich schon den einen oder anderen Blick auf die wundervollen Botticellis und die herrlichen Wände voller Tiepolos und noch vielem mehr. Ich meine, es wäre ja ein Verbrechen gewesen, es nicht zu tun. Wo wir schon mal hier waren.

»Da ist das Schild zum Ausgang!« rief Mike erleichtert, als wir so ungefähr einen Kilometer gelaufen waren.

»Kann ich wenigstens kurz hinschauen?«

»Um Gottes willen! Das Herz würde dir brechen. Wir hätten gleich nach dem Fragonard da rechts gehen müssen zu dieser Treppe gleich beim Büffet und dem Tea Room. Diese blöden Schilder nach seitwärts, kein Aas kennt sich aus, da sind wir falsch gegangen.«

»Büffet??« stöhnte ich und blieb stehen wie angewurzelt.

»Soll das heißen, du hast mich an einem Büffet vorbeigeführt?«

»Tja, jetzt weißt du, warum ich nie mein Pfadfinder-Adlerzeichen gemacht habe.«

Wir verschlangen jeder zwei gewaltige Sandwiches, Schinken mit Käse, wie sie die Franzosen machen mit ihrem herrlichen Brot und der Butter, tranken je zwei große Tassen ziemlich milchigen Kaffee dazu und begaben uns danach eine Treppe hinab, wo es unten gar nicht mehr weit zu einer Tür war, die tatsächlich ins Freie führte, das jemals wiederzusehen ich fast schon jegliche Hoffnung aufgegeben hatte.

Als wir da so standen, mit neuem Leben erfüllt, und die frische Luft einatmeten, merkte ich, daß ich auf einmal verlegen war. Ich sah Mike an und erkannte, daß es ihm offenbar genauso erging. Und jetzt? fragten wir uns beide wohl gleichzeitig, nun, da wir keinen Louvre mehr hatten, der uns damit beschäftigte, in ihn hineinzugehen oder aus ihm zu entkommen.

»Ist dies noch immer ein Date?« fragte ich schließlich und bemühte mich, daß es so herausfordernd klang wie möglich. »Weil, wenn ja, dann ist es am Kerl, zu entscheiden, wie es weitergeht. So geht das jedenfalls in Brooklyn, und bekanntlich spielen wir hier nach Brooklyn-Regeln.«

Das hob seine momentane Düsterstimmung wieder. Er schob mich in Richtung eines Taxistands, wo tatsächlich einige Taxis standen, vermutlich, weil gerade Mittagszeit war.

»*Du Louvre*«, glaubte ich ihn sagen zu hören.

»Schon wieder?« sagte ich. »Reicht es dir noch nicht für einen Tag?«

Aber er klärte mich auf. »Das ist ein anderer Louvre. Drüben, Rive Gauche, auf dem linken Ufer. Schließlich ist das unser Louvre-Tag, den ganzen Tag lang. Außerdem denke ich, Brooklyn-Girls lassen den Kerl entscheiden?«

»Ja, aber sie haben ein Konsultationsrecht.«

»Wenn es dir nicht gefällt, Rote, dann gehen wir auch nicht rein.«

»Rote?«

»Ja, hast du vielleicht geglaubt, ich habe es nicht bemerkt?«

»Ich habe es total vergessen.«

»Weil du lauter anderes Zeug im Kopf hattest.«

»Ich kann es gar nicht glauben, daß ich das tatsächlich völlig vergessen habe. Also, was hältst du davon? Gefällt es dir?«

»Also, wenn du es genau wissen willst, jedes einzelne Haar gefällt mir. Und deine Stirn gefällt mir und deine Augenbrauen gefallen mir, und deine Augen und deine Nase und ganz besonders deine Lippen und außerdem auch noch alles andere, was da ist, runter bis zu den Fußsohlen. Braun oder rot, ist ganz gleich, du bist auf jeden Fall umwerfend.«

»Mein lieber Mann«, murmelte ich, »das ist eine ganze Menge zum Gefallen.« Oder nahm er mich etwa nur auf den Arm?

»Reicht kaum aus«, sagte er. »Weniger wäre zu wenig, mehr, eine Menge mehr, wäre noch viel besser.«

Das Taxi fuhr an einem bescheiden und einfach aussehenden Hotel in einer geschäftigen kleinen Straße vor, genau gegenüber vom Louvre auf dem anderen Ufer.

»Was ist das hier?« fragte ich.

»Das *Hôtel du Louvre.* So genannt wegen des Blicks auf denselben.«

»Und warum sind wir hier?«

»Na, wie ich sage, noch mehr, das mir gefallen könnte, wäre nicht schlecht. Aber es liegt an dir.«

»Mike Aaron!« rief ich. »Mitten am Nachmittag?« Ich war so überrascht, daß ich fast schon schockiert war.

»Wieso, stört dich die Tageszeit?«

»Ja, willst du da wirklich einfach reingehen und ein Zimmer nehmen und ...?«

»Und ob. Ich bin ganz wild darauf. Es ist überhaupt das einzige auf der ganzen Welt, was ich jetzt tun möchte. Du nicht?«

»Aber ...«

»Was?«

»Ist das immer noch ein Date?«

»Nein, Frankie, es ist kein Date mehr. Nicht, wenn wir jetzt in dieses Hotel reingehen. Ich weiß nicht, wie du das nennen willst, aber ich nenne es etwas, das sich ziemlich nahe um Tod oder Leben bewegt. Emotional gesprochen, meine ich.«

»Oh!« machte ich, so ausdruckslos wie eine Glasscheibe, aber voller purer, naiver Glücksgefühle.

»Heißt das Ja oder Nein?«

»Küß mich zuerst«, sagte ich und spielte auf Zeit.

»Nein, ich möchte, daß du dich ohne Küssen entscheidest. Küssen macht dich immer impulsiver als üblich. Und mit jedem Kuß verliebe ich mich mehr in dich, und wenn du nicht mit mir in dieses Hotel reingehen willst, dann will ich mich auch nicht noch mehr in dich verlieben.«

Ich japste nach Luft. »Du hast bisher noch nie ein Sterbenswörtchen von Liebe gesagt.«

»Ja, weißt du das nicht von selbst?«

»Selbstverständlich nicht!« Ich konnte nicht glauben, wie beleidigt ich auf einmal klang. Und ich rief voller Ungläubigkeit: »Die ganze Zeit tanzen die hübschesten Mädchen der Welt um dich rum. Wie solltest du da nicht pausenlos in eine nach der anderen verliebt sein?«

»Das ist eben einfach nicht passiert. Lust, ja, aber Liebe, nein. Scheint so, daß ich einfach auf so ein hochnäsiges, halsstarriges, voreingenommenes, unmögliches Mädchen aus dem alten Lebensumkreis wie dich warten mußte. Nein, nicht ›wie dich‹, sondern auf dich, nur auf dich.«

Er schien über etwas nachzudenken. Ich saß nur da und war viel zu verblüfft, um überhaupt noch zu atmen.

»Es ist deine Persönlichkeit, dieses Menschsein von dir ... die Art, wie dein verrücktes kleines Hirn arbeitet. Was sich als dein Sinn für Humor ausgibt. Deine unerschütterlichen Wertüberzeugungen, die du noch bewahrst, selbst wenn du im Irrtum bist, deine ganze ausgefallene Einstellung ... du weißt, wer du bist, und du bist auch, wer du bist. Es gefällt mir, wie du mir das Gefühl gibst, daß ich ein kompletter Mensch bin. Es gefällt mir, wie ich mir wünsche, mich um dich zu kümmern. Wenn ich bei dir bin, habe ich einfach das Gefühl, nach Hause gekommen zu sein, so wie sich jeder vorstellt, daß das Zuhause sein sollte.«

»Aber?« Es ging alles so schnell, daß ich nicht mehr alles richtig mitbekam.

»Was aber?«

»Als wir uns wiedertrafen, warst du derart rüde, und gegessen haben wir auch nur zusammen, weil du an dem Tag keines von den Mädels dafür da hattest.«

»Frankie! Weißt du denn nicht, daß diese verdammte Liebe eine ganz blöde, riesige, erschreckende Kiste ist? Ich hoffte, daß es nicht stimmte, was ich verspürte. Aber schon auf dem Flughafen beim Abflug begann ich den Verdacht zu bekommen, daß du es bist für mich. Erschreckt es dich denn nicht auch?«

»Nicht soviel«, erklärte ich und sah ihm in die Augen mit einem Blick, der ihm sagen mußte, daß jedes Wort von mir die Wahrheit war. »Ich war schon in der High School in dich verliebt. Und das hat nie aufgehört. Ich kam zwar zu der Einsicht, daß es völlig hoffnungslos war, aber es hielt mich nicht davon ab weiterzumachen.«

»Echt? Wirklich und echt?«

»Ja, natürlich. Die Hälfte aller anderen Mädchen war ebenfalls davon überzeugt, aber ich wußte es. Und zwar, daß es das Echte und Wirkliche war. Du bist die Liebe meines Lebens.«

»Das wollen wir hoffen«, sagte er und umfing mich, wie

es auf dem Rücksitz eines Pariser Taxis überhaupt nur technisch möglich ist. »Auf immer und ewig, jetzt, wo ich dich gefunden habe. Ach, Frankie, mein übersehenes und rüde behandeltes Baby! Ich will dich ja nicht in irgend etwas hineindrängen, aber ich bin genau vor dreizehn Jahren von der High School abgegangen. Meinst du nicht, das ist ein Grund zum Feiern?«

Und das taten wir dann auch. Mit Pausen und Nickerchen dazwischen natürlich, aber den ganzen langen Nachmittag und noch bis in den Abend hinein, zusammen in einem großen, breiten Bett mit Blick hinaus auf die Seine und bei einem Straßenlärm draußen, der gedämpft durch die Doppelfenster hereindrang. Wir sprachen nicht viel. Wir machten unsere erste gemeinsame Wanderung durch eine Landschaft, die viel zu interessant war und viel zu viele überraschende Anblicke bot, als daß man sich dabei durch Worte unterbrechen und ablenken lassen konnte. Ich kann Ihnen natürlich nicht alle Einzelheiten mitteilen, weil ich in diesen Dingen zurückhaltend und diskret und wohl auch etwas verschämt bin, aber jedenfalls ... ach, vergessen Sie es. Lassen wir es mit der Feststellung genug sein, daß mir, wie wir uns liebten, klarmachte, daß ich, verglichen damit, noch nie zuvor wirklich mit einem Mann zusammen war.

Aber irgendwann mußte ich mich dann doch aufraffen und Mike davon überzeugen, daß unsere Abwesenheit inzwischen allgemein bemerkt würde, Kanalisation hin oder her.

Wir duschten gemeinsam, zogen uns an und gratulierten uns dazu, wie auffallend ähnlich wir den beiden Personen seien, die wir heute morgen waren, obwohl wir sie gar nicht waren und nie wieder sein würden. Im Taxi auf dem Weg zurück saßen wir wie aneinandergeklebt in stummem Entzücken. Wenn nur die Vierzehnjährige, dachte ich, die ich einmal war, geahnt hätte, daß dieser Tag wirklich einmal kam, dann hätte ich etwas gehabt, auf das ich mich die ganzen Jahre über hätte freuen können. Aber hätte ich dann die vorüberkriechende Zeit bis dahin ertragen?

Wie üblich waren alle, außer Tinker, in der Bar versammelt, beim Fenster.

»Komm lieber nicht zu nahe an mich ran«, warnte Mike, als wir aus dem Taxi stiegen. »Sonst schöpfen sie gleich Verdacht.«

»Dann läßt du aber auch besser meine Hand los.«

Jordan empfing uns, kaum daß wir uns gesetzt hatten, sogleich mit der Frage: »Na, und wie toll war die berühmte Kanalisation?« Sie lachte dazu auf eine Art, auf die ich gut und gerne verzichten konnte.

»Tatsache ist«, sagte Mike, »wir waren die ganze Zeit im Louvre.«

»Im Louvre, so?« fragte auch Maude Callender etwas spitz. »Was ihr nicht sagt? Schon wieder im Louvre? Tatsächlich? Da habt ihr doch sicher auch die Mona Lisa gesehen?«

»Nein«, sagte ich wahrheitsgemäß, »um die standen so viele Touristen herum, daß gar nicht heranzukommen war.«

»Das ist normalerweise immer so«, nickte sie. »Clever, das zu sagen.«

»Selbstverständlich wart ihr im Louvre«, sagte nun April. »Das sieht man euch direkt an. Allen beiden. Es ist euch ins Gesicht geschrieben.«

»Aber schließt denn der Louvre nicht schon sehr viel früher als jetzt?« hakte auch Jordan nach.

»Schon gut, Jordan«, sagte Maude. »Ich erkläre es Ihnen später.«

»Man sieht richtig die Wirkung der großen Kunst in ihren glänzenden Augen, nicht, Maude?« stichelte April weiter.

»Wir sind die ganze *Grande Galerie* entlanggegangen«, sagte Mike indigniert und ebenfalls wahrheitsgemäß. »Das nennt man das Stendhal-Syndrom.«

Maude lachte. »Ihr seid die ganze *Grande Galerie* durchgegangen und lebt noch, um davon berichten zu können? Das ist nicht nur eine Seltenheit, das war in der ganzen Geschichte der Kunstverehrung noch nicht da!« Sie sah Mike an. »Aber nun ja, so besonders gut ist die Ausrede wirklich nicht, Mike. Ich hätte Ihnen mehr Phantasie zugetraut.«

»Haben wir aber wirklich gemacht!« beharrte Mike. »Hin und zurück sogar!«

»Na gut, wenn ihr unbedingt darauf bestehen wollt. Aber ihr müßt da anscheinend einen Jungbrunnen entdeckt haben, wie? Ihr seht beide ... einfach aus wie aufgedreht. Voll neuer Frische, zehn Jahre jünger. Falls so etwas möglich ist in eurem Alter.«

»Oh, Maude«, widersprach Jordan, »da bin ich aber gar nicht Ihrer Meinung. Für mich sehen Mike und Frankie aus wie ... na, völlig ausgepumpt, erschossen ... Glückwunsch!«

Ich zischte sie wütend an. »Mit euch zynischem Volk und eurer schmutzigen Phantasie trinke ich nicht. Ihr seid doch alle nur eifersüchtig!«

»Aha! Jetzt hat sie sich verplappert!« triumphierte Jordan.

»Gütiger Himmel!« sagte Mike und warf die Arme hoch. »Ist denn gar nichts mehr heilig?«

Er faßte mich an der Hand, und wir gingen durch die Seitentür hinaus in die Hotelhalle. Die anderen lachten Tränen hinter uns her. Na und? war mir auf einmal klar. Sollen sie doch. Ganz im Gegenteil, ich wollte es am liebsten allen sagen, angefangen beim Portier bis zum Kassierer und den Pagen, den Kellnern, den Leuten in der Halle, und dann wollte ich die Neuigkeit in immer größer werdenden Wellenkreisen über ganz Paris verbreitet sehen und über die ganze Welt. Frankie Severino und Mike Aaron lieben sich, daß es gar nicht zu beschreiben ist.

17

Die letzten paar Tage waren derart mies gewesen, dachte Justine, daß es schon keinen Unterschied mehr machte, wenn sie nun auch noch mit Dart Benedict essen ging. Sie hatte es ohnehin über, ständig Ausreden zu erfinden. Im Gegenteil, in dem Zustand, in dem sie sich befand, war ihr jede Abwechslung willkommen. Es war auch ein wenig Neugier dabei, herauszufinden, warum dieser Mann, der doch selbst eine so alteingeführte und erfolgreiche große Agentur besaß, so hartnäckig auf einem Geschäftsessen mit ihr bestand. Offensichtlich wollte er etwas, sonst würde er sich nicht so um sie bemühen. Doch zumindest war keine besondere Vorgabe mit im Spiel. Und selbst wenn, dachte sie grimmig, dann hatten Necker einerseits und Aiden andererseits sie bereits mit so vielen Vorgaben eingedeckt, daß jede weitere gar keine Chance hatte, an sie heranzukommen.

Eine Unverschämtheit von Necker, ihr einfach dieses ganz skandalös kostbare Möbelstück zu schicken, das sie überhaupt nicht haben wollte! Eine offene und unverhüllte Bestechung, maskiert als Geschenk! Jeder Zentimeter dieses antiken Sekretärs roch nach der Großartigkeit, die sie erwarten hätte können, wenn sie sich seinen Wünschen gebeugt hätte! Es war eine höchst unwillkommene Verantwortlichkeit. Sie war tagsüber nicht zu Hause, da hatte sie das Ding natürlich nicht gut sofort unter Annahmeverweigerung zurückgehen lassen können. Ganz abgesehen davon, daß man es bei Rücksendung wieder entsprechend hätte verpacken und angemessen versichern müssen.

Sie hatte kein Verlangen danach, Necker irgend etwas zu verdanken oder schuldig zu sein, zum Donnerwetter! Sie hob das kleine, verdammt exquisite Möbel hoch und trug es in eine kleine Abstellkammer, die sie noch nie benützt hatte, und versuchte sich einzureden, daß es nun, aus den Augen, aus dem Sinn, einfach nicht mehr vorhanden war. Außer eben als etwas ganz und gar Lästiges, dessen sie sich irgendwann einmal entledigen mußte.

Nur, das Möbel weigerte sich, aus ihrem Gedächtnis verbannt zu werden. Es war, als sei Necker damit in ihr Haus eingedrungen, wie mit einer Riesenhand, und habe es persönlich hingestellt und hinterlassen. Es schien in seinem finsteren Verschlag wie ein Lebewesen zu existieren, nicht mehr aus ihrem Kopf auszuradieren; als sei Tag und Nacht ein Scheinwerferstrahl darauf gerichtet. Sie konnte jederzeit die Porzellanplatten auf den Schubladen vor sich sehen, mit ihren zart und in brillanten Farben gemalten Blumensträußen und den Umrahmungen mit einem ganz besonderen Apfelgrün, das einen Anflug von Türkis hatte. Die Mittelplatte mit ihrem Wappen, drei Türme mit einer Krone darüber, war besonders unvergeßlich. Wäre es nicht von Necker gekommen, hätte sie zumindest etwas daran gefunden, über das sie sich begeistern konnte.

Wenn sie dieses Stück in einem Antiquitätengeschäft gesehen hätte – natürlich nur zu einem Gelegenheitspreis –, dann hätte es, auch wenn es Lichtjahre von den Dingen entfernt war, die sie üblicherweise schätzte, durchaus sein können, daß sie sich von seinen so unglaublich harmonischen Formen hätte in Versuchung führen lassen. Und dann, dachte sie, hätte es wohl auch einen Platz in ihrem Schlafzimmer bekommen, und sie hätte sich bei jedem Anblick an diesem Wunderwerk erfreut. Vielleicht hätte sie sich sogar damit amüsiert, etwas darüber zu schreiben. Wie viele Frauen schon daran gesessen hatten und Liebesbriefe schrieben, und Einladungen zu Bällen, und Bestätigungen für Bestellungen bei ihrem Schneider. Das Möbel mußte ursprünglich für eine Dame von großem Geschmack gemacht worden sein, die Luxus und Qualität verlangte. Keine Frage, daß dieser Sekretär eine ganz außergewöhnliche und hervorragende Handwerksarbeit war, das mußte man schon zugeben. Sie nahm ja auch nicht das Möbelstück übel, sondern sie war böse auf den, der es ihr geschenkt hatte.

Sie wollte es nicht haben, zum Donnerwetter! Dieses geheimnisvolle Stück gehörte einer anderen Zeit und Kultur an. Es war ein Artefakt einer Lebensweise, die ihr völlig und total fremd war. Es gehörte in ein Museum und nicht in ihr privates, sehr persönliches Haus, das alles andere war als ein Museum! Ganz gleich, welchen Charme und Zauber es verbreitete, es war in ihr Privatleben eingedrungen – genauso natürlich, wie Necker das ja wohl beabsichtigt hatte! Sie hatte das Gefühl, als habe er ihr eine wunderbare Tiara überreicht, die er ihr, während er sie mit einer Hand auf ihrer Schulter auf die Knie zwang, mit der anderen aufsetzte und sie darüber informierte, daß sie sie nunmehr für immer und ewig zu tragen habe, ganz gleich, ob sie wollte oder nicht.

Neckers »Vorgabe«! Eine unerträgliche Vorgabe, denn er hatte den Sekretär offensichtlich schon vor dem Schneesturm abgeschickt, wahrscheinlich sogar schon, sobald ihm Gabrielle d'Angelle mitgeteilt hatte, daß alles bestens nach Wunsch erledigt und ihre drei Mädchen für den Lombardi-Preis ausgewählt waren. Diese Hast zeigte nur, wie sicher er sich seiner Sache offenbar war. Daß sie gar nicht ablehnen konnte. Daß es ganz leicht war, sich Zutritt zu ihrem Leben zu verschaffen.

Und was Aiden anging ... Dessen »Vorgaben« unterschieden sich doch auch nur in Nuancen von denen Neckers! Aiden, brütete sie finster und zugleich mit Herzschmerz, war im Grunde ja auch nur so eine Art Vorgabe-Eindringling in ihr Leben! Sie hatte ihre Tür einem unbekannten Handwerker geöffnet, und das nächste war, daß er ihren Heizofen ruinierte, sie kidnappte und in sexuelle Sklaverei führte, zum Teufel! Kein Mann in ihrem ganzen Leben hatte sich derart in ihr Innerstes gedrängt wie dieser Aiden! Nackte Sinnlichkeit, unkontrollierbare und überwältigende Leidenschaft waren ein paar Tage lang unwiderstehlich gewesen, aber wie rasch führte das gleich wieder zu Forderungen an ihr eigenes Privatleben! Er erwarte keine »Erklärungen über den Sekretär«, hatte er gesagt! Und hatte dabei ganz unübersehbar doch eben dies gewünscht!

Verdammt noch mal, wieso bedeutete die Tatsache, daß einen ein Mann fast schon kommen lassen konnte, wenn man ihn nur von der Seite ansah, daß man ihm Dinge sagen sollte, die man für sich selbst behalten wollte? Lief es denn nicht im Grundsatz darauf hinaus? War das etwa kein klassisches Beispiel für diese männliche sexuelle Beherrschung, die sie immer für ihre Mädchen so gefürchtet hatte: von diesen Model-Sammlern, die ihnen allen pausenlos hinterher waren? Genau diese Art von Beherrschung und Abhängigkeit, wegen der diese Mädchen alles mögliche taten, was kein normal vernünftiges Mädchen jemals täte?

Sie hatte es sich nicht zugetraut, Aiden wiederzusehen. Sie konnte sein Mißtrauen nicht beseitigen, ohne ihm die Existenz Neckers in ihrem Leben zu enthüllen. Außerdem wäre es genauso unmöglich, Zeit miteinander zu verbringen und einfach so zu tun, als sei das Möbel nicht vorhanden. Und am schlimmsten von allem: wenn sie ihn zum Essen traf, worum er sie telefonisch gebeten hatte, konnte sie mit Sicherheit die ganze Zeit über an nichts anderes denken als daran, wie dezent oder auch indezent es sei, erst noch bis nach dem Essen zu warten, um miteinander zu schlafen. Tatsache war, gestand sie sich ein, daß es ihr sogar völlig egal war, ob das anständig oder unanständig war. Und wenn es gleich, sobald sie ihm die Tür aufgemacht hatte, auf der Fußmatte am Boden geschähe, wäre es ihr auch recht. Kurzum, ihr Kopf teilte ihrem Körper mit, daß sie schlicht skandalös sexgierig war, und diese Erkenntnis erschreckte sie einigermaßen.

Genau deshalb war es vielleicht gar nicht so schlecht, mit Dart Benedict zu essen und zu sehen, worauf er hinauswollte. Das Gute war, er war weder Vater noch Liebhaber noch Freund. Er hatte viel Macht und Einfluß, und es wurde viel geklatscht über ihn in der Branche, aber es war zum Glück keinerlei emotionales Element im Spiel dabei, das Brot mit ihm zu brechen. Er war die Art Mann, die in ihr alle kühle, strenge Unabhängigkeit zum Vorschein brachte, die zu besitzen sie sich in letzter Zeit selbst so gratuliert hatte; Närrin, die sie war ...

Dart Benedict zielte und plante immer auf lange Sicht. Das konnte er, gesegnet, wie er war, mit einer kalten, akkuraten Objektivität. Sie war so klar und kraftvoll, daß er sie genausogut gegen sich selbst wie gegen andere anwenden konnte. In den späten 70er Jahren, als er gerade 25 war, hatte er geheiratet und sich überlegt Mary Beth Bonner dafür ausgesucht, eine großgewachsene, gefällige, einfache, aber makellos erzogene Debütantin, deren entscheidender Vorteil es war, nicht nur das Kind reicher Eltern zu sein, sondern auch Erbin in eigenem Recht. Mary Beth, gewöhnt nur an die milde Aufmerksamkeit der hoffnungslosesten Langweiler unter der Jeunesse dorée, war erstaunt über ihr Glück, daß sich ein so attraktiver Bursche wie Dart lebhaft an ihr interessiert zeigte. Hätte er doch nach Belieben jede einzelne ihrer Freundinnen haben können, obwohl er im Model-Agenturgeschäft war, das zumindest in ihren konservativen Geldkreisen als überaus anrüchig galt.

Außer ihrem Vermögen hatte Mary Beth noch einige entscheidende Vorzüge für Dart Benedict: altmodische gute Manieren, einen totalen Mangel an Phantasie, einen sehr niedrigen Grad sexuellen Interesses, eine Leidenschaft für das Leben auf dem Lande und einen gefestigten Sinn für Selbstdisziplin, der einigermaßen garantierte – soweit man dergleichen überhaupt voraussagen konnte –, daß niemals die Gefahr bestehen würde, Dart werde damit in Verlegenheit gebracht, daß sie zu dick würde oder zu trinken begönne. Und als Zweitwichtigstes – nach ihrem Geld – war Mary Beth auch eine tiefreligiöse praktizierende Katholikin. Dart konvertierte vor ihrer Heirat von den Methodisten zum Katholizismus – alles im klaren Bewußtsein, daß Mary Beth und seine Heirat mit ihr ihm das Umfeld schufen, das er beschlossen hatte, haben zu müssen: ein Heim, auf Fels gebaut und befreit von jeglicher finanzieller Sorge.

Er war in Philadelphia aufgewachsen, wo die an sich legitimen gesellschaftlichen Ansprüche seiner Familie, die sich auf Alteingesessenheit und Status gründeten, langsam, aber stetig durch Scheidungen, Trunksucht und chronisch mißbräuchlichen Umgang mit dem Vermögen immer mehr Schaden erlitten hatten und ramponiert worden waren. Bereits in seinen ersten Universitätsjahren begann er sich deutlich von seinen Eltern zu distanzieren und sich nach dem schnellsten und sichersten Weg zukünftiger Sicherheit umzusehen. Er schätzte seine Möglichkeiten schon damals mit seinem scharfen und klaren Sinn für die Realitäten nüchtern und zielstrebig ein.

Es unterlag keinem Zweifel, daß er am besten außerhalb von Klassenzimmern war. Seine größten Erfolge erzielte er mit den ehrgeizigsten und attraktivsten weiblichen Klassenkameradinnen. Sie umschwirrten und umschwärmten ihn und sahen in ihm nicht nur einen potentiellen *boyfriend,* mit dem man renommieren konnte, sondern auch einen, dessen Rat sie suchten und dessen Urteil sie vertrauten und danach handelten. So konnte er sich sagen, daß er ganz offensichtlich vom lieben Gott die Gabe mitbekommen hatte, mit Frauen nach seinem Belieben umzugehen. Er besaß darüber hinaus auch die Fähigkeit, den Grad weiblicher Schönheit zu beurteilen. Er hatte einfach ein angeborenes Auge für die oft nur schwer erkennbare Grenzlinie, welche die große Mehrzahl der Mädchen, die ganz hübsch waren oder sogar außerordentlich hübsch, von den wenigen mit einer echten Schönheit trennte. Seine sexuellen Bedürfnisse waren unerschöpflich, und er war umsichtig genug, sie mit den hübschen Mädchen zu befriedigen und nicht mit den Schönheiten. Als er Examen machte, erreichte er danach seine erste Anstellung in einer Model-Agentur, indem er die beiden schönsten Mädchen seiner Klasse überredete, ihm in dieses Geschäft zu folgen, von dem er erkannt und entschieden hatte, daß es maßgeschneidert für ihn sei.

Bald nachdem er Mary Beth geheiratet hatte, borgte er sich einiges von ihrem Geld, um seine eigene Model-Agentur zu gründen, die er Benedict nannte. Mary Beth beschäftigte sich damit, ihm ein Haus von Ruhe und Eleganz in dem »Pferde«-County Fairfield, gleich außerhalb von North Stamford zu schaffen, wohin er jeden Tag pendelte. Er hatte sich ausgerechnet, daß er spätestens ein halbes Jahr nach den Flitterwochen zu seinem gewohnten Leben üppiger Vielfalt sexueller Vergnügen zurückkehren könne, welche ihm die Welt der Models in so reichem Maße freizügig und willig bot. Dies allerdings erwies sich als einziger Punkt, wo ihn seine Selbsteinschätzung trog. Er schaffte es gerade drei Wochen lang, bevor er seine heimlichen Mittagsstundenaffären in seinem alten Junggesellenapartment in New York wiederaufnahm. Davon abgesehen aber entwickelte sich tatsächlich alles andere genau nach seinen Absichten. Mary Beth war bald glücklich schwanger. Sie kaufte in Greenwich ein und kam nur selten nach New York hinein, wie sie auch nur wenig Interesse an seiner Berufstätigkeit an den Tag legte.

Mittlerweile, zwanzig Jahre später, waren Dart und Beth Benedict längst feste Säulen der Gesellschaft in Connecticut. Sie hatten sechs Kinder zwischen neunzehn und drei Jahren, und Mary Beth, die ihren Mann mehr denn je verehrte und anbetete, hoffte noch auf ein weiteres Kind. Darts Apartment wiederum war noch immer ein wohlgehütetes Geheimnis in Model-Kreisen, und keines der vielen Mädchen, die er im Laufe der Zeit dorthin mitgenommen hatte, hatte jemals mehr von diesem fest verheirateten Vater von sechs Kindern erwartet und verlangt, als er zu geben bereit war.

Doch, sagte Dart zu sich selbst, als er nun auf Justine Loring wartete, er hatte zweifellos ein beneidenswertes Leben. Auf der einen Seite war es wundervoll geordnet und intakt, abgerundet, ausgeglichen und voll ruhiger Zufriedenheit und Würde – genau das Leben, das seine Eltern so selbstsüchtig vertan hatten. Er und Mary Beth hatten eine ordentliche, bürgerliche Dynastie von Anstand und Sitte gegründet. Andererseits hatte er so klug geheiratet, daß er sich einen Bereich von Freiheit hatte erhalten können, von dem andere Männer nur träumen konnten. Drogen – ja, natürlich hatte er sich das auch von Zeit zu Zeit gegönnt, aber als zivilisierter Gourmet – nur vom Feinsten, das überhaupt zu kriegen war, und gemeinsam mit jenen Kunden, die es von ihm erwarteten. Und welchem echten Mann sollten die Frauen in allen ihren vorkommenden Arten verwehrt bleiben? Er hatte sich schließlich sein Leben um dieses sein nötigstes Lustbedürfnis herum organisiert, und wenn er mit einem Mädchen fertig war, war immer noch gutes Geschäft mit ihr zu machen. Beide, sie und er, profitierten von dieser Art Arrangement der Dinge. Trotzdem blieb ein Lebensbereich, der noch seiner Befriedigung harrte. Mit seinem steigenden geschäftlichen Erfolg war auch sein Ehrgeiz gewachsen. Seine Agentur hatte inzwischen außer drei Frauenabteilungen auch je eine für männliche und Kinder-Models sowie eine blühende und gedeihende Filiale in Hollywood, außerdem profitable Kooperationen mit führenden Agenturen in Paris und Mailand. Dennoch waren Ford, Elite und Lunel in ihren Gesamtumsätzen nach wie vor größer als Benedict. Es nagte an ihm, daß er nur die viertgrößte Agentur der Welt besaß. Der vierte Platz war immer und überall undankbar und roch nach Versagen. Man hatte es, wie beim Sport, nicht mehr aufs Treppchen geschafft. Und wenn ihn auch in seiner Wochenendwelt niemand anders denn als glitzernden Erfolgsmenschen sah, der sich eine gewisse Respektabilität und eine enorme Faszination erworben hatte, so ließ ihn selbst die Erkenntnis, es nach zwanzig Jahren im Agenturgeschäft vielleicht doch nie mehr bis ganz an die Spitze zu bringen, keinen Augenblick in Ruhe.

Völlig unakzeptabel, dachte er gerade wieder, als er aufstand, um Justine Loring zu begrüßen. Schlicht und einfach nicht hinnehmbar.

»Justine! Sie sind schöner denn je!« Und das meinte er sogar ernst. Er hätte so gut wie alles gegeben, wenn sie bei ihm arbeiten würde. In der ganzen Stadt gab es niemanden, der so wie sie mit den jungen Models umgehen konnte. Und jung und immer jünger war ja die Parole heutzutage. Erst kürzlich wieder hatte er einige recht vielversprechende junge Talente an Justines *Loring Management* verloren, weil deren Mütter sie lieber Justine anvertrauen wollten als ihm, obwohl sie nur eine vergleichsweise kleine Agentur war. Justine hatte einen fabelhaften Blick für Potential; er mußte zugeben, manchmal einen besseren als er selbst. So manches Mädchen, das er nicht haben wollte, hatte sie genommen und zur ergiebigen Geldquelle gemacht, sogar gelegentlich zu potentiellen Stars. So hatte er beispielsweise April Nyquist abgelehnt, weil sie ihm zu sehr als klassische Blonde erschienen war, die man nicht vermarkten könne. Eine Daryl Hannah, hatte er gedacht, sei alles, was der Markt in dieser Sparte aufnehmen könne. Er hätte sich in den Bauch beißen können für seine Fehleinschätzung.

»Sie werden überhaupt nicht älter, Dart«, sagte Justine,

und auch sie meinte das aufrichtig. Benedicts dichtes, sandfarbenes Haar hatte schon vor einem Dutzend Jahren leicht melierte Schläfen angesetzt, aber dabei war es geblieben. Vor allem hatte er noch immer überall Haare, wo welche sein sollten. Er sah auf eine eklatant naturburschenhafte Art gut aus, immer sonnengebräunt, hochgewachsen, kantig, ein Typ, den man sich wie selbstverständlich als guten Reiter vorstellte, der auf einem Pferd eine tolle Figur machte, an den besten Angelplätzen mit der Fliege fischen ging und im Urlaub auf gefährliche Berge kletterte. Erstaunlich, dachte sie: Wenn man sich zu ihm an den Tisch setzte und ihn so ansah, konnte man eigentlich keinen anderen Gedanken hegen, als daß der Mann ein wirklich netter Mensch sein mußte.

»Ich war sehr überrascht«, sagte Dart Benedict, »angenehm natürlich, als Ihre Sekretärin gestern anrief und sagte, daß dieser Termin nun doch klappen würde. Ich war eigentlich sicher, daß Sie inzwischen mit Ihren Mädchen in Paris wären. Dazu kann man Ihnen übrigens nur wirklich gratulieren, Justine! Was für ein Coup für Sie! Als ich das hörte, daß Sie den ganzen Jackpot kassiert hatten, konnte ich es nicht glauben. Niemand übrigens. Alle ausstechen, als kleine Agentur wie Sie, und alle drei auf dem Treppchen aus dem eigenen Stall! Hut ab. Aber, Ehre, wem Ehre gebührt, da bin ich der erste, der das offen zugibt.«

»Ach wissen Sie, ich war mindestens genauso überrascht wie Sie, vielleicht sogar noch mehr.« Aber Dart Benedict hatte sie nicht zum Essen eingeladen, um ihr zu gratulieren. Soviel stand wohl fest.

»Wieso eigentlich sind Sie nicht mit nach Paris? Das würde mich schon interessieren. Wenn mir das widerfahren wäre, da würde ich auf die Mädels aufpassen wie die Glucke auf ihre Küken.«

»Lieber Gott, Dart, ich kann doch nicht einfach mein Köfferchen packen, nach Paris fliegen und die ganze Agentur zwei Wochen lang sich selbst überlassen! Frankie schafft das ganz souverän allein.«

»Frankie Severino, die Unentbehrliche. Sie wissen sicher, was Sie an ihr haben.«

»Ganz sicher«, antwortete Justine nur knapp und vertiefte sich demonstrativ in die Speisenkarte. Die Unentbehrliche? Wie konnte er denn das beurteilen? Soviel sie wußte, hatte er Frankie nie persönlich kennengelernt. Frankie kannte Dart und seine Frau lediglich von Partys, bei denen sie zusammen eingeladen waren. Die Leute aus der Branche gingen einander üblicherweise lieber aus dem Weg.

»Wie viele von ihren Mädchen sind noch zu Modeschauen unterwegs?« fragte Benedict, nachdem sie bestellt hatten.

»Vier oder fünf ... Sie wissen ja, wie das ist. Sie wollen sich immer erst in letzter Sekunde entscheiden.«

»Ich habe ein Dutzend Mädels auf dem Sprung nach Mailand, übermorgen. Jedenfalls ist es so geplant. Wann war das nur, Justine, als die Narrenhäuser von ihren eigenen Insassen übernommen wurden? Vor fünf Jahren – ach, noch vor zweien – waren ein Dutzend Mädchen im Flugzeug, wenn ich sagte, ein Dutzend Mädchen haben im Flugzeug zu sitzen. Heute haben sich die besten zu verdammten Kartellen zusammengeschlossen und sind zu beschäftigt, um noch an den Jetlag zu denken. Und wenn sie nicht Showmasterassistentinnen im Fernsehen sind, dann verpflichten ihre Kosmetikverträge sie, nicht auf den Laufsteg zu gehen. Die Honorare sind derart gestiegen, daß es für sie nicht mehr darauf ankommt.«

»Und vergessen Sie nicht die Mädchen, die pausenlos nach Westen fliegen, um Probeaufnahmen beim Film zu machen.« Schön, wenn er darauf bestand, harmlose Konversation zu machen, bevor er zur Sache kam – was immer diese Sache sein mochte –, dann konnte sie das auch.

»Wem sagen Sie das? Genau das ist doch mit Elsie passiert,

nachdem sie drei Jahre lang treu bei Chanel war. Karl gab ihr immer die Brautkleider. Da können Sie sich vorstellen, wie er sich freut, daß sie ihm in letzter Minute davonläuft. Der bucht die nie wieder.«

»Elsie? Was soll sie denn für eine Rolle kriegen?«

»Ach, irgend etwas, wo Julia Roberts ausfiel, also kann es irgendeines von zehn Drehbüchern sein. Ich weiß nur, daß sie eine Nachricht bei ihrer Bucherin hinterließ. Sie wagte nicht, es mir selbst zu sagen.«

»Wahrscheinlich sind Sie eine zu strenge Vaterfigur«, bemerkte Justine trocken.

»Das könnte durchaus sein«, entgegnete Benedict nachdenklich. »Doch ist eine Vaterfigur nicht genau, was junge Mädchen brauchen? Sehen Sie sich selbst an, Justine. Sie sind, was genau? Mitte dreißig, wie? Aber Sie haben eine ganz starke Mutterfigur-Aura um sich herum. Bei Ihnen denkt man an jemanden, der herrliches Brot backt und aus allen möglichen Resten die tollsten Suppen zaubert – alle diese Sachen, für die heutzutage niemand mehr Zeit hat. Wissen Sie, ich glaube – bei allem wirklichen Respekt vor Ihrer Geschäftstüchtigkeit! –, daß es eben diese Aura von Sicherheit, Heim und Herd ist, die Ihren Laden so gut laufen läßt.«

»Vielen Dank, Dart. Es ist mir zwar nicht bewußt, daß ich so sein soll, aber wenn es so ist, um so besser. Es gibt eben Dinge, die man nicht vortäuschen kann.« Sie lächelte vieldeutig und anmutig. Hausgemachte Suppen aus Resten! Der hatte ja wohl einen Vogel!

»Wissen Sie, Justine, ich mache mir ein wenig Sorgen um Sie. Da sitzen Sie hier in New York, während Sie von Rechts wegen in Paris sein und auf Ihre Mädchen aufpassen sollten. Aber Sie können nicht weg, weil von Ihrem ganzen Personal allein Frankie voll vertrauenswürdig ist und Sie vertreten kann. Keine Ihrer Bucherinnen kann den Laden vorübergehend führen, nicht? Was sagt uns das? Daß Ihr Laden nur eine papierdünne Managementdecke hat. Wie können Sie bei dieser Situation weiterwachsen?«

»Es ist zwar sehr nett, Dart, daß Sie sich meine Sorgen machen«, sagte Justine kühl, »aber ich habe es immerhin geschafft, in einem Tempo zu wachsen, bei dem mir wohl ist. Das und die völlige Kontrolle sind mir das Wichtigste. Ich bin gerne Boß und möchte mit niemandem tauschen. Jedem das Seine.«

»Ich verstehe, was Sie sagen, Justine. Ich habe mal genauso gedacht. Aber ich kam nicht wirklich auf einen grünen Zweig, ehe ich mir nicht die richtigen Leute einstellte, und zwar noch bevor ich sie mir eigentlich leisten konnte, und lernte zu delegieren. Wenn ich nur denke, daß, obwohl Necker höchstpersönlich diese drei Models von Ihnen auswählte, und Sie nicht selbst in Paris aufkreuzten ... liebe Justine, um alles in der Welt, der Mann besitzt noch zwei andere Modehäuser. Den könnten Sie doch packen mit Ihren Mädchen, wenn Sie sich nur aufraffen würden, ihn mit Ihrem Charme zuzudecken. Wie kann man so eine einmalige Chance nicht nützen, Justine?«

»Was bringt Sie auf die Idee, Dart, zu glauben, daß nicht Lombardi die Mädchen auswählte?« fragte Justine und war blaß geworden.

»Marco Lombardi und ich«, antwortete Dart Benedict, »sind seit vielen Jahren die besten Freunde. Wirklich alte, ganz alte Kumpel. Sozusagen Veteranen des Modekriegs. Er war so wütend, als ihm Necker diese drei Mädchen reinwürgte, daß er augenblicklich zum Telefon griff und mir sein Leid klagte, eine halbe Stunde lang. Wie können Sie nur sicher sein, daß er, unser gemeinsamer charmanter Freund, dieser nur zu wohlbekannte alte Schürzenjäger Marco, die Mädchen auch nur halbwegs in Ruhe läßt? Und woher wissen Sie, daß sie sich auch selbst anständig benehmen? Wie?

Schließlich ist uns doch allen bestens bekannt, welche Versuchungen dieses Paris bietet, nicht?«

»Frankie berichtet mir, und es gibt keinerlei Probleme.« Es gelang ihr, ihre Stimme ruhig und gleichmütig zu halten und sogar halb amüsiert. Aber warum, zum Teufel, steckte dieser beleidigende Engerling mit seinen Horrorgemälden seine Landbewohnernase derart aufdringlich in ihre Angelegenheiten?

»Na ja, gut für Frankie. Aber an Ihrer Stelle wäre ich eben doch auf jeden Fall in Paris, ganz gleich, was ich hier in New York versäumen würde. Tatsache ist, ich fliege selbst weg in den nächsten Tagen. Und das bringt mich zur Sache, Justine.«

»Na, ich habe mich schon die ganze Zeit gefragt, wann Sie damit rüberkommen«, sagte Justine und machte sich keine Mühe mehr, ein eisiges Lächeln zu unterdrücken.

»Nachdem Sie meine Einladung angenommen haben, sind Sie natürlich gespannt darauf, zu erfahren, warum ich Sie hergebeten habe.«

»Sagen wir, eine Spur neugierig vielleicht, Dart. Aber ansonsten ist mein Interesse vorwiegend Höflichkeit. Ich meine, wie oft hätte ich Ihre schmeichelhafte Einladung noch ablehnen können?«

»Hartnäckig zu sein habe ich mich noch nie geschämt, Justine. Also, Sie wissen, wie groß Benedict ist. Ich habe da eine sehr effiziente und gutgeölte Maschine laufen. Wir decken praktisch jeden Bereich der Branche ab und machen ein Vermögen mit Provisionen. Trotzdem habe ich nicht das Gefühl, daß wir schon soweit sind, wie wir eigentlich sein könnten. Wir haben noch Platz zum Expandieren, und jetzt ist der beste Zeitpunkt dafür.«

»Na, dann los, Dart! Auf sie mit Gebrüll!«

»Nein, im Ernst, Justine. Ich möchte Ihre Agentur kaufen. Ich biete Ihnen einen Preis, der Sie mehr als zufriedenstellen wird, und unterschreibe Ihnen einen langfristigen Managementvertrag ganz zu Ihren eigenen Bedingungen. Ein Vorschlag, bei dem Sie doppelt gewinnen würden. Sie bekämen ein Vermögen auf die Hand und könnten weiter auf dem Feld arbeiten, das Sie kennen und lieben, und hätten dabei keinerlei finanzielle Sorgen und Probleme mehr. Kein Freitagszahltag mehr mit der ständigen Sorge um die Kreditlinie, keine Sorge mehr, daß eine unverzichtbare Bucherin weggeht und ein paar Ihrer besten Mädchen mitnimmt. All das würden Benedict-Probleme, und Benedict ist groß genug, sie mit Leichtigkeit wegzustecken. Sie könnten weiter völlig frei und nach eigener Einschätzung und Beurteilung so brillant arbeiten wie bisher und vielversprechende Mädchen entdecken und zu Stars machen.«

»Doppelt gewinnen, Dart? Wem wäre ich verantwortlich?«

»Sie würden Ihre eigene Abteilung absolut selbstverantwortlich führen. Und selbstverständlich könnten Sie auch Frankie mitbringen.«

»Ja, aber wem würde ich Rapport erstatten?«

»Nun ja, bei endgültigen Analysen würden wir beide uns besprechen, dann und wann. Aber Ihr Vertrag würde ausdrücklich die Bedingungen und Themen aufführen, in denen Sie meine Meinung einholen sollten.«

»Also Ihnen gegenüber würde ich verantwortlich sein. Und es gäbe einen Bereich, in dem Sie das letzte Wort haben. Richtig?«

»Richtig. Ich kann natürlich nicht eine Menge Geld für Ihre Firma bezahlen und Ihnen dann absolut freie Hand bis ins letzte lassen. Darin läge ja kein Sinn. Dann bräuchte ich Sie ja nicht aufzukaufen. Aber es gibt keinen Grund anzunehmen, daß wir nicht zu einer Vereinbarung kommen könnten, die für uns beide zufriedenstellend ist.«

»Würde nicht funktionieren, Dart. Nein, ich bin nicht interessiert.«

»Schauen Sie, Justine, Sie haben einfach noch keine Zeit

gehabt, sich das erst einmal in Ruhe durch den Kopf gehen zu lassen. Sie brauchen jetzt noch gar nicht zu antworten. Denken Sie einfach nur mal darüber nach. Nur, lassen Sie mich noch eine Frage stellen: Ist Ihnen etwa nicht klar, daß Sie der Sklave Ihrer eigenen Firma sind? Sie führen sie auf die altmodische Weise, wie man früher einen Bonbonladen betrieb. Ich meinerseits habe bei aller meiner Verantwortlichkeit ein starkes Management bei mir, so daß ich, wenn mir danach ist, mal mit Mary Beth ausspannen und es mir eine Weile in unserem Haus in Hobe Sound gutgehen lassen kann. Wenn die Kinder aus der Schule sind oder Ferien haben, können wir uns schöne Familienferien erlauben, einen ganzen Monat oder sogar sechs Wochen lang.«

»Ach, wissen Sie, aufs Ausspannen kommt es mir noch nicht an, ein gelegentliches Wochenende ausgenommen.«

»Sie gehen mir mit Absicht aus dem Weg, Justine, und leichthin über das hinweg, worum es geht. Sie verstehen doch in Wirklichkeit ganz genau, was ich meine. Sie sind doch noch jung genug, um sich einen aus hundert Männern herauszusuchen, den Sie haben möchten. Sie sollten heiraten, Kinder haben, Gäste einladen, sich ein hübsches Haus auf dem Land kaufen, mit Garten, Reisen … ich muß Ihnen doch nicht alles aufzählen, was das Leben lebenswert macht und was möglich ist für Sie – so möglich wie der Salat, den Sie da essen. Es wartet alles nur auf Sie. Aber Sie haben sich entschieden, mit Ihrer Firma verheiratet zu sein. Das kann man nicht auf die Dauer machen. Es ist ungesund.«

»Wie wäre es, Dart, wenn ich vielleicht auch noch meine eigenen Kleider nähen würde, in meinem erfüllten Leben?« sagte Justine nun spöttisch. Erst Necker, dann Aiden und jetzt auch noch die Heilsarmee-Ratschläge von diesem Blödmann! Genau das hatte ihr noch gefehlt.

»Schauen Sie, Justine«, sagte Dart unbeeindruckt, »wir wissen doch beide, daß ich das nicht sage, weil ich desinteressiert bin. Ganz im Gegenteil, ich brauche Ihr Talent ehrlich und dringend in meinem Laden. Wenn Sie Ihre Agentur nicht direkt verkaufen wollen, können wir immer noch über eine andere Abmachung reden. Was weiß ich, eine bestimmte Partnerschaft, die Sie von Ihren geschäftlichen Problemen befreien würde, mir die Nutzung Ihrer Fähigkeiten ermöglichte und Ihnen einen fairen Prozentanteil an allen Gewinnen garantierte, die wir, dessen bin ich sicher, zusammen erwirtschaften könnten.«

»Tut mir leid, Dart, aber ich möchte wirklich mit niemandem zusammenarbeiten. Meine Unabhängigkeit ist mir zu teuer.«

»Eben, Justine: zu teuer. Mit allem Respekt, aber Sie müssen doch einfach zur Kenntnis nehmen, daß Ihre Firma, die im Effekt doch bestenfalls ein Zweifrauen-Unternehmen ist, überaus anfällig ist. Angenommen beispielsweise, jemand setzt es sich in den Kopf, Frankie das Doppelte anzubieten, was sie bei Ihnen verdienen kann? Sie zahlen ihr fünfundsiebzigtausend im Jahr. Hundertfünfzigtausend wären für sie aber auch nicht überbezahlt, wenn Sie mich fragen, angesichts dessen, was sie wert ist.«

»Verdammt noch mal, woher wissen Sie denn, was Frankie verdient?« fragte Justine ebenso verblüfft wie wütend.

»Na, ich habe sie gefragt. Und ich bin auch derjenige, der ihr das Doppelte angeboten hat. Und sagen Sie jetzt nicht gleich, was ich für ein Schweinekerl bin. Geschäft ist nun mal Geschäft, und allein das war es. Ich sagte mir, wenn ich es nicht tue, tut es ein anderer.«

»Sie hat mir kein Wort davon gesagt.«

»Wahrscheinlich, weil sie nicht den Eindruck erwecken wollte, Sie um eine Gehaltserhöhung zu erpressen. Aber der Tag kann leicht kommen, Justine, an dem sie es sich doch anders überlegt. Wie ich immer sage: Hartnäckigkeit führt zum Ziel.«

»Hören Sie zu, Dart, wollen Sie wissen, warum ich mich nicht mit Ihnen verbünden möchte, trotz der großzügigen Angebote, die Sie mir machen?«

»Ja, gewiß doch, weil dies alles keinen rechten Sinn ergibt, Sie aber doch eine vernünftige Frau sind.«

»Das Geschäft mit dem Vermieten junger Frauen sollte nur von jemandem betrieben werden«, sagte Justine nun eisig, »der sich auch wirklich darum sorgt, wie mit diesen Mädchen umgegangen und was überhaupt aus ihnen wird, der individuelle Menschen in ihnen sieht mit eigenen Werten und keine Handelsware. Aber so, wie die Dinge jetzt liegen, gibt es zu viele dieser Mädchen, die nur dann einen Vertrag bekommen, wenn sie entweder mit dem Chef einer Agentur ins Bett gehen oder sich für einen von dessen Kunden hinlegen. Es gibt einfach zuviel Zuhälterei über neue Mädchen mit den Fotografen und deren Agenten. Junge Frauen, die sich in das Model-Geschäft begeben, haben schon genug mit ihrem Gewicht, ihrem Aussehen und ihrem Durchhaltevermögen zu tun, ohne daß man ihnen auch mit Sexforderungen auf den Leib rückt.«

»Wie halten Sie es dann in dem Geschäft aus, wenn Sie es so schlimm finden?«

»Weil jemand da sein muß, der es tut, so wie Sie eben gesagt haben, daß es mit Frankie versucht wird. Bei mir gibt es zumindest keinen Mißbrauch.«

»Aha, also Sie sehen sich gewissermaßen als die Mutter Oberin der Branche, ja?« Ein bösartiger Unterton schwang jetzt in Benedicts Stimme mit.

»Ich will Ihnen mal ein Beispiel geben, wovon ich rede, Dart. Es gibt in dieser Stadt eine Agentur, in der die Mädchen, inoffiziell, in drei Kategorien eingeteilt werden. Da gibt es die ›Unberührbaren‹, das sind die der Oberklasse, die jederzeit überall einen Vertrag bekommen würden. Die läßt man absolut in Ruhe, verwöhnt sie wie Prinzessinnen, und niemand ließe sich einfallen, sexuelle Gefälligkeiten von ihnen zu verlangen. Die zweite Gruppe sind die ›Entwicklungsfähigen‹. Die behält man sorgfältig im Auge und nimmt sie mit, um zu erkunden, ob eine von ihnen das Zeug zur Oberklasse hat, also das, was sie zu den ›Unberührbaren‹ aufsteigen lassen könnte. Und dann, natürlich ebenfalls ganz inoffiziell, ist da noch der große Rest, nämlich die sogenannte ›Truppe‹.«

»Wo haben Sie denn den Quatsch her, sagen Sie mal?«

»Die ›Truppe‹«, fuhr Justine ungerührt fort, »hat, ganz gleich, wie hübsch die einzelne darunter sein mag, niemals eine Chance, nach oben zu kommen. Das sagt man ihnen natürlich nicht ausdrücklich, aber ihr Schicksal ist halt vorgezeichnet. Das heißt Arbeit für Kataloge, kleine Broschüren, der ganze mittlere Durchschnittsbereich ohne den großen Glanz und Glamour, der für jede Agentur nun einmal das tägliche Brot ist. Niemals kommt die Truppe an die Couture-Mode oder an Fernsehspots oder auf einen Laufsteg. Aber sie verdient auch ganz ordentlich, für sich selbst und mit Provisionen für die Agentur.«

»Justine, bitte, jede Agentur einschließlich Ihrer eigenen hat mehr Mädchen dieser Kategorie unter Vertrag als andere. Als müßte ich Ihnen das sagen. Nur Außenstehende, Laien, wissen nicht, wie tatsächlich winzig der Prozentsatz der sogenannten Super-Models ist. Das sind, wie Sie wissen, vielleicht zwei Dutzend unter Hunderten von Mädchen. Tausenden, wenn sie nicht nur New York selbst rechnen.«

»Der Besitzer der Agentur, von der ich rede«, sprach Justine unbeirrt von seinen Unterbrechungen weiter, »betrachtet seine gesamte Truppe als seinen persönlichen Harem. Wenn er ihn zu ... gebrauchen gedenkt, muß er lediglich sagen, wann und wo die Betreffende zu erscheinen hat. Und die gehorcht entweder widerspruchslos – oder man ersucht Sie kurz und schlicht, die Agentur zu verlassen. Es herrscht ja kein Mangel an Ersatz, nicht, Dart? Speziell in diesem Mittel- und Durchschnittsbereich. Also, bevor so ein Mädchen an dem Ort eintrifft, zu dem es bestellt ist, weiß es nicht, ob es dort allein mit ihm sein wird oder ob noch andere fremde Männer da sind, denen gefällig und zu Diensten zu sein man von ihm erwartet, oder sogar andere Mädchen, mit denen es gemeinsam aktiv werden soll. Und es stehen auch Drogen zur Verfügung. Und die Wahrscheinlichkeit, daß sie davon, nur versuchsweise natürlich, naschen wird, in der Regel zum ersten Mal, ist relativ groß ... oh, ich habe vergessen zu erwähnen, daß sich dies normalerweise über die Mittagszeit abspielt. Und das Erstaunliche an alledem ist, daß der Agenturbesitzer, der dies alles veranstaltet, diese ... Mittagessen, ein glücklich verheirateter Familienvater mit wunderbaren Kindern ist, eine Stütze der Gemeinschaft. Und das Allertollste: seine liebe Gattin hat auch nicht die geringste Ahnung von alledem und noch nie gehabt. Niemand will so grausam sein, sie aufzuklären.«

»Und diesen Gerüchtemist glauben Sie? Wo haben Sie diesen ganzen Unsinn nur her?«

»Von überall her, Dart, von überall. Die Spatzen pfeifen es von den Dächern. Genau deshalb habe ich nicht die Absicht, mich jemals mit irgend jemand anderem geschäftlich zusammenzutun. Man weiß immer erst, wenn man in ein Haus hineinkommt, was hinten im Garten unter dem Stein für Ungeziefer krabbelt.«

Dart Benedict gab es achselzuckend auf. »Bitte, wie Sie wollen. Bleiben Sie allein im Getümmel da draußen, wenn es Sie glücklich macht. Aber Sie ziehen sich besser warm an für den langen, kalten und eisigen Winter, der Ihnen ganz sicher bevorsteht und bei dem Ihnen der Wind kräftig ins Gesicht blasen wird, wenn erst einmal andere Agenturen anfangen, Jagd auf Ihre Bucherinnen und Ihre Mädchen zu machen.«

»Bisher habe ich in meinen dünnen Seidenfähnchen ganz

gut überlebt«, antwortete Justine gelassen. »Macht es Ihnen etwas aus, wenn ich auf den Kaffee verzichte? Ich muß zurück in meinen Bonbonladen.«

»Auf Wiedersehen, Justine. Ich werde nicht versäumen, Marco von unserem gemeinsamen Lunch zu berichten. Es wird ihn ganz bestimmt interessieren, Neues von einer alten Freundin zu hören.«

Justine ging rasch davon, ohne ihm noch die Hand zu geben. Schon an seinem schleimigen Tonfall, als er zum erstenmal Marco, »diesen alten Schürzenjäger«, erwähnt hatte, war ihr klar gewesen, daß er sie wissen lassen wollte, wie umfassend über alle Details ihrer beschämenden, demütigenden Affäre damals mit Marco Lombardi er informiert war. Männer wie diese beiden erzählten einander natürlich von ihren jeweiligen Eroberungen und prahlten damit bis in die letzten Details! Aber daß Dart Benedict dies nun auch noch als Munition gegen sie verwendet hatte, nach so vielen Jahren ...! Als Munition, um sie reif zu schießen, um eine Bresche in ihren erwarteten Widerstand zu schlagen, bevor er ihr seinen Vorschlag machte, sie aufzukaufen und zu schlucken ...! Hätte ein wirklich intelligenter Mann sich nicht gesagt, daß eben dies das letzte sein durfte, was er in die Schlacht warf? Und hätte ein wirklich intelligenter Mann außerdem nicht darauf verzichtet, ihr damit zu drohen, daß man ihre Agentur notfalls auch stürmen werde, nachdem sie klargemacht hatte, daß sie über alle Einzelheiten seiner privaten Lunchpartys informiert war?

Nein, sagte sie sich, es war ja alles noch viel einfacher. Dart Benedict machte schlicht keinen Unterschied zwischen ihr und den jungen Mädchen, die er sich für gewöhnlich als Beute holte. Er hatte sie mit derselben primitiven Anmache behandelt und mit dem Versprechen auf Belohnung, mit denen er die Mädchen auf die Couch lockte. Allenfalls mit dem Unterschied, daß er sie nicht auf die Couch, sondern aufs

Kreuz legen wollte. Ebenfalls bei einer »Lunchparty«! Bei der ihre Professionalität attackiert wurde und auf dem Spiel stand, offen, direkt, ohne Gefühle, wenn auch ohne Druck und ohne jede falsche Vorspiegelung.

Sie versuchte, weitere Gedanken über Dart Benedict aus ihrem Kopf zu verbannen. Er hatte sich eine Feindin gemacht und sie sich einen Feind. Soviel über Geschäftsessen. Von nun an sollten es Thunfischsandwiches allein im Büro an ihrem Schreibtisch sein.

Als sie zurück im Büro war, legte ihr die Sekretärin einen Brief von Frankie auf den Tisch. Er war mit Eilpost aus Paris angekommen.

Liebste Justine,
ich muß es Dir sagen, kann es aber nicht faxen, weil es dann vielleicht jemand liest, auch wenn es als vertraulich gekennzeichnet ist. Telefonisch wollte ich es auch nicht, weil ich Dich nicht im Büro damit belästigen wollte. Aber ich bin so glücklich, daß ich nicht weiß, was ich mit mir selbst anfangen soll. Ich renne hier in dieser riesigen Suite herum wie eine Verrückte und versuche zu glauben, daß es alles wirklich und echt ist und tatsächlich passiert ... Also, Mike Aaron und ich lieben uns. Oh, Justine, ich kann nicht mehr schlafen, ich kann nicht mehr still sitzen bleiben, ich bin zu überhaupt nichts mehr fähig, höchstens, Dir diesen Brief zu schreiben, weil Du der einzige Mensch auf der Welt bist, dem ich etwas anvertrauen kann, und zu hoffen, daß mich das wenigstens etwas beruhigt. Verliebt, kannst Du Dir das vorstellen? Ich wußte es bis heute nachmittag nicht, aber er liebt mich auch! Du weißt doch noch, daß ich dauernd so fiese Sachen über ihn sagte? Hast Du geahnt, daß das nur Tarnung dafür war, daß ich ihn seit meiner Schulzeit liebe? Oh, Justine, er ist so wundervoll.

Ich wollte, ich könnte Gedichte schreiben, oder wenigstens normale Prosa, um wenigstens annähernd ausdrücken zu können, was ich empfinde. Mike ist mein zehntausendmal wahr gewordener Wunschtraum! Ich hatte keine Ahnung, daß man sich derart glücklich fühlen kann. Und Du hattest absolut recht mit meinen Haaren und meiner Garderobe. Ich weiß nicht, wieviel das dazu beigetragen hat, daß er mich zur Kenntnis nahm, aber geschadet hat es ganz bestimmt nicht. Wir haben den ganzen Tag allein miteinander verbracht, vormittags im Louvre und nachmittags im Hotel du Louvre. Ja, Justine, ja! Aber jetzt weiß es bereits die ganze Truppe hier, wir konnten es ihnen nicht verheimlichen, als wir zurückkamen. Sie haben es sofort gewußt. Verstehst Du, daß das alles nicht möglich gewesen wäre, wenn Du mich nicht hierher nach Paris geschickt hättest? Ich kann es noch immer nicht glauben. Aber keine Angst, alles ist unter Kontrolle. Ich verliere trotzdem nicht den Kopf. Ich lasse Dich nicht hängen. Da brauchst Du gar keine Sorge zu haben. Über Tinker habe ich Dir alle Einzelheiten schon heute morgen gefaxt, und seitdem hat es in dieser Hinsicht nichts Neues gegeben. Außer eben Mike und ich. Wir. Mike und ich. Wir beide. Ich weiß nicht, was das letztlich bedeutet. Auch wenn Du nicht an einen persönlichen Gott glaubst, bete bitte für mich, liebste Justine. Daß es nicht nur die Pariser Version von einer Schiffsromanze auf der Überfahrt bleibt. Ich glaube nicht, daß ich das ertragen würde, nicht nach diesem Nachmittag heute. Ich hoffe, Du wirst eines Tages genauso glücklich, wie ich es jetzt bin. Du fehlst mir sehr.
Gruß und Kuß, Frankie.

Justine las den Brief viermal, ehe sie ihn weglegte und zum Fenster ging, um lange hinaus ins Leere zu starren. Sie lehnte die Stirn an die Glasscheibe und wiegte den Kopf hin und her, wie man eine Babywiege schaukeln würde, in einem Nicken von Verwunderung und Verständnis, Hilflosigkeit und Liebe und Hoffnung in einem. Laß es gutgehen, lieber Gott, dachte sie, bitte, laß es gutgehen.

18

April sagte zu Maude Callender: »Ich versuche wirklich sehr, das verstandesmäßig zu verdauen.« Sie sprach hastig und aufgewühlt. »Ich versuche, es zu akzeptieren. Mir selbst zu sagen, daß es nicht das Ende der Welt ist. Daß ich ohnehin nicht erwartet habe zu gewinnen. Und daß allein schon die ganze Publicity durch *Zing* wundervoll für meine Karriere ist. Aber trotzdem bin ich so wahnsinnig enttäuscht, daß ich nicht weiß, was ich machen soll.« Sie sank auf Maudes Bett und brach in schluchzende Tränen aus.

Gleich frühmorgens nach dem Aufstehen hatte Frankie Jordan und April in ihren Zimmern besucht und ihnen einzeln eröffnet, daß sie von nun an wohl nur noch wenig von Tinker zu sehen bekämen, weil diese sehr beschäftigt sei, zuerst mit ihren Tangostunden und dann bei Lombardi. Aber trotz ihrer Bemühungen, ihnen klarzumachen, daß dies noch lange nicht heiße, Tinker habe den Lombardi-Preis bereits gewonnen, konnte sie sie beide nicht davon überzeugen, daß der Wettbewerb nach wie vor offen sei. Jordan hatte die Eröffnung mit Haltung zur Kenntnis genommen, aber April, noch immer im Bademantel, hatte Frankie brüsk zur Seite geschoben und sich mit ihren Emotionen zu Maude geflüchtet, um sich bei ihr auszuweinen. Maude saß noch im Bett mit zugezogenen Vorhängen und las die *International Herald Tribune* im Licht ihrer Nachttischlampe, bevor sie sich für den Tag anziehen wollte.

Jetzt aber rief auch sie in heftiger Empörung aus: »Dieser Marco Lombardi sollte geteert, gefedert und gevierteilt werden!« Und sie tröstete April: »Nun kommen Sie, armes Baby, weinen Sie nicht so sehr. Ich weiß, wie Sie sich fühlen, wirklich. Ich weiß doch, wie wichtig das ist. Sie erinnern sich doch, wie ich Ihnen sagte, daß meine ganze Story darauf aufgebaut ist, daß Sie gewinnen. Und das ist immer noch so, daran hat sich gar nichts geändert. Wenn es am Ende doch anders ausgeht, dann verspreche ich Ihnen, April, stelle ich ganz klar, daß man die Sache an Ihnen vorbeimanipuliert hat und daß es von Anfang an keine ehrliche Wahl war. Kommen Sie, legen Sie sich diese Decke um, Sie zittern ja. So ist es besser. Und jetzt putz dir die Nase, Dummerchen. Haben Sie überhaupt schon gefrühstückt?«

»Ich war gerade fertig damit, als Frankie kam.«

»Wollen Sie noch Kaffee zum Aufwärmen? Er ist noch immer heiß, und hier drin ist es doch ziemlich kühl. Es ist zum Wahnsinnigwerden, in ganz Frankreich gibt es keine anständig auf amerikanische Art arbeitende Zentralheizung!«

»Nein, danke«, wehrte April ab. Ihr Tränenstrom war unter Maudes Anteilnahme bis auf ein paar letzte Schniefer versiegt.

»Lombardi hat Ihnen nicht einmal die Chance gegeben, um den Vertrag zu kämpfen!« erklärte Maude voller Empörung. »Genausowenig wie Jordan, natürlich. Da ist natürlich auch klar, was da passiert sein muß, nicht?« Und sie sprach es aus: »Tinker muß sich für ihn hingelegt haben, als sie zu diesem sogenannten Kurs, gehen zu lernen, zu ihm ging. Eine andere Erklärung gibt es nicht. Vielleicht hat sie ihn ja sogar selbst dazu animiert? Wer weiß schon, was in ihrem Kopf vor sich geht und was sie sich alles ausgedacht hat? Immerhin aber würde man doch denken, Lombardi gibt sich nicht diese Blöße, schon so früh seine Entscheidung zu verraten, sondern daß er wenigstens so tut, als sei noch alles offen!

Und als sei es noch immer ein wirklicher Wettbewerb und die Gewinnerin würde erst zum Schluß bekanntgegeben! Das ist doch aufs äußerste schamlos, hören Sie mal! Was ich nur nicht kapiere – wie kann er jetzt noch glauben, daß nach der Kollektion irgend jemand verstehen wird, wieso er Tinker statt Sie ausgesucht hat.«

»Weil es ihm völlig egal ist, das ist die einzige Antwort, die ich mir denken kann«, erklärte April gedankenschwer. »Jordan wird sich nicht so sehr viel daraus machen. Sie hat ja sowieso nie geglaubt, daß sie eine wirkliche Chance hat, wo sie doch schwarz ist. Das hat sie mir schon im Flugzeug gesagt, und dabei ist sie auch immer geblieben. Und ich habe mir Sorgen gemacht, weil Necker mit ihr nach Versailles fuhr! Aber verdammt noch mal, trotzdem kann ich nicht einsehen, warum nicht jede von uns, einschließlich Jordan, das Lombardi-Girl hätte werden können, wenn es fair zugegangen wäre!«

»April, Schätzchen, natürlich, Jordan wäre es nie und nimmer geworden, da hat sie völlig recht. Aber Sie hätten es von Rechts wegen sein müssen!«

Maude blickte ihr voll Mitgefühl und Bewunderung ins Gesicht. Aprils Schönheit gab kein Pardon und war, wie es bei weniger perfekter Schönheit der Fall wäre, ohne jede Gnade. Es erschien ihr unanständig, daß es keine fraglose Übereinstimmung über Aprils perfekte Schönheit geben sollte, wo es doch so war!

»Meinen Sie . . .?« begann sie und zögerte dann.

»Was denn?« fragte April schniefend. »Was wollten Sie sagen?«

»Daß es vielleicht sogar stimmt, was Lombardi sagte. Daß Tinker ihm tatsächlich neue Ideen für seine Kollektion eingegeben hat. Ich meine, wer weiß, warum und wieso, aber daß dies tatsächlich der einzige Grund ist, warum er jetzt jeden Tag mit ihr arbeitet? Das würde dann auch erklären, warum er sich keine Mühe gibt, gar nicht erst so zu tun, als sei nichts entschieden. Weil er in Wirklichkeit tatsächlich noch überhaupt nichts entschieden hat und wir voreilige Schlüsse ziehen, April! Schließlich sind das nur ein paar Stunden pro Tag für Tinker mit diesen albernen Tangostunden. Es führt ja nun nicht zwangsläufig der Weg vom Tango auf den Laufsteg. Wissen Sie, wenn ich es bedenke, dann ist die Geschichte in Wirklichkeit noch lange nicht gegessen. Ich bin ganz sicher, Sie haben nach wie vor die Chance zu gewinnen!«

»Glauben Sie das wirklich, oder sagen Sie es nur, um mich aufzumuntern?«

»Schätzchen, April, niemals würde ich Ihnen falsche Hoffnungen machen oder einreden. Nein, ich glaube wirklich, es ist noch nichts entschieden, und wenn Sie erst auf dem Laufsteg sind, kann Ihnen niemand mehr den Sieg nehmen.«

»Oh, Maude, ich liebe Sie! Sie sind die einzige hier mit einem funktionierenden Gehirn!« Sie warf sich Maude an den Hals, umschlang sie und küßte sie auf die Wangen in Überschwang und neu aufkeimender Hoffnung.

»Du weißt gar nicht, wie gut sich das anfühlt«, murmelte Maude.

»Gut?« April sah Maude fragend an. »Ist es nur gut, wenn man gesagt bekommt, daß man ein Genie ist?«

»Nein, es ist ein schönes, gutes Gefühl, von dir geküßt zu werden, April. Selbst wenn es nur auf die Wange ist. Das ist das erstemal, daß ich deine Lippen spüre, April.«

»Oh ...«

»Weich doch nicht gleich zurück! Du weißt doch genau, daß dies früher oder später geschehen mußte, nicht?«

»Nein«, stammelte April, »daran habe ich nicht gedacht.« Sie saß noch immer bei Maude auf dem Bett mit der Decke um die Schultern.

»Was denn«, sagte Maude ganz sanft und leise, »nicht ein

einziges Mal, nicht ein ganz klein wenig? Es ist dir überhaupt nie der Gedanke gekommen?«

»Nun ja ... es kann schon sein, daß ich mal darüber nachgedacht habe ... ein klein wenig, ich bin ja auch nicht naiv ... na gut, also, neulich, nachdem ich Ihnen erzählt habe, wie ich über Männer denke und empfinde, da habe ich auch ein wenig darüber nachzudenken begonnen, was Sie für ein Leben führen. Und es wurde mir klar ... ich meine, ich war mir natürlich nicht sicher, aber ... nun, Sie wissen schon, was ich meine. Ich nehme an, es ist wegen der Art, wie Sie sich kleiden. Sonst hätte ich nicht im Traum ...«

»Und doch hast du jeden Tag mit mir zusammen verbracht, und wir haben uns gemeinsam Paris angesehen. Du verstehst, was das bedeutet?«

»Es bedeutet nur, daß ich mich nicht vor Ihnen fürchte und Sie nicht, was Sie auch tun, deshalb geringer achte.« Sie fügte mit einem nervösen Kichern hinzu: »Egal, was es ist.«

»Das weiß ich, April, und ich bin froh darüber. Aber da ist noch mehr. Etwas, das du, glaube ich, dir noch gar nicht selbst einzugestehen gestattet hast. Hör mir zu, April, und wende nicht den Kopf ab wie ein kleines Mädchen. Das bist du nicht mehr, ganz und gar nicht. Du bist eine Frau, eine sehr weibliche Frau, und du fragst dich immer wieder, wie es eigentlich mit einer anderen Frau wäre ... daran denkst du doch immerzu, nicht wahr, Schätzchen? Ach, April, das ist doch das Natürlichste der Welt, daß du daran denkst. Du hast mir doch selbst erzählt, daß du keine Männer magst, daß du es mit ihnen probiert hast, aber nie bis zu Ende gehen konntest, weil es dich abgestoßen hat. Du magst noch Jungfrau sein, April, aber das heißt nicht, daß du kein normaler Mensch mit einem normalen Körper bist. Also bleibt nur die einzige Alternative.«

»Bei Ihnen hört sich das alles so logisch an«, murmelte April noch widerstrebend.

»Weil es logisch ist, April! Was hingegen nicht logisch ist, ist, daß du als erwachsene, normale Frau überhaupt kein Sexualleben hast. Das ist grausam und eine wirkliche Strafe. Ich weiß, daß du dich wie eine Außenseiterin fühlst, wie eine Ausgestoßene, und darin liegt nicht der mindeste Sinn. Es muß doch eine Qual für dich sein. Wie lange, glaubst du, soll das noch so weitergehen?«

»Ich ertrage es nicht einmal, daran zu denken«, stammelte April, »die ganze Sache ist so ein Chaos, ich bin total verwirrt ...« Sie senkte den Kopf, um zu verbergen, wie rot sie wurde, und starrte auf ihre zitternden Hände. Aber sie blieb, wo sie war, ohne sich von Maudes Bettkante wegzubewegen.

»April, April«, sagte Maude mit bebender Stimme und streichelte sie, »natürlich bist du verwirrt und wirst es immer sein, solange du dich nicht dazu durchringst, zu tun, was dich immerzu quält. Nämlich einmal eine Frau zu lieben. Wenigstens einmal. Um zu erfahren, wie das ist und ob es das ist was dir gefällt. Ideal wäre es, wenn es mit jemandem geschähe, der schon erfahren darin ist, jemand, der auch weiß, daß du noch Jungfrau bist, also kein Feuerwerk erwartet, überhaupt nichts erwartet ... Nun, April, und auf wie viele trifft das alles zu?«

April lachte, und Maude spürte, wie sie sich etwas lockerte. Sie streichelte weiter ihr Haar und sprach ruhig und sachlich weiter. »Man könnte mir natürlich vorwerfen, daß ich die Gelegenheit ausnütze. Aber du weißt andererseits auch selbst, daß du es dir einfach schuldig bist, es herauszufinden. Sonst würdest du jetzt auch nicht mehr hier bei mir sitzen, nicht? Du hast dich auch schon so gut wie entschlossen, Schätzchen. Und es wird passieren, früher oder später. Das ist dir völlig klar. Laß es nicht aus einem überstürzten Entschluß mit einer Fremden geschehen, nur um es, genau wie du es mit den Männern versucht hast, möglichst rasch hinter dich zu bringen. Das erste Mal sollte mit jemandem sein, dem du vertraust. Mit anderen Worten, April, mit jemandem wie mir, die Verständnis hat. Ach, liebe, zarte, verwirrte April, ich verspreche dir, ganz sanft und vorsichtig zu sein. Ich werde dich zu nichts zwingen, und wenn du willst, daß wir aufhören, dann hören wir auf, es gibt keine Fragen und keine Vorwürfe wie mit den Männern. Von mir bekommst du das Versprechen, das ganz feierliche Versprechen, daß ich alle deine Wünsche respektieren werde. Das hat mit meinen Gefühlen für dich gar nichts zu tun. Aber du kannst einfach nicht den Rest deines Lebens so unentschlossen weitergehen, ohne zu wissen, was sein könnte oder nicht. Also laß mich dich lieben, mein Schatz. Es braucht nur deinen Mut, ja zu sagen.«

April hob den Kopf und sah Maude verlegen an, ohne ihr voll in die Augen zu blicken. Dann beugte sie sich vor und hauchte Maude einen raschen Kuß auf die Wange, zu verlegen, um auch nur ein Wort zu sagen, nicht einmal das eine Wort »Ja«, das es sie dabei dennoch auszusprechen drängte. Wie viele Nächte war sie jetzt schon in Gedanken an Maude Callender wach gelegen? Wieviel hatte sie über diese weltgewandte, energiegeladene, faszinierende Frau, der sie sich von Tag zu Tag immer näher fühlte, nachgedacht? Sie hatte nicht gewagt, sich vorzustellen, daß es geschehen könnte ... nein, um ehrlich zu sein, sie hatte es sich natürlich vorzustellen versucht, wie es sein könnte und würde. Wenn auch nicht mehr als andeutungsweise und über den erschreckenden Gedanken hinaus, daß dies überhaupt im Bereich des Möglichen läge. Zumindest ... nicht unmöglich sei. Und dennoch hatte sie nun eigentlich gar keine Angst mehr. Sie fühlte sich umsorgt, geliebt, begehrt. Und sie empfand eine wachsende Wißbegier, es zu erfahren, so wild und mächtig, daß ihr Mund trocken wurde und sie an allen Gliedern zitterte und ihre Brustwarzen zu kribbeln anfingen.

»Komm zu mir ins Bett, April«, flüsterte Maude, nahm ihr

die Decke ab, legte die Arme um ihre Schultern und küßte sie leicht auf ihr Haar. »Leg dich hier auf das Kissen, und entspanne dich einfach. Mach die Augen zu, und denke nur an deine Gefühle und Empfindungen, das ist das einzig Wichtige. Du bist so angespannt. Mußt du nicht, ich küsse lediglich dein Gesicht.«

Und sie küßte April sanft, indem sie ihr Gesicht in beide Hände nahm und ihre Lippen auf ihre Stirn drückte. Ihre Lippen bahnten sich nach und nach ihren Weg, fast unmerklich, bis sie an Aprils kleinen, hübschen Ohrläppchen waren, und dann entlang ihres Haaransatzes die zarte Wangenlinie nach unten um ihr Gesicht herum. Sie merkte, wie Aprils ganzer Körper allmählich weicher und lockerer wurde und sich nicht mehr so anspannte wie anfangs. Und da wußte sie, daß die Würfel gefallen waren. Aber noch tat sie nicht mehr, als nur Aprils Gesicht zu küssen und zu liebkosen. Ihre eiserne Selbstbeherrschung verschaffte auf diese Wiese auch ihr selbst mehr Lust und Befriedigung, als sie hätte empfinden können, wenn sie April mit den wilden Küssen überfallen hätte, wie ihre eigene Erregung es eigentlich forderte.

Sie beobachtete zwischen ihren sanften Küssen immer wieder Aprils gewollt ausdrucksloses Gesicht mit verwunderter Freude. Fast wollte sie nicht glauben, daß dieses geliebte Gesicht sich ihr endlich ganz ergeben hatte. Und als sich Aprils geschlossene Lippen endlich aus eigenem Willen ein wenig öffneten, fuhr Maude zunächst mit einem Finger vorsichtig darüber und wiederholte das mehrmals. Sie verspürte den delikaten Genuß des Anfühlens dieser weichen, warmen Lippen, bis sie merkte, daß Aprils Lippen sich bewegten, als hätten sie ein eigenes Leben und suchten nach etwas. Erst jetzt küßte sie nun diese Lippen mit noch ganz trockenen, federleichten kleinen Küssen mit geschlossenem Mund in die Winkel und oben und unten, ohne je ganz ihren Mund mit dem ihren zu bedecken.

Dann merkte sie, wie April allmählich scheu ihre Lippen zu öffnen begann. Noch aber erlaubte sie sich nicht, sie voll auf den Mund zu küssen. Noch nicht. Erst wenn sie April soweit hatte, daß sie es selbst verlangte. Bald spürte sie, wie Aprils Hand, eher, als sie erwartet hatte, nach ihr griff und sich hinter ihren Kopf legte, damit sie sie zu sich heranziehen konnte, bis ihre Lippen sich ganz und voll vereinigten und April ihr Kuß um Kuß schenkte, in wortloser bebender Lust, während sie Maudes Mund mit den eigenen Lippen ertastete und erkundete. Maude war überzeugt, daß April es selbst sein würde, die als erste auch ihre Zunge benutzte. Und wirklich, als sie sie noch immer zurückhaltend küßte, kundig, aber fast noch keusch, spürte sie das erste vorsichtige Forschen der Zungenspitze des Mädchens, anfangs kaum merklich, dann rasch immer mutiger und kühner. Sie ließ es zu, bis Aprils Zunge immer fordernder wurde und offen versuchte, Maude zur Erwiderung zu ermuntern. Und Maude, selbst nicht mehr imstande, sich zu zügeln, begann an Aprils Zunge zu saugen, sanft und leicht, aber stetig, bis sie schließlich die Finger einer Hand mit ihrer Zunge anfeuchtete und sie unter Aprils Morgenmantel und Nachthemd schob, bis sie die kleine, steife Warze einer Brust fand.

Eine wunderbare Zeit hindurch saugte sie weiter an Aprils Zunge, erforschte ihre Mundhöhle und reizte nur die Spitze ihrer Brustwarze mit dem Finger. Sie wußte genau, wie ungeheuer sinnesaufpeitschend die Kombination der beiden isolierten Berührungen war. Sie hatte sich voll auf Aprils Atemrhythmus eingestellt und lauschte wollüstig, wie er allmählich schneller wurde, April den Kopf zurückwarf und »Hör nicht auf« murmelte, »Nicht aufhören, mach weiter«, und, wenn auch erfolglos, versuchte, ihre weiter anschwellende und sich aufrichtende Brustwarze stärker zwischen Maudes Finger zu bewegen. Nein, nein, dachte Maude, nichts überstürzen, laß dich nicht drängen. April sollte sie in ihrer Begierde nicht dazu drängen, es rasch hinter sich zu bringen, wie sie es immer mit den Männern gemacht hatte. Lieber wollte sie über ihre eigene wachsende Lust den Verstand verlieren, bevor sie das zuließ.

Dann endlich spürte sie die Berührung, auf die sie gewartet hatte, den Druck auf ihren Kopf nach unten, der ihr wortlos sagte, daß April an ihren Brustwarzen gesaugt werden wollte. Doch sie tat, als verstehe sie nicht, und spielte weiter mit Aprils Brustspitze, noch leichter und zurückhaltender als bisher.

»O bitte ...«, stöhnte April.

»Was möchtest du, mein Schatz?« flüsterte Maude. »Sag mir genau, was du möchtest, mit Worten. Sag die Worte!«

»Sauge! Saug an meinen Brüsten!« flehte April, und Maude, die sie dabei beobachtete, merkte, daß sie nun jenseits der Schamröte war. Doch noch bevor sie ihren Mund hinabsenken konnte, hatte April es sich wieder anders überlegt, als sie sich von Gefühlen überflutet fühlte, die ihr so unbekannt waren. Sie setzte sich abrupt auf und schlang beide Arme um Maude.

»Mach deinen Pyjama auf«, forderte sie atemlos. »Ich will deine Brüste, jetzt gleich.« Und kaum lagen Maudes volle, reife, schöngeformte Brüste bloß, als sich April auch schon wie in einem Anfall von Raserei in sie vergrub, sie betastete, befühlte, mit ungeübten Fingern knetete, an jeder Brustwarze mit ihrem Mund saugte, noch linkisch und doch instinktiv wissend in ihrer Lust, leckend und beißend in einem Überfall, der sie selbst in Erstaunen versetzte. »Ich will sie über mir hängen haben«, keuchte sie wild, glitt wieder zurück auf das Bett und zog Maude mit sich.

Als Maudes Brüste über ihr hingen, versank April in einen Taumel von wilder Lust und Begierde, wie sie es in ihrem Leben noch nicht verspürt hatte. Sie preßte die beiden Brüste zusammen, so daß sie an beiden Warzen gemeinsam saugen konnte, und überließ sich wie in einer Sturmflut dem Wahrwerden ihrer Phantasien, die sie immer schon gehabt hatte, allerdings verdrängt in einer dunklen Ecke ihres Bewußtseins, und die sie sich erst jetzt zum erstenmal wirklich eingestand und denen sie sich überließ. Die üppige Fülle von Maudes Brüsten war wie ein Rauschmittel. Sie betrachtete sie voller Bewunderung, ergötzte sich an ihrer weiblichen Reife, an der rosigen Festigkeit ihrer Haut und der Dunkelheit und Größe der reifen Warzen mit dem großen Hof. Sie saugte an ihnen wie ein Säugling, der Milch daraus trinkt. Wellen der Lust überfluteten sie dabei, so wie sie von einer Brust zur anderen wechselte, an ihnen züngelte, forderte, mit gierigem Mund, vorsichtigen Zähnen und einer unermüdlich wandernden und erkundenden Zunge. Sie stellte sich vor, ein Baby an der Mutterbrust zu sein, und dann, daß sie ein Mann sei, der das alles tat ... und wurde sich dann auf einmal klar, daß sie eine Frau war und daß sie befriedigt werden wollte. »Maude, Maude, was machen wir jetzt?« rief sie atemlos.

»Willst du mehr? Sag es, sag es mit Worten!«

»Bitte, Maude, ich kenne die Wörter dafür nicht!«

»O doch kennst du sie.«

»Ich bitte dich. Ich halte es nicht mehr aus.«

»Was willst du von mir? Was soll ich tun?« Maude blieb unerbittlich. Es war der einzige Weg, April zu sich selbst finden zu lassen.

»Zwischen meine Beine ... deine Hand, dein Mund ... alles! Schnell, rasch, komm!«

»Nein, nicht rasch und schnell, April. Nicht beim ersten Mal«, murmelte Maude. »Zieh dich aus und schlüpf unter die Decke.« April beeilte sich, es zu tun, und Maude stieg rasch aus ihrer Pyjamahose. »Du hast meine Brüste gehabt«, sagte sie mit gespielter Strenge, »aber ich deine nicht. Das ist nicht richtig, zumal ich so lange darauf gewartet und davon geträumt habe, wenn ich sie leicht schwingen sah unter deinen dünnen, engen Pullovern und ohne BH, bis es mich ganz verrückt machte. Lieg still, laß mich ansehen ... oh, deine Warzen sind genauso hart wie meine, und dabei habe ich noch kaum mit ihnen gespielt ... du bist dafür geboren, mein Liebling, dafür geboren ...«

Als sie Aprils kleine feste Brüste mit ihren Küssen zu bedecken begann, lag sie so, daß sie nun die Hände frei hatte, um Aprils Leib abwärts zu erkunden. Zwischen den Küssen legte sie eine zögernde, absichtlich zaudernde Hand auf Aprils flachen Bauch und wartete auf das kleinste Zurückzucken. Aber statt dessen kam ihr Aprils Becken entgegen, als das Mädchen sich verlangend aufbäumte und die Bettdecke von sich warf, so daß ihre makellose Gestalt in offener Nacktheit vor Maude lag und sich ihr darbot. Ihr Venushügel war mit glattem, seidenem Haar bedeckt. Es hatte dieselbe Goldfarbe wie ihr Kopfhaar.

»Ja, ja!« keuchte April. »Da, weiter unten, ich kann es nicht erwarten, komm, komm!« Sie richtete sich halb auf und schob Maude stöhnend nach unten, weg von ihren Brüsten. »Dein Mund, Maude, ich will deinen Mund haben, ich muß ...« Sie öffnete die Beine weit und zog mit ihren Händen ihre nassen, geschwollenen Schamlippen auseinander. »Da, komm mit deinem Mund da hin, komm ...!« Sie forderte es kategorisch von Maude, in einem fast befehlenden Ton, den sie noch kaum je von ihr gehört hatte und für den sie nun ihre eigenen, selbstlosen Pläne aufgab, um zu gehorchen.

Sie schob sich nach unten, beugte sich über April und sog die erregte, rosafarbene Klitoris des Mädchens heftig in ihren heißen Mund ein, während sie zugleich mit zwei Fingern sanft, weil sie nicht vergaß, daß April noch Jungfrau war, in die Vagina eindrang. April schrie in Ekstase auf und stieß ihr Becken Maudes Fingern entgegen, so tief sie konnte. Dann zog sie sich abrupt zurück, so daß Maudes Finger fast wieder den Kontakt mit ihr verloren, um gleich danach wieder zuzustoßen und unter Kontraktionen ihrer Vagina keuchend zu stöhnen: »Stoß, stoß doch, fester. Noch ein Finger, komm! Und hör nicht auf zu saugen!«

Maude widmete sich ihrer Aufgabe mit einer Intensität, die außer Aprils Gefühlen alles um sich herum vergaß. Es war, als würde sie selbst zum ersten Mal befriedigt, als sie dem Mädchen gab, was es schon so lange ersehnt hatte, wenn auch unbewußt. Aprils Vulva war offen und dehnte sich, gierig wie ein Fischmaul, fordernd, sich immer noch weiter öffnend. Sobald sie versuchte, den Rhythmus ihrer Finger und ihres Mundes zu verlangsamen und nachzulassen, feuerte April sie wieder an, als gebe sie einem Pferd, das sie ritt, die Sporen. Dann merkte Maude an der Anspannung ihrer Schenkel und an der Art, wie sie sich aufbäumte, daß Aprils Orgasmus sich aufbaute. Sie saugte noch schneller und härter, stieß ihr schneller und schneller ihre drei Finger hinein, bis April eine lange, stumme Sekunde lang innehielt, um dann mit einem Schrei zu kommen, sich zu lösen und sich in ihren wartenden Mund zu drücken. Ihre Finger tief in April, verspürte Maude die Kontraktionen der mächtigen Spasmen, die sie durchzitterten und lange dauerten, bis sie allmählich verebbten und das Mädchen erschöpft still lag.

Maude hob den Kopf und betrachtete sie, ohne genau zu wissen, was sie erwarten sollte. Scham? Die Rückkehr der Scheu und Verlegenheit? Verwirrung? Alles war möglich. Doch Aprils halbgeöffnete Augen schimmerten, und sie fuhr sich mit der Zunge über ihre trockenen, aber lächelnden Lippen.

»Laß mir eine Minute Zeit, Maude, Liebste«, flüsterte sie, »bis ich wieder zu Atem gekommen bin, dann revanchiere ich mich. Ich mache es dir auch, und ich mache es dir gut. Ich bin dir jeden Tag meines Lebens dankbar. Ich kann dir niemals genug dankbar sein.«

»Hör zu, Schatz, du mußt nicht, wirklich ... ich kann es auch anders.«

»Nein, nein, du verstehst mich nicht. Ich will es ja, wirklich, ich will es, ich will, ich sterbe vor Ungeduld, dich zu schmecken, ich kann es gar nicht erwarten. Ich muß nur ein wenig verschnaufen, das ist alles. Ich mache es dir, und dann machst du es mir wieder, oder wir machen es uns gegenseitig zugleich. Ich fange ja erst an, Maude. Denk nur, wieviel ich wettmachen und aufholen muß. Oh, komm her zu mir, herauf zu mir, und küsse mich. Ich werde ganz verrückt, wenn ich nur daran denke, wie schön das ist.«

Sie kann nicht nur mit mir mithalten, dachte Maude, sie wird auch noch weit über das hinausgehen, was ich ihr geben kann, und das wird nicht mehr lange dauern. Sie wird nicht mehr zu halten sein. Ich nehme lieber mit, was ich kriegen kann, bevor es die Runde macht und sie Geschmack auch an anderen Frauen findet. Oder hat sie das bereits? Wenn wir zurück in New York sind, wird sie im Handumdrehen das begehrteste Mädchen unter uns sein. Sie braucht mich nicht, aber das weiß sie noch nicht.

Sie rutschte höher, so daß sie Aprils Lippen küssen konnte, und fühlte sich so erregt, daß nur die leiseste Berührung sie zum Orgasmus bringen würde. Und das Herz brach ihr darüber.

19

Jacques Necker erwachte jeden Tag mit der Überzeugung, daß er sich ausgeruhter fühlen würde, wenn er es schaffte, die ganze Nacht wach zu bleiben und überhaupt nicht zu schlafen. Schlimme Alpträume plagten ihn, vergingen aber immer, bevor er noch die Augen öffnen konnte. Sie hinterließen in ihm das Gefühl, körperlich in die Erde gestampft worden zu sein. Die Alpträume deprimierten ihn bis ins Innerste, aber er konnte niemals eine genaue Erinnerung an ihren Inhalt behalten. Nichtsdestoweniger schienen sie seit einer Woche direkter Teil seines Lebens zu werden, so wirklich wie irgendeine seiner Lebensleistungen und der Erwerb all dessen, was er besaß.

Die bedrückenden Bilder seiner Nächte verblaßten nur langsam, während er die üblichen Morgenverrichtungen erledigte und sich dann rasch in sein Büro begab. Mit dem Näherkommen der Woche der Frühjahrskollektion fand er in der zunehmenden Anspannung einige Erleichterung darin, daß er sich selbst in hektische Betriebsamkeit stürzte und nicht nur die normalen wichtigen Entscheidungen traf, die den Gesamtkurs seines Firmenimperiums bestimmten. Er kümmerte sich nun auch um die Details, die er sonst seinen gutbezahlten Leuten überließ. Er nervte die mit der Organisation der Modenschau im Ritz Zuständigen mit Fragen, ob sie auch wirklich für ausreichende Blütenbäume gesorgt hätten, verlangte Auskünfte über den Stand der Dekorationsmalerei, bestand auf einer Änderung der Speisenkarten und probierte höchstpersönlich die vorgesehenen Weine, als sei der Erfolg der Lombardi-Kollektion das einzige, was wichtig war. Er arbeitete von Tag zu Tag länger und trieb seine direkten Mitarbeiter in Nervenzusammenbrüche über die ständigen Änderungen längst fertiger Pläne.

Wäre seine Frau, die arme Nicole, noch am Leben, hätte er zwangsweise abendliche Ablenkungen gehabt, dachte er und zog eine Grimasse. Nicole hatte den größten Teil ihrer Energie darauf verwendet, unter enormem Aufwand mindestens einmal pro Woche Einladungen zu geben und die Gegeneinladungen wahrzunehmen. Er erinnerte sich gut an ihr Unbehagen, wenn sie mehr als einmal pro Woche allein zu Hause aßen. Hatte ihr Einladungskalender nicht mindestens sechs Termine pro Woche, fühlte sie sich bereits in Panik – ohne Freunde und gesellschaftliche Anerkennung, verlassen und, am schlimmsten, unbedeutend. Weil er das gewußt hatte, hatte er trotz des Stresses seiner Arbeit nie dagegen protestiert, daß er, kaum zu Hause, es schon wieder verlassen mußte, um, frisch geduscht und umgezogen, gerade noch rechtzeitig bei irgendeiner Gesellschaft, einem Essen, einer Party oder Gala einzutreffen. Es war das mindeste, was er für sie tun konnte, nachdem er sie schon lange höchstens nur noch aus Gewohnheit mochte, bestenfalls noch milde Zuneigung für sie empfand. Kinder hatte sie keine bekommen können. Sie hätten ihrem Leben einen besseren Sinn gegeben.

Selbst wenn Nicole noch am Leben wäre, hätte er ihr nichts von seinen Alpträumen in dieser letzten Zeit erzählt. Sie hatten sich schon seit sehr langer Zeit keine persönlichen Dinge mehr erzählt. Eigentlich hatte das bereits begonnen, als sie noch nicht einmal zwei Jahre verheiratet gewesen waren. Damals war ihm endgültig klargeworden, daß ihre Welt nur aus Einladungen und Gegeneinladungen und den Vorbereitungen dazu bestand, aus den Besprechungen mit Floristen und Partyservice-Geschäften, so daß seine Welt immer ausschließlicher seine Geschäfte wurden.

Kurz nach Nicoles Tod erhielt er doppelt so viele Einladungen als jemals zusammen mit Nicole. Er lehnte sie allerdings alle ab und bat höchstens gelegentlich einige wenige alte und enge Freunde zum Essen in sein Haus, und auch das vorwiegend, um wissen zu lassen, daß er keineswegs ein morbider Eremit geworden sei. Er hatte kein Interesse, sich wieder zu verheiraten. Aber es war ihm auch nicht unbekannt, daß er in den Notizbüchern jeder bedeutenderen Gastgeberin in Paris stand, von denen jede ihre eigene Kandidatin unter den vielen noch immer gutaussehenden Geschiedenen oder Witwen wußte, die zweite Madame Necker werden konnte.

Denn es war doch undenkbar, so die einhellige Überzeugung dieser Gesellschaft, daß es einem so sagenhaft reichen Mann von gerade erst fünfundfünfzig, der zudem ausnehmend gut aussah und in vieler Hinsicht jünger wirkte, gestattet sein konnte, auch nur einen weiteren Atemzug zu tun, ohne daß man ihm eine neue Gefährtin zur Seite stellte.

Necker hatte es jedoch geschafft, daß mit der Zeit selbst seine besten Freunde es aufgegeben hatten, seine Zukunft zu arrangieren. Manchmal allerdings, wenn auch nur selten, da er sich eingestand, einsam zu sein, fragte er sich doch, warum er sich nicht einfach eine dieser perfekt passenden Frauen herauspickte, die jene leere Ecke seines Lebens wieder ausfüllte und sich mit Hingabe der Neueinrichtung der Wohnung oder sonstigen Tätigkeiten widmete, die sich nur sehr Reiche leisten können. Eine Frau mit Energie, dachte er, die solche Banalitäten wie den Besitz einer Jacht, eines Châteaus und einer Villa in St.-Jean-Cap-Ferrat für selbstverständlich hielt, die Safaris plante und zum Skifahren fuhr und ihn einfach zwingen würde, sich Zeit zum »Leben« zu nehmen.

Allerdings wollte er keinesfalls wieder zu der Art Leben verurteilt sein wie mit Nicole, diesem ewigen Hin und Her von Einladungen und Gegeneinladungen bei dem ewig gleichen nichtssagenden Geplauder mit den ewig gleichen dreihundert Leuten Jahr für Jahr. Bis er von der Existenz Justines erfuhr, hatte er, wenn nicht gleich zufrieden gelebt, so sich zumindest damit beschieden, die wenige Freizeit, die ihm überhaupt blieb, mit Sammeln und der Lektüre von Kunstgeschichte zuzubringen. Des öfteren flog er nach Zürich, Amsterdam, Mailand oder London, um dort die neuesten Museen, Ausstellungen oder Antiquitätenmessen zu besuchen, zu denen Händler aus aller Welt ihre besten Sachen schickten.

Daß er nicht selbst längst eine Antiquität geworden war, lag vorwiegend an seinem noch bei weitem nicht erloschenen erotischen Appetit. Sich eine feste Geliebte zu halten, brachte er freilich nicht über sich. Er zog die sachliche, wenn auch eher freudlose und geschäftsmäßige Befriedigung seiner einschlägigen Bedürfnisse durch die exklusivsten Callgirls in Paris vor. Und was sonst noch an Energie in ihm abzubauen war, arbeitete er in scharfen Squash-Partien in seinem Club ab, wo er oft mit einem seiner vielen Squash-Partner auch aß.

Der Schlag, den ihm Justine versetzt hatte, indem sie doch nicht nach Paris mitgekommen war, hatte ihn einige Tage lang fast gelähmt. Dann war ihm morgens auf dem Weg zum Büro plötzlich eingefallen, warum er sich eigentlich nicht nach ihrem Gesundheitszustand erkundigte; was doch nur natürlich und selbstverständlich wäre.

Sobald er im Büro war, rief er Frankie an und fragte sie, wie denn eigentlich Miss Lorings Ohreninfektion auf die ärztliche Behandlung reagiert habe.

»Das weiß ich leider auch nicht genau«, antwortete Frankie. Sie war zu überrascht über die Frage, um sich schnell eine Lüge ausdenken zu können.

»Aber wie ist das möglich? Stehen Sie denn nicht im täglichen Kontakt mit ihr?«

»Nein, eigentlich nicht«, sagte Frankie und fand allmählich ihre Fassung wieder. »Wissen Sie, Justine muß sich um fast siebzig Models kümmern. Sie weiß ja, wo wir sind und daß die Mädchen zu tun haben. Sie verläßt sich einfach auf mich. Da muß ich also nicht unbedingt jeden Tag mit ihr reden.«

»Miss Severino, ich zweifle nicht daran, daß Sie das alles im Griff haben. Aber immerhin ist es inzwischen kaum noch eine Woche bis zur Frühjahrskollektion Lombardi. Und da schiene es mir eigentlich am Platze, daß sich Miss Loring persönlich hierherbemühen würde, statt in New York zu bleiben.«

»Ja, aber ich weiß nicht«, hielt Frankie nun entschlossen

dagegen, »was sie hier tun könnte, das ich nicht auch erledigen kann. Tinker hat den ganzen Tag keine freie Minute, wie Sie wissen, und Lombardi hat ausdrücklich gesagt, er will April und Jordan nicht einmal sehen, solange nicht alles soweit ist, daß er sie zusammen mit den anderen Models einkleiden kann. Er hat mich gebeten, ihn unter keinen Umständen mit irgend etwas zu behelligen. Nach dem, was mir Tinker erzählt, ist er wie im Rausch des Entwerfens, und alle seine Leute arbeiten sich die Finger wund, um mit ihm Schritt zu halten. Er hält sein Atelier Tag und Nacht in Betrieb. Ich sehe nicht, was Justine da noch tun sollte, als herumzusitzen und die Rechnungen mit zu erhöhen.«

»Es ist einfach eine Frage des Stils«, schnappte Necker. »Miss Lorings Abwesenheit demonstriert einen Mangel an Wertschätzung der Bedeutung des Lombardi-Vertrags. Zumindest für die Vorführung selbst müßte Sie doch imstande sein, persönlich zu kommen!«

»Ja, aber gewiß doch! Selbstverständlich«, beeilte sich Frankie zu versichern. »Natürlich wird sie dazu dasein, aber nicht vorher.«

»Wie geht es sonst, sind Sie alle beschäftigt?« erkundigte sich Necker, indem er sich zu einem etwas freundlicheren Ton zwang.

»Da die Mädchen«, antwortete ihm Frankie, »inzwischen auch die Arbeit mit dem Fotografen von *Zing* hinter sich haben, schlagen sie im wesentlichen die Zeit tot ... Die Clubszene hat für uns alle rasch ihren Reiz verloren. Maude Callender, die Reporterin von *Zing,* und April haben zusammen Paris entdeckt, und Jordan ist normalerweise in irgendeinem Museum. Gestern hat sie fast den ganzen Tag wieder in diesem Kunstgewerbemuseum verbracht. Das scheint ihr Lieblingsort in ganz Paris zu sein.«

»Erstaunlich, wie Ihre kleine Gruppe sich offenbar hauptsächlich der Kultur widmet!«

»Tja, Monsieur Necker, was bleibt sonst schon groß? Französische Lokale und französisches Essen scheuen die Mädchen, weil sie Angst vor dem Dickwerden haben, und in den Geschäften gibt es auch nicht groß etwas zu kaufen außer den Überbleibseln vom Winterschlußverkauf. Da können sie also nicht einmal Einkaufsbummel unternehmen! Alle neuen Filme sind auf französisch, sogar das Fernsehen. Zum längeren Laufen draußen oder zum Sitzen in einem Park ist es zu kalt, und in ganz Paris gibt es nicht einmal einen anständigen Gymnastikklub oder so etwas ... Wie bleiben die Frauen hier nur in Form? Wäre nicht diese ganze Kunst, was sollten wir da überhaupt anfangen? In der Couture-Branche arbeiten alle wie verrückt ohne Pause diese letzte Woche vor den Kollektionen, aber außer Tinker werden meine Mädchen nicht gebraucht.«

»Da haben Sie recht. Daran habe ich nicht gedacht. Sind Sie auch bei der Kulturbrigade?«

»Ich habe es mir zur Gewohnheit gemacht, soviel Zeit wie möglich im Louvre zu verbringen.«

»Ein hervorragendes Ziel für Ihre Energien.«

»Vielen Dank«, sagte Frankie ohne große Begeisterung. »Es ist eine Erfahrung fürs Leben.«

Nachdem er aufgelegt hatte, trommelte Necker nervös auf seine Schreibtischplatte. Er konnte sich auf nichts konzentrieren. Frankie Severino, diese unmögliche Person, hatte es gewagt, ihn anzulügen, ja sich sogar über ihn zu beklagen, und er konnte nichts dagegen machen. Es war jenseits aller Demütigung und Scham, fast schon jenseits aller Frustration! Purer, reiner Schmerz, dachte er, ist das. Es war ein Schmerz, den er fast körperlich verspürte.

Zehntausende von Leuten waren in diesem Augenblick für ihn tätig, alle, die bei ihm und für ihn arbeiteten, Waren produzierten und verkauften, vom Stoff bis zum Parfüm, alles Leute, für die sein Wort mächtig und gewaltig war, aber diese unmögliche junge Frau, die zweifellos die Wahrheit kannte, konnte er nicht dazu bringen, ihm ein Sterbenswörtchen davon mitzuteilen! Er konnte nicht einmal glauben, daß Justine wirklich wenigstens zur Vorführung der Kollektion kam, so wenig, wie er von Anfang an geglaubt hatte, daß sie wirklich krank sei. Genauso unwahrscheinlich war, daß Frankie ihre Zeit im Louvre verbrachte. Natürlich war möglich, daß April und diese Journalistin Besichtigungstouren durch Paris unternahmen. Aber das einzige, was von Frankie einigermaßen glaubhaft geklungen hatte, war ihre kurze Erwähnung von Jordan im *Musée des Arts Décoratifs*.

Dieses Museum war voller großartiger Möbel und Kunstgewerbegegenstände, ganzer Säle, die so gestaltet waren, wie die Leute einstmals wirklich gewohnt hatten. Jordan konnte dort wirklich viele Stunden, in denen sich kaum ein Besucher dorthin verirrte, alleine in aller Ruhe schauen und sich in diese anderen Welten träumen.

Der Gedanke, wie Jordan dort herumwanderte und fasziniert die romantischen, alten Einrichtungen studierte – wenn sie sie auch wegen der roten Absperrseile nicht anfassen konnte –, rührte plötzlich etwas in ihm und machte es ihm möglich, Frankies Lügen vorerst zu vergessen und seinen Schmerz etwas zu lindern.

Zumindest, dachte er, konnte er Jordan einen Nachmittag lang Freude bereiten. Ihre realistische und pragmatische Einstellung zu der Tatsache ihrer Hautfarbe hatte ihm einen Eindruck ihrer Reife und Selbstsicherheit vermittelt. Wie sie ihm erklärt hatte, auf welche vorsichtige Art und Weise sie sich mit den Gegebenheiten der Welt arrangierte, war ein sicherer Beweis dafür, daß sie nicht einfach in Antiquitätengeschäfte gehen und sich dort Gegenstände anschauen würde, die zu kaufen sie sich sowieso nicht leisten konnte.

Necker ließ sich telefonisch mit Jordan verbinden und machte ihr seinen Vorschlag.

»Ich höre von Miss Severino, daß Ihnen das *Musée des Arts Décoratifs* gut gefallen hat. Ich kenne es gut, aber es ist frustrierend, wenn einem auf Schritt und Tritt die Aufseher hinterher sind, als wolle man etwas stehlen, sobald sie sich nur umdrehen. Hätten Sie Lust, einige Antiquitätengeschäfte zu besuchen, die wirklich schöne Sachen führen, wo Sie auch jede Schublade herausziehen und jedes Stück Porzellan anfassen und umdrehen können, um jeden Winkel zu inspizieren? Ein Geschäft, wo nicht erwartet wird, daß man auf jeden Fall sofort etwas kauft?«

»O ja, das würde mir schon gefallen.«

»Dann hole ich Sie heute nachmittag um drei ab, was meinen Sie?«

»Ich freue mich sehr.«

Nach dieser Verabredung telefonierte Necker nach kurzem Nachdenken mit dem Hause Kraemer und kündigte seinen Besuch an. Eine Sekretärin gab ihm indessen die Auskunft, alle drei Messieurs Kraemer seien an diesem Nachmittag bedauerlicherweise außer Haus, zu Auktionen in verschiedenen Städten. Aber Monsieur Jean, ihr leitender Assistent, würde sich freuen, Monsieur Necker und seinem Gast, Mademoiselle Dancer, die Ehre zu geben und sie zu begrüßen und zu führen.

Normalerweise machte er sich nie den Umstand – und hatte es auch nicht nötig –, einen Besuch im Hause Kraemer eigens anzukündigen. Aber diesmal schien es ihm angemessen und geboten, um der vielleicht etwas peinlichen Szene vorzubeugen, wenn er überraschend mit einer der schönsten farbigen Frauen erschien, die man je gesehen hatte. Selbst bei Kraemer konnte man da leicht die Contenance verlieren. Das wollte er Jordan auf keinen Fall zumuten. Ungeachtet aller ihrer offensichtlichen Weltgewandtheit hatte er ihr gegenüber ein starkes Beschützerbedürfnis. Es war sogar gemischt mit einer gewissen ... Zärtlichkeit. Er wollte, daß Jordan nur Gutes geschah, und begann sich zu fragen, ob das womöglich bedeutete, daß er sie als Tochter-Ersatz zu betrachten begann.

Seltsam, dachte Jordan, daß Jacques Necker sie gerade zu der Zeit anrief, als sie sich ganz besonders allein und verlassen fühlte. Tinker war in ihrer Ruhmeswolke völlig entschwebt, und April und Maude hatten auch nie Zeit. Und daß Frankie und Mike ihr eigenes Zweierleben begonnen hatten, war unübersehbar; die Glücklichen ... Niemand weit und breit war mehr da als, Gott behüte, ausgerechnet die alte Peaches Wilcox, die ja in größerer Gesellschaft ganz lustig war, aber ihr immer nur ein schnelles, bedauerndes Lächeln zukommen ließ, wenn sie sich zufällig in der Halle trafen. Es war die Art künstlicher, bemühter Grimasse, wie sie eine berühmte Frau macht, wenn jemand nicht gleich erkennt, wer sie ist. Sie warf es Peaches nicht vor. So war das eben.

Sie hatte ohnehin vorgehabt, am Nachmittag wieder Antiquitäten anzuschauen. Sie war schon des öfteren in den engen Straßen auf dem linken Ufer unterwegs gewesen, wo sich viele kleine, unauffällige und bescheidene Läden befanden, in deren Schaufenstern Stücke standen, die einen ganz teuflisch in Versuchung führen konnten. Sie fühlte sich sehr heimisch in Paris. Sie hatte schon so viele offene, bewundernde Blicke gespürt, in denen nicht der geringste Anflug von Rassismus zu erkennen gewesen war, daß sie es auch inzwischen schon riskierte, einige der kleineren Boutiquen zu betreten, wo sie entdeckt hatte, daß Antiquitätenhändler offenbar nichts lieber taten, als zu plaudern und zu fachsimpeln. Wie perfekte Gastgeber gaben sie einem das Gefühl, einem ihre Tür zu keinem anderen Zweck zu öffnen, als hereinzubitten und zu plaudern. Das geschah mit solcher Unaufdringlichkeit, daß sie tatsächlich keinerlei Verlegenheit mehr empfand, wenn sie nichts kaufte. Aber irgendwie waren inzwischen nun doch schon ein Satz bezaubernder alter Dessertteller und vier unwiderstehliche Schokoladetassen mit dazu passenden Untertassen zusammengekommen, dazu eine Kanne, zwei Vasen und ein Dutzend kleine botanische Radierungen. Keiner der Händler war unzufrieden, wenn ihr Kauf erst nach einigem Feilschen zustande kam. Sie wußte inzwischen, daß dies in dieser Branche einfach dazugehörte.

Der ganze Vorgang war so anregend und machte so viel Freude, daß Jordan bereits das eine oder andere Mal mit dem Gedanken gespielt hatte, für immer in Paris zu bleiben – nämlich so lange als Model zu arbeiten, bis sie zu alt dafür war, das dabei verdiente Geld auf die hohe Kante zu legen und danach vielleicht sogar einen eigenen Antiquitätenladen aufzumachen. Aber am Ende dieser Wunschträume las sie immer wieder einmal einen Bericht in der Zeitung, daß nun auch in Paris der Fremdenhaß gegen Farbige zu wachsen begann, weil immer mehr Nordafrikaner ins Land und in die Stadt strömten und immer mehr Franzosen diese Zuwanderer für all die Übel des Landes verantwortlich machten.

Da war sie vielleicht zu Hause doch sicherer, obwohl es ihr weiterhin guttat, die besondere Art zu spüren, wie in Europa schöne Frauen, gleich welcher Rasse, bewundert und umworben wurden.

»Was denn, haben die nicht einmal Schaufenster?« fragte Jordan, als Neckers Wagen vor dem *Hôtel particulier* vorgefahren war, in dem sich das Haus Kraemer befand.

»Sie sind viel zu berühmt, als daß sie auch nur ein Schaufenster bräuchten, um auf sich aufmerksam zu machen. Es ist eines der Häuser, in die man nur geht, wenn man es schon kennt, obwohl man auch dann aufs herzlichste und liebenswürdigste empfangen würde, wenn man einfach nur hinginge und klingelte.«

»Also ist da letztlich kein Unterschied zu anderen Antiquitätenhändlern?«

»Ach, Sie waren schon bei einigen?« Er verbarg seine Überraschung.

»Ja, drüben auf dem linken Ufer. Soviel Platz habe ich in meinen Koffern ja nicht. Ich frage mich allerdings, ob man dort überhaupt als Käufer willkommen ist. Irgendwie geben sie einem den Eindruck, als wären sie leicht enttäuscht, wenn man etwas kauft, es also mitnimmt.«

»Da haben Sie gar nicht so unrecht. Stellen Sie sich vor, Sie verbringen das ganze Leben damit, seltenen Stücken nachzujagen, sie schließlich an den ungewöhnlichsten und unerwartetsten Orten zu entdecken, den Besitzer mühsam zum Verkauf zu überreden, alles nur, damit Sie es dann gleich wieder weggeben sollen, weil Sie ja schließlich davon leben. Für mich ist das eine gewisse Art subtiler Selbstfolter. Aber wenn man Antiquitätenhändler wird, muß man nun einmal damit leben. Die Kraemers machen das schon seit drei Generationen. Natürlich haben sie viele ihrer Schätze, die sie zusammentrugen, auch für sich selbst behalten, weil sie gar nicht anders konnten, ohne daß ihnen das Herz gebrochen wäre. Ich habe Philippe Kraemer einmal gesagt, er bestrafe sich bei seinem Geschäft eigentlich genauso wie ein Ballettänzer, der sich dazu entschlossen hat, unter Schmerzen sein Leben lang zu tanzen. Aber er hat mich nur ausgelacht. Wenn man der Sache auf den Grund geht, ist es ja auch tatsächlich so, daß er bei allem immer die erste Wahl hat. Deshalb habe ich gar keinen Zweifel, daß er noch bessere Sachen hat als ich.«

»Und wie ist es da erst mit Models, die Hungerkünstlerinnen sind und ihr Leben auf irrsinnig hohen Stöckelschuhen verbringen und damit unter Schmerzen hin und her laufen und dabei den Eindruck machen, dies bereite großes Vergnügen? Irgend etwas ist immer faul, nicht? Was sind eigentlich die schlechten Seiten Ihres Geschäfts?«

»Darüber habe ich nie nachgedacht. Vielleicht hat es keine.« Necker war amüsiert.

»Sie glücklicher. Ein Meter Stoff ist wie der andere, eine Flasche Parfüm wie die andere. Sie handeln ja nicht mit Einzelstücken, die Couture-Häuser einmal ausgenommen. Und wenn Ihr Couturier sein Geld nicht einspielt, dann nehmen Sie sich eben einen anderen, nicht? Es geht doch eigentlich nur um den Namen, den man etablieren muß, um dann das Parfüm in jedem Kaufhaus abzusetzen.«

»Genau. Eben deshalb bringe ich Lombardi heraus. Aber wollen wir denn nicht hineingehen?«

»Ich rede bereits wie ein Händler«, sagte Jordan lächelnd, als der Chauffeur die Tür öffnete. Sie trug eine unauffällig gutgeschnittene Jacke zu einer Hose und einem Rollkragenpullover, alles im gleichen vollen, dunklen Bitterschokoladebraun. Es war ein Rahmen, der einen ganz ungewöhnlichen, lebhaften Kontrast zu ihrer unvergleichlichen Hautfarbe darstellte. Es ergab den Eindruck, als habe sie einen sehr hellen Teint und trage schwarzen Satin.

Monsieur Jean erwartete sie bereits an der Tür. »Monsieur Necker, Mademoiselle, ich darf Sie beide willkommen heißen. Aber kommen Sie aus der Kälte ins Haus.« Er war schlank und blond und wußte so viel über Antiquitäten, daß die Herren Kraemer & Söhne ihm beruhigt ihre Geschäfte überlassen konnten, wenn sie unterwegs waren.

»Jordan«, machte Necker auf englisch bekannt, »dies ist Monsieur Jean. Monsieur Jean, Mademoiselle Dancer, eine Liebhaberin von Antiquitäten.«

»Sehr erfreut, Mademoiselle. Darf ich etwas zu trinken anbieten? Tee? Oder etwas anderes?«

»Nein, danke. Später vielleicht. Jordan, möchten Sie irgend etwas Besonderes sehen?«

»Nein, nein. Ich möchte mich einfach umsehen.« Jordan war jetzt schon beeindruckt. Nie im Leben hätte sie sich träumen lassen, daß an einem einzigen Ort mehr kostbare Möbel und exquisite kleinere Gegenstände versammelt sein könnten, als sie schon am Eingang sah. Und sie mußten bezahlbar sein, da sie schließlich zum Verkauf bestimmt waren. Bisher hatte sie in den Läden, in denen sie gewesen war, nur einen bescheidenen Randbereich erlebt.

Sie wanderten eine Stunde lang ziellos durch die neun Salons von *Kraemer et Cie.* Ganz allmählich fühlte sich Jordan mehr und mehr wohl und entspannt. Die für Versailles angefertigten Armlehnensessel standen bereit, damit potentielle Käufer sie ausprobieren und sich auf sie setzen konnten. Welche Frau würde schon einen Stuhl oder Sessel kaufen, ohne ausprobiert zu haben, ob man auch wirklich bequem darauf saß? Und dieses Stück Louis Seize, eine Uhr aus vergoldetem weißem Marmor mit ihren drei Zeigern und drei Kerzenhaltern war einmal für den täglichen Gebrauch bestimmt gewesen: um die Zeit abzulesen und um die Kerzen anzuzünden, so wie man heute das Licht einschaltete! Und dort die Schreibgarnitur von Boulle mit Intarsien und dem ausgeprägten Sinn für beste Handarbeit war ebenfalls einmal ein Gegenstand für den alltäglichen Gebrauch gewesen – so wie sie einen Kugelschreiber in ihrer Handtasche hatte.

Sie begann sich zu fragen, ob dieser Blick auf die Besitzmöglichkeiten, die die reichsten Leute der Welt hatten, nicht vielleicht ihre Freude an den Antiquitäten im Bereich ihrer eigenen Möglichkeiten trübte. Sollte sie ihre hübschen Schokoladetassen etwa mit diesem schwarzen, goldschimmernden Schreibzeug vergleichen und sie dann mangelhaft finden? Nein, entschied sie, sowenig, wie sie ihre eigenen Lieblingskleider nicht abwerten wollte, auch wenn sie »mangelhaft« waren im Vergleich zu den zehntausend Dollar teuren Abendkleidern, die sie bei ihrer letzten Modenschau von Bill Blass vorgeführt hatte. Aus mancherlei Gründen hatte hier wie dort das eine mit dem anderen nichts zu tun.

Sie setzte sich auf ein tiefes Zweiersofa, lehnte sich zurück, schloß halb die Augen und nahm mit allen Sinnen den speziellen, aus Holz, Wachs und etwas Undefinierbarem (vielleicht dem Duft der Rosen, die in kleinen Glasvasen hier und dort standen) bestehenden Geruch in sich auf, der alle mit diesen Kostbarkeiten vollstehenden Räume erfüllte. Hinter ihr inspizierte Necker gerade die Schnitzereien eines Tisches. In seiner stummen Konzentration machte er einen so gesammelten und intensiven Eindruck, daß man glauben konnte, er verkörpere durch Kraft gebändigte Bewegung.

In diesem Moment öffnete sich eine verborgene Tür in der Wand, und ein Mann in einer dunklen Uniform kam in den Raum. Als er Necker sah, blieb er abrupt stehen.

»Ah, Monsieur Necker!« sagte er auf französisch. »Hat Ihnen Monsieur Jean schon mitgeteilt, daß das *bonheur du jour* der Madame Pompadour wohlbehalten bei Mademoiselle Loring abgeliefert wurde? Ich hatte selbst das Vergnügen, das Stück persönlich nach New York zu begleiten. Aber wir mußten wegen des großen Schneesturms dort vier Tage lang warten, bis wir ausliefern konnten. Das war eine Geschichte! Aber ich versichere Ihnen, ich habe die Transportkiste mit dem kostbaren Stück keinen Moment aus den Augen gelassen – außer natürlich beim Flug selbst –, bis Mademoiselle Loring persönlich den Empfang mit Unterschrift bestätigte. O ja, darauf habe ich ausdrücklich bestanden. Ich hoffe, es gefällt ihr. Ah, Monsieur! Ein so erlesenes Kunstwerk!«

»Ja, ja, natürlich«, sagte Necker hastig und mit leicht abweisendem Unterton. »Ich danke Ihnen sehr.«

Der Kurier verschwand so schnell wieder, wie er gekommen war, und hinterließ ein Schweigen im Raum, das plötzlich anders war als die Stille zuvor.

Also so war das! dachte Jordan. Justine und Necker! Sie war so verblüfft und schockiert, daß sie unwillkürlich den Atem anhielt. Also das war der Grund, warum sie alle drei hierher nach Paris eingeladen worden waren! Ein Schreibtisch, der einst der Mätresse Ludwigs XIV. gehört hatte, der berühmt-berüchtigten Madame Pompadour! Ein Stück, das Millionen Dollar wert sein mußte! Er mußte sie ja wahnsinnig lieben, wenn er ihr so ein Geschenk machte! Das erklärte alle seine Fragen neulich draußen am Petit Trianon in Versailles!

Sie begann wieder flach zu atmen, als sie nun nach dem ersten Überraschungsschock den Schmerz von Enttäuschung verspürte. Aber wieso Schmerz und Enttäuschung? fragte sie sich. Wieso verspürte sie überhaupt Schmerz und Enttäuschung? Welchen Unterschied machte es wirklich für sie, daß Justine und Necker ... ach nein, Mist, verdammter, nicht doch, das konnte doch nicht sein: Sie war ja, merkte sie, eifersüchtig! So eifersüchtig wie noch nie in ihrem ganzen Leben! Eifersüchtig auf Necker? Er war doch schließlich nur ein Mann, mit dem sie offen und frei reden konnte, ein sympathischer Mann, und anständig. Einer, der ihr mit echtem Interesse zuhörte. Oder waren es nicht doch eher seine Macht, sein Reichtum, sein Besitz? Ach, wenn es nur so wäre, bemitleidete sie sich selbst. Wenn es nur so wäre! Doch da war das Gefühl seiner warmen Hand an ihrem Ellenbogen, die Art, wie sich sein graues Haar an den Schläfen kräuselte und dann im übrigen Blond verschwand ... Es war allein schon der Klang seiner Stimme, die so anders war als jede andere, die sie kannte; es waren dieses seltene, schnelle Jungenlachen und sein melancholischer Blick, wenn er sich unbeobachtet glaubte, und sein – ach, Scheiße, einfach alles an ihm, vom Scheitel bis zur Sohle, und sie war das bescheuertste blöde Stück der Welt! Mädchen, dachte sie, komm zu dir! Du bist hier ganz zufällig ins große Leben hineingefallen, aber das dauert doch nicht, das ist doch nicht für immer. Zumindest, Dank sei Gott in der Höhe, hatte sie nicht auch mit ihren Französischkenntnissen geprahlt, so daß sie jetzt nur so tun mußte, als hätte sie kein Wort von dem verstanden, was der Bote alles gesagt hatte! Aber kaum etwas war schwieriger, als Unwissenheit zu spielen, wo sie doch bis ins Mark getroffen und von Eifersucht und allen möglichen anderen Emotionen geschüttelt war, an die sie nicht einmal denken durfte, bevor sie in ihrem Hotelzimmer in Sicherheit war!

»Ich glaube, es ist Zeit zu gehen«, sagte sie und erhob sich in einer einzigen fließenden Bewegung. Necker stand wie auf dem Parkett angewachsen. »Es sind so viele wundervolle Sachen hier ... es war ein wunderschöner Nachmittag.«

»Aber natürlich, wenn Sie soweit sind ...«, sagte Necker und gab sich sichtlich einen Ruck. Er begleitete sie zum Ausgang, wo sie sich von Monsieur Jean verabschiedeten und zu seinem wartenden Wagen gingen.

»Henri«, wies er den Chauffeur an, »fahren Sie uns zum Ritz, bitte, am Eingang Vendôme.«

»Das Ritz?« fragte Jordan verblüfft. Hatte er sie nicht bereits hingebracht, wo er sie hinzubringen versprochen hatte? War dieser Horrornachmittag noch nicht zu Ende?

»Ein Drink wird uns beiden guttun«, sagte Necker nur. Es klang verstört und böse.

»Na ja«, meinte sie und tat leichthin. »Ich brauche wirklich etwas als Gegenmittel gegen diese ganzen wunderschönen französischen Antiquitäten. Perfektion macht mich immer durstig.« Ja, ja, dachte sie bei sich, plappere nur weiter diesen Quatsch, weil dieser Jacques Necker sowieso nie mehr etwas sagen kann, das ich ihm glaube. Und noch ein paar Minuten mehr mit ihm bringen mich auch nicht um.

In der kleinen Lobby des Ritz führte er sie nach links in die große Hotelbar mit ihren bernsteinfarbenen, samtbezogenen Sitzen und einem Blick in einen Wintergarten, an dessen hohen Wänden realistische, aber künstlich grüne Blätter und Blumen in ein weißes Holzspalier gewunden waren.

»Setzen wir uns dort in die Ecke«, schlug Necker vor und führte Jordan am Ellenbogen. »Was nehmen Sie so zur Blauen Stunde? Champagner? Sagen Sie bitte nicht Tee!«

»Champagner klingt gut«, sagte Jordan. Davonfliegen klingt auch gut, dachte sie. Lebewohl klingt auch gut. Laß mich hier raus klingt auch gut. Ich bin doch keine Meryl Streep klingt auch gut.

Aber da war auch schon der Kellner mit zwei Champagnergläsern da, und Necker hob das seine. »Auf Ihre Gesundheit!« sagte er förmlich, aber sein Gesicht war verschlossen und ernst.

»Sehr ruhig hier«, bemerkte Jordan nervös nach einer halben Minute des Schweigens. »Wo sind denn die Leute alle?«

»Sie ziehen sich zum Abendessen um. In einer halben Stunde sind sie alle da. Aber das Hotel ist auch ziemlich leer. Die ganzen Modejournalistinnen sind alle noch in Mailand. Trotzdem, in einer Stunde verstehen Sie hier Ihr eigenes Wort nicht mehr. Jordan, ich habe nachgedacht ...«

»Also, das ist immer eine schlechte Idee«, beeilte sie sich sogleich, ihn zu unterbrechen, »man soll nicht denken beim Trinken. Könnte ich vielleicht noch ein Glas Champagner haben?«

»Aber selbstverständlich. Ich mache mit. *Garçon,* noch zwei Gläser! Und ein paar Nüsse! Jordan, ich weiß, daß Sie Französisch können.«

»Wieso ... woher ... ich meine, wie kommen Sie darauf?«

»Sagen Sie jetzt nichts, Jordan. Hören Sie einfach nur zu. Ich habe wohl bemerkt, wie Sie reagiert haben, als der Kurier mit mir sprach. Sie haben jedes Wort verstanden, und ich habe gesehen, wie verblüfft Sie waren. Aber Ihr erster Instinkt war, taktvoll zu sein und sich unwissend zu stellen. Ihr zweiter Instinkt sagte Ihnen, raus hier, und zwar so schnell wie möglich. Kurz, Sie wissen jetzt, daß ich Justine einen wertvollen antiken Sekretär geschickt habe.«

»Das geht mich doch alles nichts an«, wehrte Jordan ab. »Sie müssen mir doch nichts erklären. Sie sind mir keine Rechenschaft schuldig. Über gar nichts. Weder habe ich etwas zu wissen, noch will ich etwas wissen. Ich schwöre Ihnen auch, daß ich nichts davon ausplaudern werde. Niemals, unter gar keinen Umständen. Da haben Sie mein Wort darauf.«

»Jordan, ich bitte Sie um Ihre Freundschaft. Ich muß mit jemandem über sie reden.«

»Schauen Sie, Monsieur Necker ...«

»Wie oft muß ich Sie noch bitten, mich Jacques zu nennen?«

»Ich möchte nicht über Justine reden, wenn Sie mich deshalb hierhergebracht haben. Es tut mir leid, wirklich leid, und Sie haben meine Freundschaft, Jacques, aber ich möchte auf keinen Fall etwas davon hören. Irgendwann bereuen Sie es doch. Ich habe noch nie erlebt, daß es anders war. Ganz gleich, was zwischen Ihnen beiden geschieht, irgendwann wird es Ihnen leid tun, daß Sie mit mir darüber gesprochen haben und was Sie mir jetzt erzählen wollen. Ich war zur falschen Zeit am falschen Ort und habe von etwas erfahren, das mich nichts angeht. Lassen wir es doch dabei.«

»Ich nehme es Ihnen nicht übel, wenn Sie voreilige Schlüsse ziehen.«

Jordan nippte an ihrem Champagner, sah in den Wintergarten hinaus und beherrschte sich, auch nur mit einer Wimper zu zucken. Sie hatte gesagt, was zu sagen war.

Aber nun nahm ihr Necker sanft das Glas aus der Hand und stellte es auf den runden Tisch. Dann beugte er sich vor und drehte sie am Kinn so herum, daß sie ihm in die Augen sehen mußte.

»Jordan, Justine Loring ist nicht meine Geliebte. Sie ist meine Tochter.«

»Das ist doch unmöglich!« platzte Jordan heraus.

Necker saß regungslos da und sah sie weiter unverwandt an. Er bot ihrem ungläubigen Blick einfach nur sein Gesicht zur Betrachtung an, bis auch sie die Ähnlichkeit sah, die Frankie sofort bemerkt hatte. Die Eiszapfen in ihrem Herzen zerschmolzen so rasch, wie sie sich gebildet hatten. Doch es folgte keine Erleichterung, nur eine Leere, die zuvor nicht dagewesen war.

»Ja«, sagte sie schließlich, nachdem sie die unleugbare Mitteilung endlich begriffen und verdaut hatte. »Ja, ich verstehe. Natürlich. Wenn ich nur meine Augen aufgemacht hätte ...«

»Wollen Sie mich jetzt endlich anhören? Bitte, Jordan, ich bitte Sie ausdrücklich darum. Auf der ganzen Welt weiß es niemand außer Justine und mir, und jetzt Sie. Und wahrscheinlich, da bin ich fast sicher, auch Frankie Severino, obwohl sie sich ständig unwissend stellt. Und ich kann sie ja nicht zwingen, Justine gegenüber illoyal zu sein. Ich bin fast schon wahnsinnig geworden darüber, Jordan. Ich kenne mich selbst nicht mehr. Ich kann nicht mehr schlafen, weil ich die unsäglichsten Alpträume habe. Ich funktioniere nicht mehr sachlich und verstandesmäßig. Ich bin völlig verzweifelt und am Rande des Nervenzusammenbruchs. Ich brauche Sie, damit ich mit Ihnen reden kann. Erinnern Sie sich, als Sie mich fragten, ob ich Kinder hätte, und ich sagte, meiner Frau und mir seien leider keine vergönnt gewesen? Das war nur die halbe Wahrheit ... Bitte, Jordan, ich möchte es Ihnen anvertrauen. Ja?«

Jordan sah ihn hilflos an und erkannte nur einen Menschen in Not. Seine Augen bettelten darum, angehört zu werden. Es mochte wohl sein, daß er sie irgendwann in der Zukunft dafür haßte, ihr dies anvertraut und sich ihr in einer Phase der Schwäche gezeigt zu haben. Aber was sollte sie anders tun? Sie konnte ihn doch jetzt nicht einfach zurückstoßen, ohne ihm zuzuhören, da gab es doch nichts anderes.

Also sagte sie leise: »Und was ist die andere Hälfte der Wahrheit? Was ist geschehen?«

»Ich hatte von Justines Existenz bis vor einigen Monaten keine Ahnung«, sagte Necker aufseufzend. »Nicht die leiseste Ahnung hatte ich, daß ich eine Tochter hatte! Ich dachte, kinderlos zu sein, und hatte mich damit abgefunden. Justines Mutter Helena ließ mich in Unwissenheit. Ich verließ sie, als sie schwanger wurde. Ja, ich habe sie einfach sitzenlassen, allein gelassen. Und ich habe angenommen, daß sie abtreibt. Ich war damals ein völlig nichtsnutziger junger Dreckskerl, keinen Pfifferling wert, ein abscheulicher, mieser Feigling. Wir waren beide erst neunzehn, damals, aber das ist natürlich keine Entschuldigung. Helena wollte nicht, daß ich irgend etwas mit ihrem Kind zu tun haben sollte, und wer kann es ihr verdenken. Erst als sie wußte, daß sie sterben würde, entschloß sie sich, mir Fotos von dem einzigen Kind zu schicken, das ich jemals hatte. Oh, diese Fotos! Ganze Alben mit Bildern von Justine von klein auf bis zu dem Zeitpunkt, wo sie ihre Laufbahn als Model beendete. Helena hatte wirklich fürchterliche Rache an mir genommen.«

»Rache? Woher wollen Sie wissen, daß Sie Ihnen nicht eine zweite Chance damit geben wollte, eine allerletzte Chance?«

»Weil sie Justine systematisch gegen mich aufgebracht hatte, deshalb. Vollständig und lebenslang, denke ich. Natürlich war das erste, was ich tat, Kontakt mit Justine aufzunehmen. Aber sie wollte nichts mit mir zu tun haben. Sie ließ alle Briefe ungeöffnet zurückgehen. Das verstand ich. Also organisierte ich diesen Lombardi-Wettbewerb und schickte Gabrielle d'Angelle nach New York. Ich wußte natürlich, daß Justine als Geschäftsfrau, als Inhaberin einer Model-Agentur, notwendigerweise damit befaßt wurde. Sie konnte sich ja nicht gut davon ausschließen, das war ganz unmöglich. In den Verträgen, die sie dann unterzeichnete, akzeptierte sie damit auch ihre ausdrücklich darin festgeschriebene Verpflichtung, mit euch nach Paris zu kommen. Ich muß hirnvernagelt gewesen sein, so etwas zu tun! Inzwischen ist mir klar, daß dieser Wettbewerb die dümmste Idee war, die mir überhaupt nur einfallen konnte. Welcher Teufel hat mich da nur geritten?«

»Ja, nur er persönlich«, schmunzelte Jordan. »Es wäre eine Untertreibung, nur zu behaupten, Justine werde desto halsstarriger, je stärker man sie unter Druck setzt. Aber da sind Sie vermutlich kein Jota anders.«

»Ja, gewiß, ganz gewiß doch. Also, jedenfalls hat sie dann in letzter Minute vorgeschützt, krank zu sein, um nicht kommen und mir gegenübertreten zu müssen. Und hat statt dessen Frankie Severino vorgeschickt.«

»Sie meinen also, diese berühmte Ohreninfektion ...«

»Sie kommt einfach nicht, Jordan«, schrie er fast in seiner Verzweiflung, »sie wird niemals kommen. Sie will einfach absolut nichts mit mir zu tun haben. Überhaupt nichts, nicht das geringste.«

»Gar nichts?«

»Gar nichts.«

»Ich bin sicher, ich würde so etwas nicht durchhalten«, sagte Jordan, »aber Justine ... Sie ist einer der diszipliniertesten Menschen, die ich kenne. Und wenn ihre Mutter sie seit ihrer Kindheit gegen Sie aufgehetzt hat, dann kann ich gut verstehen, daß sie um so stärker durchhält. Jedenfalls bis jetzt. Und ich weiß, wie starrköpfig sie sein kann, glauben Sie mir! Wir nehmen Sie alle ernst. Aber das ist denn doch zu verrückt. Das kann man doch, um Himmels willen, nicht so weitergehen lassen. Das können Sie nicht so hinnehmen! Sie sind immerhin ihr Vater! Wieso fliegen Sie nicht einfach nach New York?«

»Und wie, glauben Sie, würde sie reagieren? Das war doch überhaupt mein erster Impuls, und mein dritter wieder. Aber dazwischen und danach war ständig die Frage: Hätte es etwas genützt und geholfen? Justine verabscheut nicht nur den Gedanken an mich, sondern auch meine reale Existenz, allein die Vorstellung von mir! Ich habe keine Möglichkeit, sie dazu zu bringen, mich als ihren Vater zu akzeptieren. Dazu ist es einfach schon viel zu spät.«

»Ach, da wäre ich aber nicht so sicher. Vielleicht, ich sage nur, vielleicht, hätte so eine direkte Konfrontation ja doch etwas bewirkt und wäre etwas Gutes gewesen. Es ist etwas anderes, nur zu wissen, daß man einen Vater hat, selbst wenn man glaubt, daß er ein ganz wertloser, verkommener Dreckskerl ist, oder ihm in Fleisch und Blut gegenüberzustehen. Sie kann Sie nicht auf immer und ewig ignorieren, da gibt es eine Grenze. Sie sind doch sonst so überzeugungsstark, Jacques! Wenn Sie mich fragen, dann hätten Sie gleich am Anfang einfach ihre Tür eintreten sollen. Das hätte bestimmt funktioniert. Aber den Moment haben Sie verpaßt, da ist die Luft raus.«

Um ihre Rede etwas zu besänftigen, erlaubte sich Jordan, ihre Hand auf die seine zu legen, zog sie aber sofort zurück. Noch so ein grundsätzlicher Fehler, tadelte sie sich, und ich bin endgültig raus hier.

Sie dachte eine Weile nach, ehe sie weitersprach. »Wissen Sie, ich glaube nicht, daß es zu spät ist. Es sind ja erst ein paar Monate. Sie sollten sich da nicht so hineinsteigern. Ewig kann dieser Zustand schließlich nicht dauern. Dazu ist er viel zu unnatürlich.«

»Ich würde sie ja in Ruhe lassen«, sprach Necker weiter und hörte kaum auf das, was sie sagte, »wenn ich sie nur einmal sehen und mit ihr reden könnte und sie mir danach erklärte, sie wünsche, von mir fortan wieder unbehelligt zu bleiben.«

»Was denn, Sie wollen sie nur einmal treffen? Ist das alles? Das verstehe ich nun doch nicht ganz.«

»Sie sehen und mit ihr sprechen. Ich weiß so wenig über

ihr Leben. Natürlich habe ich nachforschen lassen, aber mehr als die reinen Fakten habe ich dadurch auch nicht erfahren. Warum ist eine schöne Frau von vierunddreißig Jahren unverheiratet, lebt allein, ohne Mann, ohne Kinder? Wie sehr ist dies meine Schuld, Jordan? Es könnte doch allein meine Schuld sein?«

»Ach was, wachen Sie auf, Jacques! Was haben Sie für eine Phantasie! Warum denken Sie darüber nicht anders? Passen Sie auf. Ich meinerseits beneide Justine! Sie ist aus eigener Kraft unheimlich erfolgreich. Sie hat sich aus ihrer Karriere als Model eine eigene Agentur aufgebaut, die hohes Ansehen genießt, sie hat eine starke Persönlichkeit, eine Menge Freunde und ein hochinteressantes Leben. Niemals habe ich sie für unglücklich oder unerfüllt gehalten. Und sie ist jung und schön. Legionen von Frauen würden jederzeit mit ihr tauschen wollen. Ich wette, sie könnte morgen verheiratet sein, wenn sie wollte, und schwanger gleich am Tag danach, wenn nicht schon zuvor. Justine bekommt immer, was sie haben will, alles. Haben Sie jemals an diese Möglichkeiten gedacht, während sie sich pausenlos schuldig fühlten?«

»Nein, das habe ich nicht.« Necker lächelte sie fast verlegen an, aber es war doch sichtbar, daß sie ihn mit ihrer Rede tatsächlich aufgemuntert hatte. »Wie der Blickwinkel einer intelligenten Frau einem Mann doch klarmachen kann, was er für ein Narr ist! Ein gewaltiger Narr!«

»Meine Rede!« sagte Jordan und war erleichtert, ihn wieder lächeln zu sehen. Das tragische Leiden paßte so gar nicht zu ihm und auch nicht der erloschene Blick seiner Augen. Sie versuchte ihn sich vorzustellen, wie er damals gewesen sein mußte, noch ein Teenager, in Panik über ein geschwängertes Mädchen, worüber er sich nur mit Weglaufen zu helfen wußte ... Dabei war doch heute soviel Stärke und Kraft in ihm, selbst jetzt noch in dieser seiner »Stunde der Schwäche«, wo er ihr sein Herz ausschüttete, wenn auch eher gezwungenermaßen, infolge dieses unglücklichen, zufälligen Zusammentreffens von Umständen. Wie einsam und allein mußte ein Mann sich fühlen, der sich und sein Geheimnis einem jungen Mädchen anvertraute, das er kaum kannte und das ihm doch nichts weiter bedeuten konnte! O ja, er mußte sehr einsam sein. Mehr, als irgendein Mann je sein sollte. Genauso allein und einsam, wie sie selbst sich gerade fühlte.

»Hören Sie, Jacques«, sagte sie impulsiv, »ich habe eine Idee. Unternehmen Sie nichts mehr auf die Entfernung. Das wird in der Übermittlung oder Übersetzung immer nur fehlerhaft ankommen. Sprechen Sie mit niemandem mehr darüber. Warten Sie einfach, bis die Lombardi-Kollektion vorüber und dann auch dieser ganze Druck weg ist. Dann fliegen Sie nach New York. Da schaffen Sie es schon auf irgendeine Weise, Justine gegenüberzutreten. Das wird klappen, das habe ich im Gefühl.«

»Das ist kein schlechter Rat«, sagte er nach einigem Nachdenken. »Ich nehme ihn an. Unter einer Bedingung ...«

»Nein, Sie sind doch nicht auf meinen Rat angewiesen! Ich mache Ihnen nur einen Vorschlag.« Sie wurde eifrig. »Ich habe Ihnen keine Bedingungen zu stellen dafür, daß Sie das Richtige tun! Zumindest, was ich für das Richtige halte. Ich bin weder Ihr Vormund noch Ihr Berater, nur eine Freundin.«

»So habe ich es auch gar nicht gemeint, verdammt. Ich möchte einfach auch weiter mit Ihnen reden können, falls ich wieder mutlos werde, beispielsweise ... das meinte ich mit Bedingung, aber ich meinte damit gar nicht: Bedingung ... ich meine, es ist eher ein ... Wunsch ... ein ... ach, bitte, sehen Sie denn nicht, daß ich Sie brauche, Jordan?«

»Nun ja ...« Jordan brachte es nicht über sich, nein zu sagen, wußte aber auch, daß sie nicht ja sagen sollte. Es war schwer genug, ihn wieder zu vergessen. Schwer? Ach was, verdammt unmöglich war es, das war es ... Wem machte sie hier etwas vor? Finde dich ab, Jordan, finde dich ab damit!

»Danke«, sagte Necker aber statt dessen und nahm ihr Zögern für Zustimmung. »Also, und damit Schluß der Debatte. Gut. Was halten Sie jetzt von chinesisch essen? Frankie hat mir gesagt, ihr habt alle Angst vor der französischen Küche, weil ihr glaubt, sie macht dick. Bei chinesischem Essen kann das jedenfalls nicht passieren.«

»Sie müssen mich jetzt wirklich nicht auch noch zum Essen ausführen«, protestierte Jordan. Himmel und Hölle, kam der Tag nie, an dem sie eine Einladung zum Essen auszuschlagen imstande war?

»Müssen nicht, aber kann ich, wenn ich möchte?« fragte Necker.

»Ja, können Sie«, seufzte Jordan und gab auf. »Und Sie dürfen auch. Das ist eine wichtige Unterscheidung, Jacques. Ich erkläre sie Ihnen dann beim Essen.«

20

Peaches Wilcox hatte, gleich bei unserer Ankunft in Paris, höflich getönt, daß sie uns eine Party geben wollte, aber das hatte ich nicht so ganz ernst genommen. Ich hatte nicht unbedingt den Eindruck, daß sie wirklich so versessen darauf sein sollte, freiwillig drei strahlende Dinger, die nicht einmal halb so alt waren wie sie, zu sich einzuladen, und schon gar nicht eigens für sie und zu ihren Ehren. Aber sie überraschte mich: Ihre Cocktailparty sollte an diesem Abend sein.

Vielleicht ist man, wenn man soviel Geld hat wie sie, jenseits der Furcht und Angst, von Jugend und Schönheit bedroht zu werden. Vielleicht ist das Gefühl ähnlich, so wie Elizabeth II. zu sein. Nämlich, daß man halt anders als alle anderen ist, eben einfach die Königin von England. Kann passieren, was will. Übrigens kam etwas in dieser Art durchaus dem Gefühl gleich, mit dem ich inzwischen herumlief; mit diesem Gefühl, absolut etwas ganz Besonderes zu sein. In Klartext übersetzt heißt das natürlich nichts anderes, als daß Mike und ich auf den höchsten Wolken der Liebe im siebten Himmel schwebten, wo einem die schnöde Welt mit allem, was in ihr passiert, total schnurzpiepegal ist. Alle anderen Menschen leben nur mit halber Kraft und wissen es nicht einmal, die armen.

Gut, da ist noch Tinker, die es ebenfalls erwischt hat mit der Liebe. Jedenfalls nach ihren eigenen Äußerungen mir gegenüber. Aber wie kann sich diese gerade eben entwickelte Gefühlsneigung zu diesem Tom Strauss auch nur annähernd mit jener großen, ewigen Liebe messen, die ich für Mike empfinde, seit ich vierzehn war? Justine hatte mich am Morgen angerufen, nachdem sie meinen Brief erhalten hatte, und sich über die Entwicklung der Dinge mit mir gefreut. Sie kennt Mike oberflächlich, hat ihn immer gemocht und seine Arbeit bewundert.

Ich kann Ihnen versichern, daß ich, als sie da so ganz untypisch Süßholz über mein Glück raspelte, bereits heraushörte, wie sie im Geist schon meine Hochzeit plante. Und schon anfing, sich Sorgen zu machen, daß ich, sobald ich mein erstes Kind bekam, dann vielleicht zu arbeiten aufhörte.

Ich habe ihr allerdings auch nicht gesagt, daß sie sich keine Sorgen machen soll. Ich habe ihr vielmehr verschwiegen, daß über all das überhaupt noch kein Sterbenswörtchen gesprochen worden ist. Wenn ich allerdings für mich selbst, tief im Herzen, schon diese Gedanken gewälzt habe. Aber dann raffe ich mich immer schnell wieder auf, reiße mich zusammen und bleibe bei dieser Einstellung, die wir beide, Mike und ich, gemeinsam zu haben scheinen: Heute ist heute, und für morgen wird Gott sorgen. Diese stumme Übereinkunft muß von einem gewissen Moment stammen, in dem ich nicht ganz ich selbst war, weil sie sich nämlich überhaupt nicht nach mir anhört. Andererseits habe ich erfahren müssen, jüngstens, daß ich nicht mehr so unbedingt darauf vertrauen kann, daß ich ich bin. Es wird, merke ich, schwieriger und schwieriger, einfach geradeaus zu denken. Und was meine Aufgabe angeht, hier streng auf die Mädels aufzupassen, so ist das schon lange so unmöglich wie diese Sache mit dem Sack Flöhe.

Natürlich mußte ich Justine über mein Gespräch mit Necker berichten und von seiner Erwartung, daß sie wenigstens bei der Präsentation der Kollektion in Paris hier ist. So stumm, wie sie bei dieser Mitteilung wurde, fügte ich nicht hinzu, daß ich gesagt habe, selbstverständlich werde sie da sein. Na schön, bin ich halt feige. Aber Necker hat es mir sowieso nicht geglaubt. Hebt eben eine Lüge eine Auslassung auf.

Jetzt, wo der Tag der Präsentation der Kollektion immer näher rückt, achte ich natürlich besonders und noch mehr darauf, Tinker jeden Tag zu sehen und mich über alles zu erkundigen. Die einzige Zeit, zu der man sie überhaupt erwischen kann, ist gleich nach ihrer täglichen Tangostunde, weil ich es natürlich nicht riskieren kann, in die strikt verbotene, geheimnisumwitterte Atelierhöhle von Lombardi einzudringen. Auf den nie vorhersehbaren Augenblick, zu dem sie nur kurz ins Hotel kommt, um ein langes, heißes Bad zu nehmen und sich umzuziehen, kann ich mich nicht verlassen. Dieser Tom scheint in seinem Studio oder Atelier, oder wie sie das nennen, weitgehend der Vorrichtungen für Badeluxus zu entbehren, weil sie jeden Tag, wenn sie endlich Lombardis Atelier verlassen darf – und das ist viel zu spät am Abend –, dies erst hinter sich bringt, ehe sie wieder zu ihrem Maler entschwindet.

Über diesen Tom Strauss bin ich nach wie vor nicht glücklich, obwohl er nicht in das übliche Bild der degenerierten

Model-Aufreißer paßt. Er ist kein Playboy, kein verzogenes reiches Söhnchen oder kein älterer Millionär. Er ist auch kein Fotograf oder Fotografenassistent und kein Model-Agent und kein Couturier oder hat irgend etwas mit der Herstellung von Filmen zu tun. Er hat keinen Porsche, keinen Titel oder wohlhabenden Geschäftspartner, der sie ganz dringend zum Dinner in sein Apartment einladen muß. Kurzum, er ist keiner der üblichen Horrorkategorien von Typen zuzuordnen, in die ausgerechnet dein Model sich vergafft. Andererseits ist es so gut wie ausgeschlossen, glauben zu können, daß er kein Interesse daran haben könnte, sich die Vorteile der Bekanntschaft mit ihr zunutze zu machen. Alle Models werden ausgebeutet, überall und immer. Wäre er auch so verrückt nach ihr, wenn sie kein Model wäre? Hätten sich alle diese Damen, die so unerhört sexy waren, Picasso an den Hals geworfen, wenn er Häuser angemalt hätte?

Das Tanzstudio von Señora Varga befindet sich in einer fast unzugänglichen, winzigen Straße irgendwo zwischen Place de la Madeleine und Gare St. Lazare. Gott sei Dank haben wir wenigstens noch einen Wagen mit Chauffeur zu unserer Verfügung. La Señora, klein und spindeldürr, muß mindestens fünfundfünfzig sein. Sie sieht aus, als hätte sie Buenos Aires im ganzen Leben nicht verlassen. Sie trägt einen engen schwarzen Rock, wadenlang, aber erstaunlich hoch geschlitzt an ihren schlanken, muskulösen Schenkeln, dazu eine schwarze Glitzerbluse. Das glatte, schwarze Haar trägt sie mit Mittelscheitel und hinten zum klassischen Knoten gebunden, geschmückt mit antiken, edelsteinbesetzten Haarnadeln.

Wenn sie auch die beste Haltung hat, die ich je gesehen habe, reicht sie Tinker doch gerade kaum bis zu den Schultern, und wenn sie zusammen tanzen – Tinker führt dabei immer –, dann ist unübersehbar, daß sich Tinker dabei weit, weit über ihren angeborenen Möglichkeiten in dieser Richtung bewegt, genauer gesagt, fehlenden angeborenen Möglichkeiten. Denn sie wurde eindeutig ohne auch nur das kleinste Tanz-Gen geboren. Ein einschlägig geübtes Auge wie das meine sieht so etwas. Selbst beim Rückwärtsschritt führt die Señora Tinker, ohne daß diese es merkt, in Wirklichkeit, weil jeder Muskel in ihr automatisch weiß, welche Bewegung Tinker als nächstes machen soll. Da kann sich Tinker bemühen, soviel sie will, jemand wie Señora Varga ist eine viel zu gute Tänzerin, um jemandem, der so wenig Übung hat wie Tinker, einfach zu folgen und sich führen zu lassen. Ich bezweifle sowieso, daß sie jemals zuvor eine Frau gelehrt hat zu führen.

Natürlich tanzen sie nur den amerikanischen Tango. Selbst eine gute Tänzerin würde mindestens ein halbes Jahr stetigen Trainings brauchen, bis sie den echten, ursprünglichen argentinischen Tango beherrscht. Mir ist ja nicht so ganz klar, ob dies wirklich der geeignete Weg ist, Tinker das anständige Laufsteggehen beizubringen. Gewiß, Tango ist dramatisch, arrogant und manieriert. Aber wird sich das tatsächlich auf den Laufsteg übertragen, und wenn ja, wie?

Tinker wird bei alledem von Tag zu Tag blasser, als sie ohnehin ist. Ihre wunderhafte Art, zu werden, wonach sie sucht, ist wie eingeschaltet, während sie tanzt, verschwindet aber sofort wieder, sobald wir die drei Minuten zusammen haben, die uns bei ihrem Tageslauf gerade noch bleiben. Da sehe ich dann ein zerbrechliches, aufgeputschtes, wildentschlossenes Mädchen vor mir, das nicht genug schläft, total überreizt ist, sich viel zu hohen Anforderungen gegenübersieht, sich übernimmt und zuviel zutraut. Seltsamerweise war sie bei alledem aber auch nie schöner als jetzt. Ihre bekannten glänzenden Mondscheinaugen schimmern leuchtender denn je, fast schon fiebrig, und die Kleider, die Lombardi an ihr entwirft, bringen sie schier aus dem Häuschen. Es ist nie Zeit geblieben, darüber ausführlicher mit ihr zu reden (die strenge Señora erlaubt ihrer Schülerin nicht die kleinste Atempause dazu), aber Tinker gibt ihrer Überzeugung Ausdruck, daß er mit großer Inspiration arbeitet. Ich kann nur hoffen, daß sie recht hat und daß es sich bei ihr nicht nur um einen Fall übersteigerter Eigenliebe handelt, von ihrer angeblichen Wahnsinnsliebe für diesen Tom Strauss gar nicht erst zu reden.

Ich werde diesen Tom übrigens am Abend bei dieser Party bei Peaches Wilcox kennenlernen. Offensichtlich hat die Wilcox, eine alte Freundin von Necker, so ziemlich alle Welt eingeladen, damit diese alle kennenlernen, die etwas mit der Lombardi-Kollektion zu tun haben, angefangen bei Necker selbst bis hinunter zum letzten Freund des letzten Models. Es ist das erste Mal, daß Mike und ich gemeinsam wo hingehen, als Paar, meine ich. Ich kann es gar nicht erwarten.

Niemals, dachte Peaches Wilcox, hätte sie geglaubt, daß diese abscheuliche Verrücktheit weiter andauern könne. Sie war in ihrem eigenen Schlafzimmer von Marco Lombardi vergewaltigt worden, er hatte sie gedemütigt und sogar noch körperlich mißhandelt … und trotz alledem war sie nach wie vor verrückt nach ihm, begehrte ihn. Begehrte ihn mehr denn je. Sie war wie besessen von jeder Sekunde dieser Szene, die sich da vor zwei Wochen abgespielt hatte. Immer wieder fand sie sich seufzend und stöhnend nicht eigentlich über die Vergewaltigung, sondern darüber, daß sie es hinterher abgelehnt hatte, sich von ihm wenigstens noch befriedigen zu lassen. Unzählige Male wiederholte sie sich seine Worte: »Ich mache es dir jetzt, bis es dir kommt, mit dem Mund, so wie du es liebst.« Ohrfeigen könnte sie sich, dachte sie, daß sie es ihm nicht erlaubt hatte.

Vielleicht hätte sie ja ein solcher letzter Orgasmus endgültig von ihm befreit, dachte sie. Vielleicht hätte er ihr so viel Selbstabscheu verschafft über ihre Schwäche und Selbsterniedrigung, daß sie diesem Leiden ein Ende hätte machen können. Aber aufgedreht und doch trocken zurückgelassen worden zu sein ... das war nicht gut, altes Mädchen, sagte sie zu sich selbst. Du hast zwar deinen letzten Rest Würde gerettet, dich aber verdammt zu etwas, was irgendsowas sein mag wie das weibliche Äquivalent eines nicht beendeten feuchten Traumes.

Nein, Peaches Wilcox aus dem souveränen Staate Texas schätzte es gar nicht, mitten in der Nacht für die wilde Entladung einiger kurzer Sekunden aufzuwachen, ehe sie wieder einschlafen konnte.

Sie versuchte sich über einen Weg klarzuwerden, der ihr erlaubte, in ihrer Beziehung zu Marco das Gesicht zu wahren, als ihr plötzlich wieder einfiel, daß sie ja Frankie und Mike, wenn auch eher nebenbei und gar nicht so ernst gemeint, eine Party versprochen hatte. Und da wußte sie, daß dies die perfekte Antwort auf ihr Problem war. Marco mußte automatisch und selbstverständlich in die Gästeliste der Party für die Mädchen aufgenommen werden, selbst wenn sie ihn eigentlich nie wiedersehen wollte, speziell, da sie auch Jacques Necker einlud.

Sie und die Neckers hatten sich immer in den gleichen gesellschaftlichen Kreisen bewegt. Und sie genierte sich auch keineswegs dafür, daß sie, kaum daß die arme Nicole unter der Erde lag, ein durchaus lebhaftes Auge auf Jacques geworfen hatte. Man müßte ja närrisch sein, es nicht zu tun. Nur hatte sie leider eben genausowenig ausgerichtet wie zwei Dutzend andere Damen, die sie kannte. Doch, ja, dieser große, blonde Schweizer, der, zumindest soweit es sie betraf, auch durchaus sexy war, hätte sehr wohl den bestmöglichen zweiten Ehemann für sie abgegeben. Sie hätte ihn verdammt fix von seiner Manie geheilt, mit seinen Geschäften verheiratet zu sein. Wenn man ihn erst im Bett hatte, ahnte sie mit ihrem untrüglichen Instinkt, war er sicher auch leidenschaftlich. Aber es hatte nicht sollen sein. Leider. Sehr bedauerlich. Doch es war, auch das stand für sie fest, dabei eher sein Schaden als der ihrige. Letztlich. Wenn er sein Mönchs-Tycoon-Leben vorzog, wo andererseits das Leben so viele andere Möglichkeiten bereithielt … Aber diese Schweizer konnte man nun einmal, anders als die Franzosen oder Italiener, nicht verallgemeinernd in einen Topf werfen. Am Ende hatte er die arme Nicole echt geliebt?

Sie verdrängte mit Macht den Gedanken daran, daß sie Marco in ein paar Stunden wiedersehen sollte, und ging im Geiste ihre Gästeliste noch einmal durch. Sie hatte an die fünfzig Leute eingeladen: alle ihre engsten französischen Freunde, die nicht gerade beim Skifahren waren; ihre besten amerikanischen Freunde, die sich bereits für die Vor-Kollektionswoche in Paris versammelt hatten; Dart Benedict, den lieben Freund, der eben angerufen hatte, um wissen zu lassen, daß er sich wieder einmal in Paris aufhielt; und dann natürlich die drei Mädchen samt Tinkers unbekanntem Tom Strauss, sowie Frankie Severino, Mike Aaron und Maude Callender. Sie hatte Jordan und April freigestellt, ihre eigenen Begleiter mitzubringen, aber beide hatten versichert, sie kämen lieber allein. Sie sah deshalb keine Notwendigkeit, Männer für sie einzuladen. Es war schwer genug, ihnen ihre blühende Jugend nachzusehen, da mußte man sich nicht auch noch der Mühe unterziehen, ihnen Verehrer heranzuholen.

Sie war eigentlich, überlegte sie und lobte sich selbst, wirklich eine bemerkenswerte und patente Frau. Stunden hatte sie mit diesen jungen Dingern zugebracht, von denen jede tausendmal schöner war als sie selbst in ihren besten Tagen. Sie hatte es tapfer ertragen. Sie hatte genau beobachtet, wie sie sich mit ihren endlos langen Beinen völlig gelassen bewegten, und außerdem diese absolute Unbekümmertheit (was sich freilich ihrer Meinung nach zu Arroganz summierte), mit der sie ihre Geschenke von Anmut und Schönheit hinnahmen. Sie hatte sie, bei aller Zurückhaltung, trotzdem irgendwie gemocht.

Es gab halt das noch, was man mit Geld später kaufen konnte: jugendliches Aussehen. Diese jungen Dinger würden nie das nötige Geld besitzen, sich ihre Schönheit zu bewahren. Aller Wahrscheinlichkeit nach wurden sie eines Tages fett, nachdem sie sich jahrelang eine anständige Ernährung versagt hatten, und endeten dann als Immobilienverkäuferinnen wie die meisten ehemaligen Models, die sie kannte. Die Models, die noch mit achtundzwanzig im Geschäft waren, konnte man an den Fingern abzählen. Die Jüngste, Tinker, war gerade achtzehn. Zehn Jahre, und vorbei. Aber sie selbst, Peaches Wilcox, war auch in zehn Jahren noch immer jugendlich – so Gott wollte und Dr. H.. Wenn man sich erst einmal mit siebenundvierzig abgefunden und arrangiert hatte, war die Vorstellung von siebenundfünfzig auch nicht mehr weiter schrecklich, wenn auch der Aufwand, sich zu pflegen, immer größer werden mochte.

Allen dreien, Jordan, April und Tinker, war ihr Schicksal doch eher vorbestimmt: ein Leben in einem Vorort mit der Aufzucht von Kindern, wenn sie Glück hatten, und mit einigen Sammelalben rasch vergilbender Zeitungsausschnitte aus den Tagen ihres schnell vergangenen Ruhms – an den sie aber selbst gar nicht so gern erinnert werden wollten. Gut, die eine oder andere mochte vielleicht das Glück haben, reich zu heiraten. Aber so leicht, wie das immer klang, war es auch wieder nicht. Dieser Gedanke machte ihr Freude; denn sie konnte sich in dem Triumph sonnen, dabei enorm erfolgreich gewesen zu sein.

Wenn sie gefragt würde, welches der Mädchen von Loring Management sie am meisten beneidete, dann würde sie bestimmt Frankie Severino nennen. Sie war in ihrer Arbeit nicht davon abhängig, wie sie aussah. Frankie hatte Charme, Witz und Feuer dazu und Persönlichkeit. Und das alles sicherte auch dann noch ihre Stellung, wenn die Schwerkraft längst ihren Tribut zu fordern begonnen hatte.

Überhaupt, wenn man das recht bedachte, was sollte oder wollte sie dafür geben, als junge und schöne April oder Tinker wiedergeboren zu werden? Um eines dieser Mädchen zu sein, das nur die Augenbraue leicht zu heben brauchte, um Marco zu Füßen (und im Bett!) zu haben? Keinen Penny weniger, entschied sie nach langer Überlegung, als vierhundert Millionen Dollar. Da blieben ihr dann noch hundert Millionen, umgerechnet mindestens sechs Millionen pro Jahr nach Steuern, was genug war, um noch eine Anzahl Jahre weiter in gewohntem Luxus zu leben, vorausgesetzt, sie drehte nicht beim Kauf von Schmuck oder Kunst durch. Außerdem konnte sie noch die Ranch verkaufen, wenn es denn sein mußte, die verschlang sowieso nur Geld. Wo sie ohnehin kaum dort war.

Die weitaus schönste von allen dreien war allerdings Jordan. Aber was das betraf, so könnte sie, Peaches Wilcox, doch gut und gerne auf soviel Schönheit und Jugend verzichten. Keinen Dime würde sie dafür geben, farbig wiedergeboren zu werden. Und wenn noch soviel Talent als Zugabe dabei wäre. Die Nachteile und Probleme wogen das nicht auf; das stand wirklich nicht dafür. Deshalb war sie doch nicht gleich rassistisch, oder? Sondern lediglich realistisch.

Bei diesen Gedanken arrangierte sie inzwischen den Kaviar, die frische Foie gras, das Krabbenmousse und den weißen norwegischen Räucherlachs – nein, den Zimmerservice wollte sie nicht haben, beschloß sie. Für sie mußte sich schon der Bankettmanager des Hauses persönlich bemühen, das konnte sie verlangen. Der Abend heute sollte nach ihrem Willen die Gelegenheit sein, Marco neu begreifen zu lassen, was er um ein Haar verloren hätte.

Es gab einen Augenblick wie ein deutlich vernehmbares ›Klick‹, das sich im Laufe einer jeden größeren Party ereignete, die Peaches Wilcox veranstaltete. Danach konnte sie sich dann beruhigt entspannen. Der Klick-Augenblick geschah, wenn sie genügend Leute miteinander bekannt gemacht hatte – es war eines ihrer großen Talente, dies wie im Vorübergehen und mit Selbstverständlichkeit zu bewerkstelligen. Das war gewöhnlich der Zeitpunkt, wenn die meisten Gäste in kleinen Gruppen zusammenstanden und sich ab und zu neue Gäste dazugesellten.

Genau zu diesem Zeitpunkt erachtete sie eine Party als erfolgreich in Gang gekommen. Von nun an konnte man davon ausgehen, daß die Leute sich selbst miteinander bekannt machten. Wer sich in einer Gesprächsrunde nicht wohl oder fehl am Platze fühlte, konnte sich ohne Aufhebens woanders anschließen. Ihre Aufgabe als Gastgeberin war im Prinzip erledigt. Ihr Personal war immer aufs beste ausgebildet und kümmerte sich um das leibliche Wohl. Von nun an war Peaches frei, sich wie einer ihrer Gäste auf ihrer eigenen Party zu bewegen. Und es amüsierte sie immer, von einer Gruppe zur anderen zu schlendern und dabei aus den verschiedensten Quellen ein wenig Klatsch und Neuigkeiten aufzuschnappen.

Diese Party indessen versprach den erlösenden Klickpunkt nicht. Marco Lombardi war, obwohl er das nicht wußte, der einzige echte Ehrengast ihrer geheimen Tagesordnung. Für sie konnte der bewußte Klick nur eintreten, wenn er begriffen hatte, daß er hier und jetzt ihre Vergebung erbitten mußte. Alles übrige war lediglich Beiwerk, dachte sie, während sie sich fertig ankleidete.

Sie hatte den ganzen Tag darauf verwendet, sich jeder denkbaren Schönheitsbehandlung aus ihrem umfassenden Arsenal zu unterziehen, und strahlte in der Tat frische Gesundheit aus. Ihr natürlicher Glamour war von den professionellen Anstrengungen noch erhöht worden. Vermutlich würden alle französischen Damen ihres Freundeskreises elegantes Schwarz tragen. Und genauso die angereisten und geladenen Amerikanerinnen. Das wußte sie. Es war noch immer das Narrensicherste. Damit konnte man nicht fehlgehen, speziell in Paris, und nichts würde jemals etwas daran ändern.

Also entschloß sie sich, den blendenden Kontrast zu setzen, nämlich mit einem zeitlosen Dinnerhosenanzug in Weiß, von St. Laurent, aus seiner letzten Kollektion. Er war für ihre etwas kompaktere und superb muskulöse Figur maßgeschneidert worden, für fünfundzwanzigtausend Dollar. Er war so perfekt und streng geschnitten, Jacke und Hose, daß sie trotz der Satinaufschläge und -manschetten auch ihren ganzen Edelschmuck dazu tragen konnte ... also gut, entschied sie, nicht den ganzen, nicht alles, während sie vorsichtig eine ihrer Lieblingsreversnadeln in der Größe einer Zinnie wieder wegnahm. Um den Hals trug sie fünf Diamantketten in verschiedenen Längen. Sie waren, obwohl sie sie getrennt gekauft hatte, so ähnlich, daß man sie zusammen tragen konnte und sie wie ein Stück oder ein einziger breiter Kragen aussahen. Auch an ihren Ohren blinkten und glitzerten teure Diamanten, an jedem Handgelenk klimperten drei breite Armreife. Alles gemeinsam Hunderte von Karat wertvollster und teuerster Diamanten ausschließlich der Spitzenklasse D. Sie hatte schon immer auf dem Besten bestanden. Dafür trug sie nur einen einzigen Ring, ihren Verlobungsring von einst mit dem rechteckigen und facettengeschliffenen Zweiundvierzigkaräter.

Aufgedonnert? Natürlich aufgetakelt, dachte sie und lächelte sich zufrieden mit ihrem bekannt fröhlichen Lächeln im Spiegel zu, wozu sie die frischblondierte Haarmähne übermütig schüttelte. Schließlich war dies ihre eigene Party, nicht? Und als sie die ersten Gäste eintreffen hörte, steckte sie rasch entschlossen die Reversnadel doch wieder an.

Sie hatte erwartet, daß die Mädchen zusammen ankommen würden, in einer Wolke von Geschnatter, um einander moralische Unterstützung zu leisten. Und daß die Franzosen alle pünktlich kämen und die Amerikaner zu spät. Sie zeigte sich erfreut und entzückt, als statt dessen die meisten Franzosen und Amerikaner mehr oder minder gleichzeitig eintrafen, in einem einzigen partyhungrigen, luxuriös schwarzgekleideten und, was die Damen betraf, mit teuren Klunkern behangenen Pulk, so daß ihre Party gleich von Beginn in einem lebhaften Durcheinander anfing, wie es sich jeder Partygastgeber nur erträumen kann. Eine halbe Stunde lang war ihr großer Salon erfüllt von der lauten Konversation aller möglichen Leute, die einander seit Monaten nicht gesehen hatten und sich hocherfreut zeigten, sich wieder zu begegnen. Es wurde zur Begrüßung geküßt und gelacht, die neuesten Skandale wurden durchgehechelt und der Champagner so schnell getrunken, wie er von den vielen Kellnern rasch serviert wurde; bis ein plötzliches Raunen durch den Raum ging. Peaches wandte sich zur Tür und erwartete den gemeinsamen Auftritt der drei Models. Doch da stand lediglich Jordan. Sie war es, die die plötzliche atemlose Aufmerksamkeit genoß und mit ihrer Gegenwart der Mittelpunkt wurde.

Peaches gestattete sich ein Lächeln und ging auf das Mädchen zu, das unverzeihlicherweise ebenfalls ganz in Weiß war, allerdings in einem völlig schmucklosen, einfachen ärmellosen Satin-Minikleid mit schwarzen Satinpumps und einer frischen weißen Gardenie im Haar. Der einzige Schmuck, den sie trug, waren schwarze Ohrclips. Die Blicke von Peaches Wilcox aus Texas hätten töten können.

Aber sie führte Jordan lächelnd herum und stellte sie vor. Es war ihr klar, daß sie neben Jordan wirken mußte wie eine pompöse, schwerfällige Fregatte neben einer schlanken, schnittigen Segeljacht. Nur noch ein Teil ihres Gehirns registrierte, daß Jordan obendrein Französisch konnte. Das brachte ihr zusätzlich die sofortige Wertschätzung ein, mehr noch, man schloß sie ins Herz. Die Franzosen sind hingerissen, wenn man sich gekonnt ihrer Sprache befleißigt.

Im selben Augenblick, da Peaches Jacques Necker erblickte, ließ sie Jordan einfach stehen und eilte dem teuren Freunde entgegen. »O Jacques, ich wagte gar nicht zu hoffen, daß Sie wirklich kämen! Sie, der berüchtigtste Einsiedler von Paris! Ich bin sehr glücklich, Sie zu sehen!« Und sie küßte ihn *á la français* auf beide Wangen und warf dann den Kopf zurück, um ihn mit kaum verhüllter Begierde zu betrachten.

Er betrachtete sie mit einem toleranten Lächeln. »Stehe ich denn in einem solchen Muffelruf, daß ich eine Gesellschaft für meine eigenen Mannequins versäumen würde?«

»Nun, Sie haben die meisten meiner anderen versäumt«, schmollte sie spielerisch.

»Ja, aber auch alle anderen der anderen Leute, wie fairerweise gesagt werden muß. Sie sehen hinreißend aus, Peaches, wirklich. Es ist eine Wonne, Sie zu sehen.«

»Kommen Sie«, sagte Peaches, »ich stelle Sie einigen der Amerikaner vor, die hier sind – alles künftige Lombardi-Fans.« Sie nahm ihn am Arm.

»O vielen Dank für Ihre Bemühungen um meine Geschäftsinteressen«, erwiderte Necker und suchte mit seinen Blicken den Raum ab, »aber ich glaube, ich sollte erst einmal Jordan zu Hilfe kommen. Das sieht ja aus, als sollte sie von den versammelten Männern verspeist werden.«

Und Peaches fand sich zu ihrer Verblüffung am Eingang zu ihrem großen Salon allein dastehen und Jacques Necker nachstarren, wie er sich zielstrebig einen Weg durch die Menge bahnte und schnurgerade auf Jordan zusteuerte. »Jordan zu Hilfe kommen?« murmelte sie verwundert in sich hinein. »Gegen wen oder was, verdammt, möchte ich wissen?«

»Seit wann fangen Sie an, auf Ihrer eigenen Party mit sich selbst zu reden, liebste Peaches?« fragte jemand.

Dart Benedict umfaßte sie und wirbelte sie herum.

»Dart, *Darling!* Willkommen!«

»Großer Gott, Peaches, Sie haben nie besser ausgesehen als heute, wissen Sie das? Mary Beth hat mir aufgetragen, Ihnen unbedingt ihre Grüße auszurichten! Was gibt es Neues in Ihrem Leben, Sie schönes Mädchen?«

»Na, dies und das und sonst noch was«, sagte Peaches und garnierte dies mit dem subtilsten Lächeln, das sie im Augenblick zustande brachte. »Nichts« war keine mögliche Antwort, auch wenn es so war.

»Ah. Na, irgend ein Glücklicher wird wohl diese Ansicht teilen, nehme ich an, wie? Und ich werde wohl nicht herauskriegen, wer es ist, oder? Nun sagen Sie mir, wo sind Ihre Ehrengäste? Ich sterbe vor Neugier.«

»Nun, zwei sind noch nicht da, wenn Sie diese Unhöflichkeit glauben können. Aber da ist immerhin schon Jordan Dancer, dort drüben, die ihren kleinen Triumphzug genießt.«

»Tja ... die politisch korrekte Schlußfolgerung, in der Tat. Neckers Geschmack ist wirklich gut, muß man zugeben«, räumte Benedict ein. »Für ein farbiges Mädchen, vielleicht sogar zwei, ist wirklich durchaus Platz in der Branche.«

»Könnte diese Jordan eine davon sein?«

»Da muß ich sie mir erst genauer ansehen, bevor ich das beantworte. Aber was ihre Fähigkeit betrifft, die Leute zusammenzutreiben, scheint sie bereits der Star des Abends zu sein, wie? Und das schafft sie zweifellos jederzeit und überall. Ist Marco schon da?«

»Ich habe ihn noch nicht gesehen«, antwortete Peaches vage. »Kommen Sie, ich mache Sie bekannt.«

»Machen Sie sich keine Umstände, meine Liebe, ich kenne ja viele von den Leuten schon. Ich komme schon selbst zurecht.«

Und Dart Benedict ging rasch im allgemeinen Gedränge unter, das sich um Jordan gebildet hatte. Und nirgends anders als dorthin hatte Peaches Benedicts Schritte erwartet. Professionelle Neugier konnte sie immerhin verstehen.

Sie selbst fand sich sofort in der nächsten Traube ankommender Gäste. Maude Callender, in einem formellen Frackanzug aus schwarzem Voile und einer weißen, spitzenbesetzten Rüschenbluse, war die einzige, die Peaches für genügend fremd erachtete, um sie ein paar Gruppen noch selbst vorzustellen, ehe man sie sich selbst überlassen konnte.

»Sind denn die Mädchen noch nicht da?« fragte Maude auf dem Weg durch den geräuschvollen Salon.

»Nur Jordan.«

»Nanu? Wo kann denn April sein«, sagte Maude ratlos. »Sie wollte noch einkaufen gehen, aber eigentlich haben wir sie schon vor Stunden zurückerwartet.«

»Und was ist mit Tinker? Kennen diese Mädchen die Uhr nicht? Ehrengäste sollten doch schließlich früh kommen, verdammt noch mal. Das weiß doch jeder!«

»Wieso hat Frankie sie nicht zusammengetrieben?« fragte Maude.

»Die ist ja auch nicht hier«, erklärte Peaches ungehalten. »Ein Witz, was sie als Aufpasserin bietet.«

»Ach, wissen Sie, die hat jetzt anderes im Kopf, viel wichtigere Dinge, das werden Sie doch gewiß akzeptieren.«

»Was denn Wichtigeres?«

»Na, Mike Aaron natürlich. Das wissen Sie noch nicht? Wo waren Sie denn?«

»Ach, Maude, nun erzählen Sie doch keine so absurden Geschichten. Mike kann doch jede haben, die er will ...«

»Wollen wir wetten?« fragte Maude. »Oh, Lulu, da bist du ja! Ich habe dir tausend Dinge zu erzählen ... Liebe Peaches, ich bleibe hier bei Lulu, machen Sie sich keine Sorgen um mich.«

Peaches griff sich einen Champagnerkelch von einem eben vorüberschwebenden Tablett, leerte ihn in einem Zug und sah sich mit gemischtem Gefühl um. Wer waren diese Leute eigentlich alle, diese lauten, schnatternden, handküssenden, wangenküssenden, essenden, trinkenden, schreienden, eleganten Leute? Was fanden sie alle so wahnsinnig lustig, verdammt, und wieso hatte sie sie überhaupt alle eingeladen?

»Mrs. Wilcox?« sagte jemand hinter ihr. Sie drehte sich um. »Ich bin Tom Strauss. Tinker sagte mir, sie hier zu treffen. Vielen Dank für die Einladung.«

»So, so, also Sie sind dieser so interessante Mann?« sagte Peaches und erholte sich bereits wieder von ihrem kurzen Anfall von Selbstzweifeln. »Nun, es ist allmählich auch Zeit! Wir waren alle schon gespannt, Sie kennenzulernen. Ja ... ich verstehe schon, warum Tinker so schnell verlorenging.«

»Sie machen mich ganz verlegen«, erklärte Tom Strauss und grinste zu ihr herab, was seine Worte Lügen strafte. Er war Amerikaner und liebte die dröhnenden, flirtenden und burschikosen Amerikanerinnen.

»Na, irgendwie habe ich da meine Zweifel«, erklärte Peaches auch bereits trocken. »Ich nehme an, wenigstens Sie wissen, wo Ihr Mädchen ist?«

»Sie hat mir fest versprochen, wenigstens heute ausnahmsweise einmal pünktlich zu sein. Lombardi nimmt sie ständig derart lange in Anspruch, daß ich sie kaum noch sehe, und wenn, dann pfeift sie aus dem letzten Loch vor Erschöpfung. Sie schläft auf der Stelle bei ihrem Fußbad ein. Das wird allmählich ein Drama.«

»Na, machen Sie sich mal keine Sorgen. Vermutlich sind sie inzwischen auf dem Weg hierher. Sie als Künstler müssen doch am besten wissen, wie Künstler alles um sich herum vergessen, wenn sie im Schaffensrausch sind, nicht?«

»Aber gewiß doch. Ich habe auch schon die Nacht durchgearbeitet, hundertmal schon. Aber ich mußte wenigstens nicht am nächsten Morgen gleich in aller Frühe wieder zum Tangounterricht raus.«

»Wenn sie gewinnt, war es alle die Mühe wert.«

»Und wenn nicht, Mrs. Wilcox? Entschuldigung, das hätte ich Sie nicht fragen sollen. Ich dürfte es nicht einmal denken.«

»Sagen Sie Peaches zu mir, wie alle Welt. Wenn sie nicht gewinnt, dann weiß sie zumindest, daß sie ihr Bestes gegeben und alles versucht hat. Ist das bei Ihnen nicht genauso?«

»Richtig. Auch ich gebe mein Bestes und versuche es. Sagen Sie, das dort muß doch Jordan Dancer sein, oder? *Wow!* Jetzt verstehe ich, warum Tinker gar so nervös ist ihretwegen. Und wer ist der alte Knabe, der da über sie wacht?«

»Wacht?«

»Ja, dieser große blonde Typ da, der Graumelierte, der große Beschützer, wie man so sagt.«

»Sie meinen doch nicht etwa Jacques Necker?«

»Ach, der ist das? Nach Tinkers Beschreibung hätte ich ihn eigentlich erkennen müssen. Tja, das sieht aber nun natürlich nicht so gut für Tinkers Chancen aus, was?«

»Was haben Sie da für Vorstellungen, Tom! Das ist doch völlig ausgeschlossen!« Aber sie drehte sich um und folgte mit ihren Augen seinem Blick.

»Wieso? Ich hoffe natürlich, Sie haben recht, aber wer trifft denn die Entscheidung wirklich? Was ich so höre, weiß es keiner genau. Aber es liegt doch wohl nahe, daß er es sein wird, oder? Und seine ganz persönliche Wahl trifft. Wer zahlt, schafft an. Ihm gehört doch die ganze Geschichte.«

»Benutzen Sie doch mal Ihr Hirn, Tom. Ein hartgesottener Geschäftsmann wie er gedenkt das Image eines neuen Hauses der Haute Couture doch nicht auf einem schwarzen Mädchen aufzubauen! Wie hübsch es auch sein mag. Ich bitte Sie.«

»Ja, ja, da mögen Sie durchaus recht haben. Aber jedenfalls scharwenzelt er um sie herum.«

»In der Tat, ja, wirklich, das tut er«, sagte nun auch Peaches nachdenklich, wie zu sich selbst.

»Hallo, Peaches«, wurde sie erneut abgelenkt. »Tut uns leid, daß wir zu spät kommen!«

Und eine zweite Stimme: »Es gab einfach keine Taxis!«

Frankie und Mike standen vor ihr, als sie sich umdrehte, Arm in Arm, beide mit diesem widerlichen Schimmer von überirdischem Glück auf den Gesichtern. Voller Romantik. Sexuell ausgiebig befriedigt. Im siebten Himmel. Scheußlich.

»Da bin ich nur froh, daß ich mit Maude nicht wirklich gewettet habe«, sagte Peaches langsam. »Wann ist das mit euch beiden passiert, Mike?«

»Ich dachte, alle wüßten es inzwischen«, sagte Mike lachend. »Du müßtest wahrscheinlich mehr in der Bar herumhängen, in dieser Gerüchteküche.«

»Nur ist es wohl kein Gerücht, darf ich wohl annehmen?« hakte Peaches nach.

»Ich jedenfalls habe das Gefühl nicht«, erklärte er und wandte sich an Frankie. »Du, *Darling?*«

»Kann ich nicht beantworten«, sagte sie trocken. Sie zögerte, weil sie sah, wie Peaches ein zorniges Funkeln in ihre Augen bekam.

»Nun, das ist sehr klug von Ihnen, Frankie«, sagte Peaches in ihrem Südstaatensingsang. »Ich wollte, ich bekäme zehn Dollar für jedes desillusionierte Mädchen, das ich kenne und das felsenfest davon überzeugt war, Mike Aaron sei fürs Leben. Normalerweise gebe ich ihm maximal zwei Monate, bevor er das Interesse wieder verliert. Ein paar Wochen dazu in der Fremde. Ich brachte es sogar auf ein volles Vierteljahr, nicht, Mike? Das habe ich stets als besonderes Kompliment für mich betrachtet, angesichts deiner notorischen Fluchtgewohnheiten.«

»Peaches, das ist sieben Jahre her«, sagte Mike gelassen. »Damals warst du noch nicht bösartig. Und ich liebte dich auch nicht, das habe ich nie behauptet, wenn du dich gütigst erinnerst. Komm, Schätzchen«, wandte er sich an Frankie,

»holen wir uns etwas zu trinken.« Er wandte sich ab und zog Frankie mit sich.

Peaches biß sich auf die Lippen. Verflucht, das hier entwickelte sich zur blödesten Party aller Zeiten. Alle unterhielten und amüsierten sich prächtig, nur sie selbst fand es von Minute zu Minute unerträglicher.

Als sie Mike und Frankie nachsah, wie sie im Gewühl verschwanden, bemerkte sie das Mädchen, das in der Tür stand und dort wartete, ganz in Effektpose.

Großer Gott.

Kein Zweifel, das konnte nur ein Model sein. Wie sie dastand, schier eins neunzig groß aufragend wegen ihrer extrem hohen Plateauschuhe. Allerdings ein Model, wie Peaches noch keines gesehen hatte. Das Gesicht kalkweiß, der Lippenstift dunkelrot wie eingetrocknetes Blut, so daß er fast schwarz aussah, die Augen dick mit Lidstrich eingerahmt, holzkohlenschwarz, die platinweißen Haare stoppelkurz und in alle Richtungen wie Igelstacheln stehend, als seien sie elektrisch hochgeblasen statt geschnitten. Durch ihr Kleid, das aussah wie ein zerschlissenes Hurennachthemd, konnte man jede einzelne Rippe ihres verblüffend langen Torsos erkennen. Das Fetzenkleid war aus schwarzem Satin und Mousselin, dünn und tief ausgeschnitten, ihr Busen lag bis hart an den Rand der Warzen bloß. Es hatte absichtliche Risse da und dort, der Saum unten, hoch an ihren Schenkeln, war wie abgenagt. Ihre Beine, die kaum aufhören wollten, waren fast bis in den Schritt sichtbar, und die weiße Haut zwischen dem oberen Saum ihrer schwarzen Strümpfe und dem schwarzen Spitzenslip war noch mit einem roten Strapsgürtel garniert. Sie sah total ausgeflippt aus, punkig. Und dabei trotzdem himmlisch. Alles drehte sich zu ihr um und verstummte.

»Oh, Peaches«, erklärte das Mädchen, »es ist mir arg, daß ich zu spät komme, aber dieser geniale Friseur brauchte ewig!« Ihre Stimme kam mit sanfter Süße über ihre Lippen.

Sie begann hereinzustaken, durch den ganzen Raum, aller Augen auf sich gerichtet wissend, bis sie bei der Gastgeberin angelangt war. Sie sah aus wie eine fremde, außerirdische Lebensform, faszinierend in ihrem vampirhaften Aufzug und ihrer dekadenten Allüre. Eine New-Age-Schanghaililli.

»April!«

»Na ja«, sagte April kokett, »das hier ist schließlich die Ausflippestadt, nicht, Schätzchen? Ich hielt es nicht mehr aus, dauernd das anständige, brave Mädchen zu sein.« Und sie nahm mit Hüftknick, gespreizten Beinen und wie im Moment des Orgasmus zurückgeworfenem Kopf und gestrecktem Hals eine herausfordernde, obszöne Pose ein. »Ist das nicht himmlisch? Sie werden es im Leben nicht glauben, was dieses Kleid gekostet hat. Fast so viel wie dieser Wahnsinn von Schuhen.«

Die erstarrte Stille im Raum löste sich wieder, als ein Dutzend Stimmen auf einmal zu reden begannen und der große Austausch der Ansichten begann. Die einzigen, die nichts sagten, waren Maude, die wie im Schock verharrte, und Frankie und Mike, die abrupt stehengeblieben waren und jetzt zu Peaches zurückkehrten. Und Dart Benedict, der sich auf der Stelle zu April begab und sie zu sich herumdrehte.

»April«, sagte er, »ich bin Dart Benedict. Sie sind das ganz Neue! Brillant! Geradezu genial! Was für ein Auftritt! Gratuliere! Nur, eine Spur zuviel ist es, eine winzige Spur zuviel. Passen Sie auf, ich helfe Ihnen, das genau richtige Maß zu finden. Meine Partner hier in Paris kriegen Sie aufs Titelbild der französischen *Vogue,* und auf *Elle,* und auf die italienische *Vogue,* und wer weiß, vielleicht kriegen wir Sie sogar auf die amerikanische *Vogue* nächsten Monat, und was Sie sich sonst noch denken können. Aber wir müssen schnell sein. Ich kann sie gleich morgen früh abholen.«

»Ja, aber ... und was ist mit Justine? Ich meine, das geht doch gar nicht, oder?«

»Wieso denn nicht? Alles geht. Sie arbeiten für sich selbst, April! Justine hat Sie nur für diese Lombardi-Geschichte. Sie müssen Ihre Chance ergreifen, und das heißt, hier und jetzt! Justine hat nicht die Erfahrung, Sie so zu managen, wie ich das kann ...«

»Reden Sie nicht mit diesem Mann, April!« sagte Frankie, die sich mit Brachialgewalt und Ellenbogen herbeigedrängt hatte und sich nun zwischen sie stellte. »Er hat kein Recht, Sie abzuwerben. Sie stehen unter Vertrag bei Loring Management. Außerdem steht eine Vertragsverlängerung mit Ihnen um vier Jahre zur Diskussion, wenn diese Sache hier vorüber ist.«

»Ach Gott«, ging Dart Benedict abschätzig und selbstbewußt dazwischen, »ich mache April in vier Tagen berühmt!« Er drängte sich an Frankie vorbei und stand wieder vor April. »Loring Management kann gar nichts. Sie sind schließlich keine Sklavin, April. Justine ist ja nicht einmal hier. Und Sie, Frankie, haben nun mal, so gut Sie sein mögen, nicht meine Beziehungen. Also, April, morgen früh um neun?«

»Tja ... gut, warum nicht?« sagte April aufgeregt. »Es kann schließlich nichts schaden, wenn ich meine Möglichkeiten erkunde, nicht? Weiß jemand, wo Maude ist?«

»Direkt hier«, sagte Maude, die inzwischen herbeigekommen war.

»Darling!« rief April und warf sich an Maudes Hals, beugte sich zu ihr nieder und blickte ihr lange und tief in die Augen, bevor sie sie voll auf den Mund küßte. »Ich hoffe, du weißt, daß ich das alles nur dir verdanke. Ohne dich hätte ich nie den Mut dazu gehabt.«

»Ich habe nie etwas davon gesagt, daß du dein Aussehen so verändern sollst«, rief Maude entsetzt. Sie konnte noch immer nicht glauben, auf welche Weise April ihre unvergleichliche klassische Schönheit verunstaltet hatte.

»Du gewöhnst dich daran, Darling, ich bin es ja nach wie

vor, und ich beweise es dir.« April lachte und küßte sie wieder, ganz langsam und aggressiv und trotzig. »Klingt das alles nicht vertraut?« rief sie und wandte sich an Frankie und Dart Benedict. »Hört zu, ihr beiden, ihr könnt euch nach Herzenslust um mich balgen! Maude und ich gehen jetzt ein Glas Champagner trinken. Komm, Darling, suchen wir uns einen Kellner.«

»Gütiger Himmel!« seufzte Frankie ungläubig.

»Ich wußte noch gar nicht, daß April lesbisch ist«, sagte Dart Benedict sinnend. »Interessant! Und wie genial clever von Maude, daß sie es war, die das wieder mal entdeckte.«

»Es muß etwas im Wasser gewesen sein«, sagte Peaches und lachte amüsiert. Aprils dramatischer Auftritt und dieser erotische zweite Kuß für Maude waren von niemandem unbemerkt geblieben. Das gab Gesprächsstoff! Jetzt war die Party endgültig ein rauschender Erfolg. Ein Stadtgespräch wurde das! Morgen stand ihr Telefon garantiert den ganzen Tag nicht still.

»Das kommt geradezu perfekt zur richtigen Zeit«, sagte Dart Benedict. »Perfekt! Sie ist überspannt, ausgeflippt und ganz ungewöhnlich glamourös zugleich, was für eine Kombination! Trisexuell, das mindeste. Mehr als nur ein wenig bedrohlich und tief erotisch. Jenseits von Erwachsensein, Lichtjahre jenseits des Gammellooks. Alle suchen wir doch wie verrückt nach etwas Neuem, das nicht nur recycelte Cindy oder Claudia ist. Ich sage Ihnen, April kommt so groß raus, daß selbst ich es nicht glauben kann!«

»Mich würde interessieren, was Marco sagt, wenn er sie in diesem Aufzug sieht«, überlegte Peaches, die ihre Ungeduld auf Marcos Erscheinen inzwischen kaum noch verbergen und bezähmen konnte, »falls er sich überhaupt noch die große Ehre gibt, uns mit seiner Anwesenheit zu beglücken.«

»Gerade eben ist er hereingekommen«, sagte Dart Benedict. »Wenn man vom Teufel spricht ...« Er winkte Marco zu, der sich einen Weg durch die Menge zu ihm bahnte, mit Tinker an seiner Seite.

Die beiden Männer umarmten sich so heftig wie lang verlorene Brüder, aufmerksam dabei beobachtet sowohl von Peaches als auch von Mike und Frankie. Niemand nahm Tom Strauss zur Kenntnis, der unauffällig hinter Mike stand.

»Erinnerst du dich, was ich dir am Telefon über ein Mädchen erzählte?« fragte Marco Lombardi Dart Benedict. »Voilà! Ich stelle dir Tinker Osborn vor, meine Muse, meine liebliche Inspiration! Wie gefällt sie dir, alter Freund?«

»Dein Geschmack wird immer besser«, antwortete Benedict, »und ich dachte bereits, er lasse sich nicht mehr steigern.« Er nahm Tinkers Hand und hauchte kurz mit seinen Lippen darüber. »Jetzt verstehe ich«, plauderte er weiter, ohne Tinkers Hand loszulassen, »wovon er so schwärmte.« Das sagte er zu Tinker so intim, als sei er allein mit ihr. »Alle haben wir uns gefragt, ob er sich wirklich so lange von seiner Arbeit losreißen könne, um Sie hierherzubringen. Jetzt verstehe ich gut, warum er es gar nicht eilig hatte, jemanden, der so schön ist wie Sie, mit uns zu teilen! Marco, du darfst einfach nicht so selbstsüchtig sein, hörst du?«

Marco nahm diesen Ton sogleich auf. »Wenn ein Mann«, erklärte er und legte seinen Arm fest um Tinkers Hüfte, »eine Frau findet, die ihn zu Träumen inspiriert, Dart, dann will er sie nahe bei sich haben. Aber wenn diese Frau ihn auch noch zu schöpferischer Kreativität anregt ... ach, dann läßt man sie nicht los, solange man es verhindern kann. Hände weg, mein Freund! Ich habe dir nur von ihr erzählt, aber sie dir nicht gegeben!«

»Dann hättest du sie mir gar nicht erst vorstellen dürfen. Tinker, ich habe soeben April gebeten, mich gleich morgen früh zu treffen, damit wir einige große und wichtige Zeitschriftentitel produzieren können, und sie hat zugestimmt. Ich denke, ich kann für Sie ebensoviel tun. Kommen Sie auch mit, um neun. Ich werde alle Leute meines Pariser Büros zusammentrommeln, damit wir den optimalen Weg finden, Sie zu plazieren!«

»Ich habe allerdings um zehn meine Tangostunde, aber natürlich ist das ...«

»Augenblick, Augenblick!« sagte Tom Strauss, hatte sich hinter Mike vorgedrängt und Marcos Arm von Tinkers Taille gerissen. Er faßte ihn an den Schultern und schüttelte ihn wild. »Wenn Sie sie noch einmal anfassen, Sie kleiner Dreckskerl, nehme ich Sie auseinander!«

Ohne jede Vorwarnung versetzte Marco Lombardi Tom einen Boxhieb in den Magen. Das beantwortete Tom sogleich mit einem brutalen Kinnhaken.

Lombardi taumelte, seine Lippe blutete. Da gingen Mike und Dart Benedict bereits zwischen die beiden Streithähne und trennten sie. Es gelang ihnen mit vereinten Kräften, die Schlägerei zu beenden. Frankie eilte inzwischen hastig zu Jacques Necker und flüsterte ihm aufgeregt ins Ohr.

»Tinker«, sagte Tom grimmig, »ich hole deinen Mantel, wir gehen.«

Aber sie protestierte. »Wie kannst du dich so benehmen, Tom? Bist du übergeschnappt?«

»Wir gehen«, beharrte er.

»Aber ... ich bin doch gerade erst gekommen!« Tinker war zornig.

»Sooft du zu mir kommst, fällst du fast um, weil du den ganzen Tag über so lange stehen mußtest und dir die Beine weh tun. Tun sie jetzt plötzlich nicht mehr weh?«

»Nein!« erklärte Tinker heftig, und darüber kamen ihr fast die Tränen. »Ich bin müde und es tut weh, ja, gut. Es schmerzt ständig. Aber das heißt noch lange nicht, daß ich mich nicht auch mal vergnügen will. Ach, Tom, du hast alles kaputtgemacht! Und ich habe mich darauf gefreut, dich mit allen bekannt zu machen!«

»Sie werden es überleben. Wir gehen.«

»Tom«, mischte sich Peaches ein, und ihr Ton war einigermaßen scharf, »Sie können mir nicht einen meiner Ehrengäste entführen!«

Und Dart Benedict ergänzte: »Die Dame wünscht nicht zu gehen, wie Sie sehr deutlich gemacht hat. Haben Sie nicht schon genug Unruhe gestiftet?«

»Er ist der kleine Freund, Dart«, informierte ihn Marco Lombardi. »Du weißt doch, daß diese Knaben vor Eifersucht immer gleich platzen.«

»Jetzt ist aber Schluß, alle!« rief Tinker schrill und laut über den ganzen Partylärm hinweg in aufsteigender Hysterie. »Hört auf damit, hört auf!«

»Schon gut, Tinker!« sagte Jacques Necker, der hinter ihr aufgetaucht war. Er nahm beschützend ihren Arm. Neben ihm stand Frankie. Tom Strauss, Marco und Dart Benedict verstummten angesichts seines strengen Befehlstons.

»Lassen Sie mich ein paar Minuten mit Tinker allein«, sagte Necker. »Das gilt für Sie alle. Ich möchte jetzt einmal selbst feststellen, wie groß Tinkers Stundenplanlast wirklich ist.«

Er blickte Dart Benedict direkt an. »Mr. Benedict, April, Tinker und Jordan sind bis nach der Vorführung der Lombardi-Kollektion alle drei unter Vertrag bei mir. Ich wünsche nicht, daß Sie durch Ihre Wilderermethoden von Abwerbeversuchen davon abgelenkt werden. Verstehen wir uns?«

»Mr. Necker, ich versichere Ihnen ...«

»Ich habe mich doch deutlich ausgedrückt, Mr. Benedict? Kein Wildern in fremden Revieren. Jedenfalls nicht, wenn Sie Wert darauf legen, künftig mit irgendeiner meiner Firmen weiter zusammenzuarbeiten. So. Tinker, wir beide gehen jetzt einmal nach nebenan und unterhalten uns ein wenig in aller Ruhe.«

Peaches blickte stumm in der Runde der Streithähne

herum, nachdem Tinker weg war. Marco, dessen zornig zusammengepreßtet Mund noch immer blutig war und der auch Blutflecken am Kragen hatte, blickte demonstrativ an ihr vorbei.

»Na, dann will ich mal lieber wieder Gastgeberin spielen«, sagte sie und ging, um sich der versammelten, nach dem Auftritt noch immer stumm verharrenden Menge ihrer Gäste zu widmen.

»Na«, sagte Dart Benedict sarkastisch zu Frankie, »zufrieden über den Einsatz der rettenden Kavallerie? Gute Arbeit, Mädchen. Aber das funktioniert nur einmal, wissen Sie. Selbst Necker kann nicht überall sein.«

Mike sagte: »Maude bringt sich um, daß sie das verpaßt hat, Benedict. Aber ich bringe sie natürlich auf den letzten Stand. Die *Zing*-Leser werden hingerissen sein über Ihr tapferes Manöver!«

»Achten Sie nur darauf, daß mein Name richtig geschrieben wird. Komm, Marco, gehen wir was trinken.«

»Da waren's nur noch drei«, sagte Frankie. »Tom, ich bin Frankie Severino, und das ist Mike Aaron.«

»Hallo. Tut mir leid, das alles. Aber ich konnte einfach nicht länger nur dastehen und zuhören, wie diese beiden Armleuchter über Tinker redeten, als wäre sie ein Stück Vieh. Und sie hat das nicht einmal begriffen. Mist, verdammter. Muß denn das immer die gleiche Leier und Masche sein in der Branche, Schmeichelei und Schleimerei, und jeder versucht sie zu benutzen?«

»Sie sind zwei besonders widerliche Exemplare, aber an sich doch sehr typisch, muß man zugeben«, antwortete ihm Mike, und es klang aufrichtig besorgt. »Es ist aber nicht immer so schlimm, nicht wahr, Frankie? Frankie? Wo ist sie denn jetzt auf einmal abgeblieben, zum Donnerwetter? Ach so, ja, sie ist auch auf mich sauer. Peaches hat das wieder mal wunderbar hingekriegt, wie immer, das muß man ihr lassen.

He, Tom, Sie großer Boxer, was ist? Keine Bedienung, kein Champagner – ich besorge uns zwei doppelte Scotch, ohne Eis.«

Mir reichte es, ich hatte die Nase voll. Bis hierher! Ich ging weg von dieser dämlichen Party und rief Justine an. »Hör mal zu jetzt«, sagte ich, »April ist übergeschnappt und hat sich in eine Art intergalaktische Schlampe verwandelt, aber ich konnte nichts tun, es zu verhindern. Auf die eine oder andere Weise wird sie sowieso die große Schau abziehen, davon kannst du ausgehen. Aber Dart Benedict ist hier und macht unseren Mädchen die irrsten Angebote, und wenn du nicht bald deinen blöden Hintern in der nächsten Concorde hierherverfrachtest, dann räumt er dir ab, daß du nur noch mit den Wimpern klimperst. Das einzige, was ihn gestoppt hat, zumindest für den Moment, war dein alter Herr. Morgen früh schon wollte Dart Benedict April und Tinker abschleppen. Was? Wie? Na, weil ich Necker mobil gemacht habe, daß ihm Benedict deine, seine Mädchen ausspannen will, das ist alles. Mehr nicht. Was mehr muß ein Vater schon wissen, nicht? Er ist jedenfalls sofort zur Schadensbegrenzung geschritten. Außerdem hat Tinkers Freund nur versucht, Lombardi umzubringen, leider erfolglos. Aber sonst war nichts. Mit Tinker hast du auch ein Problem. Da stimmt etwas nicht. Die einzige, um die ich mir keine Sorgen mache, ist Jordan. Wir können uns meine Suite hier ohne weiteres teilen. Ich erwarte dich hier spätestens morgen. Ich schicke den Wagen. Fang an zu packen.«

Ich war derart wütend, daß ich daraufhin sofort den Hörer auf die Gabel warf, ohne überhaupt noch auf Justines Antwort zu warten oder mich zu verabschieden. Aber ich wußte, morgen wird sie da sein. Es war auch höchste Zeit dafür. Sie konnte doch nicht ewig so weitermachen, mir die ganze Verantwortung zuzuschieben!

Nachdem ich also mit dem Anschreien meiner Chefin fertig war, wurde mir klar, daß die Party ja immer noch im Gange und es meine verdammte Pflicht war, zu ihr zurückzukehren. Aber erst einmal mußte ich mich eine Minute setzen und durchatmen und ein ernstes Gespräch mit mir selbst führen. Also, Peaches und Mike hatten was miteinander vor sieben Jahren. Nun ja, damit konnte ich leben. Doch wie war das mit all den anderen Mädchen, von denen sie da geredet hatte? Nichts davon hatte er abgestritten. Gut, er hatte mir gesagt, daß es eine Menge Frauen in seinem Leben gegeben hatte. Aber keine davon hätte er geliebt. Damit aber, daß es mein Schicksal sein sollte, eine in dieser langen Kette von Frauen zu sein, an denen er das Interesse bald wieder verlor, konnte ich absolut nicht leben! Ich mußte glauben können, daß ich etwas anderes für ihn war. Die letzte, die einzige, die Richtige, nach der er die ganze Zeit gesucht hatte! Oder ich zerdepperte ihm alles, was er hatte, zum Teufel! Oder alles, was ich hatte. Jedenfalls hatte er kräftig an meinem kleinen, blauen Luftballon gekratzt.

Als ich mir diesen klugen und weisen Ratschlag gegeben hatte, überließ ich mich erst noch einem wirklich guten, wirklich lauten und schätzungsweise fünf Minuten dauernden, ganz altmodischen Schrei, der mir ordentlich durch Mark und Bein ging, von den Haarspitzen bis in die Zehen, wie es sich für einen solchen Schrei gehört. Dann reparierte ich mein Make-up und begab mich zurück zu den Festivitäten. War das erst heute morgen gewesen, daß ich mich noch ganz wild auf die Party gefreut hatte?

21

Justine funkelte das Telefon an, das sie noch immer in der Hand hielt, als könnte sie mit bloßer Willenskraft den Wortschwall eliminieren, den sie gerade gehört hatte. Sie versuchte, Zeit zu gewinnen, indem sie sich erst einmal ausschließlich auf die unglaubliche Tatsache konzentrierte, daß Frankie einfach aufgelegt hatte. Ihr gegenüber! Nicht nur aufgelegt. Es war direkt bis hierher zu hören gewesen, wie sie den verdammten Hörer hingeknallt hatte! Glatte Meuterei! Aufruhr, unmögliches Benehmen gegen den Arbeitgeber, Unhöflichkeit ohne Beispiel! Ha! Das also war der Dank? Für all das, was man für die Person getan hatte? Ihr eine Stellung zu geben, sie aufsteigen zu lassen, sie befördert zu haben, sie sich in die eigenen Gefühle einnisten zu lassen, ihr zu gestatten, rechte Hand und Nummer zwei zu werden, ihr eine schöne Reise nach Paris zu schenken, ihr eine komplette neue Garderobe zu kaufen, ihr zu ermöglichen, sich einen Mann zu angeln, der sie sonst nicht einmal angesehen hätte! Und was ist? Natürlich. Die tückische Schlange ist aus ihr geworden, die undankbare Viper, die man am Busen genährt hat, hochmütig und arrogant, mit solch einem Realitätsverlust, daß sie doch tatsächlich anfing, einem kurz angebundene Befehle zu erteilen, als wäre nicht sie die Angestellte! Fang an zu packen! Ich schicke den Wagen! Da hörte sich doch alles auf!

Nach weiteren Überlegungen konnte Justine jedoch nicht länger ignorieren, was sie da an Informationen erhalten hatte. Nämlich, daß Feuer auf dem Dach war. Nicht, ob April eine außergewöhnliche Schlampe geworden war, mußte ihr Sorgen machen, auch nicht, ob mit Tinker irgend etwas war. Da hatte Frankie sowieso nur Vermutungen. Auch Lombardi schien ja immerhin noch komplett zu sein.

Blieb also niemand, über den man sich wirklich Sorgen machen mußte – außer über Dart Benedict.

»Ellen«, sagte sie durch die Sprechanlage zu ihrer Sekretärin, »buchen Sie mir einen Platz in der nächsten Concorde nach Paris. Wenn die keinen mehr haben, sagen Sie ihnen, ich nehme auch einen Stehplatz im Mittelgang oder einen Verschlag für Hunde im Gepäckraum. Jedenfalls muß ich mit.«

Dart Benedict! Wie hatte sie glauben können, daß der Ruhe gäbe. Was denn sonst sollte dieser Verbrecher in Paris tun, nur ein paar Tage vor dem Beginn der Kollektionen, als zu versuchen, ihr die Mädels abspenstig zu machen? Als hätte er ihr nicht schon genug Mädchen hier in New York abgeworben! Von ihren Bucherinnen gar nicht zu reden. Und auch von der nicht, die ständig Kopien ihrer Computerdaten voller unschätzbarer Informationen machte und weitergab, heimlich, still und leise, um eines Tages dann abzuspringen? Hatte sie überhaupt noch eine Agentur, oder fiel bereits alles in sich zusammen? Und wenn ja, war das nicht allein ihre Schuld?

Hätte sie doch Dart nicht erzählt, daß sie Bescheid über seine ekligen kleinen Mittagsorgien wußte! Hätte sie ihn statt dessen besser eingewickelt, indem sie so tat, als schmeichle ihr sein Angebot! Wenn sie ihm gesagt hätte, sie wolle sich erst finanziellen Rat einholen und danach mit ihm weiterreden, wäre das alles jetzt nicht passiert! Dann hätte Dart Benedict noch monatelang sein bestes Benehmen an den Tag gelegt, und sie hätte das endlos hinziehen können – wenn sie nur eine Spur intelligent gewesen wäre! Aber nein, sie hatte herauskehren müssen, daß sie genauso hart im Geschäft war wie er und daß sie viel zu unabhängig war, sein Kooperationsangebot anzunehmen. Sie hatte ihn herausfordern müssen! Hatte sie eigentlich ein Spatzenhirn, oder was? Es war ja nicht wirklich um Dart Benedict gegangen, sondern in Wahrheit um Aiden! Schon. Nur ging der Streit mit Aiden natürlich eigentlich um Necker. Und jetzt brach Necker auf Umwegen schon wieder in ihre Welt ein. Und wenn man Frankie, dem tückischen und hinterhältigen Luder, glauben konnte, und natürlich tat sie das, dann war ihr Necker sogar entscheidend zu Hilfe gekommen. Ausgerechnet!

Also gut, dachte sie, nun mußte sie also ihre Möglichkeiten abwägen. Eiskalt, nüchtern, leidenschaftslos, sachlich. Dann mal los. Sie nahm sich einen Notizblock zur Hand und schrieb darauf mit fester Hand: DIE MÖGLICHKEITEN.

Möglichkeit eins, schrieb sie darunter und unterstrich das. Dann saß sie lange da, und ihre Verwirrung nahm zu. Nein, es war vermutlich einfacher, zu erwägen, was nicht möglich war, damit dann die Möglichkeiten sich desto deutlicher vom Rest abhoben. »Sie haben den allerletzten Platz in der Concorde morgen«, meldete sich in diesem Moment Ellen durch die Sprechanlage. »Außerdem sind fünf Mädchen da, die Sie sprechen wollen. Wegen Problemen mit Buchungen, die die Bucherinnen nicht schaffen.«

»Sie sollen eine halbe Stunde warten. Ich muß was Dringendes erledigen.« Sie beugte sich wieder über ihren Notizblock.

Nicht-Möglichkeiten

1. *In New York bleiben, bis die Kollektion vorüber ist. Kopf in den Sand stecken.*
2. *Verhindern, daß die Mädels auf Benedict hören. Sie in einem Kerker anketten.*
3. *Während Aufenthalt in Paris keinen Kontakt mit Necker aufnehmen. Unsichtbar werden.*
4. *Suite nicht mit Frankie teilen, um nicht ihr Geschwafel über Mike Aaron anhören zu müssen.*
5. *Beten.*

Eine besonders lange Liste war das nicht gerade, dachte sie, als sie sie noch einmal durchlas. Die Punkte 4 und 5 waren die einzigen, die sie sofort wegstreichen konnte. Unglücklicherweise mußte sie einräumen, daß die Erzählungen über Mike genau das waren, was sie hören wollte. Und beten war immer eine gute Idee, rein vorsorglich.

Aber wo war die Möglichkeit, die sich von selbst aufdrängte und anbot, klar, deutlich, eindeutig, offensichtlich?

Sie zerriß das Blatt und warf es in den Papierkorb. Auf das nächste schrieb sie zwei Wörter.

AIDEN ANRUFEN.

Na und, sprach sie zu sich selbst, was blieb ihr denn sonst übrig? Wenn sie schon ihre Agentur nicht mehr im Griff hatte, konnte sie zumindest ihr Privatleben in Ordnung bringen, oder? Zumal sie doch genau wußte, daß sie es eben keinen Tag mehr aushielt, ohne mit ihm zu reden. So sah es aus. Wenn schon die Welt um sie herum in Trümmer fiel, bestand auch kein Grund mehr, sich den Klang seiner Stimme zu versagen.

Sie wählte seine Piepnummer an und trug Phyllis auf, die wartenden Mädchen hereinzulassen, eine nach der anderen.

Sie war mitten in den Erörterungen des Buchungsproblems des zweiten Mädchens, als Phyllis meldete, daß Aiden Henderson den Anruf beantworte.

»Ach, Josie, würden Sie mich bitte eine Minute entschuldigen. Das ist mein unmöglicher Handwerker«, sagte sie. »Ich muß ziemlich unangenehm mit ihm werden.«

Als sich Josie hinausbegeben hatte, nahm Justine das Gespräch an.

»Hallo«, sagte sie mit dünner Stimme.

»Wenn du dich heute nicht gemeldet hättest«, sagte Aiden, der sich gar nicht erst bemühte, seine freudige Erleichterung zu verbergen, »dann wäre ich gekommen und hätte dich an den Haaren hergezogen. Und wie hätte das ausgesehen?«

»Genau so etwas habe ich befürchtet«, erklärte sie in vorwurfsvollem Ton, aber ihre Schultern entspannten sich dabei total, »und ich habe schließlich eine Reputation zu bewahren, nur deshalb.«

»Ich habe es immer noch vor, falls wir uns nicht nach der Arbeit treffen.«

»Versuchst du mich einzuschüchtern?«

»Absolut.«

»Gut, dann gebe ich auf. Im Zen bedeutet das, ich habe gewonnen. Weil ich als erste angerufen habe. Das gehört zum Telefon-Zen.«

»Ich bin ein guter Verlierer. Wo möchtest du essen?«

»Tja ... ich meine, jetzt wo die Heizung wieder funktioniert, könnten wir bei mir essen. In meiner Küche.«

»Ist auch viel praktischer«, pflichtete er bei. »Was soll ich mitbringen?«

»Ich habe überhaupt nichts im Kühlschrank. Das ist die erste Regel des Essens-Zen. Bringe, wozu du gerade in Stimmung bist. Da gibt es nämlich ein Sprichwort. Wenn der Student hungrig ist, kommt auch das Essen. Warum erstehst du nicht, sagen wir, ein bißchen kantonesischen Hummer, süßsaueres Schweinefleisch, gerösteten Wildreis und vielleicht ein paar Frühlingsrollen und diese kleinen Spare Ribs und natürlich heißen Senf und massenhaft Entengrütze?«

»Wie weißt du das nur, daß authentisches chinesisches Essen der allerletzte Schrei ist? Ist gebucht. Wie wäre es um sieben?«

»Warum nicht halb sieben?«

»Ich kann auch um sechs.«

»Gut. Tag.«

»Wiederflehen.«

Justine kullerten die Freudentränen über das Gesicht, ohne daß sie es richtig wahrnahm. Sie ließ Josie wieder hereinkommen.

»Oh!« sagte das Mädchen. »Hat er Ihnen so zugesetzt?«

»Nein, ich habe ihm Bescheid gestoßen!« schniefte Justine. »Aber Sie wissen ja, wie diese Handwerker sind. Das Letzte. Jeder einzelne von ihnen.«

»Wem sagen Sie das? Genau das sagt meine Mam auch immer. Mit den Leuten kann keiner leben, aber ohne sie auch nicht.«

»Wie wahr, Josie. Wie wahr.«

»Du hast sogar an die Glückskekse gedacht!« konnte Justine sich gar nicht mehr beruhigen. »Als die chinesischen Restaurants aufhörten, diese Glückskekse anzubieten, war es mit ihrem Glück vorbei. Aiden, du bist ernsthaft begabt als Auslieferer.«

»Ein Mann muß eben tun, was er tun muß.«

»Aber was denkst du denn jetzt darüber? Das ganze Essen über bequatsche und bequatsche ich dich, und du nickst grade mal alle fünf Minuten. Du bist schlimmer als ein Seelenklempner. Die kauen wenigstens nicht noch dabei.«

»Willst du meine Meinung über deine Lage hören, oder meinen Rat dazu, oder was?«

»Selbstverständlich erwarte ich ein Minimum an Stellungnahme«, erklärte Justine in schicksalschwerem Tonfall.

Sie hatte ihm alles erzählt, auch das letzte ihrer Lebensgeheimnisse. Aber mit Ausnahme einer gelegentlichen Stirnfalte und einem neutralen Kopfwiegen hatte er nicht viel Reaktion gezeigt. »Ich meine, es ist ganz klar, ich muß nach Paris, darum komme ich nicht mehr herum. Aber was soll mit Necker passieren, wenn ich erst mal dort bin? Was würdest du tun?«

»Möchtest du wirklich wissen, was ich tun würde, ganz ungeschminkt, die nackte Version Es-wird-dir-nicht-gefallen? Unter Einschluß der Tatsache, daß ich dein Leben nicht gelebt habe und deine Mutter nicht kannte?«

»Selbstverständlich.«

»Also, erstens hätte ich mich von vornherein nicht in diese verkorkste Situation begeben. Ich hätte die Fehler meiner Mutter und meines Vaters dahin gepackt, wohin sie gehören, nämlich in deren Vergangenheit. Und ich hätte auf die Briefe meines Vaters geantwortet und mir eine Meinung über ihn gebildet, ohne noch einmal die Schlachten meiner Mutter gegen ihn zu schlagen.«

»Ja, ja. Typisch Mann. Im nachhinein ist gut reden!« platzte Justine indigniert heraus.

»Du wolltest meine Meinung hören«, sagte er nachsichtig.

»Und was soll das heißen: die Fehler meiner Mutter? Willst du ihr vorwerfen, daß sie schwanger wurde?«

»Nun stell dich mal nicht dümmer, als du bist. Ich werfe ihr nicht einmal vor, daß sie dich ihn nicht kennenlernen ließ. Was sonst sollte sie tun, da er sie hatte sitzenlassen? Aber später, als sie wußte, wo er war, da hätte sie meiner Meinung nach versuchen sollen, euch beide zusammenzubringen.«

»Wegen des Geldes?« fragte Justine ungläubig.

»Wegen der Verwandtschaft, Liebling! Du hättest einen Vater in deinem Leben bekommen, während du noch in der Entwicklung warst. Da hätte sie ihren Stolz besser hinuntergeschluckt und an dich und deine Zukunft gedacht, statt dich ausschließlich an sich zu fesseln als ihren Privatbesitz und dich als Rachewerkzeug zu benützen, indem sie dich sorgsam aus Neckers Leben heraushielt.«

»Aber meine Mutter brauchte unbedingt irgendeine Rache, Aiden. Sie hatte auf soviel verzichten müssen und tat etwas Mutiges und Schwieriges, indem sie mich allein aufzog.«

»Aber diese ihre Rache war nicht fair dir gegenüber, jedenfalls meiner Meinung nach nicht. Und wäre sie nicht gestorben, dann wüßtest du heute noch nichts von deinem Vater.«

»Das ist unfair! Ich war ihr ein und alles, und sie tat alles für mich, siehst du das denn nicht?« Justine wurde laut und begann zu weinen, als sie mehr und mehr irritiert war über die Art, wie er ihre Mutter beurteilte.

»Wo steht denn geschrieben, daß eine Mutter alles für ihr Kind tun und sich einzig und allein darum kümmern muß? Natürlich soll sie sich kümmern, eine ganze Menge, aber doch nicht nur. Weißt du, ich habe das Gefühl, deine Mutter mochte ihre Arbeit viel zu sehr, als daß sie ihr nicht gefallen hätte. Ich weiß, wie sehr du deine Arbeit liebst. Ich wette, du bist ihr darin sehr ähnlich. Sie hatte ein ganzes Arbeitsleben, das überhaupt nicht um dich kreiste. Deine Mutter war, glaube ich, sehr starrköpfig. Viel mehr, als gut für dich war.«

»Aber sie hatte sich doch geopfert, nur damit ich alles habe!«

»Ich glaube, ich verstehe, warum sie so handelte, wie sie es tat«, antwortete Aiden. »Denke einmal nach. Wenn sie es über sich gebracht hätte, nur zu versuchen, dich mit deinem Vater zu teilen, dann hätte sie auch sich selbst befreit. Wer weiß, vielleicht hätte sie dann doch geheiratet und noch mehr Kinder bekommen? Aber sie entschied sich offenbar bewußt dafür, jede Chance einer normalen, gesunden Situation zu vereiteln. Eines weiß ich ganz sicher. Für dich wäre es besser gewesen, einen Vater gehabt zu haben. Und das sage ich, weil mir in dieser ganzen Serie von Ereignissen wirklich einzig und allein dein Glück am Herzen liegt.«

»Du unterstellst bei deiner ganzen Argumentation, daß Necker mich auch die Jahre früher akzeptiert hätte und mich hätte haben wollen, auch als seine Frau noch am Leben war? Woher weißt du das so genau? Ich hätte doch eine einzige Peinlichkeit für ihn sein können?«

»Du unterstellst ganz einfach, daß er dich nicht gewollt und angenommen hätte – er, der Mann, dem in seiner Ehe Kinder versagt blieben? Woher weißt du das so genau? Wie auch immer, deine Mutter hätte ihm jedenfalls die Chance, die Möglichkeit geben müssen, zu erfahren, daß es dich gibt, daß du lebst. Wenn er dann nicht reagiert hätte, hätte sie dir tatsächlich nie mehr etwas von ihm sagen müssen.«

»Ach, du machst mich wirklich wütend!« schrie sie ihn an.

»Ich sage dir lediglich, was ich darüber denke, weil du mich danach gefragt hast.«

»Ach, scher dich doch zum Teufel mit deiner sachlichen, kalten Logik, alles genau und theoretisch und schön zusammengebastelt, und man müsse beide Seiten sehen! Als wären die gleich! Das ist die typisch männliche Reaktion! Keine Spur von Gefühl für Menschlichkeit, keine Phantasie, kein Mitgefühl!« Sie tobte. »Als wäre das Leben ein Rechenexempel! Wenn man die Welt Leuten wie dir überließe, gäbe es selbstredend keine Dramen, keine Tragödien, keinerlei Konflikte, alles würde man ruhig und sachlich und vernünftig regeln und klären, weil immer eins und eins zwei ergäbe. Nicht?«

»Tut es ja auch. Immer. Das ist eines der verrückten Dinge.«

»Ach, ich gebe es auf, noch weiter mit dir zu reden! Du hast meine Mutter nie gekannt und hast keine Ahnung, was für ein wundervoller Mensch sie war! Du siehst nur das Negative an ihr. Und nicht nur das. Sondern du hast mir auch immer noch keinen Rat gegeben, was ich in Paris tun soll! Und dabei habe ich dich speziell darum gebeten.«

»Du willst mich nicht verstehen. Das dort ist ganz allein dein eigenes Problem. Jemand, der imstande ist, einen Sekretär der Madame Pompadour zurückgehen zu lassen, kann doch auch eine eigene Entscheidung über so eine Kleinigkeit wie einen lange vermißten Vater treffen.«

»Woher weißt du denn, wem der Sekretär gehörte?« fragte Justine nun verblüfft und bekam große Augen.

»Ich habe das Wappen nachgeschlagen. Ich konnte nicht

widerstehen. Die Frau mit dem besten Geschmack in der ganzen französischen Geschichte hat sich dieses spezielle Kleinod von Möbelstück anfertigen lassen.«

»Sag mal ... meinst du, sie hat es jemals benützt?«

»Sie besaß eine ganze Reihe Schlösser. Die Marquise de Pompadour war eine leidenschaftliche Sammlerin. Sie besaß mehr Gegenstände als drei Königinnen zusammen. Aber ich habe so eine ganz starke Ahnung, daß dieser spezielle Sekretär in ihrem Schlafzimmer stand.«

»Ach ja?«

»Er zeigte die typischen Schlafzimmervibrationen, als ich ihn anfaßte. So irgendwie dreist.«

»Tatsächlich?«

»Ja. Und das ist noch gar nicht das Seltsamste. Während ich an den Heizungsrohren in deinem Bad arbeitete, ging ich mal durch dein Schlafzimmer und sah, daß da eine freie Stelle von genau der richtigen Größe für diesen Sekretär ist und geradezu danach schreit, daß da etwas hinkommt, an das du dich mitten in der Nacht hinsetzen und mir Liebesbriefe schreiben kannst.«

»Warum in aller Welt sollte ich das tun wollen?« erkundigte sich Justine.

»Weil du so vernünftig bist. Sieh mal, dies ist die Lage. Du wachst mitten in der Nacht auf und siehst mich daliegen, friedlich und glücklich in tiefem Schlafe an deiner Seite. Und jetzt verspürst du diesen ganz fürchterlichen Drang, mir mitzuteilen, wie sehr du mich liebst. Ja? Aber du bist dir auch im klaren darüber, daß ich meinen Schlaf haben muß, weil man mich zwingt, morgens immer so früh aufzustehen. Also, was bleibt als einziger Weg? Du schreibst es mir und legst es mir am Morgen neben mein Rasierzeug.«

»Eine rührende Phantasie, auf einmal.«

»Nicht? Außerdem ist es keine Phantasie, Justine.« Aiden schüttelte feierlich den Kopf. »Ich kann sie dir zeigen, diese genaue Stelle in deinem Schlafzimmer, wo der Pompadoursekretär hingehört. Und wenn du mir dann noch schwören kannst, daß die Stelle nicht nach einem kleinen Sekretär schreit, brüllt, dann ... dann ...«

»Dann was?«

»Dann mache ich dir noch einen Tequila Sunrise. Jetzt auf der Stelle.«

»Das ist natürlich eine große Versuchung«, bemerkte Justine und blickte ihn an, wie er ernst und hoffnungsvoll am Tisch saß. So, aus irgendeinem Grund ... absolut toll und richtig. Doch ja, das waren die richtigen Worte. Und schön. Herzzerreißend schön, und zwar wegen seiner gebrochenen Nase. Und, gut, auch wegen seinen Augen. Hatte man je blauere gesehen, blauer selbst als ihre eigenen? Und maskulin. Fleisch- und beinzerreißend maskulin. Eßbar ... nein, nicht doch, nein. Diesen Gedanken wollte sie sich heute abend nicht schon wieder hingeben. Schließlich hatte sie als erste angerufen. Man mußte seinen Stolz bewahren, als Frau. Stolz war unentbehrlich, wesentlich, wichtig, entscheidend. Männer respektieren Frauen mit Stolz.

»... aber ich habe noch nicht gepackt«, sagte sie also mit fester Entschlossenheit, »und ich muß morgen früh nach Paris. Ich kann nicht trinken und packen zugleich.«

»Wie lange dauert das Packen?«

»Wie soll ich das wissen? Paris, mit den ganzen Modeleuten dort ... da kann ich nicht einfach bloß ein paar Sachen in den Koffer werfen, wie sie es im Kino machen. Das will überlegt und geplant und koordiniert sein, vorwiegend schwarz natürlich«, verkündete sie in einem Atem. »Und dann die Schuhe. Kosmetika. Haarspray. Vitamine. Antihistamine ...«

»Ich sag dir was, ich komme mit rauf und helfe dir. Ich richte dich zielorientiert aus. Ich mache eine Liste, während du überlegst, was du alles mitnehmen willst. Ich checke dich auf die Koordination. Ich falte die Sachen, damit sie nicht knüllen. Jedes Stück, das du in den Koffer legst, hake ich auf der Liste ab. Dann bist du in einer halben Stunde fertig.«

»Junge! In meinem ganzen Leben habe ich noch nicht in einer halben Stunde gepackt! Nicht mal, wenn es nur für ein Wochenende war!«

»Aber auch noch nie in deinem ganzen Leben hast du einen so guten Grund gehabt wie jetzt, es möglichst rasch hinter dich zu bringen. Weil nämlich, sobald dieser dämliche Koffer zu ist, ich gewaltig über dich herfallen werde.«

»Oh.« Justines wirbelnde Gedanken standen mit einem Schlag still. Stolz, wo ist dein Sieg? Wie war das, war Stolz nicht sogar eine Todsünde?

»Oder willst du nicht?«

»Vielleicht könnten wir das … zuerst hinter uns bringen?« schlug sie vor und küßte ihn lachend und unvorbereitet. Stolz ist auch nicht mehr, was er mal war, dachte sie. Na und? »Und wir packen hinterher?« Sie stand rasch auf vom Küchentisch, ging zur Treppe nach oben und griff nach Aidens Hand.

»Das ist doch mal ein sinnvoller Entschluß«, sagte er, als sie die Treppe hinaufstürmten, immer zwei Stufen auf einmal. »Du hast völlig recht. Ich habe wirklich eine Neigung zur Pedanterie. Vielleicht macht ja wirklich eins und eins nicht unbedingt zwei. He, das ist ja richtig nett und warm in deinem Schlafzimmer! Ich glaube, ich ziehe mich aus.«

»Ich fühle mich wirklich sehr viel besser«, sagte Justine, »jetzt, wo wir über alles gesprochen haben, selbst wenn du mir nicht sagen willst, was ich tun soll.« Sie redete aus dem Bad heraus, wo sie sich mit vor Erwartung zitternden Händen alle Kleider vom Leib riß. Dann kam sie anmutig wie eine Nixe ins Bett und stieß ihn an.

»Nein, Rat gibt's nicht«, sagte Aiden und kam ohne weitere Umstände zu ihr. Er sah ihr mit so flammender und hingebungsvoller Zärtlichkeit in die Augen, daß ihr ein Schauer über den ganzen Leib lief und sie den Blick senken mußte. »Aber was das andere Thema angeht«, sagte er, »meinst du, du könntest dich dazu durchringen, dir mal zu überlegen, ob du mich heiraten willst?«

»Nun … überlegen könnte ich es mir ja vielleicht mal«, ließ sich Justine ein und vergrub ihre Nase an seinem Hals, damit er nicht merkte, wie verblüfft sie war. »Nur überlegen, natürlich.«

»Und wie lange wird das schätzungsweise dauern?«

»Ach, entschieden habe ich mich schon.« Es gelang ihr, die Stimme leicht und wundervoll sorglos zu halten, während Jahrzehnte der Angst, irgendeinem Mann zu vertrauen, binnen Sekunden in sich zusammenstürzten.

»Justine!«

»Langsam, langsam, ich sage es dir später.« Sie lächelte zum Wildwerden und bewahrte sich einen letzten Augenblick jungfräulichen Zögerns. Aiden hatte sich seine Festung direkt in ihr unwilliges Herz gebaut.

»Wann?«

»Der richtige Augenblick wird schon kommen! Vielleicht, wenn wir uns ein bißchen besser kennen. Vielleicht, wenn Rufus soweit ist, daß er mich akzeptiert und seine Zuneigung gerecht teilt.«

»Justine!« Er packte sie drohend. »Ja oder Nein?«

»Okay, okay, schon gut. Ja! Zufrieden?«

»Zufrieden?« schrie er laut und ungläubig. »Würde es dir zu banal erscheinen, wenn ich erklärte, daß ich der glücklichste Mann der Welt bin? Könnte das vielleicht wenigstens der Anfang meiner Erklärung sein, was ich empfinde? Wünschst du, daß ich versuche, neue Wörter für meinen Zustand zu erfinden? Denn wenn du es wünschst, o Weib, dann fange ich sogleich an nachzudenken und dann …«

»Also ehrlich, ich hätte nichts dagegen, wenn du es einfach noch mal sagen würdest, das mit dem glücklich, das klang ganz gut und irgendwie richtig. Würde es dir deinerseits zu banal erscheinen, wenn ich sagte: dito hier? Oder wie wäre es damit: Ich liebe dich so sehr wie das Leben selbst?« Justine war plötzlich ganz ernst. »Das ist aber auch ziemlich banal.«

»Mir genügt's«, sagte Aiden und merkte, wie ihn dieses plötzliche Ereignis so mitgenommen hatte, daß ihm die Tränen kamen.

22

»Ich dachte mir, Sie würden es wissen wollen«, sagte Frankie, sobald sie mit Jacques Necker verbunden war. »Miss Loring sitzt im Flugzeug hierher.«

»Ist das sicher?«

»Sie hat mich angerufen und es mir bestätigt, kurz bevor die Concorde startete. Sie kommt am Abend an, kann also morgen schon bei den Kleiderproben dabeisein.«

»Freut mich zu hören, daß sie jetzt imstande ist zu fliegen«, sagte er sachlich.

»Mich auch«, antwortete Frankie und wunderte sich, warum die Neuigkeit keine lebhaftere Reaktion auslöste. Sie war so froh gewesen, ihm das mitzuteilen, daß sie sofort angerufen hatte, als sie annehmen konnte, das Flugzeug sei in der Luft. Doch nun, statt freudig erregt und erwartungsvoll zu sein, gab er sich eher geschäftlich neutral.

Sie versuchte es noch mit etwas anderem. »Vielen Dank für gestern abend, daß Sie mit Trinker sprachen.«

»Nun, ich war schon etwas verwundert darüber, wie sehr sie sich von Lombardi in Anspruch nehmen läßt. Sich von ihr inspirieren zu lassen, dagegen ist natürlich nichts einzuwenden. Aber daß er sie so lange Stunden arbeiten läßt, zusätzlich zu den täglichen Tangostunden ... Konnten Sie denn da nichts unternehmen, Miss Severino, um das zu unterbinden?«

»Ich habe es ja versucht, Mr. Necker, glauben Sie mir. Aber Tinker ist eigensinniger, als Sie sich vorstellen können, und ich kann sie nicht gut davon abhalten, so intensiv zu arbeiten, wie sie selbst will. Nicht ein Tag ist vergangen, an dem ich sie nicht gefragt habe, ob es ihr nicht zuviel wird. Und jedesmal sagte sie nur, es sei alles in Ordnung.«

»Ja, aber trotzdem, Sie hätten mir das sagen sollen.«

»Ich ahnte nicht, daß Sie sich wirklich darum kümmern wollten.« Außerdem, dachte sie, weiß er nichts von Tom. Oder etwa doch?

»Das sollten Sie schon meine Sache sein lassen.«

»Ja, Mr. Necker«, sagte sie schwach. »Ich werde das von jetzt an beachten.«

Als er aufgelegt hatte, blieb Necker regungslos sitzen und starrte ins Leere. Natürlich kam Justine jetzt nach Paris, dachte er, nach dieser Drohung von Dart Benedict. Das war der einzige Grund, da gab er sich keinen Illusionen hin. Aber jedenfalls war sie wenigstens einmal hier, in der Stadt, in seiner Reichweite. Und zwischen den Kleideranproben und der Vorführung selbst mußte es doch einfach ein paar zwanglose Gelegenheiten zu einem Zusammentreffen geben. Dessen mußte sie sich genauso bewußt sein wie er.

Aber wie sollte er sich verhalten? Seine Tochter hatte keinerlei Vorstellung von dem Ausmaß seiner Reue über die Vergangenheit. Alles, was sie von ihm wußte, war, was ihre Mutter ihr an Verdammenswertem über ihn mitgeteilt hatte. Er hingegen war zu dickköpfig gewesen, sich damit einfach abzufinden und sich davon abschrecken zu lassen, wie groß Justines Ablehnung tatsächlich sein mußte.

Aber nein, statt dessen war er mit dem Kopf gegen die Wand gerannt und hatte es so unklug angestellt, wie es nur ging, und es übertrieben. Jeden Schritt hatte er übertrieben, mit dem er an seine Tochter herankommen wollte. Von dem Tag an, an dem er sich den Lombardi-Wettbewerb ausdachte. Dieser verdammte Pompadour-Sekretär! Eine hirnverbrannte Idee. Wenigstens wußte er dank Jordan inzwischen schon sehr viel mehr über Justine. Nie hätte er diese Chance ohne sie gehabt.

Nach allem, was ihm Jordan erzählt hatte, konnte er sich inzwischen eine Vorstellung von Justines empfindlichem Selbstgefühl machen und von ihrer Fluchtdistanz. Von der Notwendigkeit zu wissen, daß sie alles allein aus eigener Kraft schaffen und erreichen konnte. Und vor allem von ihrem gewaltigen Bedürfnis nach völliger Unabhängigkeit. Sie identifizierte sich mit ihren Vorstellungen und Idealen, verfolgte ihre Ziele kompromißlos und ohne nachzugeben, war loyal und besaß einen Sinn für Fairneß, dem sie auch bei Schwierigkeiten hartnäckig treu blieb. Er verstand sie gut, weil er selbst genauso war. Wie sie. Oder war nicht eher sie wie er? Konnten Charakter, Schwächen und Stärken sich auch ohne jeden Kontakt zwischen Vater und Tochter vererben? Wie auch immer. Jetzt, da er aufhören wollte, sich an ihre Stelle zu versetzen, erkannte er, daß seine tyrannische Hartnäckigkeit – sein Fallenstellen, wenn man es genau betrachtete – nur eines bewirkt hatte: eine Annäherung war noch schwieriger geworden.

Noch einen Fehler, schwor er sich, wollte er nicht machen. Er ließ Justine jetzt einfach in Ruhe und rührte keinen Finger mehr, um eine Annäherung zustande zu bringen! Sofern kein unvorhergesehenes Ereignis ein direktes Treffen ergab, wollte er stillhalten. Nein, nicht einmal Blumen schickte er ihr ins Hotel, beschloß er. Justine hatte jetzt monatelang Zeit gehabt, sich auf seine Angebote hin zu äußern. Sie wußte, daß er praktisch nichts unversucht gelassen hatte, und doch hatte sie ihrem Herzen nie den Stoß zu geben vermocht, ihm wenigstens eine Chance zu geben. Noch nicht einmal die Neugierde hatte sie dazu bewegen können, seine Briefe zu öffnen und zu lesen. Wenn dies alles also genau widerspiegelte, was sie tatsächlich empfand, dann konnte er nichts mehr tun, um ihren Sinn zu ändern. Jetzt war es an ihr. Sie mußte den nächsten Schritt tun. Wenn überhaupt ein nächster getan wurde.

Justine wurde aktiv, kaum daß sie im Plaza angekommen war. Sie hatte nur ihr Gepäck im Schlafzimmer abgestellt, April aufgetrieben und umgehend in ihre Suite kommandiert. April gehorchte brav allein schon, weil sie viel zu erstaunt war über Justines Befehlston. Sie traute sich nicht zu sagen, daß ihr der Termin nicht paßte, weil sie gerade auf dem Weg zu einem späten Abendessen mit Maude sei.

»Lieber Gott«, sagte Justine zwischen den Begrüßungsküssen auf beide Wangen, »ich bin nicht sicher, ob ich Sie auf der Straße erkannt hätte. Aber es gefällt mir gar nicht schlecht.«

»Tatsächlich? Ich dachte, Sie wären entsetzt!« April war sichtlich erleichtert.

»Aber keineswegs!« sagte Justine. »Manchmal passiert es, daß ein Aussehen auf bestimmte Art so stark ist, daß es geradezu blendet. Zugegeben, Sie habe ich mir immer nur als die große, klassische Blondine vorgestellt, in einer Art, die alle sofort verstehen. Jetzt ist nichts Klassisches mehr übrig. Dafür haben Sie jetzt einen Look wie niemand sonst. Ihren ganz persönlichen. Und eben das muß man haben, wenn man an die Spitze kommen will. Ich wollte, ich wäre selbst darauf gekommen.«

»Ja, aber Maude meint, ich sehe total ausgeflippt aus«, sagte April.

»Maude ist nicht in unserer Branche«, sagte Justine spitz. »Tatsache ist, Sie sind keine himmlische Vanilleblondine mehr wie tausend andere, sondern eine freakige, flippige Moschusblonde, und das schlägt alles. Nur die Frisur müssen Sie noch ändern, aber sonst sieht das irre aus. Die Haare sind zu nahe am Punk. Das hatten wir schließlich schon. Dahin wollen wir doch nicht zurück, oder? Lassen Sie mich mal genau herausfinden, was ihr Friseur da gemacht hat.« Sie fuhr mit den Fingern durch die zotteligen Reste der Schockfrisur. Sie zupfte die Strähnen hierhin und dorthin, schaffte es aber nicht, das Gesamtaussehen in seiner witzigkomischen Ausgeflipptheit zu verändern.

»Hat er Ihnen nach dem Bleichen und Schneiden eine Dauerwelle verpaßt?« fragte sie. »Nein? Einfach nur fixiert? Na, zum Glück. Sie haben auch so schon genug gespaltene Haarspitzen. Frankie, sieh doch mal in meinem Kosmetikkoffer nach. Da ist Gel drin und ein Kamm.«

Als Frankie damit ankam, begaben sie sich alle drei in eines der Bäder. April saß auf dem Toilettendeckel, während Justine ihr das Haar anfeuchtete und dann vorsichtig Gel in das Platindesaster einmassierte.

»Das Geheimnis, April, ist, daß man nicht zuviel tun darf. Sonst wissen die Leute nicht mehr, wohin sie schauen sollen. Bei Ihnen sind Augen und Mund die Sprengladung, also müssen sie nach vorne und die Frisur in den Hintergrund. Ein Gent-Look ist wahrscheinlich das Geeignetste, wie einst in den Tagen des Arrow-Kragens; hat mir immer gut gefallen. Sah gut aus, der Bursche.«

Sie scheitelte Aprils Haar scharf an der Seite und kämmte es von da aus dem Gesicht nach hinten. Es war noch üppig genug, daß es für einen niedrigen, glatten Pompadour reichte, der hübsch über Aprils Ohren fiel, in kleinen Rollen, die die Schönheit ihrer Schädelform unterstrichen. Und plötzlich paßte das dicke Make-up zusammen mit dem streng modernen, gesträhnten Haar perfekt für einen raffinierten, einzigartigen und unverwechselbaren Gesamteindruck.

»Schauen Sie jetzt mal in den Spiegel«, sagte Justine. »Nein, den hohen für die Ganzansicht, sonst kriegen Sie nicht den richtigen Eindruck.«

»Oh, mein Gott, das ist ja himmlisch!« entzückte sich April sofort. »Aber meinen Sie nicht, es ist ... zu jungenhaft?«

»April, Sie haben nie femininer ausgesehen als jetzt!« erklärte Justine und meinte das ganz ehrlich. »Eine Männerfrisur bei einem Mädchen mit dem großen, betonten Mund wie dem Ihren, und dazu diese großen Dietrich-Augen, das ergibt eine erotische Spannung, wie Sie sie mit tausend Locken und langen Haaren nicht schaffen. Stimmt schon, es ist ein wenig 30er Jahre Berlin, aber nicht eigentlich jungenhaft. Bubikopf nannte man das damals dort, und das geht eher in die Richtung bi. Zweideutig und aufreizend.« Dann sagte sie abrupt: »So, und was sind das jetzt für Geschichten, die ich da über Dart Benedict höre?«

»Er hat mich auf der Party angesprochen und mir gesagt, wenn ich schnell mache und die Gelegenheit beim Schopf ergreife, kann er mich auf den Titel von *Vogue* bringen.«

»Natürlich kann er das, Mädchen! In zwei Tagen, nach der Vorführung der Kollektion, kann dir sogar der Türsteher vom Hotel hier einen Titel auf der *Vogue* verschaffen, verstehst du? Weil dir dann nämlich *Vogue* von ganz alleine die Tür einrennt. Während ich nicht glaube, April, daß Sie bei Benedicts Agentur glücklich würden.«

»Na ja, Maude meint das auch. Sie sagt, sie hat ein paar ziemlich seltsame Dinge über ihn gehört.«

»Und die sind alle wahr, und noch mehr dazu. Wenn Sie Details hören wollen, erzähle ich sie Ihnen gern. Sobald die Kollektion gelaufen ist, vertrete ich Sie nur noch, wenn Sie das selbst verlangen. Bis dahin aber wäre es mir recht, wenn Sie sich von ihm fernhalten würden.«

»Aber Justine, ich habe doch gar keine Absicht, von Ihnen wegzugehen! Überhaupt nicht! Ich denke nicht daran! Schließlich wäre ich nicht hier in Paris ohne Ihre Agentur. Ich wäre immer noch das gleiche Nichts, durcheinander und ohne Ziel, wie ich immer war, mit meinen alten Fehlern dem Leben gegenüber.«

»Nun schnappe mir mal nicht gleich über, Mädchen«, dämpfte Justine Aprils gefühlvollen Ausbruch. »Es ist doch nur Make-up, weiter nichts.«

»Ja ... ich ... – ach, Frankie soll es Ihnen sagen. Dann gehe ich jetzt. Danke für die Frisur. Ich muß los. Maude wartet.«

Und weg war sie. Frankie verschränkte die Arme und lachte.

»Was ist so furchtbar lustig daran?«

»Großer Gott«, wieherte Frankie nun los, »das darf ja nicht wahr sein! Sie hat sich nicht geniert, sich vor fünfzig Leuten zu outen, aber es dir zu sagen, hat sie einen Heidenbammel!«

»Outen? Du meinst: outen? April? April ist lesbisch?«

»Im Moment jedenfalls.«

»Mit – Maude?«

»Mit wem denn sonst?«

»Na, Prost Mahlzeit! Da habe ich ja den ganzen Spaß verpaßt! Das hättest du mir schon am Telefon sagen können!«

»Ach, ich dachte, ich lasse es dich selber rausfinden. Warum soll man alle Überraschungen zunichte machen?«

»So, so. Da muß ich ja eine unbewußte Antenne gehabt haben, wie? Mit dem Bubikopf und so ...«

»Ich sehe, Madame sind wieder an Bord und auf der Brücke«, sagte Frankie, so sarkastisch es ihr nur möglich war.

»Das wolltest du doch, oder?«

»Ach, Justine, ich bin so froh, daß du da bist, du glaubst es gar nicht.«

»Schon gut, meine Liebe. Tja, dann soll ich mir jetzt wohl Jordan vornehmen, was?«

»Wieso? Weswegen? Sie ist doch die einzige, die nicht eine Minute lang Trouble machte.«

»In Tinkers Sache noch etwas zu unternehmen ist wohl zu spät, nehme ich an?«

»Selbst wenn nicht, sie ist gar nicht da. Sie ist bei Tom.«

»Tom wer oder was? Mann oder Frau?«

»Ein sehr sympathischer Bursche. Sie sind, ich zitiere, ›ganz wahnsinnig verliebt‹.«

»Und wann hat das angefangen?«

»Am zweiten Abend, den wir hier waren.«

»Frankie, ich fange an, deine Fähigkeiten als Anstandswauwau erheblich in Zweifel zu ziehen.«

»Ich habe dich gewarnt, daß das nicht mein Stiefel ist! Nicht, daß ich nicht mein Bestes gegeben hätte!«

»Gut, dann befassen wir uns mit Tinker morgen früh. Bestellen wir uns inzwischen etwas vom Zimmerservice.«

»Damit du mich über Mike ausquetschen kannst?«

»Hinterher. Aber zuerst erzähle ich dir alles über Aiden.«

»Wer ist Aiden?«

»Mein Ehemann in spe«, erklärte Justine mit Würde. »Mr. Aiden Henderson.«

»Du kennst doch überhaupt keinen, der Aiden heißt.«

»Jetzt schon. Schon fast zwei Wochen lang.«

»Nein, nein, nein, Moment mal. Jedes Mädchen auf diesem Planeten ist imstande, sich mit einem Kerl zu verloben, den sie noch nicht mal zwei Wochen lang kennt. Aber du doch nicht, Justine. Du bist doch nun wirklich nicht der Typ dafür. Das bringst du durcheinander: Die mit dem schnellen Kerl bin ich, nicht du. Also, hör auf mit dem Triezen.«

»Sehe ich so aus, als machte ich schlechte Scherze?«

Frankie besah sich daraufhin Justine etwas eingehender, seit sie angekommen war. Und in der Tat bemerkte sie die Veränderungen an ihr, diesen ganz neuen leuchtenden Schimmer auf ihrem Gesicht. Und wie sie ›Aiden‹ gesagt hatte. Und wie fast ein Heiligenschein über ihrer Freundin schwebte. Wirklich, da mußte etwas Unglaubliches passiert sein.

»Justine!«

»Ja, ich weiß. Ich kann es selbst kaum glauben.«

»Ja, aber ... wie denn? Wie ging das denn zu?«

»Er hat meinen Heizofen ruiniert und dann ... das ist eine komplizierte Geschichte, weißt du, aber jedenfalls führte eins zum anderen, und es ist, kurzum, einfach un-ver-meidlich gewesen.«

»Aha. Der alte baufällige Heizofen, wie? Warum sagst du das denn nicht gleich? Ist doch klar, daß der kuppelt, so auf der Molekularebene, nicht? Oder es war vielleicht auch nur der Bossa Nova. Ja, schon gut, ich höre ja zu!«

»Wie lange ist dieser Aufzug eigentlich schon kaputt?« sagte Justine, als sie zusammen mit Frankie die Treppe zu Señora Vargas Studio hinaufstieg.

»Seit ich hierherkomme und wahrscheinlich auch das Jahrzehnt davor. Kein Wunder, daß die Señora wie aus Stahl ist. Bei dem Training. Da sind wir. Klingle nicht. Sie läßt die Tür immer offen, damit ich einfach reinschlüpfen und warten kann, bis sie Tinker eine Pause erlaubt.«

Sie gingen leise hinein und setzten sich, ohne daß jemand von ihnen Notiz nahm. Sie sahen den beiden einige Minuten lang zu, bevor die Señora sie bemerkte und Tinker zögernd mit einigen lobenden Worten entließ.

»Justine!« rief Tinker begeistert. »Sie sind doch noch gekommen! Oh, ich freue mich, Sie zu sehen, Sie können es sich gar nicht vorstellen. Es ist alles so aufregend. In meinem ganzen Leben war es nicht so toll. Haben Sie gesehen, wie ich tanze? Heute ist meine letzte Stunde. Was meinen Sie? Ich werde wirklich richtig gut. Ich weiß gar nicht, wie ich das fertiggebracht habe. Und warten Sie erst mal, bis Sie meine

Kleider sehen. Marco ist mit den meisten fast fertig, und wir haben auch noch eine letzte Probe mit den Accessoires gemacht, nur für mich allein. Oh, Justine, es passiert eine solche Menge, ich habe letzte Nacht kein Auge zugetan, Tom wollte, daß ich ein Steak esse, aber ich brachte es nicht runter, keinen Bissen, gerade nur eine Suppe mit Brot, mehr braucht mein Magen nicht. Das sind wahrscheinlich die Endorphine, die nehmen den Appetit weg. Ich konnte immer nur an die anderen Mädels denken, mit denen ich heute abend noch die Kleiderprobe habe, Karen, Carla, Helena. Wissen Sie, daß Necker sie alle noch gekriegt hat, sogar Claudia und Kate und Linda, fast sämtliche Topgirls, Justine! Die wirklich echten, er zahlt ihnen dreimal soviel wie allen anderen, weil sie ja normalerweise nicht bei unbekannten Anfängern arbeiten, nicht mal für GN. Ich sage Ihnen, das ist alles derart wahnsinnig aufregend, mit denen da rauszugehen und die erste draußen zu sein, die Vorführung zu eröffnen. Natürlich ist das eine riesige Verantwortung, aber Marco ist ganz sicher und zuversichtlich, daß ich das schaffe, und das muß ich auch schaffen, Justine. Ich muß das einfach schaffen, weil die ganze Show ja darauf aufgebaut ist. Warten Sie, bis Sie mein erstes Kleid sehen. Er fängt mit den Abendkleidern an statt wie üblich anders herum mit den Tageskleidern. Das ist ein himmlisches Korallenchiffon, fünf gerüschte Röcke, alle verschieden lang, sehr Flamenco und so, das rauscht und wirbelt und fließt, sage ich Ihnen, und mit einem Ausschnitt bis hierher hinten und bis hierher vorne. Man kann alles sehen, zum Glück bin ich so dürr wie nie, ganz winzige Spaghettiträger, dazu ein Cape auf voller Länge aus nichts als Hunderten Organzarosen im wundervollsten Blaßblaßblaßgelb, als wäre ein Spotlicht auf mir. Ich nehme es ab ganz am Ende des Laufstegs ... nein, was sage ich denn ... nicht dann, sondern ganz kurz vor dem Ende des Laufstegs, und ich schaue direkt die ganzen Fotografen dort an. Ich ziehe es aber nicht hinter mir her, wie man das früher machte, nein, sondern ich hebe es hoch und werfe es hinter mich, so weit ich kann, damit man sieht, wie federleicht es ist, das habe ich geübt wie verrückt ...«

»Setzen Sie sich hin, Tinker«, sagte Justine ganz ruhig.

»Hinsetzen kann ich mich nicht, es ist leichter, wenn ich stehenbleibe, denn wenn ich mich jetzt hinsetze, komme ich nicht wieder hoch, und Señora Varga will noch eine halbe Stunde weiterüben, bevor sie mich zu Marco gehen läßt. Sie ist eine Perfektionistin. Ich wollte noch einen anderen Tanz lernen, nicht nur den Tango, aber sie ließ mich nicht. Sie sagte, dazu bin ich noch nicht weit genug. Aber das Dumme ist, ich werde im Leben nicht mehr mit einem Mann tanzen können, weil ich jetzt nur führen kann. Ist das nicht albern? Blöd ist das, blöd. Auf der Tanzfläche hilft mir das gar nichts. Und das Allerdümmste ist doch sowieso – kein Mensch tanzt mehr Tango, Justine, oder?«

Justine stand auf und drückte Tinker entschlossen auf den Schultern nach unten. »Setzen Sie sich hin, Tinker, Sie sind übermüdet.«

Tinker brach in einen Sturzbach von Tränen aus. »Nein, bin ich nicht, bin ich nicht«, und plapperte weiter wie aufgezogen und weinte gleichzeitig. »Ich habe Tom auch gesagt, ich bin es nicht. Er hat versucht, mich nicht aus dem Haus zu lassen heute morgen, und jetzt sagen Sie das auch. Ihr wollt alle, daß ich müde sein soll. Ihr versteht nichts, ich kann jetzt nicht müde sein, das ist ganz unmöglich, es ist doch nur noch ein Tag. Die Frühjahrskollektion ist morgen, da kann ich doch das Haus nicht im Stich lassen. Das sagt Marco auch, daß ich sie nicht im Stich lassen kann, verstehen Sie, Justine? Sie wissen doch, wie das ist. Sie verstehen das doch, nicht? Frankie, Sie verstehen es doch auch?«

»Nimm Sie mal am anderen Arm«, sagte Justine, während sie sich bei Tinker einhakte. »Wir verschaffen Ihnen jetzt etwas Ruhe, Tinker, damit Sie morgen voll in Form sind. Sie sind überarbeitet, das ist alles, sonst fehlt Ihnen gar nichts. Einen Tag und eine Nacht ordentlich ausruhen, nur bis morgen, und alles ist in Ordnung, und Sie werden großartig sein, in Bestform. Aber jetzt brauchen Sie Ruhe, das verstehen Sie doch, Tinker, nicht?«

»Aber die Señora …«

»Ich verabschiede mich für Sie bei ihr. Sie können ja, wenn Sie wollen, nach der Kollektion noch einmal herkommen. Aber nun fahren wir zurück ins Hotel und legen Sie ins Bett.«

»Aber Tom!«

»Den holen wir und bringen ihn ins Hotel. Da kann er bei Ihnen bleiben und sich mit um Sie kümmern. Frankie holt ihn, sobald Sie im Bett sind. Aber wenn Sie nicht ins Bett gehen, Tinker, kann Frankie Tom nicht holen, nicht? Mit Marco rede ich schon, der versteht das genau. Das passiert immer wieder. Die können die Kleiderprobe auch ohne Sie machen, da haben sie schon jemanden als Ersatz. Na, klingt das nicht vernünftig, Tinker? Na sehen Sie, so ist es schon besser. Komm, Frankie, tu was, wir müssen diese verdammte Treppe runter, nimm ihren Mantel mit. So, gut, und jetzt los, ins Hotel, eine schöne heiße Suppe, und morgen sind Sie perfekt, Tinker, ja, Mädchen? Siehst du wohl.«

»Aber Sie reden mit Marco, versprochen? Und erklären es ihm?«

»Ja, Tinker. Mit Marco rede ich. Darauf können Sie sich verlassen.«

23

Ich merkte, daß ich unwillkürlich den Atem anhielt, als ich zusammen mit Justine April und Jordan in den Aufzug verfrachtete, der uns in das Untergeschoß des Ritz bringen sollte, wo die Frühjahrskollektion morgen abend vorgeführt werden sollte. Heute war die Kleiderprobe und das erste Mal, daß Jordan und April sich in der Gesellschaft der Top-Models der Welt finden würden.

Es war ein langer Tag gewesen, aber der anstrengendste Teil kam erst noch, nach acht Uhr am Abend. Zu allem Überfluß hatten wir uns auch noch verspätet, weil uns ein Stau wegen eines Verkehrsunfalls an der Place de la Concorde aufgehalten hatte.

Es schien bereits Jahre her zu sein, daß Justine und ich heute morgen Tinker in ihr Zimmer verfrachtet und dafür gesorgt hatten, daß sie erst mal etwas aß. Als wir zuletzt nach ihr sahen, bevor wir vom Plaza zum Ritz fuhren, hatte sie gerade noch einmal gegessen, schlief aber bereits wieder tief. Tom saß lesend Wache an ihrem Bett.

»Was für ein Gefallen soll das sein von Necker, daß er unsere Mädels mit diesen ganzen Superstars zusammenspannt?« hatte ich Justine am Nachmittag gefragt. Da war sie gerade von ihrer Konfrontation mit Marco zurückgekommen – bis oben hin voll mit satter Zufriedenheit. So als ob sie der Menschheit einen wichtigen Dienst erwiesen hätte. »Dieser kleine, windige Sadist«, erklärte sie mir, »wird uns keine Probleme mehr machen, dessen kannst du sicher sein.« Noch nie hatte ich ihre blauen Augen so voller Siegesblitzen gesehen. Bis in die Haarspitzen strahlte sie Triumph aus. Und sie steckte mich mit ihrem vertrauten souveränen Lächeln richtig an, baute mich ebenfalls auf – mit Fröhlichkeit, Mut und Stolz in einem.

»Ja, nun«, hatte sie dann plötzlich ernst gesagt, »wir müssen das ganz nüchtern sehen. GN hat die Stars angeheuert, damit die Lombardi-Show durch sie Gewicht bekommt. Die Modepresse erwartet nun einmal, daß die augenblicklichen Top-Models auch die wichtigsten Kollektionen vorführen. Es könnte allerdings auch der Fall eintreten, daß der Schuß nach hinten losgeht und unsere Mädchen neben denen noch unerfahrener aussehen, als sie ohnehin sind.«

»Sehen wir es lieber optimistisch«, schlug ich vor. »Die Fotografen und Redakteure sind doch der ganzen bekannten, ewig gleichen Models mit jeder ihrer voraussehbaren Bewegungen und Gesten längst müde und überdrüssig. Da widmen sie ihre Aufmerksamkeit um so lieber ein paar neuen Gesichtern, drei frischen, unverbrauchten, zumal, da diese bereits eine enorme Voraus-Publicity hatten. Jede ist mindestens genauso schön wie die etablierten Super-Models. Sie sind lediglich noch nicht berühmt. Du weißt doch auch – je mehr eine im Gespräch ist, desto schneller nützt sie sich ab, ist verbraucht und wieder weg vom Fenster.«

»Da hast du recht«, räumte Justine zögernd ein.

»Ja, aber vielleicht auch du«, meinte ich düster. »Andererseits, wenn es unsere Mädels nicht ins große Rampenlicht schaffen, ist es auch kein Unglück. Dann ist noch nicht alles verloren. Der tatsächliche Wettkampf findet sowieso nur zwischen den dreien statt. Die anderen sind lediglich dazu da, ein paar Kleider vorzuführen, also was regen wir uns auf? Wir können doch nur gewinnen, weil wir absolut nichts zu verlieren haben.«

»Daran glaube ich nicht so recht«, sagte Justine und schüttelte heftig den Kopf. Ihr Starrsinn machte sich wieder einmal bemerkbar. »Das ist nur so ein Mythos, eine von diesen Redensarten, die sich so leicht hinsagen, aber in Wirklichkeit zu schön sind, um wahr zu sein.«

In dem Moment hatte dann der Empfang angerufen und

uns den Besuch von Gabrielle d'Angelle angekündigt. Sie war unten in der Halle und wollte heraufkommen. Als sie eintrat, schlank und rank in Schwarz, verkündete sie uns sogleich, sie sei von GN als unser Schutzengel auserkoren worden, habe sich also bis zum Abschluß der Kollektion uns zu widmen. Ob Sie es glauben oder nicht, ich war zu diesem Zeitpunkt tatsächlich derart nervös, daß ich es wirklich begrüßte, ihre etwas kantige und strenge, scharfäugige und ziemlich gnadenlose Art, wie man sie bekanntlich der »geborenen Pariserin« zuschreibt, an unserer Seite zu wissen.

»Nun«, sagte Gabrielle, während sie Justine die Hand gab, »es freut mich zu sehen, daß Sie doch noch genesen sind. Ihre Erkrankung hat sie überaus gutaussehend hinterlassen.«

»Ja«, sagte Justine und zuckte mit keiner Wimper, »den Effekt haben Antibiotika häufig, wissen Sie.«

»Und wie geht es der armen Tinker?«

»Sie liegt in friedlichem Schlafe.«

»Sie wird aber doch bestimmt morgen fit sein?«

»O ja, ganz bestimmt, trotz Lombardi. Wen haben Sie für heute abend als ihr Double eingesetzt?«

»Zum Glück kann Janine, Marcos früheres Hausmannequin, aushelfen. Sie steht nach wie vor loyal zu Monsieur Necker.«

»Was ich nicht verstehe«, fragte Justine, »wieso ist die Kleiderprobe so spät angesetzt? Acht Uhr abends, das ist doch eine unmögliche Zeit. Das kann sich die ganze Nacht hinziehen.«

»Tja, das Ritz wollte uns um keinen Preis früher hineinlassen. Sie haben ohnehin schon einen ganz exorbitanten Preis dafür verlangt, uns den Swimmingpool für einen Tag überhaupt zu überlassen. Als hätte vor den Kollektionen irgend jemand Zeit, schwimmen zu gehen, ich bitte Sie! Den Schönheitssalon neben dem Swimmingpool brauchen wir als Garderobe und für die Frisuren und das Make-up. Aber die letzte normale Kundin ist noch so spät gebucht, daß sie erst kurz vor sieben fertig sein wird.«

»Und die Hotelgäste, die morgen frisiert sein möchten?«

»Für die hat das Ritz arrangiert, daß sie per Wagen und Fahrer zu *Alexandre* kutschiert werden, alles auf Kosten von GN übrigens. Vor Monaten habe ich mal angeregt, daß es doch sehr viel praktischer wäre, den Laufsteg für die Proben irgendwo anders im Hotel aufzubauen. Aber Marco hat wie ein Löwe dafür gekämpft, daß auch die Proben schon am richtigen Ort sein müßten, damit die Mannequins ganz genau wissen, wo sie dann morgen abend sein werden.«

»Wenigstens ein Punkt«, bemerkte Justine trocken, »wo man ihm zustimmen kann. Wo er recht hat, hat er recht.«

»Ich meine«, sagte Gabrielle d'Angelle, »haben Sie beide eigentlich eine Vorstellung davon, wie total anders als eine übliche und normale Kollektion diese ganze Geschichte ist? Die normale Vorführung dauert eine dreiviertel Stunde, kostet an die zweihunderttausend Dollar, und die Journalisten ziehen ungefüttert ab. Unsere dauert keine halbe Stunde, kostet aber gut über eine halbe Million.«

»Man hat uns keine Einzelheiten mitgeteilt«, erklärte Justine, wider Willen interessiert.

»Exklusives Essen in großer Gala. Abendkleid, Frack, Smoking. Vor der Vorführung werden Champagner und Kaviar gereicht, hinterher kommt das große Dinner. Nur die Crème de la Crème der Presse und der Kunden sind eingeladen. Normalerweise wären das zweitausend Leute, aber morgen abend sind es lediglich dreihundert, zusätzlich natürlich die wichtigsten Fotografen. Sie müssen bedenken, daß GN einer der größten Anzeigenkunden der Welt ist. Kein Verleger von einiger Bedeutung kann es sich leisten, die Lombardi-Kollektion zu ignorieren. Wir haben die ganze Sache ausdrücklich im exklusivstmöglichen Kreis gehalten. Das Medienecho wird enorm sein, nachdem Monsieur

Necker wahrhaftig das finanzielle Füllhorn ausgeschüttet hat.«

Justine wollte sich nicht in ein Gespräch über Neckers exzessive finanzielle Großzügigkeit hineinziehen lassen und wechselte das Thema. »Und die Laufstege?«

»Die Leute von *Belloir et Jallet* fangen heute abend pünktlich um sieben zu bauen an. Als erstes wird der Pool abgedeckt, dann kommen gleich die Laufstege. Sie sind in konzentrischen Kreisen angelegt, die Gästetische für das Bankett stehen dazwischen, so daß alle in der ersten Reihe sitzen.«

»*Belloir et Jallet?*«

»Das sind die großen Experten für Setaufbau. Dekoration, Beleuchtung, Sitze, Orchesterpodium – was man eben so braucht, um einen leeren Raum in einen Saal für ein großes Ereignis zu verwandeln.«

»Orchester?« sagte ich. »Wieso, wird es nicht über eine Anlage mit Disc-Jockey gemacht?«

»Nicht doch. Meine liebe Frankie, es ist alles anders als bei üblichen Kollektionen in Paris, von denen ohnehin schon so viele zu Wettbewerben in Vulgarität degeneriert sind. Nehmen Sie Lagerfeld zum Beispiel. Der hat letztes Jahr doch tatsächlich mit irgend so einem Dreck von Songs mit obszönen, zweideutigen Texten angefangen. *Don't Want No Short Dick Man* und *Turn This Fucking Music Up*, was ich Ihnen nicht übersetzen muß.«

»Gott im Himmel!« entfuhr es mir. Ich konnte es schlicht nicht fassen, daß Gabrielle d'Angelles hocheleganter Mund derartige Wörter aussprach.

»Marco«, fuhr Gabrielle d'Angelle ungerührt fort, ohne daß sich ihr dabei auch nur das kleinste wohlfrisierte, spraygänzende Härchen aufgestellt hatte, »hat beschlossen, daß er auch auf diesem Gebiet absolut nicht wie alle anderen sein wollte und sich keinesfalls auf das Niveau jener lächerlichen Leute begeben werde, die sich aufgeblasen *Soundtrack-*

Stylisten nennen. Also hat er Monsieur Necker überredet, eine Kapelle zu engagieren, die sich *Chicago* nennt.«

»Was?« zeigte sich nun Justine höchst überrascht. »Das ist doch eine Rockband aus den siebziger Jahren! Wieso denn gerade die?«

»Marco mag sie besonders«, erklärte Gabrielle d'Angelle mit einem Achselzucken, das deutlich zeigte, sie gedenke nicht, sich in diesem Punkt emotional zu engagieren. »Er hat aber abgemacht, daß sie noch durch andere Musiker ergänzt werden, auch durch Sänger und eine weitere Gruppe. Er hat ihnen aufgetragen, Musik der dreißiger Jahre einzustudieren und zu spielen, aber auf moderne Art. Es sind alles zusammen allein zwanzig Musiker, ohne die Sänger.«

»Sind dann seine Kleider vielleicht auch Wiederbelebungen der dreißiger Jahre?« fragte Justine. »Daß er klaut, habe ich nun doch nicht von ihm erwartet – gut, gut, sagen wir: borgt, aus den alten Zeiten.«

»Ich weiß es nicht, ich habe noch keines gesehen«, antwortete Gabrielle d'Angelle schnippisch. »Und wenn er eine neue Art Neutronenbombe fabriziert oder sogar den hochgeknöpfelten Schuh wieder ausgräbt, ich weiß von nichts. Lediglich die Stichwörter habe ich gehört, die er der PR-Abteilung lieferte. ›Fröhlichkeit, Frische und Charme.‹«

Justine und ich sagten wie aus einem Munde höchst verwundert: »Sie haben sie noch nicht gesehen?«

»Er war angeblich ›zu beschäftigt‹ mit der schöpferischen Arbeit, um mir irgend etwas zu zeigen. Er weigerte sich, erklärte er, etwas herumzuzeigen, das erst *in statu nascendi* sei, das heißt im Entstehungszustand, ausgenommen lediglich den unmittelbar an der Arbeit Beteiligten.«

»Ja, aber wenn sie nichts gesehen haben, arbeiten die PR-Leute doch im luftleeren Raum?« fragte ich und hatte zum erstenmal, seit ich sie kannte, ein wenig Mitleid mit der ewig betulichen Gabrielle.

Sie antwortete mit einem weiteren Achselzucken, das sagte: Wem sagen Sie das? »Sehen Sie, weltweit sind höchstens ein Dutzend Couturiers wichtig. Es hängt in Wirklichkeit doch nicht von der PR ab, ob Marco einer von ihnen wird oder nicht. Immerhin, soviel weiß ich: Er spielt aus, was er in seinem Blatt hat, dessen können wir sicher sein, auch wenn ich noch kein einziges Stück gesehen habe.«

»Kurz«, sagte Justine langsam, »Sie reden von Verführung.«

»Richtig, ganz genau.« Gabrielle d'Angelle musterte Justine mit sichtlich neuer Wertschätzung. »Verführung, das ist das richtige Wort. Was auch sonst – bei einer Aufmachung in dem riesigen Raum unter dem Ritz bis hinaus zur Terrasse des Cafés im Freien mit nicht weniger als tausend blühenden Kirsch- und Apfelbäumen? Marco will die Atmosphäre des Frühlings eines vagen, voll idealisierten Jahres zwischen 1934 und 1936 schaffen.«

»Kein Mensch kann sich doch noch so weit zurückerinnern«, wandte ich ein.

»Ja eben, das ist doch der Zweck der Übung! Die Gegenwart ist nicht so attraktiv, nicht? Marco will ein imaginäres Jahr von damals wiederbeleben, ein Jahr, in dem niemand Grund hatte, sich über die Zukunft Sorgen zu machen oder der Vergangenheit hinterherzubrüten, verstehen Sie? Die Verführung der Sinne beginnt bereits, wenn die Journalisten das Hotel betreten aus der kalten Nacht und die ganze Halle in Frühling verwandelt sehen.«

»Haben Sie eine Ahnung, was *Chicago* tatsächlich spielen werden?« fragte ich. »Was heißt das, Neues im Stil der dreißiger Jahre?«

»Na, denken Sie im Ernst, sie würden Originalmusik spielen?« Die strenge Gabrielle war geradezu entsetzt über diese Vorstellung. »Nein, nur die Interpretation und die Orchestration sind original. Etwas so Wichtiges würde Marco natürlich nicht diesen Musikern überlassen.« Sie holte ein Notizbuch aus ihrer Handtasche. »Wollen Sie mal ein paar von den Titeln hören, mit denen sie die Leute vor der Schau einstimmen sollen? *Lovely to Look At. Isn't This a Lovely Day to Be Caught in the Rain. I'm in the Mood for Love. Blue Moon. All I Do Is Dream of You. My Romance.*«

»Genug, genug!« rief Justine und lachte ebenso laut wie ich. Sogar die liebe Gabrielle gestattete sich ein dezentes Lächeln. »Wir haben es ja verstanden. Die ganzen alten Schmuse-Schnulzen. Wenn das die Leute nicht in Stimmung bringt, dann gar nichts. Wir veranstalten also, mit anderen Worten, eine atemberaubende Kopie eines Klischee-Paris mit nicht endendem Kunstfrühling und Musik aus der besten Zeit der Hollywood-Musicals, dazu ein vom Ritz geliefertes Bankett, mit allen nur verfügbaren Models. Also wirklich, Marco kann bestimmt nicht sagen, es lag, wenn seine Kleider niemand mag, daran, daß sie nicht mit einem Höchstaufwand an Schmalz präsentiert wurden.«

»Immerhin«, gab Gabrielle zu bedenken, »ist der Abend, mit etwas Glück, auch der erste Schritt zum Lombardi-Parfüm. Erst das Couturier-Parfüm bringt das Geld. Der Parfümweltmarkt bewegt sich um siebeneinhalb Milliarden Dollar jährlich. Monsieur Necker plant weit in die Zukunft.«

Dieses unser Dreiergespräch hatte dann abrupt geendet, als Jordan und April hereingeplatzt kamen, unmittelbar gefolgt von Mike und Maude. Die Mädels zeigten deutliche erste Anzeichen von Lampenfieber.

»Was sollen wir eigentlich mit uns anfangen, bis es Zeit ist für die Probe«, lamentierte Jordan. »Wir haben schon Schaumbäder genommen, bis unsere Fingerspitzen verschrumpelt waren, zweimal unsere Zehennägel gefeilt und lackiert, uns unsere Beine rasiert, die Haare gewaschen. Jetzt bleibt nur noch, daß wir uns die Augenbrauen auszupfen, bis auch das letzte Härchen weg ist.«

»Noch immer zwei Stunden«, schloß sich April dieser Klage an, »bis wir zum Ritz fahren. Ich habe den ganzen Tag noch keinen Bissen gegessen, und mir ist ganz schwach vor Hunger. Aber ich habe Angst, daß es mir gleich wieder aus dem Gesicht fällt, wenn ich irgend etwas im Magen habe.«

»Ich habe eine Idee«, sagte Mike. »Könnt ihr alle Poker? Nein? Nur ich und Maude und Frankie? Na gut, dann bringen wir es euch anderen bei, bis ihr es könnt, und dann spielen wir um Geld, bis es Zeit zum Abfahren ist.«

Justine stieß mich zustimmend an. Das bedeutete unmißverständlich: Nicht schlecht gewählt, meine Liebe.

Ich sah mich nicht veranlaßt, einer so offensichtlichen Wahrheit zu widersprechen, und beschäftigte mich stattdessen damit, vom Zimmerservice Spielkarten und einige Platten mit etwas zu beißen kommen zu lassen. Auf diese Weise vergingen die nächsten zwei Stunden tatsächlich wie im Fluge mit sehr schnellem, lockerem und höchst unorthodoxem Poker. Und bald waren alle so entspannt, daß sie auch ausnahmslos beim Essen zugriffen, und die Sache endete damit, daß Jordan behauptete, sie habe dreihundert Dollar gewonnen. Mike saß die ganze Zeit neben mir und schoß zwischendurch, wenn er nicht gerade in meine Karten schaute, ein paar Fotos.

»Hör auf zu schummeln!« sagte ich schließlich giftig.

»Aber deine Karten sind doch auch meine Karten, Liebling«, sagte er. »Was dein ist, ist auch mein. Willst du mal in meine reinschauen?«

»So denkst du dir das?«

»Klar.«

Unter dem Einfluß seines Grinsens und seiner blitzenden Augen beugte ich mich wirklich vor, um in seine Karten zu spitzen. Aber Maude erhob Protest: daß es so nicht ginge. Da mußten wir es bleiben lassen.

Jetzt aber war selbst die Erinnerung an den Spaß, den wir gehabt hatten, vorüber. Maude, Gabrielle und Justine waren in dem kleinen Aufzug des Ritz schon vorausgefahren, und bei der zweiten Fahrt standen Mike und ich hinten und April und Jordan vor uns mit dem Rücken zu uns, aufrecht und mit Hohlkreuz, Kopf hoch, Brust raus, in totaler Selbstsicherheit und Selbstversenkung. Nur durch ihre Haare waren sie noch unterscheidbar – Jordan mit ihren dunklen Cherubim-Löckchen und April mit ihrem Platinnacken. Auf einmal surrte Mikes Kamera, und da bemerkte ich erst, was er schon entdeckt hatte: Die beiden hielten sich so verklammert an der Hand, daß es weh tun mußte.

»Du herzloser Kannibale«, zischte ich ihn an. Aber er zischte leise zurück: »Mögliches Titelbild!« und machte noch ein Foto, während sich die Aufzugtür bereits öffnete. *»Go, girl, go!«* ermutigte Jordan April mit einem schnellen Lächeln, und sie schritten, einander noch immer an der Hand führend, hinaus in den von Zigarettenrauchdunst geschwängerten, weiß und rosa gefliesten Marmorempfangsraum. Im Hintergrund waren die kleinen vergoldeten Stühlchen gestapelt, die gerade hereingeschafft wurden. Dort standen drei der berühmtesten Models, die auch innerhalb des gesamten Trubels sofort auffielen.

»Was machen wir zuerst?« fragte ich Gabrielle.

»Die Mädchen sollten sich bei Marco melden, damit er weiß, daß sie hier sind. Ich kümmere mich darum.«

»Nein, das mache ich«, sagte Justine hastig.

»Niemand, der nicht notwendig ist«, sprach da jedoch Gabrielle d'Angelle streng, »darf hinter die Bühne, und Sie sind nicht direkt mit der Vorführung der Frühlingskollektion befaßt. Es wird sowieso ein Tollhaus sein heute abend. Tut mir leid, aber Sie müssen schon hier warten, Justine. Ich dachte, Sie verstünden das.«

»Geschenkt, Gabrielle. Ich gehe mit den Mädchen, und

Frankie geht auch mit. Sie brauchen uns. Und selbstverständlich müssen auch Mike und Maude überall dabeisein.«

»Mike und Maude, gut. Aber was Sie und Frankie angeht, absolut unmöglich.«

»Na, dann fragen Sie mal Marco selbst.«

Nach einer Minute kam Gabrielle wieder und sah so erstaunt aus, wie es ihre beherrschten Gesichtszüge gerade noch zuließen. »Er sagt, ihr könnt beide jederzeit überall hin, solange ihr ihm aus dem Weg geht. Tut mir leid, Justine, ich hatte keine Ahnung von dieser Ausnahme für Sie beide.«

»Schon gut. Konnten Sie ja auch nicht wissen. Nun kommt, alle miteinander. Und Mike, denken Sie daran, keine Fotos von Miss Schiffer nackt, nicht einmal in Unterwäsche. Sie könnten sie mit einem Ausdruck erwischen, den sie nicht mehr ändern kann, aber den zeigt sie nicht, wenn sie nicht bezahlt wird. Das ist etablierte Regel.«

»Jech!« machte mein Heißgeliebter nur.

Und in diesem Augenblick fing *Chicago* mit den ersten Tönen von *Goody Goody* an, und auf der Stelle war ich selig und hingerissen. Sie spielten es stark synkopiert und extra schnell und mit einem solchen Beat, daß er keinen unberührt ließ. In dieser Musik war die schiere Essenz von Erwartung und lockerer, leichter, unkomplizierter Freude. Ringsherum begannen alle zu lächeln. Mit einer so natürlichen Geste wie ein Kind, das sich nach einem Mückenstich kratzt, nahm Jordan April zu ein paar kleinen Tanzschritten mit.

»Gar nicht schlecht, diese *Chicago*«, sagte Gabrielle mit einem für ihre Verhältnisse geradezu begeisterten Tonfall.

Wir bahnten uns einen Weg in den großen Schönheitssalon, der zur improvisierten Garderobe umfunktioniert worden war. In diesem riesigen Raum in rosa Marmor gab es Platz genug, daß sämtliche Kosmetikerinnen, Maskenbildner, Friseure (oder vielmehr Hairstylisten) sich mit ihren Utensilien ausbreiten konnten. Außerdem war die Beleuchtung ideal, und nachdem alle sonst dort stehenden Ledersessel durch Sitzbänke ersetzt waren, blieb auch noch Platz genug für die An- und Umkleide der Mädchen übrig.

Als wir alle zusammen an der Tür standen, wurde mir auf einmal bewußt, daß ich mir nie klargemacht hatte, was für ein unheimliches Gefühl es für diese Mädchen sein mußte, einander in solchen Massen gegenüberzustehen. Hier kamen sie nicht tröpfchenweise herein und heraus wie bei uns in der Agentur, jede ein Individuum, wie ich sie einzeln kennengelernt hatte. Hier waren sie vielmehr eine kollektive Gruppe mitten in einer Atmosphäre von Wissen ihrer Auserwähltheit. Regeln, die für alle anderen Frauen galten, waren für sie aufgehoben, zumindest momentan. Ihre Gesichter, so jung sie sein mochten, trugen die Last von so viel Erwartung, daß man meinen konnte, man befinde sich im Wartezimmer der Kandidaten für die Oscars.

»April! Jordan!« zischte Justine. »Hört auf, so zu starren! In einem halben Jahr seid ihr beide davon nur noch gelangweilt. Könnt ihr sie nicht denken hören: Neuer Job, neue Dollars – aus!?«

»Ja doch, Frau Chefin«, sagte Jordan halblaut, ohne gleichwohl imstande zu sein, den hypnotisierten Blick von der fast haremsartigen Szene zu wenden: Mädchen überall, teils unter ihren Ritz-Friseurhauben angeregt miteinander plaudernd oder auch leise und intim in Handys hineinredend, teils hatten sie die nackten Beine ungeniert auf den Frisiertisch gelegt, als wären sie allein bei sich zu Hause, tranken aus Getränkedosen oder -flaschen und gingen dabei ihre Terminkalender durch. Die einen inspizierten eingehend den Lack ihrer Zehennägel, die anderen malten an ihren Wimpern herum oder untersuchten genauestens die fast unsichtbaren Äderchen im Weißen ihrer Augen. Ein paar gab es, die tatsächlich in einem Taschenbuch lasen. Und eine oder zwei wiesen gar so menschliche Unvollkommenheiten auf wie die Notwendigkeit, eine Brille zu tragen. Da und dort gab es kleine Grüppchen, die die Köpfe zum Klatsch zusammensteckten. Aber nicht eine zeigte sich an den Kleidern interessiert, die sie gleich anprobieren und dann morgen vorführen sollten. Das dreifache Honorar für einen noch völlig unbekannten Couturier bezahlt zu bekommen konnte schließlich nur bedeuten, daß das Zeug die reine Katastrophe war. Hier steckte sich ein Mädchen eine Zigarette an, dort drückte ein anderes gerade eine aus, und noch andere waren in ihren Rauchwolken kaum sichtbar. Zum tausendsten Mal dankte ich Gott für das Glück, daß meine drei Schutzbefohlenen alle Nichtraucherinnen waren. Ein paar Mädchen winkten Mike zu, einige auch Justine, aber danach wanderten ihre Augen ausdruckslos über April und Jordan hinweg. Wir sind die echte Erstbesetzung, schien ihr demonstrativer Mangel an Interesse zu sagen, und: IN sind wir, ihr seid OUT, damit wir uns da gleich richtig verstehen. Ihr beide? Ihr seid zweite Besetzung, angeheuert lediglich für einen Stunt an einem einzigen Tag.

»Wo ist Lombardi?« fragte Justine.

»Wahrscheinlich hinter diesen Mädchen dort«, antwortete Mike und deutete auf eine Reihe von sechs aufgestellten Mädchen, die uns den Rücken zuwandten. Von unserem Standpunkt aus schienen sie alle identische Kostümjacken in wundervoll hyazinthblauer Wolle zu tragen, alle eng geschneidert, schmale Schultern, enge Taillen.

Justine drängte die Mädchen vorwärts in die Richtung Marcos, mit den Händen auf ihren Schultern. »Jordan und April sind da«, sagte sie zu ihm, als wir dort waren. Er saß hinter dem Tisch, halb vergraben unter einem Riesenmosaik von Accessoires.

»Ziemlich spät«, war seine einzige Reaktion, ohne Justine anzusehen.

»Der Pariser Verkehr«, erläuterte Justine nur als sachliche Feststellung ohne jeden entschuldigenden Unterton.

»Bring sie zu ihrer Dresserin«, sagte Lombardi. Er wandte sich wieder ab und fuhr in seiner Beschäftigung fort. »Setzt ihnen die Hüte auf«, sagte er zu seinen Assistenten und sah zu, wie sie engsitzende, haarbedeckende, pistaziengrüne Filzglocken auf die Köpfe seiner sechs Anprobemodelle stülpten – die sechs höchstbezahlten Köpfe der Welt. Jede Filzglocke war mit einer einzigen Rose dekoriert. Die Röcke der federleichten, eleganten Kostüme hatten jeder verschiedene Längen, vom nur fingerbreiten Mini bis knöchellang. Alle aber hatten sie dieselbe modifizierte A-Linie, also nach unten breiter werdend. Jedes Model trug dünne, durchscheinende, beige Strumpfhosen, und alle hatten auch die gleichen schwarzen Lederpumps an. Es war unmöglich, zu sagen, daß die eine Länge besser aussah als die andere oder moderner sei als eine andere.

Marco stand auf und zog den kniebedeckenden Rock von Kate Moss in der Taille etwas enger.

»Himmlisch«, schmelzte er sie an.

»Er hat uns nicht mal angesehen«, sagte April auf dem Weg durch die Menge nach hinten. »Nicht mal Hallo sagte er.«

»Das hat nichts mit euch persönlich zu tun, das gibt sich schon«, besänftigte Justine. »Ist übrigens gar keine so dumme Idee, diese verschiedenen Längen«, meinte sie zu mir, verärgert, aber aufrichtig.

»Na ja, so lala«, grummelte ich. Doch auch ich mußte zugeben, daß Marco den Moderedakteurinnen die richtige Antwort gab, was das Thema ›Rocklänge‹ betraf. Es war nämlich kein Thema. Und dazu so überzeugend dargestellt, daß die Medien es einfach nicht übersehen konnten.

Schließlich kamen wir an den beiden Kleiderstangen an, an denen Aprils und Jordans Namen mit Kreide auf einen Karton geschrieben standen. Die Mädels stürmten, am Ende ihrer Geduld, auf die Kleider geradezu los und kümmerten sich überhaupt nicht um die verblüffte und protestierende Dresserin. Sie suchten durch die Hängestangen, als wären sie wie Jagdhunde hinter einem Kaninchen her, und stießen aufgeregte Quietscher aus. Ihre Begeisterung äußerte sich immer lauter und lebhafter. Mike fotografierte wie wild. Sie führten sich auf wie hingerissene Einkaufsbummlerinnen in einer Game Show.

»Mädchen, also bitte, um Himmels willen!« protestierte Justine. »Ein bißchen Beherrschung!«

»Seht euch das an!« kreischte April. »Ein Mohair-Cape in Feuerwehrrot, gesäumt mit blaßrosa Satin und dazu ein Kleid, das genau zu den Säumen paßt ... Wahnsinn!«

»Und ich habe hier das genaue Gegenstück!« verkündete Jordan nicht minder laut und begeistert. »Cape in Rosa, Kleid rot!«

»He, he!« rief April aus und hielt ein schulterfreies, lilafarbenes Satinkleid mit weitgeschnittenem Rock und einer feinplissierten, schokoladenfarbenen Schärpe sowie mit einem winzigen, engen und schokoladeglitterbesetzten Bolero hoch – eine Creation, die einer jungen Sophia Loren würdig war.

»Das habe ich auch«, antwortete sogleich Jordan wieder und zeigte ihr Gegenstück dazu, auch dieses wieder in den spiegelverkehrten Farben, das Kleid braun, die Schärpe lila und der Bolero in leuchtendem Lavendel. »Sind wir Zwillinge?«

»Keine Ahnung«, antwortete April und war schon beim nächsten: »*Wow,* Prinzeßmantel, Prinzeßmantel!« Und sie zeigte uns einen gebauschten, durchgeknöpften Mantel mit Biesen, federleicht, taubengrauer Flanell mit einem bewußt kargen Florband eines weißen Seidenkleids. »Darin müßte man heiraten – du, Jordan?«

»Wieder genau das gleiche hier, aber apfelgrüner Tweed, einschultrig das Kleid, in blassem Türkisorganza ... und sieh dir diese gelbe Samtjacke über einem blaßrosa Chiffoncocktailkleid an! O lala. Nur – Samt für den Frühling? Trotzdem, ist es nicht irre genau das richtige Gelb? Justine, ist das nicht das perfekteste Gelb?«

»Lassen Sie es mich mal anprobieren«, sagte Justine und zog ihre eigene Jacke aus.

»Kommt gar nicht in Frage! Sie schmutzen es womöglich an ... Da, hier ist noch eine in Himmelblau, fast genau der gleiche Schnitt!« Jordan warf Justine die Samtjacke zu und wühlte sich bereits weiter durch die ganzen Herrlichkeiten auf ihrer Stange, als habe sie nur noch eine Minute Zeit dafür in ihrem Leben. »Seht mal, hier! Jedes Kleid hat eine Jacke dazu, jedes Cocktailkleid oder Ballkleid ein langes Cape oder einen Mantel dazu oder einen Bolero ... endlich mal hat jemand zur Kenntnis genommen, daß man als Frau eine Menge Zeit in klimatisierten Räumen verbringt! O Gott, schaut euch das an!«

Sie griff sich ein Ballkleid aus Plaidtaft in einem halben Dutzend changierender Pastelltöne. »Mit Reifrock! Das gibt es nicht! Und das Cape, habt ihr schon mal ein wunderbareres Pink als das hier gesehen? Und da, die Kapuze, plaidgesäumt!« Sie warf sich das Cape um die Schultern, schmiegte sich in den hinreißenden Rahmen der Kapuze und posierte übertrieben in den Spiegel: »Das ziehe ich nie mehr aus, nicht für alles in der Welt!«

April stieß einen markerschütternden Südstaatenschrei aus. Die verrückte Begeisterung der beiden hatte inzwischen ringsum Aufmerksamkeit genug ausgelöst, daß sich selbst die sechs Star-Models veranlaßt sahen, auch ihrerseits ihre Vorführkleider zu inspizieren, was sie bisher, noch mit der Inbesitznahme und dem Revierabstecken ihrer Territorien beschäftigt, ignoriert hatten. Im Handumdrehen war der Raum voller Entzückensrufe und vergleichender Betrachtungen, wobei lediglich Enttäuschung bei den wenigen Sachen geäußert wurde, die grau, marineblau oder schwarz waren. Die Star-Models vergaßen darüber tatsächlich ihre Überlegenheit und widmeten sich ebenfalls der bewundernden Begeisterung und dem posierenden Anprobieren und Vergleichen in dem reichen Garten dieser intensiven Frühlingsfarben.

Da donnerte Marco mit Stentorstimme über den Lärm hinweg. »*Girls, Girls!* Kein Austauschen der Kleider! Versucht nicht mal, die Kleider einer anderen anzuprobieren! Augenblicklich ist Schluß jetzt! Wenn ihr euch benehmt, verspreche ich euch, daß ihr nach Herzenslust tauschen könnt, sobald sie fertig fotografiert sind. Es ist genug von meinem perfekten Pink für alle da, genug Narzissengelb, genug Neuesgrasgrün und genug Apfelblütenweiß! So, und nun hängt alles wieder ordentlich zurück, wo ihr es herhabt, auf der Stelle, wenn ich bitten darf! Und hört auf eure Dresserinnen! Und jetzt will ich Karen, Kate und Shalom in ihren ersten Nummern sehen. Beeilt euch ein bißchen, ja?«

»Der eingebildete Zwergaffe fühlt sich schon im großen Modehimmel!« flüsterte mir Justine ins Ohr, während sie sich in das für die schmale Jordan geschnittene Ballkleid aus lila Chiffon zwängte. »Die Mädchen haben ihm soviel Begeisterung ins Ohr gesäuselt, daß er meint, das ist schon der Erfolg. Dabei sind doch in Wirklichkeit niemandem die Kleider mehr egal als ihnen.« Sie legte sich auch noch das violette Cape mit dem gerüschten Taftkragen um. »Na, wie sehe ich aus? Bin das ich, die graue Maus, oder wer?«

Aber ich war viel zu beschäftigt damit, mich meinerseits in Aprils ziemlich gewagtes marineblaues Satincocktailkleid mit dem weißen Marabukragen und den Manschetten *à la* Mae West zu winden, als daß ich ihr hätte antworten können.

24

Mitten in einem ganz köstlichem Traum, der sofort für immer und ewig davonschwebte, klingelte es an meiner Zimmertür. Blinzelnd und fluchend und mich in mein Nachthemd verheddernd, taumelte ich aus dem Bett.

»Wer, zum Teufel, ist denn da?« belferte ich durch die Tür mit einer Stimme, die keinen Zweifel daran ließ, wie wenig ich es schätzte, auf diese aufdringliche Weise aus meinem nur zu verdienten Schlaf gerissen worden zu sein.

»Tom. Ich wollte Sie nicht wecken, Frankie, aber Tinker bestand darauf.«

»Wie spät ist es denn, daß Sie derart schreien?«

»Na, drei Uhr nachmittags.«

»Gütiger Himmel! Warten Sie eine Minute, Tom, ich muß mir nur schnell etwas überziehen.«

Während ich mir Wasser ins Gesicht spritzte und mir hastig die Zähne putzte, konnte ich es kaum glauben, daß ich so lange geschlafen hatte. Zugegeben, wir waren alle erst um sieben Uhr morgens ins Hotel zurückgekommen, und dann hatte ich mich in meinem Wohnraum erst einmal über ein gewaltiges Frühstück hergemacht. Aber trotzdem, dann gleich bis weit in den Nachmittag hinein zu schlafen ... Das hatte ich noch nie in meinem ganzen Leben gemacht. Ich kann mir gut vorstellen, was meine Mutter dazu gesagt hätte.

»Armer Tom«, sagte ich bedauernd, als ich schließlich in den Wohnraum hinüber zu ihm ging. »Tinker muß ja ausflippen vor Neugier. Ich war ganz sicher, daß ich von selbst früher aufwachen würde, deshalb habe ich gar nicht erst den Wecker gestellt. Noch kein Lebenszeichen von den anderen, nicht einmal von Mike?«

»Nein, nichts. Ich saß direkt an ihrer Tür, halb auf dem

Flur, so daß ich niemanden von euch übersehen konnte. Die einzige, die ich überhaupt zu Gesicht bekam, war Peaches Wilcox.«

»Haben Sie denn überhaupt geschlafen?« fragte ich ihn.

»Praktisch gar nicht. Ich lag auf der Bettdecke, Tinkers Arm am Gürtel meines Bademantels an mich gebunden, damit sie nicht weg konnte, ohne daß ich es merkte, aber ich hielt mich wach, damit ich nicht über sie rollte.«

»Na, und wie gefällt Ihnen die Modebranche jetzt?«

»Das Schlimmste, was ich je erlebt habe.«

»Wie geht es ihr denn?« fragte ich und hatte Angst vor der Antwort.

»Sie behauptet steif und fest, total erholt und wieder voll auf dem Damm zu sein. Und sie ist wütend, weil ich sie außer ins Bad nicht aus dem Bett lasse.«

»Keine verrückten Reden mehr?«

»Nicht verrückt ... na gut, ein kleines bißchen vielleicht, aber das ist mehr zwanghafte Ungeduld.«

»Hören Sie zu, Tom. Sie sind der einzige, der sie die ganze Zeit gesehen hat. Sagen Sie mir ehrlich Ihre Meinung. Nimmt Tinker irgendwelche Drogen? Sie benimmt sich jedenfalls merkwürdig genug.«

»Speed kann es jedenfalls nicht sein, das steht fest. Ich kenne einen Haufen Leute in der Werbebranche, die auf Speed waren, aber die fielen nicht nach der Arbeit derart auseinander wie Tinker, leblos und schlaff wie eine Stoffpuppe. Sie entspannt sich nicht, kommt nicht runter, sondern klappt einfach zusammen. Falls sie Stoff von diesem affigen Blödmann kriegt, für den sie da arbeitet, habe ich es jedenfalls nicht bemerkt. Und Señora Varga? Nein. Warum sollte die Tinker etwas geben? Das würde doch nur ihre Konzentration auf diesen idiotischen Tango stören. Wenn Sie mich fragen, heißt die Droge, unter der Tinker steht, zügelloser Ehrgeiz; diese verrückte Idee, sie müsse unbedingt dadurch ihre eigene Identität finden, daß sie lernt, wie man auf dem Laufsteg geht, und daß sie diesen blödsinnigen Wettbewerb gewinnt. Pausenlos sagt sie nur: Ich will da rauf, das ist alles, da rauf und es bringen. Ein ums andere Mal, immer wieder dasselbe.«

»Ja, aber das ist ganz natürlich, daß man so redet, Tom. Sehen Sie, die besten Laufstegmädchen sind wie nervöse Rennpferde vor dem Start, die es auch nicht mehr erwarten können, bis es losgeht. Würde man sie nicht sehr im Zaum halten, liefen sie alle zugleich durcheinander los und würden sich gegenseitig über den Haufen rennen.«

»Na, wenn es darum geht, dann hat sie es ja schon geschafft. Bitte, Frankie, haben Sie Erbarmen mit mir. Kommen Sie mit, und erzählen Sie ihr jede kleinste Einzelheit von gestern abend. Ich schlafe jetzt schon beim Reden mit Ihnen ein.«

»Legen Sie sich auf die Couch da. Ich sehe mal nach Tinker und esse mit ihr.«

Ich warf mir einen Mantel über den Morgenrock und eilte den Hotelflur entlang. Tinker lag in den Kissen. Ein Bein war fest und kompliziert an den Bettpfosten gebunden. Das Telefon stand so weit weg, daß sie es nicht erreichen konnte. Sie sah aus wie die Heldin in einem Comic-Buch, die auf die Eisenbahngleise gebunden ist, um gleich überrollt zu werden.

»Sie müssen zugeben, gründlich ist er ja, dieser Tom«, sagte ich, als ich sie losband, und mußte mich beherrschen, über ihre wilde Wut nicht zu lachen.

»Den Scheißkerl bringe ich um«, schimpfte Tinker. Ihre Stimme klang belegt und heiser wie eine verstimmte Harfe. »Sie können sich nicht vorstellen, was der mir die ganze Nacht alles zugemutet hat. Der ist doch kriminell und verrückt.«

»Na, na, nun wollen wir aber nicht gleich unfair werden, Tinker. Er hat nur getan, was wir ihm ausdrücklich aufgetragen haben. Steigern Sie sich da in nichts hinein. Tom war gut, loyal und aufrichtig.«

»Ihr seid alle zusammen übergeschnappt«, schimpfte Tinker weiter. Sie rieb sich ihr Bein und sprang dann auf, um nervös im Zimmer hin und her zu laufen. »Ich bin doch nicht krank oder was! Ich bin völlig in Ordnung. Das sehen Sie doch, oder? Nichts ist, gar nichts! Welche Schlampe hat meine Kleider getragen?«

»Ich erinnere mich noch an das eine einzige Mal, Tinker, als Ihnen kein ›verdammt noch mal‹ über die Lippen kam. Da sagten sie höchstenfalls ›ver-punktpunktpunkt‹!« Schlampe! Kein Wunder, daß Tom meinte, sie rede ein wenig ausgeflippt. »Wie es der Zufall wollte, ein früheres Hausmannequin, das Marco vor Äonen mal rausgeschmissen hat. Sie ist schick, aber keine Konkurrenz. Sie schafft es, fabelhaft zu wirken, aber nur, weil Ihre Kleider die bei weitem schönsten und besten der ganzen Kollektion sind.«

Ich versuchte damit natürlich, sie aufzumuntern, aber es stimmte auch alles, was ich sagte. »Sie können wirklich stolz sein auf Marco, Tinker. Und Ihre Dresserin hat alles voll im Griff, mit allem Drum und Dran, samt den Accessoires. Sie wartet nur auf Sie. Natürlich waren Ihre Röcke an Janine zu lang, aber das spielte keine Rolle. Selbst ohne Sie wäre die Schau eine totale Sensation. Ein absolut echter Knüller. Es ist einer dieser Wendepunkte, von denen man in der Modebranche noch jahrelang spricht. Alle Welt lobt ihn in den höchsten Tönen. Alles, was Sie mir gesagt haben, stimmt. Marco ist ein Genie, auch wenn ich es nicht gern zugebe.«

»Ich habe es Ihnen ja gesagt.«

»Wissen Sie, da war dieser deutlich spürbare ganz frische Wind, ach was, Wind: ein Tornado. Und er hielt die ganze Nacht durch an.«

»Ich wußte es! Erzählen Sie weiter!«

»Die Kleider hatten alle dieses besondere Etwas, das sich

die Modezeitschriften immer erflehen. Ich glaube, es ist tatsächlich so etwas wie etwas echt Neues. Nichts erinnerte an irgendeinen anderen Couturier und dessen Farben. Ob Sie es glauben oder nicht, Justine und ich prügelten uns fast darum, Aprils und Jordans Kleider anzuprobieren. Mir gaben sie das Gefühl, daß sie, wie teuer sie auch immer sein mögen, ihr Geld wert sind. Sie machen einen anderen Menschen aus einem, schmeicheln, sind hinreißend ... zum Fressen schön – und dabei im Grunde alles tragbar. Es ist fast nicht zu glauben, wenn man sagt, daß nicht ein Stück darunter war, das abgefallen wäre. Es war fast unnatürlich. Ich mußte sie einfach haben, dachte ich, und wußte doch genau, daß es nicht möglich war. Noch nie habe ich bei Kleidern so etwas verspürt.«

»Und was war mit April und Jordan?« fragte Tinker scharf nach. »Wie waren ihre Kleider?«

»Na ja ...«

»Sagen Sie es mir, Frankie! Verdammt noch mal, ich muß die Wahrheit wissen!« Sie kommandierte nahezu.

»Ganz außerordentlich. Jede auf ihre Art. In diesen Kleidern konnten sie nicht anders als gut sein.«

»Ich werde noch besser sein.«

»Aber selbstverständlich.« Es wäre nicht besonders schlau, dachte ich, ihr jetzt nicht zuzustimmen. Ich betrachtete sie verstohlen auf ihren »Zauber« hin, der das Wesentliche an ihr war. Falls sie wirklich auf Drogen war, dann konnte sie zumindest seit gestern abend keine genommen haben. Aber auch nach ihrem erholsamen Schlaf war sie nicht wesentlich verändert.

Tinkers normaler Ausdruck war eine sanfte, fast unterdrückte Fröhlichkeit, die der Welt um sie herum aufmerksamer begegnete als sich selbst. Jetzt, wo sie mich ausfragte, war sie ein Feuerwerk von Ungeduld, alles gebündelt in eine Vision, wie sie selbst am Abend aussehen sollte und wollte.

Ihr blasser Teint hatte mehr Farbe, als ich je an ihr gesehen hatte, ihre Augen glitzerten kampfeslustig und fast gefährlich. Selbst ihr Haar schien einen Hauch heller zu sein als der normale rötliche Ton: als brennte es. Zuviel geprobt, dachte ich und versuchte, meine Ängste zu bezähmen. Überarbeitung, gefolgt von Frustrationen und gepaart mit Lampenfieber. Aber wenn wir erst einmal im Ritz sind, dachte ich, wird sich das legen, und sie wird voll da sein. Mußte sie ja auch.

»Ich bestelle etwas vom Zimmerservice, Tinker. Was möchten Sie haben?«

»Gar nichts, verdammt ... Himmel, wieso glauben alle, ich sei hungrig? Tom hat mich praktisch zwangsernährt, seit ich hier bin. Ich habe mindestens ein Kilo zugenommen, zum Teufel!« Sie war schon wieder wütend.

»Kein Mensch kann in sechsundzwanzig Stunden ein Kilo zunehmen«, erklärte ich mit meiner überzeugendsten Stimme. »Ein Kilo Fett sind achttausend Zusatzkalorien.«

»Na und? Wie kann ich Kalorien verbrennen, wenn ich hier wie im Gefängnis sitze? In diesem Scheißbett hier, in dem meine Muskeln atrophieren? Frankie, hören Sie, es ist immer noch Zeit für eine Tangostunde. Rufen Sie doch die Señora an, und machen Sie mir einen Termin bei ihr. Sagen Sie ihr, ich bin praktisch schon auf dem Weg.«

»Aber Tinker! Wenn es irgend etwas gibt, das Sie jetzt nicht brauchen, dann ist es eine Tangostunde! Sie tanzen ja noch im Schlaf Tango.«

»Das wäre gut zum Muskelaufwärmen!« Tinker bettelte geradezu, zog sich splitternackt aus und hastete Richtung Bad.

»Tinker!« mahnte ich sie streng. »Wir müssen in knapp zwei Stunden im Ritz sein, für die Frisur und das Make-up. Sie brauchen jetzt keine Tangostunde, sondern eine ausgiebige Dusche und etwas zu essen. Und sie müssen sich beruhigen. So ausgeruht, wie Sie selbst vielleicht meinen, sind

Sie sicher noch nicht, und es wird eine lange Nacht. Sie gehen nicht aus dem Hotel, bis wir alle zusammen gehen. Ich bleibe hier sitzen, bis Sie im Bad fertig sind. Dann gehen wir in die Suite und spielen Poker, bis es soweit ist.«

»Gut, ich komme nach.«

»Nein, nein, ich warte, und wir gehen zusammen.«

Tinker funkelte mich an und schlug die Badezimmertür wütend hinter sich zu. Ich rief in meiner Suite an und trug Tom auf, Justine zu wecken. Schlaftrunken kam sie ans Telefon.

»Tinker wütet hier rum«, informierte ich sie. »Sie wollte sogar noch eine Tangostunde haben ... und fragte, welche ›Schlampe‹ ihre Kleider bei der Probe getragen habe.«

»Führt sie sich genauso auf wie gestern?«

»Nicht ganz so, sie tobt wenigstens nicht, aber sie ist auch nicht ganz sie selbst. Tom glaubt aber nicht, daß sie irgendwelches Zeug nimmt. Ich kann es einfach nicht beurteilen.«

»Das läuft wirklich blöd mit diesen Wartezeiten! Alle drehen dabei durch. Aber sie wird sich bestimmt beruhigen, wenn es erst einmal losgeht.«

»Glaubst du das tatsächlich?«

»Was haben wir denn sonst für eine Wahl? Solange Tinker noch stehen kann, muß sie ihre Chance bekommen.«

»Weck alle auf, Justine, ja? Und hol schon mal die Karten heraus. Ich komme mit Tinker rüber, sobald sie aus der Dusche heraus ist.«

»Wie nervös bist du eigentlich, Frankie?«

»Nicht mehr als du auch, Schätzchen.«

»Und wir beide müssen nicht mal auf den Laufsteg. Komm schnell her. Ohne dich ist alles viel schlimmer.«

25

Die beiden Wagen mit Chauffeur fuhren am Angestellteneingang des Ritz vor. Eine Gruppe kräftiger junger Männer in einfachen, dunkelblauen Anzügen, einheitlich mit dunkelroter Krawatte, bewachte den Eingang.

»Wer sind die denn?« fragte Frankie.

»Die heißen die roten Krawatten«, erklärte Justine. »*Les Cravates Rouges.* Das sind Edelrausschmeißer. Sie passen auf, daß niemand reinkommt, der nicht erwünscht und eingeladen ist. Alle engagieren sie. Gestern abend waren sie noch nicht da. Kannst sicher sein, daß noch viel mehr von ihnen vorne vor dem Haupteingang stehen. Die Absperrstürmer sind der Alptraum bei jeder Kollektion.«

Einer der *Cravates Rouges* kam auf sie zu, einen Riesenfrühlingsblumenstrauß im Arm. »Madame Loring?«

»Ja?«

»Jedes Mannequin bekommt einen Strauß, und diese Umschläge sind für Sie, für Mademoiselle Severino, für Madame Callender sowie für Messieurs Strauss und Aaron.« Er überreichte ihr fünf weiße Briefumschläge. Als sie einen öffnete, befand sich darin eine gravierte Einladung zum anschließenden Galadinner sowie die Karte mit der Tischnummer.

»Die brauchen wir nicht«, erklärte Justine dem uninteressierten jungen Mann. »Wir bleiben bei den Mädchen.«

»Ich bedaure, Madame, aber Monsieur Lombardi hat ausdrücklich angeordnet, daß außer den Mannequins selbst heute abend niemand hinter die Bühne darf.«

»Wann haben Sie diese Anweisung erhalten?«

»Heute morgen, Madame.«

»Von wem sind die Blumen?«

»Das weiß ich nicht, Madame. Sie waren bereits beim Concierge, als wir kamen.«

»April«, fragte Justine scharf, »ist bei Ihrem Strauß eine Karte?«

»Warten Sie ... ja ... von Mr. Necker! Da steht ... ›Viel Glück für heute abend‹. Was für wunderschöne Blumen! Ist das nicht nett von ihm? Ich komme mir vor wie eine Ballerina!«

»Ich möchte mit Monsieur Lombardi sprechen!« verlangte Justine von dem *Cravate Rouge.*

»Ich kann leider nichts tun, Madame. Tut mir leid, aber das ist unmöglich. Meine Anweisungen sind sehr streng. Monsieur Lombardi darf jetzt auf keinen Fall gestört werden.«

»Wer ist Ihr Chef?«

»Ich selbst bin der Leiter hier, Madame Loring. Unser Büro ist bis morgen früh geschlossen. Alle Beschwerden kommen zu mir. Ich bedaure sehr, Madame, ich würde Ihnen gerne behilflich sein, aber es ist unmöglich.«

»Geht ihr schon mal voraus«, befahl Justine den drei Mädchen. »Ich suche Gabrielle. Wir kommen sobald wie möglich nach. Tinker, Ihre Kleider hängen direkt neben denen von April. Gehen Sie einfach mit den anderen mit.«

Sie eilte davon, gefolgt von Frankie, Maude, Tom und Mike. Nach einer Stunde hektischer Suche und vergeblicher Telefonate war klar, daß Marco Lombardi umsichtig dafür gesorgt hatte, daß sie nur als Zuschauer an der Veranstaltung teilnehmen konnten. Gabrielle d'Angelle, die sich voll auf seine Seite geschlagen hatte, war bereits hinter den Kulissen und unerreichbar. Die einzige Konzession, die Justine dem Kommandeur der *Cravates Rouges* hatte abringen können, war das Versprechen, die Mädchen von alledem zu unterrichten. Er kam zurück von seiner Mission mit der Nachricht, Mademoiselle Osborn lasse ausrichten, sie seien bestens imstande, auf sich selbst aufzupassen.

»Da schnallst du doch ab!« schimpfte Tom. »Damit meint sie natürlich mich!«

»Nein, mein Lieber, mich«, korrigierte ihn Justine. »Morgen wird sie wieder sanft wie eh und je sein, Tom. Das ist keine ungewöhnliche Reaktion. Das ist wie bei einem bockigen Kind, das sich weigert, sich am ersten Schultag beim Abschied der Mutter vor allen anderen küssen zu lassen.«

»Warum warten wir nicht alle in der Bar?« schlug Mike vor. »Ich bin schließlich derjenige, der am schlechtesten behandelt wird, weil man mich nicht hinter den Kulissen fotografieren läßt. Das ist eine Zumutung! Ist das niemandem von euch klar?«

»Armer Liebling!« tröstete ihn Frankie heuchelnd. »Hat schon mal jemand einen Fotografen gesehen, der sich nicht als erster leid tat?«

»Kinder, Kinder!« mahnte Maude kopfschüttelnd. »Wir sitzen doch alle im selben Boot! Wir sollten einander nicht gegenseitig ins Wasser schubsen! Dafür ist später noch Zeit genug. Ich unterstütze Mike. Wir brauchen alle etwas zu trinken. Es dauert mindestens noch eine Stunde, bis wir offiziell eingelassen werden.«

»Vorausgesetzt«, grummelte Justine böse, »die *Cravates Rouges* lassen uns wenigstens in die Bar.«

Loring Management und *Zing* saßen vereint, aber trübsinnig in der Ritz-Bar, immerhin am Tisch mit dem besten Blick zum Eingang. Sie tranken Mineralwasser und Kräutertee, ausgenommen Maude Callender, die sich ihren gewohnten Scotch denn doch nicht nehmen ließ. Es wurde kaum gesprochen, alle beobachteten lediglich die nach und nach zahlreicher eintreffenden Gäste, deren Einladungen von den schier überall herumschwirrenden *Cravates Rouges* ausnahmslos aufs gründlichste überprüft wurden.

Soweit es Maude betraf, war dieser Zwischenfall eine belebende Episode für ihre Geschichte. Sie war unvergleichlich interessanter als die Beschreibung des normalen Wahnsinns in den Umkleidegarderoben der Mannequins vor ihrem Auftritt. Davon hatte sie ohnehin gestern abend genug mitbekommen. Das meiste ließ sich sowieso nicht verwenden. Auf wie viele Arten konnte man schließlich noch das wie geschmiert funktionierende, aber dennoch dabei absolut unglaubliche Irrenhaus beschreiben, das sich da jedesmal abspielte? Ein aufgescheuchter Hühnerhaufen von Mädchen mit genervten Dresserinnen um sich herum. Wie sie sich in Windeseile umziehen, von einem Kleid ins andere hüpfen und die kostbarsten Kreationen dabei auf den Boden feuern wie lästige Fetzen, sobald sie mit dem Auftritt durch sind. Dazu das Fehlen jedes Mindestmaßes an Schamhaftigkeit, falls sie das bei ihrem Job in dieser Phase überhaupt noch registrierten. Und wie oft konnte man zum x-ten Male davon berichten, wie die Friseusen und Kosmetikerinnen ihre Arbeit zelebrieren und sich mit Lockenwicklern, Bürsten und Kämmen über die Mädchen beugen oder wie die Maskenbildner und Stylisten mit ihren Gürteln aus durchsichtigem Plastik samt Taschen daran, in denen sie jederzeit sichtbar und ohne Irrtum griffbereit ihre Spezialbürsten und Farbtuben haben, den Mädchen den letzten Farbtupfer geben? Das einzige von Interesse war im Endeffekt die Schönheit der Mädchen. Und die hatte Mike ebenfalls schon gestern nacht ausreichend fotografiert.

»Hört mal zu«, sagte Frankie schließlich. »Wollen wir eigentlich die letzten sein, die zu diesem großen Ereignis eintreffen? He, he, Moment mal, wartet! Wollt ihr mich etwa mit der Rechnung sitzenlassen?«

»Was ist das denn?« fragte Tinker verblüfft Jordan. »Die spielen *Night and Day*? Was soll dieses alte Schnulzenzeug?«

»Das bringt die Grundstimmung, Schätzchen«, belehrte Jordan sie über die Schulter. »Warte ein paar Minuten, was die noch alles spielen. Hör einfach zu.«

»Gefällt mir nicht«, erklärte Tinker widerspenstig.

»Es hüllt dich ein«, sagte Jordan. »Warte es nur ab.«

»Zu diesem Mist kann ich doch nicht tanzen. Das ist ja ein Foxtrott.«

Jordan drehte sich abrupt zu ihr um. Tinker stand mit blankem Busen da und hatte die Fäuste geballt. Sie sah aus wie die Zornesgöttin persönlich.

»Das ist doch nur die Partymusik, Tinker, reg dich nicht auf.«

»Partymusik? Ist das alles, was das ist – eine Party? Hölle und Verdammnis. Ist den Affen nicht klar, daß es hier um Leben und Tod geht? Wie können die uns dieses Geschnulze zumuten, während wir hier auf die Schlacht warten? Habt ihr denn alle keine Sensibilität? Das ist Beleidigung! Ich gehe raus und sage den Kerlen, sie sollen auf der Stelle mit diesem Scheiß aufhören.«

»Nein, Tinker, nein. Ich gehe und mache das. Du bleibst schön hier. Schau, du bist ja nicht einmal angezogen. April! April, komm mal bitte her. Komm und rede mit Tinker, während ich zu *Chicago* gehe und sage, sie sollen zu spielen aufhören.«

»Was?«

»Tu es einfach, komm! Komm her.« Sie beugte sich zu April vor und flüsterte ihr zu: »Die hat was. Laß sie bloß nicht aus den Augen. Setz dich auf sie drauf, wenn es sein muß.«

»Gut.«

Jordan bahnte sich einen Weg durch das herrschende Tohuwabohu im Garderobenraum, bis sie Lombardi fand, der mit Claudia und Linda schäkerte und lachte, die beide schon in ihren ersten Ballkleidern waren und bis auf die noch fehlenden Schuhe sofort hinaus auf den Laufsteg hätten gehen können.

»Marco, wir haben ein Problem mit Tinker.«

»*Dio*, nicht schon wieder!« stöhnte Lombardi. »Was hat sie denn?«

»Weiß ich auch nicht genau, jedenfalls benimmt sie sich nicht normal. Sie kann *Chicago* nicht ertragen, sagt sie, und flippt halb aus darüber. Sie müssen mit ihr reden, auf mich hört sie nicht.«

»Herrgott, glaubt ihr denn, ich habe nichts Besseres zu tun, als mich mit Tinkers musikalischem Geschmack zu befassen? Ist dies der richtige Zeitpunkt, mich mit solchem Quark zu belästigen?«

»Ja! Wenn Sie wollen, daß die Show klappt!«

»Entschuldigt mich, meine Schönen«, sagte Lombardi. »Ich bin gleich wieder da.« Widerwillig folgte er Jordan.

»Also, Tinker, was haben wir für ein Problem?« fragte er, als er bei ihr ankam. Tinker hockte zusammengekauert auf ihrem Stuhl, April massierte ihr den Nacken. »Haben wir wieder allerlei Beschwerden, ja? Selbst jetzt noch, in letzter Minute?«

»Problem?« sagte Tinker. »Problem? Wer sagt, es gibt ein Problem? Ich gehe nur nicht raus zu dieser gräßlichen Musik da. Das ist alles. Aber ein Problem ist das nicht, was, Marco? Sie haben ja eine andere, die meine Kleider vorführen kann, nicht? Soll doch diese kurzgewachsene französische Schlampe sie tragen! Weil ich mich nämlich nicht für dieses Zeug hergebe, das sich Musik nennt! Und kein Mensch kann mich dazu zwingen. Was auch immer die spielen, ein Tango ist es jedenfalls nicht!«

»Tinker!« sagte Marco Lombardi und wurde blaß. »Sie haben doch wohl nicht im Ernst erwartet, daß sie Tango spielen? Ich habe Ihnen hundertmal gesagt, die Tangostunden sind lediglich dazu da, ihnen eine Attitüde beizubringen, ein Gefühl für Ihren Körper, einen Weg, sich an sich selbst aufzurichten und zu halten, einen Weg, an sich selbst zu denken ... mein Gott, als hätten wir nicht oft genug darüber geredet!«

»Daran kann ich mich nicht erinnern«, erklärte Tinker verstockt. »Ich habe jedenfalls die Absicht, Tango zu tanzen da draußen. Das können Sie gewiß verstehen, Marco, oder?«

»Tinker«, sagte Marco und zwang sich zu dem charmantesten Lächeln, das er aufbringen konnte, und zu seiner beschwörendsten Stimme, »Tinker, wir müssen ernsthaft miteinander reden. Kommen Sie mit mir, *cara,* wir gehen jetzt in einen der Nebenräume und suchen uns ein Plätzchen, wo wir ungestört sind.«

»Ich komme mit«, sagte Jordan, »ich bin bereits fertig angezogen.«

Das lehnte Lombardi ab. »Nein, je weniger Leute dabei sind, um so vernünftiger wird sie sein. Hier ist zuviel Betrieb und Zigarettenrauch, glauben Sie mir. Ich gehe seit vielen Jahren mit Models um. Ich kenne das.«

»Oben ist Justine. Soll ich sie vielleicht holen lassen, oder Frankie?«

»Das wird nicht nötig sein, Jordan, wirklich nicht. Ich habe schließlich zwei Wochen lang mit Tinker jeden Tag gearbeitet. Ich kenne ihre Stimmungen und Launen besser als irgend jemand sonst.«

»Aber das ist doch mehr als nur Stimmung und Laune«, beharrte Jordan nachdrücklich.

Doch Marco ignorierte sie. Er nahm Tinker an der Hand, warf ihr ein großes Handtuch um die nackten Schultern und führte sie weg, aus der großen Garderobe durch die Stille der Umkleideräume in eine der kleinen, luxuriösen und marmorgefliesten Behandlungskabinen des Schönheitssalons. Er entschied sich für einen der Massageräume und setzte sich dort auf den handtuchgepolsterten Massagetisch.

»Das ist besser, wie?« fragte er und klopfte einladend auf die Polsterung. »Nebenan ist ein großer Whirlpool, da passen acht Leute hinein. Aber hier ist es noch entspannender, meinst du nicht, Tinker? Setz dich, *bella,* komm.«

»Aber nur kurz«, sagte Tinker und zog das Handtuch um ihre Schultern enger.

»Ach, meine arme Tinker. Ich entschuldige mich für die Band. Wenn du gestern abend hiergewesen wärst und ich hätte unser Mißverständnis bemerkt, dann hätte ich natürlich sofort veranlaßt, daß sie ihr Repertoire ändern und nur Tango spielen.«

»Jetzt ist es zu spät. Ich gehe nicht raus.«

»Aber Tinker, dies ist deine große Chance! Du gehst doch jetzt auch wunderschön, das habe ich nun schon oft gesehen. Sieh mal, Tinker, du und ich, wir beide wissen, daß deine Kleider die besten meiner ganzen Kollektion sind, nicht? Und daß du der Star der Show wirst!«

»Ich tanze Tango«, wiederholte sie starrköpfig. Marco musterte sie intensiv. Sie hatte überhaupt nicht zugehört, kein Wort hatte sie aufgenommen. Was für ein bockiges Maultier von Mädchen! Wenn er sie erwürgen dürfte – mit Vergnügen würde er es tun! Aber er brauchte sie nun einmal. Sie war unentbehrlich für heute.

»Aber natürlich, Tinker«, sagte er also sanft und freundlich, »ist doch gar kein Problem.« Und nach einer kurzen Pause setzte er hinzu: »Also, mein Mädchen, dann ist ja alles klar. So, und jetzt weiß ich nicht, wie es dir geht, aber ich muß jetzt erst mal einen Schluck trinken. Das ist gut für meine Nerven: *Goddess.*«

»Was ist das – *Goddess?*«

»Das ist so ein Cocktail. Ganz wunderbar. Ist übrigens ganz speziell für Laufstegmodels erfunden worden. Ganz gleich, wie ihnen die Nerven flattern, *Goddess* läßt sie sich wundervoll fühlen, ruhig und beherrscht und in ihrer besten Form. In dem Beruf kann selbst der Couturier vor der Vorführung einen kleinen Schluck gut brauchen. Die ganzen Topgirls nehmen es auch. Da geht keine raus, ohne daß sie sich damit ein wenig die Nerven beruhigt hätte.«

»Ja, ja, ich habe Fotos davon gesehen«, sagte Tinker nachdenklich und war bereits von ihrem Zorn abgelenkt. »Ein letzter Zug an der Zigarette und ein Glas Champagner. Supermodel-Spezial. Und die trinken auch *Goddess*?«

»Ja, aber sicher doch. Natürlich nicht gerade, wenn die Fotografen herschauen. Es ist ein Geheimnis im ganz internen Kreis. Da, riech mal.« Er holte ein flaches Fläschchen aus der Tasche, schraubte es auf und hielt es Tinker an die Nase, damit sie riechen konnte.

Sie versuchte es vorsichtig. »Riecht nicht nach Alkohol.«

»Ist auch nur ganz wenig drin ... hauptsächlich sind es Kräuter.« Er hob den Flakon an die Lippen und hielt dann inne. »Entschuldigung, Tinker, Schätzchen, wo habe ich nur meine Manieren. Hier, du darfst natürlich zuerst probieren, komm. Solange wir noch einen ruhigen Moment haben, um uns zu entspannen. Versuch es mal.«

»Ach, ich weiß nicht ... ein Glas Champagner ist vielleicht doch die bessere Idee ...«

»Unsinn ... *Goddess* ist besser und wirkt auch länger. Champagner ist nur gut dafür, daß man den ersten Schritt hinaus macht, aber dann ist die Wirkung auch schon wieder weg. Nein, *Goddess* wirkt länger, über die ganze Vorführung, und ohne Kater hinterher, wegen der Kräuter nämlich. Nun komm, versuch ruhig einmal einen Schluck.«

»Also meinetwegen, wenn Sie unbedingt wollen«, sagte Tinker und probierte vorsichtig. »Das schmeckt ja nach gar nichts! Hat keinen Geschmack und keinen Geruch. Kann es etwas schaden?«

»Aber nicht doch, *bellissima*, es ist gut, sehr, sehr gut, und es beruhigt. Laß mich jetzt einen kleinen Schluck nehmen, wenn es dir recht ist.«

»*Sie* müssen doch nicht den Laufsteg runter vor Hunderten von Leuten!« erklärte Tinker mit einem plötzlichen Lächeln. »Da brauchen Sie es doch nicht. Außerdem ist etwas, das *Goddess* heißt, doch offensichtlich nur für Frauen, oder?« Sie hob das Fläschchen wieder hoch und nahm mehrere kräftige Schlucke. »Ist nicht mehr viel übrig«, kicherte sie dann. »Da, den Rest können Sie haben.«

Marco steckte die fast leere Flasche aber wieder in die Tasche, ohne sie auszutrinken. »Na, wie fühlst du dich jetzt? Schon besser?«

»Viel besser! O ja, das Zeug entspannt wirklich. Und daß das gleich so schnell wirkt! Erstaunlich. Wieso haben Sie mir nie etwas gesagt von *Goddess?* Haben Sie es vielleicht für eine andere aufgespart?«

»Also, um die Wahrheit zu sagen, liebe Tinker, ich habe es für mich selbst aufgespart. Du weißt doch, wieviel die Kollektion für mich bedeutet. Aber ich habe gesehen, daß du es nötiger brauchst.«

»Sie sind ein Engel, Marco! Das werde ich Ihnen nie vergessen!«

»Nur, Tinker, wenn du es herumerzählst, werden sie alle etwas *Goddess* von mir verlangen, aber ich habe nicht mehr als diesen Rest hier. Du mußt mir versprechen, es niemandem zu erzählen, hörst du? Absolut niemandem. Versprich mir das. Speziell April und Jordan sollst du nichts davon sagen, sonst heißt es wieder, ich bevorzuge dich. Das glauben sie sowieso schon, und das würde es nur noch schlimmer machen, das verstehst du doch, nicht?«

»Natürlich. Ich sage kein Wort. Ich bin diejenige, die *Goddess* kriegt, nicht die. Ich bin auch diejenige, die die ganze Arbeit gemacht hat, nicht die. Den ganzen Tag stehen und die Tangostunden, und habe mich über nichts beschwert, richtig? Und habe Sie inspiriert, stimmt's? Und deshalb verdiene ich *Goddess,* weil ich die Beste bin, nicht?«

»Ja, mein Schatz, natürlich bist du das.« Lombardi sah auf die Uhr. *Goddess* wirkte schnell. Tinker hatte auch wundervoll darauf reagiert. Ihre Augen glänzten jetzt, und das verzehrende Bedürfnis nach Zuneigung und Aufmerksamkeit, das viele Models dazu motivierte, sich auf dem Laufsteg zu produzieren, hatte sich über alle Erwartungen hinaus eingestellt. Und Gott sei Dank hatte sie auch ihre alberne Obsession mit dem Tango vergessen.

»Wir haben noch immer ein wenig Zeit, Tinker, mein kleines, liebes Mädchen. Wir brauchen noch nicht in den Lärm zurückzugehen.« Er sagte es schmeichelnd und zärtlich. Es war die letzte Chance, allein mit ihr zu sein. Seine letzte Gelegenheit, sich an ihr zu rächen für die Art, wie sie ihn behandelt hatte. Wie sie ihn danach auf Distanz gehalten und ihre bösen Spiele mit ihm getrieben hatte.

»Ah, das ist gut ... Ich fühle mich so glücklich jetzt ... ich schwebe richtig ... jetzt kann kommen, was will. Ich fürchte mich nicht vor diesem Laufsteg.«

»Weißt du, Tinker, warum manche Mädchen so glühen und leuchten, daß sie vor Schönheit fast zu explodieren scheinen, wenn sie auf dem Laufsteg sind, während andere, obwohl gleich schön, kaum bemerkt werden, als zählten sie gar nicht?«

»Wegen *Goddess*?«

»Nicht *Goddess* allein, mein Schatz. *Goddess* hilft natürlich, aber es ist auch noch etwas anderes.«

»Dann will ich es ebenfalls haben, Marco!« Tinker setzte sich ruckartig auf, ihre Augen schwammen, ihre Sommersprossen waren in ihrer Erregung deutlich sichtbar geworden.

»Es gehören zwei dazu, dieses Leuchten zustande zu bringen, *bellissima.* Es bedarf der Hilfe eines Mannes.«

»Eines Visagisten?«

»Nein, Schätzchen, keines Visagisten. Sondern eines Mannes, der das Model liebt und der ihr erlaubt, es ihr gestattet, seinen Penis in den Mund zu nehmen und ihn völlig zu befriedigen, bevor sie hinaus auf den Laufsteg geht. Nichts wirkt so belebend wie das und gibt einem Mädchen dieses ganz besondere Leuchten. Absolut nichts sonst. Es ist genauso, wie verliebt zu sein.«

»Habe ich nie gehört«, sagte Tinker ohne jedes Anzeichen von Überraschung. »Aber von *Goddess* habe ich ja auch noch nie etwas gehört. Es gibt soviel, was ich noch lernen muß, was, Marco?«

»Soll ich es für dich tun, Tinker? Soll ich dir erlauben, es dir gestatten, mich zu befriedigen, damit du zu der Wirkung von *Goddess* auch noch dieses besondere Leuchten bekommst?«

»Ich weiß nicht, Marco ... ist das denn richtig?«

»Aber selbstverständlich ist es das, Schätzchen. Du bist schließlich diejenige, der ich am meisten verdanke. Du verdienst es wirklich. Komm, gib deine Hand her. Hier, faß an, fühl mal. Spürst du? Er ist ganz groß, das kommt von deiner Nähe, aber du mußt mit beiden Händen anfassen, damit du spürst, wie er weiter wächst. Ist alles für dich, *mi amore*, alles für dich, aber du darfst ihn nur in den Mund nehmen, und erst, wenn ich es dir sage, verstehst du?«

»Nur in den Mund«, flüsterte Tinker. »Verstehe.«

»Knie dich nieder, zwischen meine Beine«, befahl er ihr, jetzt auf einmal grob und schon atemlos und zu begierig in seiner eigenen Erregung. Dumm, dachte er, daß sie so widerstandslos bereitwillig ist. Nun ja, aber mit diesem Quantum *Goddess* in sich konnte er wohl kaum erwarten, daß sie groß Widerstand leisten würde. Jedenfalls war sie nun endlich doch noch seine gefügige Sklavin, und das hatte auch seinen gewissen Reiz. Wenn nur mehr Zeit wäre, dann würde er noch viel mehr mit ihr ...

»Knie dich dahin, zu meinen Füßen. Und jetzt beuge dich vor.«

Er führte sie am Kopf an seinen schweren, pulsierenden Penis. »Saug und schluck es. Hör nicht auf! Keine Sekunde. Mach, ich bin fast soweit. Ja, so ist es richtig, aber stärker, du mußt stärker saugen, mach deinen Mund weiter auf, nimm ihn ganz rein, tiefer, noch tiefer. Schlucke alles, jeden Tropfen. Du mußt es dir verdienen, das Leuchten und Glühen!«

26

»Da ist sie ja!« rief April.

Tinker kam auf sie zugeeilt, das große Handtuch um ihren Hals fiel über ihren Busen hinab, ihre Wangen waren rosig, und sie lächelte heiter.

»Na, Baby, fühlst du dich besser?« fragte Jordan gespannt.

»Kinderspiel«, sagte Tinker, und ihre Augen leuchteten. Sie ließ den Blick über ihren Toilettentisch wandern. »Pah, eine Modenschau mehr oder weniger, was ist das schon? Da gibt man sich einen Ruck und raus und fertig. Ein Termin wie jeder andere, was ist schon groß dabei? Das muß man nur mental bewältigen, das ist alles.«

»Hat dir das Marco erklärt?« fragte April, baß erstaunt über Tinkers abrupte Veränderung.

»Er hat es alles so einfach gemacht.«

»Möchtest du vielleicht so gut sein«, fuhr ihr Stylist sie an, »mich endlich an dein Gesicht zu lassen? Himmel noch mal, du bist die erste, die rausgeht, und ich habe noch keine Minute Gelegenheit gehabt, etwas an dir zu machen! Willst du die ganze Show aufhalten? Also, darf ich bitten?«

»Schon gut, tut mir leid, tut mir leid«, säuselte Tinker. »Ich muß wohl vorhin etwas nervös gewesen sein. Aber jetzt bin ich okay. Mach, was du willst, ich stehe zur Verfügung.« Sie schloß die Augen und entspannte sich. Das Lächeln blieb auf ihrem Gesicht, bis er sie aufforderte, die Lippen zu öffnen, damit er mit dem Konturenstift heran konnte. Er beugte sich nahe über ihren Mund und arbeitete mit sicheren, feinen Strichen. »Na, da hat aber jemand gerade Glück gehabt mit der«, murmelte er leise zu sich selbst, als er den Spermageruch in ihrem Atem wahrnahm.

Dann war sie fertig. Ihr Haar war offen ausgebürstet und natürlich über ihre Schultern drapiert. Sie hatte das Korallchiffonballkleid an, in dem sie mehr oder minder nackt aussah. »Ich weiß nicht«, fragte sie verwundert, »warum mir so kalt ist. Ist euch auch so kalt?«

»Das muß der dünne Stoff an diesem Oberteil sein«, vermutete April. »Da, zieh dir das Cape über. Wirklich, Tinker, das ist leicht wie eine Feder, unglaublich, wie leicht das ist.«

»Weiß ich ja«, lachte Tinker, »ist das nicht wundervoll? Gib mir doch das Handtuch noch einmal, Jordan, bitte. Ich möchte das Cape nicht ruinieren. Oh, habt ihr euch mal selber gesehen? Mein Gott, seht ihr schön aus! Zum Weinen schön! Wenn ich doch nur gestern abend hier gewesen wäre ... Geht ihr zusammen auf den Laufsteg?«

»Nein, zuerst Jordan in Braun und Lila und dann ich in Lila und Braun. Marco will, daß die Leute sofort merken, wie wichtig die Farben in seiner Kollektion sind. Er sagt, weil Jordan schwarz ist und ich weiß, werden sie denken, wir zeigen zwei ganz verschiedene Modelle, jedenfalls lange genug, bis sie seinen Effekt begriffen haben. Er ist ein richtiger Spieler.«

»Ja, er ist wundervoll, der Marco«, sagte Tinker. »Er hat es geschafft, daß ich mich soviel ruhiger fühle. Alles kann jetzt kommen ... was will.«

»Wie hat er das geschafft?« wollte Jordan wissen.

»Das ist ganz seltsam, Jordan. Irgendwie erinnere ich mich nicht richtig daran ... Er hat mich einfach überzeugt.« Sie zog kurz die Brauen zusammen und gab es dann lächelnd auf, ihre Erinnerung fixieren zu wollen.

»*Girls! Girls!*« kam da bereits Marcos Stimme. »Bitte alle auf die Positionen! Wir beginnen in drei Minuten. Hierher, gleich zum Eingang, hinter den Vorhang, rasch, rasch, bitte! Paßt auf eure Füße auf, tretet auf keinen Saum, haben alle Schuhe an? Alle Zigaretten aus! Kein einziger Tropfen Champagner mehr. In Reihe! Ihr kennt eure Anweisungen, nun kommt, *Girls!*«

»Ich habe das Gefühl, er meint uns«, sagte Jordan nervös. »Gib mir einen Kuß, Tinker. Und du auch, April, Baby! Also dann, viel Glück für uns alle. Was spielen die da gerade? Es ist so bekannt ... liegt mir auf der Zunge ...«

»*Goody goody* ist das wieder«, sagte April. »Das paßt ja hoffentlich.«

Tinker warf gleichgültig den Kopf zurück und die Arme in die leuchtende Flut der Organza-Rosen und ging vor zum Anfang der Reihe. Sie stellte sich hin und stand aufrecht, leicht und bildschön. Sie sah Marco so ausdruckslos an, als hätte sie ihn noch nie im Leben gesehen.

Jordan stand direkt hinter ihr und konnte es sich nicht verkneifen, sich vorzubeugen und durch ein kleines Loch im Vorhang hinauszuspähen in den Saal. Sie hielt unwillkürlich den Atem an angesichts der gewaltigen Größe des Raums, der angefüllt war mit erwartungsvollen Leuten, die nur aus Augen zu bestehen schienen, die alle auf den Laufsteg gerichtet waren. Sie wirkten auf sie wie Zuschauer beim Stierkampf, bereit zu jubeln oder zu verdammen, Sieg zu feiern oder Niederlage zu buhen. Am Abend zuvor hatten sie sich zwar alle mit dem kreisrunden Laufsteg vertraut machen können, aber mit Publikum sah die Sache äußerst beunruhigend aus.

Sie zwang sich, von dem Vorhang wegzutreten, und schickte ein kurzes Stoßgebet zum Himmel. Tief durchatmen, kommandierte sie sich. Tief durchatmen.

Tinker stand noch immer ruhig und unbeweglich da und lächelte nur in eine unsichtbare Ferne.

Dann begannen *Chicago* in aufreizendem Rhythmus *Sophisticated Lady* zu spielen, und das war das Signal. Marco gab Tinker einen leichten Schubs. »Und los!«

Doch Tinker wandte sich mit verwundertem Blick zu ihm um. »Aber das ist kein Tango!« murmelte sie.

»Jetzt ist wirklich kein Augenblick für Scherze!« zischte Marco. »Denke daran, was ich dir gesagt habe! Und jetzt los! Raus! Du bist dran!«

Tinker gab ein resigniertes, gleichgültiges Schulterzucken von sich, zupfte sich das Cape noch einmal zurecht, richtete sich aus der Hüfte auf und glitt leicht und anmutig hinaus auf den Laufsteg.

Langsam, langsam, schnell, schnell, langsam, dachte sie intensiv und verdrängte den Klang des Orchesters. Sie stakte zu dem dröhnenden, unentrinnbaren Rhythmus des Tangos in ihrem Kopf vorwärts, hochmütig und besitzergreifend, bewundernswert, und hielt den Kopf über dem langgestreckten Hals hoch, die Hände um einen unsichtbaren, nicht vorhandenen Partner gelegt.

Es wurde still im Saal. Die Leute waren fasziniert von diesem Konzept der Präsentation. Doch ja, es war hervorragend, dieses clevere, eingängige, nostalgische und ungewöhnliche Arrangement der Musik mit den alten Evergreens, kombiniert mit dieser Majestät der klassischen Tanzpose. Alles unerwartet und originell – ja, vor allem originell. Ein Mädchen, das im Tangorhythmus tanzte wie eine Riesenkatze und den vertrauten Foxtrott der Musik total ignorierte, das war wahrlich amüsant. Das war einfach einmal etwas anderes, das hatte man noch nicht gesehen: *Ben, c'est extra, quoi!*

Sogleich ging am Stand der Fotografen ein wahres Gewitter von Blitzen zusammen mit den Kameramotoren los, während Tinker unbeirrt weiter ihren Weg die konzentrischen Kreise des Laufstegs entlang machte, weiter in ihrem Tangoschritt, ohne eine Sekunde lang ihre Haltung zu verlieren oder aus dem Rhythmus zu kommen.

Sie war instruiert worden, nahe vor den Fotografen stehenzubleiben, um dort ihr Cape zu öffnen und das Kleid selbst darunter zu zeigen. Genau an der bezeichneten Stelle blieb sie mit einem *carte* stehen, hob den linken Arm hoch, während ihr rechter nach unten auf den Laufsteg zeigte, und sank auf ihr linkes Knie zu einem formellen Knicks, der das Ende ihres Tanzes anzeigte. Danach richtete sie sich wieder auf, wandte sich den Fotografen zu und ließ das Cape von ihren Schultern gleiten, so daß das Kleid darunter sichtbar wurde. Sie drehte sich langsam, damit es überall zu sehen war. Während sie sich dann auf einmal schneller und schneller zu drehen begann, brauste Applaus auf. Ihr blaßkorallenfarbenschimmerndes Haar flog um sie über den vielen übereinanderliegenden Flamencoröcken aus etwas dunklerem korallenrotem Chiffon. Das ergab einen dramatischen Augenblick, wie ihn sich selbst die Modemedien, die an vieles gewöhnt waren und immer Ungewöhnliches forderten, nicht interessanter wünschen konnten.

Tinker hob ihr Cape wieder auf und warf es genau mit der einstudierten Bewegung in die Luft, wo es sekundenlang auf der Stelle zu schweben schien. Dann kehrte sie, wieder im Tangoschritt und unter wachsendem Applaus, um und fing das langsam herabsinkende Cape auf, gerade als die Musiker den schnellen Swingrhythmus von *Take The A Train* begannen. Sie hob beide Arme und warf das Cape noch einmal, diesmal den Fotografen zu. Sie tanzte weiter, zu der Masse der blaßgelben Blumen hin, griff sich das Cape wieder und warf es mit der gleichen fließenden Bewegung wie zuvor ein weiteres Mal den Laufsteg entlang, wirbelte herum und fing es erneut auf. Sie drehte sich noch einmal um. Sie war nicht imstande, sich von dem in ihrem Hirn eingebrannten, stampfenden Rhythmus zu lösen. Gerade, als sie zum viertenmal die Arme hochrecken wollte, rutschte sie aus, mitten im Schritt, schwankte gefährlich, fiel schwer auf beide Knie und verharrte so ein paar Sekunden lang wie gelähmt, ehe sie sich wieder hochrappelte und zum Orchester starrte.

Und dann schrie sie unvermittelt los. »Scheißspiel, verdammtes!« brüllte sie mit höchster Lautstärke, aber stocksteif dastehend. »Könnt ihr blöden Arschlöcher nicht endlich mal einen Tango spielen, verdammt noch mal? Was ist los mit euch Blödmännern?«

Chicago spielten unverdrossen weiter, als sei nichts geschehen. Aber im Saal erstarrte das Publikum wie hypnotisiert. Allein Jacques Necker hatte die Geistesgegenwart, sofort etwas zu unternehmen. Er sprang von seinem Tisch in der Mitte des Saals nahe dem Ende des Laufstegs auf und war mit drei Schritten oben und bei Tinker, die noch immer, die Hände in die Hüften gestützt, unbeweglich dastand und die Musiker anfunkelte.

»Erlauben Sie, Tinker, meine Liebe«, sagte er lächelnd, nahm ihr das Cape ab, faßte sie kräftig um die Hüfte und führte sie mit einem scheinbar fröhlichen Gruß zu den Fotografen entschlossen die Treppe hinunter, durch den halben Saal, sicher durch die Tischreihen hindurch und bis zum Ausgang hinaus zum Empfangsraum.

Sogleich erschienen April und Jordan zusammen auf dem Laufsteg, lächelten, was das Zeug hielt, untergehakt entgegen Marcos Anweisung, und zogen mit ihren weiten Röcken und glitzernden Boleros die neue Aufmerksamkeit der Leute auf diese Weise rasch auf sich.

Im Saal sagte Justine zu Frankie: »Bleib hier, ich kümmere mich um Tinker. Wir können nicht alle zusammen weglaufen. Der *Cravate Rouge* dort muß genug gesehen haben, um zu begreifen, daß er es nicht wagen kann, sie weglaufen zu lassen.«

Sie gelangte, ohne besonderes Aufsehen zu erregen, nach draußen. Aber der große Empfangsraum war leer. Auf der einen Seite lag der Schönheitssalon, wo jetzt die Models und Dresserinnen waren, auf der anderen waren die Umkleidekabinen. Sie spähte in den Schönheitssalon. Sie wandte sich zur anderen Seite und ging leise und ungesehen auf die Tür zu den Umkleideräumen zu.

Und da hörte sie Tinker vorwurfsvoll sagen: »Wieso haben Sie mich denn unterbrochen, Mister Necker?«

Justine blieb stehen wie angewurzelt. Necker?

»Ich war so prima drauf!« lallte Tinker. »Ich hatte doch nur für einen Moment die Balance verloren, das ist alles. Wieso holen Sie mich vom Laufsteg runter? Die Leute mochten mich doch, haben Sie das nicht gesehen? *Goddess* hat prima gewirkt, wirklich, nicht? Alles ging so toll, das ist nicht fair ...«

»Was hat gewirkt? *Goddess?*«

»Na, der Cocktail, den mir Marco gab ... Oh, jetzt habe ich vergessen, daß es ein Geheimnis ist. Ich darf nicht darüber reden, überhaupt nicht. Wieso haben Sie mich unterbrochen, sagen Sie, wieso?«

»Sie sind beim Capewerfen außer Atem gekommen, Tinker, das ist alles. Aber Sie waren großartig, wirklich herrlich, jede Sekunde. Die Presse war entzückt von Ihnen. Jetzt ist Ihnen schon wärmer, mit dem Cape, nicht? Ist schon gut, Tinker, ist ja alles gut. Ja, weinen Sie ruhig, weinen Sie, soviel Sie wollen, mein armes Mädchen. Ich verstehe ja, daß Sie enttäuscht sind, es war ein langer Tag. Aber jetzt ist ja alles gut.«

»Ich will zu Justine!« schluchzte Tinker. »Ach, wo ist Justine? Ich will zu Justine!«

»Ich auch, Tinker, ich auch, bei Gott«, sagte Jacques Necker mit schmerzlicher Stimme.

»Aber ich brauche Justine, Mr. Necker, ich will zu ihr!«

»Ich schicke nach ihr, sobald ich kann, Tinker. Aber jetzt müssen Sie zuerst zurück in den Ankleideraum.«

»Warum kann sie denn nicht hierherkommen, wo es ruhig und still ist?« quengelte Tinker wie ein Kind. Sie schniefte noch immer.

»Bitte, Tinker, kommen Sie. Ich helfe Ihnen!«

»Nein, ich will nicht! Die lachen mich alle aus. Ich will Justine haben.«

»Ja, ich weiß, Tinker, ich weiß ja. Stehen Sie jetzt auf, kommen Sie. Ich führe Sie zurück ...«

»Ich bin schon da, Tinker!« rief Justine und zwang sich mit weichen Knien zum Weitergehen. »Ich bin ja da.«

»Ach, Justine!« jammerte Tinker. »Halten Sie mich fest!«

Justine sank auf die lange Bank nieder, auf der Tinker und Necker saßen, und nahm Tinker mütterlich in die Arme. Tinker überließ sich einem herzzerreißenden Weinen und vergrub das Gesicht an Justines Schulter.

Über ihren Kopf hinweg begegnete Justine dem Blick Jacques Neckers. Bevor er sich abwenden konnte, erkannte sie das Brennen in seinen Augen. Es waren die gleichen Augen, die sie, seit sie denken konnte, im Spiegel gesehen hatte.

Einen langen Augenblick saßen sie alle drei regungslos auf der Bank des Umkleideraums im Gesundheitsklub des Ritz, das weinende Mädchen und die stummen und erstarrten Gestalten von Vater und Tochter. Als Justine endlich sprach, zitterte ihre Stimme. Die gleichen Augen, dachte sie immer nur, der gleiche Gesichtsausdruck, genau der gleiche Haaransatz, die gleiche Farbe, bis hin zum Gesichtsschnitt ... wer sie zusammen sah, mußte auf Anhieb erkennen, daß sie ...

»Ich wußte nicht ...«, sagte sie zögernd, »ich hielt Sie für einen *Cravate Rouge* ... Danke für die rasche Hilfe.«

»Nein, nein. Danken Sie nicht mir. Ich hatte keine Ahnung, daß sie so ... na ja, wie Sie sehen ...« Er blickte auf Tinker. »Es ist alles meine Schuld, bis hin zu diesem armen Mädchen. Der Preis, der Wettbewerb, alles. Ich hätte nie versuchen sollen, es so ... Sie zu ... dich zu zwingen, nach Paris zu kommen, mit diesem Lockvogelwettbewerb. Es war unfair, äußerst unfair und unverzeihlich, ich weiß. Aber als du alle meine Briefe einfach ungeöffnet zurückgeschickt hast, wußte ich mir nicht mehr zu helfen. Ich war zu allem bereit, nur um dich kennenzulernen. Ich mußte es einfach tun. Ich mußte dir von Angesicht zu Angesicht gegenüberstehen, oder mein ganzes Leben schien keinen Sinn mehr zu haben.«

»Warum denn? Wieso mußten Sie mich ... mußtest du mich unbedingt kennenlernen, nach all den Jahren?« Sie blieb noch immer verschlossen, und ihre Stimme blieb abwehrend. Sie versuchte angestrengt, aber völlig vergeblich, zu vergessen und zu verdrängen, was sie ihn gerade zuvor zu Tinker sagen gehört hatte. Es hatte so voller Drängen und unverhülltem Sehnen geklungen und so verletzt, daß es ihr wider Willen schier das Herz zerrissen hatte.

»Du bist mein Kind. Ich wußte doch überhaupt nicht, daß es dich gab. Aber als ich es dann endlich erfuhr ...«

»Wo warst du, als ich zur Welt kam?« Sie mußte ihn das fragen, sie mußte das wissen, soviel zumindest schuldete sie ihrer Mutter, ganz egal, was Aiden alles gesagt hatte.

»Weit weg von deiner Mutter«, antwortete er, »so weit es nur ging. Ich war ein mieser Feigling. Ohne Treue und ohne Mumm. Ich habe nichts zu meiner Entschuldigung vorzubringen, für den jungen Mann, der ich damals war. Es gibt keine. Keine Ausrede ist zulässig. Es läßt sich nicht mehr ändern. Was geschehen ist, ist geschehen.«

»Und doch wolltest du mich jetzt sehen. Warum? Wozu? Um mir zu sagen, was ich bereits wußte?«

»Ich hoffte ...«

»Du hofftest?«

»Ja, ich weiß schon, ich habe kein Recht zu hoffen. Aber ich hoffte eben doch, Narr, der ich war. So wenig ich es auch verdiente, ich war Mensch genug zu hoffen – also, jedenfalls, ich hoffte, daß vielleicht eine Chance bestand, dich kennenzulernen; herauszufinden, wie es dir geht, und einfach irgendeinen Kontakt herzustellen ...«

Er schüttelte hilflos den Kopf über seine Unfähigkeit,

die richtigen Worte zu finden. »Ich wollte dir etwas geben … und was konnte ich dir geben? Alles, einfach alles. Dich glücklich machen, falls du es nicht sein solltest. Zu wissen, daß … na ja, dich einfach kennenzulernen. Dein Leben zu erfahren, dich zu fragen, ob du etwa meinetwegen allen Männern mißtraust. Dir zu sagen, daß nicht alle so sind, wie ich war. Daß du sie nicht alle nach mir beurteilen sollst. Um …«

»Um den Vater zu spielen«, sagte Justine langsam.

»Ja, richtig. Ganz genau. Ich gebe es zu. Um den Vater zu spielen. Eine Tochter zu haben. Der Vater meiner Tochter zu sein. Du kannst dir nicht vorstellen, wie sehr ich mir das gewünscht habe, mich daran klammerte und davon träumte … selbst jetzt noch. Aber ich habe schließlich verstanden und bin wieder zur Vernunft gekommen. Wenn du nichts mit mir zu tun haben willst, Justine, dann ist das ganz deine eigene Entscheidung. Und ich akzeptiere sie. Und dränge mich nie mehr auf.«

»Das ist immer noch meine Entscheidung?«

»Bezweifelst du es?«

»Nein, ich … bezweifle es nicht. Aber es ist einfach zu spät.«

»Wieso?«

»Weil ich … weil ich die Tochter sein möchte«, sagte Justine fast unhörbar. »Frag nicht, warum. Es ist einfach so.«

»Justine …«

»Ich sagte doch, frag nicht«, erklärte sie hastig und kämpfte mit den Tränen.

»Ich frage ja gar nicht.« Auch Necker mußte sich anstrengen, seine aufsteigende Rührung zu verbergen. »Kein Wort. Aber in ein paar Minuten ist die Lombardi-Schau vorüber, und ich muß bekanntgeben, wer nun das Lombardi-Girl wird.«

»Was denn, du? Nicht Marco?«

»Keinen Augenblick lang«, sagte er zornig.

»Und?«

»Jordan und April. Beide. Zusammen. Ist dir das recht?«

»Dasselbe Geld für beide?« Justine lachte.

»Selbstverständlich.«

»Du machst Geschichte damit.«

»Nein, nicht ich. Sie, die beiden.«

»Die arme Tinker.« Justine sah auf sie hinab. Sie schlief bereits. »Ich habe gehört, was sie gesagt hat. Dieses *Goddess.* Der Verbrecher hat sie gedopt, das ist die einzige Erklärung. Sie war nie für den Laufsteg bestimmt. Ich mache mir Vorwürfe, daß ich sie überhaupt hierher nach Paris fliegen ließ. Ich weiß, ich hätte sie nicht eigentlich aufhalten können, aber ich hätte hier sein sollen, um auf sie aufzupassen. Aber ich hatte Angst vor dir und ...«

»Hör auf damit, Justine, hör sofort auf damit«, fiel ihr Necker mit fester Stimme ins Wort. »Was war, ist Vergangenheit. Man kann es nicht mehr ändern. Bleib vorerst hier sitzen bei Tinker. Ich schicke dir Frankie. Ich muß raus, die Bekanntgabe machen. Aber ich komme gleich danach wieder. Verstanden?«

»Ganz schöner Befehlston, wie?« sagte sie.

»Weißt du etwas Besseres?«

»Nein, eigentlich nicht.«

»Also?«

»Ich habe nicht gesagt, daß Befehlston alleine schon etwas Schlechtes ist. Ich habe nur gesagt: Befehlston. Also wirklich, Jacques, oder wie ich dich anreden soll, hast du nichts Besseres zu tun, als hier zu stehen und mit mir zu streiten? Hörst du nicht den Applaus? Das muß schon das Schluß-Brautkleid sein. Jetzt jubeln sie sogar. Das ist eine Ovation. Lieber Himmel, so geh doch schon, beeil dich!«

Jacques Necker stand auf und riß Justine abrupt in die Arme. Tränen liefen ihm über das Gesicht. »Also, Befehlston meinst du, ja, Tochter? Na gut, dann sag jetzt gefälligst Papa oder Vater zu mir. Ein einziges Mal im Leben möchte ich noch das letzte Wort behalten. Kann leicht sein, daß es das letzte Mal sein wird.«

27

»Guten Morgen, Monsieur Lombardi!« Neckers Sekretärin errötete verlegen in der Aufregung über den Helden des Tages. »Was für ein Triumph! Monsieur Necker empfängt Sie sofort. Sobald er mit dem Telefongespräch fertig ist, das er gerade führt. Darf ich Ihnen meine Glückwünsche zu Ihrer großen Leistung aussprechen. Ganz Paris redet heute nur von Ihrer Kollektion! Ein großer Triumph!«

»Vielen Dank, Madame, aber die Woche der Frühjahrskollektionen hat ja erst angefangen«, erklärte Marco Lombardi entschieden. »Wer weiß, wem die Medien am Ende den Lorbeer zusprechen? Ich bin schon zufrieden, daß wir gut ankamen.«

»Gut ankamen? Alle waren hingerissen! Sie stehen auf den Titelseiten sämtlicher Pariser Zeitungen! Und wie klug es von Ihnen war, den Preis beiden Mädchen zusammen zuzusprechen! Ich fand auch, es sei unmöglich, zu entscheiden, wer die Schönste ist.«

»Wie ich selbst. Obwohl es natürlich noch mehr gibt, was für eine Frau wichtig ist, meinen Sie nicht auch?«

Es war der reine Automatismus. Marco Lombardi mußte seinen Charme ausspielen, ganz gleich, welcher Frau gegenüber, vorausgesetzt, sie konnte ihm eines Tages nützlich sein.

Was, zum Teufel, brauchte dieser Necker so lange? Er war gebeten worden, noch vor dem Mittagessen zu ihm zu kommen, obwohl doch immerhin der gestrige Tag praktisch achtundvierzig Stunden für ihn gehabt hatte. Und jetzt ließ man ihn wegen eines blöden Telefongesprächs einfach im Vorzimmer warten! Ihn! Nun, vielleicht führte er ja noch die letzten Gespräche mit seinen Anwälten wegen der Neuverhandlung seines Vertrags. Er hatte wohl begriffen, daß es nach seinem Triumph von gestern abend, der mindestens so sensationell war wie seinerzeit der erste von St. Laurent, nur recht und billig war, ihm eine Teilhaberschaft anzubieten. Ein unzufriedener Couturier konnte nicht in Neckers Interesse liegen. Und ein höchst unzufriedener, also entsprechend unproduktiver Couturier würde er in der Tat sein, dachte er entschlossen, falls nicht fortan ein wesentlicher Teil des Hauses Lombardi auch wirklich ihm, Lombardi, gehörte. Ein Anteil an den Prêt-à-porter-Verkäufen, an den Accessoires, den Lizenzen und vor allem natürlich an den Parfüms ... endlich war er reich! Alles, wofür er bisher so hart gearbeitet hatte, lag in Griffweite vor ihm. Warum hatte er nur keinen Anwalt mitgebracht? Ein Fehler. Selbst Coco Chanel bekam nie mehr als zehn Prozent Tantiemen aus ihrem berühmten Chanel Nr. 5, obwohl sie ihr Leben lang deswegen gegen die Familie Wertheimer klagte. Nein, er unterzeichnete noch gar nichts heute. Er hielt durch, bis er sichergestellt hatte, einen angemessenen Anteil zu bekommen und den bestmöglichen Vertrag.

Die Sekretärin unterbrach seine Gedanken. »Bitte, Sie können jetzt hineingehen, Monsieur Lombardi. Tut mir leid, daß Sie warten mußten.«

Jacques Necker erwartete ihn stehend hinter seinem Schreibtisch, als Lombardi, der sich nur mühsam ein zufriedenes, erwartungsvolles Lächeln verkniff, in sein Büro kam und ihm die Hand entgegenstreckte.

»Nein, Monsieur Lombardi«, sagte er. »Ich gebe Ihnen nicht die Hand.«

»Wie bitte?«

»Ich gebe einem Mann nicht die Hand, der sein Model, das er ohnehin über jede vernünftige Grenze hinaus überanstrengt hat, gedopt auf den Laufsteg schickt.«

»Was denn, wovon reden Sie?«

»Von *Goddess,* Monsieur.« Das kam wie ein genau gezielt geworfenes Messer. »Ich weiß, was Sie Tinker gegeben haben, und warum Sie sich so aufführte, wie sie es getan hat. Heute morgen haben Miss Loring und ich die ganze Angelegenheit erforscht. Wir haben die anderen Models befragt und Tinkers Stylisten, der der letzte war, der ihr nahe kam, nachdem Sie sie in einen abgelegenen Raum mitgenommen hatten. Wir wissen, was Sie sie tun ließen, wie Sie auf die widerlichste Weise Vorteil aus dem armen, unter Drogen gesetzten Mädchen gezogen haben, das Ihnen vertraute. Ins Gefängnis gehören Sie eigentlich dafür.«

»Das Mädchen ist doch völlig übergeschnappt«, verteidigte sich Lombardi hitzig. »Sie müssen mindestens genauso verrückt sein, einer extremen Neurotikerin ohne jedes Talent zu glauben. Die denkt sich doch irgend etwas aus, um sich für ihr Versagen zu rechtfertigen. Schon am ersten Tag hier in Paris hat sich die kleine Schlampe einen Kerl aufgegabelt, irgend so einen Amerikaner. Da können Sie jeden fragen, den Sie wollen. Darüber wissen alle Bescheid, mein lieber Monsieur Necker. Und ihre krausen Phantasien sind mir immer unheimlicher geworden. So ist das! Außer beruflich hatte ich nie etwas mit ihr zu tun. Ein Stylist, sagen Sie? Entschuldigen Sie schon, daß ich laut lache. Aber ich merke, worauf Sie hinauswollen, lieber Monsieur Necker. Das alles kann doch nur der miese Versuch sein, mir einen fairen Anteil der Firmengewinne vorzuenthalten. Aber damit kommen Sie nicht durch, glauben Sie mir. Ich weiß, was ich seit gestern abend unter dem Strich wert bin. Darauf allein kommt es an.«

»Was Sie unter dem Strich wert sind, Monsieur Lombardi«, erklärte ihm Necker förmlich, »und es wird sicherlich durchaus profitabel sein, geht mich nichts mehr an. Wir beide sind nicht mehr im Geschäft, also können Sie sich Ihre Versuche sparen, mir etwas vorzulügen. Sie haben ab sofort eine neue Chefin. Versuchen Sie, die zu überzeugen.«

»Wie bitte, was, eine neue ...?«

»Ich habe Sie verkauft. Ihren Vertrag mit mir. Ich habe mit einem einzigen Telefongespräch eine Käuferin dafür gefunden. Es ist meine alte Freundin Mrs. Peaches Wilcox. Ich habe sie natürlich pflichtgemäß vor Ihnen gewarnt, bis in alle Details, aber sie sagte, sie wüßte auch so ganz genau, welche Art Mann Sie sind. Sie hat schon oft mit mir darüber gesprochen, daß sie selbst einmal ein eigenes Couture-Haus haben möchte, und sie hat mehr als genug Geld, sich eines zu kaufen. Sie hat auch die Verträge von Jordan Dancer und April Nyquist übernommen, so daß Sie also gar nichts unternehmen können, um deren Position zu ändern. Ab sofort, Monsieur Lombardi, ist Mrs. Wilcox Ihre einzige Chefin. Ihre Zukunft hängt voll von ihr ab. Es wird wohl das beste für Sie sein, sie in allem zufriedenzustellen, bis hin zu den letzten Kleinigkeiten. Mrs. Wilcox hat stets die Ausübung von Macht sehr gefallen. Sie wird Ihnen zweifellos eine überaus strenge Arbeitgeberin sein.«

»Nein, o nein! Ich weigere mich!«

»Wie Sie wollen, das liegt ganz bei Ihnen. Mir ist das gleichgültig. Mrs. Wilcox hat jedenfalls den Vertrag mit Ihnen in der Tasche, und der enthält Ihre Verpflichtungen. Sie allein kann darüber entscheiden, wieviel Sie für Ihre nächste Kollektion ausgeben können und dürfen. Bis zum letzten Meter Stoff und zum letzten Knopf bestimmt sie das Maß Ihrer schöpferischen Freiheit. Ich glaube, Sie werden entdecken, daß sie ein sehr ausgeprägtes und ganz erstaunliches Talent für die Herrschaft über Untergebene besitzt. Tatsache ist, Monsieur Lombardi, die Dame besitzt Sie nunmehr, zumindest als Couturier. Weigern Sie sich, für sie zu arbeiten, dann ist es Ihnen vertragsgemäß und damit juristisch verboten, die nächsten fünf Jahre für ein anderes Modehaus tätig zu sein. Immerhin, die Sklaverei ist abgeschafft. Es steht Ihnen selbstverständlich frei, sich einer anderen Berufstätigkeit zu widmen. Die Zuhälterei, könnte ich mir vorstellen, würde Ihren Talenten besonders entsprechen. Mrs. Wilcox erwartet Sie in einer halben Stunde zum Lunch in ihrer Suite. An Ihrer Stelle würde ich mich beeilen. Sie liebt es nicht, wenn man sie warten läßt.«

»Aber Frankie, wo hast du deine Intelligenz gelassen?« griente Justine. Sie saßen zusammen beim Essen in ihrer Suite. »Es war doch zu erwarten, daß dies eine Lawine von Publicity auslöst. Ich habe einen Stapel von Interviewwünschen mit den Mädchen daliegen, aus praktisch jedem Winkel der Welt, von CNN bis BBC und von Canal Plus bis RTL, was dir nur einfällt. Und alle wollen es heute oder spätestens morgen. Sämtliche großen Zeitschriften wollen Titelgeschichten, die großen Zeitungen Artikel für die Wochenendbeilagen, und da haben wir noch nicht einmal von der eigentlichen Modepresse geredet ...« Sie warf die Arme hoch. »Frage nicht!«

»Und Maude und Mike«, triumphierte Frankie, »haben allen die Absätze gezeigt und die Story praktisch exklusiv! Wetten, Maxi macht eine Sonderausgabe von *Zing* dafür? Das ist eine größere Story geworden, als wenn sie den Oscar gewonnen hätten. Vielleicht gerade deswegen, weil sie zu zweit sind. Aschenputtelzwillinge, schwarz und weiß, gestern noch total unbekannt, und jetzt machen sie dieses viele Geld und haben eine Garantie, über Jahre hinaus ausgebucht zu sein. Die Leute sind ganz wild darauf, alles über sie zu erfahren. Dein oller Vater hat da wirklich eine verdammt kluge Entscheidung getroffen.«

»Komm du mir ja nicht mit Lobhudeleien über ihn! Aber

davon mal ganz abgesehen, sag ehrlich, ist der Mann nicht der bestaussehendste, den du je erlebt hast?«

»Anbetung. Verehrung. Reverenz. Hah. Und das von dir. Aber, na ja, für sein Alter sieht er vielleicht nicht übel aus.«

»Danke, daß du für dich behalten hast, was für eine Idiotin ich war.«

»Dafür kann ich noch keinen passenden Ausdruck finden, aber ich arbeite daran.«

»Im Ernst, Frankie, was machen wir denn jetzt nur? Wir brauchen ein paar exzellente PR-Experten. Und dann müssen wir wieder nach Hause in unseren Laden. Der rauscht uns doch den Bach runter, wenn wir beide in der Weltgeschichte herumziehen, statt auf ihn aufzupassen. Ich weiß nicht mehr, wo mir der Kopf steht.«

»Ich könnte ja vielleicht zurückfliegen«, bot Frankie an, doch sichtlich ohne brennenden Enthusiasmus.

»Sicher, du bist selbstverständlich vollen Herzens bereit, dir den Spaß hier entgegen und Mike allein zu lassen, der die neuen Serien von April und Jordan fotografiert … wie? Ach, komm!«

»Dann ein anderer Vorschlag. Du fliegst zurück.«

»Und lasse meinen Vater hier allein? Kommt überhaupt nicht in Frage.«

»Gut, dann diese Anregung: Wir fliegen alle zusammen heim.« Frankie sagte es wie eine plötzliche Erleuchtung. »Ich bin sicher, dein Vater kommt mit. Wir warten und machen die ganze PR von New York aus – und dann nämlich ordentlich und überlegt. Es ist doch so, daß wir nicht einfach, nur weil die Medien es wollen, nach ihrer Pfeife tanzen müssen. Wir machen uns rar und wählen gezielt nach unseren Vorstellungen und Wünschen aus. Wir haben doch kein Interesse daran, April und Jordan zu verheizen. PR, das ist ein Teufelsgeschäft, natürlich wichtig, aber man muß aufpassen. Übrigens hat Mike mit seinen Bildern vertragsgemäß Vorrang. Die kann er auch in New York machen. Und was deinen Vater angeht, der hat doch erklärt, daß er Aiden kennenlernen will, baldmöglichst, oder?«

»Frankie, du bist fast ein Genie!« erklärte Justine und sprang elektrisiert hoch. »Also gut, los geht's. Fang schon mal mit dem Telefonieren an.«

»Nur keine Hektik, Justine«, sagte Frankie gelassen. »Wir brauchen keinen Menschen davon zu informieren, außer deinen Vater. Um die Flugtickets können sich die unten am Empfang kümmern.«

»So, so. Die liebe Miss Severino scheint schon zu lange in einem Luxushotel gewohnt zu haben, wie?«

»Ach was, ich kann es gar nicht erwarten, aus ihm wieder rauszukommen. Genug ist genug.«

»Unerfüllte Sehnsucht nach Brooklyn?«

»Sehnsucht nach dem normalen Leben, Schafskopf.«

»Und was machen wir mit Tinker?« fragte Justine, wieder ernst.

»Himmel, die habe ich ganz vergessen. Was will sie selbst machen? Hier in Paris bei ihrem Tom bleiben oder mit zurück nach New York kommen und mit Anzeigenwerbung ein Vermögen verdienen? Das letzte Fax vom Büro besagte, daß sämtliche Werbeagenturen und Modemagazine New Yorks sie buchen wollen.«

»Sie muß das für sich selbst entscheiden. Ich kann nicht auch noch anfangen, ihr Ratschläge für ihr Liebesleben zu geben. Zumal das nicht unbedingt das Terrain ist, auf dem ich Expertin wäre.«

Jordan saß an diesem Abend allein an einem ruhigen Tisch in der Bar des Ritz, zu beschäftigt, um wahrzunehmen, daß fast alle Gäste sie erkannten und anstarrten, eine Ballung aus Neugier und Bewunderung, höflich kaschiert, aber entrinnen konnte sie ihr nicht.

Sie war etwas zu früh dran für ihr Verabredung. Sie nippte vor Nervosität kaum an ihrem Glas Weißwein, das sie vor sich stehen hatte. Sie konnte nur daran denken, daß die einzige wirkliche Demütigung darin läge, nicht darüber zu sprechen; nicht den Mut zu haben, die Entdeckungen ans Licht zu bringen, die sie über sich selbst gemacht hatte. Wahrscheinlich bereute sie ihre Entscheidung noch jahrelang. Aber, sprach sie sich Mut zu und reckte unwillkürlich das Kinn, lebenslange Reue war ebenso sicher, wenn sie jetzt nicht alles aussprach. Das bißchen Demütigung hingegen brachte sie nicht um.

»Ich komme doch nicht zu spät, oder?« sagte Jacques Necker, als er sich neben sie setzte.

»Nein, nein, ich war zu früh da.« Sie wandte sich ihm zu.

»Jordan, ich weiß, warum Sie allein mit mir sprechen wollten.«

»Ach, ja, wirklich?« Sie zog die Brauen leicht verwundert hoch, was sehr hübsch aussah, obwohl ihre Lippen fest und ernst zusammengepreßt blieben.

»Ja, und ich weigere mich absolut, darauf zu hören. Auf kein einziges Wort. Es gibt nichts, wofür Sie mir danken müßten. Was Sie auch immer denken mögen, ich habe mich nicht wegen Ihrer Hautfarbe für Sie entschieden oder ...«

»Das weiß ich, Jacques. Ich habe fair und korrekt gewonnen, genau wie April. Wir sind zusammen tausendmal besser als jede einzeln allein, um Lichtjahre interessanter, obwohl jede von uns beiden es auch allein schaffen könnte.«

»Das weiß ich, alle wissen es, aber warum dann ...?«

»Warum ich allein mit Ihnen sprechen wollte, meinen Sie?«

»Es kann doch wohl nicht sein, um Abschied zu nehmen, nachdem wir morgen früh ohnehin alle zusammen nach New York fliegen?«

»Jacques«, nahm Jordan Anlauf, »ich brauche Ihren Rat.«

Sie war todernst. »Ich hätte mich das nie getraut zu fragen, wenn Sie und Justine nicht doch noch zusammengekommen wären. Sie waren zuvor nicht in der Verfassung, mich anzuhören oder mir einen Ratschlag zu geben, solange Sie nicht Ihre Tochter fanden und Justine Sie, aber jetzt ...« Ihre Entschlossenheit zerbröckelte, und die Worte gingen ihr aus.

»Jordan, es gibt nichts, was Sie mich nicht fragen oder mir sagen könnten. Das wissen Sie doch inzwischen.« Necker beugte sich zu ihr vor. Wie schön sie ihm bisher auch immer erschienen war, ihr Gesichtsausdruck jetzt, diese Mischung aus Tapferkeit und tiefer Schüchternheit, rührte ihn mehr als jedes Lächeln zuvor von ihr. »Jordan!« sagte er aufmunternd. »Wir haben in diesen zwei Wochen so viele lange Gespräche miteinander geführt und über soviel geredet. Noch nie habe ich jemandem soviel anvertraut wie Ihnen. Da muß es Ihnen doch klar sein, daß wir Freunde sind, oder? Sie sind sogar mein einziger Freund, genau gesagt. Ich habe nie Zeit für Freundschaften gehabt, weder für männliche noch weibliche.« Er zögerte ein wenig. »Na, nun kommen Sie schon, denken Sie nur daran, wie ich mich stets darum gekümmert habe, daß Sie zu essen hatten.« Er versuchte mit Scherzen ihre innere Anspannung und Verlegenheit, die er spürte, zu überspielen. »Ist das nicht genug, daß Sie Vertrauen zu mir haben können? Haben Sie vielleicht irgendwelche Probleme vor mir verborgen, weil ich so ausschließlich mit Justine beschäftigt war? Das hätten Sie mir sagen müssen. Sie sollten mir nichts vorenthalten.«

»Das ist nicht ... nicht eigentlich ... es sind keine Sorgen, sagen wir mal so, sondern ein Problem.«

»Mit einem Mann natürlich?« Sein Gesicht wurde härter.

»Ja, mit einem Mann. Einem Mann, der alt genug ist, daß er mein Vater sein könnte.«

»Was hat er Ihnen getan, Jordan? Falls er etwas getan hat, bekommt er es mit mir zu tun, das kann ich ihm versichern!«

»Nicht so laut, Jacques«, beschwor sie ihn, »die Leute können uns hören.«

»Das ist mir egal, wenn Ihnen so ein alter Esel zu nahe getreten ist.«

»Er ist nicht alt, und er ist kein Esel, und verletzt hat er mich auch nicht, jedenfalls noch nicht, aber wahrscheinlich wird er es tun, es ist kaum anders möglich...« Sie verstummte wieder, und der Mut verließ sie aufs neue.

»Also, was denn nun, Jordan! Sie machen mich ganz wahnsinnig mit diesem Drumherumreden. Spuck's aus, Mädchen!«

Sie starrte in ihr Weinglas und umklammerte es wie einen rettenden Strohhalm. »Ich habe mich in Sie verliebt.«

Sie sagte es tonlos und sachlich, so wie sie es tagelang geprobt hatte, mit jeder nur möglichen Betonung, damit sie es aussprechen könnte, ohne sich zu schämen oder ihn in Verlegenheit zu bringen.

»Das gibt es doch nicht«, sagte Necker nach einer verblüfften Pause mit fast versagender Stimme. »Das kann nicht wahr sein.«

»Glauben Sie, ich würde im Traum daran denken, so etwas auszusprechen, wenn es nicht wahr wäre?« sagte Jordan, fest entschlossen, sachlich und vernünftig zu bleiben. »Glauben Sie mir, meine Absicht war das nicht, aber ich konnte wenig dagegen machen. Ich muß Ihnen das sagen, bevor wir nach New York fliegen. Wenn das mit der PR erst einmal richtig losgeht, gibt es bestimmt keine Minute mehr, die ich mit Ihnen allein sein kann.«

»Aber – Sie können sich doch nicht in mich verlieben«, sagte Necker, und es klang, als sei es ein unwiderlegbarer Tatbestand, den ein Richter als Urteil aussprach.

»Lieber Gott, Jacques Necker, sind Sie ein dummer, dummer Mensch!« rief Jordan, die nun doch die Fassung verlor. Sie sprach jetzt in mühsam gezügeltem Flüstern und zwirbelte nervös mit den Fingern in ihren Löckchen. »Soll ich es vielleicht notariell beglaubigen lassen, daß ich Sie liebe, Sie verdammter pedantischer Schweizer? Nicht einmal eine Heilige hätte es fertiggebracht, Stunden um Stunden Ihrem Jammern zuzuhören, wie mies Sie sind, wenn sie Sie nicht geliebt hätte, nicht gemerkt hätte, wie sie sich immer mehr in Sie verliebte, Sie Idiot! Sie wissen aber auch gar nichts über Frauen! Weniger als nichts!«

»Das läßt sich leider nicht übersehen!« bemerkte Necker trocken.

Wenigstens hört er noch zu, dachte Jordan, als sie weitersprach. »Sie haben mich nach meinem Leben ausgefragt wie noch niemand zuvor, und ich merkte, daß Sie wirklich interessiert waren. Sie haben mir zugehört, weil Sie sich etwas aus mir machten. Oder jedenfalls war ich naiv genug, das zu glauben. Sie haben immer wieder Gründe gefunden, mich auszuführen, und wir wußten beide, daß es nicht allein darum ging, meine Kenntnisse in französischer Kultur zu erweitern, nicht? Und diese letzte Woche dann noch, als wir fast jeden Abend zusammen aßen ... Können Sie ehrlich behaupten, daß der einzige Grund war, über Justine zu reden?«

»Nein. Ich gebe zu ... es war nicht nur ... ich nehme an ... ich vermute ... nun ja, ich muß wohl gewünscht haben, mit Ihnen zusammenzusein.« Er stammelte es murmelnd und hölzern.

»Während ich mich von Tag zu Tag mehr verliebte! Und da reden Sie, als hätten Sie von alledem überhaupt nichts bemerkt? Nichts? Kein Wunder, daß Sie ohne Freunde sind. Nicht ein einziges Mal haben Sie auch nur versucht, mich zu küssen! Das verzeihe ich Ihnen nie! Nie!«

»Verdammt noch mal, Jordan, jetzt reicht es aber. Weil ich es nicht gewagt habe, deswegen habe ich es nicht versucht! Mein Gott, so jung wie Sie sind!« Er war wieder laut geworden und hatte endgültig die Fassung verloren. »Sie rauben mir den Atem! Sie verhexen mich! Sie sind wie eine Gala für mich, jede Minute mit Ihnen ist ein Fest, Himmeldonnerwetter! Sie sind die atemberaubendste, faszinierendste und eigenwilligste Frau, die mir je begegnet ist! Aber Sie sind so verflucht jung! Fragen Sie sich doch mal selbst, wie das ausgesehen hätte, wenn ich, noch dazu mit der Situation des Wettbewerbs im Hintergrund, Sie zu küssen versucht hätte, wo ich derjenige war, der die Gewinnerin zu bestimmen hatte?«

»Also haben Sie wenigstens daran gedacht?«

»Aber selbstverständlich habe ich daran gedacht, du Schaf, und zwar die ganze Zeit, wenn du es genau wissen willst. Selbst wenn ich davon sprach, wie mies ich doch sei, kurvte da im Hinterkopf ständig der Gedanke, wie es wäre, dich zu küssen. Was alles doch nur noch schlimmer machte. Begreifst du das nicht? Natürlich wollte ich über Justine reden, aber auch über mich selbst. Und über dich. Und ... nun einfach über alles.«

»Sie schamloser Mensch!« sagte Jordan und lächelte nun zum erstenmal ein wenig. »So unvorsichtig zu sein! Ja, aber jetzt ist dieser Wettbewerb vorbei, und Sie sind inzwischen auch nicht mehr mies, außer natürlich in der Vergangenheit.«

»Nein, Jordan. Es ist ganz unmöglich. Genauso unmöglich wie auch zuvor.«

»Wie kann es unmöglich sein, wenn ich so atemberaubend und faszinierend bin?« Sie hob stolz und selbstbewußt den Kopf und musterte ihn herausfordernd.

»Weil es – mein Gott, siehst du denn das nicht, Jordan? Ist dir denn nicht klar, daß ich fünfundfünfzig bin und du – wie alt bist du? Zwanzig, zweiundzwanzig? Das macht dreiunddreißig Jahre Altersunterschied, Jordan. Dreiunddreißig Gründe, warum wir kein Liebespaar sein können.«

»Ist das verboten?«

»Nein, aber das sollte es sein!« antwortete Necker zornig und schlug mit der Faust auf den polierten Tisch. »Es würde doch nicht gutgehen, Jordan, wie herrlich es auch anfangs sein könnte. Du mußt nicht glauben, daß ich nicht schon darüber phantasiert hätte ... Du und ich ... aber ich falle immer wieder zurück in die Realität. Es trennt uns zuviel. Ich lebe schon zu lange, und du hast noch kaum gelebt. Die Kluft der Erfahrungen zwischen uns würde größer statt kleiner und bedeutsamer, sobald die Anfangsromantik erst einmal vorbei wäre.«

»Es muß wundervoll sein, die Gabe zu besitzen, in die Zukunft zu sehen«, sagte Jordan. Sie schüttelte den Kopf, als sei sie selbst verwundert darüber, wie es möglich war, daß sie jemanden liebte, der so wenig Sinn für Romantik hatte. »Und alles so pessimistisch zu sehen«, fuhr sie fort. »Und wenn nun die Anfangsromantik zufällig immer größer statt kleiner würde, was dann? Und wenn diese besagte Kluft schmaler würde statt größer? Was dann, he? Es soll schon mal vorgekommen sein.«

»Ich versuche doch nur, realistisch zu sein, Jordan.« Er sah sie eindringlich an. »Einer von uns beiden muß es sein. Sieh mal, wir haben so verschiedene Lebenserwartungen. Ich habe die wesentlichen Jahre meines Lebens schon hinter mir. Ich bin ein fertiger Mensch. Ich bin bekannt als eingeschworener Einsiedler, zum Teufel! Ich habe mich mit der Zeit daran gewöhnt, im wesentlichen allein zu sein, nur mit meinem Beruf, meinem üblichen Tageslauf und meinen persönlichen Interessen. Es ist kein bedeutendes Leben, aber ich bin zufrieden damit. Aber du! Mein Gott, Jordan, du stehst doch erst am Anfang eines wundervollen Abenteuers, das dein Leben werden kann. Die ganze Welt steht dir offen. Wer weiß, wie hoch du noch fliegen kannst? Wieso solltest du dich bei einem Mann wie mir niederlassen?«

»Ich soll verdammt sein, wenn ich das wüßte, jetzt, wo

du mir endgültig klargemacht hast, was für ein mieser, alter Trottel du bist. Aber unglücklicherweise will ich es immer noch.« Sie sah ihn an, und um ihre Mundwinkel zuckte es verräterisch. »Sag mir eines, du alter Mann. Wie gemütlich und zufrieden wird dieses kleine Einsiedlerleben sein, wenn du dauernd darüber nachdenkst, was du mit mir hättest haben können?«

»Und du? Wäre es wirklich so aufregend und erfüllt für dich, bei mir zu sein, wenn du daran denken würdest, was du dafür alles aufgegeben hast und versäumst?«

»Du hast meine Frage nicht beantwortet.«

»Jordan, ich habe schlicht und einfach kein Recht auf dich. Ich kann dich nicht lieben, solange ich dich nicht heirate.«

»Habe ich ein einziges Wort von heiraten gesagt?« fuhr sie ihn wütend an. »Habe ich dir etwa einen Antrag gemacht, ohne mir dessen bewußt zu sein? Was ist, ist ein neues Schaltjahr ausgerufen worden, oder was?«

»Glaubst du denn wirklich, Jordan, ich ließe es zu, daß du dich mit mir einläßt, ohne daß ich dich heirate? Glaubst du im Ernst, ich würde es mir gestatten, nur einer von diesen alten Lustmolchen zu sein, die sich eine junge Geliebte zulegen und aushalten? Und wie könnte ich dich in eine Lage bringen, in der du so aussehen würdest, als wärst du lediglich mit Erfolg darauf aus gewesen, einen Alten mit Geld zu heiraten?«

»Ach, das ist genau die Art, wie Leute wie Peaches Wilcox denken! Du machst mich krank! Es geht doch um uns, dich, Jacques, und mich, Jordan. Und nicht um irgendwelche zwei Leute, über die sich die sogenannte High-Society beim Essen das Maul zerreißen kann.«

»Aber genau das würde sie doch tun, Jordan! Und wie! Niemals, keine Minute könntest du dich dem entziehen, diesem Klatsch, diesem Neid, dieser ständigen heimlichen Beobachtung, ob es auch immer noch klappt zwischen uns. Ewig wärst du suspekt, ewig würde man dich nur für eine erfolgreiche Goldgräberin halten. Nicht eine der gesellschaftlich maßgeblichen Damen der Stadt würde dir wohlwollen.«

»Das soll wohl im Klartext heißen, nirgends würde man mich einladen?«

»Nein, ganz im Gegenteil. Du wärst der große gesellschaftliche Schlager – allerdings aus den falschen Gründen. Neugier, Böswilligkeit, eine nie nachlassende Beobachtung, ob du dich richtig benimmst oder falsch.«

»Dem war ich doch schon mein ganzes Leben ausgesetzt, oder hast du das schon vergessen? Damit werde ich fertig, glaube mir. Nur die Szenerie wäre anders und der Umgang. Aber sonst ... Irgendwie habe ich sogar das Gefühl, ich könnte es fertigbringen, ein paar wirkliche, echte Freunde in diesen Kreisen zu finden. Schließlich bin ich nicht umsonst als Militärbrut aufgezogen worden.«

»Du hast eine Antwort auf alles«, sagte Necker. »Und was wäre, beispielsweise, mit Kindern?«

»Sicher, später. Nicht gleich so viele wie Charlie Chaplin mit seiner Oona O'Neill, aber doch ein paar.«

»Und was würden die für ein Leben haben?«

»Das beste, das wir ihnen geben können, wenn es auch keine Garantien gibt. Es sei denn ... natürlich ... du möchtest keine Kinder haben.«

»Wie soll ich das wissen? Mein einziges Kind bisher ist eine vierunddreißig Jahre alte Frau, die ich gestern zum erstenmal überhaupt gesehen habe.«

»Gut, dann vergessen wir das Thema Kinder erst einmal. Warum sich über etwas Sorgen machen, das nicht aktuell ist, bevor wir verheiratet sein würden?« In ihrer Stimme lag eine Spur Siegessicherheit. Wie viele Einwände, fragte sie sich, würde er noch vorbringen, bis er begriff, daß Liebe etwas zu Kostbares war, um sie einfach zurückzuweisen, wenn sie kam?

»Du hast eine Art, Jordan, die Wirklichkeit beiseite zu fegen, die mich wirklich erstaunt.«

»Du meinst, weil ich bisher noch kein Wort zum Rassenproblem gesagt habe?«

»Waaas?«

»Das Rassenproblem«, wiederholte sie nachdrücklich.

»O Gott ... deine Eltern ... es reicht nicht, daß ich zu alt bin, ich habe auch die falsche Rasse.«

»Das, meinst du, ist das Rassenproblem?«

»Na, was denn sonst?« fragte er.

»Es scheint«, sagte Jordan, »daß du mindestens so unrealistisch sein kannst wie ich, wenn es dir darauf ankommt, Jacques Necker. Wenn du es nicht einmal erkennst, dann gibt es kein Rassenproblem, soweit es mich betrifft. Meine Eltern würden dich sicher durchaus akzeptieren ... am Ende ... solange du nicht auf die Idee kämst, meinen Vater *Dad* zu nennen.« Sie blickte ihn ernst an. »Ich gehe jetzt. Versprich mir nur eines, denk darüber nach, worüber wir gesprochen haben. Mehr verlange ich nicht. Schlaf eine Nacht darüber. Und berücksichtige, daß du es nicht fertiggebracht hast, zu sagen, daß du mich nicht liebst. Das ist alles, was zählt.«

Sie stand in einer einzigen fließenden Bewegung auf und verließ rasch den Raum. Und wie durch einen Zauber wirkte die Ritz-Bar plötzlich öde und leer.

28

Sobald wir in GN's 727, seinem Privat-Jet, nach New York gestartet waren, versank ich, wie üblich bei langen Flügen, in meine Träumereien.

Konnte es tatsächlich gerade erst gut zwei Wochen her sein, daß wir wegen der Lombardi-Kollektion von New

York nach Paris geflogen waren? Ich jedenfalls mußte jeden einzelnen Tag an den Fingern abzählen und mir vergegenwärtigen, daß meinem Leben überhaupt noch irgendeine Ordnung zugrunde lag. Das frühere war durch diese Reise zumindest unwirklich geworden.

Ein bißchen waren diese vergangenen zwei Wochen wie eine Folge aus *Love Boat,* nur daß sie sich im echten Leben ereignet hatte. Ich sah mir diese Serie im Kabelfernsehen an, wenn ich mich zwischen geistloser Unterhaltung und tödlicher Langeweile entscheiden mußte. Am Beginn der Episode treffen sich eine Menge fremde Leute, um am Ende sorgfältig zu Liebespaaren zueinander gefunden zu haben. Das Leben scheint heute nicht mehr die Kunst zu imitieren, sondern das Fernsehen – abgesehen davon, daß unsere Version einige Kratzer hat.

Oder kommt es etwa in *Love Boat* vor, daß Leute am Ende einfach alleine aussteigen? Genau das war aber mit Tinker passiert. Gestern kam sie ins Hotel und erklärte Justine und mir, daß sie in Paris bleiben würde. Vielleicht – ich sage ja nur: vielleicht – bewirken Drogen manchmal doch etwas Gutes; so wie die Elektroschocktherapie bei der klinischen Behandlung von Depressionen neuerdings wieder in Gebrauch gekommen ist. Denn ihre Erfahrungen mit diesem üblen *Goddess*-Zeug hinterließen Tinker am Ende nach ihren eigenen Worten »wie neugeboren«.

Sie sah zufriedener und entspannter aus denn je und sagte, sie wisse nicht einmal genau, ob sie jemals wieder als Model arbeiten wolle, aber wenn, dann ganz bestimmt nicht mehr als alberne Suche nach ihrer Identität und solchem Quatsch, sondern einzig und allein für die Kohle. Na also.

»Mit einem Gewinn zu beweisen, wer ich bin«, sagte sie, »über diesen Blödsinn bin ich jetzt endgültig hinaus. Die Schönheitswettbewerbe. Das Bemühen, die Zuneigung meiner Mutter zu gewinnen. Dieser Laufstegwettbewerb.

Die Anstrengung, Marcos Aufmerksamkeit zu erlangen. Der Wettbewerb um den Lombardi-Vertrag. Und jede Art Tanzwettbewerb ... Ich weiß schon, ihr denkt, daß ich das alles nur sage, weil für mich die Trauben zu hoch hängen, weil ich halt nicht gewonnen habe. Aber wirklich, ihr könnt mir glauben, es hat gestern abend in mir ›Klick‹ gemacht, und nicht nur im Kopf. Ich habe gespürt, wie ein Riesendruck von mir abfiel, ein Druck, den ich schon gar nicht mehr realisiert habe. Es war vermutlich genau richtig, was mir passiert ist. Daß ich nämlich vor aller Welt auf die Nase fiel.«

»Und was haben Sie jetzt vor?« fragte Justine.

»Nun, ich bleibe hier, suche mir ein kleines Apartment oder ziehe vielleicht auch in ein preiswertes Hotel in Dauermiete, wenn ich nichts Geeignetes finde. Ich liebe Tom zwar, aber mit ihm zusammenleben, nein, das ist vorerst nicht drin. Ich habe mich viel zu schnell an ihn gehängt, weil ich ihn eben brauchte. Ich liebe ihn wirklich, aber ich bin noch nicht soweit, diese totale häusliche Gemeinschaft einzugehen. Und jetzt, wo die Frühjahrskollektion vorüber ist, würde es natürlich unweigerlich darauf hinauslaufen. Aber ich bin schließlich nicht nach Paris gekommen, um hier Hausmütterchen zu spielen und ihm zuzuschauen, wie er seine Leinwände bepinselt. Er würde das wahrscheinlich auch selbst nicht wollen. Er hat ebenfalls anderes im Sinn als häusliche, traute Zweisamkeit. Außerdem stellt er ziemlich hohe Besitzansprüche. Vielleicht gibt es das ja noch. Jedenfalls will ich erst einmal Zeit für mich allein haben, um herauszufinden, was ich will und brauche, nicht, was andere von mir erwarten. Das betrifft Tom genauso.«

Der Glanz in Tinkers Augen war von einer Entschlossenheit und Einsicht, wie man es bei einer Achtzehnjährigen sicherlich nicht oft findet. »Ich habe diese hunderttausend Dollar, abzüglich der Provision, von der Kollektion – oder genauer gesagt, von der Kollektion, die ich nicht vorführte. Die sollten, da ich ganz bescheiden zu leben beabsichtige, eine Weile reichen; Jahre sogar, wenn ich will. Ich werde lesen, in Ausstellungen gehen, durch Paris laufen und vielleicht sogar Französisch lernen. Mein Gott, es gibt soviel, was ich nicht weiß! Ich kann es nicht erwarten, herauszufinden, wer ich wirklich bin, wenn es endlich einmal nicht mehr nur auf mein Aussehen ankommt, für niemanden, nicht einmal für mich selbst.«

Justine und ich hatten nur Blicke gewechselt und im selben Augenblick gewußt, daß wir einer Meinung waren. Wir verzichteten nämlich darauf, Tinker zu sagen, was für eine enorme Nachfrage nach ihr in New York herrschte.

»Na gut, Tinker«, nickte Justine, »aber Sie sollen wissen, daß Sie jederzeit ans Telefon gehen und mich anrufen können, wenn Sie unruhig werden, die Langeweile kommt oder das Geld ausgegangen ist. Ich verschaffe Ihnen im Handumdrehen einen Job, auch hier in Paris. Sie können sich durchaus Zeit lassen. Sie sind noch so jung. Wer weiß, vielleicht wollen Sie aufs College gehen. Es stehen Ihnen tausend Möglichkeiten offen.«

»Genau deshalb tue ich jetzt erst einmal gar nichts«, bekräftigte Tinker mit eben diesem Lächeln, das uns schon immer von ihr überzeugt hatte. In diesem Moment sah ich auch deutlich, daß das Chamäleonhafte von ihr abgefallen war. Sie wirkte nicht mehr wie eine weiße Leinwand, die darauf wartete, bemalt zu werden. Tinker Osborn war auf dem besten Weg, sich in eine eigenständige Persönlichkeit zu verwandeln.

So hatten wir eben Tinker verloren, zumindest für längere Zeit. Aber April wird uns bleiben. Sie war als unterschätzte Eisprinzessin aus New York abgeflogen und kehrte jetzt im Triumph heim als neuestes Gesicht in der Welt der Mode. Neben ihrem frisch erworbenen originellen Look nahmen sich alle anderen weltbekannten Blondinen mit ihren langen

Mähnen wie Auslaufmodelle ihrer selbst aus. Zugegeben, die Männer werden sich immer und ewig für amazonengleiche Blondinen begeistern, deren Haar in sanften Wellen hinabfließt. Aber April wird mit dieser strengen Linie und dem Hauch von Wildheit für lange Zeit keine Ausnahmeerscheinung sein, die beide Geschlechter interessiert.

Ich traue mich sogar zu wetten, daß April noch eine Menge Metamorphosen durchmachen wird und muß und daß dies jetzt lediglich die erste Version von April Nyquist ist. Es wird eine Menge neuer Aprils geben. Ihr Gesicht, ihre Bewegungen und die erotische Ausstrahlung werden sich oft ändern und die Welt verblüffen. Sie wird sich in der Welt der Mode und der Kameras behaupten können.

Woher ich das so sicher weiß? Natürlich weiß ich es nicht sicher. Hat nicht irgendein großer Geist von Hollywood einmal das wahre Wort gelassen ausgesprochen, daß niemand irgend etwas sicher weiß? Aber wenn man April ansieht, dann hat man einfach das starke Gefühl, daß sie ihre Zukunft meistern wird. Meinem Gefühl konnte ich immer schon mehr vertrauen als meinen logischen Denkprozessen. Wenn ich nur daran erinnern darf, daß ich so lange mit dem Kopf glaubte, ich könnte Mike absolut nicht ausstehen ...

Ich muß mich auch nicht auf meine Logik verlassen, wenn es um Aprils Zukunft mit Maude geht. April war in ein kicherndes Flüstern mit einer dunkelhaarigen französischen Schönheit versunken, einem verblüffend hinreißenden kleinen Ding namens Kitten. April hatte sie irgendwie irgendwo nach der Lombardi-Vorführung aufgegabelt und sie einfach mit ins Flugzeug nach New York gebracht wie eine Anhalterin. Kitten hatte einen Termin in New York bei Katie Ford, und niemand stellte Fragen. Maude saß indessen allein und so weit weg von ihnen wie nur möglich. Sie arbeitete verbissen und ohne Pause auf ihrem Laptop. Also, ich an ihrer Stelle hätte mich lieber in einen normalen Linienflug gesetzt, als mir das anzutun. Sie tat mir wirklich leid, aber andererseits war ja auch kaum etwas anderes zu erwarten gewesen. Trotzdem – schon so bald?

Ich sah mich in unserem Jet mit wachsendem Staunen um. Nie hatte ich mir je darüber Gedanken gemacht, daß es wohl jemanden geben mußte, der sich mit dem Entwerfen und Herstellen von Flugzeugsitzen beschäftigte. Unsere Sitze waren eine Kombination von luxuriösen Sesseln und Liegestühlen, die der Sache Sitzen eine völlig neue Dimension und Bedeutung verliehen. Ich saß derart wundervoll und bequem, daß ich Mühe hatte, nicht wie Jordan auf der Stelle hinfortzuschweben und fest einzuschlafen. Überraschend wäre es nicht, nach dem Abend zuvor.

Jordan war auffallend still gewesen, als wir nach dem Abschiedsessen im Plaza gepackt hatten. Wir anderen hatten uns beim Essen alle über Peaches Wilcox amüsiert. Strahlend, klunkerbehängt von oben bis unten und von blühender, teurer Jugend, hatte sie ausgesehen wie ein Vampir nach einem ganz besonders köstlichen Blutfestmahl. Sie hatte über drei Tische ihrer Gäste regiert – der Crème des kleinen Clans amerikanischer Gesellschaft, die reich genug war, bei der Haute Couture zu bestellen und zu kaufen. Marco Lombardi, dessen neuen beruflichen Status Justine von ihrem Vater erklärt bekommen hatte, wich das ganze Dinner hindurch nicht von ihrer Seite. Aufmerksam und gehorsam wie ein Hündchen hing er geradezu an ihren Lippen. Es fehlten lediglich die Leine und das Halsband, um seinen neuen Status zu dokumentieren. Ich nahm an, sie waren nur gnadenweise in Peaches' Suite zurückgelassen worden.

Wenn Sie mich fragen, ist der Männergeschmack von Peaches Wilcox weit jenseits des total Überspannten. Aber bitte sehr, warum nicht, wenn es dazu beiträgt, Lombardis Leben so richtig nett elend zu machen? Ich habe zwar nicht vergessen, was für eine bösartige Schlange sie mir gegenüber war, als es um Mike ging. Aber jetzt, da sie ihr ganzes Gift auf Marco Lombardi verspritzt, kann ich es mir leisten, Nachsicht zu üben, was das betrifft. Die beiden werden wohl noch eine erkleckliche Weile lang als Zweispänner in der Gegend herumgeistern, bis sie dann seiner müde sein wird. Er muß aufpassen, daß er seine schmucken Haare nicht verliert, kein Fett ansetzt und keine Minute seinen Charme vergißt. Und vor allem keine erfolglose Kollektion produziert. So wie ich Peaches einschätze, wird er außerdem gut daran tun, ihr jederzeit im Bett den willigen Liebhaber zu spielen, sobald sie nur mit ihren herrschsüchtigen und diamantenbeladenen Fingern schnippt.

Doch zurück zu Jordan. Das ganze Dinner hindurch blieb sie stumm, ohne sich an unserer allgemeinen Unterhaltung zu beteiligen. Sie schien schlafzuwandeln und tagzuträumen in einem. Ich dachte, sie wäre traurig, daß wir Paris wieder verließen. Dabei war doch klar, daß sie und April schon sehr bald wieder hier sein würden, jetzt, wo ein Termin nach dem anderen für sie anstand, als nächstes im März die Prêt-à-porter-Kollektion von Lombardi. Nur würde natürlich keine Modenschau jemals mehr diese Bedeutung haben wie die, die mit ihrer gesamten Dramatik gerade eben hinter uns lag.

Nachdem Jordans Größe und Maße praktisch mit denen von Tinker identisch waren, hatte sie nach deren Ausfall außer den ihren auch alle für Tinker vorgesehenen Modelle vorführen müssen. Ich spürte ihre totale Müdigkeit und Erschöpfung so sehr, daß ich beim Packen half, zumal sie derart viele Antiquitäten eingekauft hatte, daß sie jemanden bitten mußte, ihr in letzter Minute noch einen Extrakoffer zu kaufen.

»Versprechen Sie mir, gleich schlafen zu gehen«, sagte ich zu ihr. »Sie sehen aus, als brauchten Sie dringend Schlaf. Sie haben ganz fiebrige Augen.«

»Ja, Mami«, sagte sie gehorsam, »aber ich bin nicht wirklich müde. Mein Kopf schwirrt, ich kann bestimmt die ganze Nacht nicht schlafen.«

Ich kümmerte mich darum, daß sie wirklich im Nachthemd war und im Bett lag, bevor ich wieder ging. Ich versuchte sie sogar noch zu einem Glas warmer Milch zu überreden, aber da bockte sie und schob mich aus dem Zimmer zur Tür hinaus. Dann kam auch Justine von ihrem Dinner mit ihrem frisch gefundenen Vater zurück, und wir zogen uns jede in das eigene Schlafzimmer zurück. Erschöpft und müde von den Aufregungen des Tages schlief ich sofort ein.

Ein paar Stunden später weckte mich wildes Klopfen und Klingeln an der Tür. Im ersten Moment wußte ich gar nicht, wo ich war. Danach war mein erster Gedanke, daß das Hotel offenbar in Flammen stand, dem Lärm nach zu schließen. Ich schlüpfte hastig in meinen Morgenrock und öffnete die Tür nur einen winzigen Spaltbreit, in der Erwartung, den Flur voller Rauch zu sehen. Statt dessen sah ich Jordans makellose Beine vor meinen Augen, die sich aus irgendwelchen Männerarmen freizustrampeln versuchten.

»Ja, sagt mal, habt ihr sie nicht ...«, begann ich loszubelfern und riß dann sowohl die Tür als auch meinen Mund weit auf. Kein anderer als Jacques Necker war es, der die wütend zappelnde Jordan trug. »Laß mich los, du Blödian«, schrie sie und schlug mit den Fäusten auf ihn ein. »Laß mich runter!«

»Ich brauche Zeugen!« sagte Necker zu mir und trug wie ein blonder King Kong Jordan in unseren Salon. Er sagte das so ungerührt, als wäre dieser Auftritt die selbstverständlichste Sache der Welt. Durch die andere Tür kam nun die völlig verschlafene Justine hereingetapst.

»Vater? Was machst du hier?« fragte sie verdutzt, während Jordan sich nach wie vor ebenso verzweifelt wie aussichtslos bemühte, sich aus Neckers eisernem Griff zu befreien.

»Zwei Zeuginnen, hervorragend. Das macht es offiziell. Jordan und ich werden heiraten.«

»Monsieur Necker«, sagte ich besänftigend und raffte blitzschnell alle meine Erfahrungen mit ausgeflippten, tobenden, sich in Wutanfällen erstickenden Models zusammen, »das ist sehr interessant, eine wirklich sehr, sehr interessante Neuigkeit. Und eine freudige dazu, wirklich so freudig, wie sie nur sein kann. Aber«, gab ich zu bedenken, »wäre es nicht bequemer für Sie, wenn Sie sich hinsetzten und uns erst einmal alles langsam, ganz, ganz langsam zum Mitschreiben und mit allen Einzelheiten, erzählen würden? Vielleicht hätten sie es sogar bequemer, wenn Sie Jordan absetzen würden, damit ich ihr einen Sweater geben kann. Schauen Sie, sie friert, sie zittert, und Sie möchten doch sicher nicht, Monsieur Necker, daß sie sich erkältet, oder?«

»Blöde Kuh«, fuhr mich Jordan an, »ich zittere nicht, ich lache!«

»Du bist eine wertvolle Hilfe, wirklich«, sagte ich. »Sehr komisch. Aber nur für dich.«

»Das ist doch wohl nicht wahr!« meldete sich nun Justine. »Was geht hier vor, um Himmels willen?« Sie blickte von Necker zu Jordan und zurück. »Das ist doch nicht möglich, hört mal, das ist doch verrückt ...«

Und dann schluckte sie und sagte: »Ich weiß auch nicht, aber irgendwie klingt das alles ganz logisch.«

Dann brach sie sogar in Tränen aus, warf die Arme um die beiden und küßte sie ohne jedes erkennbare System eine ganze Weile lang ab – so wie ein junger Hund, der sich vor Freude bei der Begrüßung überschlägt. »Vater, du hast Geschmack! Jordan, du wirst ihn sehr glücklich machen, ja? Oh, verdammt, ich wollte, ich hätte mit ansehen können, wie sich das entwickelt hat.«

»Wenn du hier gewesen wärst«, sagte Jordan plötzlich ernst, »wäre es nicht passiert. Nicht in tausend Jahren. Es hätte sich keine Möglichkeit dazu ergeben. Ich danke dir, Tochter Justine, daß du nicht früher gekommen bist.«

Ich stand dabei und fragte mich, ob sie jetzt endgültig alle drei übergeschnappt seien. Necker lockerte seinen eisernen Griff um Jordan, damit er auch Justine in seine Umarmung mit einschließen konnte. Nach wie vor bemühte ich mich, einen Sinn in dieser Irrenszene zu erkennen. Necker und Jordan? Echt und wirklich?

Er sah zu mir herüber und erriet meine Gedanken. »Tja, wissen Sie, Frankie«, sagte er, »Jordan hat mich für jedes vernünftige, ernsthafte Leben verdorben.« Dazu lächelte er so breit und fröhlich, daß ich es sofort glaubte.

Was sagte man dazu? Zum erstenmal, daß er mich nicht mit Miss Severino ansprach. Das erstemal, daß ich ihn überhaupt mal lächeln sah. Den Mann hatte jemand vom Podest heruntergeholt. Aber es war nicht Justine.

Unfähig, hatte er gesagt! Es gibt offenbar mehr als nur eine Art, eine Liebeserklärung abzugeben. Und überhaupt, wenn ich mir die strahlende Jordan ansah, dann waren meine hingebungsvollen Versuche, sie zu trösten und zu Bett zu bringen, wohl leicht verfehlt gewesen. Die war nicht müde gewesen, sondern unglücklich verliebt. Und ich hatte wieder mal nichts gemerkt. Trotz all der kulturellen Ausflüge der beiden letzte Woche. Waren die etwa auch im Louvre gewesen? Aber da hatte ich das bestimmte Gefühl, daß sie sicher nicht im selben (Hotel) Louvre gewesen waren wie Mike und ich jeden Nachmittag. Das kam für den seriösen Monsieur Necker ja wohl doch nicht in Frage. Auch für die zurückhaltende Jordan nicht.

Daraus ergibt sich doch wirklich noch eine Spezialfolge von *Love Boat*: von Jacques (wie er nun darauf besteht, daß auch ich ihn nenne) und Jordan, die schläft und seine Hand hält; von der einsamen und liebeskranken Maude und von April mit Kitten, die sicher nicht ihre letzte Beziehung sein wird. Dazu eine Folge mit der von Bord gegangenen Tinker, von Justine und Aiden, dem Handwerker, der noch zu inspizieren ist, der aber wohl nicht halb so ... na, einigen wir uns darauf, auf gar keinen Fall auch nur annähernd so himmlisch sein kann wie mein Mike, der gerade vorne im Cockpit sitzt und dem Piloten zeigt, wie man fliegt.

Der einzige Mensch, den Jacques bat, uns zum Flughafen zu begleiten, war Gabrielle d'Angelle. Als er sie über seine bevorstehende Eheschließung informierte, hätte man glauben mögen, eine Neuigkeit dieser Art würde heftigere Reaktionen auslösen als eine verblüffte Gratulation. Während er ihr seine Instruktionen für die Zeit seiner Abwesenheit gab, schien sie an einer lang ausstehenden quälenden Frage zu arbeiten. Als Jacques ihr jedoch fast nebenbei mitteilte, daß er sie zur geschäftsführenden Vizepräsidentin in *Le Groupe Necker* ernenne, brach sie doch tatsächlich zunächst in Tränen aus und dann zusammen. Aber vor Freude. Und es dauerte gut und gerne zehn Minuten, bis sie einigermaßen wieder die Fassung gewann. Also ich meine, Gabrielle muß die verständnisvollste und unromantischste Karrierefrau sein, der ich bisher begegnet bin.

Ich bitte übrigens zur Kenntnis zu nehmen, daß von allen diesen Blitz-Romanzen ich die einzige bin, die sich mit ihrer echten, alten und dauerhaften Liebe verlobt hat. Und, der Vollständigkeit halber, bin ich die einzige mit einem richtigen Verlobungsring. Wie sich das gehört, ja?

Mike nämlich fand, als er gestern noch ein paar Kilometer Film auf die Mädels verschoß, immerhin die Zeit, zu *Van Cleef* hineinzurasen, um mir einen Ring zu kaufen. Er ist zwar geradezu peinlich groß, jedenfalls wenn man jemand ist, der bei jeder Art materiellen Besitzes leicht verlegen wird. Aber ich habe zu meiner eigenen Überraschung festgestellt, daß ich gar nicht verlegen bin. Jedenfalls nicht mehr. Womöglich hat das etwas mit der Gewöhnung an die Garderobe von Donna Karan zu tun. Könnte ja sein.

Justine will uns einen Hochzeitsempfang in ihrem Haus

geben. Ich bin aber dafür, daß wir es bei Big Ed machen, weil sie genug mit ihrer eigenen Heiraterei zu tun haben wird. Gar nicht zu reden von dem Aufwand, den Jacques und Jordan treiben wollen, sobald er ihre Eltern kennengelernt hat. Meine Güte! Was würde nur aus der amerikanischen Wirtschaft ohne all die Hochzeiten? Das Ereignis, auf das ich indessen fast noch mehr gespannt bin, ist unser zehnjähriges Klassentreffen der Abraham Lincoln High School im Frühjahr. Vor zwei Wochen war ich noch fest entschlossen, nicht hinzugehen. Es war auszurechnen, daß so gut wie alle ihre Ehepartner oder sogenannten Lebensgefährten anschleppten. Und wen hatte ich zum Anschleppen?

Aber stellt euch vor, wenn ich jetzt mit Mike Aaron anschwebe, mit diesem legendären, nie vergessenen Star! – und sich herausstellt, wer Mrs. Mike Aaron ist, nämlich niemand anderer als ich ... *Caramba!*

Mir ist es egal, daß ich angebe und mich aufplustere. Die Gelegenheit lasse ich mir nicht entgehen, den Kerlen, die mich damals aufzogen, daß ich zu dürr sei, um in einem Body gut auszusehen, mein Glück zu zeigen. Denen führe ich vor, wie auch ein Mauerblümchen mit zu großer Nase und aufgeknoteten Haaren, deren feinste Züge ihre großen Füße waren, wie also selbst eine Frankie Severino am Ende erwachsen werden kann, um schließlich mit Anmut, Würde und Leidenschaft Herz und Hand des einzigen und ewigen Prinzen von Brooklyn zu gewinnen und anzunehmen! Hah!